春夜

伊人睽睽 著

上册

青岛出版集团 | 青岛出版社

图书在版编目（CIP）数据

春夜/伊人睽睽著. —青岛:青岛出版社,2023.3
ISBN 978-7-5736-0559-7

Ⅰ.①春… Ⅱ.①伊… Ⅲ.①长篇小说－中国－当代 Ⅳ.①I247.5

中国版本图书馆CIP数据核字（2022）第201219号

CHUN YE

书　名	春　夜
作　者	伊人睽睽
出版发行	青岛出版社（青岛市崂山区海尔路182号）
本社网址	http://www.qdpub.com
邮购电话	18613853563
责任编辑	郭红霞
校　对	李玮然
装帧设计	王晶璎
照　排	梁　霞
印　刷	三河市良远印务有限公司
出版日期	2023年3月第1版　2023年3月第1次印刷
开　本	16开（710mm×980mm）
印　张	35
字　数	645 千
书　号	ISBN 978-7-5736-0559-7
定　价	69.80元（全2册）

编校印装质量、盗版监督服务电话 4006532017　0532-68068050

目录

上　册

I

目录 下册

第一章　朔　月

天将将转晴，戚映竹被宣平侯府以养病为名，送去了长安郊外的落雁山上定居。

近日长安城中最为人津津乐道的话题便是十七年前侯府抱错千金一事。戚映竹当了十几年的假千金，如今真千金归来，她自然应当让位。

侯府并不欠戚映竹什么——真论起来，这位女郎病病歪歪十几年，不知吃了多少名贵药材，侯府未曾让她偿还旧恩，只是让她去山上住，已经格外开恩。

血红的余晖铺满天际，一辆有侯府标志的古朴马车在山间一处被草木遮掩的院落门前停下。

几枝红杏从墙头悄悄探出，从马车上先跳下一位姆妈。她踮脚向院落里看，见得青苔、藤蔓后，又看见院子里左半边屋舍的厢房被雷所劈，草木乱生，无人修葺。

这位姓成的姆妈摇了摇头，转身向马车中的女郎轻语两句。

车门打开，站在车外负责护送的几个卫士忍不住屏息，向那被从马车中扶下来的侯府假千金望去，只见白纱轻轻曳地，一只纤细白嫩玉琢般的手搭在了成姆妈的手上。

戚映竹亭亭玉立，身形却被微风吹拂起的幂篱笼住，影影绰绰，让人看不到半分容貌。

卫士们怅然若失。

戚映竹静静地站在院落前，打量自己日后恐怕要长久住下去的地方。

侍卫长咳嗽一声，拱手立在她身后，低声安慰："女郎切莫忧心，唐二郎南下办事，暂且顾不上女郎，待二郎归来，女郎说不定就能回长安了……"他迟疑了一下，怕女郎做傻事，便特意提点道，"二郎心慕女郎，女郎若是嫁入了端王府，苦日子便熬出头了。"

戚映竹道："是重新飞上枝头吗？"

侍卫长觉得她说话阴阳怪气，接着听到她婉转又透着几分倦怠的回复——

"多谢劝慰，但不必将我的事告诉旁人。能有一容身之处，我已然满意，别无他求。"

卫士们点点头，不再多话，告辞而去。

从此以后，这山中院落便供戚映竹和成姆妈住。侯府千金沦落至此，连个服侍的贴身侍女都没有。

山中又下了几日雨。

这日天亮了，成姆妈坐在女郎屋舍外头的廊庑中，摇着扇子照看炉上正煎着的汤药。

服侍假千金并不是什么好差事，何况这假千金还是个病秧子。侯府的仆从们都躲着不肯接这差事。成姆妈被派来，一是自己没有门路躲开苦活儿，二是富贵险中求。

她想到临行前，侯夫人和真正的千金小姐说的话——

"我过了这么多年苦日子，她却锦衣玉食，实在不公！我非要她去吃点儿我吃过的苦！"

"到底是侯府养了这么多年的女郎，也不能真的不管了，万一唐二郎回来……这样吧，让她去山中住，唐二郎若还肯要她，是她的造化，我这做母亲的也算为她找了个好去处；若是唐二郎不要她……起码山中生活清静。成姆妈，你好生伺候她，你的儿孙前程便都无忧。过两年，不论她生或死，嫁人或不嫁人，你都可以回来和儿孙团聚。"

成姆妈想得出神时，听到屋中传来轻微的咳嗽声，知道女郎醒了，连忙放下手中的扇子，进去服侍女郎。

进屋时，成姆妈被吓了一跳，因为看到戚映竹已经披衣下床，正坐在妆镜前梳理乌黑的长发。成姆妈过去便夺了女郎手中的木梳，板起脸道："哪家女郎自己梳发？"

戚映竹仰面。窗外的日光落在她的面容上，让她仿佛散发着金色的光，成姆妈看得怔了一下。

戚映竹也因成姆妈的反应愣了一下，紧接着微微一笑，颊畔浮起的很浅的酒窝让她有了少女的憨态。她道："我以身作则呀！"

戚映竹乌黑的眼眸中轻轻地荡着一重波光，道："日后这里只有我与姆妈两个人住，姆妈夜里也不必侍候我。这里的屋子多的是，姆妈自己挑一间住着便是。"

她这样说，让成姆妈心中顿生怜爱：这也曾是娇贵的千金小姐，如今却……

"不成！"成姆妈推着戚映竹单薄的肩，让她转过去面对着铜镜，望着镜中那面容雪白、弱不禁风的少女，心中的怜惜多了许多，一边为戚映竹梳发，一边坚定地道，"女郎如今要紧的是好好养身子。女郎这般容貌……何愁回不去长安？老奴会好好照顾女郎的日常饮食，女郎也不可自暴自弃。"

姆妈在耳边絮絮叨叨，戚映竹心中温暖之余，却也想：要回长安吗？养父、养母都已经不要她了，她真的还要苦熬，等着回去的机会吗？其实病逝在山中也未尝不好。

她幼年时曾有算命先生断定她活不过双十之年。

她是早逝之命，长期吃药，如今已经虚度十七年光阴，何必与命运抗争呢？

戚映竹并未将矛盾的想法与成姆妈分享。姆妈照顾她本就辛苦，她只努力养病便是，至于心中郁郁，自己排解便是。

山中的日子飞逝，许是空气好，许是没有俗事打扰，许是成姆妈照顾得好，戚映竹的病竟渐渐地好了起来。见她能够多吃一些饭菜，也能下地走路了，成姆妈惊喜万分。

一日午后，戚映竹歪在榻上翻书时，姆妈坐在矮凳上一边做女红，一边与她唠叨："女郎，今日外头有太阳，咱们出去走走吧。"

戚映竹拿书挡住脸，装作没听到。

成姆妈毫不气馁地道："你呀，身体不好，就是因为总也懒得动。我们村子里的女人个儿个儿身强体壮，都是因为整日做农活儿……咱们现在从侯府里出来了，侯府对女郎每日吃的药未必有以前上心，条件不好了，女郎更要好好养病……"

戚映竹心想：姆妈好啰唆呀。

她不得不起身，堵住成姆妈的话："我去便是。"

成姆妈这才高兴了，一下子跳起来，丝毫不像年逾半百的老妪，反而比戚映竹更像个手脚灵活的二八少女。

戚映竹看成姆妈这般高兴，心中也微微生起喜悦之感。

二人出门，成姆妈为戚映竹裹斗篷时，戚映竹回头看到屋外贴着墙角的竹伞，多嘴了一句："这里总下雨，把伞带上吧。"

谁知她竟一语成谶。

成姆妈扶着戚映竹在山中走了不到半个时辰，戚映竹便微微娇喘，走不动路了。二人又歇了许久，再次行走时天公不作美，天上飘起了小雨。成姆妈连忙拉着戚映竹寻路往回走，但走着走着山中不仅飘雨还弥漫起了雾。烟雾笼罩山头，越来越浓，成姆妈和戚映竹被罩在雨、雾之中，迷了路。

成姆妈自责地道："都是老婆子不好，明知道山中多雨还要出来。"

戚映竹穿着红色的斗篷——嫣红的缎面映着她的面容，让她连眉目间的病气都少了三分，竟生出几分娇美感。雨丝斜斜地落在面颊上，她感到清清凉凉的。戚映竹不像成姆妈那般发愁，反而觉得在山中淋雨也很不错，前十七年藏在侯府的宅院中，都没有机会这般亲近自然。

戚映竹侧身帮姆妈罩好斗篷的帽子挡雨，微微仰头，看到二人头顶的黑色大伞，笑了，面颊上又出现浅浅的酒窝。

"这有什么关系？我有斗篷，姆妈也有斗篷，我们都淋不到雨，还多拿了一把伞，就算雨再大些也没有关系。"

成姆妈看了她一眼，难得见到她笑起来的样子，只觉得心中一暖，"扑哧"一声也跟着笑了起来，摇摇头，催促戚映竹："好了，咱们快找地方躲雨吧。你身体不好，可不要淋雨淋病了。"

戚映竹低低地应了一声，被成姆妈扶着，深一脚浅一脚地寻路。

灰蒙蒙的山间雨水渐重，乌云浓密，蜿蜒的山道上，一红一灰两道穿着斗篷的人影相携着艰难地移动，倒也珊珊可爱。草木的"沙沙"声伴随着"淅沥"的雨声，山间倒显得更加静谧。

戚映竹走累了，但怕姆妈担心她，便捂着心口，强行压下急促的心跳。仰头之时，戚映竹忽然颤了一下睫毛，因为看到薄雾笼罩的山间，有一个黑衣少年从山路的另一头拐了过来。

雨水淅淅沥沥的，少年行在山路上，并未撑伞，英姿飒爽，颇具野性。

烟雾氤氲，冰凉的水珠再飘到面颊上时，戚映竹只感觉周身难受——空气太潮湿了。

这种天气，山上突然出现一个陌生的少年，岂不奇怪？戚映竹思考后，再抬眼，心跳不禁加快，因那方才离她们分明还有七八丈的少年，此时已经要与她们擦肩而过。

成姆妈握着戚映竹手臂的手一紧，力道太重，让戚映竹微微咬唇。

戚映竹低下头，看到少年修长笔直的小腿。他穿着黑靴，每走一步，姿态轻快又随意，煞是好看。

黑衣少年与她们只有两步远时，缓缓地看了她一眼，一言不发与她擦肩而过。片刻后，蒙蒙青山间，戚映竹回过神，转头看去，蓦地一滞，看到他身形劲瘦，紧窄的腰身挺拔如竹。她继续向上看去，注意到他的领口、发丝皆干爽无比，一丝都没有被雨淋到。

黑衣少年转过脸来，发丝拂过红唇，眸若寒星，面容俊俏，看她的眼神直勾勾的，又透着潇洒自在。

成姆妈用肥硕的身体挡在二人之间，高声道："女郎，我们快些走，千万不要授人以柄，给不三不四的人占了便宜！"

戚映竹自己心虚，登时脸颊滚烫，低下头仓促而含混地应了一声。

雨丝飞溅，时雨眯了眯眼。

他虽然没有完全听懂她们的话，但大约明白那个老婆子瞧不起他。

要不要杀了她们呢？时雨轻轻地握住袖中的匕首。作为江湖上鼎鼎有名的杀手"恶时雨"，杀人是他颇为信赖的解决问题的方式。

时雨向前一步。此时此景，山林中有一妙龄少女与老妪相伴而行，颇不寻常，为掩藏行踪，他动了杀心……但当他握紧袖中的匕首时，山风徐来，一阵凉气被吸入肺腑，体内的伤让他的胸膛微震，咳嗽出声。

淡淡的血腥味自少年的方向随风飘向主仆二人。戚映竹因体弱而对一切异味更为敏感。

血腥味传来，戚映竹咳嗽出声。

隔着雨雾，二人的咳嗽声都止住，他们不约而同地望向对方。

成姆妈不悦地咳嗽一声，以作提醒。戚映竹回过神，脸颊更烫，颇觉狼狈。

"我能借把伞吗？"

她正为自己的不妥表现后悔时，听到这少年开了口。

少年的声音偏清亮，讨人喜欢。

戚映竹一怔，和成姆妈同时仰头看向头顶的伞。

可是……成姆妈见这个后生的眼睛一直盯着自己身后的女郎，挺身而出，道：

"你这小子无礼。在雨中走了半晌也没见你身上被淋湿，你借什么伞？"

时雨睨了成姆妈一眼。

少年睫毛又浓又长，其下一双带着弧度的眼睛漆黑透亮，如闪着光的星辰，打量人的眼神直接得让人不适。

少年满不在乎地道："是吗？"

戚映竹瞠目——隔着姆妈的肩膀，她稍微仰脸看去，看到这个少年不知动了什么手脚，几乎是一瞬间，雨水"哗哗"地涌向他。他的眉眼、面颊、武袍都被雨淋得湿透了，他的长睫毛如同雨帘一般，任由雨水"滴滴答答"地淌下。

一瞬间，戚映竹心中涌上促狭之意。

她轻轻地推成姆妈，道："姆妈，不碍事的，我们把伞给他吧。"

成姆妈瞪了这个黑衣少年一眼，却迎上少年无所谓的目光。少年对她一笑，成姆妈心中微微一凛。她到底年长，凭经验看出这个少年恐怕不好惹。她侍奉女郎在此，二人在山中住着，可不要惹了煞星才好……

成姆妈递出伞，声音尽量平稳地说："女郎，今夜老爷必然又将那十个卫士派过来，女郎可不要再心善，将人赶回去……老奴听说，那十个卫士中还有在御前当过值的。"

戚映竹知道成姆妈为什么撒谎，低下头小声胡乱地应道："好。"

时雨接过黑伞后，对这对主仆的杀心淡了。他看看雨，再看看这可怜的老妇人和那娇滴滴的女郎，少有地改了主意，说："跟我来。"

她们在山中迷路又淋雨，女郎的身体恐怕撑不住，经验丰富的成姆妈权衡再三后，决定相信这个少年，毕竟若这个少年真想害她们，不必这么麻烦。

她做主跟上那少年，戚映竹默默地走在后方。

行了不到一刻，时雨到了一座破败的山中小寺前，收了伞，回头看向那对主仆。

成姆妈看到红墙小寺，心中一阵激动。因为她想起两人住的地方离这里并不远。成姆妈回头看向戚映竹苍白的面颊，握紧女郎的手暗示。戚映竹柔柔地点了下头，跟着成姆妈进了寺。

落雁山如今人烟稀少，这山中小寺自然也没什么香火。时雨进了正堂后，找了一个挨着白灰墙面的角落盘腿而坐，闭目调整自己的气息，为自己疗伤的同时，也警惕着四周的动静。

他听到虚弱的脚步声，睁开眼，看到戚映竹被那老妪扶着进来。

戚映竹侧过头，悄悄地望了他一下。只这一刹那，那老妪又扭着肥胖的身体挡住了时雨的目光。

成姆妈拉着戚映竹的手，将她拽到离那陌生少年最远的地方。戚映竹静静地立着。成姆妈扯下自己的斗篷小心翼翼地铺在地上，让戚映竹坐下。

戚映竹自是不肯。

成姆妈笑道："老奴皮糙肉厚，坐地上一夜都没什么，但这里湿气重，女郎要是因此生病，那才是麻烦了。"

戚映竹抿唇，为自己不争气的体质微微懊恼，坐下后，握住成姆妈的手，轻声道："姆妈，日后我定然——"

成姆妈严肃地打断她的话："女郎，你还记得夫人让你背的《闺训千字文》吗？"

戚映竹愣了一下，感觉到另一侧的角落里有一道灼热的目光紧盯着自己，心里赧然，转移话题道："姆妈，你说的是《归云集》吧？那本诗集蛮好看的，我背给你听……"

姆妈不接她的话茬儿，接着道："待会儿雨停了咱们再回家，左右现在无事，老婆子又不认字，就只记得夫人让您背的《闺训千字文》。老婆子也想当文雅人，和女郎说说话。女郎，咱们这就背一背吧……凡为女子，大理须明；温柔典雅，四德三从……"

作为女郎的教养姆妈，成姆妈唯一熟悉的便是这类教女郎三从四德的文章。虽时人风气开放，男女交往并无那般多的忌讳，但宣平侯是位老儒，迂腐中庸至极，派给戚映竹的教养姆妈自然要将这类文章日日诵读，好让女郎记到心中。

成姆妈边背诵，边把视线投向那个坐在角落里打量她们的黑衣少年。

阴影挡住了他的神情，他只露出半张面孔和一双钩子般的眼睛。因为年龄尚小，他眼中的冷漠被漂亮的眼睛和眼睛的弧度中和。

戚映竹阻拦成姆妈不成，被迫当着少年的面聆听教诲，心里尴尬，觉得狼狈，抱着手臂，坐姿贤淑静雅，默默地侧过脸，面颊红得更厉害了些。

时雨不悦地看着她们。

那老婆子"叽里呱啦"的在说什么？她必然是故意显摆有文化，让他听不懂。

到底是少年心性，时雨虽没有听懂成姆妈对自己的警告和暗示，却因不服气而懒得理那对主仆，闭上眼专心调整自己的气息。

小寺中，成姆妈背诵《闺训千字文》的声音在风雨声中依旧"琅琅"。

雨水连绵不绝，山庙中的两方人泾渭分明。

戚映竹用斗篷裹着身子，听成姆妈唠叨了许久。她静静地望着天地间的雨丝，已然习惯性地当作听不到姆妈的说话声。

空气中泥土的芳香与雨的气息混在一起，小寺里竟很是静谧。戚映竹抱臂而坐，想着自己的心事，心情少有的平静下来。她渐渐地有些困，便将脸埋在膝盖间。

成姆妈见她如此，说话声也小了。

假寐间不知过了多久，戚映竹被成姆妈推醒。成姆妈指着外头灰白的天空小声说："女郎，雨停了。那小子好像睡着了，咱们趁他没醒，赶紧走吧。"

成姆妈始终不将那少年当作什么好人。

靠着自己的膝盖的少女忍着身体的酸痛感清醒过来。外面一派蒙蒙的光亮，雨水落在地上形成小水洼。

她被成姆妈扶起来，本没有想到那少年，听姆妈一说才恍然想起。

戚映竹侧过头，看到那靠着墙的少年闭着眼，外面的光线落在他的鼻梁上，衬得他肤色白皙。

成姆妈为她穿好斗篷，并飞快地把自己的斗篷也穿好。

被成姆妈拽着，即将踏出寺门时，戚映竹略微挣了一下，回头看向那少年。

成姆妈道："女郎！"

戚映竹心中空落落的，也不知自己为何会回头。半晌后，她小声道："我们走后万一再下雨怎么办？把伞留给他吧。"

不等成姆妈阻拦，戚映竹轻轻地推开成姆妈的手，拿过伞，一瘸一拐地走向时雨。

她走到角落，蹲在时雨面前，屏住呼吸，小心翼翼地将抱着的黑伞放下。因她气血不足，做这般微小的动作时也眼前发黑，身子晃了晃。

一只充满习武人的劲力的手伸来，轻松无比地抓住她的手腕，让她没有摔到地上。

时雨的手按在戚映竹的手腕上。

戚映竹仰着脸，眼中含雾，轻轻地眨了眨。红色的斗篷映着她雪白的脸，让她如同雪地里的红梅一般，斗篷上细白的绒毛被她的气息拂得轻颤。

两双黑眸相对。

狭窄的墙角里，时雨耸了耸鼻子，突然上身一动，微微倾身。

少年凑得近，高挺的鼻梁差点儿撞到她。戚映竹骇然，猛地后仰。她抬头欲斥，却见他的眼神清纯，独独没有逗弄之意——他不像是在故意欺负人。

古怪的氛围下，成姆妈刻意压低的声音在后面紧迫地响起："女郎，你没事吧？悄悄把伞放好，咱们赶紧走。你没惊醒那小子吧？"

戚映竹看着时雨的眼睛。

他的眼睛在幽暗中闪着光，眼中的光不是清水，而是让人沉醉、迷失的酒。

戚映竹不知哪儿来的勇气，轻声开口："姆妈，他睡得很香，没有醒。"

说完，她因说谎而脸色绯红，伸手轻轻地推开他按在自己手腕上的手。

他坐在那里一动不动。她慢慢地站起来，红色斗篷扬起的风混着药香轻轻地拂向他。

戚映竹垂下眼帘，移开目光，背过身，走向成姆妈。

时雨坐在角落中，因光线昏暗，成姆妈并未发现他醒着。

香气远离，只有指尖柔软的触感尚在，时雨好奇地搓了搓手指。

黑夜中，时雨低头走在山道上，抱紧怀中的黑色大伞，身影飘忽，脚步声轻得让人听不到。

他收起所有的思绪，忽然停住了脚步，抬眼道："出来。"

瞬间，他身后的灌木的树影中出来了三个黑衣人。三人或立在草间，或站在树上，或离时雨只有几步距离，用微妙的站位包围住时雨。

其中一人阴森森地笑了，开口竟是女声："时雨，你敢接刺杀秦月夜自己人的单子，当真是要钱不要命！我们奉楼主之命，抓你回去！"

时雨道："就凭你们？"

月亮藏在云翳后，他的身影消失在原地。

三人凛然，知其轻功绝技在江湖上赫赫有名，谁也不敢放松！

秦月夜是江湖上排名第一的杀手组织。

时雨凭着卓越的轻功与狠辣的杀人手法，成为楼中排名前五的杀手中年龄最小的一位。

秦月夜将这些杀手组织起来，平时杀手们各接各的任务，楼主只从他们的酬金中抽取提成，倒也相安无事，但是最近时雨连续接了三个刺杀本楼杀手的活儿——楼中排名前五的杀手，除了排名第一的金光御，其他三人都死在了时雨手中。

秦月夜的楼主大怒，自然要给时雨一些教训！

下过雨的山道与灌木间，时而可见粼粼的波光，来杀时雨的三名杀手背靠背，低头时忽见地上的水洼中有一道影子飘过。

其中一人反应最快，扭身一旋，撒出一把暗器，正好对上时雨手中挥出的短刃！雪白之光逼得那人向后疾退三尺，脸颊却还是被兵刃擦出了血珠子！

然而如此一来，时雨的踪迹终于重新暴露，其余两人抓紧机会错步跟上。

其中一人手持一柄长刀贴身而舞，急速挥向时雨。

时雨不擅与长刀对攻，腰腹被撞伤，闷哼一声后向后疾退，躲开暗器，翻身蹲到树梢上。

眼前银光乍亮，时雨"唰"的一下张开手中的大伞。三人以为这伞是什么武器，慌忙向后撤退。

寻到这般机会，时雨从树上飞下，手中的短刃自伞后劈出，伞面"刺啦"一声被撕裂开，双方兵器交击！

寒月照山，黑伞轰然落地，时雨跃下，在林中飞快地穿梭，身形和树影融在一起，更加难以辨清。

一个女杀手观察敏锐，道："他气力不足，身上血腥味重，显然已经受伤。我等一齐上阵，必不让他再逃！"

此时，山中唯一的居院中，满院花香树影，厢房中一灯如豆。

戚映竹已经吃了药，却并未入睡，而是散着发坐在床帐旁，单薄的妃色裙裾垂地。烛火昏黄，她微皱着眉，悄悄地打量了一下成姆妈。

成姆妈正语重心长、唾沫横飞地训她："女郎，你实在太不当心了。今日那小子，你知道他是好人还是坏人，就送他伞？何况男女有别，你是已有了人家的女郎……"

戚映竹轻声道："我没有人家。"

成姆妈失笑，道："长安城谁不知道唐二郎对你的心思？你可别这么说，老婆子还等着沾女郎的光，跟着女郎风光地回长安去，让那些狗眼看人低的人都瞧瞧呢！唐二郎……只要他回来了，知道女郎身上发生的事，定会心疼至极，来接女郎回去的。"

成姆妈分外乐观，因为那端王府中的唐二郎自小儿迷恋戚家女郎的事尽人皆知。二人青梅竹马，唐二郎风雅端庄，戚映竹柔弱娴雅，岂不是天造地设的一对？

成姆妈觉得只要戚映竹是被唐二郎娶回去，那自己就不算违背夫人和真正的侯府小姐的想法，这是女郎最好的出路……何况成姆妈自第一次见到这位女郎起，就丝毫不觉得以女郎这般相貌，唐二郎会因女郎的身世而变心。唐二郎只是端王府上的一位寻常公子，又不是端王世子，这样的年轻人娶妻，自然只要自己喜欢便好，约束会少很多。

成姆妈说了许久，见戚映竹垂头不语，心里"咯噔"一下，怕戚映竹心中有别的想法，连忙坐下握住女郎的手，劝道："女郎你看，你平日喝的药都那般贵，若是侯府停止供药，你可怎么办？你身体弱，和寻常女郎都不同……"

戚映竹恹恹地道："病死乡间有什么不好？"

成姆妈握着她的手一用力。

戚映竹为成姆妈出主意："我这般身子骨儿，也没有别的去处……到时候姆妈埋了我的尸骨后就可以回长安……"

成姆妈在她的手背上重重地一拍。

戚映竹吃痛，颊上的笑窝却若隐若现，道："我开玩笑的。"

成姆妈见她慧黠可亲，却仍掩不住眉目间的虚弱之色，心中生怜，舍不得再说女郎，只努力把她拉回"正道"，道："唐二郎一去两月，女郎不若给他写封信，也亲近些……"

女郎总不能一直不冷不热的……

戚映竹侧过肩，把脸藏到床帐后，伏到了褥子上，掩口打哈欠，道："我困了。姆妈，熄灯，咱们睡吧。"

成姆妈无奈地看了她半晌，叹了口气，持着高烛出去，没再多说。

同一时间，山上打斗激烈，正是搏命之战。四人同是杀手，出手就是你死我活，谁也不曾留情。

在三人的围攻下，少年的黑衣身影如雾一般飘忽，诡谲万分。不管三人如何逼迫，时雨手中的短刃都不曾乱。他紧盯着一人，要将一人杀掉后，再对付其余两人。

当两名杀手死于手下后，时雨身上的伤口也不断地渗血。他喘着气半跪在地上，血珠子"滴滴答答"地顺着手腕向下滴。

最后一名杀手与他对视，心中骇然。

一双稚童般无情又纯粹的眼睛是世间最卓越的杀手的标志，这样的眼睛时雨拥有。

那杀手向后退时，时雨已飞身袭来。对方露了怯意，气势顿时矮了一截，两人只打了十几个回合，对方的脖子就被时雨抹开了。对方求饶："别杀我！你中了我的毒，我给你解药……"

那杀手的呼吸还是断在了时雨的手中。

时雨没有从那杀手的身上找到解药，抛开尸体，站起来，摇摇晃晃地走了两步，头重脚轻，看到了地上被撕开一道长缝的黑色大伞。

鬼使神差地，时雨喘着气走过去，伸出染着血的手，吃力地将伞抱到自己怀中。

短短一个动作，他的脚步更加飘了，他知道这是毒开始发作了。

厢房中的灯熄灭后，成姆妈睡在外间，戚映竹睡在里间。

外室的成姆妈入睡得很快，呼噜声此起彼伏，内舍床帐内的戚映竹却辗转反侧，无法入睡。

睡前成姆妈提到的唐二郎，让戚映竹想到了一桩桩往事。唐二郎是待她很好，但真的会放下世人的成见，娶她这个侯府假千金吗？就算他愿意，端王府会愿意吗？就算所有人都点了头……难道她也应该点头吗？

婚姻到底是什么呢？古诗中说的"婚姻""爱慕"到底是什么样的感觉呢？她虽身体不好，却亦有对知慕少艾的欣羡之心，只是因为缠绵病榻太久……并没有那般机会。

戚映竹并未觉得唐二郎不好，只是……她茫然地想着，难道自己此生要与这人绑在一起吗？

侯府，真假千金，唐二郎，婚姻，爱恋……戚映竹笔直地躺在床上，盯着上方的帐子。昏暗的光中，那些心事好像卷入了床帐，成了帐上起伏的卷纹，如海浪一般一重重地向她扑压而来。

压抑、难受，她感到心脏跳得越来越厉害，越来越痛……

戚映竹捂着心口，额上冒出冷汗，扶着床柱坐起。心疾突然发作，她面如白纸，手指颤抖，胡乱地从帐中伸出手，扶着几案去找药。

床头的黑檀木匣中的一瓶药已经吃完，戚映竹呆愣了片刻。心跳的"怦怦"声更加厉害了，让她整个身子都忍不住颤抖。

在外头成姆妈香甜的呼噜声中，她咬着唇，想到灶房中应该有一瓶新炼好的药丸。不忍心将成姆妈从睡梦中喊起来，她披上衣服，跌跌撞撞地向外头奔去，脚步虚飘飘的。

刚走几步，戚映竹脊背上冷汗密布，浸湿了轻衫。

草木凌乱的山道上，时雨勉强集中精力，将死掉的人推下山。处理了尸体，简单地清理了战场后，时雨才离开。

时雨其实是第一次来落雁山——因为有人告诉他杀手们追杀他，他想出城将杀手们全都解决了再说。时雨抱着伞走在山道上，深一脚浅一脚的，伤口一直在渗血。

他浑浑噩噩地在山中走了一段距离，以为自己走的是下山的路。他知道自己的意识会越来越浑噩，心里也生了焦虑，怕自己的不妥之状越来越重，不等下山就倒在山道上……

恶时雨没有死在敌人手中，却因毒发死在山路上，江湖上那些人知道了会笑掉大牙！时雨硬撑着，死也不肯给人留笑柄。

突然，少年前方的路被一座别院拦住了。冷汗淋漓，鲜血满身，时雨抬头，发现自己立在一座庭院前，定了一下神，抬脚就走入这座庭院——他需要有人救他。哪怕把这座院落中的人杀干净，他也要有人能救命。

抱着伞的黑衣少年一步一个血脚印，满头冷汗，立在一间看上去有人住的厢房前，面无表情，抬起脚就要踹门，与此同时，袖中的匕首已经准备好杀人。

"吱呀——"，面前的木门不等时雨踹，就从里面被打开了。

戚映竹脸色煞白，衣衫凌乱，长发汗湿，一只手捂着心口，一只手扶着门框，立在木门里面。

时雨冷汗淋漓，血凝结在黑色外衣上，神色因无情而显得凶狠可怖，却在看到戚映竹的刹那眼中有了波动，黑眸中带着错愕。

二人互相凝视片刻，时雨的影子在地上拖得很长。一瞬间，黑夜削弱了少年凌厉的气势，只留下无措和茫然，莫名显得有些乖。

天上无月，院中花香浓郁，一阵风吹过，杏色的、白色的花瓣"簌簌"飞落，飘向二人。

二人都看着对方，不解为何对方会出现在这里……

夜间的凉风袭来，将少年身上的血腥味吹向戚映竹鼻中。心脏疼得更厉害了，戚映竹忍不住弯下腰，忍住忽然之间涌上的呕吐感。

她捂住口鼻向后退了一步，怕惊醒屋中的成姆妈，忍着难受，用气音问道："你……为什么来我家？"

她家？花瓣落在肩头，柳絮飞到睫毛上，少年鼻尖发痒。他眨了一下眼睛，低头时看到自己怀里抱着的伞，歪了歪头，眼睛都为之一亮，理直气壮地道："我是来还你伞的！"

戚映竹看向他递来的伞——伞面被撕裂的、伞骨已经断了的伞……

时雨的脸蓦地红了，他一时张皇，有些无措地想将那惨不忍睹的伞收回来。面前的戚映竹身子晃了一下，软软地倒了下去。时雨本能地张开双臂，接住了她倒过来的柔弱身子。

她晕倒在他怀里——他被她一压，身上的伤口血流得更多了，疼得一哆嗦。他接住她的身子坐在地上，头晕乎乎的，鼻子里全是乱七八糟的香气，呛得他的心也跟着晕。

时雨忘了自己本来要做的事，目光迷离地低头看怀中闭目的少女。

她肤白，头发长，嘴巴红，真好看。

时雨忍着自己的伤痛，将戚映竹抱了起来。

他抱着她一路往她的闺房中走，怀里的少女虚弱万分，轻飘飘的。他顾不上观察更多，将她放在床上后，反身在她的内舍一阵乱翻。他翻出一点儿止痛的药，也没仔细看，就一股脑儿地吞了下去。

时雨趴在床板的边沿，额上冷汗涔涔，黑眸闪烁。只是片刻时间，他眼睁睁地看着这个女郎的脸色似乎更白了，气息更加紊乱，面颊上的冷汗擦也擦不尽。

时雨将脸凑到她的心口，听到她急促的心跳声，意识到她大约是生了重病，很无措。他不知道她得了什么病，自然没法儿让她吃药。他想了想，听着外头的老妪沉重的呼噜声，一边坐在地上看着戚映竹雪白的脸，一边扬手将床板外的几案推翻。

几案在黑夜中被推倒发出的声音惊醒了外头的成姆妈。时雨听到外间的成姆妈迷迷糊糊地扬高声音问："女郎？"

成姆妈一边穿衣，一边往里间走。

那肥胖老妇的身影在门口晃的时候，时雨轻轻地向上一跃。

成姆妈立在门口，看到绛红的床帐飞扬，女郎奄奄一息地躺在床上，急切地喊道："女郎！"

成姆妈急急忙忙地冲向床畔，自然注意不到蹲在房梁上的黑衣少年。时雨撑了半天，见成姆妈去抱戚映竹，又慌张地找药，松了口气。

知道那位女郎得救后，趁着成姆妈忙乱的时候，他从屋中溜了出去。

内伤让他在这短短的时间内冷汗更多了。

时雨将寝室门口的伞捡起来，回头看了一眼亮起灯火的寝室，吐掉胸中的浊气，这才下山去找医馆治伤。

戚映竹自从醒来后就听成姆妈唠叨着昨夜她心跳紊乱晕过去的事。她被成姆妈扶着在床上坐好，喝了一碗药粥，气色才好了些。

戚映竹靠着彩色织锦引枕，听成姆妈说了许久，恍恍惚惚地有了些记忆。但是她记得，自己晕倒前分明是开门出去……那个黑衣少年立在自己面前，惊愕万分地与她四目相对。

手指轻轻地抠着锦衾上的卷草纹，戚映竹轻声问："姆妈，你没有见到别人吗？"

成姆妈背对着她，正在摆弄果盘，道："什么别人？"

戚映竹不敢提起那个黑衣少年，便只道："我梦中，有人还伞……"

成姆妈端着果盘过来，坐在她旁边，摸了摸女郎的额头，有些纳闷儿，道："这是梦魇了吧？要不是老婆子半夜起来，谁能知道你晕了呢？……对了，几案被推翻了，是你疼得厉害的时候推的吧？"

戚映竹摇摇头，见成姆妈用探究的目光盯着她，便也怀疑是自己做梦想多了，自我怀疑地道："也许吧？"

成姆妈叹了口气，更忧心这位女郎的身体了。

成姆妈嘱咐了两句，让她歇一歇，便出去看炉上的药是不是煎好了。戚映竹一个人坐在榻上，想了一会儿昨夜所见的黑衣少年……

可她真的闻到了血腥味，真的是做梦了吗？

戚映竹不知道坐在那里想了多久，忽然见成姆妈一脸严肃地进来，手中没有端药碗，颇为诧异。

成姆妈问她："女郎，昨夜你确实没有见到什么奇怪的人吧？"

戚映竹摇摇头，心想：即便真的是那个少年……他也不奇怪啊。

她记得自己晕倒在门口，说不定还是他……

戚映竹的脸颊滚烫，她低下头，不敢暴露自己的羞赧。

成姆妈松了口气，道："没有就好。女郎，你不要怕，官爷来问我们几个问题……你不知道，昨夜发生了一桩大案子。"

戚映竹抬眸看去。

成姆妈紧张兮兮地道："有人死了！有猎户早上上山砍柴时发现悬崖外伸展的一根树杈上挂着一个人，就是昨晚死的！除此之外，还有别的死人！"

戚映竹眸光闪烁，面色稍微白了一点儿。她盯着成姆妈，好像没有意识到事情的严重性。

成姆妈迟疑了一下，恐吓她道："其中有女子，恐怕是被先奸后杀……官爷发现了女性尸体！这落雁山平时也没个人住，老奴怀疑，是昨天下雨时咱们遇到的那个后生干的……老奴这才担心女郎昨夜碰见奇怪的人。"

戚映竹脱口而出："怎么可能？！"她失笑道，"姆妈，你胡说什么？我们遇到的那个少年……才多大呀。"

她想到少年笔直的腿、劲瘦的腰，还有……漆黑的、好奇的眼睛。

成姆妈说："我不是吓唬人，这都是官爷猜的……官爷要来问话，女郎，我们请官爷进来吗？"

戚映竹根本不相信成姆妈的话。她收拾了一下衣着，撑着羸弱的身体，迎官府来查案的人进来问话。

官差在山中寻找，找到了两具尸体，一男一女，似是夫妻。女子摔下山崖，面容惨不忍睹。仵作查看了半天定夺不下，最后顺着官府的意思说这是采花贼做的。

"那采花贼看中了妇人的美貌，对那丈夫大打出手，连杀二人后逃跑。"

戚映竹根本不相信这说法。但是官府为了结案，硬是将此案和之前发生的案子联系到了一起，找不出凶手杀人的理由，就要弄一个出来，恰好前段时间确实有采花贼在此地作案，再加上成姆妈的证词，官府认为采花贼就是那个突然出现，现在又消失得无影无踪的后生。黑衣少年的画像在成姆妈的辨认下贴满了大街小巷。

戚映竹初时怀疑他们都弄错了，但是随着成姆妈和官差找出更多的证据，也开始疑神疑鬼起来，怀疑自己在无意中和采花贼擦肩而过了。

况且她心中有一个没有向官差说的秘密。

她晕倒的那天晚上见到过那个黑衣少年——当时那个黑衣少年就立在她门口。

好端端的，他岂会无缘无故地出现？这么多天下来，若他不是采花贼，又为何再也不出现了？

莫非他那天晚上……戚映竹心中浮起些后怕的情绪。

成姆妈比她更怕。

侯府的假千金住在落雁山上，这座山上统共也没几个人，而戚映竹又是这么一张脸……成姆妈远比戚映竹了解世间的险恶。这落雁山再住下去，万一那个采花贼少年回来，欺辱她们一老一少，她们怎么躲得了？

成姆妈便借着宣平侯府的名义，真真假假地暗示官差戚映竹身份尊贵，又给了些钱财。那办案的府衙中人见戚映竹这般花容月貌，又生得柔弱可怜，心中便生了怜意。

最后府衙大人大手一挥，允许戚映竹主仆暂时从山上搬下来，住到卫士层层日夜巡逻的府衙中去。只是他们也有话说："让你们暂住，不是让你们久住。再过两日，要是那采花贼再没有犯案，便说明那贼人离开这里了，你们就要搬回去住，知道吗？"

成姆妈连声道："晓得晓得，官爷放心吧。"

戚映竹主仆便在府衙中住了下来，一连四日，小镇中没有采花贼犯事，卫士巡逻保护的府衙也没有恶人闯入。众人放松了警惕，暗自说那恶人恐怕离开此镇了。毕竟这座小镇挨着京城，那采花贼也不可能胆子那么大，一而再再而三地作恶。

如此便到了戚映竹主仆说好离开府衙重新搬回山上住的前一天，依然无事发生。

身在府衙内，戚映竹和姆妈是分开寝室住的。夜里，睡眠极浅的戚映竹被极轻的拍窗声惊醒，在床上坐了一会儿，听出是雨丝拍打窗户的声音。

戚映竹披上外衣，点亮灯烛，出了内舍，来到外间查看，果然见到一扇窗板在轻轻地晃，淅淅沥沥的雨丝从外面飘入，想来是入睡前侍女没有关好窗。

戚映竹走到窗前，将烛台放在小高架上。

烛火映着女郎清丽的面颊。她探身去关窗，纱衣在腰肢处勾勒出一个浅浅的小窝。

关好窗后，戚映竹喘着粗气，重新将烛台端起，向里屋走，走到半截儿，觉得哪里不对劲，猛地转头，向两排摆满了书籍的书架后望去。

她深吸一口气，看到了时雨。

他一只戴着护腕的手搭在几案上，另一只手搭在椅子扶手上，背对着墙，坐姿分外放松。当戚映竹出现时，他缓缓地撩起眼皮，做出一种霸道又戏谑的神色。

戚映竹蓦地想明白了，那扇摇摇晃晃的窗子是被这个少年推开的。

时雨站起来，走向她。

戚映竹低着头，看到他的黑靴、长腿。他走得不紧不慢，从容闲适，但是那逼迫而来的凌厉之气让戚映竹举着烛台的手微微发抖，身子轻轻摇晃。

她脑海里一下子想到成姆妈这些天吓唬她的话——那些女子被人羞辱后死不瞑目的尸体，凶手残忍的手段，采花贼的传言……

戚映竹一步步向后退，腿被后面的木板一绊，跌坐在了榻上。她抬头，看到时雨依然走向她。

怎么办？外面有那么多卫士，却根本拦不住他。成姆妈在隔壁睡着，她要是喊人的话，姆妈是不是会先遇到危险？

少年立到了她面前。戚映竹额上见汗，心里怕得不行，知道自己面对采花贼无论如何也躲不过。她仰头，脱口而出："你便是杀了我，我也不会委身于你！"

时雨若有所思地垂下头，说："原来真的是你到处跟人说我是采花贼啊。"他挑了一下眉，又说，"你给我惹了很多麻烦。"

他慢慢弯下腰，盯着她的脸。戚映竹的脸色越来越苍白，而时雨离她越来越近。

他盯着她，慢吞吞的，像是在研究她的死法一样，道："你说我是采花贼，我就让你如意，让你那样去死。我一直很奇怪，采花贼而已，有什么好怕的？"

他想做试验，只觉一切都很好玩儿，道："你想的，是这样吗？"

他报复性地将唇贴在了她的唇上。

二人的气息一时间全都屏住了。

第二章　既朔月

睫毛颤抖，气息相融，唇与唇相贴的刹那，戚映竹的魂飞出一半——她好歹曾是侯府千金，不应遭受这般羞辱！

但同时，戚映竹心里又有点儿迟疑。

这样的羞辱……值得她一头撞死以示清白吗？

戚映竹还没有想明白，与她贴着的少年就向后一退。戚映竹维持着一种蒙了的神色，心里松了口气，同时紧张地盯着他下一刻的动作。

电光"轰"的一声划过天际，雨"噼里啪啦"地敲打着窗子，紧挨床榻而坐的戚映竹手指攥紧身下的褥子，看向时雨。

窗外雪白的光打在时雨的面上，将他凌厉而俊俏的眉目映得分外清楚。他的眼睛分明是无情的，但在他低头的刹那，摇曳的烛火让他的眼睛如幼鹿的眼睛一般湿漉漉的，透着几分不谙世事的纯真。

时雨嘀咕："不对。"

他抬头看她，盯着她的眼睛，回忆着他混迹江湖时所见的所有亲热场面，确定地重复一遍："不对。"

戚映竹绷着声音道："什么？"

时雨没有说话，再一次倾身而来。

这一次，他用手托住戚映竹的后脑勺儿，脸与她的脸相贴，鼻子也撞上她的鼻子。两人的气息再一次融在一起，他却好像一下子有了经验，会动唇了。

人张嘴除了可以吃饭、说话，也能做别的。

"轰"的一下，戚映竹浑身发抖，苍白的肌肤泛起绯红色。她伸手推他想躲，但是时雨按压着她——她微弱的力道根本没有被他感觉到。

少年的气息是清甜的，唇间还有奶酒的味儿……戚映竹晕乎乎的，手指发抖。她明明知道自己应该躲，可是脑子糊涂地想：他晚上喝了酒吧？奶香味儿混着酒味儿……甜甜的。

戚映竹目光闪烁。她抬眸，与他睁大的乌黑眼睛对上。

戚映竹被那并不痛苦，甚至带着快意的感觉吸引，迷迷糊糊的，头脑发热半天，心脏又开始跳得厉害。她以为自己是心疾犯了，怕得要死，眸中不禁泛起泪花。

"怦""怦怦""怦怦怦"……她的心跳得那么厉害，他的唇那般软。

风"呼呼"地敲着窗，额头的汗淋淋相融，少年男女的身影映在窗纸上，被晃动的烛火拖长又变短。

时雨轻轻一推，将她压在榻上，目中的欲望如杀气，如宝剑，凌厉万分。他迫不及待的架势让戚映竹回了神，意识到两人的处境和自己面临的危险。

她涨红了脸——她被诱惑了。

时雨扑了个空，因为怀中的美人突然有了力气。她奋力推开他，拿起案上的烛台就向他砸。时雨抬手便扣住戚映竹的手腕，阻止了她的反抗。

戚映竹抬头，又气又急地道："你不许胡来！"

时雨眼中的欲望未退，衬得他眸若清水，带着几分无辜。

他蹙眉，似对自己的状态很不解，但在她害怕的神色中恢复了理智，问她："你想死吗？"

戚映竹以为他是在威胁她，心里羞耻，面上恼怒的红晕更甚，道："你……"

时雨转过脸，从她手里夺走烛台扔在案上。烛台上的蜡烛早就灭了，烛台骨碌碌地在案上滚。戚映竹顾不上看，被时雨推着肩半靠在墙上，万分害怕。

时雨再次倾身凑过来，盯着她的脸问："你会一头撞死吗？"

戚映竹："……"

她被他压着，仰着脸看着他诚挚地问出困惑的问题，怔了一下后，她心中的慌乱竟一点点地退了，一瞬间明白了他在说什么——因为被亲了一下，她应该羞愧得去死吗？

戚映竹茫然了。她觉得活着没意思，可是……要因为这个去死吗？

时雨再次疑惑地问："我应该杀你吗？"

少年的问题没头没尾，一般人也听不懂他真正想问的是什么。但是被他压着的戚映竹很快便明白了这个少年真正的困惑——采花贼应该对少女先奸后杀，这个少年不懂为什么要杀。

时雨伸手，抚摸她的脸，万分费解地道："明明很好看。"

她明明很好看，他为什么要杀她？

戚映竹仰脸看着他，片刻后，万分肯定地轻轻抿唇道："你不是采花贼。"

时雨张口露出虎牙，向她龇了一下，道："你不是说我是吗？"

他这副神态，不知为何让戚映竹想笑。她低低地说了两句"对不起"。

她低垂着眼帘的样子落在时雨的眼中，令时雨觉得她太虚弱了，像是被人戳一下就会散架了一般。

时雨不知道手该放在哪里，而且看着她发了片刻呆后，竟有点儿不想杀她了……虽然她说他是采花贼，让官府的人四处抓他，最近给他惹了很多麻烦——他今夜本是来报复她的。

时雨若有所思地坐了回去。

戚映竹端茶给他道歉。

被时雨抬眸看了一眼，戚映竹心里一紧。

他自己不知道，此时他的眼里空荡荡的，一点儿神色都没有，万分无情，让人立刻就知道他不是寻常人。

戚映竹努力忽略两人之间的吻，想要自救。她想到自己从官差那里看到的山中死去的人的尸体……就算没有采花贼，也是死了人的。

一个十几岁的少年郎，半夜三更出现在一个少女的闺房中，按照常理，少女本应该惊惧的……戚映竹默默地垂下头。

她静默的时候，感觉到时雨的眼睛一直盯着她，对方毫不迂回，也发觉不了她的忐忑。她垂头半晌，坐姿越来越僵硬。

雨水滴答，呼吸声轻微，一男一女……

戚映竹受不了了，抬起头，声音轻柔地问："你……你叫什么？"

时雨不吭声，目光带着探究。

戚映竹反应过来，自报家门："我姓戚，你可以叫我'戚女郎'。"

时雨想：七女郎？大概是家里排行第七？好像贵族女郎都是用排行自称的。

时雨看着对方端正的坐姿，也想显示自己的修养，很礼貌地道："时雨。"

戚映竹猜想："神萍写时雨，晨色奏景风……是这个'时雨'吗？"

戚映竹与他有些蒙的眼神对视。对方茫然的神色十分清晰，她忽有一瞬对他这个小贼不那么害怕了——他看上去也不过与自己差不多大罢了。戚映竹抿唇，忍不住"扑哧"一下笑了。

时雨的睫毛颤了一下，他忽然倾身凑近，脸颊几乎和她的挨上。

他鼻尖一耸，嗅了一下。

"咚！"戚映竹捂住了自己的心脏，被他骇得差点儿又心疾发作了，伸手就推他，却没推动，手指抓在他的手臂上。戚映竹仰头，见时雨仍这般近距离地看着她，眼若星辰，气息湿润。

时雨盯着她的唇，一下子想到方才——挺甜的。

如果她当时没有打断他，他想继续。

心里那般想，眼神就显露了出来，时雨直接凑过去，要贴她的唇。

戚映竹转过脸，伸手捂住了他的嘴。

手掌挨着少年温软的唇瓣，戚映竹的手心都出了汗。她硬着头皮转移话题，问："山上的人，是你杀的吗？"

气氛顿时紧张起来。

贴着她的手掌的温热气息向后撤开，诡异的沉寂中，戚映竹意识到自己问了不该问的问题，收回手，抬头看他，见时雨正垂眼盯着她，咬了咬唇，解释道："我怕你杀我。"

时雨心想：我今夜来，本就是为了杀你。

一个诬陷他是采花贼，给他带来麻烦的人，他本就是要杀的，但是……

时雨盯着她，不说话。戚映竹开始不安，悄悄地向他望去，眉目灵动，娇美可爱。她只这般坐着，就有种说不出的美。

时雨看着她，见她露出害怕的神色，开口："我不随意杀人的。"他又低头嘟哝道，"我还救了你一命。"

戚映竹一愣，问："那天晚上，真的是你？"

时雨抬头看她。

戚映竹从他眼中寻到了那一晚立在门口的少年眼中的纯净与错愕，面颊渐渐地红了，扭捏起来。她侧过脸，小声道："谢谢。"

于是，时雨如同被灌了迷魂汤一样无功而返。

他非但没有杀那个女郎，且在对方哀求他说"天太晚了，你该走了"时，真的走了。

时雨想到她长得挺好看，亲起来还甜甜的……心里高兴起来，倒并不为此生气或难过。

采花贼嘛，他当就当呗。

不过……他既然不拿七女郎出气，就要寻那个真正的采花贼出气。作为江湖上赫赫有名的恶时雨，一个"恶"字道尽了时雨的狠辣与冷漠。

时雨离开了府衙，从头到尾都没有卫士发现他的踪迹。

天亮后，时雨在小镇的威猛镖局中得到了杀手楼秦月夜的暗号。暗号那一头的人告诉他："暂时先不要回来，等楼中的事情解决了，你再回来与我合作。"

镖局的主人人称"胡老大"，小胡须，瘦削貌，是个四十岁出头的黑脸汉子。他看着时雨将字条扔进火炉中，叼着烟袋，笑道："时雨大人，既然你不回楼里了，我给你找地方住，你帮我走趟镖，让兄弟们开开眼吧？"

威猛镖局为秦月夜提供掩护，平时得了杀手楼不少好处。

胡老大精明的眼睛转来转去。他敲了敲烟杆——他不关心秦月夜现在的内斗，只想着若是能够得到时雨大人的帮助，自己手里的生意不知能好做多少。

谁知时雨转过头，淡淡地睨了胡老大一眼，很不配合地道："我有地方去。"

他要去找七女郎玩儿。

时雨离开威猛镖局的时候跟胡老大说："那个采花贼，你帮我留意一下。"

胡老大正遗憾时雨不留下帮自己干点儿活儿，随口道："啊？那个小贼？估计犯事后就逃了，咱们这里这么小的镇，也藏不住人……时雨大人问这个做什么？"

时雨道："杀啊。"

胡老大虎躯一震，惊骇万分地道："时雨大人难道是要为民除害？"

不像啊，江湖上赫赫有名的恶时雨，杀人没有规矩，有时是接了秦月夜的任务，有时是毫无理由地杀人，但无论其杀人的理由是什么，一个"恶"字道尽了他的本性——他不可能惩恶扬善啊。

时雨用看傻子的眼神看了胡老大一眼，说："他害了我的名声，我杀他很奇怪吗？"

胡老大想：这是挺……挺奇怪的啊。

说时雨是采花贼的是官府的人，又不是那个采花贼，时雨却要找采花贼算账。胡老大琢磨着时雨是不是不想惹官府的人，但没有问。

时雨出了镖局的大门后身影一晃，人就不见了，这般神出鬼没的功夫让胡老大凛然。

最近秦月夜发生了不得了的内斗，老一派势力退下后，新势力登台，少不了时雨这样的人物。威猛镖局若还想和秦月夜合作，此时多照顾时雨一点儿，日后就会得到回报。

时雨确实神出鬼没，好像晚上发生的一切都是戚映竹的一个梦，就像那一晚戚映竹推开门见到时雨一样——她分明看到了他，但是除她以外，所有人都没见过时雨。

次日，戚映竹借成姆妈的口，跟府衙打听是否寻到采花贼的下落。戚映竹甚至小心翼翼地暗示那黑衣少年恐怕并不是真正的采花贼。

戚映竹坐在窗下，对外头的小吏轻声道："姆妈的供状、你们画的画像，我都见到了。官爷，那少年看上去与我一般大，又生得俊俏……他何至于做什么采花贼呢？"

成姆妈在旁边拽戚映竹的手臂。

戚映竹知道成姆妈既不希望她多事，也不想看到她为时雨说话，可是……戚映竹硬着头皮继续说道："官爷可明察此事。"

"好了好了，"来问话的小吏很不耐烦，并不把此事当回事，"你办案还是我们办案？我们已经贴了告示，女郎你也被保护得好好的，不要给我们添麻烦了。"

那小吏转身就走，戚映竹被噎得面色苍白，神色羞怒。成姆妈怕得罪官府中人，嘱咐戚映竹一声就去追了。戚映竹兀自站在窗户旁，手指紧抓着窗栏，身子轻轻颤抖。

昨日高台，今日泥沼，这些人不过是欺她孤零零，不再是高高在上的侯府千金。她好心好意地给人提供信息，却还被人抢白……戚映竹黑眸中泪光隐现。她将唇咬得发白，努力不掉下眼泪……

忽地，她头顶上传来一个少年的声音："你帮我说话呀？"

视线被泪水弄得模糊的戚映竹一愣，猛地仰头张望。她立在厢房的窗户旁，抬眼只看到檐角轻晃的铁马，墙头乱糟糟的瓦砾，还有……葱郁的古树叶子。

戚映竹怕时雨被人发现，压低声音道："时雨？"

这次声音依然来自她的头顶："嗯。"

戚映竹咬唇，方才还被小吏气得想哭，这会儿却被他弄得想笑。她小心地看看四周，见廊中、院门口都有卫士的影子，好些卫士都在向这个方向看，小声问："你在哪里？"

没人回答。

戚映竹隐约明白了，他不想撒谎的时候就不会回答她的问题。戚映竹换了个话题："你不要下来，这里到处都是要抓你的人。"

头顶传来"哧"的一声，这一次，戚映竹准确地循声望去，盯得眼睛发酸才终于在树干极高的地方，叶子的深处，模模糊糊地看到了黑色的衣袍。

戚映竹既紧张他背着人来找她，又忧心他为什么来找她，是不是对她有什么企图。

他表现出来的武功好高啊！就像现在，他人在这里，院中的卫士们却没发现。

戚映竹问："你……怎么来这里了？"

时雨道："追一个人追到了这里，想到你在，就顺便来看看。"

戚映竹不知自己该喜还是该忧。

院门口的几个卫士回头看到那位美丽的女郎一直仰着头看树叶，看了她半天，心中起疑，慢慢地向这边走来。

戚映竹没有发现卫士的靠近，还在专注地仰头想从树叶深处找到人。

时雨发现了卫士，道："有人来了，我先走了，晚上来看你。"

卫士们到了戚映竹的窗下问询。

戚映竹紧张无比，在卫士们仰头查看树木时，真的怕对方看出什么，幸好并没有。待卫士们走了，戚映竹后怕地坐下，这才发现自己出了一身汗。

她愣怔半天，暗自自嘲，不知道自己为什么要替时雨担心。时雨就算不是那个采花贼，也未曾说自己从未杀过人，毕竟山上被找到的那两具尸体无人解释得清。他要是被官府的人抓到……也是一件好事。

当夜，戚映竹百般踌躇，万般纠结。

她怕时雨真的来寻她，绞尽脑汁地想自己该如何摆脱此人。

成姆妈自晚膳起就发现自家女郎心事重重，询问未果，只知道女郎晚膳也没吃几口，就一径长吁短叹。

可惜，当夜时雨并未出现。他说来找她的话就如同随口开的玩笑，不算数。戚映竹说不出自己是什么心情。

次日，主仆二人被官府的人叫住。他委婉地表示那采花贼估计离开他们小镇了，两位可以回到落雁山上去住了。

成姆妈一时愕然，觉得根本没有寻到采花贼的踪迹，怎么就能说是安全的了？

成姆妈要找人说理，被戚映竹拦住。

戚映竹要成姆妈整理东西回山上，成姆妈不情愿。戚映竹这才道："姆妈，落雁山才应该是我待的地方。我一直在山下的府衙中好吃好喝地住着，有人是要不高兴的。"

成姆妈恼怒地道："谁不高兴？……啊。"

成姆妈想到了戚映竹敏感的身份，想到了前些日子回归侯府的真千金。

戚映竹淡淡一笑，面上无波，转身回内舍收拾行李。

成姆妈望着女郎瘦弱的背影，心中一阵酸楚，心疼地道："何必这样呢？你又不妨碍她什么。她自在侯府里锦衣玉食——你都躲到这里来了，她还要怎样啊？"

戚映竹没有多说，脑中短暂地出现了那位千金刚归来时看着她的目中的恼怒之意。那位千金是该怪她——听说戚映竹的亲生父母是农夫，那位千金没读过书……戚映竹在侯府穿金戴银时，侯府的真千金却在吃苦……对方如今仅仅要将戚映竹赶出京城，已经算是客气了吧？

成姆妈担心她们回到落雁山上后，采花贼去而复返。不管戚映竹怎么说，成姆妈都坚定地认为时雨是采花贼，即使不是，也必然不是什么好人。

戚映竹也确实觉得时雨不是什么好人，便没再多话。

不过成姆妈的担心是多余的。二人回到山上住后，日子恢复了清静，没有差役来扰，也根本没有什么外人来这边。

渐渐地，成姆妈放下了戒心，好好照顾女郎。

这一日清晨，成姆妈去扫院子了。

戚映竹起床后缓了一会儿心神，便坐于窗下，开始梳妆。

她从妆奁中拿出一张红纸，轻轻抿在唇间。忽然，支起的窗子旁，一只少年的手从外面伸来，万分好奇地将她抿在唇间的红纸向外一扯。

那只手有修长有力的指骨、白净的指节。

戚映竹呆呆地张大嘴，看到从屋顶上翻跳下来的时雨。

时雨也呆住了，低头看看自己手中的红纸，没想到她除了手臂力气小之外，牙齿的力气也小。他还想与她玩儿呢，结果一下子就把红纸抽走了。

时雨歪头，问她："你是不是咬合不太好？"

戚映竹："……"

她霍地站起，却因起得猛而眼前发黑，身子轻晃。一只手从旁边伸来，抓住她的肩。戚映竹定了定神，登时惊骇——时雨正和她面对面地站着，一只手抓着她的肩，一只手还搓着她染唇的红纸。

时雨低头看她，二人四目相对。

戚映竹恍惚地道："时雨。"

时雨弯了一下眼睛，声音清亮地应了一声。他看着她漂漂亮亮地站在自己面前，心里就开心。

他说："我去官府找你，但你不在那里住了，就试着来山上——原来你搬回来住了。"

戚映竹道："你前些日子去了哪里？"

她说完就涨红了脸，意识到不妥——她不应该关心一个陌生的少年……

戚映竹面色绯红。

时雨却没那么多心思，随意地道："我去赚钱了。胡老大有一趟镖，给的钱挺多，我就去帮他了。"

他垂下眼帘觑她，目光清澈，神色中既藏着无辜，又藏着独属于少年的狡黠与自信，问："你在等我啊？"

戚映竹正想飞快地回答"没有"，余光看到成姆妈拎着扫帚往这边走来的肥胖身子，心里一慌，知道不能让姆妈看到时雨，想也不想就抓着时雨的手拉着他一同蹲下。

成姆妈立在窗外，疑惑地道："女郎？"

光影明灭，尘埃在日光下轻舞。戚映竹抓着时雨的手，和他一起蹲在妆台下。时雨也不反抗，好奇地睁大黑眸看着她。戚映竹面红耳赤，支支吾吾地回答外面的成姆妈："姆妈，我头有点儿晕，你帮我熬一碗药吧。"

戚映竹一头冷汗，好不容易听到成姆妈的脚步声远去，感觉到头顶的气息热热的，是少年在笑。

戚映竹脸颊燥热。少年把脸贴过来，睫毛轻轻地擦过她的脸，不知是有意的还是无意的，舌尖轻轻一探，舔去了戚映竹额上的一滴汗。

少女骇然，僵着背向后躲，呆愣片刻后，试图教他："男孩儿不能对女孩儿这般随便的。"

时雨瞥了她一眼，给自己找理由："我要帮你擦汗啊，可我手上拿着东西。"

此时的戚映竹心慌意乱，并不能看出这个少年天真烂漫的神色中藏着的是他骨子里的那份无情、冷漠。

她以为他又要胡来。

时雨观察她片刻，道："你真好玩儿，我要一直来找你玩儿。"

戚映竹瞬间僵住。

山间景好。

院中的杏花日夜开放，古木的翠叶被风吹动，树叶与花瓣缠绵着落到地上，被扫帚扫去，地上很快又积起薄薄一层花瓣，白色与赭色交映。

戚映竹知道自己赶不走这少年，自暴自弃地重新坐于窗下梳妆，努力地忽视在自己身旁上蹿下跳，对她这里的一切事物都表现得分外有兴趣的时雨。

其间成姆妈不放心她，从灶房中探出头来看。

戚映竹看到成姆妈，握着象牙梳的手一紧，将自己的头发扯得生疼。她还没顾得上提醒时雨，身旁"嗖"的一声，黑衣少年就蹿到墙根处躲了起来，没被外面的成姆妈看到。

戚映竹瞪圆眼，惊讶地看时雨——他居然知道要躲开不喜欢他的成姆妈！

时雨觉得她惊讶的表情侮辱了他，道："你不想我被看到，我又不是傻子。"

可是话这么说着，他靠着墙，右手还新奇地玩儿着从戚映竹这里拿去的红纸，就好像看不出戚映竹对他的排斥一般，很自在。

戚映竹恨恨的，随他去了。

"你确实咬合不好。"时雨莫名其妙地蹦出来这么一句话。

戚映竹没理他。

他自己凑过来，把脸蛋儿凑到戚映竹面前，将戚映竹吓得绷着背向后躲。

她看到这俊俏的少年郎嘴里叼着她方才用过的红纸，但他不是用唇抿，而是用牙齿咬。

他用上下牙齿紧紧地咬住一张纸，两颗虎牙微露，春风吹拂，碎发拂过他的面孔，贴在他的唇上，一团柳絮颤巍巍地黏在他的睫毛上。

少年目黑唇红，齿咬红纸。

时雨伸手去拽自己齿间所咬的红纸，没有拽出来，便向戚映竹炫耀："嗯嗯嗯。"

戚映竹："……"

戚映竹眸中波光转动，绷不住"扑哧"一下笑出声。

少女颊畔的笑窝若隐若现，刹那间展现的俏皮掩去了眉目间的病弱之色。

时雨看得呆住，不知该如何描述。他从来没见过这样……让他忍不住想一直看着的少女。她病病歪歪的样子很好看，笑起来的时候也好看。

时雨因发呆而松开牙齿，任那张被他咬着的红纸从他唇间飘落。戚映竹伸手接过红纸，悄悄地觑了他一眼。

时雨有些懊恼，兀自茫然地道："我咬合真的很好。"

戚映竹不知该说什么，只好道："这个不是用牙齿咬的……算了。"

她将红纸收回妆奁，不像是要再用的样子。

时雨观察她，见她又恢复了那般闷闷不乐的样子，就和他刚过来时看到的一样。

时雨往她眼前凑。这会儿戚映竹不那么一惊一乍了，推他，眉目间却始终有郁色。

时雨不解地问："你怎么了？"

戚映竹已经梳洗好，回身向内舍行去。时雨一路跟着她。

戚映竹坐到床榻上，看向时雨。

少年的腰板儿笔直紧窄，双腿修长，他走路永远是气定神闲的，分外好看……见她看他腿的时间长了，时雨不禁也低头看了看自己的腿。

戚映竹立时脸红了，移开目光，心里暗恼：怎么能一直盯着人家的腿看呢？万一被人发现，就是"不知廉耻"。

戚映竹转移话题："你到底要对我做什么？"

时雨懒洋洋地道："找你玩儿啊。"

戚映竹并不相信他的话，道："你那般羞辱我，还一直来找我……你若是想杀我，直接杀了就是，何必这般一回回地戏弄人呢？"她垂头盯着自己裙裾下露出的绣花鞋的鞋尖，目中已经湿漉漉的，"我劝你也不必拿我逗趣。我就是没了，顶多姆妈掉两滴泪，没有人会为我难过的。你也别想拿着我的尸体去威胁谁，侯府不会认的。"

时雨听得云里雾里，不知道她在说什么，同时心里觉得委屈。诚然，时雨在江湖上恶名昭彰，但是自问对这七女郎一直挺好，几次动了杀念，但都没有动手！她冤枉他！

时雨盯了戚映竹半天，思考她为什么要这么说他，好一会儿，才恍然大悟——因为她是一个胆小的人，害怕他杀她！

时雨便解释道："我……不随便杀人。"他说这话时自己都心虚，赶紧多编出一句谎话来，"我只杀该杀的人。"

戚映竹缓缓地抬眼向他看去。时雨腰杆笔直，眼睛一眨不眨地看着她，希望她看出自己的诚意。半晌后，戚映竹半信半疑地问："那你……到底是做什么的？你为什么要杀山上的那两人？"

时雨绞尽脑汁，结结巴巴地道："我……我是做生意的。就是……就是……死的人，伤害了别人……的感情，我要帮别人讨回公道。"

他将"杀手"的职业解释得这般清纯无辜，若是秦月夜的楼主在此，定要记下这解释，当作杀手楼的招牌用。

戚映竹一个官家小姐，凭着自己看过的几本话本，尝试着猜道："这是……惩恶扬善吗？你是江湖人？"

时雨道："嗯。"

戚映竹若有所思。

时雨见她的惧怕之色消退了些，内心蠢蠢欲动，又想靠近她，结果才迈出一步，戚映竹重新惊恐地抬头看他。时雨僵住，郁闷又不解，问道："你都知道我不杀你了，干吗还这样？"

戚映竹道："时雨……你不能这样的。女郎的闺房，你不能这样随意进，对我的名声不好。"

她提防着他因为她的一句话而突然发怒。

谁知道时雨看起来脾气倒挺好，根本没有发怒的迹象，始终保持着能够沟通的态度。

对时雨来说，他不喜欢的人他会直接杀；他不杀的，便是在自己可以接受的范围内的人。

时雨可怜巴巴地道："我就想找你玩儿。"他又嘟囔道，"我很快就要走了。我喜欢你，找你玩儿几天都不行吗？"

只要秦月夜那边的事情结束，他就要回去了，既不会在这里待多久，也不想整日和胡老大那些人待在一起。

虽然心里明白他应该不是那个意思，戚映竹依旧因为他一句"我喜欢你"而脸色通红。她知道自己应该坚定地拒绝，不给他一点儿希望，可是……她拒绝有用吗？

她望着时雨。时雨用漆黑的眼睛与她对视。怪异的氛围在房间中蔓延，戚映竹感到心跳开始不正常，手指发麻。

她蓦地别过脸，阻止自己的妄念，说服自己：我只是害怕时雨欺辱我和姆妈。

戚映竹费尽力气才用极轻的声音憋出一句话："那你……不能在我不知道的时候闯进我的闺房，尤其是不能在夜里。还有，你不能让姆妈发现……"

时雨笑得露出虎牙。

他凭借少年独有的狡黠，看出她分明也是想和他玩儿。

这是自然，戚映竹纵是整日恹恹，被病所困，到底也不过是个十七岁的少女，亦会为病痛以外的新鲜世界所吸引……对于侯府没有的、侯府不愿给她的东西，她再厌世，也终究有好奇心。

一日下午，成姆妈陪着戚映竹看书消磨时间。

成姆妈完全不知道她们院中的那棵古树高高的树杈上躺着一个时雨，兀自唠唠叨叨地说着家里鸡蛋没了之类的闲话。戚映竹屏着呼吸，紧张地拿着一本书坐在旁边翻看。

她猜时雨就在树上，眼睛时不时地向上瞥一下，但不敢让成姆妈发现。

戚映竹端起案上的茶盏，抿了一口水，突然想到树上的时雨已经两个时辰没动静了……他是不是终于觉得她无聊，走了？

"轰"的一声巨响，她被吓得一哆嗦，心脏狂跳。成姆妈怕女郎受到惊吓犯了心疾，慌忙把她搂到怀里，捂住她的耳朵，道："不怕不怕，老婆子在，没人敢伤害女郎。"

戚映竹被成姆妈搂入怀抱，心中感动万分，但张口还没说出话，便被烟雾呛得咳嗽起来。

过了好一会儿，戚映竹小声安抚住成姆妈，与成姆妈一同看去，只见原来是一棵树上的树枝压下来，砸在两间厢房上，两间房子被砸出了两个破洞，尘土飞扬。

她们院中除了戚映竹住的寝室，剩下的两间厢房都被从高处砸下来的树枝砸漏了。

成姆妈诧异地道："好端端的，房子怎么砸漏了？"

戚映竹呆住，本能地仰头往树上看——是不是时雨做了什么？！

她看到葱郁的枝叶间，时雨大约也被弄蒙了，正趴在树上往下探头探脑。

见成姆妈跟着抬头，戚映竹慌忙地叫了一声："姆妈！"

正仰头打算细看的成姆妈一愣，低头看到戚映竹捂住心口。

她虚弱地道："我心口疼……"

成姆妈连忙扶戚映竹进屋休息，顾不上管外头被砸漏的房子了。戚映竹回头，心有余悸地看了一眼树顶。

树上的时雨默默地爬了回去。这不关他的事——他只是饿了，正好看到一只鸟，便站起来去捉鸟。就跳了几下而已，他跳了那么多下都没事，鸟一落下就出事……是鸟的错。

当夜，山间下雨。

厢房塌了，戚映竹原本是让成姆妈和她分开睡的，此时也只能让成姆妈搬回来与她一道睡。因为戚映竹下午时说心口疼，成姆妈担心她，对她寸步不离。

戚映竹心神不宁：夜里下雨，时雨可走了？他那么大个人，又武功高强，下雨了总会躲雨吧？

夜间睡在榻上，戚映竹听到外间成姆妈的呼噜声有节奏地响起，试着唤了她两声后，见没人回答，便蹑手蹑脚地穿上鞋履下了床，向外头走。

戚映竹关上门，立在廊上小声唤："时雨，时雨……"

天河倒灌，雨声轰然，戚映竹的声音被雨声盖住。听不到回应，她扶着栏杆走了两步，突然天上划过一道闪电，雷鸣声轰然而来。戚映竹身子一颤，心跳正加快，便被抱入了一个怀抱。

少年捂住了她的耳朵，很开心地道："你关心我啊？"然后他调皮又懂事地道，"不怕不怕，没人伤害你。"

电光照耀天际，少年的怀抱温暖、结实，和姆妈的不同，戚映竹被抱在少年潮湿的怀抱中，感受到自己剧烈的心跳，耳朵明明被捂住了，却发出轻微的嗡鸣声。这种说不清道不明的情感，让戚映竹恍惚地仰头，看到时雨如雨夜一般的眼睛。

他伸手捂着她的耳朵，嘴巴一张一合的。她听不到他在说什么，但从他咿呀学语一般的生疏动作判断出了他的想法——他在学下午时的成姆妈，哄她不要害怕。

屋檐上的雨水如溪流一般"哗哗"落下，密密如帘。待天边的电光消了，心跳如擂鼓的戚映竹反应过来，向后撤，离开时雨的怀抱。

时雨没有阻拦，打了个喷嚏。

戚映竹的心情便更加古怪。

她分明怕这个少年打扰她，可是看到他鼻头微红、眼睛如水的模样，又不忍苛责。她还要承认自己放不下时雨，才会趁成姆妈睡着时出来找他。

戚映竹转过脸。雨丝轻轻地向廊内拂来，她披着斗篷，身形羸弱，颈侧的乌发被雨淋湿了几缕，贴着面颊与玉颈。她的侧脸在昏暗的雨夜中显得清丽柔美，透着朦胧美。

时雨脑子里没有什么赞美女性的词语，可又心知肚明，她病病歪歪的样子是他见过的女性中最好看的。

时雨看着她发呆时，见她转过脸来，乌黑的眼珠子带着几分羞恼盯着他。时雨看她嘴巴一张一合的，好一会儿才后知后觉地意识到她一直在说话。

"我都说让你夜里不要来了。"

时雨反驳道："你说的是不要进你的房间，我是在房间外面的。"

戚映竹问："那你鬼鬼祟祟地在这里做什么？"

时雨向她摊开自己一直紧握着的拳头——方才他捂她的耳朵时，那只手就一直握着拳。戚映竹低头看去，猛然一惊，只见时雨的手中躺着一只硬邦邦、垂着翅膀、一动不动的鸟。

戚映竹道："死……死的？"

戚映竹面白如纸，向后退了一步，本来已经平稳的心脏再次被吓得怦怦急跳起来。

时雨不知道她害怕，还很高兴地道："白天的时候就是这只鸟弄漏了你的房子。我估计你很生气，就替你报仇，抓住凶手了。但你不让我去找你，我现在才能把凶手给你。"

说完，他责怪而委屈地看了她一眼。

戚映竹有些恍惚。

她因为常年缠绵病榻，心中多多少少对世间有些失望与怨怼。一只死鸟被握在时雨手中，她知道他表现得很吓人，但并没有太多善心去可怜那只鸟。

戚映竹嗔怪道："鸟是凶手吗？"

少年听到她的"嘤嘤"娇语，瞳孔微微一缩。

戚映竹抬眸看他，眸中清水微漾。

时雨握着死鸟的手向她面前伸了伸。他心里发虚，藏着一件没有告诉戚映竹的事情——弄漏了她家的房子，他是想帮她补好屋顶的，今夜徘徊在此，也是想补屋顶。

但是时雨不承认自己是弄漏她的屋子的人，当然也不会以此邀功。

伴随着雨声，戚映竹缓缓地侧过脸，不去看他递来的鸟，道："什么怪东西，死掉的，我才不要。"

戚映竹背对着时雨，眼睛看着雨雾茫茫中的院落，平复自己的情绪，道："你今夜……就在这里淋雨吗？"

她说话的声音轻如溪水声，但知道背后的少年听得到。

时雨随意地道："嗯。"

戚映竹垂下眼帘，手指轻轻地扯了扯身上斗篷的带子，轻声道："你不回家吗？"

时雨道："我没有家，想去哪里就去哪里。"

戚映竹略微赌气地道："那就回你能够——"

不等她说完，时雨打断她的话："不要。"

戚映竹道："时雨……"

时雨抱臂，别过脸哼了一声，再一次道："不要！"

戚映竹回眸，与他偷偷望来的黑眼珠对上。时雨嘀咕："别人没你好看。"

戚映竹面颊红了，脊背微微僵硬。她抠着衣襟上的花纹，飘来的雨丝连粉色的指甲都淋湿了。她声音更轻了，道："你不是会武功吗？我之前见你，雨下得那么大，你都没有被雨淋到。"

时雨"啊"了一声，慵懒又耐心地道："那样是需要很多内力的。我现在有伤在身，还要抓一个人，不想浪费内力。"

戚映竹低着头道："可你就淋湿了啊。"

时雨没吭声，或许是不知道她纠结的心事，不能明白她的怅然是为何。

戚映竹最后的问话被淹没在雨声中："那你……一整晚都要淋雨吗？"

时雨回答："啊。"

戚映竹回身，轻轻地看他一眼，然后走过他的身边，袅袅娜娜地向屋舍中走去。带着苦味的药香自她身上传来，被时雨闻到。

时雨丝毫不掩饰自己的失落和期盼，目不转睛地盯着她。戚映竹走到门口时，回头又看了他一眼。

雨丝飞溅，一道廊庑下，佳人与少年分别立于两侧。

戚映竹抿唇，道："你……进来吧。"

时雨的眼睛快速亮起，如同银河雨落，星辰飞燃。

关上门的一刹那，外头的风雨被关在外面，戚映竹和时雨那单纯的关系也一同被关在了外面。

戚映竹心里慌张，手搭在门上，轻轻颤抖。

她定了一下神，垂下眼帘，小心地拽住他的衣袖，拉着他往寝室里面走。

成姆妈的呼噜声一顿一顿的，在两人耳畔回响。

时雨低头，看到她握着自己的衣袖的手在轻轻发抖。见她哆嗦得越来越厉害，他伸手去握她的手。女郎羊脂玉一般柔软而冰凉的手被时雨抓住，雪白的手腕上，宽大的翠绿玉镯轻轻地磕到时雨的手腕。

时雨微微恍惚，戚映竹则被惊得猛烈地颤了一下。

戚映竹回头，责怪地瞪他，低头看向他抓着她手的手，想要挣扎。

二人纠缠了半天，戚映竹终于推开了时雨的手，提着裙裾，小心翼翼地引路，绕过成姆妈睡的床榻回自己里面的寝室。她这般惴惴不安，时雨这个没良心的人只知道好奇地四处张望。

两个少年猫着腰走，眼见着就要走过外舍，不想戚映竹转身时，斗篷的带子飞扬，钩到了一只落地的青瓷花瓶。时雨在后面跟着，看得清清楚楚，可记恨她不让自己牵手，便仰脸看向房梁，根本没有提醒。

戚映竹被自己的衣带扯得一个趔趄，拉得花瓶在地上摩擦，发出"刺啦"一声响。

仰着头看房梁的时雨背着手，"扑哧"一声笑了。

戚映竹被吓得直扑过来捂他的嘴。

成姆妈的呼噜声消失了，迷迷糊糊的唤声响起："女郎？"

戚映竹抬头，看到睡在外舍榻上的成姆妈坐了起来，登时拉着时雨蹲下去，身体有些瑟瑟发抖，依偎着大花瓶，也不知道这花瓶能不能藏住两个人。

时雨眯起眼，觉得这探险一般、偷偷摸摸的经历很有趣。

戚映竹声音颤抖地回答一声："姆妈……我起夜，你……你不用起来，继续睡吧。"

成姆妈道："老婆子扶你……"

戚映竹的声音一下子变得有些尖厉："不用！"

坐在榻上的成姆妈明显一愣，神志都要被女郎那急促的声音弄得清醒过来，紧接着听到女郎似乎带着哽咽、羞耻的声音："我一个人来就好。姆妈，求你，别起来了。"

成姆妈刚睁开眼，未曾适应屋中的黑暗，没有发现那对蹲在榻边不远处靠着花瓶的少年。成姆妈寻思着女郎大了，也有不好意思的时候，迟疑地道："不是睡不着？真的不用姆妈陪你？"

戚映竹声音低弱："不用。"

好一会儿没有再听到成姆妈的动静，戚映竹这才真的松了口气。紧绷了一路的她，身子一颤向后歪倒，时雨张臂就将她抱住了。戚映竹正待挣扎，少年滚烫的气息从身后柔柔地拂来，戚映竹的后颈慢慢地僵住。

时雨贴着她的耳朵，气息拂乱她的发丝，道："你是不是走不动了？"

戚映竹耳根红透，怕吵醒成姆妈，她不敢开口。

她头晕眼花，四肢无力，正在心里暗自懊恼时，时雨一声不吭地将她横抱了起来。

戚映竹蓦地伸手捂住自己的嘴，防止自己惊叫出声。

长发荡在时雨的臂弯，她用另一只手搂住他的脖颈，仰头看去，见时雨正低头看她，顿时闭目躲避，睫毛颤抖。他轻轻松松地抱着她去内舍，如进自己的家一般自如。

戚映竹自然不会让时雨上自己的床，顶多肯拿一床褥子铺在地上让他睡，即使是这样，也违反了不知多少条闺训了。

戚映竹一方面害怕时雨，另一方面心里也憋着恼意：她已经不是侯府千金，前两日还被真千金找借口重新赶上了山，所以故意要变得和以前的自己不一样。

可是……她让时雨进来，是不是引狼入室呢？戚映竹蹙着眉，想不清楚。

时雨则开心地团着被褥在地上打了个滚儿，仰头看她，眼里没有邪意。

戚映竹忍不住心软了，心想算了，他要是真想做什么，自己也拦不住。何况她身体弱，此时已经撑不住了。

这一夜过得足够精彩，戚映竹难得脸一挨枕头便迷迷糊糊地睡了过去，中间没有如往日那般有一点儿动静就惊醒。

睡着前，戚映竹还想着：雨停了就让他走；天亮了，姆妈进来之前就让他走……他可千万不能被姆妈看到。

相比虚弱的戚映竹，时雨精力充沛得很。他在地上滚了一圈，闭上眼装睡又睡不着，偷偷地睁开一只眼往帐子里看。

片刻后，时雨托腮趴在床榻边缘。

帐中的香气里泛着苦，他凑上去，睫毛在她脸上颤，闻到香气来自她的唇以及身体。

他倾身将脸挨着她的脸，气息与她的气息相融，停下动作。

时雨皱起眉，想到如果不经她的许可亲了她，她是不是又要哭哭啼啼地指责他？时雨已经发现，这七女郎有一大堆道理，一大堆"不行""不许""不可"。

想到这里，时雨叹了口气，懒洋洋地抱着被子躺了下去，面朝着床榻上的美人闭上眼，心想明天就问她能不能亲。

好像他只要问了她，就能亲到佳人似的。

第三章　蛾眉新月

帐中的香气越发浓郁。

那香气越暖，对人的侵扰便越深，闹得人心头发痒。

天蒙蒙亮的时候，成姆妈出恭。内舍中抱着被褥睡在地上的时雨蓦地睁开眼，醒了过来。

身上的黏腻感、梦中令人酥麻而战栗的快感……时雨感受到自己每日睡醒后都容易产生的身体变化后，并没有什么反应。他呈"大"字形躺在温暖的被褥里，仰头去看那青色帐中模模糊糊的人影。

成姆妈在外面弄出的动静越来越清晰。过了一会儿，成姆妈冲内舍喊道："女郎，外面下雨了。"

戚映竹因为身体不好，睡眠时浅时重。成姆妈喊了一声后拉开门去院子里忙活。戚映竹迷迷糊糊中听到声音也并未清醒，但是温暖的气息拂在面颊上，越来越热；灼灼的目光停在她的脸上，能将她的脸烫出一个洞来。

戚映竹睁开眼，神志懵然间，看到黑衣少年正趴在她的身旁盯着她看。一夜之后，他的衣裳有些乱，武袍内的白锦中衣领子露出一道，束着的发丝从肩头、脸颊落下，扎在女孩儿脸上。

帐子未曾被牙钩收起，戚映竹一觉醒来，本应在床下的少年出现在帐中，还直愣愣地盯着她。

戚映竹没有完全清醒，呆呆地仰脸看着他。但她很快反应过来，正要抬手，手腕被时雨一下子按住压在了枕边。背脊蹿起密密的麻意，戚映竹别过脸斥道："时雨！"

时雨低声道："亲吗？"

戚映竹惊骇，一时间竟领会不到他是什么意思。

时雨道："不让啊。"

他声音低低的，目露失望，却也没有要伤害她的意思。他松开抓住她的手腕的手，翻身就要大大咧咧地下床。

"女郎，该起了。"

戚映竹听到成姆妈的声音越来越近，显然她正往内舍而来。

隔着帐子，戚映竹撑着手臂坐起，看到时雨挺拔轩昂的后背和紧窄劲瘦的腰。他悠闲地站在帐子外，但屏风后成姆妈的脚步声已经很近了。

戚映竹慌张地从帐子里伸出手，一把抓住了时雨的手腕。

她力气弱，怎么可能拽得动他？但时雨立刻回头看去，目光极轻地亮了一下，如夜空中闪烁的星辰一般。

他假借她的力道顺势入了帐中，将半坐起来、衣带松松的少女扑倒。时雨的唇擦过戚映竹的唇，戚映竹赶紧转脸躲开。戚映竹慌张地扯过被子，盖住两个人的身形。

她慌得心跳如擂鼓。少年亲吻她的脸、唇，她急得快要哭了，又知道时雨不能被成姆妈发现，硬生生地扭过脸不肯被他亲，拼尽了力气将他往被子里按。

戚映竹呼吸急促。

时雨问："你怎么了？到底让不让亲？"

现在哪里还是亲不亲的问题？！

时雨和她没有默契，戚映竹急得要死，眸中似浸了水，胸口起伏。目光顺势向下，时雨看得怔住，出神之时，终于被戚映竹按到了被褥里。

时雨被被子罩住了脸，眼前陡然暗下。他随意地伸手就要扯开被子，后背被戚映竹柔软的手蓦地抱住了。

她在下，他在上——她紧紧地抱住他，不让他出去。

隔着被褥，时雨听到戚映竹道——

"姆妈，我还没起。"

时雨眨了眨眼，不乱动了。

他知道戚映竹怕的是什么了——但他不怕，很享受她的怀抱，喜欢她被子里的香气。时雨像条虫子，闻到温暖被窝儿中的香气就吸着鼻子去蹭。

戚映竹面红耳赤，按着少年的后脑勺，心口蓦地狂跳。

她重重地一颤，猛地扭过身，侧肩向内，长颈如玉，红晕弥漫。

成姆妈进了内舍，看到地上扔着一床被子，听到帐中少女发出一声低哑的嘤咛，担心地问："怎么了？"

戚映竹的心乱得像不属于自己了，她和时雨在被子下互相较着劲，知道自己状况危险，不能让他得逞，花了很大的力气才挣脱他。

戚映竹刚松了口气，以为他闹够了，他的气息就拂在了她中衣被扯开后露出的一边肩头上。

戚映竹身体僵硬，又自暴自弃地想：是肩膀，还好。

但是下一刻，少年柔软的唇贴上了她的肩。戚映竹登时颤抖，肩膀绷住向后缩。时雨一侧脸，脸埋入了她的颈间。

成姆妈听到戚映竹呼吸凌乱，不太放心，就走过来问："到底怎么了？"

戚映竹长发散乱地落在软枕上，面颊绯红，额上渗着细密的汗，心口酥酥麻麻的似有羽毛在撩拨，肩头一片湿热。她咬着唇，压抑着齿间颤抖的声音。

戚映竹终于隔着帐子看到了成姆妈的身影，骇得大脑空白，猛地抱紧被中的时雨。

时雨反应过来，也抱住她，误以为她的反应代表喜欢，更亲昵地拂开她的乱发，亲吻她的脖颈，舔去她颈上的汗。

戚映竹发出一声呜咽，道："姆妈……你……你去拿药来！"

成姆妈被吓了一跳，问："心口又疼了吗？最近怎么发作得这般频繁？"

戚映竹紧咬着唇说不出话。

她断续、凌乱的呼吸声太不正常，成姆妈以为她心口疼得比往日更加厉害，便顾不上掀开帐子查看，匆匆地向外头走去，因走得匆忙，还被地上扔着的被褥绊了一下。

听到关门声，戚映竹一下子扯开被子，喘着气抚着心口往后退，面红如血。

时雨的发丝和她的一般乱，他被压在空气稀薄的被褥下，面孔不知是何原因红得几欲滴血，唇角红润，眼睛直勾勾地盯着她。

戚映竹又羞又气地道："时雨，你恩将仇报！"

时雨问："什么？"他黑曜石一般的眼睛盯着她，道，"我没有亲你的嘴啊。"

戚映竹道："你……你……"

她羞得说不出话，见时雨往她面前凑，赶紧将身子向后贴着墙。时雨将目光向下移，从她的肩膀落到她微乱的领口上，眼中的欲望不加掩饰。他抬头看她一眼。

戚映竹道："时雨！"

眼中的欲望不减，时雨奇怪地笑道："你总叫我干什么？"

他伸手去拉她——她身上的每一寸地方在此时的他眼中都是诱惑。

戚映竹感觉到危险，怯怯地向后缩，胡乱地哀求："时雨……我让你进来躲雨，我们不能这样。"

时雨抬起眼帘，缓缓地看她一眼。

他终于发现了她的抗拒，迟疑地问："你不愿意？"

戚映竹赶紧摇头。

时雨目露失望，说："好吧。"他拉开和她之间的距离，问，"那我现在做什么？"

戚映竹低头，面露几分难堪之色，道："你……可以离开吗？我想缓一缓。"

她脑海中浑浑噩噩的，要想一想自己都在做些什么，是不是和时雨走得太近了。她分明是怕他的，可是为什么走到了这一步？

时雨淡淡地"哦"了一声，对此倒并不在意。

时雨失望地在她的床畔磨蹭了一会儿，仍不见她挽留自己，迷茫地想：不对吧？不是这样吧？别人"春宵一度"后，次日好像都会依依不舍吧？为什么七女郎一副巴不得他离开的样子？

时雨还在磨蹭，不想走，外头的木门被推开，成姆妈的脚步声重新传来。戚映竹抬头，与时雨低下来看她的目光对上。他对她弯起眼睛笑，又露出逗弄她的神情来。

戚映竹一时想笑，一时紧张，用眼睛暗示他快走，他却立在床畔动也不动。

戚映竹不得不开口："时雨！"

成姆妈刚端着药到了内舍，就听到女郎的娇斥声，心里一急，蓦地加快脚步，一下子进了内舍。成姆妈进来的一刹那，戚映竹眼睁睁地看着时雨轻飘飘地向上一跳，翻上了房梁。

戚映竹忍不住向上看，只见时雨的身影一闪而逝。

她耳边是成姆妈的责备声——

"女郎！"

时雨因为要换衣服，终于下了落雁山。

威猛镖局的胡老大已经对他望眼欲穿。

春雨淅沥，胡老大好不容易见到失踪多日的时雨，忙道："时雨大人，您整日都在忙些什么哟！正事都快要被您忘了吧？"

时雨转过头，眼中空茫茫的，这样单纯到极致也是另一种无情。时雨道："什么正事？"

胡老大提醒道："您让我打听的采花贼啊……有下落了。"

时雨顿时有了兴趣。

胡老大跟在他的后面，接着道："还有，秦月夜有几名杀手在京城的方向失去踪迹了，我们怀疑……可能是来找您的，您最近要小心。"

时雨不在意地道："来就来，杀了便是。"

除了目前仍排在第一的金光御，秦月夜的杀手再没有被时雨放在眼中的。

胡老大提醒道："失踪了好几人……秦小楼主的意思是，您要不出去躲躲，先回秦月夜和她会合？"

雨水落在睫毛上，时雨一扭头，不高兴地撇嘴道："不要。"

他现在一点儿都不想回去。

一上午的时间，戚映竹都在接受姆妈的"审问"。

戚映竹拢着被子，迟钝地看向端着药的成姆妈。迎着成姆妈质疑又担忧的目光，戚映竹低下头，手指抠着褥子上的纹路，支吾出一句："没什么，姆妈……我做了噩梦。"

然而成姆妈已经对女郎这几日的反常举动警惕起来，问："时雨是谁？"

戚映竹低下头，道："我新写的一首诗。"

成姆妈不信。

戚映竹道："是真的……我想到春时雨，便想作一首诗——《春夜喜雨》。"

想到诗名暗含的意思，她涨红了脸。

成姆妈问："诗呢？"

戚映竹道："在写。"

天刚亮，人间烟火初起。

镇上的花月楼门可罗雀，清晨之时，正是三三两两的客人离开此地的时候。在门口立着打盹儿的老龟公迷迷糊糊间见一个撑着破伞的黑衣少年徐徐走来。那少年在门前收伞，与龟公对视了一眼。

龟公正恍惚着，但眼前也微微一亮——烟雨蒙蒙下，少年气宇轩昂，比起昨夜楼里各式男客的丑态，不知让人心悦多少。

时雨将伞留在门口，便向楼中走去。

他的动作和神态都太平静，以至于他都走出去一段距离了，龟公才反应过来追进楼，道："你……你等等！这个小兄弟，你这是干吗的？"

时雨立在楼中一层的厅中，抬头看到各处胭脂明媚，暧昧而混浊的香气在空气中丝丝缕缕地环绕。楼上一个扭着腰肢、半遮半掩的女郎走过，"哟"了一声后趴在栏杆上向下看，美目流波，道："好俊的弟弟啊。"

时雨并不在意她的调笑——他从小混江湖，跟着三教九流长大，什么没见识过？

他来这里是因为胡老大给出的线索——那让他背了黑锅的名叫陈述的采花贼，非但没离开这小镇，且因为时雨替他背了恶名，逍遥快活了好久，还到处跟人炫耀。陈述昨夜就宿在此处。

时雨被官府追杀了多少日，这陈述就享了多少天的快乐。

时雨不对戚映竹摆脸色，自然要迁怒这个陈述。

时雨回头，看到追上来的老龟公，感觉莫名其妙，道："你说我来这里干吗？"

老龟公被噎住了。

老龟公不好说，因这少年虽看着稚嫩，好似可以流连花丛，但是眼神太干净，干净得……不像他们这里的常客。何况就算要逛花楼，哪有白天来逛的道理？

老龟公道："小兄弟，这时候女郎们都睡着呢，没有人招待你。你看要不晚上再来？"

时雨道："不用，玩儿的就是个趣儿。"

说话间，他用目光向四处一扫，已经将楼里各个角落里偷看他的人打量了一圈，其中没有跟胡老大给他看的画像中的陈述长得像的人。

后头龟公还在啰啰唆唆地想拦他，时雨缓缓地回过头。

他冷漠至极的眼神让人背脊蹿起战栗感，老龟公向后退了一步。

楼中四处响起喝彩声，因为下一刻，时雨纵身一跃，翻身踩上厅中一条被踢倒的案几，借力向上一拔，再顺着楼梯向上疾奔。少年鬼魅一般的好身手让楼中偷看他的人心中惊骇。

时雨站到了二楼的楼梯口，抓住一个要逃跑的小伙计的手。他长睫上还沾着雨水，眼睛晶玉似的好看，唇红齿白分外动人，如话家常一般道："带路找陈述，不然杀了你。"

楼下的龟公终于确定这小子是来找事的，大喝一声："伙计们，拦住他！"

时雨回头，目光一闪。

花月楼所在街道的三条街外，一家酒肆的屋顶，巨大的松柏与楼相缠，密密的枝叶蔓延到屋檐、墙头上。

七八个蒙面杀手立在树木投下的阴影中，借此躲雨，眼睛则盯着对面的花月楼。

目力最好的杀手汇报道："恶时雨已经进花月楼了。"

其他杀手颔首。

因恶时雨杀了秦月夜排名前五的杀手中的三人，又杀掉了被派去捉拿他的其他杀手，秦月夜的楼主震怒之余又心生惊骇。没有杀手楼会眼睁睁地看着这样的人崛起，没有楼主能够忍受恶时雨这样不遵守游戏规则的人。眼下秦月夜内斗，有人要夺楼主之位，恶时雨分明是和那人合作，要废了旧的楼主。

江湖杀手榜上排名第一的金光御，被人当作目标，如今自顾不暇。楼主自然无法请金光御出面解决恶时雨，但是没有金光御，就算多派些厉害的杀手搞人海战术，也要解决恶时雨。

此次被派来的杀手们都是楼主的心腹，接到的命令也不再是如以前那般捉拿恶时雨，而是直接杀了他。

恶时雨内功高强，几个杀手不敢太靠近花月楼，以免被他察觉。

不敢直面其锋，自然要采取别的手段，几人商量道——

"昨夜收到情报，时雨在杀掉那几人引起官府的注意后，仍未离开这里，果然是狂妄之徒，身为江湖人士竟和官府对上了。"

"时雨虽然为人乖戾，但也不是傻子。之前被派去的杀手就算没有拿下他，也肯定给了他重创。他受了伤还不离开，不惜惹上官府……这座小镇里一定有吸引这个小子的地方。"

"时雨睚眦必报——据说是官府让他背了采花贼的罪名，他今天去花月楼，肯定是要杀那陈述。陈述真够倒霉的，惹上了时雨。"

"我们且看看，找到时雨的弱点才能杀掉他。"

杀手们耐心十足。哪怕秦月夜的楼主已经火烧眉毛，但当他们决定杀一个难缠的对手时，仍要弄清楚所有情况——攻其七寸，才能致死。

花月楼中一片混乱。

在时雨看来，他原本只是要找一个人，却有这么多人阻拦，实在是麻烦。他此时在花月楼中引起的动静也不小了。众人看他如同修罗在世一般，惊惧不已。

时雨一脚踹开最后一道门，迎面便是飞袭而来的暗器。

时雨飞身躲过，跃上房梁与下方的人对视，道："找到了。"

少年身形如梭，一下子出现在陈述面前。

楼里这么大的动静，陈述自然早就听到了，此时见时雨动手，心里再无侥幸，大喝一声后迎上少年的匕首，口中兀自沉稳地问："敢问我如何惹了阁下？"

时雨笑了一下，性格中的恶劣露头，故意道："我不告诉你，你去做个不明不白的鬼吧！"

他踹出一脚，将陈述踢出三丈有余。陈述扑在屏风上，轰然吐血而倒。见时雨迎上前，陈述勉力接招。

这时时雨听到尖叫声，微微侧头，看到一个抱着衣服的楼中女郎战栗着叫——

"别杀我，我什么也不知道！"

花月楼内的打斗持续了半个时辰，三条街外站在屋顶上的杀手们默默地等待着。

"早就应该结束了。"一人道。

另一人不屑地笑道："一个采花贼，时雨不至于拿不下，为何还不出楼？"

几人面面相觑半晌后，同时恍然大悟地道："莫不是他……？"

几个杀手忍着笑，想着该不会是时雨看上了花月楼的某个女郎吧？这……毕竟是少年人。

陈述死在血泊中。时雨脸上干净无比，只有手指沾上了一点儿血迹。他不悦地皱了一下眉，懊恼地想：今天不能去找七女郎了。

戚映竹闻不得他身上的血腥味。她自己意识不到，但是他看到她每次闻到血腥味后都会咳嗽、呕吐、生病。

真麻烦，为什么戚映竹这么麻烦？

旁边女郎的抽泣声让时雨扭头看去。他和那哭得梨花带雨的女子对视了一会儿，很蒙地道："你哭什么？我又没杀你。"

女子还在哭，抽抽搭搭地扮着柔弱，希望这个少年看在她貌美的分儿上，能够对她网开一面。

时雨抽出一张矮凳，就坐在女子对面，大大咧咧地看着对方哭。

女子心里惊骇他之变态，三分悲戚感不由得加重成了七分。

时雨道："你别哭了，我今天没打算杀除了陈述以外的人，但你再哭，我就动手了。"

女子的抽泣声霎时止住，她泪眼蒙眬，抬起头。

时雨道："我们聊聊天呗。"他转头问，"最近有没有什么好玩儿的地方？我想带一个人去玩儿，但是她……身体很差，不能出远门。"

女子稀里糊涂的，只能顺着他的话说："那……那……明晚韩员外嫁女儿，办灯会，算不算好玩儿？"

时雨道："算。"他诚恳而真挚地问道，"我不强迫的话，怎么才能得到她？"

女子："……"

时雨茫然地道："她好像抗拒，又好像不抗拒。她到底是什么意思？"

女子终于在他的问题中找到一个自己能回答的，迫不及待地回答，希冀这个煞星能放过自己："这个奴家懂！女郎很多时候说'不要'，就是'要'的意思。"

时雨恍然大悟，笑眯眯地道："我懂了。"

杀手们在外又淋了半个时辰的雨。

半个时辰后又是一个时辰，他们等得越来越不耐烦，哪里知道时雨在做什么。

落雁山上，戚映竹被成姆妈盯着写诗。

但她写不下去——她不可能真的写自己如何喜欢时雨啊……

傍晚时分，坐在窗下的戚映竹明确地告诉成姆妈，她只是想好了题目，暂时还写不出来诗。

成姆妈不放心，问："所以'时雨'真的不是一个人？"

戚映竹放下笔，托着腮，目光闪烁地道："当然不是了。"

成姆妈忧心忡忡地盯了她片刻后，试探地道："你给唐二郎写封信……"

戚映竹脱口道："不要。"说完，她心中一颤，蓦地想到这是时雨才会说的任性话。

她心思凌乱，思绪乱飞，不觉想到时雨去了哪里。她心知自己过了界——若知廉耻，就不应该多想他，但她确实在偷偷地想。

戚映竹将脸埋入臂弯间。

时雨终是想看看她。

他轻飘飘地踩在枝叶间。雨仍淅淅沥沥地下着，时雨目光向下探，见昏黄的烛光亮起。傍晚时分，戚映竹披着衣服斜倚窗栏，青丝垂落，单薄得如同要散在雨中一般。

那个讨厌的成姆妈在她身后走来走去。

戚映竹恹恹地坐在窗下写字，听成姆妈唠叨。

成姆妈走后，戚映竹坐了一会儿，向窗外喊了一声："时雨！"

她本意是试探他是否在，却不料那躲在树上的少年露出了半张脸。

他眸若点漆，回道："你喜欢我呀？"

戚映竹一愣，既骇然他竟然在，又欢喜他竟然在。她目光迷离地仰着头，缓缓地涨红了脸，小声道："没有。"

时雨满不在乎地道："哦。"

过了一会儿，树上传来他被雨声所掩的声音："我还蛮喜欢你的。"

戚映竹手中的笔掉落，心跳如擂鼓——有的语言，说一遍不会有人信，但若一直说、一直说……总会有人当真。

她娇嗔道："这种话不能乱说。时雨……你下来，我看看你。"

时雨道："不要。"

他明明是怕自己身上的血腥味让她犯恶心，却调皮地道："你不喜欢我，我就不给你看。"

时雨最终还是从树上爬了下来，但不肯到戚映竹的屋檐前。

他站在四五丈外的庭院中，因为下着小雨所以戴上了兜帽。戚映竹这才知道原来他的衣服上还有兜帽可以戴。

用兜帽挡雨的少年立在那里，湿漉漉的睫毛下眼睛乌黑如葡萄，面孔白净，唇瓣红润。他看起来太无辜了——这般看来，谁想得到有着纯良面孔的他是个杀人如麻的杀手呢？

起码戚映竹立在屋前，隔着雨丝看他，早上因为他的热情而受到惊吓的心在此时变得柔软下来——戴着兜帽的少年，能有什么坏心思呢？

戚映竹面颊滚烫。她努力忽视早上他在她的被窝中搞出的状况，又忧心忡忡，有些怕他就这般赖在自己这里，两人生出更多意外，想劝他离开。

于是，趁着成姆妈去熬药的工夫，少女轻轻地向他招手，道："时雨，你过来。"

时雨用漆黑的眼睛盯着她，道："你会恶心的。"

车轱辘话说了几次，戚映竹再三保证自己不会恶心，本就有些跃跃欲试的时雨身子在原地倏地消失。戚映竹尚未回过神，身旁就多出了一个人，骇得向后退了一步。

时雨伸手去抓她。他身上的气息混着风雨飘来，戚映竹面容发白，霎时犯了恶心，一下子捂住嘴，侧过脸咳嗽。

她稍微缓和了一会儿，才想到时雨，回头看他，果然撞上他有些受伤的眼神。

时雨别过脸，不高兴地道："你看！我说过的。"

戚映竹心中羞赧。因病得久了，稍微刺激些的气味都会惊扰到她。

戚映竹叹了口气，倚着窗坐了下去。

才安静了一会儿，时雨便不甘寂寞地蹭了过来，靠近她，问："你伤心了？还是生气了？"

戚映竹推他，让他坐到对面去。时雨许是怕她难受，这次倒乖乖地听了话。

戚映竹抬眼，与他对视了一瞬，二人的目光皆有些凝住。

戚映竹回过神后，红着脸移开目光，低下头，斟酌地道："时雨，你离家这么长时间，你的家人不想你吗？"

时雨靠着她的几案，伸手无聊地拨着上面的宣纸。宣纸上墨汁浓郁，已经写满了字。

秦月夜的楼主教过他两日字，但是江湖人的认字标准和闺房、学堂中的认字标准自然完全不同。戚映竹这桌案上的宣纸上的字，时雨大略翻了一下，竟然有八成都不认识。

时雨微微一愣，默默地收回了自己翻弄她的宣纸的手，甚至在她对面坐着都不自觉地挺直了腰背，回答："我不是说我是孤儿嘛，没有家。"

戚映竹抿唇，道："骗人。"

时雨转过脸来看她，道："没有。"

戚映竹道："你有名有姓，就算没有父母，也定是被人收养长大的，怎能说自己没有家？"

时雨垂眸，无所谓地道："有人养就代表有家吗？你知道那人养你是出于什么目的吗？难道每个人养孩子，都是为了展示人间温情？"

少年直白尖锐的话刺得戚映竹僵住，脸色微白。

她想到了自己的养父养母……现在宣平侯府之人恐怕恨不得她早日死了。

养父、养母待她一直淡淡的。戚映竹想不通，这是因为她常年生病，算命先生预料她活不久，他们才对她感情淡漠，还是因为他们养的是旁人家的孩子，再怎么努力也没有那种血脉相连的亲近感？

戚映竹呼吸微乱，心口又有些疼，伸手捂住了心口。

时雨猛地抬头，问："怎么了？"

戚映竹轻轻地摇了摇头，低声道："我是问……你什么时候离开？"

话音刚落，屋内气氛沉寂下来，只能听到雨点落在泥土、屋檐上的声音。

戚映竹忍了一会儿，悄悄地抬眼看他。时雨与她对视，眸子一眨不眨。

戚映竹忍着移开目光的冲动，告诉自己不能退缩。

时雨心里泛起挫败和无助感。

人生第一次，他想和一个人亲近，那个人柔弱得不能杀、不能碰，连威胁都不能，非但如此，还总是拐弯抹角地赶他走。为什么？他这么让她讨厌吗？

时雨突然说道："我不相信！你骗我。"

他"唰"地站起来，气势如剑出鞘。

戚映竹面色更白。她跟着他站起来，强撑着身体，仰头正要说自己没有说谎，时雨挨了过来，向她弯下腰。他低头一推，戚映竹半站起来的身子就坐了回去。

他捂住她的后脑勺，唇贴了过来，与她气息相融。

戚映竹一惊，抓住他的手想要挣脱，然而抬起的手被他的另一只手握住了。时雨维持着弯腰的动作，一只手扣着她的后脑勺，一只手抓住她的两只手，低头与她亲吻。

少年垂下的睫毛轻轻一颤，眼睛被水浸湿了一般。

戚映竹一恍神儿，便被他压着加深了这个意味难言的亲吻。

她感到理智知道自己应该抗拒，但是她柔弱的身体抗拒不了，她的心也抗拒不了。他冰凉的、沾着雨丝的鼻梁与她的鼻尖亲密相蹭时，她体会到了少有的亲近感。

她因病弱一贯与人疏离，旁人也不敢来打扰她，怕她病倒。被当作瓷器看护了十几年的人，本以为心如死水，如今才知原来死水也会漾起波澜。

她的气息变得滚烫，呼吸更显凌乱。

终是少年胆大、无知妄为占了上风，两个少年缠在一起，风追蝴蝶，蝴蝶振翅迎风。

戚映竹软绵绵地倒下去。时雨弯身将她抱到怀中，让她滚烫的脸贴着他的颈。戚映竹说不出话，腮畔的发丝被他撩开，腮帮也被他啄了一下。

戚映竹听到时雨的笑声中带着得意、自信。

戚映竹说话的声音带着一丝哽咽："时雨……这样是不对的。"

时雨不明白她说的话，道："我想做什么就做什么。"

他低头，看她气息那般乱，喉头不禁滚动了一下。身体的感觉难以言说，他抓住她的手，想与她更亲近一些。

成姆妈的脚步声和说话声一道过来了："女郎，药熬好了，趁热喝吧。"

戚映竹一抬头便看到时雨眼中那不加掩饰的冰冷神色，身体一颤，道："时雨！"

时雨低头，踌躇了一下，收敛了杀气。他厌恶那个老婆子总是来打扰他，恨不得掳走戚映竹，好让七女郎日日陪他玩儿。但是他也知道，他要是杀了那个老婆子，戚映竹估计又要开始哭哭啼啼了。他烦闷不已。

戚映竹坚定地推开他，用眼神示意他离开。

成姆妈已经上了台阶，推门就能进来。戚映竹用气音和他说话："你快走吧，今夜不要过来了。你就算不走……今夜我也不会为你开门的。"

时雨笑道："你不会。你心软，疼我。"

戚映竹面颊通红，嗔道："胡说什么！"

她硬是将他推了起来，催促他快走。时雨半推半就地站了起来，在戚映竹松了口气时，忽地低下头，在她脸上偷亲了一下，而后转身就走。戚映竹一愣，听到时雨笑嘻嘻地道——

"我明晚接你出去玩儿。"

戚映竹赶紧道："什么？我不去！"

时雨回头看了她一眼，没将她的拒绝当回事。

戚映竹没法再明确地拒绝他了，因为其身后——成姆妈已经掀开帘子过来了。戚映竹紧张万分，千钧一发之际，就见时雨身子一纵，从窗口翻了出去。

戚映竹手心捏汗，坐了下去。她觉得和他说一会儿话没比自己生一场病轻松多少。

成姆妈看到窗开着，桌案上的宣纸被风吹得"唰唰"响，不满地放下药碗去关窗，道："女郎，你不应总坐在窗下，吹风着凉了怎么办？"

戚映竹低头不语，整理自己的心情。她兀自懊恼：原本她打算和时雨划清界限……结果又浪费了一次机会。

成姆妈唠唠叨叨地收拾桌上的宣纸，无意中一抬头，看到戚映竹的脸，浑身一震，骇然地道："你的嘴怎么了？"

戚映竹茫然地问："什么？"

成姆妈怒火中烧，抓住她的手，又气又伤心，浑身哆嗦着道："是不是哪个登徒子冲撞了你，你却不敢说？女郎，咱们这就下山报官，老婆子绝不会让你被人玷污！难怪、难怪……我就说你这两日不对劲，身子弱，还总坐在窗下干什么？你是不是怕麻烦，怕被侯府中人说，才想自己忍着，不肯报官？女郎，你……你受苦了，是我没看顾好你！"

成姆妈伤心得落泪。戚映竹心里发紧，好不容易哄住成姆妈，自己端了面镜子过来照。

戚映竹望着镜中那发丝凌乱、面染红霞的妙龄佳人，"扑哧"一笑，声音柔和又俏皮："姆妈，你瞎猜什么？我还以为怎么着了，不过是你方才去熬药的时候，我趴着睡了一会儿，口脂被吃掉了一点儿，不小心沾到了脸上……姆妈，快打水让我洗一把脸，我这样子也太难看了。"

可恶的时雨，竟用舌头舔，将她的胭脂和口脂给抹开了！

成姆妈泪眼婆娑，半信半疑。戚映竹坚定地说是成姆妈想多了。

成姆妈劝不动女郎下山报官，便也只能接受女郎的这个说辞。但是成姆妈有了戒心，发誓从此以后寸步不离女郎……便是熬药，也要拉着女郎一起去。女郎是要嫁给唐二郎做高门夫人的，万不可失身于此！

杀手们远远地跟踪时雨。在时雨下山后，他们又在落雁山上观察了一整夜。

确认时雨去的那处院落里只有一个貌美女郎和一个年老的婆子后，杀手们松了口气。一人笑道："原来是红鸾星动了。"

另一人道："他是玩儿一玩儿，还是认真的？"

这人旁边的人答："玩儿一玩儿吧……要是认真的，他就惨了。杀手岂能有弱点？恶时雨连这个都不懂吗？不过他也不用懂了——他会死在我们手下。"

又一人道："用这女郎真能威胁得了时雨吗？时雨那小子……我从没见他有过什么感情，对什么人动过仁慈之心。连楼主都说，他这种没心没肺的人是天生的杀手……要不是他这次跟秦小楼主合作，楼主也不会忍心除掉他。"

刚才说话的人回答："时雨当然不会对这女郎有什么太深的感情，但应正处在新鲜的时候。这个女郎现在是他的玩物，他怎么会愿意别人动？"

众人讨论后，接受了这个说法。

有人最终道："再看看，确认一下。"

一日后，天放晴了。时雨一想到夜里要带戚映竹去看什么灯会，便兴奋万分。

他在威猛镖局睡了一个白天，傍晚时才出门。时雨走过街巷时，被一个小摊上卖的樱桃蜜饼所吸引。那香气甜丝丝的，让他想到戚映竹的嘴巴。

小摊前客人来来往往，生意红火。小贩抬头，发现有一个穿着红黑色相间武袍的少年，默默地在摊位前站了许久。少年唇红齿白，生得很好看，大约是某个出来玩儿的小郎君。

小贩热情地招呼："小郎君要吃饼子吗？不贵，一个才三文钱。"

时雨眉目一动，点了下头。

小贩当即热情地为他包了一个饼子，递给他。

时雨一张手，一串铜板撒向小贩的掌心。小贩心里一动，看到时雨给了四个铜板，心里乐开花，想着这小郎君阔绰，竟多给了一个铜板当辛苦费。

不想小贩还没有收起铜板，时雨道："等等。"

然后他将给多了的那个铜板拿了回去。

小贩微觉窒息："……"

时雨也不走，就站在小摊前，接过刚烤出的热乎乎的蜜饼咬了一口，当即，带着樱桃香的蜜汁流在舌尖，细细绵绵的滋味让人口齿生甜。时雨本就嗜甜，不禁弯起眉目，说："好吃。"

他嘀咕："应该让七女郎也尝尝。"

小贩随意地接话："那就再买一个呗，又不贵。"

时雨思考了一下后，忍着口水，收好被自己咬了一口的饼子，将它用油纸包裹起来藏进怀中。他不肯花钱多买，反而说："我带去给七女郎尝一口。她喜欢吃，我再买。"

小贩登时不觉得他是哪家逃出来玩儿的小郎君了，心里鄙夷，觉得他口里的"七女郎"可真可怜，都吃不到情郎多买的一个饼，还要与他分食。

黄昏为青山涂上一层金粉。

绛红色与青白色的帘帐飞扬，屏风上影影绰绰，遒劲的梅花枝叶蜿蜒伸展，几乎出了屏风。时雨推开窗子，那窗户后的花瓶被他的动作推倒，就要摔到地上。

在花瓶挨地前，时雨轻飘飘地踩在地上，捞起了花瓶，将花瓶放回窗台上，把窗户也重新关上。

成姆妈用这招来对付翻窗的小贼——只要花瓶落地声起，她就能知道有人从外闯入。可惜成姆妈却没想到那闯入的小贼可能武艺出众。

时雨行走如风，熟门熟路地进了七女郎的内舍。他进了月亮门儿，从屏风后探出头，微微怔了一下。帷帐高悬，他认识的七女郎倚在床榻上，一身雪青纯色长裙与臂弯间的雪白纱帛一道从腰下铺陈，曳在木制床前。那样浅的颜色的衣裙穿在她身上，让她本就过白的面色被衬得更加剔透，空洞得似要消逝。

时雨心头涌上些许不安，直到看到美人云鬓松绾，唇点朱红，虽然恹恹地躺在那里，并非没有呼吸。

黄昏的光照进来，她靠着引枕而卧，帘帐轻扬时光华潋滟，这是好看得足够让时雨呆住的情景。

不好看的是寸步不离地坐在戚映竹旁边的那个做针线活儿的肥胖老婆子。

成姆妈自从觉得不对劲后，就做什么都跟在戚映竹身边，坚持不让戚映竹离开自己的视线。无论戚映竹如何强调，成姆妈都觉得有人觊觎自家女郎。戚映竹想不出法子让成姆妈放心，只好随成姆妈去了。

戚映竹心里甚至有一种诡异的放松感——姆妈总是跟前跟后，她没有落单的机会，时雨就不会来缠她了吧？这段错误的关系应该可以结束了吧？

戚映竹躺在那里，听姆妈唠叨着让她多出去走走锻炼身体的废话。戚映竹不爱听那些，将手里摇着的团扇盖在脸上，装作睡了。过了一会儿，戚映竹听不到成姆妈的唠叨声了，才将手中的团扇一点点向下移。

团扇上方，她那乌黑好看的眼睛露了出来，圆溜溜，水盈盈。

细长的柳眉忽然轻蹙了一下，因为她看到了在屏风后探头探脑的时雨。戚映竹与时雨的视线对上，握着扇子的手一紧，脊背微微绷起，被时雨亲得酸麻的那种感觉从腰椎骨向周身蔓延开来。

她又害怕，又茫然，还夹杂着一丝说不清的欢喜。

戚映竹定了定神，趁着成姆妈没看她，向时雨使眼色，示意他离开——她今日绝对不能再收留他了。

时雨顺着戚映竹的目光看到了成姆妈，恍然——他懂了。

时雨大大咧咧地走了进来。

戚映竹登时瞪圆眼睛，"唰"的一下从床上坐起，骇然地看着他——他怎么敢？！

"女郎？"成姆妈发现戚映竹突然坐起来，目光发直地看着她的身后，扭头去看，只来得及看到一道黑色的影子闪了一下。时雨抬手在成姆妈身前的某个穴位上一戳——成姆妈眼前一黑，摇摇晃晃地摔倒了。

时雨顶天立地地站着，腰杆笔直，双腿修长。他嫌弃成姆妈不是香香软软的戚映竹，就任由人"咚"的一声摔在地上，都不肯接一下。

戚映竹声音扬高，带着颤抖："时雨！"

随后俯身下床就要去看成姆妈，但剧烈的动作和受到的刺激让她一下子捂住心口咳嗽起来，面色渐渐苍白，神色也变得委顿。

时雨慌了，不敢再乱动手，赶紧过来扶住她。

戚映竹声音发抖，道："你不是说不会伤害姆妈吗？"

时雨迷茫地看了一眼地上躺着的婆子，道："我没有伤害她啊？"

戚映竹道："她被你弄倒了！你是不是杀了她？喀喀……你敢这样，我……我……"

时雨不服气地道："我只是让她昏睡了而已……好啦，你不要咳嗽了，就算是我的错好了吧？"

时雨不悦地把成姆妈搬到外面的榻上放好，回来后，见戚映竹气息微微地卧着引枕喘气，一阵后怕。他坐过来就将她抱入怀中，为她拍心口，关心地问："有没有好一点儿？"

戚映竹面红如血，猛然挣扎开来。

时雨扣住她，气息喷在她耳后，道："你不要乱动。"

他轻轻松松地制住她，看见她的面容霎时从苍白转为绯红，气息不如之前那般弱，但是变得混乱了。

戚映竹微微喘息着抓住他的手，颤声道："好了，不要了。"

时雨一顿，觉得手下的触感很不一样，低头，看到自己的手搭在她莹润的心口处。怀中的女郎颤巍巍的，声音带着些哽咽，还有一丝颤音，他将唇贴在她面上，感觉到她的体温变烫了。

时雨没忍住，伸手捏了一下。

戚映竹发出一声短促的叫声，那样娇柔，带着少有的满足感。她转过脸，尴尬地咬住唇，极其羞涩。

时雨发了会儿呆，然后一下子明白了是怎么回事，血液瞬间滚烫，一转身就将戚映竹压在了身下，按在床板上。

戚映竹目中含着水雾，道："时雨，不要！"

时雨道："女郎说'不要'，就是'要'。"

他用手指轻抚开她的衣襟，戚映竹却用手挡着胸口不肯让他继续。两人在帷帐内僵持半天。时雨开始不耐烦时，一滴水滴到了他的手上。他一愣，抬头看到她泪眼蒙眬的模样。她此时衣衫凌乱、乌发蓬松的样子，分明是可怜又娇憨，与平日冷冷淡淡、拒人于千里之外的样子一点儿也不一样。

时雨低头，吻她眼中掉下来的泪，不满地道："真的不要吗？"

戚映竹没有昏了头，道："你让我起来。你再这样，我就不理你了。"

时雨满不在乎，心想：有什么关系，这世上谁敢不理他？

但是他没有那样说，而是从床上起来，乖乖地伸出手，扶住戚映竹。

戚映竹仓促地擦掉眼角被他吓出来的泪，侧身挡住他的目光。她感觉到背后少年那渴望的目光烫得她全身僵硬。

戚映竹在心里打定主意，要好好教育时雨。他无父无母，不知道有些底线是不能碰的，但是她好歹是大家闺秀，纵是……不，没有"纵是"，她就是不能和时雨走得太近。

戚映竹整理好衣襟，想好了腹稿，回头要与时雨说话时，见时雨懒洋洋地趴在床头，膝盖跪在脚踏板上，两只手肘撑在床褥上，正眼巴巴地仰着头看她，眼神清澈纯洁。

戚映竹呆住了。

这般纯洁的目光……也许时雨刚才只是想与她玩儿一玩儿呢？

是了，他本来就无父无母呀，她不应对他太凶。

戚映竹低下头，对时雨小声道："下次不能这样了。我是大家闺秀，不能……那样的。"

时雨抬头奇怪地看了她一眼，领悟到了奇怪的东西，眼睛微亮，被雨水冲过一般，道："你是说，不做到最后一步，就都可以吗？"

戚映竹："……"

少年眼中的跃跃欲试太明显。戚映竹赶紧按住他，道："不是！我不愿意，你什么都不能做的。你不是说只待几日就要走吗？难道……难道……你想和自己的朋友在短短几日内也吵架吗？"

时雨呆住，道："朋友？"

杀手要什么朋友？

"朋友"这个词让少年抗拒，让他觉得危险。他撑着手臂坐起，打算认真地想一想这个问题时，手擦过自己的胸口，想起了自己来山上的目的。

注意力被转移，他从怀中珍惜无比地取出一个油纸包，摊开后，一个被咬了一口的蜜饼出现在戚映竹的眼皮底下。

时雨道："我买给你吃的，你喜不喜欢？"

戚映竹心中一暖，却被那缺了一口，还留着一半牙印的饼子吓到了。时雨举着饼非要她吃，她不好伤他的心，便低头想寻没有牙印的地方咬一口。

时雨将手中的饼一转，就要她咬他咬过一口的地方："你吃这里！我试过这里，这里糖浆多，特别甜，肯定好吃。其他地方我没试过，万一不好吃呢？"

戚映竹涨红了脸，想说这样不妥，她岂能和他吃同一口？但是……戚映竹叹了口气，知道自己大约跟时雨说不通。

凡事只要她忍一忍，时雨其实也不会伤害她。戚映竹抱着这样得过且过的心，轻轻地咬了一口饼。

时雨期待地望着她。

半晌，少女面上浮起笑，腮畔的笑窝若隐若现。她道："好甜。"

见时雨伸指来戳她脸颊上的笑窝，戚映竹一愣。

只听时雨懊恼地道："哎呀，不见了。"他仰头对她说，"你应该多笑笑，整天叹气，绷着一张脸，没有笑起来好看。"

戚映竹又愣了一下，被他直白的话气到了，道："你才整日绷着一张脸！我的表情比你丰富多了。"

她会哭会笑，但时雨大部分时候面无表情，只有一双好看的眼睛会说话，偶尔笑一笑而已……他竟然说她没表情！

时雨不以为然，也没意识到戚映竹不高兴了，递饼子给她，道："你再吃一口，凉了就不好吃了。"

戚映竹摇头，不肯吃了，道："我脾胃弱，要少吃多餐，一次不能吃太多。"

时雨："……"

时雨问了两遍，确认她的胃口就是这么小后，诧异了一下，就着她咬过的地方三下五除二就将饼吃干净。

戚映竹看得脸红，却不好说。

糖浆从他的手指间流出，他伸出舌尖舔掉，粉红的舌尖如蛇一般灵活。

戚映竹不知想到了什么，脸更加红了。她蓦地转过脸，不敢看他了，从枕下找到一方帕子扔给他，嗔道："擦擦手吧。"

时雨踌躇了一下，大方地道："我再去给你买一个吧。"

戚映竹道："算啦，天已经黑了，你安静一会儿吧。你又能去哪里买呢？买回来也凉了。"

时雨狡黠地道："不会凉的。"

时雨擦干净手，从后面抱她。戚映竹以为他要跟她玩闹，不想时雨修长的手指从后面伸来，飞快地在她的心口上点了两下。

柔软的触感让少年动了动指头。

戚映竹叫道："你！"

她惊恐地发现自己的身体竟然不能动了。

时雨笑着把她横抱到了怀中，认真地道："我说了今天带你出去玩儿。"

戚映竹被他抱在怀中，全身上下只有眼睛能动。他把脸低下来，与她的鼻尖轻轻地蹭了一下。戚映竹只能任由他这般胡来。

天色昏暗，夜色笼罩大地，灯会上的灯盏一一亮了起来。

街上人群熙攘，灯火摇曳，摊贩的吆喝声此起彼伏。戚映竹被时雨拉着手走在其间，低着头闷声不语，让时雨心里干着急。

时雨道："这里可好玩儿了！我专门问过人，才带你来玩儿的。你昨天说不要，但是我想带你来，只能点你的穴了。我又没欺负你！"时雨盯着她纤瘦的腰肢，心中憋屈，又追上去加了一句，"玩儿一会儿我就送你回去嘛。"

戚映竹终于肯理他了，扭过脸来，美目闪烁，问："真的？"

时雨原本还试图拐她跟自己回秦月夜，现在知道，光是将她拐下山，她都这么不高兴了，要是去了秦月夜，她大概会不吃不喝地跟他抗争了。

时雨有气无力地道："真的。陪我玩儿一会儿，我就送你回去。"

戚映竹小声道："不能让姆妈知道。"

时雨更加伤心了，回答她："你放心，那个老婆子不会发现的。"

戚映竹这才微微放下心。

她见时雨不太高兴，迟疑了一下，主动伸手扯了扯他的袖子。

时雨没有发现她的小动作。

他正沮丧呢，盯着前方一对打打闹闹的情人，心里分外羡慕。那男的叫女郎一声"芳娘"，女郎轻轻地捶打男人的肩头一下，眼中带着娇嗔……时雨忽然觉得自己和七女郎之间有哪里不对劲。

戚映竹见他直直地站着看向前方，并不理会自己，心中有些惧怕，怕他丢下自己不管。少女咬着唇，纠结地盯着他的手，犹犹豫豫地伸出手指，轻轻地挨过去……

灯火的光明灭一瞬，时雨蓦地回头。

戚映竹立即装作无事地收回自己的手，抿唇而立。

时雨面容严肃，低头认真地问："你……你好像从来没告诉我，你叫什么名字？"

第四章　蛾眉月

时雨跟在戚映竹身后，不断地问："你到底叫什么？"

他突如其来的执着并未让戚映竹开口告诉他自己的姓名——她和他是什么关系，要将闺名告诉他？

女郎闷着头儿在前方走，披帛轻轻地擦过时雨的手。前方杂耍的火光大亮时，风迎面而来，戚映竹雪青色的衣裙微微摇曳，药香味拂过时雨的鼻端。

时雨只觉胸口剧烈一震，恍惚中指腹发麻。

戚映竹悄然回头看他。她立在灯火的暗光下纤纤柔弱的模样让时雨一时无措，大脑空白。时雨觉得自己需要做些什么，又不知道自己该做些什么……

时雨问："你想吃饼吗？"

戚映竹一愣，诚实地回答："我不饿。"

时雨闷闷地"哦"了一声。

戚映竹的目光追随着一个从他们旁边过去的路人。那人将自家的孩童放在肩膀上，小孩儿手中摇着一只竹蜻蜓。那竹蜻蜓在孩童的手中转，孩童被街上热闹的景象吸引，眼花缭乱，抓着竹蜻蜓的手不禁一松。

竹蜻蜓摇摇晃晃地向戚映竹飞来，在风中转得歪歪扭扭。窄平的横板要擦上戚映竹的脸时，戚映竹抬手去接。

她接空了，因为身后伸来一只手，稳稳地抓住了这只竹蜻蜓。

戚映竹扭头，只见时雨的手指修长又灵活，轻轻一转，那竹蜻蜓就在他手中转得像陀螺一般快。前方那丢了竹蜻蜓的孩子扭头张望，看到了他们，顿时急得"哇哇"大哭，拍打自己父亲的肩膀。

戚映竹脸红了，道："还给人家吧？"

时雨的脸突然凑过来，戚映竹被吓得后退一步。

时雨盯着她，若有所思地道："你喜欢呀？"

戚映竹道："没有。"

时雨歪头，突然来了一句："这么简单的木工，我也会做。"

戚映竹不解地看向他。时雨扭过脸，去追那对父子。戚映竹在原地等着，就见时雨不知与人家如何说的，等回来时竹蜻蜓还在手中。

时雨笑眯眯地道："人家送我了。给你！"

他大方地向戚映竹递上竹蜻蜓，清晰地看到戚映竹的眼眸轻轻地亮了一下。因她总是闷闷不乐，所以每次见她微微露出些欢喜的样子，时雨心中都十分高兴。

戚映竹接过竹蜻蜓，拿在手中看得新奇。她一个长在深闺、常年病病歪歪地躺在床上的女郎，确实没见过这样的新奇玩意儿。来看望的人给她带的都是珍贵药材、珠宝绫罗，谁会拿这样普通的小玩意儿打扰曾经的侯府千金呢？

心脏"怦怦"急跳，戚映竹拿着竹蜻蜓不知道该怎么办。时雨从她后面贴过来，如同将她抱入怀中一般。她慌得要走时，他的手伸过来握住她的手，清亮的声音在她耳边响起——

"这样玩儿。"

他冲着她手中的玩意儿吹了一口气，那气息柔柔地撩起她耳畔落下的乌黑发丝。

少女的脸登时被他吹红了。

他抓着她的手指头教她。

戚映竹的心似被撕扯成了好几瓣，一瓣关注着他拂在她腮畔的灼热气息，一瓣注意着他时不时碰到她的手指的手，一瓣锁定着手中在转的竹蜻蜓。

戚映竹笨手笨脚的，时雨却很有耐心。他不光教她玩儿，还偷笑。戚映竹几次听到他在后面的偷笑声，耳根更红了。

时雨微侧头，唇擦过戚映竹的耳尖，张口，虎牙在她的耳朵上轻轻一咬。

戚映竹一颤，猛地抬头推人，道："时雨！"

时雨莫名地心虚，几下蹿出几丈远。心跳得飞快，他盯着她嗔怪微恼的眼神，又心虚又觉得刺激……还有点儿不好意思。

丰富的情感让时雨有点儿迷惘。他扭过头，被摊子上卖的五颜六色的泥人儿所吸引，道："你看！"

戚映竹顺着他的目光看去。所有街巷上卖的小玩意儿在戚映竹这里都新奇万分。她努力压抑着自己的好奇心，但终究有几分少女心性，看得目不转睛。

时雨便来看她，问："喜欢啊？"

戚映竹连忙摇头，移开目光，道："时雨，我们走吧。"

她紧紧地握着竹蜻蜓，想着有这个就足够了，在自己病逝前，短短的生命中，起码也有过快乐的时候。戚映竹低着头，让自己记住这一晚。

下一瞬，一个手指般大小、五彩斑斓的泥人摇晃着落入她眼中。

戚映竹心脏弱，被吓得心跳加快，急忙往后退，抬头，果然看到是时雨拿着泥人在逗她。时雨看到她果然被吓了一跳，忍不住眉目飞扬，歪头看她，笑得露出虎牙，道："你胆子真小。"

戚映竹嗔道："时雨，你不要吓我！"

时雨哼了一声，一伸手，将泥人丢入她怀中，大方无比地道："给你的。"

戚映竹一愣，说不要，说自己没有钱。时雨对她的推辞不耐烦了，扭头便闪入了人群中，强行将泥人丢给她玩儿。

戚映竹迷茫地在原地站了一会儿。正不知道自己该在原地等他，还是该去人群里找他时，时雨突然又出现在她旁边。

他把手掌向上一翻，一支木簪子出现在掌心里。简陋的簪子上刻着木兰花，浅浅几笔，雕工却精细。时雨道："给你！哼，你就喜欢这种木头、泥巴……我比他们做得都好。"

戚映竹辩解道："我没有喜欢木头、泥巴。"她又说，"我不能收你的簪子。"

收簪子是有意味的，代表男女相悦……但她猜时雨肯定不知道这是什么意思。

时雨别过脸，道："不，我就要送你。"

不等她拒绝，他探身而来，就将簪子插入她发间。

戚映竹不敢乱动，亦心乱如麻。这般近的距离，他的气息拂在她面上，手指在她的头发上拨弄。

戚映竹不由得想自己出来时没有换衣裳，衣裳是不是皱了，也没有涂胭脂，脸色是不是太差，眼睛够不够大，头发脏不脏……

时雨道："好看。"

戚映竹呆呆地看他。

重重叠叠的灯笼下，他对着她笑，睫毛上沾着尘。

时雨红了脸，道："七女郎是我见过的最好看的仙女妹妹。"

他说完，不知是不好意思，还是又被什么新的东西吸引到了，"唰"的一下从戚映竹面前消失。

戚映竹已经习惯他的动作了，心脏不再突然狂跳了。她捂着自己的心口，低着头微微抿了一下唇角。

下一刻，时雨再次出现，又给她带了新玩意儿，道："给你！"

戚映竹道："你不要给我……我没有钱财，不能还你。"

时雨不在意地道："我有钱啊！你不知道我多有钱！"

戚映竹并未把他的话当回事，只在心里感动他如此待自己。她已然看出，时雨行事无拘无束，全凭心情……他做事全凭心情，却给她买这么多玩意儿，待她的心……戚映竹低下头，小声道："戚映竹。"

时雨不知道她在说什么，问："什么？"

戚映竹抬头，跟着他学坏了，露出几分狡黠的神色，道："没什么，你继续玩儿吧。"

她只是盯着他看，看他的眉眼。

灯火下，少年如春日夜雨一般闯入她的世界，春晖明媚。就如他自己说的那样，他很快就会离开，已经习惯病痛折磨的戚映竹不敢奢望什么，悄悄地告诉自己：有过这样一晚，就足够了。

时雨依然给戚映竹买许多玩意儿，多得她的怀抱都要放不下了。

时雨一边买，一边心里有些小别扭。每给她买一点儿东西，他就在心里默默加一句：明天的零嘴钱没有了；算了，我明天不买饭了，去蹭威猛镖局的饭吧；后天的零嘴也不吃了；我……我不给自己买玩具玩儿了；接下来十天，我都不给自己买东西了，也不吃饭了，也不喝水了；我没有钱了；我要穷死了……

然而他心里虽然几多不情愿，手却好像不是自己的一样，看到她笑，就想买……他这就是戏文里说的"烽火戏诸侯"，只为博美人一笑吧？时雨突然懂那个昏君了。

两人只逛了一会儿，实际也没走多远，戚映竹便累了。时雨带她去那员外办的戏台前看戏。

两人站在人群中，时雨只是看个热闹，但一扭头，便见戚映竹看得津津有味。

戚映竹怅然地道："我小时候，也隔着帘子看过戏台……那时候大家说人多，怕我被挤到，不让我看戏。"

时雨可怜她，道："那你不如跟着我，我天天让你看戏。"

戏曲声尖，痴儿怨女，台上台下，皆是你我。

戚映竹心头飘飘然如下一场春雨，见怪不怪了，低声道："你又说胡话。"

戏台上戏词婉媚："起那下头窈窕淑女，是幽闲女子，有那等君子好好的来求他……"

台下喧哗声中，戚映竹心肝如被火烧，惊疑得怕有人注意到自己。台上那戏文句句在唱她……剪不断，理还乱，闷无端。

"咿咿呀呀"声中，时雨闷闷不乐。他在这里站不住，想和戚映竹说话。戚映竹却只知道盯着戏台……时雨凑到她的耳朵边。她警惕地捂住耳朵，不肯让他咬。

时雨被气到，只好扯着嗓门儿喊："你饿了吗？我给你买饼子吃吧？"

他嘱咐戚映竹待在这里不要动，一扭身便消失在人群中。戚映竹并没有太注意，因为他总是神出鬼没的——而台上的戏也确实让戚映竹看得津津有味。她虽然以前也看过戏，但一个人阒阒地看一出只唱给她一个人的戏，和与那么多人一起挤在戏台下看戏，是完全不同的感觉。

戚映竹这边入迷地看戏，时雨则失去了踪迹。这段时间，那几位穿着常服打扮成普通人的杀手立在戏台对面的酒肆二楼，把两人的互动看得清清楚楚。见恶时雨一晚上都在那位女郎身边窜来窜去，几人已经明白这个女郎对时雨的意义重大。

一人点头，道："看来就是她了。"

几人相互对视后，另一人问，"现在下去抓她？"

杀手们当机立断，有这个想法后，立刻从楼上消失，从不同方位现身在人群中，一点点地顺着人流往戏台的方向挤。他们盯着戚映竹的背影，一点点拉近距离。

然而悄无声息地走过去并不容易，这里的人实在太多。

突然，锣鼓声停，台上的那出戏结束，轰然的掌声与喝彩声在人群中爆发，让几个杀手不敢轻举妄动。

同时，他们敏锐地发现，时雨回来了。几人低下头，赶紧装作普通百姓。

一曲终了，黄粱短梦，戚映竹遽然从梦里醒来。被人群挤来挤去，已经离开了原地，她心慌气短，这时才感觉害怕，唤人："时雨，时雨……"

戚映竹被挤得呼吸困难，心神也迷离了。她越来越难受，看到一道黑衣少年的身影，咬牙坚持着努力往那人的方向挤。

终于挤过去，戚映竹伸手去推那人的后背，声音含着几分委屈，不自觉地有些撒娇："时雨，你怎么不理我？"

那人蓦地回头。戚映竹一怔，因为这是个女扮男装的女郎。这少女穿着男子武袍，也束着高马尾，但根本不是时雨。

戚映竹一愣，后退时，被那女扮男装的少女一把握住手。

那少女问："你找我？"

这时，戚映竹听到身后传来少年带着不悦的声音——

"七女郎！"

她扭头，看到捧着油纸包的时雨瞪着她。

戚映竹："……"

时雨出现后，人群中藏匿的杀手们重新隐入黑暗中。眼前人流众多，时雨的武功又高，没有万全之策，杀手们不打算与时雨起冲突。

杀手们在幽暗中观察，也在心里暗笑：毛头小子。

因为时雨步步跟在那妙龄少女身后。

那被戚映竹错认为时雨的黑衣少女恍惚了片刻后，也跟了上去。

戚映竹被自己认错了人的事羞得面红耳赤，低头快走，一句话也说不出。

时雨抱着买回来的蜜饼，也忘了给戚映竹，正趾高气扬地跟在她身后指责她："我在人群中一眼就找到你，你走到跟前都认不出我。你要给我道歉。"

戚映竹抿唇。

时雨凑到她跟前，明明做出了一副与她生气的样子，可眼神却出卖了他——他眼中波光粼粼，闪着几分欢喜。

他道："你告诉我你到底叫什么名字，我就原谅你。"

一边的肩膀被他扣住，戚映竹看他一眼，欲言又止——傻子，她早就告诉他了。

时雨单纯得没读懂戚映竹这复杂的眼神。

他正不解时，那个黑衣少女从后面追了过来，热情地追他们二人道："女郎、郎君，你们等等我，我需要帮助。郎君你会武功对不对？"

时雨厌烦理会闲杂人等，抱胸，别过脸，道："不会。"

戚映竹侧过脸看了一下那个追来的女郎。那少女穿着男儿郎的衣裳，却没有多少英姿勃发的样子，皮肤雪白，眉眼细长，腰肢纤纤……若是换上女装，定是个难得的小美人。

戚映竹心中忐忑：时雨会喜欢小美人吗？

戚映竹悄悄地抬头，看了时雨一眼，恰与他俯望过来的眼眸对上。耳边的聒噪声中，少年、少女对视的这一眼中不必言说的默契，让戚映竹心头一震。她怀揣着一个让自己慌张又欢喜的梦，移开了目光。

时雨的喉结滚动了一下，他本能地将怀里油纸包中的蜜饼递给她。

戚映竹还未说话，那个被时雨抢白了一句的少女非但没有丧气，还探头来看，道："咦，你买的是哪家的饼子啊？啊，这不是张记的蜜饼，不好吃的。我知道有一家饼……"

她的声音弱下去，因为时雨看了她一眼。

对方那一眼里其实并没有什么情绪，但一种胆寒从脊背蹿上，对危险的惧怕让少女意识到自己说错了话。

时雨泄愤似的收回了油纸包。

戚映竹迟疑了一下，向他靠近，眼睛看着他带来的饼子。

时雨一扭身，不让她碰，自己咬了一口，鼓起腮，道："不好吃，你不要吃。"

戚映竹红着脸道："没关系……"

时雨却仍不肯让她碰。

那个少女："……"

那个少女眨了眨眼，意识到自己有多多余。然而少女亲眼看到这个少年郎"嗖"的一下出现在自己面前，断定他武功高强，所以才想求助。只是这个少年油盐不进，眼睛里只有那个病弱的、纤瘦至极的女郎……

少女深吸一口气，将目标放到戚映竹身上，扬起笑脸介绍："女郎，我叫付小玉，本来跟着阿父做些灯笼，赚不了几个钱，糊口罢了。上个月，我那阿父娶了后娘，后娘和他一起将我卖给了一个人……我自然不从，所以逃了出来。但那买我的人手眼通天，一路追到了这里，我不得不女扮男装。就是今晚，我都在躲人呢！那贵族郎君和他的狗腿子还在追我……二位一看就不一般，帮帮我吧……"

时雨嗤笑了一声——他从不帮人。

但是……他看向戚映竹——若是她要他帮，他可以勉强……动几下手。

戚映竹仍在闷头走路。付小玉喋喋不休地求了她许久，语调都带了几分哽咽。戚映竹抬头，轻声拒绝："抱歉，我们今晚是偷偷溜出来的，不能让家人知道。你寻其他人帮你吧。"

付小玉见了戚映竹的衣着和气质，压根儿不信她是寻常人家的女郎。通常贵族女郎总是会有善心来帮助穷困的人，付小玉不信自己会看走眼，跟在戚映竹身后哀求："女郎，我逃出来一个月，孤身流落江湖，吃不饱，穿不暖……"

说着，付小玉去拽戚映竹的袖子。

时雨登时不悦地道："你不要碰七女郎！"

他眼馋七女郎多久了，她都没有心甘情愿地让他挨一下，这个莫名冒出来的丑八怪凭什么碰七女郎？！

时雨一把拽住付小玉的手腕向外一扭。

付小玉顿时脸色煞白，痛得竟然说不出话。

戚映竹觉得不对劲，愕然抬头，便看到付小玉额上渗汗、面如金纸的样子，骇然地道："时雨！"

时雨松了手。

付小玉颤抖着躲到戚映竹身后，惧怕地不敢看那个煞星一般的少年，心里打了退堂鼓，不敢再求这两人，哽咽着对戚映竹说了一声"对不起"，伸手擦去自己眼中的泪花。

戚映竹一怔，略有些动摇。她其实很不喜欢管别人的闲事，当日送时雨伞都是因为时雨……时雨合她的眼缘。

付小玉与他们告了别，扭头要走，却一眼看到了身后的人群，身子一抖，道："完了，完了，他追来了！"

戚映竹道："你别慌，什么追来了？"

付小玉想躲在戚映竹身后，但是戚映竹太瘦了，身体根本挡不住她。付小玉急得跺脚，道："就是那个从我阿父那里把我买走的人……那个人说自己是侯门少公子，呸！他逼迫我跟他，强抢民女，油头粉面……"

付小玉出自乡野，骂人的话粗鄙。戚映竹听得稀里糊涂，只顺着付小玉所指的方向看去。这一眼看去，人海熙攘，灯台高筑，灯笼摇晃，璀璨光华中，确实有人带着两三恶奴凶狠地向这边走来。

戚映竹一动不动，看着那个方向。

时雨走到她跟前，小声问："你怕了吗？"

付小玉之前明明说想求助，但是等恶人们到了眼前，又产生了犹豫。付小玉看了一眼戚映竹羸弱的样子，一咬牙，往前一步做出一往无前的架势，道："女郎，你和这位小哥快走吧！这事本就和你无关。"

那人群中的贵公子在找人，一眼看到了这边的三人，大步走来。

灯火下，看不清那人的面孔，但付小玉觉得这么恶贯满盈的人定然丑陋不堪。付小玉恶狠狠地盯着自己的仇人，道："这厮见到美色就走不动路，我听说他不知道欺负了多少女子。女郎你比我好看得多，快些走……他要真是什么侯门少公子，你被他盯上就完了。"

戚映竹轻声道："宣平侯府。"

付小玉道："啊对，他好像是这么说的……呃。"付小玉僵硬着脖子，目中带着极力压抑的慌乱之色，回头看戚映竹，小声问，"你怎么知道是宣平侯府？"

戚映竹没有说话，因为已经有人替她说了。那带着恶奴追来的年轻贵公子，本撸着袖子，火冒三丈，但到了近前，看到戚映竹，一个激灵，惊喜地叫出来："姐！"

付小玉："……"

时雨看到这冒出来的少年扑过来和戚映竹攀关系，张开手臂就要抱戚映竹，一道指风袭去。那少年步伐踉跄，差点儿摔个跟头。

侯门少公子戚星垂，这才缓缓地看向自己姐姐身旁的黑衣少年，露出迷惘的眼神。

戚星垂只比戚映竹小一岁。因为戚映竹体弱，侯府便自小不拘着他，让他过惯了无法无天的日子。

自从真千金回府，侯府被闹得鸡犬不宁。戚映竹离开家后，戚星垂好几次闹着要去找姐姐，但被家人又是关禁闭又是训斥，才歇了这心。

等他关完禁闭能够出家门，有人卖了个闺女来陪他玩儿。戚星垂正想过过瘾呢，那小美人竟然把他打晕后逃跑了。

戚星垂最近遇到的糟心事太多了。付小玉这般不识抬举，他当然也不会给她面子。

戚星垂跟戚映竹抱怨："我错了吗？是她阿父和她后娘把她卖给我的！我买一个美人，公平买卖，她竟然敢跑……"

戚映竹道："那你运气不太好。既然遇上我在这里，付小玉女郎向我求助，你回头就将卖身契还给她吧。"

戚星垂心里不服气，看了一眼跟在姐姐身后一脸恍惚的付小玉。怕戚映竹伤心落泪回头又病倒了，再加上见到姐姐的开心战胜了得不到小美人的不悦，戚星垂还是应了一声，在姐姐面前很乖巧地道："我听你的。"

时雨闷闷不乐地站在戚映竹身后——那种巨大的格格不入的感觉充斥在他和戚映竹之间。他听不懂戚映竹和戚星垂说的过往，努力辨认了半天，也只半懂不懂地猜出他们是姐弟，不知道为什么戚映竹来了这里……

时雨伸手，揪了一下戚映竹的衣带，将戚映竹拉得一趔趄。

戚星垂扶住姐姐，迷茫地看着姐姐，不知道姐姐怎么突然差点儿摔倒。

戚映竹红着脸，却很镇静，甚至不回头看，道："没事。"

时雨弯起眼眸，更调皮地用手指缠她的衣带，将她往自己的方向扯，不肯放她走。戚映竹不敢当着弟弟的面和他鬼扯，便只能站在原地。

戚星垂见姐姐不走了，回头看去。

戚映竹垂目，轻声问："你和她……相处得还好吗？"

戚星垂脸上浮起几分无措和尴尬，含混地应了一声："还……还好。诗瑛姐姐还是很好相处的。你们之间有点儿误会……我会想办法让姐姐你回家的。你一个人在外面住，多危险啊。"

戚映竹掩住自己眼底的几分失落。

戚诗瑛便是那位回到侯府的真千金。

戚映竹天生立场便弱于那位真千金，父母见到那女郎，就句句听从……就连戚星垂，也更向着那人吧？确实，他们才是真正的一家人。她借住十几年，对侯府来说只是一场可以纠正的意外。

戚映竹低声道："落雁山挺好的，我住在这里便好，不会回去了。"

戚星垂手足无措，半晌才道："也好。我偷偷来看你。"

戚映竹淡声道："你也不必来打扰我，我是情愿与你们断了往来的。"

戚星垂不知道该说些什么，一个是相处十几年的假姐姐，一个是血脉相连的真姐姐……

在戚映竹面前，戚星垂终究没法说戚诗瑛的好话，只好转移话题："姐，这个人到底是谁啊？"

戚星垂用目光扫了时雨一路，判断了一路，这会儿终于问出来了。

戚映竹心中一紧。

低头挽着戚映竹的衣带的时雨抬头，骄傲而自得地挺起胸脯——他懂任何于此间会产生的误会，并且乐于看到这个误会发生。

戚星垂打量了时雨几眼后，犹豫着问戚映竹："他是你……雇的卫士吗？"

戚映竹："……"

一直旁听的付小玉"扑哧"一笑。

时雨顿时沉下脸——他竟是连个"情郎"的误会都不配有吗？

虽见时雨面露不悦。可戚映竹却支支吾吾，半天给不出真正的答案。

时雨盯着戚星垂的眼神越来越淡。

戚映竹顿时悚然，想到了自己那夜在屋门前见到的周身浴血的少年——时雨也许只是个挣点儿小钱的江湖小混混儿，但是他是有杀人能力的，戚映竹不能让他因一时不悦而碰自己的弟弟。

被看成江湖小混混儿的时雨一无所觉，正睁大眼睛看戚映竹的这个弟弟是什么怪物，居然说他是卫士。

戚映竹抓住时雨的手腕用力向后拽了拽，对自己的弟弟吞吞吐吐地道："他……他不是我雇来的……"

戚星垂盯着时雨看了半天，压根儿不信。时雨虽然生得俊俏，眼睛最为漂亮传神，然而穿的是普通武袍，臂上的衣物还有破开的口子。时雨在戚星垂眼里，邋邋遢遢的，还不如侯府的卫士精神。

这样的人在姐姐面前，说是卫士都有些抬举。姐姐这般说……戚星垂打量时雨半天，恍然大悟，拉着戚映竹，兴奋地跟姐姐咬耳朵："是不是唐二哥派他来保护你的？我就知道！唐二哥虽然没回来，但肯定挂念姐姐。"

时雨探究的目光扫了过来。

戚映竹莫名地不安，推开弟弟，道："不要胡说。"

戚星垂见姐姐害羞，当即偷笑，心里那口沉闷的气也因此吐出——他一直烦恼如果家里不愿意的话，戚映竹要如何才能回京城，毕竟姐姐体弱多病，总待在外面，自个儿实在不放心。唐二哥有安排的话，他就放心了。

戚星垂高兴地道："我懂，我懂！唐二哥下个月就能回来……姐姐你再坚持一下。"

戚映竹不喜地道："听不懂旁人的话的时候，闭嘴总能学会吧？"

为什么每个人都默认她一定会嫁给唐二郎，一定会回京城？她不能不回去吗？不能不被打扰吗？

戚星垂一怔，不知姐姐这是什么意思。

戚映竹侧过脸，眉眼间神情冷淡。她说了难听的话后，心中便生了后悔，难得见到弟弟，不应该这么说弟弟……

一直没有听懂戚映竹姐弟在打什么哑谜的时雨，不甘寂寞地伸出手，在戚映竹的发鬓间揉了一把。

付小玉、戚映竹姐弟，都被他突然的举动弄蒙了。

时雨从戚映竹发间摸出一支木簪，向戚星垂道："我不是她的卫士。我有送七女郎簪子——普通卫士会送吗？"

戚映竹"唰"的一下红透了脸。

戚星垂目瞪口呆，看着被时雨握在掌心的木簪。

付小玉眼珠乱转，偷偷笑。

时雨凭一己之力，将戚映竹好不容易转移的话题重新扯了回去。

戚星垂呆呆地看着姐姐，难以置信地道："你收他的簪子？！你怎能……"你能看上这么个破烂玩意儿？！

时雨不懂木簪定情之意，戚星垂再顽劣，也从小饱读诗书，怎么会不懂？戚星垂重新打量时雨，这次是用看"姐夫"的眼神重新端详时雨……

戚映竹恼怒地道："时雨！"

时雨不解地看她，小声问："你生气了？"停顿一下，他更加迷茫地问，"我……惹祸了？"

戚映竹不吭声，扭身便走。

时雨本能地追上去。

他跟在她身后，看她面如红霞。他不敢跟她说话，心中生起沮丧感——一晚上，自从遇到戚星垂，他就没有走进过姐弟二人的世界……

心里浓浓的不悦和自卑作怪，如今见戚映竹不知道因他做的什么事而生气了，时雨心里竟渐渐地有点儿高兴，高兴她终于将注意力放在他的身上。

七女郎是他带出来的，本就应该只和他一人玩儿。

时雨背着手，笑嘻嘻地道："我喜欢这样子的你。"

戚映竹不理他。

他一个人说得很高兴："我好喜欢呀。"

戚映竹的脸更红了，她强忍着不理他。

那两人走后，戚星垂和付小玉对视。戚星垂对这个女郎露出戏谑的、凶狠的笑。付小玉浑身哆嗦，扭头赶紧去追人，道："二位等等，你们不要吵架，我在这里摆了一个灯笼摊，我给你们放灯玩儿好不好……"

付小玉逃出来，总要有点儿糊口的本事。今夜员外因嫁女儿而办灯会，镇子的街巷间到处都是卖灯笼、做灯笼的。街巷旁有一条河，那河水蜿蜒，流过落雁山下，与外头的天地相连，此时的河道上漂满了各式莲花灯。

付小玉要在一众卖灯笼的摊子中脱颖而出，自然要有自己的亮眼之处。

几个少年挤在付小玉摆的小摊前，发现付小玉还请了一位老师傅在这里写字、看摊位。付小玉笑嘻嘻地给他们每人发了一张小纸条，又将一个个精致的香囊给他们看，道："喏，是这样，我卖的是孔明灯。你们每个人把自己的名字写一下，我这里有师傅，能够把你们的名字写得跟画一样好看。然后把写着你们名字的字条放进香囊里，再把香囊挂在孔明灯上，灯飞上天，你们在心里默念自己的愿望，祝福也就飞上去啦。"

戚星垂嘲笑道："想出这么个不伦不类的玩意儿，累着你了吧？"

付小玉不敢理会这个纨绔子弟，凑到戚映竹身边，巴结这位娇女郎："女郎你懂吗？"

戚映竹轻声道："有点儿异趣。"

付小玉便带着她写字，然后去看老师傅根据她们的名字加工后的漂亮字体。

时雨和戚星垂在后，各自被塞了一支笔。时雨握着笔，四处看看，眼睛向桌上戚映竹留下的那张字条觑了几次。

戚星垂问："哎，你会写字吧？"

时雨抬头看戚星垂一眼，淡漠地移开目光，低头用生疏的握笔姿势潇洒地在字条上画了两个字。一写完，时雨大松一口气，道："我写完啦！"

时雨把字条扔给老师傅，跳过去看戚映竹写的字。

戚星垂则匆匆地把自己的名字写好，跑去老师傅那里看这个"姐夫"的名字。戚星垂如今对这个少年一无所知——姐姐那般害羞，他又不敢多问，只能凭自己的想法来打听"姐夫"的消息……

看到老师傅手中时雨的字，戚星垂动了动眼皮，低声道："他在画画，还是在写字？"转眼，戚星垂又安慰自己，"字迹……挺潇洒的，可见此人性格洒脱，也好，也好。"

然而还是唐二哥更好呀！

时雨回头看了一眼身后的两个女郎，见戚映竹被付小玉搂着挑灯笼，放下心，快速地立在桌前，拿着戚映竹写好的字条，偷偷摸摸地抠上面的名字。他做坏事从来没这般紧张过，觉得周围哪儿哪儿都是盯着他的眼睛。

可是他就是要知道七女郎的名字。

时雨手下抠着字条上的字，回头看那两个女郎，恰逢付小玉和戚映竹回头，与他的目光对上。

付小玉惊怒地道："你干什么？！"

戚映竹蹙眉，不解地看着少年那抠在字条上的手。

时雨快速地将手背后，理直气壮地道："我磨指甲。"

拿纸磨指甲？付小玉不敢说他，只气愤地扑过来，看到时雨把戚映竹写好的字条抠得破破烂烂，名字都要抠没了。

戚映竹走过来时，时雨别过脸不敢看她。

戚映竹走到付小玉面前，柔声道："没事，我重新写一张吧。"

背对着她们，时雨摊开在自己汗涔涔的手中被握得潮湿的字条，心"怦怦"直跳。

他终于要知道七女郎叫什么了！

把被握得皱巴巴的字条摊在掌心，时雨睁大眼睛辨认，在心里默念：戚日央……

时雨松了口气，心想幸好她的名字的那几个字自己全都认识。

原来她叫戚日央啊，虽然奇怪……但很可爱。

时雨悄悄地在心里叫她"央央"。

戚映竹再一次写好字条时，少年站到她旁边，气息围绕着她。她一愣，低声道："别闹。"

时雨偷偷地拉她的手，二人手中都是汗。戚映竹不肯牵手，怕被弟弟看到。时雨凑过来，黑暗中，清莹的眼睛蹭到她的鼻前气息拂在她面上。

时雨道："原来你是'戚女郎'，而不是'七女郎'。"

戚映竹一怔，然后瞬间了然他刚才在做什么了。戚映竹心里发甜，同样小声道："你知道我叫什么了？"

时雨对她一笑，道："你和我说话啦？你不跟我生气了？"

戚映竹低头，道："时雨，我本就没有和你生气。"

时雨道："别低头，看我呀。"

少年笑容灿烂，双眼发亮。戚映竹看得心头发热，忍不住屏住呼吸。

付小玉在后头喊："放灯了，放灯了！你们都过来看！"

时雨抓着戚映竹的手腕，扯着她进了人群。

错落的、摇曳的、明亮的孔明灯从几个少年手中飞出，承载着他们各自的愿望飞上天幕。黑夜漫漫，星汉无边，只有明明暗暗的灯火铺陈，半边天都被染得粲然无比。

年少的戚映竹生平第一次在外面与人一起放孔明灯。她心中留恋，即使和弟弟他们分开，在与时雨回山的路上，都在回味那简单的快乐。

时雨在她身边走路，却时而神出鬼没地让她看不到他的身影。夜间山静，草木"窸窣"，戚映竹袅袅婷婷地行走，却并不觉得害怕。

时雨突然蹲在了一棵树上，问她："你许的什么愿啊？"

戚映竹不答反问："你呢？"

时雨漫不经心地站起来，无聊地踩着一根细长的枝条走路。明月下，他颀长的身影在巨大的树荫下时隐时现，那危险的动作，让仰头看的戚映竹为他捏一把汗。

时雨很随意地道："我就许愿，能天天见到央央啊。"

戚映竹有几分落寞地"哦"了一声。

央央……

她问："你……你……喜欢那位……央央？"

问完，她霎时红了脸，咬住舌，恨自己多嘴。

时雨想了想，蹲下来，眼睛亮晶晶的，看着她笑道："大概喜欢吧。总比不喜欢要喜欢吧。"他飞快地追问，"你呢？你呢？"

她的愿望是否也和他有关呢？

戚映竹别过脸，声音微弱："我的愿望是，身无五彩翼，春夜梦无边。"

时雨：什么意思？

一路，心情低落的戚映竹没有和他说话。

时雨莫名地兴奋，却因为听不懂她的话，没有主动再开口。

将戚映竹送到她住的地方后，时雨道："你那个姆妈明天早上就自动醒啦，你不用担心。"

戚映竹点了下头，示意他低头。她将他一晚上送给她的所有东西都还给他，然后转身要进屋——她自然不能将他送她的东西拿回去，被姆妈知道就不好了。

短暂的快乐，她留在记忆中便好。

时雨在她背后道："央央，我明天再来找你！"

正要进院门的戚映竹一个趔趄，差点儿被自己的裙裾绊倒。她又惊又喜、又茫然又怅然地扭头看他。

央央……居然是她？

为什么她是"央央"？

少年那含笑的"大概喜欢吧"言犹在耳，戚映竹的心脏"怦怦"急跳，她道："时雨……"

然而她才开口，就见时雨红了脸。

在时雨看来，戚映竹给他这些东西，是交换信物的意思。

时雨突然觉得害羞，抱着满怀的礼物，扭头跑开。

戚映竹进院后，先去看了看成姆妈。她给成姆妈盖上被褥后，回到自己的内舍。

灯烛被点亮，女郎坐在书案前，手持兔毫，轻轻点着下巴。幽幽的火光摇曳，将少女的面颊染得如霞，杏眼潋滟无双。

一晚上的玩耍，让戚映竹疲累之余，微微带着一丝亢奋。她坐在桌前，挥墨在宣纸上写下自己的名字——戚映竹。

但是时雨叫她"央央"。

戚映竹盯着自己的名字，一会儿想到时雨蹲在树上，目光清澈，说"大概喜欢吧"，一会儿想到他背着其他人，偷偷摸摸地抠走字条上她的名字，一会儿想到少年立在她身旁，轻轻地用手指在她的手心上挠一下，仰脸向她蹭来……

戚映竹用手背贴在自己滚烫的面颊上，忍住了羞赧。

她轻轻地觑了一眼自己写的那几个字。明明是自己的名字，可是她哪怕看一眼，都觉得脸颊发烧。唇角微微抿了一下，戚映竹嘟囔道："小白丁。"

她大约懂了，时雨不认识她的名字，便取了中间他唯一认识的半边字，就叫她"央央"。

搞清楚这个，戚映竹又坐在桌前发了一会儿呆。她好像想了很多，又好像头脑昏昏沉沉，什么也没想。烛火轻闪，戚映竹这才觉得自己坐得久了，有些手脚酸麻。

她心里暗自叫苦，不敢再撑下去，匆匆熄了灯上床入睡。

这一晚戚映竹睡得并不好，如同鬼压床一般，蜷缩身子侧睡，呼吸依然时而不畅。大约是见到了戚星垂，她不由得梦到了些旧事。

在梦中，她回到了自己还在侯府中的时候——

新春之日，侯府张灯结彩，为新的一年的到来而庆祝。除夕之夜，除了病病歪歪的戚映竹，侯府其他主人都跟着侯爷风光光地进宫参加了筵席。

等冬雪停了，戚映竹身体好一些了，整日风风火火、在外跟朋友们厮混的戚星垂嚷着要帮姐姐补个宴。他对此分外有兴趣，说要自己操办。

戚映竹便如年画娃娃一般被他打扮好，供起来。他哄着她："阿竹姐姐没有去宫宴也没关系，咱们自己过便好。"

戚映竹并没有奢望过谁为她补什么宴会，但是见弟弟这么高兴，心里便跟着带上了一点儿欢喜和期盼，等着一家人能够陪她一起吃一顿家宴。

戚映竹不想扰了家人的雅兴，稍微能下地了，便让侍女扶着自己去向母亲请安。

这一日，戚映竹精神比往日好一些。听闻父亲也在家中，与母亲一道午睡，戚映竹还让侍女们不要通报，耐心地学着其他人家那些身体健康的女郎，想在外候着，做一做规矩，好让父母见到她时能够惊喜。

午时的日头打在瓦片上，日影西移，与地砖上的树木影子交相辉映。

靠在廊柱旁发呆的戚映竹听到寝堂中传来的动静，知道是父亲、母亲睡醒了，打起精神，正要让侍女们去禀告，就听到父母向外头走来。

他们边走边聊天——

侯夫人道："星垂要给阿竹补什么宴。他整日不好好读书，就张罗这些没用的，也不想想，等办了宴，阿竹又病倒了，该怎么办？有这工夫，不如多读读书。"

宣平侯道："胡闹！不是吩咐过你，让星垂少和阿竹凑在一起吗？阿竹也是不懂事，做姐姐的也不知道劝一劝。就她那身体，能出门吗？"

侯夫人道："总是阿竹和我们没有缘分。这孩子从小就一直生病，我年前悄悄问了给她看病的医工，那医工吞吞吐吐不敢说实话。我看……阿竹是早逝的命。你说得对，不应该让星垂和阿竹太亲近。"

宣平侯放缓语调道："早知道要离开的人，就不要太上心。你也不要难过了……这两年，我看端王的小公子对阿竹很积极，也不知道阿竹有生之年，他能不能娶到。娶走也好……这就不是咱们家的事了。"

日头下，就连侍女都能看出戚映竹面色如雪。

那日下午，戚映竹到底没有去向君侯和侯夫人请安。她独自坐在后院的湖水边，默默地落了一下午泪。夜里回到内舍，她果然病了。

次日，戚映竹让人告诉戚星垂，她身体不好，不要办什么宴了。

侯夫人和君侯都没有来看她，只让人又请来了不知哪座山头的名医，送来了不知多昂贵的药材。这个女儿从小病成这样，他们已经习惯，已经不会因她生病来探望了。

父母与子女的情分，浅薄若此。

若是家人们都觉得她的病治不好，过不了几年就会去世，不必多培养感情……她又何必自寻烦恼呢？

说实话，真正的侯府千金戚诗瑛回来的时候，戚映竹心中是松了一口气的。因为她为自己找到了借口：因为血脉不相连，大家彼此亲近不起来，这是没办法的；他们终于不用再小心翼翼地对她了，不用纠结该如何看她了；她走，大家都能自在；原来不是她多不好，不是他们多不喜欢她，只是大家终究不是一家人……

幸好，算命先生说过她活不过双十。这一世，她挨过去就好了。

成姆妈次日醒来时腰背酸痛、后脑发麻，怀疑自己被人打了。成姆妈慌张起来，怀疑起昨天的事——自己好端端的怎么就睡过去了？

"女郎，女郎……"成姆妈叫了半天，没有听到动静，担心女郎和自己一样被人打了，连忙进内舍去看。

看到帘帐垂落，轻纱微扬，帘中被褥微凸，女郎的身形若隐若现，成姆妈放下心，又可怜女郎体弱，这般大的太阳了，她还起不来。

成姆妈走过去，想跟戚映竹问一问昨天自己是怎么回事。拉开帐子，眼前所见让成姆妈脸色微变，忙抚上戚映竹的额头，果然，滚烫如火。

女郎烧得昏昏沉沉，面颊似火，唇瓣干裂，奄奄一息地躺在帐中，不知道病了多久。

成姆妈着急地道："好端端的怎么又烧起来了？真是个小冤孽啊！"

顾不上再质问戚映竹昨日之事。成姆妈打水给她额上放上凉帕子降温，又急匆匆地出门，去山下请医工了。

戚映竹生病这一日，时雨正在成衣铺子里试新衣。

少年身形高挑，相貌俊俏，本就很得成衣铺子的喜欢。人进来后，一时间整个铺子里的伙计都围着他转，给他好好拾掇。

时雨懒洋洋地随他们折腾。他要给自己买一身好看的——在人群中能让戚映竹一眼就看到他的衣服。

昨夜戚星垂把他当作卫士的话，还是有点儿伤到了他。时雨不明白自己怎么就只能给戚映竹当卫士了……他寻思了一夜，觉得大约是衣服的缘故。

杀手这个职业虽然危险，但是排名越靠前，挣得越多。时雨虽然年纪小，但凭着杀人就给自己攒了许多钱财。但是他舍不得花，每花一文钱，都像被人在心上踩了一脚，心痛万分。

虽然没想过自己要那么多钱用来做什么，但是钱越多，他越满足。何况他本就是江湖人，江湖人都是风里来雨里去，风尘仆仆的……时雨不会将银钱花在给自己买新衣裳这种打扮自己的事上。

然而……时雨此时红着脸想：现在不一样了，戚女郎与他交换了信物。他亲了她两次她都没闹，可见两人的关系已经不一般了。

顿悟后的时雨，便去成衣铺子里折腾了大半天，给自己换上了一身新行头。

换好新衣后，时雨迫不及待地就想上山，却不料才出了铺子正好被威猛镖局的人看到。

那个镖师跑过来，道："大人，我们老大正四处找您，说有人来镖局闹事，请您帮个忙镇场子。"

时雨一怔，然后淡漠地道："我不去，没空。"

镖师早被胡老大叮嘱过时雨的现状，心里对这个毛头小子感到好笑的同时，一板一眼地说出胡老大交代的话："老大说，您就算要追女郎，也不能急在一时，把人吓到了怎么办？"

时雨皱眉，解释道："我没有追女郎。"

他只是单纯地……算了。

时雨被去镖局砸场子的人耽误了半天时间，心急如焚，那事刚解决，第二天就离开镖局上了山。威猛镖局的胡老大欲言又止，觉得时雨现在这种状态对一个杀手来说太危险、太致命。

可惜胡老大又不是秦月夜的人，不好教一个在江湖上排名第二的杀手该怎么做杀手。

不错，时雨杀了那么多人后，江湖杀手榜排名更换了。第一仍由金光御稳稳地占着，第二名已经成了时雨。

胡老大觉得，也许过不了多久，时雨就会成为第一。

因为根据江湖上的传言，秦小楼主正在追杀金光御，金光御正处在下风。鼎鼎有名的金光御被逼到今日这丧家之犬一般的地步，是因为金光御的情人的背叛。

江湖中人只隐约听过金光御有一个情人，但是金光御将人保护得太好，谁也不知那女子是谁。如今大家听到的消息便是金光御被情人所出卖。

这是最近秦月夜内斗中的一件大事。

杀手本就不该沾染情爱。

戚映竹睁开眼，便看到晨曦下时雨的面孔。金色的光染在少年的眉梢、眼角，透出凌厉之色，但当时雨抬起眼帘，眼睛的润泽、乌黑又抵消了几分凌厉。

她心神恍惚，怔怔地看着他。这一幕最近好像频频出现……以至她忘了惊讶。

时雨忧心忡忡地道："是因为我带你出去玩儿，你才病了吗？"

戚映竹忽地转身，背对着他，道："不是！"

时雨眨了一下眼，从后面凑过去，脸很快贴上她的脸。

戚映竹昏昏沉沉的，忘了问他姆妈呢，怎么他就能大摇大摆地进来……

他抓住她的肩，低头看她，气息拂在她面上。

戚映竹轻喘。

帐中光影摇曳。

时雨盯了她半天，忽然低头用鼻尖在她脸上蹭了一下，又轻轻地嗅了一下。在他张口要舔时，戚映竹瑟缩着往旁边躲。

时雨按着她倒下去，将脸贴着她的脸，道："你脸红了，不像刚才那么白了。"

戚映竹喘息着，愤怒消散。青春年少男女间那旖旎温柔的气息袭来，她经受不住，也抵不过他的诱惑……只怕自己真的稀里糊涂地跟他铸下大错。

戚映竹握住他的手腕，努力抑制着自己的渴望，扭过脸道："你走吧，我再也不想见到你。"

时雨道："是因为我带你下山，你生病了，你才不高兴吗？你说实话我才走。"

戚映竹立刻道："不是！"

时雨一怔，垂下眼帘，眼睫在她绯红的面颊上轻轻颤动，就如两片蝶翼，在戚映竹心口上徘徊流连。那蝴蝶扰人心绪，偏回头问人怎么了。

时雨怔怔地看着她，道："你回答得这么快啊。为什么？"

小小的帐子里气温升高，戚姆妈不知道何时会突然出现，这赖皮少年死赖在她的病榻上不走，还追问，不停地问……戚映竹一把扯过被褥，盖住自己的脸，恼道："因为我若是因此而生病，你就再不会带我出门了。"

显然这样的情况在她的生命中频频出现。

隔着被褥，戚映竹听到时雨"扑哧"一笑。

他道："央央真可爱。"

第五章　夕　月

过了一日，戚映竹的烧虽退了，成姆妈却更加担心她，不敢让她离开自己的视线，无论做什么都要能看到她。

阳光好的时候，戚映竹坐在廊庑下看书。

在院中走来走去的成姆妈稀奇地道："女郎，咱们家厢房屋顶上的几个破洞怎么不见了啊？"

戚映竹拿书挡住照来的日光，当作没听到。

成姆妈一扭头，特意过来指给戚映竹看，道："真的，老奴刚才撑着梯子上去看了，那么高的地儿，老奴的腿到现在还在哆嗦。你猜怎么着？之前破的洞都被人用木板和茅草给盖上了。虽然没有瓦片吧……乍一看还挺像回事。"

成姆妈取走戚映竹手中的书。

戚映竹捂着心口，仰头装模作样地看了一会儿，含糊地道："嗯，可能本来也没多大的洞吧。"

成姆妈道："不是！当初老奴亲自去看了，那一整条树枝打下来……女郎，你心口疼？"

戚映竹赶紧放下手，道："没有，没有。"

成姆妈盯着她，问："你的脸怎么这么红？难道又发烧了？"

成姆妈说起这个就紧张，当即不敢让戚映竹在这里晒太阳了，扶着戚映竹回房里歇着："等过两日你好些了，咱们还是应该在山上多走走。其实，你现在生病的时间比在侯府时少了很多，这山上还是养人的。"

成姆妈唠叨着戚映竹的身体，忘了她们家厢房屋顶的破洞被堵住的事。

傍晚时，天下起了淅淅沥沥的小雨。

成姆妈站在廊下发愁，觉得山中的生活也没什么不能忍受的，只是因为落雁山和山下一条出京的长河挨着，气候互相影响，山上的雨水实在太多了。

戚映竹皱着眉不语。她总是这般郁郁寡欢的样子，成姆妈也就不再多说。

过了一会儿，戚映竹看到成姆妈提着灯笼下了台阶，去关好院门。

戚映竹心里乱七八糟地想些什么的时候，听到"砰砰"两声踩踏木板的声音，一下子站起来，道："时雨？"

她放下手中的笔，拢住自己松松垮垮地披着的湘妃色外衫，向屋外走去。

时雨怀中抱着两三个不知道是什么的果子，周身湿漉漉地站在廊下，这一次的衣衫没有兜帽戴。他抬起眼帘，眼睛湿润，乌光闪闪，像星辰投入湖水一般。

他贪恋地看着她——太柔弱了，也太好看了。

戚映竹抿唇，小声道："不是说让你不要来了吗？我……有些事情要想一想。"

那一日时雨都闹到她的帐中了，她病得稀里糊涂就随了他，但事后想到便觉后怕……她分明与时雨说好，让他先不要来找她，让她想两日再说。

她面前出现了一条之前从未被她考虑过的路。她之前十几年的人生受到的教育都是为了更好地嫁人、生子，她的婚配对象一直是高门子弟。诚然，以她的身体状态，生子是不可能的，但嫁人……对象怎么也不会是江湖人士。

何况戚映竹自己都不知道自己能活多久，所以也不想嫁人。

蓦然出现在她世界中的少年，诱惑着她走进一个没有规矩、随意自如的世界。明知不可以，可她已被引诱。站在深渊边缘，望着崖下云遮雾绕，时雨可知她心中的害怕与彷徨？

时雨是不会知道的。他只知道用那样无辜又不在意的眼神吸引她。

他抱着一怀抱的果子，被扭曲的影子映在墙上，廊上的灯笼被风雨吹得"簌簌"摇晃。

时雨站到戚映竹面前，大方地道："你的病刚好，那个……镖局有人送了荔枝，说这个叫'三月红'，很新鲜，本来是给宫里进贡的……我给你送一点儿吃。"

戚映竹抓住重点，问："镖局？是你被雇佣的地方吗？"

时雨含混地应了一声。

戚映竹放下心，对他微微一笑，道："我早就说，你应该找个正经活计，赚钱养家，不应整日游手好闲，四处乱晃。"

时雨哼了一声，别过脸，心想：一家小镖局有什么了不起？还"正经活计"……不就是给人打杂吗？要不是秦月夜护着，一家小镖局哪儿来的本事在京城外面开这么多年？威猛镖局一年的收益有他一个单子高吗？

何况等秦随随那边成功了，他的身价就又能涨了。

央央就是一个笨蛋，居然说他游手好闲……等他不闲了，她就好几个月别想见到他了。

时雨不高兴地道："那你还要不要？"

戚映竹觑他一眼，见他不以为然，便也不再多说了，伸手接过他怀中的果子，低头嘱咐他快些走，姆妈要回来了。

戚映竹背过身立在廊下，再走一步就要到屋子里了。时雨跟在她身后，仍不走。

时雨问："我送了果子给你，亲一亲可以吗？"

戚映竹被他直白的话弄得一个趔趄，耳根红如滴血，道："不可以！"

时雨无所谓地"哦"了一声，显然也知道不可以，但就是要试一试。时雨接着问："那我像上次那样睡你旁边可不可以？"他耍赖地道，"下雨了，你看我身上都湿了，你难道忍心让我冒雨再回去吗？"

戚映竹微侧头，看到身后的他都快贴上自己了，故意道："可以呀。"

时雨一愣，眼睛要被点亮时，听到戚映竹轻声道——

"你不是把我院子里厢房的屋顶都补好了吗？这院子里正好多一间厢房，反正姆妈现在要跟我睡，也不会去查，阁下随意吧。"

时雨沉下脸，道："我才不会睡老婆子睡过的地方！我要和你一起睡。"

戚映竹果然道："不可以！"

灯笼下，少女眨动眼睑，道："你不是武功很高，雨淋不到身上吗？这么久了，你身上的伤应该好了吧？雨淋不到你的，你放心下山吧。"

时雨愣了一下，然后鼓起腮，生起闷气来。他后悔第一次见到她时，在她面前展现出烘干雨水的高超内功。这导致他现在想躲雨，都被她拒绝了。

时雨失望了好久，嘀咕道："那抱一抱呢，抱一抱总行吧？"

这一次，他不等戚映竹拒绝，直接上前一步，就从后面将她抱入怀中。戚映竹身子一颤。时雨误以为她要说这个也不行，便更紧地抱住了她的腰肢。

院中的杏花被雨打湿，飘飘荡荡地落地。少年灼热的气息拂在少女的面颊上。

时雨忍耐不住，轻轻地捏了一下她的腰。

戚映竹咬唇忍住想叫的冲动，颤声道："可以了！"

四野空茫，血液沸腾，余光瞥到墙上猛兽般罩下的阴影，戚映竹声音颤抖着道："时雨！"

怀中抱着的果子"咚咚咚"地落在地上，戚映竹伸手扶住门框。

声音惊动了成姆妈。成姆妈脚步加快，边走边问："怎么了？怎么了？"

少女心口起伏，僵硬地扭过莹润洁白的脸。雨如银丝般飞来，金黄色的灯光拂过她的嘴角，光辉灿烂，她的唇瓣嫣红漂亮。

时雨心里想：我讨厌那个老婆子。

他抬手时，戚映竹预料到他要做什么，道："不许再弄晕姆妈！"

踩过院中细碎的落花，成姆妈捡起地上的荔枝，问那拢衣躲入门后的少女："哪儿来的荔枝？"

戚映竹只好道："不知道，我出来时就看到了。"

姆妈盯着她，迟疑地道："女郎，不如我们还是想办法跟侯府说一声，搬到山下住吧，这山上也太危险了……"

戚映竹别过脸，道："一只没规矩的鸟，有什么危险的？"

成姆妈问："什么？"

女郎不肯再说。

成姆妈便去张罗两人的晚膳。

雨渐渐地大了，时雨下了山，走在浩茫天地中。

他还未曾走到威猛镖局，忽地停住了脚步，身子一旋腾空跃起，退了几丈远后，蓦地抬头。雨夜，一切声音都被削弱，时雨方才站立的地方分明出现了一排暗器。

三处屋顶和树枝上站着黑衣身影。

时雨眯起眸子，右腿缓缓地后撤一步，手上摆开架势。

来杀他的杀手们却不急着出手，反而笑道："时雨，你杀得了我们，救得了你的心上人吗？"

时雨面色不变。

杀手提醒道："就是你那个落雁山上的女郎。"

时雨的眼神瞬间变了，如同平静的湖水被洪流搅动，他道："你们碰了央央？！"

杀手厉声道："不动她，怎么威胁你——啊！"

说话间，原本离那个杀手数丈远的少年暴起，一个踏步就出现在那个杀手面前，来如天坠，速度极快。那个杀手只来得及抬起胳膊，时雨的匕首已出，搭在他的喉咙上。

时雨厉喝："你们把央央怎么了？！"

落雁山上，雨将窗子拍开，惊动了在屋中坐着的主仆。

手持一卷书的戚映竹抬起头，见成姆妈唠叨着去关窗。

成姆妈正站在窗前，听到女郎在后面惊唤一声——

"姆妈小心！"

"砰——"

同一时间，戚映竹站起来，看到屋子四面的窗子和门都被人从外推开。木门轰然倒地，几个一身黑衣的青年分散而立，分别站在窗口、门口，凶悍的目光盯紧屋中的孱弱主仆，露出残忍的笑。

风雨之夜，宣平侯府门前停下一辆华丽的镶珠玉的马车。车顶华盖四角悬挂的灯笼被夜雨打得"叮当"作响，马车门打开，数位侍女拥着一位秀曼光丽的女郎从车中下来。

在宣平侯府门前等候的门卫和小厮当即撑伞下台阶，殷勤地向她迎去，道："女郎，您回来啦。"

被侍女拥着的贵族女郎脚踩云头锦履，手腕、耳朵、脖颈都佩戴金灿灿的金玉首饰，就连鬓发间也插着金色发簪，额前悬着点翠华胜，满身珠玉琳琅，如同一座富丽堂皇的宫殿，熠熠夺目。

其实她本人相貌偏清秀，撑不起这般盛装打扮。但宣平侯府的真千金就喜欢这样，旁人能有什么意见呢？

戚诗瑛出行、日常皆这般盛装。府上君侯和侯夫人对她疼爱至极，仆从们察言观色，自然待这位女郎比先前那位病病歪歪的戚映竹殷勤许多。

戚诗瑛今日刚参加一个什么诗会回来，喝了些酒水。她面上不见酒色，眸子却微眯，手中握着一条七尺长鞭。

仆从们互相看看，拥着女郎的侍女们向其他人使眼色——诗会上又有人为难女郎，嫌弃女郎粗鄙没文化——女郎今日心情不好，不要招惹。

戚诗瑛一路往自己的院落走去。自她回来，戚映竹曾经住过的地方都经过大修葺，由清雅小居改成了黄金苑，让她满意万分。她做真千金做得快乐十足，唯一不快乐的便是贵族圈中那些人嘲笑她学识不好、气质不好。

戚诗瑛一边走一边想着那些人的嘴脸。她虽是窈窕少女，却每一步都迈得大，走得很快，彰显她和旁的贵族女郎的不同。

贴身侍女一路小跑着追她，小声建议："女郎，那些人没劲，咱们就不找他们玩儿了。咱们去找闫大郎玩儿吧，闫大郎可是很照顾女郎你呢。"

戚诗瑛还未回答，眼睛一眯，瞅到了长廊的墙角猫着腰的几道人影，当即一鞭子挥在地上，娇斥道："什么人这样偷鸡摸狗？！"

那些隔着一道廊的仆从被挥鞭声吓得一哆嗦，"扑通"一声跪倒在地。他们抬头，看到穿金戴银的戚诗瑛提着鞭子和十几个侍女气势汹汹地向这边走来。

仆从们大气儿都不敢喘，心里连连叫苦。

原来那位女郎柔柔弱弱，他们走路都怕声音太大吓得她病重；这位女郎却身强体健，一拳下去能捶倒一头牛……这侯府的前后两位女郎差别也太大了吧？

眼见戚诗瑛杀气十足地走了过来，仆从们慌忙交出自己怀里抱着的瓷器、金镯子、项链等物。一个仆从辩解道："女郎饶命！不是我们要偷东西，是少公子拿屋子里的东西，让我们偷偷卖掉的。"

戚诗瑛原本都要挥下鞭子了，闻言一愣，道："戚星垂？"

她那个纨绔傻弟弟？

那仆从连忙接着撇清关系："是前两日少公子解了禁闭出门玩儿，出城遇到了……映竹女郎。少公子见她病弱可怜，身边只有一个仆从跟着，回来后就唉声叹气。但是我们少公子的月钱都被禁了，他就让我们偷偷卖点儿他房里的东西，回头接济映竹女郎。"

戚诗瑛脸色微沉。她被戚星垂气得手微微发抖，道："接济什么？！她现在每天用的药还是侯府给她的！她出了这个门，还敢跟我弟弟联系，教坏了我弟弟！看来她还是离京城太近了，当初我就应该让母亲将她送得更远些。她都离开侯府了还祸害我弟弟……贱不贱啊？"

一个仆从没忍住，道："映竹女郎不是那样的人，是少公子——"

戚诗瑛一鞭子"呼"的一声挥下。那开口的仆从被打得额上渗血，整个人歪倒在地上。

一时间，廊中鸦雀无声，无人再敢开口。

众人大气儿不敢出之际，戚诗瑛反倒慢慢冷静下来，发出一声嘲弄的笑声，缓缓地看向跪了一地的仆从，道："起来吧。少公子让你们卖东西，你们就去卖吧。"

没有人敢动。

戚诗瑛扬起眉毛，表情像是笑，又像是戏谑，道："真的，没跟你们开玩笑，你们去卖吧。但是从明天起，我就要告诉父亲、母亲，加重戚星垂的课业，让他继续关禁闭，别想着有工夫偷溜出去玩儿了。你们也不用瞒他，就直接告诉他你们遇到我了。我倒是想看看，我的亲弟弟还敢不敢再给那个女人送钱。他不心疼自己的亲姐姐，倒要心疼假姐姐，亲姐姐就要教一教他。"

仆从们不敢吭气，低头送消了气的戚诗瑛在众侍女的簇拥下离开。

几个仆从面面相觑，苦笑道："唉，这真是……其实映竹女郎很可怜的。"

"女郎当初好像只远远地见过映竹女郎一面吧？两人根本没说过话。女郎要是和映竹女郎说过话，就会知道她不必那般怕映竹女郎回来抢她的东西，抢她的弟弟……映竹女郎很清高的。"

然而那都是主子们的事，仆从们只能私下嘀咕两句，也不能说给主子听。只是可怜他们家少公子，才放了两日风，就又要被关起来了。

大雨瓢泼，天上的电光稍纵即逝，"轰轰"的雷鸣声响彻苍穹。闪电的白光清晰地照在婆娑的树影上。

京城外的小镇被雨水冲刷，家家门窗紧闭，店铺打烊。居民们不知在这个雨夜发生在镇上街巷间的打斗。

电光照亮地上的水洼，水洼渐渐地成了血水蜿蜒。树间、屋顶、挑旗长杆上、狭窄的街巷里、低矮的墙头上，时而闪过鬼魅般的身影。几道鬼魅般的身影一晃而过，追逐与反杀如同猫鼠游戏，虽静谧却处处透着危险。

这一次来的杀手由楼主亲自挑选，比上一次来的水平高很多。他们几人配合着杀恶时雨一个人，尽管有了周全的安排，也不敢小觑恶时雨。

在秦月夜，没有人能够揣测恶时雨在想什么。

夜雨间，杀手之间的杀戮悄无声息，时雨的身影时隐时现。被派来的杀手们握武器的手越来越僵，因为他们的同伴在不断地消失。他们不由得惊惧，因为时雨的情绪收放自如。他们杀人时犹有杀气，会让人提前发觉，时雨却因心如止水，半点儿杀气也不存在。

一声声喊叫响起，一个个杀手从墙头、树顶摔了下去，最后只余一个杀手还活着。这杀手胆战心惊，面对着空荡荡的街巷高喊："时雨，不要学鼠辈一样躲躲藏藏！你有本事就出来，我们光明正大地单挑！"

寒夜里只有雨声，他听不到其他声音。

那个杀手又道："你以为你跟着秦小楼主，能比跟着楼主好吗？我告诉你，你就是一个杀人工具而已……真以为秦小楼主当你是兄弟、朋友？你等着吧，秦小楼主功成之日，就是她杀你的时候！她可是江湖上赫赫有名的妖女，连自己的亲爹都杀！楼主养大她，她恩将仇报！不管她跟你承诺了什么，她的话都不可信！你忘了楼主是怎么栽培你的了吗？时雨，你误会楼主了……楼主就像父亲一样待你。父亲会教育走错路的孩子，但是这不代表楼主就不爱你了。只要你回头，楼主就会接纳你……我们会把你的那个心头好还给你！"

那个杀手叽叽歪歪地说了半天，用各种理由去突破时雨的心理防线，同时心里暗自嘀咕：谁知道这个疯子怕什么，在乎什么，只能随便说说了。

杀手身后忽然传来少年的声音——

"你们真的会把央央还给我吗？"

杀手神色不变，手中的刀当即向他身后刺去，同时身形一扭，一个大转后，整个人扑向身后的少年。

手中的匕首与杀手的刀相交，少年眉目间闪过几丝疑惑。然后随着兵器交击，杀手的招式越发狠辣，时雨明白了。

时雨沉下脸，控诉一般地道："你骗我。你根本不会将央央还给我。"

杀手冷笑道："时雨，你可真天真……你我以死相拼，谁还跟你谈条件？"

杀手看准时雨的死穴，趁着少年动作慢了一拍的时机向前杀去。然而杀手手中的刀已经挥下，那立在原地的少年的身影却消失了。杀手当即反手用刀在自己四周划过，阻止时雨近身。

然而已然晚了，杀手身后响起少年极轻的、没有感情的声音："既然不把央央还给我，你就去死吧。"

最后一个杀手轰然倒地，独留身上被溅了些血水的少年昂然立于雨中。时雨向来心静，杀的人越多，心思越是沉静。初闻戚映竹被袭击的时候，时雨短暂地心乱了一瞬，但很快就平复了。

只要心不被影响，他面对什么都足以做出冷静的判断。

时雨确认没有漏网之鱼后，马上上山，将自己的轻功运到极致，如一缕轻烟轻轻地飘过雨幕，一路向落雁山上戚映竹所住的地方奔赶。

一刻钟后，时雨看到了院落的影子，只见木门大敞着，被雨水冲刷过的院子中空寂无声。

时雨冲进去，叫道："央央！"

他翻遍了院中的每一间房舍，只是每一间房舍都门窗大开。最后时雨站在空荡荡的闺秀内舍中，呆呆地看着没有一个人的地方。

他从未觉得这里这般荒凉。

戚映竹靠窗的桌案被人掀翻，满目狼藉，宣纸在四面风起的屋舍中飘荡。

目光一寸寸地扫过屋子里的每一个角落，时雨寻找着敌人的痕迹，推测敌人是如何来到这个屋子、又是如何带走戚映竹的。时雨观察着那些人留下的细微痕迹，忽地滞了一下——他发现了两拨儿人先后离去的痕迹。

时雨这才想到，这屋子不是只有戚映竹一个人住的，还有一个时雨一贯讨厌的老婆子。

眼下是两拨儿人，分别带着那对主仆，去了不同的方向。

时雨出了屋舍，立在房顶，看着自己判断出的两个不同的方向，平静的心在这时生了些慌乱。他只想救戚映竹，可又不知道带走戚映竹的杀手去了哪个方向——他判断不出来。

作为杀手，这样的慌乱是他生平第一次出现。时雨不知道这代表着什么，只知道这样的慌乱影响他的实力，会让他失败。勉强压下心头的慌乱，时雨强撑着随便选了个方向，追了出去。

他要快！再快一些！这样即使弄错了，即使先救的人是那个老婆子，他也能尽快折去另一个方向救央央。

半个时辰前，戚映竹被闯进来的黑衣人惊到。这些黑衣人不知是做什么的，问也问不出来，上来就抓了戚映竹和成姆妈。然而他们不肯同时走，反而分成两队，一队人带走了戚映竹，和带着成姆妈的另一队人走相反的方向。

戚映竹的心很乱，她努力想着这是怎么回事。她一个娇弱的闺秀，平时连门也不出，哪里会得罪人？总不至于有人威胁侯府不成，拿她当人质吧？

戚映竹想不出来自己得罪过谁，只能判断出抓她的人要对付的不是她，而是要用她威胁其他人。

戚映竹试图与捉她的人沟通："大哥，你们也许生了误会。我不认得你们，你们可以将我放下，大家好好说一说吗？我必然不会是你们要抓的人……"

杀手们哪里会理会戚映竹。他们穿梭在山林间，其中一人将戚映竹抱在怀里。戚映竹原本试图与他们沟通，但因他们跑得太快，很快就不能开口说话了。

戚映竹有了主意，暗暗吸气，让稀薄的空气挤压进胸肺。她知道自己身体不好，外界的一点儿变化都能引起自己的病发作。果然，只一会儿，眩晕感袭来，戚映竹感到心跳开始加快，心口开始疼痛。

她忍不住伸手压向自己的心口，面白如雪，勉强颤声道："大哥，你们能不能先将我放下……你们就算要抓我威胁谁，也不应抓着一个死人去威胁吧？"

杀手们原本不信她的话，但见那女郎呼吸越来越急、气息越来越弱，也不禁生疑。他们是要用这女郎威胁时雨的，若是这女郎死了，会对他们的计划产生影响吗?

他们一时没有想清楚该不该停下,但是女郎奄奄一息、眼见要喘不上气了。

几个杀手暗道麻烦。

一人只好道:"停下,让她喘口气再说。"

树林中,戚映竹坐在一块大石上,低头捧着自己的心口喘气,面色一直不见好转,依然惨白,额上渗了汗。杀手们开始信她不是哄骗他们,心急如焚地等着。

"你好了没有?死不了就继续上路。"

戚映竹低着头,一边忍着心口的疼,一边在脑中胡乱想着:现在该怎么办?自己到底该如何?是应该拖延时间,还是向他们打探姆妈的情况,抑或问他们为什么抓自己?

拖延时间是她应该做的,看他们这般催促,似乎有人在后面追他们一般。谁会为了自己追来呢?电光石火间,戚映竹福至心灵地道:"时雨!"

她近日遇到的唯一和江湖有些关联的人,只有时雨了。

她的话脱口而出时,一个杀手猛地抓住她的手腕,将她从地上拉扯起来,凶悍地道:"走!"

戚映竹脸色煞白,被扯得踉踉跄跄,尽力拖延时间:"大哥,你们要对付的人是时雨对不对?其实我和时雨萍水相逢,你们利用我是不可能抓到他的!你们弄错了……"

她身后寒风凛冽,密雨飘来。

少年清朗的声音在天地间响彻:"央央!"

被扣着肩膀的戚映竹蓦地回头,仰头看向半空。树影晃动,落叶满天,雨水如洪。杀手们一个个屏气凝神,而戚映竹只怔怔地看着黑衣少年立在树顶上,低头与她对视。

一个对视后,他纵身跳下。

戚映竹身边的杀手们大喝一声:"杀!"

打斗现场一派混乱,戚映竹被卷入其中,如浮萍在波浪间漂泊一般。心脏的疼痛、大脑的眩晕,再加上鼻间飘来的混着血腥味的雨水,这一切都让她难受不已。她不知自己被谁抓在手中,不知自己被谁抢来抢去,只是越来越难受。

戚映竹颤声道:"时雨……"

她低着头这般低声说,以为没人会听到。

时雨却清楚地在她耳边应了一声:"诶,我在这儿。"

戚映竹身子一颤,抬头看向混乱的杀戮场。眩晕感让她无所适从,正定神要看清场面到底如何时，被拽入了一个有点儿熟悉的怀抱。

时雨终于在杀手中将脸色苍白的少女抢入怀中。

他跪在地上将她拥入怀中。地上已经死了一大片人。

戚映竹仰头时，睁大眼睛，看到时雨身后一个抽刀纵身而来的黑衣人，忍着心口的疼，张口要提醒。

时雨伸出手捂住她的眼睛，不让她看到这一切，开了口："央央……"

时雨弓着肩抵住身后的刀，被刀砍中后肩，血从肩头流下。他却像感知不到疼一样，把袖中的匕首向后一挥，在敌人近身砍中他的肩头的同时，稳稳地扎入了敌人的喉咙。

这是他解决掉的这里的最后一个敌人了。

凄风苦雨，天地阒寂。时雨抱住戚映竹，依然维持着捂住她的眼睛的动作。

少年的下半句话终于说了出来："别怕。"

时雨解决完那些人后，一把将戚映竹横抱起来。她在他怀中已经虚弱至极，手捂住胸口，面色惨白。时雨看得骇然。

她却抓着他的领口，努力说道："姆妈……时雨，救姆妈……"

时雨道："我先带你去找医工。"

戚映竹急得连连摇头。她眼前模糊不清，四周浓郁的血腥味摧残着她的心神。寒夜的深林中，她只能依靠时雨。她至今也弄不清楚为什么那些人要抓她，但是记得姆妈与她一般无辜。

戚映竹喘着气，努力睁开眼，道："救姆妈！"

时雨被她那白纸一般的面色和出气多进气少的状态吓到。她奄奄一息地卧于他怀中。他明明抱着她，却觉得像是抱着一只随时会飞走的脆弱蝴蝶。

在认识戚映竹后，时雨才知道原来有人的生命这般弱。

惶惶的少年不敢在这时违抗她，知道每多耽误一会儿，她的生机就在他的怀中多流失一分。紧紧地将她藏在怀中，他说不出具体的缘由，但知道自己不想在这一晚失去她。

时雨颤声道："我救，我救！央央，你坚持一下……我带你一起去救姆妈，你别闭眼啊。"

她若闭上眼，像他杀过的每一个人那样，就再也不会睁开眼跟他说话、跟他玩儿了。

时雨抱着戚映竹，纵身跃起，带着她在林间穿梭，向着那批抓走成姆妈的人的方向追去。他一边追人，一边给戚映竹输送着内力。虽不知道这样有没有用，但他只会这种方式，希望能让她好受一些。

时雨爆发出从未表现过的强大武力。秦月夜的楼主说过这个少年是个武疯子，是极好的杀人工具，但是在被时雨追上之前，那些杀手都未曾想过，怀中带着一个人的时雨能稳稳地将他们拦住。

他们试图用成姆妈和戚映竹威胁时雨，然而时雨轻而易举地杀掉他们，从他们怀中救出了人。

时雨大开杀戒，如修罗一般一步步踩着尸体，电光将他的面容照得冷酷无情。

瘫坐在血泊中的成姆妈瑟瑟发抖，害怕这个少年会杀自己。

但是时雨道："央央是不是快死了？怎么办？"

成姆妈这才努力定了下神，看向那个打斗前被少年放在树下的虚弱女郎。她一眼认出那是戚映竹，立刻生出了勇气，扑过去道："女郎？女郎！"

天还未亮，时雨怀里抱着戚映竹，另一只手将成姆妈拽住，用轻功带着这个他一贯讨厌的老婆子一道下山。

他怀里的戚映竹已经没有了声息，只有微弱的心跳显示她还活着。时雨在一夜之间消耗了这般多的内力，已经面色苍白，趔趄了一下差点儿摔倒。时雨听从成姆妈的指引，一脚踹开一家医馆的门，将医工从床上拉起来。

少年将怀中的戚映竹交给医工，道："你看看她。"

小镇上的医馆本就不多，成姆妈平时给戚映竹抓药就是在这家医馆。医工虽被时雨吓到，但见到他小心翼翼地抱着的女孩儿，瞬间冷静下来，道："怎么回事？快将她放平，我看看。"

医工责怪他们："这位女郎心脾脆弱，你们这是带着她做什么了？"

医工叫醒自己的妻子和徒儿们，一道紧急诊治戚映竹。

时雨缓缓地后退，靠在墙上，手臂僵硬，身体因肌肉痉挛而微微发抖。

时雨盯着那些人救治戚映竹。成姆妈与他一样紧张。

时雨垂下眼帘，想到自己这边的事还未解决完，转身要离开医馆。

手被成姆妈抓住，时雨扭过脸看去。

成姆妈看到他的睫毛上有一点儿血水。

这个少年面容无害，但成姆妈清清楚楚地记得他是怎么大开杀戒的。成姆妈忍着心里的恐惧，颤抖着声音和时雨说话："小郎君，你这便走了？"

成姆妈半个多月前在山间和女郎躲雨时见过这少年，那时颇为嫌恶地称呼他为"那后生"，而今则毕恭毕敬地喊一声"小郎君"。

时雨奇怪地问："我不走吗？一般发生这种事，你们都希望永远不要再见到我的。"

他说得这般天真、理所当然，眼神中也干干净净的，没有失落、沮丧，好似对此全然不在意。成姆妈怔了一下，对时雨的惧怕消退了些，低声道："小郎君，这些日子是不是你一直偷偷地来找我们家女郎玩儿的？"

时雨抿唇，道："央央不让我说。"

成姆妈："……"

成姆妈心里更多了几分求助成功的把握，飞快地看了一眼时雨，说服自己：这人就算是恶徒，应该也和自家女郎是朋友。

成姆妈忍着局促和难堪，小声说："那个，既然你和我们女郎认识，今夜之事又是因你而起……老婆子不是怪你的意思。老婆子是说……因为我和女郎离家太久了，主家没有给我们太多钱……今日女郎这病发得突然，我们的钱财有些……"

时雨道："啊，你们要多少银两啊？"

成姆妈难堪极了，支吾半天说不出来。

时雨盯着成姆妈看了半天，看不明白成姆妈的窘迫。

成姆妈只好低声试探着报了一个不太多的数字——她实在不好意思跟一个陌生少年要钱……若非情非得已……

时雨道："你等一会儿，我去取钱给你。"

时雨去票号取了银两，回头交给成姆妈。

离开医馆的时候他回头看了一眼，戚映竹依然没有醒来。天已经亮了，时雨走在雨幕间，默默地想着，也许央央醒来后再也不愿意看到他了。

时雨不喜欢跟人说自己杀手的身份，因为从小到大，不管交到什么样的朋友，只要让人见到了自己杀人不眨眼的那一面，无一例外会失去那个朋友。时雨一直不解他们为什么害怕。

他们说他是怪物。

也许他真的是怪物吧。

秦月夜派来的杀手惹怒了时雨。时雨开始在整座小镇中搜寻，将那些藏在暗处的杀手揪出来。既然已经大开杀戒，时雨便开始反杀。

时雨失踪了两日，这两日镇上不断有尸体被发现，整座小镇陷入恐慌。

两日后的夜里，时雨见到各处墙角做的记号，才回到威猛镖局。

镖局的胡老大等他等得头痛欲裂，见到他回来，松了口气，赶紧迎上去道："大人，您怎么突然就开杀戒了呢？您这不是要引起整座镇子的恐慌吗？百姓这两天都不敢出门了。好多人报案，说自己的老婆、丈夫失踪了……不会都被您杀了吧？"

时雨别过脸，认真地说："因为他们都是楼主的眼线。"

胡老大不纠结这个，知道再说不合适，时雨也听不懂，转而说起更重要的事："大人，您该回秦月夜了！秦小楼主已经占领了秦月夜，但是金光御和原楼主纠集大批江湖人士，将秦月夜的位置公开了……杀手楼这种地方，您也晓得，只要被人知道老巢，江湖上可多的是仇人。秦小楼主急召所有人回去援助！大人，秦小楼主给您发了十万火急的召集令，说什么到了最后的时候……"

时雨颔首，道："好。"

秦月夜的内斗到了最后阶段，江湖人围攻秦月夜，时雨必须回去了。

戚映竹一日后苏醒，又在医馆中住了一日，坚持和成姆妈回到山上。

女郎仍在病中，成姆妈不敢多问女郎和那个陌生少年的关系。

戚映竹也几次欲言又止，不知道怎么问姆妈——时雨呢？他为什么不来了？

傍晚时分，成姆妈去厨房给女郎做些好吃的改善伙食。戚映竹捧着一卷书靠墙而坐，恹恹地发呆。她还在病中，成姆妈将屋舍的门窗紧闭，一点儿风都不敢让她吹到。

戚映竹不知道自己发了多久的呆，忽然听到了极轻的敲打窗子的声音。她凝神细听，那"啪啪"声不停，她的心神被牵得一紧，将手中的书扔下。

披着外衫，长发落入颈下后领的柔弱少女推开窗，果然看到时雨站在窗外。他摊开掌心，手中放着许多小石子儿，就是用这样的小石子儿在敲窗。

戚映竹与他对望。

时雨移开目光。

戚映竹终于对他妥协，拿了一方干净的帕子，隔着窗，对外头的少年轻声道："把石子儿扔了。"

时雨茫然地扔掉石子儿。

手被戚映竹握住，时雨一怔，低下头，看到她那又细又长的手指贴着他的手，冰冰凉凉的。戚映竹抓着他的手，给他擦干净手掌心，迟疑了一下后，抬头悄悄地望他。

时雨正低头看她，眼睛一贯地清澈、漆黑。

戚映竹抓着帕子要缩回手，时雨忽然反手抓住她的手腕，上半身前倾，长睫毛几乎擦到她脸上。他小声对她道："让你的姆妈睡一会儿好不好？"

戚映竹愣了一下，低下头，抿唇不语。

时雨的眼睛一下子亮了，他知道她这是默许的意思。

恰好这时成姆妈端着食盒从灶房里出来，肥胖的身体已经出现在拐弯的屋檐下。时雨倏地在戚映竹面前消失，出现在成姆妈身后，手指轻轻一点。

无辜的老嬷晕倒，食盒跟着摔了一地。

他武功高，自然早早就听到了成姆妈过来的脚步声。为讨好戚映竹，成姆妈晕了后，时雨并没有掉头不管，而是伸手接住了成姆妈倒下来的身体，将成姆妈背了起来。

戚映竹怔了一下，连忙去给他开门。

时雨将成姆妈放在榻上，还热情地给她盖上了被子。然后他仰头看戚映竹，眼神清澈，乖巧万分，看起来是那般可爱、无害。

戚映竹忍不住笑了，扭过脸，咬了咬唇，道："不要打扰姆妈了，我们出去说话。"

月光穿透薄云，照在地上。院中花树"簌簌"，香气袅袅。巨大的杏树旁，戚映竹和时雨一同坐在廊下的台阶上。山间静谧，清风徐徐，少年男女安静地看着花瓣在地上飞旋。

时雨说："我要离开了。"

戚映竹微微侧过脸，看向他。她吃惊了一下，却也因早有预料并不太意外。

戚映竹问："是因为……那天晚上的那些黑衣人吗？"

时雨没说话，戚映竹便知道大约是了。

戚映竹有几分纠结，试图劝道："时雨，你怎么惹上那些人的？你们江湖上的人，都这般不由分说地打打杀杀吗？你……你……是不是把他们都杀了？时雨，你们这样打来打去，他们再报复回来……多危险啊。"

时雨以为她是害怕，道："他们不会再打扰你了！"

因为他会把那些人杀干净！知道央央存在的那些人，都别想活着。

戚映竹低声道："你别杀人了，这样……真的不好。"

时雨不说话。

戚映竹静默半天，也知道以她和时雨的关系，他大概不会听她的。她心中沮丧，却也有一些更深的担心。她低着头犹豫很久，缓缓地轻声开口："那你……还会回来看我吗？"

时雨微微一愣，侧头看她，眼睛一点点亮了起来。他那沉甸甸的向下坠的心，因她一句话而停住坠落，飘在半空中。前所未有地，时雨声音紧绷，透着自己都不知道的害怕："你还想我回来看你？"

戚映竹抬头看他，面色绯红。

闺秀女郎不知如何表达自己的心意，但又想明确地向时雨传递些什么。半晌，她目光闪烁，轻轻凑上前，在他脸上亲了一下。

少年睁大眼睛。戚映竹当即后退，却被时雨一下子抓住了手腕。

时雨凑了过去，望她半天，忽地一笑，道："你不会玩儿。"

戚映竹的睫毛一颤，她觑着他。

他凑上来亲她的唇，半是开心半是引诱地道："央央，我教你怎么玩儿。"

月明皎皎，山雾寥寥。

坐在台阶上的戚映竹气息被撩得波动连连，鱼儿戏水般的感觉来自时雨。他把脸与她的紧贴，一只手将她的手按在台阶上。他充满着戏耍与好奇。虽然自身并没有太多经验，但是常年混于三教九流的经历，让他懂得太多了。

他便想将这些用在他喜欢的央央身上。

后背抵在廊柱上，戚映竹侧过脸，躲开了紧追不舍的时雨。

他犹不自觉，红唇微噘。

戚映竹把手抵在他的肩上，推他，道："时雨，好啦。"

时雨睁开眼，湿润的眼睛盯得戚映竹心跳纷乱。她移开目光不敢看他。

时雨不死心地道："我还没有教会你。"

戚映竹涨红了脸，手指扣着袖口的纹路，垂着眼睛重复了一遍："好啦。"

时雨失望地垂下眼帘，然而心神躁动，不能平息。他来见她时心如止水，以为她不会再想见他，但是戚映竹给了他希望……聪明的时雨凑过来，夌着胆子轻轻地在她脸颊上一嗅。

戚映竹脸红得说不出话。

时雨得寸进尺，在她耳边有点儿期待地问："我们能不能继续啊？"

戚映竹："……"

她僵硬地抬起头看他闪着星辰光芒的眼睛，心里觉得古怪，一是因为被时雨天真而期盼的问题弄得赧然羞窘；二是因为……这样的话时雨不是第一次问了。

此年代男女并无大防之说，戚映竹还是侯门千金时，便听说过许多贵族男女厮混的混乱事迹。贵族圈如此，想来江湖人士更加不羁。只是戚映竹的养父宣平侯迂腐，戚映竹又体弱，自小得到的教育使她不如时下的女郎那般大胆纵情。

戚映竹抿唇，问："你为什么……为什么……总想这样？"

时雨诧异，不懂她怎么会有这种疑问，道："因为……快乐。"

戚映竹被噎住。

她已委婉地对他表露自己的心思，却不知他是否知道。她想问他，但羞得开不了口，便只能将时雨的表现理解为他是明白她的心意的。但是两人实则只认识了半个多月，他就想……

戚映竹红着脸说："太快了，我们才认识几天啊。"

时雨转过脸，盯着戚映竹。在他的世界中，江湖男女看对眼后春风一度十分自然。他以为这没什么，为此做好了准备，一直期待着……她却说太快？

时雨忽然问："你是因为我是怪物，让你害怕吗？"

戚映竹愣住，抬头看他。

时雨观察着她，长睫毛颤动，道："你是不是嘴上说着还想和我见面，但其实已经不想和我见面了，只是想稳住我？等我以后再找你的时候，你就找很多卫士保护你，来擒拿我？因为我是怪物，冷血……动物，不像正常人。你害怕我报复，也怕我这样的人祸害世人，所以就想办法让我先乖乖地离开？"

戚映竹呆呆地看着他。

时雨非常无所谓，翻着眼皮。他说了一长串自己的猜测，还对她眨眼睛扮可爱，压根儿不觉得自己说的是多么奇怪的话。

心一点点发紧，戚映竹轻声问："时雨，为什么这么问我？是不是……曾经有人这样对你啊？"

时雨和她说话间，被撩起的那点儿欲望缓缓地平息。他抓着她颈旁落下的一缕青丝，缠在自己修长的手指间玩儿，百无聊赖地打了个哈欠，回答她的问题："有啊。"

戚映竹问："是你小时候吗？你那时候多大？"

时雨想了一下，闷闷地道："忘了。"

戚映竹追问："是这么对你的人太多，你记不住，才忘了吗？"

时雨天真地回答道："不是呀！是因为我把他们都杀了。我已经杀了的人，为什么还要费脑子去记住啊？我才懒得记。"

他暴露出本性中无情的那一面。戚映竹与他相挨的手指轻轻一颤，向后缩了一下。时雨敏感地察觉到了她的情绪变化，手指仍缠着她的长发玩儿，眼皮微掀，乌黑漂亮的眼睛看向她。

戚映竹面容苍白，看他的眼神有几分躲闪。

时雨反应过来，急忙挨过去，怕她离开一般张臂抱住她，说："你别害怕，我不会杀你的啊。我好喜欢你的，就算你让好多人来杀我……我也不会杀你的。"

怀中的少女并没有躲，时雨便伸出一根手指，轻轻地戳在她的鼻尖上。他拙劣地做出与她亲热的架势，满不在乎地道："你这么弱，这么漂亮，怎么对我，我都不会杀你的。"

戚映竹的心乱了，她意识到他生了误会，仰起脸对他说："时雨，你误会了，我没有要害你。我……我……我怎么都不会去伤害你的。"

时雨随意地点了下头。

戚映竹抿唇，道："我若是伤害你，就让我天打五雷轰，连……连明年都活不过。"

对一个病魔缠身的人来说，这样的誓言太狠了。

时雨呆住了，这才认真地看向她，将她说的话听进了心里。

见他怔怔地望着自己，戚映竹羞涩万分，然而为了让他记住自己的话，鼓起勇气说了下去："时雨，在我心里你不是怪物，那些人说的话你不要放在心上。你怎么会是怪物呢？"

时雨突然冒出一句："因为我没有感情。"

戚映竹道："你怎么会没有感情呢？你记得你救了我好几次吗？坏人把我抓走，你去救我，还生气地杀了他们……虽然杀人不对，你以后也不应该再这样，但这些都是感情啊。你会笑、会说话，也有爱心，怎么会是没有感情的怪物呢？他们骗你。"

时雨张口，几次想反驳，但是又觉得她在说他的好话。

他为什么要反驳夸他的话？

时雨纠结着闭了嘴。

戚映竹对他抱有美好的幻想——她想象中的他不是真正的他。时雨沉默着没有打破她的幻想——他也因为她的幻想而沾沾自喜。身为一个常年被人用恐惧的眼神盯着的人，当有人不用奇怪的眼神看他，他也愿意做一个正常人。

他其实知道自己是怪物，在秦月夜的时候也听别人私下里说过。常人第一次杀人都会害怕，只有他没什么感觉。

他早就接受了自己的不正常……突然有一天，有人说他不是怪物。

时雨静静地品味这份快乐，暗自决定要珍藏这份快乐。时雨坐直身子，郑重其事地点头道："你说得对，我喜欢你，我不是怪物。"

戚映竹笑他可爱，又因他再一次直白地表露喜欢她而用手背挡住半边脸，道："不要总将'喜欢'挂在嘴上呀。"

时雨抓开她挡脸的手，凑到她的眼皮底下，看到她的眼睛乌溜溜的，脸被他的气息熏得更红了。时雨决定守护她，问："那我们今晚做什么啊？"

戚映竹想了一会儿，低头轻声说自己还是幼女时的幻想："我以前生病卧床的时候，就想有一天有人陪我一起看月亮。"

月光落在他的眼睛里，他就像她的月亮。戚映竹眼波荡开。

时雨笑得露出虎牙，道："那我就陪你一起看月亮！"

戚映竹并没有坚持多久，病本就未好，强撑着陪时雨坐了一会儿，之后的记忆便很模糊了。在她模糊的记忆中，只有那一晚悬在空中的圆月清楚万分，澄明万分。

云雾缭绕，山间林木静极，花草芬芳。

少年的胸怀温暖，笑容好看，眼睛如水。

病弱的身体、侯府真假千金的纠葛、唐二郎的追求、闲杂人等的幸灾乐祸……都在这一瞬间飘在春夜的月光中，离戚映竹远去。

时雨次日就离开了威猛镖局。

时雨离开京外这座小镇的时候，胡老大只看到少年抱着一把黑色的木伞。胡老大记得时雨之前四处跑，让人将撕裂开的伞面和伞骨修补好，想来这伞颇得少年喜欢。

少年离开的时候和到来时一样悄无声息。

胡老大隐隐期盼着时雨的离开能给秦月夜带去变化——他帮助时雨大人这么多，总是想看到些回报。

五日后，关内曲沃附近的某座不知名的高山下，江湖人士展开了混乱的战斗，一整片地方都被卷入兵戈。

这座山上便是秦月夜之所在。

赫赫有名的杀手楼的位置暴露。

江湖上几乎没有人不曾在秦月夜被通缉过，江湖人士对秦月夜又敬又畏。当金光御和秦月夜的原楼主将杀手楼的位置昭告天下后，整个江湖都躁动起来。秦月夜的原楼主反而和前来讨伐、围剿的正义江湖人士站到了一边，要摧毁秦月夜。

为应对此变，秦月夜的所有杀手一夜间被尽数召回，共度此次危机。

众人皆知，若是此次不让秦月夜消失，秦月夜缓过劲后，便会重新成为一个收钱买命的地方，重新让江湖人士人人自危。毕竟如今接手秦月夜的秦小楼主本名秦随随，身上担着多少条人命暂且不提，最卓越、最让人闻风丧胆的战绩，是其年仅十岁的时候就将自己的全部亲人杀掉了。

因小妖女心狠手辣杀掉了秦月夜的先楼主，杀手楼才落到了之后的楼主手中。而在今年，妖女秦随随再开杀戒，对杀手楼的现楼主出手。若是秦月夜真的落到此等妖女手中，江湖还能有宁日？

山下的战斗进入白热化，所有人都杀红了眼。蓬头垢面的原楼主的下场暂且不提，因为其当上秦月夜的楼主靠的也不是多高的武功。武功最高的人是秦月夜排名第一的杀手金光御。

金光御入了战局，与他对打的乃是一个抢着十斤重的长弯刀的白衣少女。耍刀人不求锋利，反求钝重，十斤重的长弯刀在白衣少女手中被舞得虎虎生风，旋转起来便是金光御都很难近身。

这白衣少女正是让人生惧的秦小楼主秦随随。

金光御道："秦随随，你看，这么多江湖人士来讨伐你，就算秦月夜以后还在，也不可能落到你手上……你不如认输吧，我饶你一命。"

秦随随仰起脸，刀光照出其秀丽的面容，猫儿一般圆睁着的眼睛。身材娇小的少女笑吟吟地道："巧了，金大哥，我正想跟你说，就算你输了，我也会留你一命。"

金光御目光发狠，心中却焦虑起来。他看到秦随随身后的一个手持长笛作为武器的青年的背影，那青年也在与人打斗，那是秦随随的狗腿子……幸好，秦随随用的是重刀，持久战斗能力不强。

金光御加快攻势。

秦随随不过十七岁，练武再勤快，在金光御面前也要露怯。随着时间的推移，秦随随果然开始力有不逮，面容微微发白。

金光御沉重的一招当胸拍来，秦随随全靠重刀之力勉力撑着，抬头时，额上渗出了细密的汗。

她身后的持笛青年打斗时用余光看到了秦随随的危机，当即道："小楼主，不如我们先撤吧？人太多了，我们都不擅长这么多人的打斗……"

秦随随咬唇，颇有不甘。确实，杀手们持久战斗能力不强，但是已经到了这一步……让她后退，她实在不服！

两方对峙时，金光御趁机再次纵身向前，一道掌风向秦随随拍去。忽地，金光御在半空中的身影一顿，然后向后一闪，同时高声道："快闪开！"

然而已经晚了。

密密麻麻的细针从一个方向飞来，迅猛的力道和刁钻的角度让细针准确地刺向一道道人影。金光御凭着身法躲避了细针，却有更多的针扎向江湖人士的要害处，顿时血流漂杵、哀鸿遍野……

秦随随惊喜地抬起头，道："是时雨！"

众人在躲避的间隙抬起头，带着惊惧看向细针飞来的方向。不远处的树影子随着日光轮转，一个身着玄色劲衣的少年背着一把黑色的伞，缓缓地向这边走来。

这位少年闲庭信步，然而每一步都如同踩在在场江湖人的死穴上。场上已成修罗场，所有人都变得面容不堪，只有他清清爽爽，带着恶意，向他们走来。

时雨微微眯起眼，看向他们。

江湖人一个战栗，记起"恶时雨"这个外号的来历——

他第一次杀人时，面对的是百人之战。他有一把细针，飞出如雨，中之必死。这才是真正的"恶时雨"。

落雁山上，戚映竹坐在窗下翻着一本书，神色落寞。她在这里已经坐了一上午，但是书上的字一个也没有读进去。

她好像想了很多，又好像只是单纯地心烦。

急匆匆的脚步声传来，成姆妈推开木门，呼唤："女郎，你快来看看！"

戚映竹没有兴趣，懒洋洋地道："姆妈，你让我好好看会儿书吧。"

成姆妈最懂这个年龄的小女郎有多口是心非。成姆妈心里不赞同戚映竹和时雨相交——那个少年突然消失，让成姆妈心里不知道松了多少口气。但是时雨离开后，眼见着女郎这般沉闷，整日里一个笑容也没有，成姆妈又想让戚映竹高兴点儿。

她心情好点儿，身体才好，不对吗？

成姆妈神神秘秘地道："女郎，我没骗你！那个小子好像给你留了字……就是老婆子不识字，没看懂。"

戚映竹迷惘，没反应过来"那个小子"是谁。

成姆妈不情愿地道："就是你那个叫时雨的江湖朋友。"

戚映竹眼中死气沉沉的湖水瞬间轻轻地晃了一下，春光摇曳。

时雨吗？他会给她留下字？他……一点儿消息也没有。

他就像她生命中曾有过的一夜春雨，缠绵悱恻，花落成泥，次日雨霁天晴，如同从未来过。

这样的少年，会给她留字？

戚映竹跟着姆妈出了屋子，被姆妈神神秘秘地拉到院子大门旁边的墙角。成姆妈拂开墙头飘落的花叶和蜿蜒的藤蔓，扶着戚映竹过去，将那上面用石子儿划的乱七八糟的字指给戚映竹看。

成姆妈问："是字吧？"

戚映竹捂着心口，压抑着心间的激荡，轻轻地应了一声："嗯。"

她去看他写了什么。

他写的是："戚日央，我走了，等我回来。"

戚映竹沉默地立在墙边，素色裙裾曳地，披帛垂落。

成姆妈期待地看女郎的反应。

戚映竹咬唇，又嗔又羞地别过脸，道："谁是'戚日央'？"

第六章　上弦月

金光御在半空中生生转身，时雨立时迎上，接替秦随随，和金光御打得难解难分。周围一片哀号声。

但金光御终究胜时雨一筹，身法凌厉迅疾，与时雨近身打斗时，身子凌空在时雨后背的伞上重重一踩，借力向后退开四丈之远。

时雨缓缓地看去，一时没有再近金光御的身，因为有喽啰滚到他的脚边，又有秦随随的喝声——

"时雨，你还不过来！"

时雨犹豫了一下，还是去了秦随随身边。

他那一把细针飞出，瞬间放倒了场上近百人，让场上的打斗一瞬间出现停滞。

秦随随颇有楼主之风，和时雨背对背而立。

时雨无所谓地看着四周胆战心惊不敢上前的江湖人士，秦随随则撑着她的重刀向前走了一步。

日光照耀，点在少女琥珀色的瞳仁上，与她面颊上的两滴血相映。

杀手楼的杀手们立在人群中何其醒目。秦随随看了一眼人群中跟着原楼主和她作对的那些人，然后向四方的江湖人士拱手，笑容过度灿烂，道："至此，秦月夜的所有杀手都在这里了！多谢诸位天南海北地赶来围观秦月夜清理内贼。既然来了，从现在起，不出阵的便都是秦月夜的客人，日后的生意我给便宜算；还想出阵的，秦月夜也记下了，阁下今日所为，来日必报——"

这哪儿是毕恭毕敬的请客宣言，这是明晃晃的威胁！

秦月夜的原楼主在人群中看到时雨出现，瞳孔一缩，惊惧时雨这厮竟然活着回来了。越拖时间越对自己不利，眼看江湖人士面对秦随随的威胁开始左右摇摆，这位原楼主冷笑一声，道："一派胡言！杀手楼为人办事，办的买命卖命生意。虽说冤有头债有主，你们谁甘心死在杀手手中？等秦月夜缓过来，你们放心这种组织吗？！"

秦随随转头，对他甜蜜地一笑，道："楼主，我连你都放过了这么多年，放过其他人有什么奇怪的？"

原楼主不吃她这一套。他到底有一些号召力，将站他这一边的人喊醒后，一起冲上前再开战局。

秦随随没有动，身后那手持长笛的青年向前一步，笑意温和地道："楼主，且让我来会会你吧。"

原楼主大喝道："步清源！你这个秦随随的狗腿子，她让你做什么你就做什么……"

场中的人一惊，听到"步清源"这个名字才知道，原来这个看着如书生一般文秀风雅的人，竟是秦月夜那位神龙见首不见尾的副楼主，赫赫有名的"狐狸刀"步清源。步清源很少接任务，在杀手榜上也没有排名，但是当年出手便屠尽武阳派的战绩，可谓人间修罗。

步清源"啧"了一声，含笑道："楼主，这话说的，不是你让我帮你养大先楼主的遗孤吗？这养着养着，自然养出感情了嘛。"

口上随意，他一点手中长笛，原楼主的整只胳膊被震得差点儿麻掉。

金光御在人群中看得脸色微变，心里嫌弃那原楼主沉不住气，时雨既然回来了，这里今日的战局旁人还真占不到秦月夜的便宜。金光御不像原楼主那样鲁莽，战斗再起的时候，不再参战，反而向外撤退。

时雨一直盯着金光御，当金光御有所动作时，腾地跃起而追。

金光御挥手撒出一把飞镖，但只让时雨身形稍顿。

同一时间，秦随随抽出刀，也跳跃起来，从另一方向追向金光御，大喝道："金大哥，走什么？"

时雨和秦随随从两个方向追堵。金光御先遭遇迎面而来的重刀——那刀带起旋风，气势如虹，逼得金光御只能后退。后方的少年持匕首迎上，堵住金光御的退路。

时雨和秦随随前后配合，三人战作一团，"锵锵"的兵器撞击声不绝于耳，伴着溅出火星。

忽地，秦随随高声喝道："时雨，他后背上有伤，攻他后背！"

金光御一滞，步伐短暂地停下。

回过神后，身后有掌风袭来，面前有大刀再落，金光御判断刀势更强，为了躲刀，硬生生吃下了后背袭来的那一掌。他向侧边一滚，口中"噗"地吐出鲜血，然后及时在地上滚了数圈，再拔身而起，躲开紧追的二人。

秦随随要杀他他能理解，但是时雨……金光御有些恼，道："时雨，我和你素来无冤无仇，你何以对我如此赶尽杀绝？"

时雨转过脸，认真地道："有仇的，你刚刚踩了我的伞。"

金光御："……"

秦随随笑眯眯地道："金大哥，你躲什么？我都说了我不会杀你。"

金光御冷笑——这个妖女，不杀他自然是为了折磨他。

在时雨到来后，这场混乱的厮杀又持续了一个时辰。一个时辰后，站着的人已经没有多少。退出战斗的江湖人士骇然地发现秦月夜的杀手们虽然死了很多，但活着的也不少，战场上最后剩下的人大都是那些杀手。

步清源擒住了那可怜的原楼主。

秦随随和时雨拿下了金光御。

手上、身上的血都未擦掉，秦随随持着长弯刀大步向前走，面前挡路的江湖人士一一退后，将路让开。秦随随朗声道："今日后，我便是秦月夜的新楼主了！因为金光御惹的麻烦，秦月夜不得不换地方了……各位，请吧。"

一代妖女猖狂至极的架势让周围的江湖人士沉默下来。

只有时雨上前一步，后知后觉地问她："我们要搬家啊？"

秦随随恨铁不成钢地瞥了时雨一眼，道："原地址暴露，难道你想以后我们每天被人打上门吗？当然要搬了。你有什么意见？"

她本是咬牙切齿地威胁他闭嘴，时雨却开口提要求："不要搬得离京城太远，我来回不方便。"

秦随随："……"

在秦随随那种眼神下，时雨兀自不放心地继续说："还有，你答应我的，给我涨赏金。我已经帮你了，以后接任务，你得给我把价格提高两成。"

一直在旁听他们对话的步清源，忍不住在此时"扑哧"一笑，道："时雨，金光御被擒，杀手榜上你前面的人被你杀了个干净，你的任务价格，就算秦楼主不开口，也必然会涨上去的。"

爱财如命的时雨这才放心。

之后，秦月夜开始长途跋涉，寻找新的地址。

又过了五日，落雁山上又是一场春雨过去。时入四月中旬，山中的日子自从时雨离开后，变得悠缓万分。

戚映竹披着青色外衫，坐在窗下画画。清养数日，没有外人打扰，她心神宁静，虽依然整日恹恹、萎靡不振，但已好一阵子没再生病。

成姆妈拿着一封书信过来，压着眉目间的喜色道："女郎，侯府那边有信送来！"

戚映竹放下手中的画笔，接过姆妈递来的信。她看到信封上的字，指尖顿了一下，对信生出几分抵触，因为信上写了来信人的名字——"唐琢"，即那位总是追着她不放的唐家二郎。

姆妈试探地问："谁写的信啊？"

戚映竹嘴角微微一撇："唐二郎。"

姆妈霎时兴奋了，问："写的什么？是不是唐二郎要接女郎回京城啊？"

戚映竹一怔，抽出信纸扫视了一番，微微松了口气，小声道："他说被洪水堵在了半道上，比预计回来的时间要晚几日。"

戚映竹扫了一眼信里啰里啰唆的对她的关怀和追问，以及让人面红耳赤的表白之话，心里烦恼，微微蹙起了眉。她本以为真假千金之事后，唐琢碍于身份有别，不会像以前那般对她热情了，没想到……

可是唐琢又没什么错，甚至在成姆妈这般人眼中，这是"情深"的表现。

在世人眼中，只要唐琢还肯要她，她哪里能有什么意见？

戚映竹闷闷不乐地将信纸放下。

成姆妈在旁边提醒道："女郎，你且回信啊，就说你平安，让他不要挂念。"

戚映竹道："不回。"

成姆妈一愣，然后莞尔："好吧，你们年轻孩子的情趣，我这样的老人家是不懂。你自己斟酌吧。"成姆妈又提醒道，"女郎，你可不要任性，误了人生大事啊。什么人该交，什么人该忘，你心里得有个数。有的人与咱们天生不是一个世界的。那花花世界精彩，女郎难免被他吸引，但是终归，咱们女人还是要为自己找一个可依靠的人。"

戚映竹仰头，问："我喜欢的，不如喜欢我的好吗？"

成姆妈道："当然。你自己喜欢的，难免整日牵肠挂肚，放心不下，女郎你这样的身子骨儿……这也太难了。若有人将你捧在手心，日日哄着、爱着，这样对你好多了。"

戚映竹抿唇，低头不语。

成姆妈每日这般尝试着劝一下，也不会说得太多，因为知道这个年龄的女郎有逆反心理。但是成姆妈觉得自家女郎是个聪明的人，总会想通。

成姆妈庆幸那个时雨不在……最好那个小子玩儿得忘乎所以，把女郎忘得一干二净，永远不要回来了。

成姆妈这般想着，将女郎扔在案上的信收好。这一整理信纸，成姆妈冷不丁地看到戚映竹作的画。戚映竹画的是山中的动物，一会儿是老虎，一会儿是鸟，画得随意，显然只是练笔之作。但是成姆妈一眼看去，总觉得哪里很熟悉，定睛一看，半晌后笑道："女郎这画画得好，画上的动物活灵活现。"

戚映竹的心猛地跳了一下，她连忙收起自己的画，俯身挡住不让成姆妈看，道："我随便画的，哪有什么活灵活现，姆妈不要看了。"

成姆妈还在笑，又道："女郎过谦了，这画画得真好，老奴以前就没见过这样的画。这动物啊，一个个好像有着人的神情，会学人……"

成姆妈说着自己愣住了——人的神情？！

成姆妈低头细看，看到那老虎脸上漫不经心的表情，那鸟竟然有长睫毛，那从树上落下的花瓣恍惚中长出了一张眉清目秀的脸……成姆妈的心往下沉。

戚映竹疾声道："姆妈，我随便画的！"

成姆妈忧心忡忡，当即叹了口气，再次祈祷：某个小子快把她们家女郎忘得一干二净吧。

成姆妈宁愿相信那是个流连花丛的花蝴蝶，别再飞回来了。

塞外的沙漠中，夜里星辰漫漫。秦月夜在秦随随的要求下，搬去了塞外。

其他人尚可，只有时雨，每日走在沙漠中，一副蔫了的样子。

时雨戴着兜帽，半张脸被挡住，一个人的萎靡情绪影响了整个队伍的士气。秦随随让人别理他。其实即使秦随随不这样命令，也没有人会理会时雨——时雨杀人如麻，就是在杀手楼里也是异类，没什么朋友。

于是被派给时雨看管的金光御就成了时雨的主要说话对象。

夜里，有的人入睡，有的人巡夜。沙漠的风吹在人身上干冷无比。

坐在笼中的金光御看到那靠着笼子没精打采的少年。

金光御道："觉得无聊啊？"

时雨瞥了金光御一眼，没说话。

金光御笑道："时雨，就像我说的，我和你没什么仇，你也是听秦随随的命令抓我，就是现在，我都不把你看作敌人。我最怪的……是她，那个心狠手辣的女人。"

时雨没有反应。

金光御低头继续说话："时雨，你能告诉我，那个女人被你们弄去哪里了吗？"

时雨问："哪个女人啊？"

金光御一怔，道："你不知道？"顿了一下，金光御继续说，"我众叛亲离，就是因为那个女人投靠了秦随随。怎么，秦随随没有告诉过你我有一个爱人吗？"

时雨转过脸，隔着笼子看金光御。

少年澄澈无辜的眼神让金光御恍然。秦随随可能真的没有告诉时雨，毕竟时雨这样的人，懂什么情爱？

金光御自嘲地道："有时候我真羡慕你，你才是合格的杀手，根本不知道情是什么，爱是什么。你这一辈子都不会体会到……"

时雨皱眉。

这样的话，时雨经常听别人对他说起。他也默默地听了很多年，没什么感受。但是这一次，金光御开口的时候，时雨蓦地想到戚映竹说的"你不是怪物"。

时雨开口辩解："不，我知道的！我也有喜欢的人，跟你们一样……"扬了扬下巴，少年扬扬得意地道，"央央跟你们不一样，她说我可爱……"

金光御面色古怪地道："你？可爱？"

时雨道："嗯。"

三两银光点缀在天空中，漆黑的夜幕下，荒漠上的沙丘一望无际。众人已歇，篝火昏黄色的光下，只有金光御和靠着笼子看管他的时雨还醒着。

金光御盯着时雨。他成名近二十年，和步清源打交道最多，知道步清源是个见人说人话，见鬼说鬼话的人。若是步清源看管他，他未必有法子糊弄，但是幸好步清源看管的是更重要的原楼主，秦随随让时雨这个小傻子来看管他。

时雨是无情，但无情也有无情的好——少年不知情爱，便容易被糊弄。

笼中的青年抱胸后靠，戏谑地道："时雨，你若真的认识一个女郎，那便是在哄骗她，你面对她时并不是你的真面目。你敢将你最真实的样子暴露给她吗？"

时雨果真反驳道："我没有哄骗！我就是用我本来的样子在和她相处！"

金光御嗤笑道："用你杀我时的样子，还是用你屠尽别人全家时的样子？"

时雨一愣。

金光御向前倾身。篝火的光在他脸上轻轻一跃，而后将他的脸完全隐入黑暗。金光御贴着笼子，跟时雨耳语："三年前，你尚未满十四岁，因为有人怕你，你便杀光了人家一家。楼主为了平息这事，亲自出手压下此事……时雨，从什么时候开始，秦月夜的人开始怕你呢？从他们发现你没有感情那一刻开始——杀人者也有心，但你没有。你再想伪装得正常，也不要忘了自己骨子里是个变态。"

时雨抬头，目光平静，没有任何波澜，转过头说："因为那个人派很多人杀我，他想杀我，我才反杀的。但我已经和央央说过了，我不会对她那样。"

时雨嘴角微撇，略有委屈与不悦。

他强调道："央央说我不是怪物。我不信你。"

金光御道："你别介意，我本来就说我是羡慕你的。若我能像你这样……就不会落到今天这一步。时雨，你大概没听过，我有一个爱人，已经好几年了。她是官家女郎，我带她闯荡江湖。杀手不能有软肋，不能暴露踪迹，我为了她，这些年接的任务少了很多……我将她藏起来，一藏就是五年。"

时雨眨了眨眼，恍然大悟，道："这个我听说过。但是有女人又没什么奇怪的，你干吗要把人家藏起来？"

金光御看着时雨道："因为我想和她成亲、生子，想隐退，想离开秦月夜，想过平静的生活。"

时雨想了想，说："干吗要离开秦月夜？离开了你就挣不了那么多钱了。"

金光御微笑，怅然地道："心动了，哪儿管那么多。时雨，你知道秦月夜为何不鼓励杀手成亲吗？就是因为杀手的仇家太多了。我藏起她，以为可以藏一辈子。但是这种隐姓埋名的生活，她大约不想要吧……她用我的东西联络了秦随随，跟你们联手了。

"我被她下了药。秦随随埋伏我，我挣扎着离开，还将她藏起来……我原以为是家里的仆从背叛了我，但最后一次回家的时候，便知道她是主动离开的。时雨，你们将她放到了哪里？秦随随要如何折磨我我都认，我只想问她一句为什么——我一心待她，她为何背叛我？"

时雨回答道："我没见秦随随身边有女人。也许是人家不喜欢你，你自作多情呗。"

金光御惨笑道："五年……全是我自作多情？时雨，你看。"

金光御挽起袖子，再缓缓地脱掉上衣背过身去。篝火微弱的光下，目力出众的时雨清晰地看到了金光御后背上的掌印，和手臂上寸寸裂开的皮肤下渗出的血。

金光御后背上的掌印是暗紫色的。

时雨道："你中毒了。为什么不解毒？"

毒解了，也许金光御就不会这么轻易被抓了。

金光御穿上衣服，道："所以秦随随才让你攻击我的后背。我听到那话，动作停滞，才着了你的道儿……我在那一瞬间想到了这毒是谁带给我的。这毒不致命，但夜夜钻心刺骨。我留着这毒，不解它，就是为了让自己记住，是谁让我落到这一步的。"

他的目光中，阴狠和痛意依次闪过。

金光御武功盖世，却被擒，也是想知道那个女人的下落……

但是时雨的态度，加上这一路秦随随和步清源身边根本没有女人出现过的痕迹，金光御已经明白，那个女人恐怕不在这里。

秦随随会把人放到哪里呢？

金光御看着时雨，道："看到我今天这一步，你不害怕吗？你要是继续下去，会变得和我一样，爱也爱不得，恨也不能杀，日日痛苦，被人追缉，众叛亲离……你正在一条通往地狱的路上走。"

时雨道："你骗我。"

金光御冷笑道："那你以为秦月夜的人为什么都没有妻儿子女？再前任的楼主生了秦随随这个女儿……一家都死在这个女儿手里！杀手就是要断情绝爱，像我这样就是在找死。如果情啊爱啊那么好，为什么步清源不沾，为什么秦随随不嫁人，为什么我说羡慕你？时雨，爱人会成为你的软肋，你的央央会杀了你。你不怕死吗？"

时雨面容微微发白，脸色变得难看，抓着笼子的手指微微抖了一下。金光御看出了时雨内心的惧怕和挣扎。

时雨低头，片刻后忽地抬起头，用平静至极的眼神看着金光御，道："你在恐吓我。"

金光御成名多年，在杀手榜上排名第一，但每次和时雨这样漆黑且没有情绪的眼神对上，骨子里都会生起一股危机感。金光御冷冷地看着时雨，道："我是用自己的经历提醒你，不要犯贱。"

时雨站起来道："你咒我。"

下一刻，时雨伸手抓住笼子的栏杆，蓦地拿出钥匙打开笼子，抬头，和笼中起身的金光御对视。少年拔身扑去，黑影如电，使出威猛至极、不含杀气却危险至极的招式，一拳击倒金光御。

金光御怎会认输？他当即反击。

笼中二人的打斗吵醒了诸人。几个巡夜的杀手过来，见时雨快要将金光御按死在笼中，连忙过来分开二人，将时雨带出笼子。

一人道："时雨大人，消消气！不要跟他计较！楼主吩咐要他多活两天，你可不能在这时候把他杀了，那就便宜他了。"

金光御从沙土中爬起来咧开嘴笑，嘴角血渍斑斑，道："来啊，有本事杀了我！"

时雨身子一转，回头就要再次钻进笼子，硬是被两三个杀手架走了。见时雨脸色难看，怕时雨回头就将金光御暗杀了，几人犹豫片刻，商量了一下，决定让时雨去巡夜，他们过来守着金光御。

见杀不了金光御，时雨扭头就走。

京城外的落雁山上，戚映竹又找到了时雨那个小坏蛋藏起来的东西。

起因是成姆妈每天进进出出，看着她们家那曾被树枝压漏的厢房，怎么看心里怎么不安。成姆妈现在猜那厢房的屋顶应该是被女郎那个叫时雨的江湖朋友补好了，但心里犯嘀咕，不太信任那个乳臭未干的臭小子。

这两日戚映竹的身体看着好些了，成姆妈就抽空去山下请了木匠来，修葺一下她们家厢房的屋顶。

外面兴土木，怕尘土引起女郎咳嗽，成姆妈就将屋舍的门窗紧闭。戚映竹坐在屋内安静地写字、画画，偶尔听到屋外成姆妈大嗓门的吆喝声。

因自己身体差而不能出门，戚映竹心中略有遗憾，虽然在写字，却也一直侧耳聆听着外面的动静。

戚映竹听到成姆妈扶着竹梯让人爬上去的声音。隔着窗，她讲话的声音微弱轻柔，如潺潺的溪流："姆妈，一会儿把家中从滇地得到的'女儿茶'泡给几个师傅尝一尝吧。"

几个干活儿的师傅一听就知道这是好东西，当即热情起来，道："女郎真是太客气了。女郎这般心善，日后会有福报的。"

成姆妈听到她这般大方，不由得心疼，心里嘀咕女郎真是不当家不知柴米贵，日后要找机会好好跟她说一说。但是戚映竹已经许出去的话，成姆妈只好应了。

过了一会儿，戚映竹听到外头的喧哗声，不由得放下书卷，披衣走到门前。

只听外面的人说道："找到了，找到了。"

"老妪，你们家屋顶上怎么有个木匣子？我们该不会翻到你们家藏着的什么传家宝了吧？"

成姆妈奇怪地道："什么？几个后生别胡说——我们家哪儿来的传家宝？"

那屋顶是时雨修过的，隔门倾听的戚映竹不觉心中一动，心脏因此跳快了两下，赶紧捂住心口，强行镇定下来。

过了一会儿，成姆妈果然来敲门。戚映竹迫不及待地开门让人进来。

成姆妈才抬起手，还没敲到门上门就开了，无言地看了一眼已经打开门的戚映竹。

戚映竹红着脸移开目光，道："我看看是什么。"

她打开这个自己没有见过的木匣，本以为里面会是时雨悄悄藏起来的一点儿零嘴、零花钱之类的，心中揶揄地想着回头拿这个调侃时雨。然而匣子一打开，尘土飞溅，戚映竹捂着帕子咳嗽了两下，目光却凝住了。

一支雕着木兰花的木簪，一只竹蜻蜓，一个咧嘴笑的泥人，还有一张被咬了几口、已经变得硬邦邦的蜜饼。

她一下子便认出，那是时雨强行带她下山看灯的那一晚，买给她的小玩意儿。戚映竹既吃不下那么多蜜饼，又不能将时雨买给她的东西带回去让成姆妈看到，便将东西还给时雨。

而时雨——

戚映竹能想象到他是怎么偷偷摸摸地蹲在她家厢房的梁上，认真地把小木匣藏在那里的。

成姆妈奇怪地问："这是什么？"

戚映竹掩着怦怦急跳的心脏，从那些小玩意儿中将那支简单的木簪取了出来，爱不释手。

成姆妈用警惕的眼神看她。

戚映竹别过脸，小声道："我怎么知道？姆妈你别看我，我又没本事爬上去藏木匣子。"

成姆妈道："是不是那个……"

戚映竹赶紧道："也许是在我们之前住在这里看院子的人把他的东西藏在屋顶了。这些也许真的是传家宝呢。姆妈，我们把东西给人家放回去吧。"

成姆妈看向戚映竹手中的簪子。

戚映竹低头，咬唇，忽而别过半张脸，杏眼闪动如银鱼戏湖，道："我喜欢这支簪子。我放一支好的簪子进去，把这支换下来好不好？我的簪子比这支贵多了……"

成姆妈严肃地道："女郎！"

戚映竹抿唇，握紧簪子，鼓起勇气，娇嗔道："我不管，我就要这簪子！除非主人要跟我换回去！"

她怕姆妈抢她的簪子，说着话就紧张地往内舍跑了几步。

因戚映竹忽地表现出女孩儿活泼青春的一面，成姆妈看得呆住，不禁"扑哧"笑出声。

成姆妈提醒那跑进内舍去藏簪子的女郎："下不为例！"

听到外面成姆妈去妆奁翻她的簪子了，内舍的床榻上，戚映竹握着木簪，放心地躺下去。青帐垂地，她静静地躺了一会儿，忽然觉得无聊。

时雨会不会不回来了？

他是不是嫌她病弱，不想回来看她了？

他是真实存在过的一场春夜之雨，并非她病得太厉害产生的幻觉，对不对？

沙漠中，秦随随火冒三丈，来找时雨，道："时雨，你干的好事！"

懒洋洋地坐在沙丘上、戴着兜帽遮阳的少年仰起脸，无辜地看着秦随随。

秦随随道："让你看管金光御，你不看，跟人换了……这都是金光御的阴谋，你懂不懂？现在人逃跑了……这人多危险，你在意过吗？人家激你几句，你就要杀人……你是疯了吗？！"

时雨漫不经心地道："你们把他弄丢了啊？那再找回来就是了。"

秦随随被气得一个后仰。

她身后跟来的长身玉立的书生一样的青年——步清源，笑着在小楼主后背上拍了两下，道："消消气，消消气。"

时雨用兜帽笼住脸，说："人又不是我弄丢的，你找我干吗？"

秦随随本已被步清源安抚好了，因他这两句话又气得跳起来。少女张牙舞爪，时雨却神情恍惚，转过身不面对她，道："别烦我，我在想事情呢。"

秦随随"哟"了一声，嘲笑他："你还有事情要想啊？你那脑瓜，想得通吗？别为难自己呀。"

时雨瞥来一眼，与她对视一下，说："你说，我是不是应该回京城，去杀了央央？金光御说得对，软肋会害死自己。杀手不能有心软的时候。"时雨自言自语，面无表情，"我之前走错路了。我要把这路掰回来。"

他的心狠无情让秦随随和步清源一时呆住，没有跟上他的思维。

迎着烈日、燥风，黑衣少年站了起来，漠然压下心头的那一点儿迟疑，道："我不跟你们继续往塞外走了，我要回京城杀央央。"

烈日当头，巾纱飞扬。

秦随随和被人说成她的狗腿子的步清源立在一处沙丘的高峰上，正好与日光所背的另一处沙丘上坐着的时雨相对。从他们的方向，能看到时雨非常怕晒，用兜帽把自己的脸挡得密不透光。

身着玄衣劲袍的少年状似无力地靠着沙丘，一副快要被烤干了的样子，只露出一双又黑又大的眼睛，时不时向两人这边瞄一眼，被他们发现后，又若无其事地移开目光。

从这个角度，步清源勉强看出了时雨的"可爱"。

秦随随的一身白衫随风而舞，让她的身形在广袤的沙漠中更显娇小。她双手叉腰，道："怎么办？怎么办？我的新楼还没盖起来，金大哥就逃跑了，我还得分出人手去抓人……等金大哥休息好了，再杀回来，我全都白干了！"

步清源拿着斗笠给她扇风，慢条斯理地道："金光御不敢杀回来的，就算他武功天下第一，咱们秦月夜也没那么容易对付……何况他的武功也没到天下第一的地步。现在看来，金光御急着脱身，是要去找那位女郎，暂时对我们无害。我们可以派一拨儿人手去追踪金光御，送消息给那位女郎自保……等我们把新楼建好了，寻到金光御的线索了，再亲自出去杀他好了。"

秦随随抱臂，仍有些不悦。

步清源继续道："至于时雨要走……就让他走吧。"

秦随随当即暴跳，道："时雨现在可是我手下最好用的战力了，我到哪里再找这么听话的打手？给吃给喝，给够银子……连心灵安抚都不用管，他走了，谁给我干活儿啊？秦月夜刚经历了内乱，人心不齐，除了时雨这种无所谓的人，谁会信我、听我的？"

步清源手指自己秀气斯文的面孔，道："我呀。"

秦随随道："哼！"

步清源耐心地哄这个顽劣少女："不开玩笑，时雨是好用，但是时雨适合帮你杀人，不适合帮你做新楼初立的其他烦琐工作。他要走正好……小楼主，我猜金光御逃去的方向就是京城，让时雨帮我们先打探一下。若是金光御真的去了京城……我们这边忙完，再去京城和时雨会合，一起杀金光御。"

秦随随沉思了一下，道："金光御不能留。"

步清源颔首。

秦随随想清楚了心情就明朗起来，有了工夫琢磨其他的。见她转脸、扬眸，步清源立即懂她的意思，含笑走到另一边，拿着斗笠继续给她扇风。心情好起来的小妖女便拥有了同情心，道："让时雨莫名其妙地去杀一个柔弱的女郎……听起来那女郎挺无辜、挺可怜的。"

步清源笑而不语，腰部被秦随随一撞。

秦随随甜蜜地道："步大哥，你有主意对不对？"

步清源便俯身到少女耳边说了几句话。秦随随双掌一合，眉开眼笑。

过了一会儿，时雨迎到了这两位。

秦随随清了清嗓子，笑吟吟地与时雨说话："时雨，我可以放你去京城，但你要顺便帮我看一看金光御在不在那里。"

时雨道："哦。"

她说顺便啊，那就等他"顺便"吧。

秦随随额上的青筋凸起，听他这语气就知道他没上心。

步清源在旁边轻轻地咳嗽。

秦随随压下不满，笑着继续道："不过时雨，如今有件难办的事。你如今是咱们秦月夜的头牌了，任务赏金最高——你去杀你的央央，有钱拿吗？咱们秦月夜任何一笔单子，可都要给楼主我一部分抽成。"

时雨微怔，显然没想到自己如今这么值钱。

秦随随本意是想借这个理由让他打消杀无辜少女的念头，再考虑考虑。

然而时雨总是那般无情，自己有了主意："我会给你抽成的。"

秦随随觑他，道："守财奴不会要自掏腰包吧？"

她语气中带着不屑。因为她自小和时雨一同长大，可从来没从时雨那里多弄到一文钱。为了杀一个人，时雨舍得自掏腰包？

时雨奇怪地看了她一眼，道："我才不会自掏腰包。我会给你钱的。"他展示自己拥有的美好品质，"我从不欠别人的钱。"

当然，他也不许别人欠他的。

时雨想的法子是接一个杀京城附近某个人的单子。

秦随随见劝不动时雨，就心烦地一挥手，放时雨走了。

秦月夜主楼覆灭，但人在江湖，刀光剑影，找杀手楼做生意的单子一直堆积着。时雨从单子里挑了个价钱最划算的，还正好在京城附近的。

夜半三更，时雨用蒙面巾笼住口鼻，去与那让他杀人的人会面。

那人在敦煌，居住的府衙竟里三层、外三层，防御重重。那些卫士并未对时雨造成影响。他轻而易举地翻入府衙，掀开窗，在窗上敲了两下，拿出手中的单子。

即使在屋内，那人也十分警觉。时雨进去时，那人把面容完全藏在幽暗中，比口鼻覆布的时雨更加谨慎。

时雨觉得很奇怪，仔细打量对方。屋中灯火不亮，那人坐在角落里，是个年轻郎君。

那人不知时雨夜视能力极强，以为时雨看不到自己，便大方地开了口："此单是我下的。听说秦月夜没有做不成的生意，我出的银钱也足够，阁下为何深夜来访？"

说话间，时雨清楚地看到对方将一柄剑藏在袖内，周身紧绷，盯着他。

时雨不将他的戒备放在心上，说着闲话："我接了你的单子，你要杀的人……"

那人放下担心，道："阁下放心，我既找秦月夜，便已经打听清楚，不会坏你们的规矩。我要杀的人即使死了，也不会对一国造成影响。江湖人不掺和朝堂之事，这个规矩我是懂的。"

时雨颔首道："好。"

他从窗口跳下，慢悠悠地走向那人。在那人身子紧绷到极致的时候，时雨才停下来，若有所思地道："我可以接你的任务，但要求是，你再发一个任务给我。两个人我都杀，你那笔单子就不要钱了，我免费帮你杀；我让你发的单子，你拿原来的报酬给我。"

年轻人："……"

年轻人心里纳闷儿，不知道这样有什么意义，不都是一样的酬金吗？

年轻人小心地询问："不知阁下让我发的单子是……？"

时雨道："派我去杀我的心上人。她也不是朝廷的人，就是一个普通人，杀起来很容易。"

年轻人："……"

时雨威胁此人："你发布这个任务，我就同时接两笔单子，一样的价格；你若不发……你敢不发？"

年轻人："……"

年轻人又试探了两句，断定那女郎真的于自己无碍，而时雨又明晃晃地威胁他……屋外那群酒囊饭袋压根儿发现不了时雨进来。迫于威胁，再加上此事于己无害，年轻人答应了时雨的无理要求。

时雨这才心满意足地离开——他两笔单子一起接，给秦随随的抽成不就有了吗？

五月初，京城外的落雁山下的小镇上，戚映竹与姆妈在街上行走。

成姆妈忧心忡忡，因为女郎这个月的药已经断了三天了，侯府仍未让人送来。她们日常的银钱同样晚了三日还未到。女郎的身子骨儿要紧，成姆妈怕他们忘了，就想下山去药铺里催问一下。

那家药铺挂的是宣平侯府的旗号，之前成姆妈拿药、取钱，都是通过这家药铺。

而听说成姆妈要下山取药，戚映竹心中一动，便也说了两句软话，想同成姆妈一起下山。

成姆妈挂心女郎的药，又觉得女郎多走走对身体好，便应了带她一同下山。

戚映竹垂首跟在成姆妈身后，心中在想一家镖局的名字。

时雨离开了那么久，她心里在意，又隐约记得他说过他在一家镖局。戚映竹便当他是那家镖局的学徒。他离开这么长时间，也许是镖局派他保镖离开京城了。

时雨所说的那家镖局，不知道是落雁山下的小镇上的，还是京城中的？她下山找过去问，是不是有些不太好？万一她弄错了……万一时雨早回来了，却不想见她……她贸然去找，何其尴尬。

戚映竹心里打着小主意，因心虚与窘迫而纠结万分。

因戚映竹平时便是这般郁郁寡欢的病弱模样，成姆妈并没有放在心上。但是看戚映竹越走越慢，成姆妈便担心她累了。

旁人累了歇一歇就好，她们家女郎累了，说不定就会病倒。

成姆妈抓着戚映竹的手臂，和她一同站到一家铺子的屋檐下。

戚映竹不解地看向成姆妈。

姆妈手指着一个方向道："女郎，老婆子还要再走一段距离，才能找到那家药铺。你若是累了，不如在此歇息，等老婆子回来？"

戚映竹一怔，点了点头。

待成姆妈的身影看不见了，戚映竹心里打鼓，却仍坚定地转身进了身后的铺子，问老板此处可有什么镖局。镇上自然有一家镖局——威猛镖局。戚映竹这般绝色佳人只是问路，那铺子里的小伙计便热情万分地非要亲自领路带她去找。

小伙计一路上心脏"扑通扑通"急跳，只因从未见过这般好看的人。他打听戚映竹的出身，但大部分戚映竹都当没听到。小伙计见她害羞，便也不多说了。

他们终于到了威猛镖局，却被镖局外面的人拦住。

镖师对戚映竹说话的语气都比平时柔和三分："女郎，我们这里可不是随便能闯的。你可是有镖要送？"

戚映竹连忙摇头，紧张之下，忍着羞窘，报然而迟疑地道："我想找一个人……大哥，你们最近是不是有一趟镖离开，可曾回来？"

镖师笑道："我们这里来来往往，可不好说……你说你要找谁？"

领路的小伙计在旁边目光炯炯地盯着她，镖师也目不转睛地看着她。

戚映竹侧了下脸，道："我找时雨。"

时雨不隶属于威猛镖局，威猛镖局里除了胡老大等少数高层，大部分人不知道这个少年的存在。然而戚映竹赶了个巧，正紧张万分、胡思乱想时，听到那镖师竟然恍然大悟地道——

"有！我们这里有这个人！他才保镖回来……女郎你认识他啊？"

戚映竹心里惊喜，且微微发甜，放下心来——如此说来，时雨并非躲着不见她，是真的才回来？

人来人往的镖局门口，因来了一位绝色佳人而有许多人驻足观望。和戚映竹说话的镖师大大咧咧地向一个方向抬了一下手，声音洪亮："史宇，有人找你！"

戚映竹感到心跳猝然加快，快得心口有些疼。

她蓦地回头，和三四个勾肩搭背的年轻镖师面面相觑。这伙年轻镖师中，没有一张戚映竹熟悉的脸。在戚映竹茫然的目光中，一个年轻镖师眼睛一亮，甩开其他人向她走来，道："我就是史宇，女郎你找我？"

戚映竹呆呆地后退一步，脸颊绯红，道："不……我弄错了。"

那史宇却不放弃，追在她后面道："女郎，你原本要找的人是谁？你有什么困难就说……"

　

成姆妈和药铺的人吵了一架。

对方非但不给药，还将姆妈嘲讽一通："就那个病秧子，侯府给药就不错了，只是晚了两天而已，等着呗……堂堂侯府还会欠你们药？"

成姆妈道："当初是说好的！我们女郎的亲生父母已经过世，侯府是会养我们女郎的。我们女郎病弱，本就一直在吃药……女郎的身体等不得，你们可以先把药给我们……"

药铺伙计不耐烦地道："你们也不看看自己吃的药多贵！最近一直下雨，药材没进！等着吧！"

成姆妈还要辩解，一个客人进来道："伙计，我来拿药。上次你们说的百年人参，是真的有，没骗我？"

成姆妈一听就觉得不对劲，质问道："你不是说近日下雨，进不来药材吗？百年人参是我们女郎用的药……你们是不是贪了侯府送的药材？我……我……老婆子要跟侯府告状！"

那伙计本来心虚，闻言却嚷道："去告状啊！有本事你们就去京城啊，也不看看自己如今是什么身份，以为侯府会让你们进门啊？！"

成姆妈撸起袖子就要上去与人争论，然而那药铺伙计叫了四五个人一起围上来，非说她是来闹事的，将她赶了出去。那伙计双手叉腰，趾高气扬地踩在台阶上，道："快滚！再闹事就把你扭送官府！"

成姆妈肥胖的身体摔在地上。成姆妈气得不行，但是怕戚映竹担心，不敢和这药铺的人硬碰硬，只能压下火气，委曲求全地道："那等药材进来了，你们要记着我们女郎啊。我们女郎的身子真的离不开药。"

那伙计冷笑一声，扭头进了药铺。

受尽委屈的成姆妈在心里咒骂那些狗眼看人低的家伙，然而还是要拾掇好自己，不让戚映竹看出痕迹。成姆妈自觉掩饰得不错了，才去寻找戚映竹。

等见到戚映竹，成姆妈目瞪口呆，发现自家女郎身边竟围着一个怎么赶都赶不走的叫"史宇"的年轻后生。

成姆妈看向戚映竹，语气古怪地道："史宇？"

这名字不是和那个小崽子的是谐音？

戚映竹扭过脸，当没看到成姆妈的眼神，微微努嘴，对那年轻人道："我真的弄错了！我不认识你，你不要跟着我了好不好？姆妈，你快让他走好不好？"

成姆妈慢吞吞地揶揄道："那怎么行？不是你找'史宇'吗？史宇这不是来了吗？"

戚映竹跺脚，道："姆妈！"

然而成姆妈打定主意要她吃吃教训——不肯跟唐二郎写信，天天念着什么"时雨"，女郎太傻了！

于是，沿着长河，主仆二人和那个叫史宇的年轻人，一前一后地走在回山的路上。

成姆妈气定神闲地让出位置——戚映竹郁郁地走在最前面，史宇则在她身边大献殷勤。

戚映竹低着头不说话。

史宇快把自家的十八辈祖宗都向戚映竹介绍清楚了："戚女郎，你别躲啊，我刚才说的你听到了吧？其实我家境不错，我们家有田、有房，日后咱们成亲了……"

成姆妈忍着笑。她看出这后生是个热情的好人，就是要女郎吃不消，吃个教训。

戚映竹微微抿嘴，气恼地转过身，道："我没有要跟你成亲。我只是弄错了……"

史宇道："一回生，二回熟嘛。咱们今天交个朋友，有什么需要帮忙的你说。你真的住落雁山上啊……你下山是要买什么啊？我帮你扛回家呗。我跟你说，我一身力气……"

戚映竹正努力地摆脱这人，忽地听到河边人群的惊呼声。前面的人流突然拥挤起来，许多人往河边挤。一个女郎跑过时撞了戚映竹一下——戚映竹被撞得一个趔趄，差点儿掉到河里。成姆妈还没拉住她，那个史宇先伸手拉住了她。

史宇道："小心！"

戚映竹感激地望了他一眼，心有余悸地远离河道边缘。

柳枝飞舞，戚映竹顺着人流涌动的方向看去，心里纳闷儿：为什么人都往这边走？

青山苍翠，碧波荡漾。

一根长竹竿横在水面上，一名身着黑红相间武袍的少年立在竹竿上，手中持一长竹把持方向。只靠这两根竹竿，少年便稳稳地立在水面上，顺着水流漂泊而下。

日头打在少年飞扬的眉眼上，瞳眸映出金色的璀璨光影。

他长胳膊长腿，慢悠悠地划着竹竿，黑色武靴所踩的长竹也就缓缓地向岸边靠近。他这份气定神闲和慵懒之气，再加上卓越的"一苇渡江"之技，颇为吸引岸边的百姓。

百姓的喝彩声中以女儿家的声音最大。那竹竿离岸边越来越近，少年抬起头。岸边的女郎们看到他俊俏的小脸，喝彩声更加轰然。隔着人群，少年的目光一如既往地直勾勾地与戚映竹的目光准确地对上。

戚映竹呆呆地看着他。

时雨眼睛轻轻一眨，剪落妩媚春光。

史宇见身边的戚女郎发呆，对那在水上耍花架子的少年有些看不上，也有些担心漂亮的女郎被人拐走了，紧张地抓住戚映竹的手，想把她带出人群，道："这没什么好看的，那种花架子，咱们习武之人都会。女郎，咱们这边走……啊！"

他惨叫一声。

时雨曼声道："花架子？谁都会？你要一个。"

随之而来的是戚映竹紧张的声音："时雨！"

时雨道："嗯？"

史宇道："唉，我在！"

两人一起看向戚映竹——时雨目光迷惘，史宇满目惊喜。戚映竹觉得自己的心脏好像有点儿疼，默默地捂住了心口。

时雨实在是个气宇轩昂的少年。

戚映竹立在原地看着少年走近，压抑着自己的心跳。他的小腿又长又直，被衣料轻贴着，他不紧不慢地迈步，每一步都散发着充溢韵律的美，仿佛踩在戚映竹心上。

她好像……一直很喜欢时雨的腿。

戚映竹猝不及防地被自己的想法弄得面红耳赤，都忘了自己身边还有一个"假李逵"。时雨只是站在戚映竹身边，戚映竹就开始不自在，心神飘忽，想东想西。

直到时雨伸手，抓住她的手腕，声音在她耳边清晰地响起："央央！"

戚映竹被他抓住手腕，愣愣地抬头，对上时雨清澈的眼睛。

时雨问："他是谁？"

他问得稀松平常，眼睛眨了眨，只是单纯地好奇。

戚映竹抿唇。

成姆妈终于从人群中挤过来，小心翼翼地抓住戚映竹的手腕，将女郎往后扯，然后对时雨道："你干什么？"

时雨松开了戚映竹的手。

戚映竹偷看他。

时雨的瞳孔一直又黑又亮，瞳仁还大，远胜常人，黑而大的瞳仁给他增添了许多无辜、单纯感。然而今日太阳映在他眼中，模模糊糊的，似隔着一层雾……

他好像漫不经心，又好像心事重重。

史宇在一旁有些焦躁地问："这是怎么回事？"

成姆妈的心提到了嗓子眼儿，她惧怕时雨的武功，但又记得时雨对她们主仆有救命之恩，还知道戚映竹对时雨的那点儿不明不白的心思。

成姆妈寻思半天，斟酌着对时雨的态度，然后推了推戚映竹的腰。

戚映竹只好开口："这位时少侠叫时雨，日寸时，天上雨……是你们镖局的人。他……他……之前帮过我。时雨，这位是'史宇'，史郎君，史馆姓，天地宇，也是威猛镖局的人……你们平时应该见过吧？"

她提起时雨，吞吞吐吐，轻声细语；提起史宇，言简意赅。

两个少年："……"

当戚映竹转文的时候，二人其实都半懂不懂。

史宇敬佩而欢喜地看着戚映竹，心想女郎真有文化。

时雨则随意地看了一眼史宇，很快又将目光转向戚映竹。他直勾勾地看着她，心里记挂着自己是来杀她的，只是如今在大街上，人多口杂……

戚映竹盈盈地站在那里，说完话后就不好意思地低下了头。她那般羸弱柔美，时雨看得出神。

史宇分外怀疑，道："时少侠？镖局里有叫这个的人？我怎么不知道？小子，你真的是我们镖局的？你是哪个分号下的？"

成姆妈立即抓住这个疑点，问："史郎君，你真的没见过时雨吗？时雨，你不是在镖局吗？"

时雨寻思半天，终于放弃在大街上开杀的想法。

他与戚映竹对视。戚映竹躲在成姆妈身后偷看他，对上他的目光后，微微一笑。时雨眨了一下眼后，眼波一转，看向那个怀疑他冒名顶替的史宇。

时雨道："我是在镖局啊。"

史宇大声道："你撒谎！我从未见过你！"

戚映竹疑惑而关心地看着时雨。

时雨转头，对史宇分外嫌弃，轻飘飘地送出一句："可能是你级别太低，没有资格见我吧。"然后他将史宇上下打量一番，道，"我也没见过你啊。"

史宇脸部微动，正要驳斥，却见时雨背过戚映竹和成姆妈看向他，眼神和之前的无辜、清纯全然不同。时雨此刻的眼睛寂静、漆黑，杀气十足。

史宇被他一看，竟吓得后背渗出了冷汗，本能地向后退了一步。

戚映竹抿唇强忍着，却真的忍不住"扑哧"笑出声。笑声极轻，但她很快觉得不礼貌，连忙掩唇。离她最近的成姆妈听到她在笑，不满地回头看她。耳力出众的时雨隔着几个人，也飞快地扭头看她。

他的眼神依然无辜。

戚映竹咬唇忍着笑，低下头。

史宇惊魂未定，心中充满疑云，只能纠结地打量着时雨这个神秘的少年，心想：他看上去纯然无害，但刚才看自己的眼神……分明是把自己当成一个死物。

为何戚女郎在他这种眼神下还笑得出来？

成姆妈见这对小儿女在自己眼皮底下眉来眼去，重重地咳嗽一声，礼貌而客套地道："时少侠，我们还有些事，先行告退了。"

时雨却是个没眼色的，长腿一迈就跟了上来，心中想：既要杀人，那自然要跟上。

时雨问戚映竹："你们要去哪里？"

成姆妈抢着回答："回山上！少侠，你不方便跟着吧！"

见成姆妈只差明着赶客，时雨一扬下巴，点向那个心事重重、疑神疑鬼地跟着成姆妈的史宇，道："那他为什么跟着你们？"

成姆妈想到一个主意，道："我们……对，我们下山要些粮油，我和女郎提不动，自然要一个后生帮忙。"

时雨看向戚映竹，道："我也要去。"

他颇有些不高兴，似在指责她……戚映竹对他从来没法子，自然不会拒绝他。

时雨毕竟担着一个"救命恩人"的名号，之前戚映竹的医药费还是他给的……成姆妈出于心虚，只能沉着脸抓着戚映竹的手，让这两个少年都跟着。

成姆妈不停地打量时雨。

时雨一路上只是跟在她和戚映竹身后，既不和那史宇说话，也不主动和戚映竹说话。

他虽然脸上没什么表情，但眼神太传情，眼睛眨巴着看四周。成姆妈发现，何止戚映竹偷看他……史宇也在偷看这个少年。

成姆妈："……"

一行四人各怀鬼胎。

成姆妈出于无奈，真的带他们去了粮油铺子。出于一种想赶时雨离开的心态，成姆妈一连要了两袋辽东面、一袋江南米。

史宇热情，放下怀疑，赶来帮忙。

时雨就慢吞吞地在最后面站着——他本就没有乐于助人的心。

戚映竹回头，看到时雨懒洋洋地靠着门站着，整个人快要贴到门上。

那边成姆妈和史宇忙着跟铺子算钱，戚映竹便走到时雨身边。

阳光落在少年的脸上，时雨眯着眼，听到戚映竹小声道——

"谢谢你。"

时雨迷惘地转过脸来。

戚映竹低着头，道："我本来弄错了，没想到那位史郎君一直跟着。上天的缘分有时真是奇怪，日夜期盼时不见，狭路窘迫时乍逢……时雨，你怎么在这时候出现呢？"

时雨觉得不自在。

他离开了那么久，又受到金光御的话影响，是平平静静地回来杀她的。

现在她就站在他旁边说话……时雨想：这是多好的杀人机会啊。

街上的行人三三两两，没人看他们。老妇和那个男的又在铺子里面"叽叽喳喳"，也远离他们。他都没有去找戚映竹，戚映竹却主动把自己送到他手里，等着他杀……时雨的手握紧了。

他垂下眼帘，盯着她纤细的脖颈。只要轻轻一捏，只要他抬起手……时雨把手缓缓地抬起。

戚映竹感受到他的手落在她的肩上，忽地仰头看他。

时雨微怔。

他在沙漠中走了那么久，燥热、干旱、缺水。他想念京城的气候，想念央央的脸，想念央央的床……他现在只是看着她的眼睛，内心就有种说不出的挣扎。

他搭在她肩上的手紧握成拳，颤抖着。

戚映竹再问："你为什么回来？"

时雨道："我是回来……回来……回来……找你玩儿的。"

杀手自然要掩饰真实的目的，他想。

戚映竹眼中的羞意和笑意微浮。见她侧过脸，时雨俯下身就想抱住她。

他的气息温热，鼻梁蹭来……戚映竹后背发麻，心里一惊，推他，道："别……"

成姆妈觉得哪里不对劲，一回头，高声道："女郎！"

戚映竹被吓到，一下子捂住自己的心脏，脸色苍白，扭过头看向气冲冲走来的成姆妈。

成姆妈看到她这样，又心有不忍，缓和了态度，把女郎拉扯到自己身边，勉强对时雨赔笑，道："东西太多了，少侠真的不帮忙吗？"

时雨看着戚映竹，道："会帮啊。"

说完，他大步走向铺子。

史宇和时雨各自拿好米面，出了粮油铺。戚映竹回头看两人，看到史宇满头大汗，腰背都被压得微弓；时雨却站得笔直，扛着两个大麻袋，依然神采飞扬，还在仰头看天上飞过的一只鸟。

史宇虽然很累，却硬是挤到戚映竹身边，讨好地道："女郎，你放心，我会帮你把东西送上山的。"

抬头看鸟的时雨终于歪着头看向那个凑在戚映竹身边的人。他微微皱眉，并没有寻常人有的那类嫉妒之情，也不能瞬间感知到男女之间的怪异气氛，但是作为杀手，对任何不舒服的情绪都会注意。

他盯着史宇，明确地感觉到，自己不喜欢。

他不喜欢，就会杀掉。

时雨看了一眼戚映竹。

戚映竹敏感地抬头看了他一眼。时雨眨眼，对她露出笑，让女郎红着脸移开了目光。

时雨收回面对戚映竹时的笑容。

戚映竹被成姆妈拉着在前面走，忽然听到身后"哎哟"一声压抑着痛楚的惨叫，蓦地扭头，看到方才还背着两个麻袋的史宇倒在地上，被麻袋压在了下面。

戚映竹当即怀疑地看向时雨。

时雨连忙说："我只是让他看旁边过去的一辆马车，然后他自己被绊倒了。我提醒了啊。"

戚映竹唤道："时雨！"

她和姆妈扶起史宇。

史宇艰难地道："是，女郎，是我自己绊倒的……时……时少侠什么也没做，这……这只是巧合……"

戚映竹实在不解什么巧合能这么巧，但是自己一看向时雨，时雨便摆出委屈的表情，似乎自己一说他就是冤枉他。他实在太委屈，用眼神斥责她的怀疑，弄得戚映竹自己心虚……

史宇一瘸一拐，满头冷汗，却很抱歉地道："我……我可能得去医馆。放心，女郎，不是大事，让医工捏一下就好了。我们这种走镖的，经常遇见这种情况。"

戚映竹和成姆妈只好送史宇去医馆。

而时雨还表现了一番——一路上都是时雨把人背过去的。

时雨表现得分外乖巧，戚映竹很快相信了他，心中还愧疚自己冤枉了他。

时雨走时，甚至给史宇留了医药费，还说让史宇找胡老大报销什么的。史宇瞬间相信了他是镖局的高层。

折腾了一番后，史宇留在医馆中养伤。

几人立在医馆门外，成姆妈眼神复杂地看了一眼时雨。

她们家傻女郎正愧疚地对时雨说："我刚才看你的眼神不对，冤枉了你，对不起呀。"

时雨板着脸抱臂站着，被女郎哄了几句后，露出笑脸，道："我不怪你。"

他高兴地左顾右盼，道："现在只有我送你们上山了对吧？"

戚映竹为难地道："这么多米面……"

时雨露出虎牙，道："我不累。"

似乎怕她又找来不相干的人帮忙，时雨说完身形一掠，就去背那些米面了。

戚映竹看着时雨修长的背影。

成姆妈在旁边咳嗽。

戚映竹心虚地道："我只是觉得……他挺可爱。"

成姆妈阴阳怪气地道："他在你面前装可爱而已。他看我的眼神可不是那样的。"

戚映竹为时雨辩解："没有的。姆妈，我见到过，他看你和看我其实是一样的。他还乐于助人，背史郎君去医馆。你对他有成见……他没有装模作样！他真的是这样的，是好人！"

女郎眼瞎，成姆妈懒得说时雨的两副面孔，决定日后自己得多盯着点儿。

第七章　九夜月

三人上了山，彼此颇有些沉默。

成姆妈忌惮时雨，时时盯着他，又因对方到底救过自己和女郎而不好多说。

戚映竹自是因女儿家的心事，且因姆妈盯着，不敢抬头多看时雨一眼。

时雨也没有如往日那般，寻到机会就凑到她面前，让她面红心跳。

他走得悠闲。戚映竹看到他靴下所踩的草屑，心中莫名地空落落的。

待到了主仆二人所住的院子，时雨将米面给她们放进灶房，出来时，睫毛上沾了白色的灰，惹得戚映竹多看了他两眼。

时雨也感觉到睫毛上沾着东西，却不用手揉，而是向上吹气。他玩儿得轻松悠闲，忽然察觉有人盯着他，当即歪头去看。

戚映竹微弯的眼中藏着笑，成姆妈的神色则一言难尽。

半晌后，成姆妈干巴巴地道："时……少侠，你还不走吗？"

时雨微微愣了一下。

他不看那老婆子，看向戚映竹，说话的语气如同告状一般："我帮你背了一路东西，你现在到家了，就要赶我走？"

戚映竹拉住成姆妈的袖子扯了扯，小声道："这样确实不合礼数。姆妈，让时雨留下吃个饭吧。"

她尚有一肚子的疑问想请教时雨。

时雨听到她这般说，背对着成姆妈扮了个鬼脸。

时雨放下心来，便又仰起脸，鼓起腮去吹自己睫毛上沾的东西。

他出于好玩儿吹个不停，戚映竹却看得一阵难受，哄着成姆妈去做饭，然后对时雨嗔道："不要吹了，灰都要被你吹到眼睛里了。你过来，我拿湿帕子帮你擦一擦。"

成姆妈道："女郎！"

只见那庭院中的少年功夫了得，一眨眼的工夫就由庭院中来到了女郎身边。成姆妈心里一骇，定睛一看，女郎居然面色如常，没有被这少年吓到。

时雨对着戚映竹微笑，说："我们走吧。"

我们不要理那个老婆子了！

戚映竹敏感地看了时雨一眼。时雨别过头。戚映竹感觉到时雨挺厌恶成姆妈的，都不和成姆妈说话。他的喜好表现得这么明显，让戚映竹心忧。

但戚映竹并未想到，时雨只是不和成姆妈说话便已经是"仁慈"了，若按他的本意，是会杀人的。可他今日已经放好几人的性命了。

时雨忍着自己的一腔期望，牢记自己杀人的使命，才没有催促戚映竹赶紧进屋子。但他想到她帐中的香气，便有些期盼，眼神就明显地表现出来……

戚映竹的心发烫，脸瞬间红了，她窘迫地想：他能别用这种眼神看她吗？姆妈还在呀！

而成姆妈见自己阻拦不了这对年轻人，只能道："女郎，别关门。"

戚映竹一愣，与成姆妈的眼神对视，霎时明白成姆妈在说什么了。戚映竹一时茫然，想不到自己会有被人叮嘱这个的一日，一时又面颊滚烫，本来寻常的行为被人冠上了旁的意味。她嗔道："姆妈，不是你想的那样！我……我帮时雨拿帕子。"

戚映竹一扭身就进屋子了，脚步急促。

时雨跟上她，但在进屋前，回头看了成姆妈一眼。少年黝黑的眼睛在老妇人身上一扫，分明轻飘飘的，却让成姆妈心生骇然。

成姆妈脱口而出："女郎！"

戚映竹回头。时雨乖巧无比地跟着她，眼睛眨啊眨。戚映竹以为成姆妈仍是不放心，便忍着羞窘，再次强调道："姆妈，你放心吧。"

成姆妈如何能放心？然而成姆妈咬牙要说话时，张口却发现自己竟然发不出声音，只能眼睁睁地看着羊入虎口。

成姆妈登时向时雨看去。时雨眼皮微掀，向成姆妈投去一个带着挑衅的眼神。

他这般眼神在戚映竹眼里是乖巧，在成姆妈眼中便是其心可诛。

然而成姆妈被他表现出来的手段骇到，纠结了一阵子，说服自己：那小骗子应该不会伤害女郎，只要自己赶紧做饭，吃完饭把这小骗子送走就好……

但是她今日送走他，明日他要是还来可怎么办？

成姆妈在那边忧愁着，屋舍这边，戚映竹拧着湿帕子。

戚映竹听到身后的动静，说："时雨，青天白日，你不能进我的闺房，知道吗？"

少年道："我没有进啊。"

他收回自己掀开帘子的手，乖乖地坐回外面的榻上，盯着戚映竹的背影。

时雨微微皱眉，又发愁起自己的杀人计划。

戚映竹回过头，见他托着腮撑在小几上，眼睛一眨不眨的。

戚映竹红着脸过来，站到他面前，让他仰起脸。她用帕子为他轻轻地擦去睫毛上的灰。

她正要离开，时雨伸手握住她的手，道："擦擦其他地方。"

被他握住的手一颤，戚映竹低声道："哪里？"

少年仰脸，手指自己的脸。他眼睛都没有睁开，唇角微微上翘，肤色白皙。

唇红齿白的干净少年伸手点着自己的脸，戚映竹被他弄得发怔。

时雨偷偷睁开一只又黑又大的眼睛，瞄向她。

二人的视线对视，本就不太正常的气氛变得更加诡异。戚映竹想到成姆妈的警告，将帕子一扔，转过身背对他，道："不擦了。"

她要走，时雨仍抓着她的一只手不放。二人同时低头，看向他抓着她的那只手。

戚映竹用眼睛看向他，水波潋滟，又带着许多期许。时雨低头看着自己握着的她的手，再抬头看一眼她。

戚映竹小声问："抓着我干什么？"

时雨想到金光御跟他说的话——

"就是总想拉着她不放，总想和她说很多话，但是话到嘴边，又不知道说什么……这份感情会毁了一个杀手。一个杀手拿不起刀杀人，和废物有什么区别？你能想象自己无法举刀挥向一个人吗？我想找到她，问她一句为什么。我恨得想杀了她……可我连手都抬不起来。就是这般拿不起，放不下……你懂吗？"

寂静的室内，日光稀薄。坐在榻上的时雨眼中闪过些许迷惘，又透着几分惧怕。他知道自己没到那个程度，但是确实开始觉得当一个怪物也好，生出感情不是什么好事。

戚映竹还没看清，时雨倏地收回了手，将手向后一背。他掩耳盗铃一般的举动让戚映竹不解。但他终于放手，戚映竹也松了口气。

她正要离开，时雨又突然伸手握住了她的手腕。

时雨想：我必须杀了她！不能再等了！

他知道央央很弱，也不想让央央痛苦，所以会用最快的手法捏断她的咽喉，让她在自己怀里断气。

时雨抓着戚映竹的手，要将她扯过来时，听到戚映竹低呼了一声。

"时雨，你的袖子破了。"

时雨一愣，低下头，看到她纤细的手指抚上他那线头都被扯出来的袖子。

她凑近看他的袖口，用手指摸了一下，便知衣料质地粗糙，脑中一转，便觉得时雨必是整日穷苦，吃不起饭，连一身好一点儿的衣服都没有。是了，他是自小流落江湖的孤儿，正是整日吃不饱穿不暖，才这般瘦——他比她更可怜。

戚映竹抬起头对时雨说："我针线活儿不好……但是我可以试一试。总比穿破衣服好，对不对？"

戚映竹松开他的手，带着一腔古怪的兴奋，去翻匣子、箱子找成姆妈平日用的针线。

时雨伸出的手一顿，没有拦住她，她便走了。他迷惑地低头看了看自己的手。

一会儿，捧着一个针线匣子的戚映竹回来了。

她面颊微红，是因羞赧和跃跃欲试。她再次强调："我不会做针线活儿。你不怕吧？"

时雨："……"

这种平常少女眼中的光，在戚映竹眼中出现得实在太少了。所以当她眼睛晶亮地看着他时，他觉得……有哪里不自在。他低头嘟囔道："你随意。"

戚映竹露出笑，就好像在心里早知道他不会拒绝她。她认真地取出针，耐心地绕线，然后揪住他的衣袖。

时雨僵硬着身体，任由她在那一个袖口上瞎折腾。他低头看着她时，又不断想到那天晚上的篝火边，金光御痛苦的眼神。时雨蹙起眉，迎来了他杀手生涯中的第一道难题。这难题本是他杀第一个人时就应该遇到的——他下不了手。

可他应该下手。

他若是第一次杀人，若是有像常人一样的感情，经过挣扎后杀了人，便也不怕了。然而时雨恰恰从未有过这般挣扎，可偏偏杀的人太多，又知道一个人死了后，就再不能陪他玩儿、陪他说话……

人死了，不会再睁开眼了。

戚映竹抬头道："好了。"

她抓着他的袖子，与他的眼神对视。

时雨看她的眼神和平日都不一样。他第一次用这般认真的眼神盯着她，目不转睛，一刻不移。

两人的气息相互交融。

戚映竹慌得手指一缩，低下头，看到了自己绣在他的袖子上的一朵丑陋的花。她抿唇，并未躲避，而是仰头看他，眼中闪着璀璨的柔和春晖。

戚映竹叫他："时雨。"

时雨不说话，依然坐得僵硬、笔直。他怕轻易一做动作，会带来自己不愿意接受的后果。他从不知道后悔是什么感觉……但他看别人尝过。

他什么都知道，好像又什么都不知道。

戚映竹轻轻地道："时雨，你……这次回来，没有什么话……想与我说吗？"

时雨盯着她的眼睛，迷茫地看出她的期待。他好像应该说些什么……张了张口，本能地顺着她的意道："有。"

戚映竹眼中的光微微地亮了一下，羞赧地问："你想说什么？"

时雨喉结滚动。

他坐得更加直，呆呆地看着她，手心好像生了汗，心紧紧地拧着。陌生的感觉让他慌张，想要逃避，可是强硬的性格又让其本能地不逃避。

时雨张口，又闭上，再次张口，再次闭上。

戚映竹茫然地道："时雨？"

时雨低头，手指扣着膝头，忽地抬头说："我想说……想说的话是，你什么时候还我钱？"

戚映竹一愣。

时雨好像一下子轻松了很多，提醒她道："我离开之前，你住医馆的钱、看病的钱，是我给的。那个老婆子没有告诉你吗？你们什么时候还我钱？"

戚映竹呆呆地看着他。

她倒是第一次知道原来自己欠了他的钱，然而心虚的同时，心中也生出失落。戚映竹低头道："你等一等，我会还的。"然后她背过身，道，"我……我去问问姆妈。"

她要走了，然而时雨再一次伸手抓住她的手腕。

戚映竹疑惑地回头看他。

时雨盯着她，突然说了一句："我讨厌你！"

他讨厌她让他变得瞻前顾后。

戚映竹张口结舌，百般不解他的怨气从何而来。

时雨忽然起身，戚映竹受到惊吓后退了一步。时雨抱住她的肩搂住她，低头贴上她的唇。唇上一痛，戚映竹吃痛微张开口，"小蛇"便溜进来欺负她。

戚映竹气息滚烫，脸颊通红。

成姆妈急促的声音从灶房的方向传来："饭好了，饭好了！快来吃饭！"

时雨推着戚映竹，将她按在墙上。

成姆妈在一墙之隔的院中急匆匆地摆放好饭菜，想尽快送走这尊瘟神。成姆妈忌惮的瘟神却在一墙之隔的地方低头亲吻戚映竹。

他与她轻蹭，蹭得她面如红血。

而她每次张口，血液都汩汩流动得更快，似要冲破血肉奔涌而出。时雨按住她的手腕把她抵在墙上。戚映竹满心慌乱，却被他刺激得沉迷。

她手指发抖，发丝贴着唇，心脏怦怦急跳，惧怕又向往。

院中的烧水声"汩汩"，树叶、花朵"簌簌"地飘落，成姆妈的走路声、呼唤声……万般声音交织在一起，不知是万物声震，还是她的心跳声更大。一只蝴蝶拍着翅膀在窗口探头探脑，然后飞进屋中……

时雨终于抬头，与她贴着脸。

两人都气息凌乱。

时雨看她，她的目光如水。他重复道："我讨厌你！"

言罢，戚映竹遭受的桎梏忽然消失。

就如他突然的到来，他的离开也迅速。在院中摆着碗筷的成姆妈感觉一阵风吹过，抬头，正好捕捉到时雨纵上屋顶、翻跳离开的背影。

屋舍内，戚映竹靠着墙缓缓地滑坐在地，抱着自己的膝盖。心脏的狂跳还没有平静，快得她担心自己病发。她把脸贴着膝盖，唇间却好像仍能感受到时雨的温度。

戚映竹担忧地想：他怎么了？明明这样……为什么说讨厌她？难道他对讨厌的定义和她不一样吗？

时雨没有用轻功，深一脚浅一脚地行走在山道上。

明月相随，树海无边。

时雨回头看落雁山，这里青葱又潮湿，每一日都如同坠在雨中。他对这里的记忆带着清香、缱绻且湿漉漉的感觉——而杀手本应是不走回头路的。

时雨低头，手指摩挲着自己袖子上的纹路。他在脑海中无数遍模拟如何杀死央央。杀她的手段实在太多，让她没有痛苦地死去也很容易，唯一的难处是，每一次模拟的结果都是央央冷冰冰地卧在他怀中，再也睁不开眼睛。

因为他心中总是想着这事，反而更加警惕、惧怕，觉得金光御对他的警告何其及时。

手指摩挲着自己袖子的时雨忽然觉得手下的纹路不对，低头，将袖子凑到自己的眼皮底下。那里线头错乱，被他轻轻地拨动几下就乱了，黑色的线头可怜地挂在袖子上，在寒风中瑟瑟发抖。

时雨瞪大眼，突然"扑哧"一下笑出声，短暂的欢愉驱散了心中的彷徨。

这是央央自告奋勇给他缝的！

他当时没有注意看，一心纠结杀她的问题，而今才走了一会儿，那线头就散了……央央的女红，果然如她自己所说，实在不怎么样，都没有他缝得好。

时雨因这发现而心情愉快起来，下山的脚步也没有之前那般灌着铅似的了。这般状态下，时雨下山回到威猛镖局，让从史宇那里听到"时雨"名字的胡老大大吃一惊。

江湖上的事情传得快，秦月夜在曲沃那一战已经传到胡老大耳中。听到是秦小楼主胜出，带着杀手们消失，胡老大松了口气，知道自己赌对了。

然而今日下午他镖局里一名叫史宇的镖师受伤，回来后还四处询问他们这里是否有个叫时雨的人。

胡老大只认识一个恶时雨，而恶时雨杀过人后，怎会走回头路？难道他当初没有招待好这位大人吗？

胡老大迎接时雨到来，看时雨面色如常，心里稍稍放松下来，亲自为这位大人安排住处，并打听发生了什么："我以为大人不会回来了，难道是上次杀的人没有杀干净吗？大人需要我配合什么？"

时雨瞥了胡老大一眼，道："不用。我接了个新任务。"

听闻时雨回来与自己无关，胡老大彻底放松下来，熟门熟路地操起老本行，道："那大人想要查谁的资料？这座小镇上的人的资料我都清楚，但是出了小镇，我就无能为力……"

时雨的脸色有些不好，他看了胡老大一眼。

胡老大背脊生寒，生怕时雨当面给他来一刀，幸好时雨没有那般丧心病狂。

少年移开目光，郁郁地道："不用找资料。"

因为这一次，他对自己要杀的人已经很了解了。

他知道她什么时候会起来，知道她什么时候会入睡，知道她夜里会辗转几次，知道多大的动静能够吵醒她，紧接着让她彻夜不眠……

他还知道她每次喊"时雨"是什么意思，知道她整天闷闷不乐总坐在那里写写画画，知道她抱起来有多轻……

这般多的"知道"，前所未有地折磨着时雨。

时雨闷闷地将脸埋在双臂间，问胡老大："人死了，真的不能复生吗？"

胡老大道："啊？"

时雨怏怏不乐的，显然也不需要胡老大的回答。

之后时雨又消失了两日。

戚映竹在家中闷闷地坐着写字。她整日便是这般，情绪低落，一贯很少有笑的时候。

成姆妈观察她两日，判断不出女郎是否在想那个叫"时雨"的少年。

成姆妈也没时间关心那个少年。这两日每日天一亮，成姆妈安排好戚映竹后便下山，说要去买些东西。

戚映竹心里奇怪，问成姆妈有什么需要买的。

成姆妈振振有词地胡诌一些柴米油盐的事。

戚映竹不懂这些，半信半疑地被成姆妈唬住。

实际上成姆妈每日都去山下的药铺，催问她们家女郎的药材到底什么时候能给。

成姆妈道："不管怎么说，就算我家女郎不是真正的千金，但是她的生父、生母当年也救过君侯与侯夫人。若不是我家女郎的生父、生母当日留君侯与侯夫人过夜，后来又哪儿来的抱错千金之事？

"说不定女郎的生父、生母也不会死，现在还活得好好的！侯府养我们女郎，不是应该的吗？怎么你一个小伙计就敢扣着救命的药不给？"

姆妈不敢将事情往侯府头上扯，便死咬这药铺："当日不是谈好价钱，才送我们女郎走的吗？你们是不是贪了侯府的银钱？！"

那药铺的几个伙计也怕成姆妈成天大嚷坏了自己的生意，便不耐烦地把成姆妈往外推。

"说了只是迟几日，又不是不给！最近下雨，药材送不过来……送过来就给！"

姆妈怒得红了眼，道："那也要先给一点儿，我们已经没药了……还有，侯府给的月钱怎么也不见？"

那些伙计心虚，因侯府是给了的……只是戚映竹到底是个假千金，药铺老板最近败了笔钱，便动用了侯府给戚映竹的那笔，待药铺周转过来，就会将钱财补上。

一来，戚映竹本就不重要，晚几日给也无妨；二来，这药铺老板想要用此手段讨好真正的侯府千金戚诗瑛。

他们一家京城郊外小镇上的药铺，想和侯府攀上关系难如登天，如今有这般能讨好戚诗瑛的机会，自然要抓紧。

伙计们把成姆妈推出药铺，其中一个喝道："有本事去京城告啊！你看有没有人理！"

成姆妈年纪大了，被推得趔趔趄趄，摔出药铺时，却有人从后面扶住了她。一个少年清朗的声音响起："你们这是干什么？"

成姆妈一回头，见是和几个兄弟一起，一瘸一拐地路过这里的史宇。

成姆妈登时眼泪都快掉下来了，紧紧地握住史宇的手晃了两下。

戚映竹思索着成姆妈下山做什么时，听到了院门口传来的声音。侯府送给她的这处院落实在是小，声音从院门口能直接传到内舍里来。

成姆妈客气地请史宇进来。

史宇一抬头便看到了廊下青衣素裙的曼妙少女，脸瞬间通红，道："戚……戚……戚女郎！"

懒洋洋地靠在院中的高树上的时雨，从葱郁的枝蔓间爬坐起来，向下探望。

戚映竹垂目，向史宇行了个礼，步下台阶，去扶成姆妈。她的目光从成姆妈身上扫过，凝在衣裙一角被擦出的一道白痕上，她知道，那是织物被粗粝物磨过后的样子。

姆妈当即道："我去山下买东西时摔了一跤，幸好史郎君送我回来。史郎君真是个热心的少年！"

盈盈的眼睛望向史宇，戚映竹轻声道："谢谢你送姆妈回来。"

史宇脸红得说不出话，又因心虚而时时看向成姆妈。

戚映竹问："姆妈，你买什么回来了？"

成姆妈便让史宇拿出两袋盐给戚映竹看，打消戚映竹的怀疑。

戚映竹仍蹙着眉。

成姆妈嚷道："哎呀，你这个小女子想得太多！史郎君送我回来，还帮忙买盐，难道不请人吃饭吗？"

这一次，成姆妈想留史宇吃饭的心倒是七八成是为她自己。

姆妈要去灶房准备饭菜，史宇和戚映竹留下坐在屋中。

戚映竹盯着史宇。

史宇被她看得浑身不自在，起身夺门而出，道："我去看看姆妈。"

史宇一走，戚映竹立即起身走到窗前，手扶着窗棂，对外头唤了两声："时雨！时雨！"

她已经两日没有见到他了，脑海中一直在想时雨说的讨厌她是什么意思……但她总觉得时雨就在她身边，只是躲着不见她。

戚映竹唤了两声，没有听到少年的回应，便也怀疑时雨根本不在。戚映竹为自己的自作多情而脸红，立在窗口，最后低头小声说："你再不出现，我就不理你了。"

说完，戚映竹见清风"瑟瑟"，院中叶落，天地间静谧万分。

戚映竹正要关上窗，两只修长的手握在窗框上，制止了戚映竹关窗的动作。戚映竹缓缓地抬起头，与站在窗下的时雨对望。

戚映竹嗔怪道："你真的在，怎么不吭气？"

时雨反驳道："谁说我在？我刚才不在！"

时雨打量着她，突然向她面前伸出手。戚映竹眨了下眼睛，见他手心里摊着一朵雪白的、挂着露珠的百合花。

时雨道："我去给你摘花了！我一回来就听你说再不理我了，你太奇怪了……我根本不在，你就怪我！"

戚映竹脸红，小声地道："我只是试一试。"

她不接他的话，只是盯着花看。百合百合，百年好合……时雨送这个给她……戚映竹轻声问："你为什么送这个给我？"

时雨拉下脸，有些不高兴地道："那个史宇送两袋盐给你，你就高兴。两袋盐而已，有什么高兴的？他有的我也要有，我送花给你……我路上见到的最好看的花。"他用漆黑的眼睛一眨不眨地盯着她，道，"我看到它，就想到你。这世上没有比你更好看的女孩子了。"

他虽不解花意，但心意依然动人。

戚映竹捂住自己"怦怦"急跳的心脏，为自己辩解一句："我不是因为看到盐而高兴……是因为史郎君送姆妈回来而高兴。"

她参着胆子拿过他手中的花。他送得无所谓，她收得却偷偷摸摸，胆怯又勇敢。

时雨凑过去，轻声道："你脸红了啊。"他翘起唇角，好奇地问，"我做了什么吗？"

戚映竹别过脸，撑不住他这般无意识的引诱，定了定神，说出自己叫他的本来目的："时雨，你知道我姆妈怎么了吗？"

时雨奇怪地看了她一眼，道："我怎么会知道？"

戚映竹一愣，道："我以为你知道。"

时雨瞪大眼，道："一个老婆子，我为什么——"

戚映竹语气有些严厉："时雨！"

时雨瞪了她一眼，闭了嘴。

戚映竹声音低沉地道："因为姆妈跟着我来这里，顾不上自己的家人，我心中是愧疚的。她是受我连累，我不能当不知……"

时雨没听懂，道："什么叫受你连累？我要是能够天天和你待在一起，我什么都不要了。"

他这么一说，两人同时呆住。

戚映竹怔怔地看着他。时雨也被自己的话吓了一跳，眼中生起茫然。

二人沉默地对望。戚映竹的脸越来越烫，时雨忽然倾身，隔着窗抱她。

她被吓得要推他，却听见他在她耳边飞快地说——

"你的姆妈手肘上有伤，衣服破了，走路时右腿比左腿力道弱——她的右腿也受伤了。而且她的腰部与尾椎骨看起来也不正常……她不是自己摔的，是被人从前往后推倒的。"

戚映竹睁大眼睛。

这时外面传来了成姆妈的呼唤声，时雨便松开她，又不见了。戚映竹怅然若失地在窗前站了一会儿，关上窗，回了成姆妈的话。

而重新爬回树上的时雨靠着树干，默默地抚上自己的心口。

刚才，他的心跳加快了。

时雨埋下头，将脸靠在膝盖上，嘀咕一句："我讨厌你。"

史宇走后，夜里，成姆妈首次提出要和戚映竹分开睡，她去睡隔壁的厢房。成姆妈给出的理由是，她年纪大了，打呼噜声大，会吵到女郎。

戚映竹当时并未说话。

成姆妈一个人痛苦地在屋中呻吟时，听到叩门声。她打开门，见戚映竹站在门口，手中捧着两盒药膏。成姆妈一愣，对上戚映竹的视线，所有的借口在此时都消失了。

戚映竹坐在榻边，挽起成姆妈的袖子，为成姆妈上药。

成姆妈这才说起自己的遭遇："都是那药铺的人小瞧人，不给药。"

戚映竹说："那便不要去了。求人施舍，有什么用？"

成姆妈急了，道："那怎么行？你不能断药的……"

戚映竹出了会儿神，道："生死有命，即使吃了药，用处也不大，不过是吊着口气。姆妈……"

成姆妈握住她的手，坚定地道："所以你才要回京城去，嫁给唐二郎！你嫁给他，日子才能好起来，姆妈才能跟着你享福……"

戚映竹呆呆地看着成姆妈，垂下眼帘。

成姆妈见她摇摆，再次劝说："女郎，你即便不为别的，也要为自己的身体着想。你是过不了苦日子的，京城才适合你。人活着，总要让自己过得好一点儿，对不对？"

戚映竹问："什么叫过得好一点儿呢？姆妈你明知道，我对唐二郎分明……分明……"

姆妈握紧她的手，忽然哽咽地道："我知道，知道！可怜的女郎，那唐二郎怎么那般无用，拢不住你的心……可恨的时雨！"

成姆妈将戚映竹抱在怀中一顿哭。

戚映竹本就郁郁寡欢，被成姆妈一带，顿时也泪水涟涟。

戚映竹哭得喘不上气，姆妈又反过来拍她的肩，低头说着要她坚强起来，如何回京城云云。

主仆二人搂抱着大哭一通，心中何其酸楚。坐在房顶上听她们说话的时雨却是一头雾水——她们到底在哭什么？哭了半天，为什么还要骂他？

定是那老婆子天天在央央面前说他的坏话。

戚映竹回了自己的内舍，放下灯后，怔怔地坐着。她有些累，坐了一会儿，听到身后传来的脚步声。时雨刻意加重了脚步声，戚映竹才没有被他吓到。

戚映竹回头看他，用帕子捂住自己的一只眼，道："我都说了，不要进我的寝室。"

时雨理直气壮地道："你哭了呀。"

他走过来，站到戚映竹面前。

戚映竹道："你并不知道我哭什么。"

时雨问："因为你的姆妈向你逼婚？"

戚映竹："……"

他果然没懂，但是……又说得有那么点儿对。

戚映竹揉着眼睛，含混地道："不能算逼，但是……差不多吧。"

时雨"哦"了一声。

他反应冷淡，让戚映竹心头失落。

她低下头时，时雨弯腰看她，问："你想我帮你杀了你的姆妈或者你要嫁的人吗？"

戚映竹一惊，慌忙抓住他的手，道："时雨，不要杀人！你真的……不能再杀人了。"

时雨奇怪地皱了下眉，说："我只是想让你高兴一点儿。"

戚映竹见他没有明显的要杀人的倾向，松了口气。她心烦无比，有些搞不懂时雨，又有些烦虚弱的身体拖累了自己，坐在那里发呆。

时雨俯身看她，问："你真的想嫁人啊？"

戚映竹被他这么直白地问，一抬头，见他直勾勾地看着她，脸瞬间红了，道："你不能这么突然问我这么失礼的问题。"

时雨道："你好麻烦啊。"

戚映竹听出他语气里的忧郁，不知为何，心情竟好了一点儿，不像在成姆妈那里时那样低落。戚映竹眨了眨眼睛，带着些许娇俏地问道："那你呢？"

时雨道："嗯？"

戚映竹问："你会……会……会吗？"

时雨迷惘地道："会什么？"

戚映竹涨红了脸，憋出来一句："你会娶妻吗？"

时雨道："啊？不会吧。"

戚映竹一愣，说不出心里是什么感觉。但比起那些乱七八糟的思绪，她对时雨的世界更充满好奇。戚映竹问："为什么呀？"

时雨转过头想了想，道："因为大家都不娶妻啊。"

戚映竹迷茫又惊讶：啊？江湖人不娶老婆？不对吧？

戚映竹怔怔地看着他。时雨飞散的目光向她聚过来，打量着她。戚映竹被他看得不好意思，站起来，不敢在这时候进内舍，怕时雨跟过去，便掩饰性地走到书桌前。

立在窗下的桌案前，戚映竹心头乱如麻。她低头看到书桌上的宣纸时，心头忽然想起一件事，抿起嘴笑了。

时雨的声音在她身后响起："你笑什么？"

戚映竹连忙抿紧唇。

时雨依然悠闲地道："你又不笑了。"

戚映竹僵住，问："你怎么知道我笑不笑？"

时雨道："有声音啊……你听不到吗？"

戚映竹有些郁闷——她连他的脚步声都经常听不到，怎么会听到更轻的声音？

她从心里对时雨涌上许多羡慕，想：如果她的身体好一点儿，如果她也有武功，是不是就不用嫁人，也可以自己过呢？她是不是就可以不用依赖别人？

戚映竹想到时雨，便忽然想到一桩被她在心里暗笑了许久的事。

戚映竹拿起笔，对身后的时雨道："时雨，你过来。你看看这是什么字？"

时雨靠着墙，看到她的半张脸，眼睛很亮，皮肤很白。他走向她，手中捏着三根银针。他已然又下定决心要杀她，并且准备动手。时雨心脏狂跳——杀人第一次让他觉得紧张，他的手心出了汗。

戚映竹在宣纸上写了几个字，努起嘴，让出位子让时雨看。

时雨向纸上一瞥，道："你的名字嘛。"

戚映竹揶揄道："你念啊。"

时雨被她眼中的笑弄得大脑空白，乖乖地低头，看到宣纸上的字自己全都认得，念出来："戚日央！"

他本不认识第一个"戚"字，但是央央自己说她是"七女郎"……时雨暗自为自己的聪明得意，然而很快想到自己要杀了她，心情又低落下去。

戚映竹忍着笑，在"戚"和"映"后又多写了一个字，向时雨努嘴。

时雨盯着她嫣红的唇。

戚映竹道："这才是我的名字！"

戚映竹见他只顾呆呆地看着她，好似压根儿没明白她的话，心中羞涩，却只能引导时雨："我叫戚映竹，这个字是'映'，'映'后面还有字的。"

少女想了想，在自己的名字旁边写下"时雨"两个字。她刻意将"时"字的偏旁分开写，低头道："就像你的名字一样。日寸时，天上雨……难道你的名字叫日寸雨吗？时雨，你弄错我的名字了。"

戚映竹说了半天，身后的人一直没声音。她为了这个不好学的少年操足了心，回头面向他，却冷不丁被眼前的白光刺痛双目。

三根银针差点儿扎到戚映竹的眼睛！时雨一把在她腰上一推！

她被推得向后磕在桌上，腰部一阵痛。

戚映竹呆呆地看着时雨手中举起的三根银针……若非他推她一把，三根银针便会准确地刺入她的眼睛。

二人对望。

戚映竹的脸色苍白起来，他想，她问："时雨……你要弄瞎我吗？"

时雨的脸色同样苍白起来：功亏一篑……还被她看到了！

时雨是下得去手的。

他一门心思要杀人，不信短暂的迷失对抗得过自己的铁石心肠。他要杀她，本来所求的也就是不成为第二个金光御……他要将三根银针刺入她后脑的穴道，封闭五感，之后再杀。这样央央连短暂的痛都不用感受到，会在无知无觉中死去。

时雨已经拿起了针，然而戚映竹转了身，回了头。微弱的灯火照到她的脸上，时雨大脑一片空白。他一只手高举银针，另一只手猝然在她腰间一推，将她推开了。

他的刺杀，第二次失败了。

时雨怔怔地看着她。

后腰重重地磕在桌案上，戚映竹痛得眼眶湿了。她看到时雨举针，本能地觉得害怕。她想问他，但心里并不是真的觉得时雨会伤害她，因他曾有过那么多机会，且他虽然总是不懂她在做什么，却一直向着她。

然而，时雨脸色煞白。

他的眼神现出几分慌乱，举着针的手慌忙放下，他用漆黑的眼睛看看针，再看看她，更加失措。

戚映竹的心一点点地沉了下去——他若不是真的想伤害她，不会在被她撞破后神色这般无措慌张。

后腰被撞的地方隐隐生疼，却敌不过心凉的痛感，戚映竹扶着桌案撑着站起来。时雨只顾呆傻地站在她对面。

他用眼睛抬起来看她，又垂下去，再次忍不住看她一眼。他的身子想向前走，可又似被什么束缚着，他硬生生停住。

戚映竹从来没见过时雨这般纠结的模样——往日她甚至会觉得他的纠结可爱。

戚映竹向他走一步。

时雨不自觉地向后退了一步。

戚映竹轻声重复："时雨，你真的想弄瞎我吗？"

时雨步步后退，眼神却固执起来，沉沉地压着。他结结巴巴地道："不是，我……我……"

戚映竹声音更轻，语气带了沙哑、哽咽："或者，你是想……像你对别人那样，直接杀了我了事？"

时雨道："我……我……"

戚映竹心脏冰凉，目光渐哀。她目中染了水雾，波光粼粼。

时雨却只能步步后退，额上渗了汗。可在这短短的时间内，他大脑空白，竟然编不出合适的瞎话来——他本就为恶！他本就是杀手！他本就是要她的命！

戚映竹道："时雨，你说话。"

你解释，我就信你。

但是这个少年太慌了，第一次经历这种局面，不知道该如何面对戚映竹的目光。时雨目光涣散，余光在屋中一扫。

戚映竹步步紧逼的时候，忽然感觉面前人影一闪。戚映竹叫道："时雨！"

时雨当着她的面翻身从半敞的窗口跳了出去。戚映竹晚了一刻才追过去，待俯身到窗口时，夜雾稀薄，天上繁星几点，已然看不到少年的身影。

戚映竹呆呆地立在窗前，"瑟瑟"冷风裹挟着一院花香而来。

戚映竹忽地趴在桌案上，呜咽着哭了起来。她双肩颤抖，泪水滚落。一夜之间，她先为成姆妈哭，再为时雨哭，伤痛压身，满心凄楚，感觉人间何其无趣。

于是戚映竹又病了。

姆妈早上起来时，见她昏迷在床榻间，出气多，进气少，当即大惊。成姆妈见窗子紧闭，被扔在床上的玉枕上泪渍斑斑，软枕被女郎抱在怀里。

成姆妈将戚映竹扶起时，她额头滚烫，面容发白，唇瓣干得裂开了口子。

成姆妈慌张地听女郎的心跳，发现心跳声几近于无，更加慌神儿了，唤着戚映竹的名字，先把一点儿药丸喂给她。

就在成姆妈唤不醒戚映竹，怕得也落泪时，窗子被推开。

成姆妈慌乱地抬头，见到少年立在屋中。

时雨愣了一下，向内舍走来。

成姆妈忘了自己对时雨的忌惮，一时间如同抓到了救命稻草，道："时雨，你快来看看我们女郎……要找医工啊。"

时雨脸色苍白，但是成姆妈看不出来。

时雨俯身，将只穿着中衣的少女抱入怀中。

成姆妈呆愣间，见时雨将人抱着就往外走，连忙道："你要带女郎下山找医工？不，不行的，女郎现在心跳衰弱至极！我们以前请的医工说，这时候不能让她乱动……"

时雨道："可以的，我可以护着她的心脉。"

成姆妈担心时雨不懂医术，会耽误女郎的救治，道："可是……"

时雨不理会成姆妈，抱着戚映竹向外走。他满心凄惶，昨夜回去后依然心里害怕，才今早来看她……他明明是要杀她的，但是看到她奄奄一息地躺在那里，又忍不住抱起了她。

时雨不知道自己在做什么。

成姆妈拿着戚映竹的斗篷追出来，道："穿……穿上！莫让人看到我家女郎现在的样子。"

这一顿折腾便是两个时辰，戚映竹的情况在医工的救治下终于稳定下来。

成姆妈在里间和医工说话。那医工小声道："你们女郎这不行啊……还是另请高明吧。再多几次，小老儿真的救不了她……这心脉怎么一次比一次弱了？"

成姆妈苦笑，心知女郎年纪渐长，心口疼的次数就越来越多，那心脉自然越来越弱。女郎做侯府千金时，用多少珍贵的药材维持着也就是刚刚保命……而今在穷苦小镇，怎可能有比京城那些御医更厉害的医者施救呢？

若是她们能回京城，自然还是回京城好。

成姆妈谢过那医工。

这次自然又是时雨给她们主仆垫的钱。成姆妈心里发慌，只因债务越来越多。

女郎在里面歇息，成姆妈定了定神，出去向时雨道谢。

作为一个外男，时雨将人送来后，自然不被允许入内，毕竟是女郎的心脏之处，不能被外男看。

成姆妈本来很头疼，以为按照时雨表现出来的"不谙世事"，他定然要缠着留在里面，谁知时雨那般好打发——医工让他出去，他就出去了。

成姆妈走出医馆，看到时雨背对着大门坐在医馆前的台阶上，看着街上人来人往。少年身形修长，肩宽腰窄，脊背挺直……后背都是充满力道的。

对于柔弱的、整日在病榻间消磨时光的戚映竹来说，时雨恰恰踩到了她最想要的那个点。

他出现得那般恰好，恰好得让成姆妈怨他出现。

若他不是江湖人士，而是哪家豪门贵族的郎君，成姆妈巴不得两个少年整日卿卿我我。

时雨回头，看到了成姆妈。

成姆妈对他解释女郎如今的情况，厚着脸皮不安地道："又欠了你的钱……我们会还的。"

时雨低着头，浓密的睫毛挡住了目光，慢吞吞地道："别让央央知道我来过。"

姆妈愣住，道："啊？可是……你做了好事，你不想……"你不想让她更喜欢你一些吗？

时雨心想：不想，我只想杀她，已经走到了这一步……我不能再心软。

他烦死了这一切！

他已经确定再和戚映竹这般下去，自己就会变成金光御那样……整日担惊受怕，整日牵肠挂肚，整日被这个追、被那个杀……这难道是什么好事吗？

时雨忽地站起来，声音加重："不要告诉她我来过，不然……"

他回头看了成姆妈一眼，那般冷淡的眼神不含杀气却比含着杀气更加可怕。

成姆妈被吓得全身僵硬，愣愣地看着时雨身子一纵，消失在她面前。待那个少年离开，周围凝固的空气才重新流动起来。

成姆妈心情变得复杂：这小子……这小子……唉，倒是待女郎很好。

一是时雨威胁、嘱咐；二是成姆妈有自己的私心——戚映竹醒来后，成姆妈并没有告诉戚映竹是谁救的她。

成姆妈抱着戚映竹一通哭，哽咽地道："女郎，你可千万爱护自己。"

戚映竹气息虚弱，挤出一丝笑，道："是我拖累了姆妈。"

成姆妈道："别这么说，你好好的，老婆子还要跟着你享福呢。"

卧在医馆病榻上的戚映竹闻言，目光闪了一下。她觉得浑身无力，很不自在。

戚映竹被成姆妈喂了一碗药后，才有力气多说几句话："姆妈，我们有钱付医药费吗？"

成姆妈目光闪躲了一下："还是有的。"

戚映竹追问："不是说没有给月钱吗？姆妈，我们哪儿来的钱买药？"

成姆妈支支吾吾。

明亮的杏眼望着她，半晌后，戚映竹落寞地一笑，道："我懂了。"

戚映竹便不肯再在医馆住，坚持要回山上。

成姆妈心疼她，却拗不过突然强硬起来的她，只好雇了一顶轿子将她们送回山上。

回到家中，戚映竹也不消停，拖着病体，便要清点家中她带来的些许器具、字画。

戚映竹披衣歪在榻上，一边捂着帕子咳嗽，一边要开箱子清点。成姆妈说了几次不管用，只好配合着女郎来。

戚映竹失神地盯着成姆妈翻出来的那些字画，侧过脸，一边咳嗽，一边恹恹地道："这些字画，都是我往日好的时候临摹大家的。闺中自娱自乐，自己解闷玩儿，不值什么钱，但虽是临摹，总有些人家想要吧……姆妈你把这些卖了，能换些钱。"

成姆妈愤恨地道："侯府一幅字画都不让你带出来……"

戚映竹浅笑道："让我带的——是我不要。"她低头，轻声道，"都不是我的东西，我什么也不要。"

她这样虚弱，这样精神委顿，成姆妈看得难受，只好顺着她的意思整理字画。戚映竹咳嗽着说了很多话，帮成姆妈记住这些字画分别是临摹的哪位大家，说得疲累，几句话就出了一背冷汗。

戚映竹靠着榻僵坐着，周身绵软无力，眼前发黑，缓了一会儿，没有告诉成姆妈自己的不适，而是道："姆妈你把这些卖了，若是时雨还来找我，你就把医药费还了他吧。若是他不来，就把钱财放到屋顶的那个木匣子里，他会去翻的。"

姆妈听她说这话心惊，问："女郎你不亲自给他吗？"然后她小心翼翼地问，"你们……吵架了？"

戚映竹低头，"嗯"了一声。

成姆妈纠结，张口欲言，又将嘴闭住。按照常理，成姆妈本应劝吵架的小孩子和好，但是眼前的情况又是自个儿一直想看到的。女郎只有摆脱了那个少年的影响，才能过得好啊。

成姆妈道："他不来了，也好，也好。"

戚映竹自然知道成姆妈的心思，侧过脸去看窗外的景致。时入夏日，远处山影青葱，近处花木茂盛，而戚映竹再一次想到时雨手举银针无措地立在她面前的画面。

戚映竹目中便又噙了泪，捂住自己的心口。

在成姆妈的日夜照料下，戚映竹的身子虽说没好起来，却也没变得更糟。成姆妈觉得这样不是办法，便又下山去找药铺。

见成姆妈没拿到药材，戚映竹劝她算了。

成姆妈咬牙，道："老奴已经把女郎的字画留给当铺了……等那边给了钱，大不了咱们自己买药吃，还怕一家药铺不成？"

成姆妈低头，继续缝制手中的东西。

戚映竹这几日病得连笔都拿不起，被成姆妈扶着在屋门口坐着晒太阳。戚映竹靠着墙，盯着姆妈的针线活儿，忽然问："姆妈，你在缝什么？"

成姆妈道："给你缝衣裳啊。"

戚映竹提醒道："你缝制的是一个男子抹额。"

成姆妈愣了一下，道："是吗？我都没注意……不过女郎你也能戴。我走神儿了……等我稍微改一下针脚……"

戚映竹轻声道："姆妈，你其实在悄悄地接裁缝铺的活计吧？"

成姆妈立时道："女郎，你想多了！老奴平日连你的衣裳都做不过来，怎么会接外面那些活儿？"然后她劝戚映竹，"女郎，你便是心思太细了，才总是生病。你当放宽心，好好养病，不要总想这些。"

戚映竹便不说话了。

再过了一日，到了夜里，戚映竹从昏昏沉沉的睡梦中醒来，觉得自己的身体像好了一些。她唤成姆妈，没有人回应。

戚映竹走出屋舍，立在夜风中，听到灶房中传来沸水的"汩汩"声。

戚映竹迟疑了一下，走入灶房，见小炉上煮的粥正沸腾，滚滚热粥溢出快要将火浇灭，却还不见成姆妈来。

成姆妈这粥自然是熬给自己的……戚映竹身子弱，这几日更是晚膳都不怎么吃，哪里会喝粥？

戚映竹心中一动，走上前，手法生疏地将粥端下来，体贴地倒好，端着粥碗去寻成姆妈。院中总共就这般大，姆妈不在屋舍中，隔壁的厢房却有灯火，便自然待在那里。

房门虚掩着，戚映竹本要敲门，却因一时头晕而脚步蹒跚，额头直接将门撞开了。戚映竹正尴尬时，抬眸，见成姆妈慌张地把一页纸藏在身后。

成姆妈抬起通红的眼睛，强笑道："女郎，你怎么起来了？快快放下。"

戚映竹道："姆妈，让我看看你藏的东西。"

成姆妈把纸往枕下藏，来扶戚映竹坐下，打马虎眼："是我家里人给我写的信，都是乡下人粗鄙的话，污了女郎的眼就不好了……"

戚映竹轻声重复："姆妈，让我看看你藏的东西。"

成姆妈拗不过她，便带着几分不好意思，将藏起的信纸拿给戚映竹。

成姆妈是个文化水平和时雨不相上下的白丁，成姆妈的家人也差不多。这信错字连篇、语句不通，还经常写着写着用画小人、小花替代不会写的字……到最后，干脆用圆圈替代了。

成姆妈却指着几个圆圈喜滋滋地道："这是我那刚开始认字的小孙儿给我写

的……我可要我家小孙儿好好读书，日后当大官、挣大钱，光宗耀祖，别学他爷老子、娘老子一样混日子。"

这信是成姆妈的儿子、儿媳写来的。戚映竹半蒙着将信读完。成姆妈的儿子、儿媳在宣平侯府做着小厮、嬷嬷的活计，一家人都在宣平侯府当值。信中，夫妻二人诉说了对成姆妈的想念，说了家中的情况，抱怨着问成姆妈什么时候能够回京城，一家人团聚。

那小媳妇在信里抱怨得很直白："要不是那个病秧子拖累……"

成姆妈在旁边赶紧解释："就是乡下人粗俗，女郎你别听我儿媳说的……"

戚映竹微微笑道："姆妈，放心，不碍事的，我不会记在心里的。"

成姆妈见她神色还好，便微微放宽心，笑着道："她懂什么？！她根本不知道女郎你的福气！只要唐二郎回来，老婆子就能跟着你享福……什么时候回京城不是回京城呢？"说着说着成姆妈有了信心，"等到明天，老婆子再去那家药铺，他们肯定得给药。"

戚映竹点头，再与成姆妈说了几句话，嘱咐成姆妈将粥喝了，才回内舍去。

成姆妈让戚映竹早些睡。戚映竹却坐在桌案前，看着一桌的笔墨纸砚出神。她神色冷淡，心中凉透，只觉得这人生百般不如意，竟寄托在一个"唐二郎"身上，指望唐二郎对她不离不弃。

京城的人看她的笑话，她竟然要重新攀上富贵，借此让他们不敢小瞧她。

她是想过冷冷清清的寂寞生活的——这样的生活好像只有她一人想过，旁人不给她清静。

她病病歪歪的身子骨儿，成姆妈家人的期盼，时雨手中的三根银针……戚映竹眼中蓄了泪，滚滚落下腮畔。

在前去找戚映竹的路上，时雨一直在踟蹰。

他已然和戚映竹翻脸，已然没有回头的机会。他解释不清楚自己举起银针的行为，给自己选了一条不能回头的路。这条路是对他有利的——他还是应该杀她的。

可他这些天为什么一直下不了去找她的决心？让他产生挣扎的情感，是他需要及时斩断的。可他为什么还在挣扎？

要狠下心！要狠下心！杀手怎能有心？！没有心才不会败，有心就会输……这样的道理他从小就知道，已经深入灵魂，有什么值得挣扎的？！

时雨发着抖，立在戚映竹内舍的窗子前。屋中静悄悄的，灯火已灭，想来戚映竹已经睡了。

寂静的夜里花香四溢，黑衣少年手指颤抖得厉害，伸手推开那扇窗。这个动作让他彷徨，可是比不上他眼中所见的情景——

一条长绫被绑在横梁上，戚映竹踩着桌子上去，将自己悬在长绫上，青色裙裾单薄。

她闭上眼，垂下手脚，任由窒息的感觉向自己袭来——如此，一切便可得以解决。

忽地，她感到那卡着脖颈的窒息感消失。伴随着极轻的声音，悬在房梁上的长绫断开，时雨掠入房间，将戚映竹搂抱在怀中，落了地。

她一点儿气息都没有了，面容惨淡，如尸体一般僵硬。

时雨手指僵硬地在她的喉咙口轻击了几下，又掐住她的人中。他惶惶地看着她，低头为她渡气。冰冷而柔软的唇相贴，时雨心中空空，全然不知自己在做什么。

他的大脑一直是空的。

戚映竹终于咳嗽着睁开了眼，模糊地看到了少年的面容，目光渐渐地定住。她看到时雨的脸色苍白无比，好像悬梁自尽的人是他一样。

时雨忽然俯身，将她紧紧地抱在怀中。少年睫毛上挂着泪珠，眼神无助、空寂。他声音沙哑，带着哽咽和绝望："你太讨厌了！我不要了！我不动手了……你别这样！我不接这生意了……我愿意赔钱的！"

戚映竹气息奄奄，即使被时雨搂在怀里，也周身冰凉，神志模糊。

时雨抱着她，心口前所未有地难受，如同被人拿着钝刀生生剜肉一般。他无意纠结这是什么样的感觉——惧怕已经将他包裹，而就连这惧怕都是其从未感受过的强烈。

突然萌生的感受尚未让少年好奇，已经让少年惧怕。

时雨心神恍惚，好一会儿才想起来将戚映竹从冰凉的地面上抱起来。她总是不让他进她的内舍——但这一次，他抱着她快步进去，而她歪在他怀中，一点儿声音都发不出来。

时雨将她放到床上，又倾身来抱她。他向来惜财如命，自私独行，现在却胡乱地将自己的内力输送给她，好帮她的身体暖和起来，让她瘀滞的血液重新流动起来。

戚映竹的生机，在时雨的百般呵护中，终于一点点地流了回来。

戚映竹咳嗽起来，空洞的眼神变得清明。

时雨一阵欢喜，眨着湿润的睫毛，低头来看她，道："你活过来了，是不是？"

戚映竹迷惘地看着他。

她从心无生气、悬梁自尽开始，直到被救，心神一直是飘忽的，感觉有人在耳边又喊又叫，感觉有人掐她的咽喉、人中。只是她对这人间没有留恋，所以无动于衷，只想解脱……

可为什么，她还是活过来了？

戚映竹看着时雨闪着银光的眼睛，想：是他救了她？他为什么要救她？

醒过来的戚映竹看到时雨，眼眶便一点点地发红，再次想到他举起银针的样子。女郎安静下来后，将他推开，翻身卧在床榻上，背对着他，一句话都不想跟他说。

时雨呆呆地坐着。

他感觉到她不太高兴，但更欢喜她活了过来。

时雨手足无措了一会儿，将脸从她的肩头上探过去想看她，不安地小声问："你为什么……"他用手指了指她被勒得留下红痕的脖子，"要那样啊？"

戚映竹把脸埋在枕间，任泪水缓缓地流，并不说话。

时雨更加不安了，问："是因为……因为……我那样子吗？"

戚映竹依然不理会他。

时雨这时根本不敢碰她，只呆呆地坐着，心中满是迷惘。

他见到她悬梁自尽的那一幕，心里便决定认栽，不会再杀她。可他不明白戚映竹为什么要自尽，仅仅因为他……要杀她吗？可是坏人是他，她为什么要求死？总不会是为了让他完成任务吧？

戚映竹现在一个人抱着枕头默默地哭，时雨看得更加难受，且实在理解不了他的行为和她的行为之间的关联。他像初入人间的懵懂动物一般，见到了这样的人类情绪，可是不能明白。

时雨心生挫败，几乎被自厌感淹没。他估计戚映竹不会再理他了，至少今日不会，而又不能转身就走——那白绫还在房梁上悬着。时雨很怕自己一走，戚映竹就再次自尽。

他能一直守着她吗？时雨心里一动，缓缓地、迟疑地想：也许能够一直守着。

时雨心里如乱麻一样，盯着少女窝在床上背对着他哭泣的背影，在脑海中努力靠着自己贫瘠的感情与见过的旁人的行为来揣测戚映竹。过了好一会儿，时雨终于想到了自己能做的事。

他下了床。

怕她不知道他走了，时雨还特意开口，按照自己的江湖经验做出判断："你失了好多水，肯定渴了、饿了，我去灶房里给你找吃的。"

一直不理会他的戚映竹听到他的声音，身子颤了一下，声音闷闷地从枕间传来："别去。"

时雨一愣，瞬间感动——她肯和他说话了！

戚映竹不想理时雨，但又知道时雨太过神秘，行事常常让她不能明白。戚映竹挣扎着从床上坐起，靠着引枕，看到少年身形笔直地站在地上，眼巴巴地望着她。

戚映竹看得又是一阵难受。

但她还是要开口："姆妈已经睡了，你在灶房折腾会吵醒她。我不想让她知道。"

时雨眨了眨眼睛，想了想，道："那你和我说话，我就不出去了。"

戚映竹长发凌乱，脖子微红，让人触目惊心。时雨错开目光，不看她的脖子，而是盯着她的脸，便见她神色憔悴，眼睛通红，肿得像核桃一样。

她依然是那副闷闷不乐的样子……也许比平时还要情绪低落。

可他哪怕现在看她，都觉得她很好看。

时雨见她不说话，忽然福至心灵，懂了她默许的意思，身形一晃。戚映竹眼前一花，便发现那少年不见了。戚映竹用帕子揉了一下眼睛，心跳忽然快了一些，因为一杯水被端在一只修长的手中，忽然凑到了她的眼皮底下。

戚映竹眼皮微撩，看到时雨讨好的眼神。

戚映竹闷闷地接过那杯水，缓缓地喝着，垂眼看着杯盏中映着的她苍白的模样，实在不好看。戚映竹心中堵着一口气，问："你不是要对我动手吗？还来找我做什么？是上一次没有下手，心里遗憾，要再一次下手吗？"

"没有！"时雨道，"我不会对你动手啦，你放心吧。"

他伸手，试探地拍了拍她的肩，学着别人哄人的样子，生疏而刻意地哄戚映竹："我再不会碰你一下了，你不用成全我啊。"

戚映竹看着他道："你觉得我在成全你？"

时雨不敢开口，只拿漆黑而澄澈的眼睛慌乱地看着她。他整个人都像剑、像竹，岿然不能摧，脸上也一直没什么表情，只有眼睛分外清澈、传情，所有的感情都在他的一双眼中。

戚映竹清晰地从他的眼睛里读出了他的情绪——他对她的惧怕、迷惘、悲伤、小心翼翼。他试图亲近她，可又不敢。

他在害怕。

他到底在害怕什么？

戚映竹一时出神，心中不知是什么样的感情。时雨根本就没懂她为什么会这样。她的心酸在他眼里如未解之谜一般。

这般想着，戚映竹心里发酸，又觉索然无趣，泪水又从眼眶中滚落，怔怔地挂在腮帮上。

时雨傻眼了，怔怔地看着她，表情变得痛苦、纠结。他张口，又闭嘴，向前倾身，又往后退一步。他伸出戴着护腕的手，想给她擦眼泪，但是手指停在她的脸颊前一寸，又不敢上前。

时雨仰头看她："你别哭了。"他哀求，"你真的别哭了……你是不是恨我动手？"

时雨终于找到了一个理由，恍然大悟，当即举起自己的右手向她示意："我那天用的是这只手。"

戚映竹泪眼蒙眬，见时雨坐在她床边，抬起左手，毫不犹豫地向他的右手切去，眼神一点儿变化都没有，甚至还在看她。但他手上那狠厉的动作……戚映竹一颤，扑过去握住他的右手。

时雨中途强行停下内力，被反噬激得生出冷汗，喘息了一声，身子晃了一下。

戚映竹又急又怕，浑身发抖，泪水滚滚而落，道："你干什么？"

时雨道："你不是生气吗？我断一只手赔你好了。你不要生气了。"

戚映竹握住他的右手不敢放，仰头看他，看到他平静的眼波、坚定的神色，以及额头上的冷汗。时雨唇色苍白，身子微微发颤，却强撑着不倒，稳稳地坐在她面前。

戚映竹心情复杂地道："我不是想要你一只手。"

时雨道："那你要什么？告诉我呀。"

戚映竹呆愣了片刻，问："为什么要这样做？"

时雨理所当然地回答："因为你生气了，不高兴了。我不想让你不高兴……我觉得你以后会不理我——我不想你不理我。"他飞快地看她一眼，目光放在她握着他右手的手上。凭借少年独有的狡黠，他觉得戚映竹不会那么狠心，于是抓紧机会，得寸进尺地道："我还想一直找你玩儿。"

戚映竹看他的眼神便一点点地古怪起来。

半晌后，戚映竹眼中又是泪光点点。

时雨慌了，赶紧道："我不找你玩儿！我不找了好不好？！"他恨不得以头撞墙，纠结万分，道，"你别再哭了啊。"

她再哭下去，他也想哭了。

戚映竹语气复杂地道："时雨，其实你一直没懂我为什么这样，对不对？"

时雨抬头。

戚映竹眼中含着泪，隔着水雾看他。她虚弱无比，越发看不清他。原来她的痛苦、绝望、心死……时雨从头到尾都没看懂。那他对她下手，是不是也不是她以为的那种"抛弃"的意思呢？

她缓缓地伸出手，想抚摸他的面容。时雨一动不动地等着她摸，然而戚映竹的手只停留在他的脸前，没有摸下去。

戚映竹轻声道："时雨，我觉得我和你之间隔着雾，我走不进雾里，看不清你。"

时雨眼眸微闪，金色的烛火点缀其微勾的眼尾。他凑过去，小声道："你别哭，我从雾里走出来好不好？"他补充道，"只要你别哭。"

戚映竹问："早知如此，你为什么那样对我？"

时雨茫然地问："哪样？"

戚映竹咬唇，觉得自己不能当一切都没发生，鼓起勇气，眼神坚定地看着他，目光毫不躲闪，问："你一时待我……待我……那般亲昵，一时又要伤害我……你这般反复无常，让我怎么想呢？时雨，你自己又是怎么想的？"

时雨望着她，然后压下目光，低下头。

戚映竹道："时雨，你说话。你到底是怎么想的？"

时雨低着头，过了好一会儿才艰难地道："我说我不知道……你信吗？"他可怜巴巴地抬起头，道，"你别问我了。"

戚映竹一时被他的可怜样儿弄得心软，然而仍然狠下心说："我不能当你没有举起那三根银针。我不会与想伤害我的人……好。"

时雨重新低下头。

屋舍中静谧，烛火摇曳，帐中气息微微。戚映竹已经不再落泪，而是等着时雨的答案。她不在乎他是江湖人，不在乎他是神秘少年，只要他喜爱她……可她也不愿自虐以奢求他的一点儿爱。

时雨问："你真的想知道？"

戚映竹道："嗯。"

时雨抬起眼睛，古怪地笑了一下，说："以前也有人这么想知道，后来就要杀我了。"

戚映竹后背渗出一阵冷汗。

不等她开口，时雨就无所谓地道："随便你吧。"

他伸出一只手，压在她的心口上，掌心下便是她跳动的心脏。

戚映竹一时呆住：他……他……他……的手，放的位置……

戚映竹的脸"唰"的一下烧红，她抬手就要推他，手腕却被时雨的另一只手按住。戚映竹挣扎，但他的手紧紧地压着她的心口。

他的手掌下，少女的心跳果然越来越快。

戚映竹羞怒地道："你干什么？！把手放开！"

时雨拉着她的手，贴在他放在她心口上的手掌上，与她一同感受她的心跳，道："你听，你的心跳声越来越快。"

戚映竹道："放开我！"

她脸红如血，眼神闪躲，本来苍白的皮肤也染上红晕，喘息微微。时雨确定她感觉到了才松开手，紧接着抓着戚映竹的手，放在了自己的心口上。

掌心下的少年的心脏平稳地跳着，戚映竹因羞窘而脸红了。可她眼神茫然，确实不明白时雨是什么意思。

时雨握着她的手不放。

慢慢地，戚映竹镇定下来。她把手掌贴着他的心口，心中的疑虑渐渐地生起，抬头与他清澈的眼睛对视。

时雨迟疑着说："我……心跳很平稳。这说明什么呢？我靠近你一下，你的情绪波动总是很大。我摸你的心口，你的心脏就跳得很快。你摸我的心口，我却没什么感觉……你现在懂了吗？"

戚映竹脸色微白。

时雨对她一笑，依然是那副无所谓的样子，道："因为我不太能感觉到正常人的感情啊。我一直很少有情绪波动。我最多的感情就是弄不懂你们……为什么要这样，为什么要那样，可我最近……开始有这种情绪了。我很害怕。"时雨看着她，一字一顿地道，"央央，我什么都懂的。"

然后他又否认："可是同时，我什么都不懂。我根本就……根本就不太能理解你的感情。我不知道为什么我对你举针，你就会自尽，不知道你为什么要哭，不知道为什么有人要杀我……我靠着经验在理解你们，但是不是真的能够理解。我那么对你……是因为我太害怕，不是真的想杀你，是怕你让我变得更加奇怪。央央，我已经是个怪物了。我不知道我该怎么做。"

戚映竹凝望着他，静静地、错愕地听他说这些。她从未见过时雨这样的人。她看着他目光闪烁，努力地跟她说话；她看着他时不时地看她一眼，害怕她会躲开……

戚映竹对他的那腔怀疑反而弱了。

时雨最后迷惘地道："因为这样，我身边才一个朋友都没有，只有秦随随……但是她也是利用我吧。大家都把我当工具用，其实我是知道的，但我不在乎那些。反正他们怕我，我也不喜欢他们……央央，我说明白了吗？"他对她道，"我是怪物。你怕了吗？"

戚映竹眼睫毛上的一滴泪落下，溅在两人相握的手上。

时雨见她又落泪，心里更慌了，天真无比地道："但是……但是你不要怕……我真的不想伤害你。我已经决定自掏腰包，不会再碰你了。你要是不想见我，我就再不会出现在你面前了！但是我还是会偷偷地看你的……我不会让你知道的，你别伤心啦。"

时雨说完，便觉心痛。然而他确定自己不想她消失，便决定自己消失在她面前。

时雨一点儿一点儿地、留恋地推开她与他相握的手，忍着不舍，用眼神跟她告别，小声地道："我走啦。"

手指一点点地松开，时雨身子向后退。

两人的手指与手指即将分离时，戚映竹回过神，蓦地握住了他的手，仰头看那个站在床榻边的少年。

时雨不能明白，低头看着她握住他手的手。

戚映竹眼中落泪，靠他的手撑着，一点点地跪坐起来，鼓足勇气，倾身抱住他的腰身。她把脸埋在他怀中，听着他此时依旧没什么变化的心跳。

戚映竹觉得心酸，又觉得好笑——她和时雨，一个病秧子，一个没感情，倒真是……有趣。

戚映竹小声道："别走了。时雨，你不是怪物，我会教你的……你说讨厌我，想杀我，这本身就已经是一种感情了。时雨，来找我玩儿吧，陪我玩儿两年……然后你就能成为正常人，能交到朋友了。"

时雨心里欢喜，当即道："真的吗？我可以找你玩儿？你没有要我走？为什么是两年啊？我可以一直找你玩儿啊。"

戚映竹心里想：因为两年后她说不定就病逝了。

她在生命的最后两年能有一段书上写的那般的感情，已经很美好了。她也会努力教时雨正常人的感情。

她若能教会他，两年后他就可以有自己的朋友了；若是教不会，两年后她不在了，他也不会太伤心。

戚映竹心里这般想，脸上只是微笑，温柔地答道："因为两年后我就要回家嫁人，不能陪你玩儿了。"

时雨闷闷不乐，心中有杀念浮起，却因眼下气氛太温馨而不敢暴露自己的杀机。他笑道："好！一言为定！"

见时雨伸出手要与她拉钩，戚映竹一怔。

时雨不安地问她："真的会和我玩儿，会理我，不会赶我走了吗？真的不嫌弃我吗？不嫌弃我什么都不懂吗？"

戚映竹垂目，轻轻地用小拇指与他的小拇指相贴，道："我若心慕你，你是乞儿我也愿，是地狱修罗我也不怕。高坐明堂或尘埃加身，银钱万贯或乡野小户，国之贵胄或侠客天涯，我都不在乎。"

她隐晦地向他告白，他却因她的话文绉绉的而听不懂。虽然没听懂，在戚映竹红着脸偷看他时，时雨忍不住俯身，喉结滚动，将她脸颊上的一滴泪舔去。

戚映竹娇嗔道："时雨！"

戚映竹好像真的有了生气，真的活了过来。

她不再提自己悬梁自尽的事，也不跟时雨解释。时雨缠着想问她，但经过一晚上的折腾，戚映竹疲累无比，说自己要睡了。

时雨贪恋她身上的香气和柔软的床榻，便不想离开，振振有词地道："刚才你想自尽！我要看着你，防止你再次自尽！"

戚映竹实在太困，又因两人说开了一些事，没之前那般避讳时雨了，便向床下扔了一床被褥给他，然后拉上青帐，困顿地睡了过去。

天蒙蒙亮，帐子垂地，戚映竹迷迷糊糊地睁开眼，感觉到些许异样。

她刚刚睁眼，尚未清醒，迷糊地看着不知何时坐在她的床帐里的时雨。他低头，抓着她的一只手臂，正好奇地打量，脸一点点地低下来，鼻尖蹭到她臂上的肌肤。

戚映竹登时被他吓醒，手往被褥中缩，问："时雨，你又做什么？"

时雨紧扣住她的手臂不放开。他抬起眼时，戚映竹松了口气，因为少年眼神干净清明，并无欲望。

时雨单纯地抓着她的手臂，新奇地指着一处地方给戚映竹看，道："你看，你这里有个红点，和其他地方都不一样，我擦不掉。"想了想，他补充道，"也舔不掉。"

戚映竹愣怔：他什么时候舔了？

戚映竹迷迷糊糊地顺着他的目光看去，霎时脸红。然而她想躲开，时雨却总不肯将手还给她。戚映竹忍着笑，道："当然弄不掉了，这是守宫砂。"

　　说完她脸红了，飞快地瞥他一眼，心想说不定很快就没了。

　　不想时雨恍然大悟后，兴致盎然地挽起袖子露出自己的手臂，道："我也要守宫砂。"他催促戚映竹，"你也帮我弄一个，我想要和你一模一样的。"

　　戚映竹语气古怪地问："你知道守宫砂是什么吗？"

　　时雨瞥了她一眼，说："知道啊。"然后他的脸忽然红了。

　　戚映竹被他的脸红弄得不自在，结结巴巴地道："时……时雨，你……你先出去，让我起床。"

第八章　宵　月

成姆妈年纪大了，前一夜和女郎哭了一顿，女郎走后，又因思念家人，忧心女郎的身体和前程，一夜半睡半醒，浑浑噩噩，醒来时发现窗外天光已然大亮。

成姆妈却并不急。山中岁月悠缓，女郎夜里醒的次数多，次日真正醒来的时间便晚——即使日头高照，成姆妈也自觉有时间烧火做饭、为女郎煎药。

成姆妈推开门，被院中情景惊住——

炊烟袅袅，饭食已熟。鸟叫声从花树间传来，铺了一地的落花旁，石桌、石凳全部派上了用场。石桌上摆着三副碗筷，三素一荤一汤被竹笼罩着，防止过凉。

成姆妈以为还在睡着的戚映竹难得走出了她的内舍，坐在了院中的石桌旁。女郎嫣红色的裙裾垂地，身着薄透白罗衫，纤腰窄袖，臂间的烟青色披帛委地。

女郎香腮玉雪，顾盼神飞，风姿天成，实在是"我见犹怜"。

这竟是成姆妈很少见到的戚映竹妆容明艳些的样子，和平时的素寡清雅格外不同。

成姆妈想：女郎何以特意梳妆？

待看到坐在戚映竹旁边的那玄衣少年，成姆妈便懂了。

时雨跃跃欲试地道："快点儿，快点儿。"

戚映竹还在犹豫，道："时雨，你真的要这样吗？这不能反悔的。世间没有男子这样对自己。"

时雨并不太理解男女之间的区别，道："你有的，我也要有！"

戚映竹快速地看了他的小臂一眼，心便被怦然触动，不敢多看。因常时雨年习武，手臂线条流水一般流畅，肌肉紧紧地贴着骨头，充满着力量感。

戚映竹此前唯一见过的男子手臂，是她那不争气的弟弟戚星垂的。戚星垂那侯府纨绔小公子，"小白脸儿"的皮相，"小白脸儿"的体质，手臂和时雨这紧实有力的手臂全然不同。

戚映竹红着脸，将守宫砂点到时雨的手臂上。二人皆屏息凝神，看着他臂上的红点。日光熠熠，那红点鲜亮嫣红，真的不曾消散。

戚映竹心想：原来他没哄她，真的是童子身。

时雨就如能听到她的心声一般，说道："我当然是童子身啊，习武就是童子身开始才效果最好。"

戚映竹的脸红了，她说："我又没说什么。"

她不懂他们练武之人是怎么回事，心里乱猜他既然是童子身，是否现在也不能破戒。但是时雨之前又总是追着她，口无遮拦地说要……要……

戚映竹想得稀里糊涂时，冰凉的手腕忽然被时雨拽过去。

时雨诧异地抬头看了她一眼，道："你的手这么凉啊。"不等戚映竹解释，时雨已然自在地道，"以后和我多牵手就好啦。"

戚映竹口上忙说"不可"。

时雨已经将她的袖子挽起。于是少女白皙的手臂露出，其上鲜红的守宫砂，与时雨凑来的手臂上的一左一右，全然是一对。

时雨终于满意了，仰头，眼中光华明亮，道："现在我和你一样了。"

戚映竹觑他一眼，从他怀里抽走自己的手，说："你不要掀我的衣服……这不成体统，会让人笑话。"

时雨道："哪儿来的人？"

他用目光扫过目瞪口呆立在厢房前的成姆妈，如同看不到人一般移开目光。

他蹲在戚映竹裙边，托着腮问："你这就开始教我了吗？"

戚映竹觉得哪里不太对，扭头看到成姆妈的脸色，心里一惊，继而心虚。时雨不喜欢她的姆妈，视她的姆妈如同无物。成姆妈站在那里不知道看多久了，时雨竟然一点儿都不提醒她……戚映竹讪讪地道："姆妈，你起来了啊。"

戚映竹知道成姆妈不喜欢她和时雨在一起，心里虽然有了主意，却也不想让成姆妈生气，便带着点儿讨好的语气道："竹笼下有饭菜，是时雨做的。"她红着腮，继续道，"他……他烹饪……很厉害。"

成姆妈看女郎那闪躲的眼神，再看向时雨。时雨没什么表情，看着就分外不热情。但是当戚映竹看他一眼，时雨便摆出一个虚伪至极的假笑，道："对，我早上就来找央央玩儿，央央饿了，我就给央央做饭了。"

戚映竹听他这么说，想到他昨夜在自己的内舍中睡了一晚，更觉心虚。

但是时雨这无所谓的态度反而让成姆妈相信了。成姆妈在心里叹气，用复杂的眼神看看两个少年，心里知道在发现自己前，女郎面对时雨时，已经快被时雨逗笑了……但是自己一出来，女郎便又不笑了。

这个小子……真是她们家女郎的孽缘。

成姆妈去灶房里看了一眼，见各种器具都被摆放得整整齐齐，就连戚映竹每天要喝的药，时雨都熬了。成姆妈一时间没找到可挑剔的地方，只好回到院中，见戚映竹低着头在收拾桌上用来点守宫砂的物件，时雨则悠闲无比地占了她旁边的石凳。

他托着腮，快趴在石桌上了，用一双冷漠的眼睛盯着成姆妈。

他那并不是什么友善的目光。

成姆妈连忙叫戚映竹去看时雨的眼神，道："女郎，你看他！"

戚映竹扭头看去。时雨什么都没变，只是仰头茫然地看了她一眼。戚映竹与时雨对视一眼，不知是如何看的，竟然问："时雨，你是觉得热了吗？姆妈，我们家有没有斗笠给时雨挡太阳啊？"

成姆妈："……"

女郎确实眼瞎，看不出时雨的危险性。

成姆妈没好气地入座，拿起碗筷，道："没有斗笠！"

成姆妈听到时雨笑嘻嘻地跟戚映竹说道："你身边凉凉的，我跟你坐得近一点儿就不热啦。"

成姆妈咳嗽一阵。

戚映竹踌躇了一下，没敢让时雨当着成姆妈的面离自己太近。时雨便抬眼看了成姆妈一眼，再次觉得这人碍眼。

时雨盯着成姆妈动着心思的时候，成姆妈夹起菜，就着馒头吃了一口，一愣，抬头看了时雨一眼——这般好厨艺，女郎若是跟着他，起码不会饿死。

呸呸呸！女郎绝不会落到得跟着他的地步！

成姆妈真是想不通，只是过了一个晚上，昨日提起时雨还目中噙泪的女郎，怎么就重新和时雨好起来了。成姆妈抬头打量戚映竹，突然觉得奇怪——女郎今日的妆容未免太浓了些。就算女郎见到时雨高兴，特意梳妆了，但其本就比寻常女郎要白很多，今日涂了这么重的胭脂与粉，何必如此？

等等，女郎的脖子上怎么有一圈隐约的红色？

戚映竹的皮肤太白，昨日悬梁时脖子上被勒出了红痕，今天早上看时十足吓人，她不想让成姆妈担心，便用粉与胭脂掩饰。

时雨盯着她看了一早上，见她一直在掩盖脖子上的痕迹，自然也心里有数，只是不明白她为什么要伪装，道："是觉得难看吗？虽然有点儿吓人，但是我不嫌弃啊。"

戚映竹温柔地对他解释道："不是怕难看，是怕伤了旁人的心。姆妈一心待我，放下家中的亲人跟着我，若是见我悬梁……对她是何等大的打击。因为用了心，心却被人放弃，这会让人怀疑自己是哪里做错了。"

若是她人没了，姆妈伤心一段日子，就可以跟家人团聚；但如今戚映竹还活着，上吊的痕迹却消不去，才最触目惊心，势必要掩饰。

时雨似懂非懂。他未必真的理解了她说的那种感情，但记住了戚映竹说的话——不想让姆妈看到她脖子上的伤。

成姆妈待要细看，时雨忽然站了起来，挡住了成姆妈的目光，对成姆妈说："要不要再添碗饭？"

成姆妈愕然地道："你问的人是我？"

时雨乖巧地道："是呀，我照顾老年人嘛。"

他和成姆妈你一言我一语地说着，吸引走了成姆妈的注意力。坐在一边的戚映竹松了口气，摸了摸自己的脖子。

她将目光落在少年的腰背上，再向下落在他的腿上——他的腿笔直修长，黑靴紧收武裤，束得很紧，线条实在好看。

戚映竹看得出神了片刻，忽地反应过来自己在干什么，连忙移开目光，面容已经因此而红透了。

有成姆妈看着，时雨顶多能和戚映竹在院中坐一坐。戚映竹不敢叫时雨和自己一起进内舍去，但又体弱，在庭院中坐一会儿便受不了，只能回屋去睡了。

成姆妈将时雨打发走，自己关上屋门、院门，也打算下山。她怕时雨在她不知道的时候又跑去找戚映竹，便在时雨走前嘱咐："女郎要午睡，你不要打扰她。难道你的镖局整日没有活儿给你？你没有事做吗？"

时雨瞥了成姆妈一眼，说话的语气淡漠，与之前在院中时判若两人："我事情多的是。"

时雨确实事情多的是……经过了昨日那事，成姆妈根本不知道这个少年给自己找上多少麻烦事。

时雨要跟秦月夜联络，主动弃了那单子，不会再杀戚映竹了。雇主送上的银钱，时雨不光要全额退回，还要自掏腰包给人补偿。还有，即使时雨弃了那单子，该给秦随随的抽成却不能少，这又是一笔需要自掏腰包的钱。

不光如此，时雨还要接受秦月夜的鞭刑——杀手楼拥有这般大的规模，和楼中对杀手们定下的严格规矩分不开。若是谁都想接单子便接，想弃就弃，秦月夜岂不是一盘散沙？

总而言之，时雨因为自己临时兴起要杀戚映竹最后又放弃一事，事后做的弥补工作实在让其损失惨重。

时雨对鞭刑并不在意，但对从他手中流出的白花花的银钱则感到心如刀割。他在心里恼恨自己判断失误，但事到如今，只能乖乖地给银钱。

好消息是，因为秦月夜迁至塞外，再加上身上还挂着一个真正的任务，时雨现在不必回秦月夜领鞭刑，待身上的任务全部完成，再回去不迟。

而时雨身上的另一个任务，期限足足有半年。

时雨到山下的威猛镖局与胡老大见面，通过胡老大联系秦月夜。

胡老大不敢多问具体情况，只是听到时雨轻描淡写地说要放弃一个任务，吃了一惊，抬头看了他一眼。

时雨面无表情地道："怎么了？"

胡老大道："从没听说恶时雨有完成不了的任务。这有损大人您的声誉。"

时雨并不在意，坐在旁边看着胡老大写信。胡老大写完了信，拿来给他过目。信上的暗号都对，时雨满意地点了下头，迟疑着对胡老大说："我应该会在这里待很长一段时间。"

胡老大道："我懂，您身上还有一个期限半年的任务嘛。大人放心，我这镖局在京城里也有的，可以给您安排住处，方便您执行刺杀任务。"

时雨迟疑了一下，到底没有说自己不是要待半年。按照戚映竹的说法，他应该要待两年。但是两年后……时雨也没打算放过戚映竹啊。

时雨有些迷茫，到底忌惮让人知道自己过多的事，没有对胡老大交代。时雨让自己不去多想金光御的教训，和胡老大说完话后，出门离开。

他出了主厅，和胡老大告别时，眼睛微眯，看到一道人影一瘸一拐地匆匆走出镖局的大门。

胡老大时时关注着时雨的情绪，问："大人，怎么了？"

时雨指着那个出去的人道："那个人叫史宇。"

胡老大恍然大悟，摸着自己的小胡须，道："对，那人的名字与大人的听起来几乎一样，难怪大人记得那人。说来好笑，史宇这小子最近好像在追一个女郎，为此还弄瘸了腿。就这样，他都不放弃。每次那女郎的姆妈找人叫一声，他都跑去帮忙。这浑小子！"

时雨的眼角微微扬了一下，他转过脸。

胡老大对他这副平静至极的神色很忌惮，往后挪了一步，道："时雨大人……"

不等胡老大试探，时雨已经身形一闪，离开了镖局。

胡老大弄不清楚恶时雨的态度，便也停住不多打探。

史宇陪着成姆妈去那药铺壮胆。成姆妈千恩万谢，也觉得很不好意思。

史宇拍着胸脯保证："只是一家小药铺而已，姆妈你放心，他们总要给我们镖局一点儿面子。"然后他不好意思地道，"今天……我能送你回家吗？"

少年的心思实在好猜，成姆妈虽觉得这少年和自家女郎恐怕已经缘尽，却也不好阻拦，而且……他能与时雨分庭抗礼也好。

谁知成姆妈即使拉着史宇这个壮丁陪她到药铺，那药铺依然不给面子。对方背靠侯府，在这样偏僻的小镇态度十分嚣张，何况这个成姆妈天天来，实在让人厌烦。

店里的学徒叫伙计们把史宇和成姆妈一同轰出门，嘲笑道："你以为叫一个瘸子一起来有什么用？让一个瘸子威胁我们？"

史宇脸色铁青，沉声道："小兄弟，我是给你们面子，大家各退一步，日后好相见……"

药铺的学徒眼睛长在头顶上一般，道："日后不用相见！我们药铺的药，你们这种人买不起！"

史宇大怒，挥拳而上。那学徒赶紧往柜台后缩，吆喝着让四五个打手去迎战史宇。

史宇中等身材，而药铺请来的打手个儿个儿如小山一般壮实。双方过招几次，史宇就如小鸡一样被人揪起领子甩出药铺，"砰"的一声摔在地上。

成姆妈被吓得脸发白。

两个打手拖曳着成姆妈也要将她扔出去。成姆妈高声道："放开我！放开——"

钳制她的力量突然消失，成姆妈听到两声惨叫，脚踩到实地。那两个抓着她的人却是抓着他们自己的手掌，往后退了三大步。

史宇低喘着躺在地上站不起来。

学徒慌张地问："怎么了？怎么了？"

打手们或惨叫或心有余悸地盯着药铺门口。

成姆妈蓦地扭头向自己身后看去。少年穿着靛蓝色的武袍，脚踏黑色武靴，皮革束腰，腰板挺直，从门外慢悠悠地走了进来，闲庭信步一般。

时雨走过躺在地上的史宇身边，如同没看见他一般，直接踩上他的手。史宇动作很快地想收回手，手掌却还是被时雨踩了一脚，惨叫一声。成姆妈目瞪口呆，眼睁睁地看着时雨慢条斯理地走进这家药铺。

学徒道："上！"

时雨神色不变。

成姆妈缩在墙角，看见十来个人围着时雨，非但没有将时雨拿下，反而被时雨很轻松地打倒——时雨从头到尾如同逗他们玩儿一般。成姆妈渐渐地放下心，但忽然看到两个伙计不怀好意地抽出刀从后面蹑手蹑脚地接近时雨。

成姆妈张口还没来得及提醒，长刀挥下，眼看要砍中时雨。

时雨身形一转，错开一步。对方的刀落了空，要再次挥起时，时雨出手了。他把手向上托，一左一右地托起对方的刀，拍向两个人。这看起来毫无力道的动作，却让两个偷袭的伙计一声都没发出，便倒在血泊中，咽了气。

厅中的打斗瞬间停下。

药铺的学徒面色惨白。他哆嗦着伸出手指向时雨，道："你……你敢……敢杀人！快……快叫官府……"

时雨出声："你确定？官府的人来得快，还是我杀人杀得快？"漆黑的眼睛纯良干净，他盯着药铺柜台后的学徒，"我不介意把你们全杀干净。你们处理干净尸体，官府不知道，我就不追究；官府知道了，他们奈何不了我，但我回头就会杀干净你们。"

他将嗜血狂魔一般的话说得稀松平常。

成姆妈的心都梗住了，她这才知道自家女郎惹上了一个多可怕的少年，骇得双腿发软倒在地上。

时雨扭头看她，解释道："是他们两个要杀我，我才反击的。我本来没打算杀人。"

成姆妈说不出话，心里惧怕。

药铺掌柜发着抖出来，要把拖欠的药材和月钱全部结清时，成姆妈尚有些恍惚。那个史宇没帮上忙，这世间真正奉行的还是强大的武力。

时雨问成姆妈："他们为什么不给你药材？谁欺负央央啊？"

成姆妈迟疑了一下，问："你不会要去杀人吧？"

时雨扬眉，纯真无邪地道："怎么会？我才不会随便杀人。"

让他杀人的价格很贵的——他最近正债务紧张，没有兴趣多动手。

成姆妈考虑到时雨偏向戚映竹，决定让时雨教训教训药铺背后的人，说："是戚诗瑛，侯府的千金……但你吓唬吓唬就好了，不要对人家女郎下手……不然我们女郎就倒霉了。"

时雨抱臂随意地道："嗯。"

他微微皱眉，心想：动手不难，而且他最近打算洗心革面，也没那么想杀人，但是……请他动手也要给钱。

时雨琢磨着如何骗钱来，让自己去京城走一趟。

他对成姆妈顽皮地道："你要回去了对不对？叫央央不要等我，我要离开两天。"

他回头看向药铺中的人，还没开口，药铺老板已经主动道："我们什么也没听到，什么也不知道！"

这般阎罗一样的人物，肯定不是威猛镖局的，看着像是江湖人士……药铺哪里敢惹啊！

因为感情淡薄、不通俗事，时雨对很多事情不在意，唯对两件事会认真，一是杀人，二是钱财。前者是为了赚钱，后者还是为了赚钱。时雨抱着自己的钱财死不放手，只想进不想出。

而今他知道了戚诗瑛的事，要去京城里走一遭，但不愿白花力气。

时雨在京城里待了数日，也见了戚诗瑛几次，都是在戚诗瑛毫无察觉的时候。

那少女穿金戴银、趾高气扬。时雨看了许久，都弄不懂为什么宣平侯府不要央央，要这个女孩儿。央央那么漂亮……但是时雨知道自己不太理解旁人的想法，便也未曾多关注。

某日，京城一位姓闫的贵族女郎与她的侍女在自家府邸中嘲讽戚诗瑛粗俗不堪，咒骂戚诗瑛眼高于顶……

当日夜里，这位闫女郎被惊醒，发现四周阒寂无声，一个人坐在她屋舍的横梁上，要与她做一桩生意。

贵族府邸，那人来去自如。闫女郎瞪直眼也看不清那人藏在黑暗中的面孔是何模样，只能从对方听着清朗的声音中判断出那人应该年纪不大。

再加上舍中的侍女都晕了过去，闫女郎惧怕之下，不得不和那人做一桩生意——奉上一百两银子，托这少年去吓唬、捉弄戚诗瑛。

至于后果如何……那少年没有和她多说。

闫女郎含泪取了自己平日积累的银钱送上。在闫女郎看来，自己是被那少年捉弄了，第二日便将府邸戒严，更让自己的哥哥调宿卫军来家中。

闫女郎打听一番，并没有听说戚诗瑛如何了，便放下心，庆幸那少年只是索财，不是"采花"。

再看戚诗瑛这边。

某日夜里，戚诗瑛被冷风吹得哆嗦。自回到宣平侯府，她再没有受过这般冻。她当即大喊："来人，你们怎么搞的？我要冻死了！"

这般嚷着，戚诗瑛忽然觉得脚下无物，伸手也没摸到被褥，一个激灵睁开眼，登时发现自己不知如何坐在了一座高塔的屋檐边，往前一步便会坠落。脚下灯火辉煌，只着中衣坐在塔顶屋檐上的戚诗瑛生生被吓出一身冷汗。

她身后传来一个漫不经心的声音——

"醒得好快呀。"

戚诗瑛僵硬着不敢动，怕自己被半空中的冷风吹下去。她在醒来这短短的时间里，已经看出自己现在坐在京城最高的悬佛塔上，而悬佛塔足有五层楼阁那般高……往前一步，便是死路。

戚诗瑛僵坐着，连头都不敢回，道："你是谁？你要干什么？你好大的胆子，敢绑架侯府千金！你知道我是谁吗？"

时雨抱臂立在她身后。

戚诗瑛只是坐在屋檐上，时雨却是立在悬佛塔最高的那一点上。他觉得被风吹得晃来晃去挺好玩儿，像打着秋千一样自娱自乐。

时雨玩儿得无聊后，看了一眼戚诗瑛，问："你是谁？"

戚诗瑛嗓音紧绷："我是宣平侯府的千金！"

时雨"哦"了一声，道："我没弄错啊。"

戚诗瑛一愣，这才知道原来对方就是冲着她来的。前十几年的人生都在底层百姓间度过，戚诗瑛从未想过自己会遭遇"侯府千金被绑架"一事。她眼珠乱转，当即改口："我不是真正的侯府千金……我只是一个假的，真的那个不在京城，在城外的落雁山……"

"嗖"一声——身后一柄匕首向她飞来。

戚诗瑛有些武功底子，仓促地转头躲过身后飞来的匕首，却还是被割断了一缕头发。

匕首扎入黑夜中不见了，一缕乌黑的长发飞上半空，又轻飘飘地向下飘落。

戚诗瑛眼睛发直。她知道自己刚才若不躲，那一刀就会直直地刺破她的脸蛋儿。到底只是十几岁的女郎，戚诗瑛再也忍不住，"哇"的一声哭起来。

戚诗瑛哆嗦着道："你杀了我吧！我阿父、阿母会给我报仇的！"

她身后的少年笑眯眯地道："你这么好玩儿，我才不杀了你。我要把你绑在这里，跟你玩儿游戏。你要不要回头看一看，我手里有好多针，一根一根地扎过去，你会不会变成刺猬？我们来玩儿好不好？"

戚诗瑛哭得更大声了，道："你杀了我吧！"

时雨说话的声音有些严厉了："我说了我不杀人。闭嘴，你哭的声音好难听。"

戚诗瑛还在哭。感到一把银针从身后向她飞来，她骇然之下趴下躲避，却被那银针的风向后一掀，整个人被刮出佛塔檐头，全靠抱着凸起的檐角不敢松手，才没有跌落下去。

戚诗瑛被自己的眼泪、鼻涕糊了一脸，实在算不上好看。她仰脸看去，泪眼蒙眬中看到了那恶人的样子。只是让她失望的是，那人立在佛塔的顶端，一身武袍，腰窄腿长，脸上蒙着黑布，只露出一双乌黑的眼睛，这乌黑的眼睛也被他戴着的兜帽挡得有些严实。

戚诗瑛不能看清仇人的嘴脸。

时雨捉弄她，逗她玩儿了一会儿，觉得无趣。戚诗瑛在他耳边"叽里呱啦"，一会儿哀求，一会儿放狠话，都让时雨觉得不太好玩儿。他心里依然纳闷儿：央央那么好看，哭起来也好看……怎么侯府非要养丑的女郎呢？

时雨有些想念戚映竹，便怎么看眼前那惨兮兮地挂在檐角上的少女怎么不顺眼。他哼了一声，不想玩儿了，这才说正事："你以后不要欺负央央，我就放过你。"

戚诗瑛抽泣了一下，问："谁是央央？"

时雨顿了一下，张了张嘴，却说不出来名字。他本想说"戚日央"，但是隐约记得那日要杀央央时，央央教过他，说他弄错了她的名字。可时雨那时太紧张，一心想着如何杀央央，还怕被央央发现，没有记住央央告诉他的名字。

时雨闷了半天，道："就是你指挥京城外的那家药铺不给央央药材和月钱。"

戚诗瑛茫然地想：什么药铺，什么药材，和她有什么关系？等等……

戚诗瑛捕捉到几个关键的词。

她在寒风中发抖，抓着檐角的手因用力而发白，脸却因此而憋得发红，问："你说的是戚映竹吗？"

时雨眼睛微亮，记住了戚映竹真正的名字。他点了下头，随意无比地道："嗯。"

他本以为这一行到此便能结束，没想到戚诗瑛之前怕得浑身发抖，这时却冷笑一声，声音也尖锐起来："原来你是为了那个贱货出头！我不知道什么药铺的事，看来是又一个蠢货被那贱人的眼泪骗了，来找我算账。她蛊惑我弟弟还不够，还要蛊惑更多人。世上的男人全都眼瞎，就喜欢那种装柔弱的女人吗？"

时雨看向她，声音平静地问："你说什么？"

戚映竹就是戚诗瑛的一个魔障。戚诗瑛回到侯府后，所有人都拿戚映竹来和她对比。而今一个陌生人也为戚映竹出头，戚诗瑛哪里受得了？她想不通为什么会这样。

她昔年在民间长大，学会了太多粗俗的话，此时全都拿来骂戚映竹："那个骚货就那么香，你们全都往里钻是吧？她是胸大还是——"

风声至，戚诗瑛的喉咙瞬间被掐住。方才还立在高塔顶端玩耍的少年，倏忽就飘到了她面前，伸手掐住了她的脖子。

戚诗瑛呼吸困难，被这人掐着，眼前发黑，似乎听到了骨头的断裂声。

她拼命地想看清这个人的脸，但是泪水横流，而且那人的面容藏在黑暗中。她痛得不由自主地松开檐角的瓦片，抓住掐在她脖子处的手，想让那人放手。

时雨蹲在屋檐上，手臂向外伸出，单手掐着她的咽喉，让戚诗瑛的身体彻底悬空。

时雨盯着她，慢吞吞地道："我改变主意了。我免费杀你。"

时雨一松手，戚诗瑛发出一声凄厉的惨叫，整个人向下跌去。但这并不是结束，时雨向下一跳——他的轻功登峰造极，戚诗瑛惨叫之时，模糊地看到戴着兜帽的黑衣少年紧随她的身形下坠。

风吹开帽子的一角，露出少年一只明亮如星辰的眼睛。

时雨蓦地伸手，重新掐住她的咽喉，将她一甩。一重重佛塔向下，戚诗瑛的腰被挂在突出的檐角上，喘息未定，汗水和泪水糊面，她觉得自己看到了恶鬼，张口大哭大喊："救命！"

时雨笑道："游戏继续。"

他手一松，她再次向下坠落。时雨向下跳跃，再次如影随形一般折磨着戚诗瑛。

忽然，时雨将目光投向某处，捕捉到了某个身影——一道暗色的身影在几座建筑的屋脊上跳跃，身形如鬼魅。

金光御！

时雨霎时忘记了戚诗瑛，身子一动便紧追那道身影而去，等追出四五丈，听到身后断续的惨叫声，身子一顿，才想到自己把戚诗瑛忘了。

时雨转而随意地想：她生死有命，与我何干？

时雨追着金光御而去，是想到了秦随随对他下的任务。秦随随怕时雨不把任务放在心上，所以用钱财来吊住他。眼下时雨看到金光御，就如同见到自己即将得到的钱财一样。所以十个戚诗瑛，他也能说丢就丢。

戚诗瑛命大。

本以为自己被那恶人丢下去会摔成肉饼，但她断断续续的凄厉惨叫声惊动了在附近巡逻的宿卫军。

一个青年正与身后的卫士说话，听到声音抬头，目光登时冷厉。

青年纵身跃起，向那佛塔攀登。几次起落和换气后，青年接到了掉下来的戚诗瑛。

青年把她抱在怀中落了地，问："阿瑛，怎么是你？"

卫士们愕然地看着那女郎的中衣，连忙低头，不敢多看。戚诗瑛满面泪水，抬头看到熟悉的人，当即大哭着扑入那人怀中，道："闫大哥，有贼人！"

她平日也威风、骄傲，不知道这是经历了什么，怕成这样……那闫大哥将她抱入怀中，僵硬而尴尬地哄了一顿。

戚诗瑛被吓得失了魂，平安后就这样晕了过去。

那闫大哥只好送她回侯府，同时厉声向身后的人道："多事之秋，加大京城的巡逻力度！"

他不觉沉思：前两日妹妹又哭又闹要加强府邸的巡逻，今日宣平侯府的千金又以这样不堪的形象从佛塔上掉下来……难道是有采花贼进了京城？

他警惕起来，心中有了猜测，决定明日上朝时禀明京兆尹大人，加强京城的巡逻，同时严查是否有女郎遭到不幸。

金光御武功高于时雨，两人之间又隔着一段距离，在那一瞥之后，时雨追丢了金光御，再也没见到这人。

时雨想到戚诗瑛，这才回头摸到侯府。听到戚诗瑛没死，正大哭大闹着要出京找戚映竹算账，时雨一时心虚，一时又想动手杀人，断了这个女人后续的动作。

但是也不知道为什么，侯府的护卫变得很严……不，是整个京城的护卫都变得很严，让时雨找不到机会摸进戚诗瑛的闺房。

时雨只能转道，试探着去查探自己要杀的人的情况。然而那里一样戒备森严，让时雨找不到下手的机会。时雨郁闷万分，抱怨一通，觉得自己一无所获，便更加想念戚映竹，想要戚映竹安慰自己。

如此，时雨打算离开京城。

很奇怪，京城四处贴了告示，要捉拿什么采花贼，对进出京城的人全都严加审查。京城门口，百姓对着没有人物画像的通缉令指指点点，忧心忡忡地讨论着官府何时能抓到采花贼。

时雨混在人群中，茫然地跟着他们凑热闹，多嘴说了一句："你们这里采花贼好多啊。"

之前他在落雁山下的小镇里杀了一个采花贼，这京城里又冒出来一个采花贼。

听到他这一句风凉话，正向百姓宣传采花贼如何可怕的卫士生气了，扭头就要教训这人——土生土长的京城人，如何愿意自己的家乡被人这么诋毁？

卫士一回头，便看到黑衣少年眨着眼睛仰头看告示，眼神一派纯良。注意到卫士的目光，时雨向卫士看来。少年唇红齿白，面容俊俏，一看就是个不知人间疾苦的小孩子。

卫士斥责："你家大人没教过你不要胡说？"

时雨回答："我无父无母。"

卫士一愣，气消了一半，说："那也不能胡说八道，你根本不知道采花贼有多可怕……"

时雨奇怪地问："有多可怕？"

卫士一滞，觉得自己跟他说不通，心烦地摆了摆手，道："路引呢？拿来看看。没事的话就出城吧。小兄弟，话别说得这么满……你要是家里有姐姐、妹妹，就不会这么无所谓了。"

时雨眼珠一转，似懂非懂。他当真有路引，拿出来后，卫士觉得没问题，便放他出城了。

从始至终，没有人将这个少年和所谓的"采花贼"联想到一处。

而时雨也正心虚，打算去找戚映竹认错。他对戚诗瑛做了恐吓的事，没有将她弄死，好像还惹出了麻烦。但是成姆妈叮嘱他不要下杀手，他就只好迷惘地出京了。

落雁山下的京城和小镇都被那来去如风的恶时雨搅得一片混乱。落雁山上倒平静十足，没有发生什么事。

最大的事可能也就是戚映竹这几日不让姆妈离她太近，连洗浴都不让成姆妈帮忙。

戚映竹给自己找的借口是山中只有她和姆妈两个人，她不能总让姆妈帮自己做事，她也能做自己的事。

若是时雨在的时候，成姆妈会怀疑戚映竹故意支开自己偷偷见那少年，但是现在确认时雨不在，那便只能是女郎自己做出了改变。

成姆妈心疼她，却拗不过她，只能不情愿地答应。

于是，夜里戚映竹洗浴的时候，便与姆妈隔开了一道屏风。屏风外，成姆妈絮絮叨叨，念叨着女郎都不肯让自己帮她洗浴了；屏风内，戚映竹拿着铜镜看自己脖子上的红痕有没有消失一点儿。伴随着成姆妈的唠叨，戚映竹一点点地解开自己的衣襟。

戚映竹也嫌姆妈话多，嗔道："姆妈，别总说我了，说说旁的吧。"

镜中的女郎身形纤纤，青丝一点点地滑落肩头，衣裙落地。赤脚走过地上的衣裙，戚映竹站在冒着热气的木桶边，低头摘衣带时，听到姆妈念叨——

"时雨这孩子，人其实还是不错的。"

戚映竹一怔，抿了下唇。

她第三十次听成姆妈念叨镇上的药铺中发生的那点儿事："当时真的特别混乱，我和史郎君根本弄不过那药铺，就看到时雨过来。他一过来，所有人都不说话了！真的，女郎，就是那一刻，一点儿声音都没有……"

戚映竹嘀咕："他又杀人了呗。这不好。"

成姆妈反而为时雨辩解："那是因为药铺的两个伙计拿了刀，要不是时雨机灵，就被杀了。时雨是在保护自己！你看那药铺现在也不敢说什么……女郎，虽然杀人不好，但是总不能人家的刀都到跟前了，咱们只能躲吧？时雨又不是什么杀人魔，是不得不出手……"

戚映竹低头，无奈地小声道："我又没说什么。"

姆妈干吗觉得她会因此对时雨有意见呢？她并不是……

她若真那般心善，早该和时雨一刀两断了。只是时雨杀人的次数……他实在让她担心。难道江湖人都这样吗？这是不是太危险了？

戚映竹看着镜子，忧心忡忡地想着这些。忽地，她觉得镜子不对，猛地睁大眼，只见镜中模糊地映着另一道人影。

戚映竹蓦然一转身，愕然看到时雨正趴在木桶边盯着她。

她张口，又捂住自己的嘴，被吓得往后退了一步，却被脚下的衣裙绊住，趔趄了一下。

时雨呆呆地看着她，视线从她的脸蛋儿向她的锁骨下移。戚映竹捂住心口，暗自庆幸自己还未曾脱中衣。她蒙蒙地看着他，不知道他是什么时候出现的，听了多少她和姆妈的对话。

屏风外的成姆妈忽然想起什么来，道："这都过去五天了……女郎，时雨真的还没回来吗？"

戚映竹捂着"怦怦"急跳的心脏，面红耳赤地和趴在木桶边盯着她的时雨面面相觑。她口中干涩，道："没……没有呀。"

时雨伸手，在木桶中舀了一下，目光一闪，举起手指，拈了一片花瓣。时雨扭头看向戚映竹，忽然起身向她走过去。

戚映竹怕外头的成姆妈发现不对劲，硬生生扼住自己想逃跑的冲动，看着他走过来。

时雨站在她面前，低头看她，张口要说话。戚映竹一下子伸手捂住他的嘴。她仰脸，眼睫上沾着蒸腾的水汽，向他暗示——若是成姆妈发现了，会打死他的。

时雨不知道有没有领悟她真正的意思，但拉住她的手放下了，贴到她耳边，小声说："你要洗澡呀？"

戚映竹僵硬地点了一下头。

时雨的气息与她的交融。她明显感觉到他好似很开心。

他快乐地说道："我也没洗澡。"然后他问，"能不能一起？"

戚映竹："什么？"

她推时雨，时雨不动。她向他摇头，不知他有没有看懂。他凑过来，在她脸上亲了一下，伸手就抱住了她。戚映竹慌乱无比。任少年的鼻梁擦过她的腮帮，凑到她的唇边。

他轻轻地耸了一下鼻子。戚映竹挡住到了嘴边的微喘声。

她向后退，后腰靠到了木桶上，又急又气，又慌又迷离，按住他的手，护着自己的衣领，努力地踮脚抱住他。时雨一怔，然后目中一喜，张臂就直接抱住了她。

他从未抱过穿得这么少的戚映竹，血一下子热起来。然而戚映竹这般靠近，是为了凑到他耳朵边说话："时雨，出去！"

时雨用手揉着她的腰，没有反应。

戚映竹以为他不懂，忍着羞涩解释："这样是不对的。你知道女郎洗澡时郎君应该出去吗？"

时雨转过脸，道："我知道啊。"他低头看她一眼，语气有些怪，道，"也有不出去的。"

戚映竹一惊，下一刻，被时雨搂着腰提了起来。他亲吻上她的嘴角。戚映竹竭力向后仰，"扑通"一声落了水。眼睛一弯，时雨跟着她一同落入木桶中。

成姆妈正念叨着"时雨其实也没那么坏"，忽然听到屏风里面的落水声不对，顾不上女郎的嘱咐，绕开屏风就往里走："女郎！"

成姆妈看到戚映竹穿着湿漉漉的中衣，靠着木桶边缘而坐，花瓣凌乱地漂在水中，女郎的乌发被沾湿了。戚映竹抬眼，面容被水弄得染了桃红色一般，与昔日的苍白格外不同。

戚映竹讲话的声音有几分紧绷："姆妈，我没事，你出去吧。"

成姆妈惊疑不定地望着戚映竹。

成姆妈越往前走，戚映竹将身子越往后缩，潮湿的中衣贴着身体，霜流雪绕，乌发如藻。戚映竹受惊一般望着成姆妈，眼睛微微睁大，许是被蒸汽所熏，她的眼睛含着水一般，眼尾勾着浅红色。

戚映竹紧紧地揪着自己的衣领，仓皇无助，又强作镇定地道："姆妈，我一个人可以，你出去吧。"

她不可以。

中衣浸了水，水上部分紧贴肌肤，水下部分襟带扬起，如被风吹。那被她按到水下的少年搂着她的腰肢。她的衣带向上漂浮，他细密的吻也萦萦绕绕，拂着她腰间的肌肤。

戚映竹被折磨得快要哭泣，道："姆妈，你不信我能自己洗浴吗？"

成姆妈觉得她实在怪异，但听到她带着哽咽的声音，犹疑着停住了步伐。半晌后，成姆妈讪讪地道："女郎能照顾自己便好，是老奴多事了。"

成姆妈弯腰，将女郎方才进木桶时丢在外面的衣裙捡起，还是觉得不对劲，抬头猛地看向穿着中衣坐在木桶中的少女，不知自己该不该说，但最后还是说了："女郎，你为何穿着中衣下水？把小衣也给老奴吧。"

木桶中的水轻轻晃动，于戚映竹腰间正在行亲昵的动作的少年仿佛也赞同姆妈的话一般：给她吧。

戚映竹坚决不给！

时雨已经无法无天。她再踩入陷阱，今夜岂不是必然失身？诚然，她未曾打算做什么贞洁烈女，誓死不许时雨碰她，但是……她前几日才和时雨互证了守宫砂，守宫砂立马像是白点了一样……岂不可笑？

何况闺秀女郎多矜持，再喜欢一人，也不会对方勾一下手指便扑过去任他为所欲为……那与妓子何异？

戚映竹对成姆妈说："你出去……我就脱。"

成姆妈愕然，然后面对女郎闪躲的目光，不禁失笑——女郎竟连面对她一个老婆子都羞涩，那她之前乱猜什么呢？

成姆妈放下心，抱着戚映竹的衣裳要走时，目光随意地扫过木桶，模糊地看到一团黑色的东西浮了上来，觉得或许是自己人老眼花，定睛要细看。

戚映竹突然伸手在水中一阵拨动，将水上的花瓣搅得凌乱，还将她的长发也散开，水藻一般铺在水面上。

成姆妈心想自己看到的大约是女郎的黑发，这样一想，就不再多看，抱着衣服转身离开了。成姆妈不光绕出了屏风，这一次直接出了屋，道："女郎洗浴吧，老奴自己也去烧水洗一洗。一会儿老奴再来收拾这里。"

木门关上的刹那，戚映竹提在嗓子眼的心还未曾放回去，"咕噜噜"一阵冒泡声——在她面前，时雨"唰"的一下从水里钻了出来。

水汽蒸腾，黑衣少年坐在她对面，面容微红，睫毛如同翘起的飞檐一般，水珠一滴滴地顺着睫毛向下落。时雨本就俊俏，被水那么一浸，发丝乱糟糟地贴着脸，脸上被烛火照出莹润的光，煞是好看。

很少因为时雨的相貌而动心的戚映竹，看着这般出水美少年都不禁心头动了一下。

但是时雨和她的感觉分明不一样。

他的眼睛更加像黑曜石了，这样的眼睛睁大，盯着戚映竹，充满了控诉和委屈的感情，时雨嚷道："我不会水！你就那么把我按下去，我要被憋死了！"

戚映竹抿了抿唇，说得很困难："我没办法，你……太过分了！"

时雨控诉道："那是因为你不让我起来，我真的快要晕过去了。"

其实他没有快要晕过去。

时雨是不识水性，但是内力太好，气息绵长，在水下憋气对他影响并不大。他只是出于本能，怕她又说他，想要倒打一耙。他睁大眼睛瞪着她，努力证明自己的清白。

时雨抱起手臂，别过脸，做出生气的样子。

戚映竹犹犹豫豫地看他，道："时雨？"

时雨不理会她。

戚映竹一时觉得好玩儿，因为还未曾见过时雨生气的样子。起初认识这个少年的时候，她一直在试探时雨的脾气……许是因为他不通人事，戚映竹很难激怒他。不管她如何，他首先会思考的是他自己哪里有问题，而不是她哪里有问题。戚映竹为此心中酸涩。

所以此时看到时雨生气，她也不觉得害怕，反而觉得好玩儿向他泼了一下水。

时雨扭过脸来看她，不敢相信，心想：他都生气了，为什么她还要泼水，这不是让他更生气吗？

时雨贫乏的经验应付不了这种情况，脑海中稀里糊涂。只是见她用含着水一般的盈盈的眼睛偷看他，时雨便开始渴望什么，喉结微微滚动。

戚映竹问："还生气吗？"

时雨犹豫了一下，说："你亲我一下，我就不生气了。"

他不知道自己说得对不对，垂下眼帘，又悄悄地掀起眼皮偷看她，发现戚映竹的凝视后，又随意地移开目光，好像很不在意一般——但他知道自己在意。

戚映竹垂目思考的时候，时雨用手指紧紧地扣住手臂。戚映竹抬起眼帘的时候，时雨赶紧低下头。戚映竹气息变化的时候，时雨屏住呼吸。终于，戚映竹做了决定，忍着赧然，磨磨蹭蹭地向他这边移来。

时雨的呼吸停住了。

月色蒙蒙，水光环绕，心头的躁意让他难受不已，嗜血一般的渴望一下被点燃，蹿上心头。

戚映竹挨着他的手臂，仰头在他的脸颊上亲了一下。

戚映竹的面颊更红了，她扭捏地道："好了吧？"

木桶中的水慢慢地凉了，时雨对戚映竹渴望不已，抓耳挠腮片刻后，不知拿她如何是好，便一倾身，瞬间将她横抱起来，长身跃出水面。

水哗哗地流出木桶，黑衣少年身形一闪，就抱着戚映竹回到了她的床榻上。他将她按在身下，两人潮湿的长发滴滴答答地滴着水，将身下的被褥弄湿。

戚映竹挣扎着道："把……把帐子放下……"

时到夏日，春夜之暖却将将而至。

戚映竹睡了整整一晌午，醒来后头晕眼花，胡乱吃了午膳，身子无力，便又躺回去睡了。成姆妈怜她体弱，便也不打扰她。

成姆妈进进出出地收拾屋子，心里还在想着昨日女郎也不知道是如何洗的澡，竟然弄得满地是水。成姆妈摇头自语："还是个娇女郎，连洗浴这样的事都没法自己做到。"

成姆妈这般说着的时候，正坐在一张杌子上，拿着斧头劈柴火。她劈得气喘吁吁，一会儿工夫就汗流浃背，没有力气了。旁边有一只手伸来，在她的手上轻轻地点了两下，成姆妈手一酸，手中的斧头当即脱手。

斧头并没有落地。那只充满力量的手轻轻一翻，斧头便落到了一个人手中。他随意地将斧头往下一挥，木头"啪"的一下被劈开，裂口整整齐齐，一下到底，比成姆妈那哆哆嗦嗦的劈法利落很多。

成姆妈抬头，看到时雨穿着一身青黑色的武袍，无声无息地蹲在那里。若是往日，成姆妈定会觉得他危险，而此时见他，难得地品味出几分乖巧来。

成姆妈惊喜地道："你回来了？"

自从时雨帮她解决药铺的事情后，成姆妈看时雨便比以前顺眼了很多。她神神秘秘地哄时雨："别打扰女郎，女郎今日不知为何有些累，睡得多一些。"

时雨诧异地问："央央还在睡觉？"

他抬头看了看天，想到昨晚自己离开的时辰，再看看现在太阳已经快落山。昨夜离开落雁山后，时雨下山了一趟，主要是通过威猛镖局通知秦月夜，金光御就在京城。

时雨没打算自己去抓金光御——一是秦随随没给他钱财，二是他打不过金光御。

时雨还是更想和戚映竹玩儿。

时雨以为自己回来就能再次和戚映竹玩儿了。何况昨日他一径和她玩儿，都忘了告诉她正事了。时雨蹲在那里，颇有些郁闷。

成姆妈却很高兴地道："你不知道，我们女郎平日觉少，休息不好，今日好不容易多睡会儿，太难得了。"

时雨眨着眼睛问："她多睡觉是好事？"

成姆妈点头，便见少年"扑哧"一笑，弯起了眼睛。他好像发现了什么，好像拥有了什么秘密。时雨转动眼眸，想张口时，想起面前的人是成姆妈，不是戚映竹，便不与成姆妈分享，而是将秘密藏在心里——原来央央那样子就会睡得多，睡得多对她有好处。

那他要多亲亲她才对！

时雨主动帮成姆妈劈柴火。成姆妈坐在一旁，看他蹲在那里一下一下地挥动手臂，沉重的斧头在他手里如同玩具一般，被他耍得轻松肆意。黄昏时分，少年郎大手大脚，背对着成姆妈，每一次动作，都会露出漂亮的肌肉线条。

成姆妈感慨：看来家中还是需要一个男子来干这些重活儿。

成姆妈试探着跟时雨打听："时雨，你在那家镖局，每月能挣下多少钱财啊？"

时雨回头，用黑漆漆的眼睛望了一下成姆妈。他不吭声，因为并不知道正常镖师的工钱是多少。

成姆妈猜测道："看你年纪小小，武功这么高，在镖局里肯定是很厉害的人。史郎君说他没怎么见过你，可见你和一般镖师不一样……"

一般镖师也没有空闲经常往落雁山上跑，然后一整天赖在这里不挪地方，总是缠着她们家女郎。

时雨不说话。

成姆妈问："你是不是……平时活计挺少的？"

终于有一个时雨能回答的问题了。他"嗯"了一声，随口道："我平时很闲的。"

成姆妈道："那你也不能……总往我们家跑啊。"

时雨垂下眼帘，神色淡漠。

他心想：难道这个老婆子又要赶他走？真是太烦了。

杀人的念头被理智克制着，手握着斧头，他告诉自己不能动手……不能动手……

成姆妈不知道时雨的危险想法，兀自问他："你平时除了镖局，没有住的地方吗？你还是要有个自己的屋舍啊……不然……不然……你让我们女郎往哪里去？"

成姆妈委婉地暗示时雨男女婚嫁之事。

时雨抬起头，想的却是：家宅？

是啊，如果他有自己的地方，这个讨厌的姆妈就不能总打扰他和央央了吧？他每次想亲央央，央央就不用总说"姆妈在"了。央央不用每次都紧张兮兮的，他就能为所欲为。

但是……居有定所，对一个杀手来说太危险了。

时雨蓦地想到金光御说自己的住所被仇家日日盯着，现在根本回不去……

时雨心里有些不安，有些惧怕，觉得自己分明在走金光御的那条路。但是时雨惶然片刻，定下神，不敢多想了。

反正……他想赖在央央身边。

戚映竹一整日睡得昏沉，到次日天亮才有了精神。

成姆妈看着她吃了药、吃了饭菜，满意地看到大约是睡了一整日的缘故，戚映竹虽然看着慵懒无比，但是气色变得好了很多。

成姆妈嘱咐戚映竹："女郎在家里歇息吧，我去山下的当铺，看看咱们上次当的那些字画有没有人要。"

戚映竹多嘴道："姆妈，再多买些笔墨纸砚。"

成姆妈问："旧的不是还没用完吗？"

戚映竹垂下眼帘，红着脸讪讪地道："很快就用完了。"

成姆妈没有多想，对女郎神秘地一笑，心想女郎还不知道时雨回来了。而且成姆妈知道一旦自己离开，时雨必然来找女郎。

成姆妈叹了口气，心想：好吧……如果这是女郎自己选的，那就这样吧。

成姆妈走后不知多久，戚映竹一直坐在案前写写画画。她总是那副郁郁寡欢的模样，柔柔弱弱地坐在那里，秀眉轻蹙，眉目间好似笼着说不出的愁。

时雨坐在厢房的屋檐上看她，时不时地向下探出头。

手中的笔停下，戚映竹抬头看向窗外，怔了一会儿，长长地叹了口气。

时雨的声音响起："你又叹气。一个时辰，你都叹一百二十口气了。"

戚映竹稳稳地握着笔，没有被他突然冒出来的声音吓到。只是一听到他的声音，她难免想到那晚帐中荒唐而暧昧的被纠缠的情景，兀自镇定，耳朵却一点点地变红。

时雨纵身跳下屋檐，轻飘飘地落在她面前。

时雨凑过来，盯着她的眼睛道："你的姆妈说你经常生病，我觉得就是你总叹气叹出来的。你看你还不想活了，想自尽……"

戚映竹一下子急了，嗔道："时雨，不是说不提那事吗？！"

时雨一本正经地道："我在跟你说正事呢。我觉得你没有求生欲，整天都不高兴……我不知道你为什么总不高兴，但是你可以想点儿高兴的事啊。"

他趴在窗口，脸颊与她的脸颊几乎贴在一起。戚映竹不动声色地向后退。

眼睛里闪着金色的光，他很认真地道："我教你，从今天开始，咱们练习高兴一点儿。先从每天少叹气五十次开始练习，怎么样？"

清澈的眸子盯着他，戚映竹小声问："哪儿来那么多高兴的事？"

时雨就在这里等着她呢，眼睛一亮，郑重其事地道："我决定要有自己的屋舍，欢迎你来我家。"

戚映竹眨着眼睛。

时雨说出自己的目的："这样我们一起的时候，你的姆妈就不会来打扰了，你也不会总赶我走了。"

戚映竹的脸"唰"的一下通红，她结结巴巴地道："时雨，我不是说过，不要总将这种话挂在嘴边？"

时雨站直身子，垂目看她，道："可是这是我的真实想法啊。你不让我说，你怎么知道？"

戚映竹扭过脸，目光闪躲地道："你……你换别的说法……暗……暗示我便可以了，不必让所有人都听懂。"

时雨觉得纳闷儿，问："我怎么暗示你啊？"

戚映竹的手指快要将案头的宣纸抓破，被时雨刺激得忽快忽慢的心跳让她有些眩晕。戚映竹沉默了片刻，但时雨目不转睛地看着她，分明不放弃。戚映竹福至心灵，脱口而出："你说讨厌我……对，你说讨厌我，我就知道是什么意思了。"

时雨一怔，问：“那我真的讨厌你时，你不就分不出来了吗？”

戚映竹还没吭声，便见这个总是神情淡淡的少年笑了。时雨俯身，鼻尖亲昵地与她的鼻尖蹭了一下，唇更是调皮地与她的唇贴着。他目中波光流动，神采奕奕。

他勾着她的心魂，诱拐着她：“以后，你去猜‘我讨厌你’是什么意思吧。”

时雨和戚映竹说了许多闲话，都是些漫无边际的。他在上山的路上看到一只松鼠也能跟戚映竹讲半天。

少年倚着窗，手指比画着。戚映竹觑着他，心间的抑郁好似被一场春雨洗去，心中变得清新无比。他便是她心间藏着的春夜中的秘密，不与人说，不为人知。她偷偷地羡慕着他这般肆意无拘的生活。

时雨忽地侧头看她一眼。

戚映竹的心一缩，她移开目光，不与他灼灼的目光对上，好像只要这样就能抵抗住来自他的诱惑。

时雨并没有察觉戚映竹的敏感心思，因为自身亦有一腔的烦恼。他一边随意地和她说话，一边心里打鼓，越想越觉得戚诗瑛之事是自己的错，便偷偷看戚映竹，一眼又一眼。少女低着头，耳朵和面颊却一点点地红了起来。

戚映竹终于被他看得恼了，抬起头道：“我还要写字，你若是没什么事，就不要打扰我了。”

时雨目光闪烁着凑过来，手肘撑在窗棂上，仰头看她，道：“我有事和你说。我本来前天晚上就想和你说的，但是你那样对我……”

他手上一阵比画，指了指自己的脸，又指了指戚映竹的嘴。他也有觉得不好意思的时候，说话间悄悄地望她时，脸就红了。

戚映竹心中崩溃并麻木，心想：不要脸的明明是你！你脸红什么？！

戚映竹瞪他，道：“时雨，你这个坏蛋！”

时雨一怔，目光有片刻迷离。他仰头看她片刻，大脑空白了一会儿，扭过脸不看她，眼睛向上翻，道：“好吧，好吧，是这样的。我去京城，见到戚诗瑛了。”

戚映竹声音温柔：“嗯，我知道。姆妈与我说了……时雨，你不该去的，我不想和他们有牵扯。”

时雨道：“那我惹祸了你也不会生气对不对？”

戚映竹凝神，轻声问：“你惹什么祸了？”

时雨皱眉思考。心中虽并未真觉得自己有错，但是按照他旁观别人做的事……他好像确实错了。

时雨吞吞吐吐地道："我去吓唬她，把她从佛塔顶上推了下去……"

戚映竹心瞬间提到嗓子眼儿，脸色煞白，身子都跟着晃了晃，第一反应就是时雨杀了戚诗瑛！

怎么办？！侯府不会放过他的！

时雨连忙道："她没死，我就是吓唬了她一下。"

他见她面色苍白，便心虚地没敢说自己是半途被金光御吸引走了注意力，才没有杀掉戚诗瑛的。

戚映竹松了口气，此时真的有点儿怒了，瞪他，道："你吓死我了！"

时雨打量她，忽然迟疑着问："为什么会吓死你？戚诗瑛死了，你觉得不应该？她不是欺负你吗？"

戚映竹斟酌了一下，与他解释："时雨，戚诗瑛本是侯府的真正千金，我与她也许只见过两次面，第一次是抱错时，那时我们都是婴儿，第二次是她回来时。我享受了她没有享受过的十几年的富贵荣华，出身带来的好处由我鸠占鹊巢，她怨恨我并没有什么问题。但是这本也不是我的错……所以我远远地躲开他们，便是不想与她闹矛盾。我无意关心她是什么样的人、想要什么。我得到的终将失去，她余下的人生会得到补偿。她做千金女郎，我做乡间村女，如此便很好。"

戚映竹微微蹙眉，想到自己还在从侯府那边得到药材和月钱。她之前已有死志，不知未来会如何，便一直消极地等着一切降临，不思进取，只想了却残生，而今……而今……有时雨。

就像时雨说的那般，她不应整日恹恹度日，也应打起精神来，例如自己赚钱买药，不再从侯府拿月钱了。成姆妈和时雨这次的事给她提了醒，既然想和侯府断干净，就应该一丝一毫都不沾侯府的。

戚映竹又望着时雨，柔声劝他："时雨，你也不应整日总是打打杀杀。你而今年纪尚小，总是一言不合就用打斗解决问题，这样并不好。你动不动就杀人也不好——嗜血会让你变得麻木……诚然你也许比旁人感觉少一些，但是一旦习惯了这种方式，余生可怎么办呢？杀人者，人恒杀之。时雨，你该给自己找些正当的活计，养……养家糊口……"

时雨迷惘万分地看着她。

他觉得莫名其妙，听了半天，只听出一句，问："你觉得我杀人不对，不喜欢我杀人？"

戚映竹愣了半天，默默地点了点头。

时雨便皱起眉，真的烦恼起来。秦月夜的教育告诉他，要隐瞒自己杀手的身份；戚映竹的态度告诉他，她不喜欢他杀人；还有他以前杀过的那些也许曾是朋友的人，他们都觉得他杀人不对。

可是……当杀手很赚钱啊。

时雨想了想，决定还是隐瞒自己杀手的身份比较好。

时雨问戚映竹："所以戚诗瑛会找你的麻烦，你不怪我对不对？"

戚映竹看着他眨巴着眼睛的乖巧眼神，真想伸手摸一摸他。但她不敢，只好扭过脸，小声道："时雨，这种事没关系的，我不怪你。"

时雨松了口气，道："我也觉得是小事。没关系啊，央央你放心，就算她找你的麻烦，她也没办法的。有我在，她欺负不到你的！"

戚映竹低头小声问："时雨，你在保护我吗？"

时雨很随便地道："没有啊，我保护人是要收钱的。我又没收你的钱。"

戚映竹缓缓地抬头，看了他一眼，轻轻地哼了一声，眸中藏着笑。

女郎杏眼微乜，黑白分明的眼睛清亮，却伸手果断地将挡在两人之间的窗子关上。

"啪"的一声响后，时雨向后退了一步，呆呆地看着被关上的窗，听到里头的少女娇声道——

"我要写字了，你不要打扰我了。"

成姆妈去山下跑了两趟后，高兴地用包袱裹着银钱回来，掩饰不住内心的喜悦，道："那当铺说，有人喜欢女郎的描摹画，一口气全买了！还是女郎厉害，老婆子做了这么久的针线活儿也比不上女郎随便画画。"

戚映竹轻声道："并非随便画画……总有人喜欢附庸风雅的。"

就着灯光，她与姆妈一同看一包袱的银钱。戚映竹伸手轻轻地抚摸过白花花的银子，面上神色淡淡，心中却也藏着许多雀跃与激荡的情绪。若是可以一直这般画，那她岂不是可以摆脱侯府了？

成姆妈观察她的神色，见弱柳扶风的女郎坐在小几边，低头抚摸钱财时，颊畔笑窝微现。成姆妈珍惜戚映竹的每一个笑，趁机道："那当铺掌柜还与我说了，让女郎有多少画都拿给他，他收！女郎，这样即使侯府断个一两月的月钱，咱们也不愁了。"

戚映竹垂目，冷静地道："不妥。总是临摹旁人的画，未免落了下乘。再者，万一被人当正品买去，岂不让买家花了冤枉钱？这般画作，应付一时之需便可，不宜一直如此。"

戚映竹仰头看着成姆妈，思量片刻后说："姆妈，我不是让你买了笔墨纸砚？从明日起，我画自己的画，你拿去山下的字画铺子卖吧。"

成姆妈想女郎果真不识人间疾苦，为难地说道："女郎，临摹旁人的画赚钱，但是画自己的画就不是这样了……我见到山下那么多落榜书生，都卖自己的字画，一个个穷得还不如乞儿，咱们何苦跟他们一样？"

戚映竹却说："就先这样试试吧。赚个几文钱也无妨啊……侯府一时间也没有断了月钱，不是吗？"

成姆妈没有多劝。实则戚映竹愿意这样，成姆妈心里尚有些高兴，因为不管能不能赚钱，起码女郎愿意去做了……不像她们刚来山上的时候，女郎整日闷在屋子里，病情反复。

人总要有些盼头，才能有精神。

女郎如今……是否终于对生活有了盼头呢？让她愿意走出屋子、积极一些的人……是时雨吧？

便是冲着戚映竹待时雨的这份心，成姆妈也不能太阻拦时雨过来与女郎见面。罢了，什么唐二郎……那都是没有影子的事，说不定人家移情别恋，已经瞧不上她们女郎了，不然怎么会已经过去两月还不来找女郎呢？

时雨……他带着女郎过些平静的乡野生活，也许正是女郎想要的。女郎精神好了，身体才会跟着好一些。

只是时雨身上让成姆妈不满的地方实在太多了……

不过成姆妈最不满的还是那个少年郎的神出鬼没。他有时候一整日赖在她家院子里缠着女郎不走，有时候大半天见不到影子。成姆妈问他，他也随口敷衍。

戚映竹总是让成姆妈不要责怪时雨——戚映竹自己不为自己的婚姻考虑，难道成姆妈不该帮她多问问吗？

细雨蒙蒙，空气湿润。山的轮廓变得模糊，院中的花落了，伴着细雨，清新的花香与泥土的芬芳混在一起，模糊迷离。

戚映竹提着兔毫抵着下巴，坐在窗前出神，盯着从窗外飘进来的雨丝淅淅沥沥地淋湿镇纸。"吱呀"一声木门响后，戚映竹回过神，见成姆妈沉着一张脸走进屋中。

与女郎一对视，成姆妈就抱怨道："时雨这小子又两日没出现了。要不要老奴下山去镖局里问问？"

戚映竹的脸蓦地红了，她道："问他做什么？"

成姆妈皱着眉疑心时雨。

戚映竹怕成姆妈怪罪时雨，就结结巴巴地为时雨多说了两句："他……他很忙的……他说要盖新房子，我很为他高兴。"

成姆妈更不满了，道："盖房子给够钱就行了啊！哪有他这样连人影都不见的？"

戚映竹也不知道时雨是怎么回事，压抑着心中的失落，低头继续研究自己的画。她已经画好了一幅画，却在画作的题名上犯了难。她自然不能写自己的真名，也不能取自己昔日在闺房中的那些名字，怕被人认出，所以要给自己重新想一个雅致的名字。

成姆妈唠唠叨叨地抱怨着时雨。戚映竹脸颊发烫，握着兔毫的手都轻微发抖。她低头，在宣纸上留下自己新取的名字。

"雨竹居士"——这四个字写出来，戚映竹的脸已经红透，她慌乱之间手指颤抖，笔从手中掉落在地上。

成姆妈狐疑地看过来。戚映竹连忙用镇纸挡住自己写的名字，弯腰去捡笔。

戚映竹蹲在地上才将笔捡起来，外面传来巨大的"砰"的一声。戚映竹被那声音吓得心跳加快，难受地捂住心口，笔再次掉了。

惊天动地的"砰砰"声不断从外面传来，戚映竹和成姆妈都惊疑地抬起头，面面相觑。

成姆妈迟疑地道："去看看？"

细雨中，主仆二人撑着伞，出了自己的院落。姆妈为戚映竹披上斗篷。斗篷柔软的绒毛衬着莹白的面颊，戚映竹立在篱笆旁，如一枝亭亭玉立的玉竹一般清雅静美。

戚映竹和成姆妈吃惊地看着她们院外的情景——

一棵棵原本繁茂的参天大树被砍断，轰然倒在山路上，与葱郁的灌木草丛相掩映。若非细雨霏霏，此处必然扬起尘埃，然而即便如此，这里也乌烟瘴气。

少年蹲在一丛灌木前，挥着手中的镰刀，毫不留情地将半人高的草木一丛丛砍掉。

时雨站起来，黑色的衣襟被其缠在腰间，上身雪白的衣衫衬着他匀称紧实的肌肉。

戚映竹目光下移，盯着他腰身下笔直的小腿，那双腿收在武靴里，被绑得很紧。他背对着一老一少在干活儿，每一次走路、每一次挥动手臂，身体舒展，动人万分。

戚映竹看得愣怔，移不开目光。

成姆妈道："时雨！"

在雨中干活儿的时雨早就听到了她们走来的声音，回过头，漆黑的睫毛一扬，眼睛直勾勾地盯着戚映竹，露出虎牙，道："央央！"

戚映竹红着脸，小声应了一声，揪着成姆妈的袖子，小声劝姆妈快走。她两日不见时雨，此时却心乱气短，想要躲开他。

成姆妈不知是真的没察觉戚映竹在拉她，还是有心打探时雨的情况，纹丝不动，看着时雨搞出的动静，问："你这是在干什么？"

时雨道："盖房子啊。"他转过头，补充道，"砍树，盖房子。"

戚映竹登时吃惊地看向他。

时雨本就一直盯着她，等她一抬眼，就准确地与她的目光对上，认真地和她解释："我要盖房子，和你做邻居。这样我就能每天来找你，带你到我家玩儿，我……"他说，"我讨厌你。"

戚映竹心脏急跳。他笑嘻嘻地看她，眼睛仿佛带着星光，在姆妈面前和她说暗语。戚映竹受不住地捂住心口，低下头，咬住唇。

成姆妈问："时雨，你这小子厉害啊，还会自己盖房子？你以前盖过？不过你一个人能行吗？怎么不让你们镖局的兄弟帮帮你啊？"

时雨道："没盖过，但我觉得我可以。我一个人就能搞定这些。嗯，我没有兄弟。"

成姆妈诧异地看他，生起新的担忧——时雨总是独来独往，会不会在镖局被人欺负？他看着年纪这样小，又大大咧咧的，镖局那些人是不是不服他？

成姆妈生起很多忧虑，但怕戚映竹跟着担心，便只叹气，怜爱地看了时雨一眼，不多说了，只道："辛苦你了。"

时雨自然不能领悟成姆妈的怜爱，道："我不辛苦。"

不用花一分钱，自己盖一座大房子，有什么辛苦的？

时雨捂着他的金库，跟胡老大打听了一番，就决定一分钱不掏，自己盖房子。

于是从这一天开始，戚映竹和成姆妈便要忍受院外整日的敲敲打打声。时雨精力旺盛，干活儿能从天亮到天黑，甚至到夜里，中间都不休息。

幸好成姆妈年纪大，睡得沉，就算打雷也不会被吵醒；而戚映竹睡得浅，到夜里的时候，时雨像是会算她的睡觉时间一样，自动停下来不干活儿。

戚映竹担心时雨怎么盖房子——砌墙、刷壁那些事他怎么可能应付得过来……

她心里为他捏着一把汗，用"雨竹居士"的名号画画时，就一直聆听着外面的动静。

戚映竹侧耳倾听时，触及了成姆妈的目光。成姆妈坐在她身旁做针线活儿。她停了手中的笔，成姆妈就停了针线活儿，用打趣的眼神看她。

戚映竹赧然地道："是外面的声音太吵了。"

成姆妈道："那也只能忍一忍了。时雨非要在外面敲敲打打——这落雁山这么大，他怎么就非要在咱们隔壁呢？影响女郎作画。"

戚映竹低下头，不说话了。

到了晌午吃饭的时候，成姆妈端着碗筷给戚映竹。戚映竹听外面没有了声音，便几次悄悄地看向窗外，被成姆妈的目光捕捉到后，结结巴巴地道："我是听……听外面没有声音了，觉得时雨是不是不干活儿了，在休息。"

成姆妈道："哦……"

戚映竹涨红了脸，鼓起勇气看向姆妈，道："姆妈，我们叫时雨过来吃饭吧。没有人给他送饭的啊，他饿了怎么办？"

成姆妈道："唉，老婆子做饭做得累，没力气送饭了。反正他就在外面，不如女郎给他送一点儿？"

迎着成姆妈的目光，戚映竹镇定自若地端起碗筷。她吃饭少，一会儿工夫便主动起身帮忙收拾碗筷，闷闷地从灶房里找出一只食盒，将饭菜装进去。

成姆妈洗刷碗筷的时候，戚映竹便提着食盒，犹犹豫豫地去找时雨了。

时雨力气大，动作快。戚映竹出了自己的院落，见外面的木屋已经初具规模。乱七八糟的木头和草根被扔在地上，戚映竹躲过地上的障碍物，走到那栋木屋前。

木屋连门都没有，戚映竹犹豫了一下，直接走了进去。

时雨正面无表情地躺在正中的一张木头大床上，跷着腿，慵懒万分。他无聊到极致。盖房子让他很不耐烦……这不是他擅长的事。他在脑子里琢磨着要不干脆下山绑几个人，威胁他们给自己盖房——反正他是不会掏钱的。

呈"大"字形躺在床上的少年忽然睫毛一颤，眼底无聊的神色收起，身子蓦地腾空而起，一阵无形的风吹过。戚映竹提着食盒进了木屋，一时间只看到空荡荡的一张……好大的床，除此之外什么也没有了。

戚映竹茫然地眨了眨眼，叫道："时雨？"

少年的脸从他刚做好的一堵墙后探出来，他脸上有污渍，长发随便缩着，眼睛乌溜溜的，乖巧地趴在墙边看她。

他在瞬间变脸，戚映竹自然无从得知。此时此刻，戚映竹被他无意识的可爱举动触动了，心一颤，艰难地移开目光，暗暗提醒自己要抵抗住时雨的诱惑。戚映竹问他：“你在自己的地方，为什么要躲着？”

时雨道：“我怕你被我弄脏。”

戚映竹环视屋子，想夸一夸时雨盖的房子，但看了半天，也只看到家徒四壁，和……一张好大的床。手中的食盒都没地方放下，戚映竹盯着那张床，看得呆住了。

时雨仍躲在墙后，却观察着她的神色，看到她盯着床看，便邀功一样问：“我的床好不好？”

戚映竹将目光转向他，道：“好……挺好的。可是……”她不解地问，“你为何要做这么大的床啊？时雨，你睡姿不好吗？怕自己夜里滚下去？”

时雨道：“当然不是了！”

戚映竹：“……”

时雨眨巴着眼睛，故作天真地问：“你想不想体验一下我的床啊？想不想躺下试一试啊？”

戚映竹：“……”

时雨换了种说话方式邀请她，然而换汤不换药，目的都是一样的。戚映竹全身僵硬，面孔通红，羞涩万分。时雨全身都在向她发出邀请，时时刻刻都在邀请她，每一个眼神、每一次笑容、每一句话……都在诱惑她。

他巴不得自己躺下，她立马能够也躺上来。

戚映竹的心“怦怦”急跳，她再次劝告自己：克制，克制。

要抵挡他的诱惑……可是她抵抗得好艰难！

放下食盒后，戚映竹捂住脸，蹲在地上，总觉得自己快要抵挡不住了。

第九章　　渐盈凸月

戚映竹只能在木屋中唯一的家具——床的边缘找到地方坐下。她睃了时雨躲避的墙根一眼，与少年乌黑明亮的眼睛对上。

戚映竹嗔道："你还不过来？我给你带了吃的。"

时雨听到有吃的，第一反应是"太好了，我不用自己找野果子吃了"。抠门儿如时雨，最近勒紧裤腰带过活，觉得自己凄惨万分。戚映竹这份体贴，让时雨的眼睛"唰"的一下亮了。

但是时雨迟疑了一下，还是摇了摇头，道："我不去。"

戚映竹不解地道："时雨？"

时雨指手画脚地解释："因为我已经干了一上午的活儿，身上有汗味，靠近你你就会恶心。"时雨目光留恋地盯着戚映竹裙裾边的食盒，扒着门问，"你可不可以把饭给我留下，你自己出去？"

戚映竹忍俊不禁，露出颊畔的两个小小的笑窝，道："我是在喂狗吗？还要走远点儿才可以？时雨，你过来……"她停顿一下，说话声细如蚊蚋，"我不嫌弃你的。"

时雨疑惑地看着她。

他对世间万物的规律虽然不懂，却努力记下，再做出自己的判断。但是戚映竹此时的举动与时雨对她的了解产生了出入，这让时雨迷茫。时雨与戚映竹对视了一下，很快决定抛弃自己的判断，相信她——

戚映竹只是眨了一下眼睛，便再次被身旁蓦地蹿出来、蹲下去的少年吓了一跳。她捂着心口稳住心神，想着自己还是要继续练定力，低下头，见时雨掀开食盒的盖子，将食盒一层层摊开，对里面的饭菜挑挑拣拣。

时雨道："咦，这汤是甜的啊。"

戚映竹一下子慌了，蹲下去要夺走他手里的碗，道："我拿错了，这个不能给你。"

然而，世上没人能从时雨手里抢走东西。

时雨一只手便抓住了她的两只手，另一只手端着碗低头喝汤。少年粉红的舌尖在唇上舔了一圈。戚映竹呆呆地看着他的舌头——

有时候，她会觉得时雨不像一个人，而像懵懂无知的动物，不知道自己的动作有多不合适。

戚映竹正呆呆地看着他，时雨抬起头，奇怪地问："这么好喝！为什么不让我喝？"

戚映竹怀疑地道："好喝？"她震惊于时雨居然这般嗜甜，红着脸解释，"我记得你喜欢吃甜的，就在灶房的时候悄悄地抓了一把糖扔进去。但是我不会烹饪，不知道好不好喝……"

她心里打鼓，因为自己偷偷摸摸地往汤里放糖是灵机一动，想到时雨经常吃糖。她第一次背着成姆妈在灶房里瞎折腾，心跳如擂鼓，差点儿生生把自己的心疾给惹出来。

她尝过一口加了料的汤，被甜得受不了……时雨竟然喜欢，不齁吗？

时雨确实喜欢，和她说话的工夫，低下头又去喝汤。许是很少喝到这么甜的汤，时雨连眼睛都带上了满足的弧度。

戚映竹见他喜欢喝汤，心里也随着开心，总觉得自己终于为他做了些什么，只是她的身体……

戚映竹自以为极轻微地向后挪了挪身体，连呼吸都屏住了，没想到时雨瞬间抬头，敏锐地与她的目光对上了。他手中仍恋恋不舍地抓着汤碗，却了然万分地问她："你是不是觉得恶心了？"

戚映竹心中愧疚，不知该如何说。

时雨控诉地看着她，道："你看，我就说我靠近你，你会恶心的。"

即使口上这么说，他还是抓紧时间低头喝了一口汤。时雨低着头，戚映竹只能看到他乌黑的睫毛快要落到碗中。在心中疑惑这汤有多好喝的同时，阵阵眩晕感也让她受不了了。

戚映竹支支吾吾地道："时雨，也许是屋子里太闷了。我回家去了。"

时雨抓着她的手没放，喝汤的时候抓紧时间从喉咙里嘟囔出一句："别走。"然后时雨慢吞吞地道，"我知道你受不了我身上的味儿，你等我一会儿，我喝完汤就去洗澡。"

洗……洗澡……

戚映竹涨红了脸，结结巴巴地道："那……那很好啊……但是你没必要跟我说。我……我……你放开我，我要回家去了，再不回去，姆妈会着急的。"

戚映竹努力地扭动他扣着她的手腕的手，挣不开他的手，还弄得自己更加难受，脸一点点地失去血色。

戚映竹忍着身体的不适，并不知道少年倒映在混浊汤碗中的眼神是多么冷漠——又是讨厌的姆妈。

时雨抬起头，乖巧地问她："你能陪我一起去洗澡吗？"

戚映竹因他的大胆邀约而愣住，然后才道："不……不能的，时雨！"

时雨转过脸，不高兴地道："我觉得可以。"

戚映竹道："不可以！"

时雨静静地觑了她一会儿，在戚映竹纠结该如何说的时候做了决定："你说不可以也不行，我这次不听你的了。"

他将被他几口喝空的碗往地上一扔，整个人依偎过来。浓重的汗味混着少年本身的气息扑面而来。戚映竹被时雨搂住了腰肢，感觉腰间发烫，在手腕被松开后低头就去抓少年按在自己腰上的手。

时雨轻轻一笑，凑过去，轻松无比地将她一把抱入怀里，再几个起落，眼前场景瞬变。戚映竹糊里糊涂地就这么被他抱了起来，前一刻还被狭窄空间中的气味熏得快要吐了，下一刻清新的山风吹拂，凉气冲淡了她的难受感。

两边快速后退的树木提醒了她现在是什么情况。戚映竹眨了眨眼——曾经有一个晚上，时雨也是这般抱着她，在树林间穿梭，去追那些掳走成姆妈的坏人。

恍惚间，她不再挣扎了。也许是距离很短，也许是时雨的轻功太好，戚映竹尚未被轻功弄得难受，脚就踩到了地面上。

时雨将她放了下来。

戚映竹仍抓着他的一只手臂，害怕之心不减。她听到"潺潺"的水声，向四周看去。

雪白的瀑布从山顶奔流而下，如洪涛一般滚滚而来。一座由几块山间大石天然形成的桥将两边的湖水分开。放眼望去，四方绿水青山，几只戏水的野鹭振翅飞上天宇。

碧海青天，微风袭面，流水如绸。

戚映竹被山间的美景所惊，看得呆住了。她在落雁山上住了两个月，第一次见到这样的风景。戚映竹扭头找时雨，然后一下子捂住脸，挡住眼睛。

听到"扑通"一声，戚映竹才放下捂眼睛的手。在她脚边，少年的衣物胡乱地扔着。她前方的水面荡起涟漪，时雨从水中钻了出来，露出上半身。

戚映竹明白了，讪讪地道："原来你说的洗澡，是在这里啊。"

时雨道："难道你以为我会像你一样在家里买木桶，烧水又浇水吗？这里多好。"

不用花钱。

他的身子全部缩在水中，戚映竹只能看到他露出的头。她很放心，微微露出笑容，低声道："对，这样很好。"

有他相伴，风景静美。

时雨钻入水中不见了。

戚映竹本想提醒他，既然不会水就不要乱跑，但因面嫩，又觉得人家武功那么好，哪里用得着自个儿操心？她便寻了块干净的石头，屈膝坐了下来。

她不敢乱看，只怕看到自己不该看的东西，低下头便看到时雨扔在石头上的衣物。

戚映竹呆呆地看着衣物，慢慢地纠结起来——

他洗了澡，再穿上脏衣服，那不是白洗了吗？她在这边坐着又没事干，是不是可以帮他洗一下衣服？话本上说练武之人能够很快把衣服弄干，时雨也在她面前展示过不怕淋雨的能力，倒不用担心衣服不能干。

但是……她不会洗衣服啊。

但是……她给他洗衣服，会不会显得很不矜持？

戚映竹纠结着，一点点地挪过去，指尖颤颤巍巍地挨到他的衣物，不敢多看，脸颊已经滚烫。旁边一个少年清亮的声音惊醒她："央央！"

戚映竹的手一顿，仍抓着他的一件里衫没丢开，她慌张地抬起头看向声音传来的方向，找到了时雨。时雨并未发现她在做什么，身子仍埋在水中，乌黑的长发贴着脸，睫毛"滴滴答答"地向下落着雨，浇湿那双漆黑无比的眼睛。

时雨在水里躲着，慢吞吞地问她："央央，我问你一个问题，你会回答我吧？"他有点儿烦恼，嘀咕道，"我弄不懂你这种……女郎害羞的原因。"

戚映竹紧张得忘了放下手里抓着的衣物，眼睛盯着他，问："什么？"

她只盼他赶紧问完，然后钻入水里，不要看她了。

他身材极好，穿着衣服时就有一副让人欣羡的好身板，双腿修长，而今……猿臂蜂腰不足为奇，腰腹紧实又有何奇怪的？他的身体区别于女郎的地方赤裸裸地迎上戚映竹的目光……

戚映竹："……"

脸从未这般烫过，心跳也从未这般快，她大脑空白，思绪乱飞，手指发麻。戚映竹眼前一黑，身子发软，晕了过去。

时雨："……"

他登时生了恐惧之心，飞奔过来抱住她软绵绵的差点儿跌入水中的身子。他不知道事情怎么会发展成这样——戚映竹的反应给了他巨大的打击。

时雨掐她的人中，慌乱而沮丧地道："央央，央央？你没事吧？"时雨自暴自弃地道，"我错了，我再不强迫你喜欢我的上半个身体了。你爱喜欢什么就喜欢什么吧！"

那日闹出的乌龙，让戚映竹简直不知该如何面对时雨，一看到他，脑子里就自动想到……然后便面红心跳，根本不能正常看时雨。

时雨悄悄地背着成姆妈来看过戚映竹几次，都因为戚映竹的羞愤而败退。

时雨纠结万分，依依不舍地扒着窗子不愿意走。戚映竹却低着头，用手抵着窗子，坚决要他走，道："时雨，我真的没法看你，没法和你说话……你让我缓两天，好吗？"

时雨道："为什么会这样？你让我别提那一天的事我也不提，为什么你还要我走？我的房子已经盖好了，我想带你进去玩儿，你为什么不去？"

戚映竹心虚地道："我不是……不是……"

她抬头时，时雨把脸凑过来。他浓密的睫毛、鲜艳湿润的唇，明明很让人心动，但是戚映竹脑中想到那硕大的……她"啪"的一下关上窗。

多亏时雨武功够高，才没有被窗打到地上。

隔着窗，时雨声音有点儿发怒："央央！"

戚映竹哀求："你让我安静两日好不好？"

时雨沉默了。

他没有再说话，没有再打扰戚映竹。戚映竹捂着心口回到帐中，辗转反侧，心跳快得难抑，觉得这不是办法。

时雨没有离开她的院子，而是跳上树坐在树上，靠着树干，仰头望天上的月亮。

圆月明亮，山雾蒙蒙。

时雨想到的是第一次在山上遇到戚映竹时的情景，而后是第一次他进屋想杀人时，戚映竹先晕倒在门前，被他呆呆地抱入怀里的情景……而今，她关上那扇窗，不肯见他。

这世间的感情本就是最让时雨看不懂的，昨天喜欢，今天讨厌，都是常有的事。

两日又两日，两日后戚映竹是否还是他的朋友？时雨拿不准了。

时雨低下头，把脸埋在膝盖上，心想：算了，我答应过央央的——即使她不理我了，我也不要杀了她。

时雨又赌气地想：不理我就不理我，有什么关系？我又不是只知道缠着她，也有自己要做的事。我还有……任务在身呢！

时雨在戚映竹的院落旁边搭建的木屋已经盖好。成姆妈翘首以盼，却发现时雨又没了踪迹。成姆妈对这少年反复无常的心性不满，想着自己同意时雨和女郎交往，真的是对的吗？

成姆妈试探戚映竹，但一提起时雨，戚映竹便顾左右而言他，目光闪躲。

成姆妈断定这两人又吵架了。

这都是小儿女的情事，稀松平常，好像只有成姆妈一人为他们两个担忧一般。

而在这几日，京城中宣平侯府千金的病好了。戚诗瑛有了精神后，第一时间就要出京去落雁山，找戚映竹算账。

君侯和侯夫人都劝戚诗瑛不要去。

"既然已经断了，我们也不曾理她，你何必把她牵扯进来呢？"

戚诗瑛跺脚，道："阿父、阿母，我都说了，欺负我的那个坏人肯定是戚映竹派来的，你们怎么就不信呢？她做了恶人欺负我，难道还想让我放过她？"

二人当即失笑。

侯夫人道："阿竹……阿瑛，你不知道阿竹的身子骨儿，她怎么可能有精力派什么人来折腾你？何况还是一个武功高手。我看就是京城里有了采花贼，你这两日不要出门了……"

戚诗瑛眯起眼，问："你们不信我吗？"

二人小心地对视了一眼后，侯夫人道："到底是养了十几年的女儿，我们还算了解她的秉性……"

戚诗瑛的眼中瞬间蓄了泪水，她"哇"的一声哭出来，蹲在了地上。

君侯和侯夫人二人立时慌了——刚找回来的身体健康的女儿何其珍贵，血脉相连，何况他们本就觉得愧疚于戚诗瑛。

戚诗瑛一摆出大哭的样子，这对夫妻就应承了她。

"你去吧，去吧！阿瑛你想去就去……但是当日断了联系，你这突然去，也没借口啊？"

戚诗瑛将假哭的眼泪收起，正要随便编个借口，仆从拿着一封帖子在外面通报："君侯、夫人、女郎，表小姐的喜帖送来了，请我们侯府下个月去吃席。"

戚诗瑛有些迷惘，她的父母却松了口气，庆幸有人来打岔。

侯夫人叫仆从进来，回头对戚诗瑛解释："是咱们家的表亲，论起来你也要叫一声'表姐'。她是宋翰林家里的千金，名唤宋凝思，以前阿竹在的时候……喀喀，这位宋凝思还经常来探病，与阿竹的关系不错。"

戚诗瑛听到有人和戚映竹关系不错，冷笑一声，沉下脸。

侯夫人赶紧转移话题："但是你这位表姐也是命苦的。她十五岁的时候被贼人掳走，你姑姑、姑丈都快哭瞎眼了，也找不到人。你姑姑、姑丈都快绝望了，你表哥也天天在家里被骂。那几年，他们家乌烟瘴气的。去年的时候，你姑丈因想女儿差点儿病死……没想到苍天有眼，你这位表姐被找回来了。你姑姑一家喜疯了，今年就给你表姐定了亲，青梅竹马呢……这不，这就要成亲了。"侯夫人笑着对宣平侯道："两家要走动的，我们正好借这个机会带阿瑛见见亲戚们，认认脸。"

宣平侯满意地捋着胡须笑。

戚诗瑛对他们口中的表姐丢失又找回来的事情不感兴趣，感兴趣的是另外一事，道："阿父、阿母，你们说我这位表姐丢失之前和戚映竹关系不错？那不是巧了吗？我这表姐成婚，我正好出京给戚映竹送喜帖去……再怎么说，她也叫了好些年的'表姐'。表姐成亲，她要给面子的吧？"

宣平侯夫妻面面相觑。他们的女儿已经拿着喜帖出了门，趾高气扬地招呼人备车。

夫妻二人头疼不已，实在不愿亲女儿去折腾养了那么多年的女儿。但是好不容易认回亲女儿，他们对她小心翼翼，只愿用任何方式补偿她失去的十几年的幸福生活。半晌后，夫妻俩只能唤来仆从叮嘱了一番，让他们跟着女郎，保护女郎的安全。

戚诗瑛的车马出了京城的时候，戚映竹与成姆妈下了山。成姆妈要去卖戚映竹的字画，并带了食物，想去镖局看看时雨。

小儿女赌气，搭桥梁的人只能是老人家。成姆妈抱着这样的心思，却不知戚映竹为何也愿意跟着出门。成姆妈以为戚映竹是有了台阶，主动想找时雨，一时惊一时忧，一时欢喜女郎肯低头，一时又发愁若是女郎对那少年太过喜欢，那少年却没心没肺，这不是什么好事。

主仆二人各自藏了一肚子心事，彼此不说，忧心忡忡地相携下山。走到一个地方的时候，戚映竹忽然说自己有点儿累，让成姆妈先去忙，回头再找她。

成姆妈见此地离镖局还有点儿距离，估计女郎是中途害羞，仍拉不下脸去找时雨，叹了口气，嘱咐戚映竹在这里等着，她去去就来。

成姆妈找上镖局，与人比画时雨的相貌。

胡老大所在的屋舍中，时雨懒洋洋地倚墙而坐，长腿踩在木榻上。

一个信使送来消息，胡老大殷勤地来找时雨。

时雨打开看了看，信中都是秦月夜的暗语。信上说京城有人用暗号的方式向秦月夜发出求助，请人前去保护。

秦月夜的杀手保护人的价格太高，所以很少有人知道秦月夜的杀手们除了杀人，还能接就近保护人的任务。这样的任务，只有熟知秦月夜的人才能发出。

每逢这样的任务发出，便说明对方与秦月夜知根知底，杀手们如在附近，就应该接此任务，前去相护。

时雨将信纸扣在桌上，闷闷不乐地道：“不接。”

胡老大急了。他巴结恶时雨这般久，自是为了跟着恶时雨能混上好前程。时雨这几个月对任务的态度日渐消沉，越来越没兴趣，这如何能使得？

胡老大着急地道：“您就在京城附近，若是不接这任务，楼主知道了，一定会罚您。”

时雨满不在乎。

胡老大咬牙，道：“您若是任务完成得好，有了钱什么样的女人得不到？哪有女郎不喜欢会赚钱的郎君？”

时雨掀起眼皮，面无表情地看着胡老大。胡老大猜时雨一直留在这里，是为一个女郎，虽不肯定，但看时雨这样的反应，觉得大约猜对了。

胡老大正要再接再厉，外头有镖师来报：“老大，有人找时雨大人！”

胡老大一愣：“时雨”这个名字，在镖局里只有少数人知道，谁会来找时雨？莫不是大人暴露了踪迹？

胡老大紧张地回头，却见时雨瞬间换了个姿势，一改懒洋洋的、意兴阑珊的态度，从瘫坐的姿势起身，抬脚向外走，目中似藏着细碎的太阳光。

时雨高兴地道：“一定是央央来找我了！”

胡老大蒙了：谁是央央？

戚映竹摆脱了成姆妈，硬着头皮钻进了旁边的医馆。那医馆的医工救治过她几次，已经认得她。医工正惊讶时，戚映竹小声劝医工和她进内舍说话。

医工稀里糊涂地给她领路，以为这位女郎又病了。

戚映竹站在他面前，涨红了脸，低着头轻声道："大夫，我……我若是……与人行周公之礼，是否有什么需要注意的？"她咬了咬唇，结结巴巴却一鼓作气地道，"若……若是怀孕了……怎……怎么办？我能不能喝避子汤？你……你能偷偷掺在药里给我吗？"

医馆的门窗被医工关紧。

戚映竹低下头在矮凳的边缘静坐。她羞愧极了，面颊与脖颈全都如血一般红。但到此时，她反而有一种自暴自弃的放松感，等着医工的宣判。

年老的医工看女郎这般害羞，却还主动来问这种问题，便明白了。他实在清楚这女郎的身体……老医工叹了口气，问："女郎那位一直跟着的姆妈呢？"

戚映竹小声道："姆妈有事去忙了。先生，有话你直接对我说便好，不用经姆妈转述。不管什么事……我承受得住。"

见此，医工停顿了一下，坐下来按住她的手腕把脉。过了一会儿，医工委婉地道："女郎，你如今不适合成亲。"

即使心中早有预感，当医工这样说出来时，戚映竹的脸还是微微白了一下，她抬脸看医工，目光殷殷。

医工斟酌着宽慰她："女郎，你这般体弱，如今更重要的是先养好身子骨儿，而不是成亲。"

戚映竹低声问："我身子真的会有养好的一天吗？"她轻轻抚摸自己的心口，道，"我近日总是心脏痛，有时分明什么也没做，就会开始疼。我不敢告诉姆妈，怕她担心，但是平日喝的药，似乎也没什么用……先生，我恐怕根本没有身子骨儿养好的那一日。百年人参、鹿茸、燕窝都吃着越来越没效，我还能有其他法子吗？"

医工一时语塞，半晌后道："总会有的。世间的神医那般多，传说中有什么天山神医、海外神医……女郎不要自暴自弃，总会好起来的。"

戚映竹微微一笑。

若她还是侯府千金，还有钱财支撑这样的治疗，但以自己如今的身世……

好在她已然认命，只想在生命最后的时间里过得稍微开心一些。

戚映竹道："那些都是妄语、妄念，于我现今的情况也没什么助益。先生不必劝我，我自己的身子，自己是清楚的。我只是想如其他女郎一般，也能有欢喜的人，想起来就开心的人……我想与他在一起，哪怕时间短一些。"

她喃喃自语，自怜又庆幸："幸好他是不懂情爱的。"

幸好时雨是不懂爱的，这样就不会伤心，或者只会伤心一瞬。

戚映竹不愿拖累他人，可若是时雨的话……其实是没什么关系的吧？

她有些不想教他懂什么人情世故了，他一直不懂也挺好的。

戚映竹说着说着出了神。日光从窗子的缝隙探入，落在女郎雪白的面上。她是这样羸弱而绝色的佳人，也许越虚弱的美人，便越有一种牵动人心、让人念念不忘的美。

老医工叹了口气，压下自己的同情心，说道："女郎何必这般？与人成婚不适合你，为人生儿育女也不适合你，你就该好好养病……"

戚映竹问："我不能做妻子，不能做母亲吗？"

老医工有些生气地道："你若是执意消耗自己的命，我有什么法子？！但是我不会帮你，不会做这种耗病人性命的事……反正你体弱如此，气血亏，宫寒、体寒，本就极难有孕。这也是上天保护你……上天有好生之德，也不愿你拖着这样的病体去做什么母亲。"

戚映竹怔住。

她捕捉到最关键的信息，一时间不知是失落还是庆幸，道："原来我不用喝避子汤也不会有孕啊。"

老医工沉默了一会儿，说道："床事……也莫太频繁。其余的，也没什么……你自己的身体，自己记挂着点儿。"

戚映竹起身，屈膝谢了医工。

她在医工这里抓了点儿补药。虽然补药对她也未必有什么用，但也没什么坏处就是了。戚映竹提着药离开医馆，站在街上，有些出神。

明晃晃的日头照耀，街上熙熙攘攘，戚映竹恍惚着被人推挤着走，正如浮萍一般。人间总是这般吵闹，小贩吆喝，路人争吵，马车轱辘辗轧，女嗔男笑，再有小儿的哭声隐隐约约地从人流处传来。

这热闹人间，都是别人的。戚映竹呆呆地看着身边来来去去的人，想着医馆老先生的话，不由得轻轻地叹了口气。

她身后突然传来少年的声音——

"咦，你又开始不高兴了啊。"

戚映竹的肩膀被人握住。那人稍一用力，她就被转了半圈，看到了立在身后的时雨。两日不见，时雨依然是黑衣少侠的装束，眉清目秀，气宇轩昂。

他不知道打哪里冒出来的，瞬息钻到了她面前。戚映竹看到成姆妈气喘吁吁地挤在人流中，在向着这个方向喊。人声嘈杂，戚映竹听不清成姆妈在喊什么，但大约是骂时雨的话吧。

戚映竹嗫嚅道："时雨……"

时雨弯下腰来，脸快贴到她的面上。戚映竹不禁向后退了一步。他的睫毛翘了一下，他打量她的眼神带着几分讨好和几分小心翼翼。

见戚映竹微微蹙眉，时雨便以为自己捏痛了她的肩膀，连忙松了手。

他继续用那种喜欢又不敢靠近的眼神，一眼又一眼地觑她。戚映竹在他眼中恐怕是世间最容易碎掉的瓷器。他手足无措地守着这漂亮的瓷器，自己都不敢碰一下。

时雨怕她又说"我不想见到你"，先声夺人："已经过去两天了！你没说两天后不许我见你。"

戚映竹看着他发愣。

少年侧过脸，眼皮上挑，眼瞳清莹，长手胡乱晃了晃，带着几分无措，继续跟她说话，闲聊一般："你刚才又在叹气对不对？你这个人，整天叹气。"

戚映竹盯着他——片刻时间，他就将她心头的乌云驱散了。

戚映竹轻声问："时雨，你在与我没话找话吗？"

时雨一愣。

戚映竹侧过肩，与他擦肩而过的时候，轻轻地看了他一眼。时雨无法形容她的好看，只知道她看他的那一眼，他的魂都被勾走了。等从恍惚中回过神，时雨已经跟在了戚映竹身后，错开半步，追着她走了。

时雨忽然顽皮地笑了一声。

戚映竹垂着眼帘，手指头被他的手指轻轻地钩住。她心跳如擂鼓，把手往袖中缩，眼神慌乱地看了一眼身后还在往这边挤的成姆妈。

戚映竹小声说："放开。"

时雨道："你不生我的气了对不对？我知道我们和好了！"时雨用手去搂她的腰，问，"能不能抱一抱？"

戚映竹慌忙往旁边挪，道："时雨！"

时雨见她面红，喉头忍不住滚动，克制着自己，失望地收回手，道："好吧，好吧。"

时雨抓过一个风车，低头逗戚映竹。戚映竹呆呆地仰起脸。两人的面孔之间隔着一个五颜六色的风车。时雨轻轻一吹，风车就转动起来，五彩缤纷的光照着戚映竹的眼睛。她颊畔的碎发也被风吹得轻轻扬起。

时雨问："好不好看？"

戚映竹的目光透过风车，落到时雨的脸上，她忍不住"扑哧"一下笑出声。

时雨立刻扭头对小贩大声道:"我要买这个!"

戚映竹拦不住他,站在时雨旁边,见时雨非常珍重地从怀里取出一个破破烂烂的荷包,一枚一枚地数铜板给小贩。他认真的样子,既像是珍爱她,又像是舍不得多花一文钱。

时雨把风车递给戚映竹玩儿。他伸手的时候,戚映竹看到被他的另一只手紧抓着的荷包上绣着两只鸳鸯。

时雨非常小心地将荷包贴着心口收起来。戚映竹抿了下嘴,低下头。

但是两人走了一段路后,戚映竹还是忍不住问他:"谁给你绣的啊?"

时雨问:"什么?"

戚映竹闷闷不乐地用手指转着风车,道:"你的荷包上绣了两只鸳鸯,绣工挺好的,不是一般成衣铺子能买到的。你那么珍视地贴身藏着它,绣荷包的人对你一定很重要吧?"

时雨茫然地道:"钱不就该贴身藏着吗?"

戚映竹:"……"

她鸡同鸭讲,看着他清澈、无辜的眼神,第一次因为他的懵懂有些恼。戚映竹更加憋闷地道:"我说的不是那个!我问的明明是荷包,是荷包上的鸳鸯。"

时雨将自己怀里的荷包取出来,反复看了很久。戚映竹见他这样,更加不开心,哼了一声,不等他便走。

时雨跟上她的步伐,笑嘻嘻地道:"我才知道原来上面绣的是鸳鸯!我一直以为是两只鸭子。"

戚映竹道:"绣荷包的人要被你弄得伤心了。"

时雨露出笑容,虎牙一闪。他虽说不懂人情,可在某个时刻,凭着少年本身的狡黠,又加上自己的经验,有点儿懂戚映竹是怎么回事了。时雨新奇地体会着这种怪怪的感觉,低头偷看她的侧脸。

戚映竹扭过脸不肯让他看。

时雨却看得呆住:眼睛是眼睛,嘴巴是嘴巴。

时雨忽然捂住自己的心口,停下脚步。

戚映竹回头,看到他用手捂着心口,皱眉隐忍的模样,顿时被骇住,不禁停下脚步等他,问:"怎么了?你受伤了吗?"

时雨茫然地抬头看了她一眼,手压着自己狂跳的心脏。他不明白这种感觉,加快的心跳让其本能地惧怕。除了奔跑、跳跃带来的身体刺激令心跳加快,除了偶尔会因为戚映竹做了什么而心跳加快外,他如今竟然……只是看着她,莫名其妙地就心跳加快了。

越来越失控的感觉总是让人恐慌。

时雨悲哀而恐惧地觉得自己在踏上一条不归路，只能呆呆地隔着人群看戚映竹。人流汹涌，他捂住自己的心口，咬着牙，绷着脸，强作无事地走向她。

他模糊地觉得，如果自己转身跑了的话，央央一个人在人流里会被冲走，会害怕，会哭。

自她那一晚自尽未果后，他再不想看到她哭了。

戚映竹忧心地看着时雨这般走过来。他脸色铁青，额头渗汗，看她的眼神很奇怪，既克制又专注。他直勾勾地盯着她，好似要将她吞掉，又像是时刻想绕过她走……

戚映竹忍不住问："怎么了？难道你的心脏也疼？"

时雨快速放下自己捂着心口的手，扭过脸，含混地道："我不疼。"

戚映竹道："那你……"

时雨情绪低落，满心迷惘，道："你别问了，我不知道。"

他怕戚映竹追问，直接起了另一个话头："那个荷包是我在路上捡的，主人伤不伤心，我才不知道呢。"

戚映竹呆愣一下后，点了点头。

两人在街上行走，彼此不说话，气氛有些怪。

两人身后的成姆妈唤："时雨！你这个坏小子，要把我们女郎带去哪里？"

戚映竹汗颜且羞愧，时雨则满不在乎。

肥胖的成姆妈终于挤到了两个小祖宗身边，喘着气。但是成姆妈并不是靠自己挤过来的，而是有人带着。

时雨眯起眼，目中情绪淡漠，分明是起了杀意。他的杀气凌厉又无声无息，让人感觉不到，只有那个带着成姆妈来的人往后颤巍巍地躲了躲。

姆妈瞪了一眼那个面无表情的臭小子后，好声好气地跟戚映竹介绍："这位就是威猛镖局的大当家，大家都叫他'胡老大'。"

戚映竹看去，只见这位胡老大是个四十岁出头的黑脸人，身量魁梧，留着小胡须，看着分外可靠。这位一看便与时雨一样是习武之人，而且还是时雨的上级……戚映竹恍然大悟，向人问好。

然而戚映竹看到时雨在旁边吭都不吭一声。

戚映竹心里不禁为时雨的前程担心，尴尬地向胡老大解释："时雨……不爱说话，年轻气盛，您不要与他计较。"

胡老大连忙道："不不不！女郎客气了。"

胡老大小心翼翼地看了一眼恶时雨，擦了一把头上的冷汗。他看到时雨漠然的神情，便知时雨是不悦他跟过来的。时雨盯着他的眼神分外警惕，似乎怕他多说什么，招惹上这位戚女郎。

胡老大苦笑。时雨大人近日实在太反常。他既为自己的前程担心，也为时雨担心。那个成姆妈找上门后，时雨一阵风般飘走了。胡老大跟不上运起轻功的时雨，只能和成姆妈一起去找戚映竹。

胡老大想看看，将时雨大人迷成这样，让他对任务完全消极对待的女郎，到底长什么样，自个儿是否有补救机会让时雨大人忘了这女郎，回归正途。

而今胡老大终于见到了戚映竹。

胡老大沉默许久，用一种少年人不懂的复杂语气道："女郎，生得好啊。"

成姆妈奇怪地看了胡老大一眼。

时雨目中浮起笑意。他如同自己被夸一般，得意地道："那当然！"

戚映竹觉得莫名其妙，又被胡老大的眼神和时雨自豪的话弄得不自在，脸红无比。她含糊地应付过去对自己容貌的夸奖，和胡老大说了几句闲话。戚映竹弄不清楚这位的来意，只能顺着对方的话随便说。

时雨目露不耐烦之色。

胡老大及时截断话头："其实我也没什么事，只是顺路过来走走。对了，时雨啊……"

胡老大说"时雨"两个字时，差点儿咬断自己的舌头。他何德何能，竟然能直呼恶时雨的名字？多亏了这位女郎！

胡老大毕竟在江湖上摸爬滚打了那么多年，借着戚映竹，与时雨要了个心眼儿："之前咱们说的那趟任务，你还不接吗？那可是好买卖，多少人想求都求不来。要是你拒绝，来日……我可保不了你。"

时雨冷冷地看着他，道："不接！"

胡老大恶向胆边生，迎着时雨带来的压力，舔了舔自己干燥的唇，继续道："这可不是一顿打能逃过去的……那位秦……亲自行刑的人，可不会看在我的面子上饶过你。"

时雨不耐烦地道："不接！走开……"

戚映竹道："时雨！"

时雨迷惘地看向她。

戚映竹对胡老大抱歉地一笑。她本不想管时雨的事，但是听了半天，总觉得时雨在得罪他的大当家。威猛镖局的大当家拿捏着时雨，时雨怎么能这般叛逆？也许他是武功好，但却不知道得罪人的后果。他既在镖局里做事，又岂能得罪大当家呢？

戚映竹对时雨嗔道："你有什么话，当与大当家好好说。"她对胡老大说："大当家，时雨……时雨……不是故意对你不逊的，只是脾气暴躁一些，其实心地是善良的。"

胡老大干笑一声，都不敢对上时雨的眼神——恶时雨脾气暴躁，心地善良，真是天底下最大笑的笑话。

戚映竹轻轻地推时雨，道："我要回山上了，你不要跟着我了。大当家找你谈事，你跟着他回去吧。"

他用眼神说着不想。

戚映竹扭过脸，咳嗽了一声，涨红了脸，极轻地动了动唇，只让时雨听到她的声音："你晚上回来找我便好。"

眼睛微微一亮，时雨这才不情愿地看了胡老大一眼。

胡老大还是不敢看他的眼神，只听到时雨没有耐心地说了一句"走吧"。

然而戚映竹又忍不住道："时雨，你应对大当家礼貌一些。"

于是时雨憋屈万分地对胡老大露出一个假笑，温和地道："咱们走吧。"

不提时雨和胡老大进了镖局的门后，时雨是如何一脚将人踹翻的，戚映竹和成姆妈上山的路上，便听成姆妈猜测时雨在镖局的身份不简单——能够让镖局的老大亲自出来找人，可见时雨是真的武功好。

成姆妈又喜又忧地道："他地位高，年纪小，又能赚钱。但他这态度……真的能在镖局持久待着吗？不行，回头得劝劝他。他武功那么厉害，平时会不会弄伤女郎你啊？女郎，他有欺负过你吗？"

戚映竹摇头，咬着唇不愿多说关于时雨的事。她心脏"怦怦"急跳，却也担心时雨在镖局的前途。

待到了家门前，主仆二人却一时愣住，怀疑自己走错了地方。

院门前停着五辆华丽的马车，侍女、仆从进进出出，正往里面搬运东西。戚映竹和成姆妈皆目露疑惑。但戚映竹又看到了挨着她家院子的那座粗糙的木屋——时雨在她家外面建的房子还在，这院子自然是她的了。

戚映竹和成姆妈一前一后走进院子。

仆从和侍女们看到她，皆目光闪躲地躲开。

进了主屋，戚映竹立在屋廊前，看到里面站着的那位女郎正嫌弃无比地指东指西，让人收拾。

成姆妈气恼地道："你们这是干什么？"

戚诗瑛蓦地扭头，看到了站在屋外的妙龄女郎。

成姆妈瞪直眼，连忙伸手将戚映竹护在自己身后。

戚映竹却推开成姆妈，对屋中的女郎笑了笑，道："蝗虫过境，百闻不如一见。"

戚诗瑛一愣，皱起眉，道："你在说什么？"

戚映竹道："没说什么，向你问好。"

戚诗瑛一时间不知道该如何是好。

外面飘起了雨，戚映竹立在屋廊下，显得弱不经风。

戚诗瑛总觉得戚映竹话里有话，但又不知道是什么意思，一拍桌子，喝道："你进来！我有事与你说！"

雨丝淅沥，山雾渐起。

落雁山上下着小雨，京城里却是瓢泼大雨。

宋翰林府上戒备森严，廊间院内密密麻麻的皆是调来的宿卫军。然而宋翰林仍嫌不够，托关系找来了更多的卫士守住府邸，似乎生怕有人闯进来。雨水"哗啦啦"地顺着屋檐直流而下，在地势低的地方形成小水洼。

天地晦暗。

在翰林府的一处院中，宋凝思正抱着膝，坐在屋门前听雨。她面容清秀，气质婉约，正是才女那一类清雅端正的样子，只是这坐在门槛上听雨的随意模样，与宋家教诲多年的"闺阁小姐"的品貌相去甚远。

一位青年撑着伞，和宋翰林一起进了此院，遥遥地看到那女郎的样子。二人一愣，目光皆是微暗——若非宋凝思被人掳走那么多年……该是真正的闺阁小姐，而不会像现在这样，时不时露出江湖市井之气。

宋翰林高声道："凝思，你看谁来看你了？"

宋凝思抬头，见来人是自己的未婚夫君——柏知节。此人是翰林学士。她离家时，柏知节是她父亲的学生；而今柏知节成了翰林学士，与宋家也算门当户对。

宋翰林怕夜长梦多，迫不及待地给两人定了婚。

宋凝思道："柏大哥，你不该来的。婚前我们不应见面。"

柏知节对她一笑，提着衣摆沿着长廊行来。

旁边的宋翰林道："还不是担心你……凝思，你之前说找什么杀手楼的人帮忙保护你，真的有用吗？可咱们府外的卫士这么多，没有人见到有人靠近啊。"

宋凝思曼声道："有用的。"她又沉声道，"阿父，江湖上的规矩你不懂。我既然用了他们的暗号，就一定会有人来接应的。何况他们自己的人……本就会自己解决。"

柏知节迟疑片刻，和未来老丈人对视一眼后，犹豫地问宋凝思："那位……那位恶人，有前来找你吗？"

宋凝思沉默。

她盯着檐下密密落下的雨，脑海中模模糊糊地想到很多过去的事。她似发抖一般抱紧自己的肩膀，靠着门框道："没有。"

两个男人放下心一般松了口气，没注意到宋凝思的愁绪满怀。

宋凝思低声道："有什么好高兴的？他若是来，说明此事有转机；若是不来……才是鱼死网破。"

他若是不来，说明他已然不听她的任何解释，也不会饶人性命。那人作为秦月夜最厉害的杀手，秦月夜的其他人应对得了吗？

宋凝思不再理会忧心忡忡的父亲和未婚夫。她坐在门槛前，凝望着天上的雨丝，想到很多年以前的故事——

五年前，她的父亲宋翰林因一些朝堂斗争而被牵连，赋闲在家。那时情况与如今不同，全家人都以为宋翰林再没有官复原职的可能。就是那时候，金光御接了杀掉她父亲的任务。

宋翰林从不知道他当年未死的秘密——是他那个在闺房中坐得无聊，夜里在院中闲逛的女儿帮他化解了生死危机。

宋凝思无意间遇上了来府上探查情况的第一杀手。

宋凝思无论如何也不能让自己的父亲死在自己眼皮底下。十五岁的女郎想不出别的化解法子，便用自己来和父亲交换。她跟着金光御离开了京城，浪迹天涯。

她初时是喜欢金光御的，只是这喜欢到后来掺杂了太多的人情世故。长大后的宋凝思不能眼睁睁地看着自己的父亲病死而不回家，金光御也不能冒着暴露的风险被仇人们追杀……爱情到最后成了他们这个牵扯了太多鸡毛蒜皮的故事中最不值得一提的因素。

暴雨滂沱。

宋凝思多希望金光御出现在她的面前，和她彻底做个了断。宋凝思疑心在自己不知道的时候金光御来过。好几次夜里睡觉，她都迷迷糊糊中觉得有人坐在旁边看着她，只是每次从梦里觳觫惊醒，并不能寻到金光御的踪迹。

于是宋凝思通过金光御教过她的秦月夜的暗号来寻求秦月夜的保护。她并非想杀掉金光御，只是不想让金光御杀掉她身边的人。

她离开江湖的时候，那个叫秦随随的人说杀手楼会有一场很大的内斗。而今秦月夜的内斗不知道是否结束，保护她以及她的家人的人，为何迟迟不到？

落雁山下的威猛镖局中，鼻青脸肿的胡老大还在努力说服时雨接下去京城保护人的单子："您身上本就有一个要杀京城中人的任务，便是去踩踩点，也应该多去京城里走走吧？您如今总在京城外面晃，算什么呢？白白浪费时间。我记得，杀手楼的任务最长期限也不过半年吧？您并没有那么多时间啊。您去京城杀人的时候，顺手接下那保护人的任务多好。在我看来，这世上也没有人能在您的保护下杀到人。这笔单子的酬金肯定不低……"

时雨说："时间太长了。"

胡老大一愣。

时雨歪在长椅上，抱胸观赏外头的雨。胡老大不知道那单子上的价格有多让时雨心动。时雨是在忍着剜心割肉一般的痛，让自己不去看那单子一眼。

时雨接着说道："时间太长了，而且保护人得贴身跟着。我要是接了，就没有时间和央央玩儿了。"

胡老大微微一愣，半晌后，干巴巴地道："年少慕少艾……时雨大人也到了这样的年龄啊。"

其实胡老大很早就见过时雨，但是以前时雨总是来去匆匆，威猛镖局想与他攀上关系实在太难。只有今年，时雨频频停留在此地，才给胡老大提供了这种机会。

胡老大好不容易攀上时雨，作为一个混江湖的老油条，实在没法眼睁睁地看着时雨为了情爱耽误他在秦月夜的前程。

胡老大说："我听说，金光御不是曾经将一个官家女郎掳走了吗？您要是实在喜欢那位戚女郎，完成任务要离开的时候将人带走便是。"

时雨说："你是在诅咒我落到跟金光御现在一样的下场吗？"

胡老大一惊，看到少年侧过脸盯着自己。时雨的眼瞳大而漆黑，本是天真无邪的样子，但他锋芒未敛，森寒之意从眼尾射出来。明知时雨此时应该不会动手杀自己，胡老大仍是全身僵硬，待时雨移开目光，才发现自己后背出了一层汗。

他汗颜，心想自己大意了，只觉得时雨好糊弄，却忘了时雨随心所欲。他若哄骗时雨做了什么，等时雨想清楚，回头杀光他整个镖局的人，那才是灭顶之灾。

胡老大只能说："我不是那个意思……只是保护人这单子，您就在京城旁边，就应该您接。您不接，若是秦楼主知道了，派别的杀手来……秦月夜对您会有惩罚吧？"

时雨抿嘴，略觉心烦。

他以前执行那么多任务，从不觉得杀手楼的规矩麻烦。但是从今年开始，他频频觉得束手束脚，频频违背规则……

时雨站起来，道："我再想想。我走了。"

少年走入雨帘，闲庭信步一般。

胡老大盯着时雨的背影，突然高喊着提醒："金光御走过的路，就是您未来会走的路！您一定会辜负戚女郎，一定会惹得她伤心！您和戚女郎根本不会有好结果！回头吧！"

时雨驻足。他身后那扇门蓦地被关上，是胡老大怕他回去找麻烦，喊话后就急匆匆地关上门并上闩，想借此阻止时雨回头杀人。时雨只是一愣，并没有回头。

他呆呆地站在雨中，护体的内力一泄，"噼里啪啦"的雨点打在他的身上。胡老大的话如附骨之疽——时雨不信，却到底在心里埋下了怀疑的种子。

时雨冷哼一声，思量了一下，觉得若是自己此时杀了胡老大，之后又得找别人和秦月夜联系，很麻烦。既然胡老大还没有做出让他容忍不了的事，他可以暂时留着威猛镖局。

山上戚映竹的院落中，戚诗瑛分明是来这里作威作福的。

竹帘轻卷，雨丝淋漓。成姆妈担忧地立在戚映竹身边，看着戚映竹和戚诗瑛对坐。

戚诗瑛将这里当作自己家一般，开口就要人奉上最好的茶。

戚映竹向成姆妈点了点头。

成姆妈不舍地去取了那点儿茶叶，用今年新春的雨水煮茶给戚诗瑛喝。

两盏茶斟好后，戚诗瑛端茶就饮，然后将空了的杯子"砰"的一下砸在案上。戚映竹刚刚抿了两口茶，将茶盏放下。

戚映竹坐姿与端茶的姿势很是优雅，茶盏被放下后，杯中的水纹丝不动。

她微微抬眼，与戚诗瑛对视一眼，道："女郎也爱喝茶啊。"

戚诗瑛觉得戚映竹看着她空了的杯子的目光有几分揶揄，似瞧不起她牛饮，冷笑道："我不爱喝茶！我以前在乡下住的时候，哪有茶让我喝？喝一杯温水都不容易。我在乡下那么多年，都是谁造成的？"

戚映竹转过脸，用乌黑的眼睛望着她，吐字清晰："养父、养母造成的。"

戚诗瑛被噎住。

成姆妈诧异地看向戚映竹，没想到总是病病歪歪、闷闷不乐的女郎，反击起来也这般伶牙俐齿。

戚映竹睨着那不速之客，慢悠悠地呷自己的茶，说话时带着点儿笑意，脸上的笑窝便若隐若现，道："养父、养母弄错孩子，你找他们算账。养父、养母不教你品茶，你找他们算账。若是来我这里耍威风，而今看到我木屋陋宅，你也应该满意，尽兴而归了吧？"戚映竹盯着那脸色铁青的女郎，继续道，"你真是很奇怪。我又不去侯府，你自己纡尊降贵来这里吃苦，何必呢？"

戚映竹上下打量着戚诗瑛，问："你在京城吃了不少苦吧？"

戚诗瑛道："你怎么知道？难道是你让那些人给我下马威的？"

戚映竹讶然看了戚诗瑛一眼，似被戚诗瑛逗得"扑哧"一笑，道："猜出来的。京城贵族既已成圈，必然对每个人评头论足。他们便是那样，对粗鄙之人嫌恶，对不通情理之人戏耍，对地位极高之人敢怒不敢言。宣平侯府的千金身份很高，但也未必那么高，总有人想看你的笑话，而这些……我一介病人，哪里有本事说服他们听我的？用银钱收买吗？且不说我有没有银钱，就算真有，贵族怎会有人缺钱？女郎多心了。"她慢条斯理地道，"你在京城的遭遇，和我全然无关。"

戚诗瑛当即被她噎得无话可说。戚诗瑛在京城的这几个月，每每遇到不如意的事，都要将戚映竹咒骂一通。而今三言两语间，戚映竹条理清晰地把自己择得干干净净，好像戚诗瑛大老远来这儿一趟是无理取闹……

戚诗瑛怒道："你骗得了别人，骗不了我！就算你没做那些，那我被吊在佛塔上的事，敢说和你无关吗？那人分明要杀我，还说让我别找你的麻烦……"

戚映竹心虚，却道："那你还来找我的麻烦？"

戚诗瑛一愣。

戚映竹伶牙俐齿地道："人家都说让你别找我的麻烦，你还来，难道是觉得还不够，想再挑战一下吗？"

戚诗瑛难得地反应快了一次，冷笑着回应："你承认是你派人找我的麻烦了？"

戚映竹道："我可没有。你看我这边家徒四壁，我有什么法子指使人帮我做事？"

戚诗瑛道："办法多的是！就你这张脸，这副身子，狐狸精一样，多的是男人——"

成姆妈厉声打断："女郎！"

戚诗瑛吼道："喊什么喊？这里有你一个老仆说话的份儿吗？滚开！"

成姆妈自然是阻止戚诗瑛，不让戚诗瑛将乡野村妇的粗鄙语言在戚映竹面前说出口。

　　成姆妈看了戚映竹一眼，只见戚映竹面色苍白，心里暗道不好。显然，虽然戚诗瑛的话没有说完，但是戚映竹冰雪聪明，已经猜出戚诗瑛未说完的话。

　　且戚映竹无可辩驳，只因她和时雨确实是……

　　成姆妈心疼戚映竹，努力转移话题，再次给戚诗瑛倒了一杯茶，道："女郎，您再喝茶吧。"

　　戚诗瑛对成姆妈翻了个白眼，把那老婆子倒的茶一饮而尽，正要再质问戚映竹，只听戚映竹道——

　　"在轿内只觉得天昏地暗，耳听得风声断、雨声喧、雷声乱、乐声阑珊、人声呐喊，都道说是大雨倾天。"

　　戚诗瑛气急败坏地道："你又在说什么？我听不懂！你能不能说点儿人能听懂的话！"

　　戚映竹望着戚诗瑛一笑，笑容浅淡，温柔似水，道："今日之景，让我想到《锁麟囊》这出戏。同样是两个女郎当面，为何你我非要为敌？与其说你记恨我，不如说是记恨命运。但你有补救、挽回的机会，却要在我这里浪费时间……你和我，必须要做敌人吗？"

　　戚诗瑛愣怔，半晌后道："什么锁？什么林？"

　　戚映竹莞尔，柔声道："一出戏的名字。我这里有戏本，你拿去看看？若是有不认识的字，问我便好。"

　　戚诗瑛冷冰冰地道："我认字！不用你假好心！"

　　戚映竹去箱子里找了《锁麟囊》的戏本给戚诗瑛。那是一本讲富家女与贫家女互相帮助的戏本，词也写得好，戚映竹以前很喜欢。她倒希望戚诗瑛拿着戏本能够静一静，不要来打扰她了。

　　戚诗瑛在屋舍中疑神疑鬼地看戏本。

　　成姆妈看对方这架势，似一时间不打算离开，便钻去灶房里张罗晚膳。

　　戚映竹在屋中坐了一会儿，因戚诗瑛一直用怀疑的眼神打量她，让她很不自在，便寻了借口，也出去了。

　　夜幕一点点地落下，今日院中的灯笼在风雨中晃动。灯笼的光影被踩在脚下，戚映竹在廊下站了一会儿，便向灶房走去，寻思着帮一帮成姆妈的忙。

　　戚映竹中途被一个侍女拦住。她不认得这侍女，这侍女却向她屈膝行礼，叫她一声"映竹女郎"。侍女站在角落里，不让屋中的戚诗瑛看到，道："女郎，我是夫人派来的。"

戚映竹怔了一下，心中微暖，问："阿母……养母，还记挂我？"

侍女敷衍地"嗯"了一声，趁没人看见，将一只金光灿灿的金镯子从怀里的手帕中取出，递给戚映竹。戚映竹接过镯子，在自己的腕上比画。

那侍女心急，一下子将金镯子为她戴了上去。

戚映竹当即面红。

她用手指轻轻地擦过镯子上的卷草纹。金光璀璨不是她的风格，但是侯夫人特意借此送她镯子，对这份心意，戚映竹是有些雀跃的。她想到昔日在侯府时，一家四人其乐融融，阿父、阿母虽然更关心弟弟，但是也照料她。是她不懂事……

侍女说："方才女郎伶牙俐齿，说得诗瑛女郎哑口无言，让奴婢很佩服。"不等戚映竹说话，侍女又道，"夫人有交代，如果诗瑛女郎被欺负，就要奴婢将这镯子给您，请您看在父母子女一场的分儿上，不要欺负诗瑛女郎了。"

戚映竹抬眼，有些听不懂地问："我欺负……她？仅仅因为我说笑了两句？"

雨丝从廊外飘入，睫毛被水雾浸湿，眼前的景物变得模糊，她轻轻地问："所以这镯子其实是威胁，是要我回报恩情，不要让……真正的侯府千金被人欺负了？"

侍女低下头。

雨水"叮叮咚咚"地浇在瓦上，乌瓦白墙下，戚映竹静了一会儿，说："我……我知道了。养父、养母养我一场，恩情大于天，什么样的要求我都应满足。"

她越过侍女，脚步踉跄。侍女伸手想扶，被戚映竹躲过。

戚映竹浑浑噩噩地走到灶房门前，听到灶房里的说话声。

有仆从堵住成姆妈的路，威胁成姆妈："你若是还想你儿子、儿媳在侯府过得好，现在就伺候好诗瑛女郎！我们女郎若是不高兴了，回头你儿子、儿媳全都要被赶出侯府！整个京城谁敢再要你们这样忘恩负义的仆从？成姆妈，你也一把年纪了，知道自己该做什么，不该做什么。今天你说的几句话就很不合适……什么时候轮到你教训诗瑛女郎了？"

戚映竹靠在墙上，心已经很乱，没有听到成姆妈的声音。她用手盖住脸，恍惚间，不知落到掌心的是雨水还是泪水。

戚映竹再次回到屋舍内时，成姆妈也做好了饭菜。

成姆妈这一次变得讷讷不敢多言。而成姆妈就是不这样，戚映竹也不会让成姆妈再招惹戚诗瑛了。

戚诗瑛放下那戏本，趾高气扬地咳嗽一声，道："这本子写得不错……我要拿回去看，没问题吧？"

戚映竹低着头道："你随意。"

戚诗瑛瞥了她几眼，拿起箸子来，眼睛忽然被金光闪了一下，忍不住盯住戚映竹，看到对方纤细白皙的手腕上的金镯子，忽地暴怒，将箸子在案上一拍，嚷道："你不是说自己没有钱财吗？你怎么还有金镯子？你这样，就敢说在偿还我？我以前在乡下的时候，可没有金镯子戴！拿给我！"

戚映竹低头，看到自己腕上那尚冰凉的金镯子。

成姆妈向戚映竹使眼色——暗示戚映竹暂时低头。戚映竹没有看到成姆妈的眼色，痴痴地坐了一会儿，抬头问戚诗瑛："这天大的恩情，你要吗？"

戚诗瑛扬眉，道："什么意思？你不愿意给？我告诉你，你现在的一切都是我们侯府的……"

戚映竹自言自语："是，要断，就应该断得干干净净。"

她再不作声，低头取下了腕间的金镯子。

戚诗瑛满意地接过，却见戚映竹仍不停止动作，还在摘戴的碧绿玉镯，紧接着是耳坠、发簪、步摇……再紧接着，一头乌黑的长发散下，衬着女郎苍白如雪的面颊。

戚映竹侧过肩，用手背挡住脸，道："口脂也是你们的。姆妈，拿水来，我清洗干净。"

然后她问："衣服要现在就脱吗？鞋履要现在就脱吗？"

戚诗瑛目瞪口呆，说："你疯了……你疯了！你什么意思？你觉得我在欺负你？不是你先找人欺负我吗？你有病啊？！"

成姆妈见戚映竹如此，当即心惊，连忙来哄戚映竹。

戚映竹却刚烈万分，将披帛直接扯下。

戚诗瑛气得跳起来，挽起袖子要来吵。

成姆妈用身体拦住人，哄着、拖着戚映竹出门，连声道："女郎，女郎，冷静一些，冷静一些……"成姆妈在戚映竹耳边低声哄道，"她过两日就走了，过两日就走了……咱们不要跟她一般见识好不好？"

时雨的声音突然响起："你不要推央央！"

拖着戚映竹立在雨中的成姆妈，与成姆妈怀中长发散落的戚映竹一同转过头，看到篱笆外的时雨。时雨手中提着什么，立在黑夜的大雨中，也是周身湿漉漉的，但眼睛明亮，不像戚映竹这般狼狈。

戚诗瑛的声音在屋舍中嚣张地响起："戚映竹，你干什么去了？给我回来，给我把话说清楚！你就是这么对待客人的？你不是教养好，人人夸你什么娴雅，什么静吗？我要让人看看你都是怎么对我的！"

时雨歪头判断："这声音……有点儿耳熟。"

他望向戚映竹的院落，然而目光才一闪，成姆妈肥胖的身体就挡住了他的视线。迎着时雨眯起的眼睛，成姆妈胆战心惊，心想这一晚已经很累了，时雨可千万不要再做什么了。

成姆妈晕头转向的又慌乱，一咬牙，将怀里瘦弱的戚映竹推向时雨。

时雨下意识地抱过戚映竹，茫然地抬头，听到成姆妈咬牙切齿地叮嘱他——

"你带女郎走！快走！今夜你照顾好女郎，不要让女郎回来！"

成姆妈叮嘱完，就急急忙忙地进屋去应付戚诗瑛，给戚诗瑛赔礼道歉。

时雨不解地低下头，看到怀里闷声不语、低着头的戚映竹。戚映竹不哭不笑，如花瓶一般，时雨却在怔了一下后，瞬间喜悦起来。

他想：什么？那个老婆子把央央交给他了？

时雨唯恐有人跟他抢戚映竹。见戚映竹那院落中突然多出的那么多人追出来，时雨只是抱着戚映竹的腰身一晃，就从他们面前消失了。而且时雨也并没有去哪里，只是转了个弯，带戚映竹到了隔壁自己盖的屋子里。

木屋中如今有床、桌、凳，虽看着仍空旷无比，但好歹能够住人了。

戚映竹被时雨当作瓷娃娃抱在矮凳上坐着。时雨欢喜得不知该如何是好，半跪在她面前，仰着脸和她说话："你为什么散着头发啊？"时雨红着脸道，"散着头发很好看。"想了想，他又道："但是要不要擦一擦头发？"

戚映竹低着头不搭理他。

时雨出了一会儿神，想到一件事，在她身前一晃就消失了。戚映竹以为他终于走了，谁知下一瞬他又冒出来，仍半跪在她面前，从一个小壶中倒出漆黑的液体，盛在碗中给她。

时雨一个劲儿地把碗往戚映竹眼前递，道："这个是蜜煎梅汤，又甜又凉，很好喝。我从山下买的，你喝一口啊。"

戚映竹低着头，乌黑的梅汤上映着其凄然苍白的面孔。她盯着那被映出的憔悴的女郎的脸出神。

时雨眼巴巴地看着她希望她喝汤，而戚映竹根本张不开口，只怕自己一张口就会哽咽。

"滴答"，戚映竹睫毛上的泪水掉落，在碗中溅起水花，一滴又一滴。

时雨呆住了，一下子慌张起来，将凑到她唇前的碗丢开。他不知所措，连声说："我不逼你喝了！你不喜欢喝就不喝，我不逼你。你不要哭……我倒掉好不好？你别哭了。"

他起身要去倒掉蜜煎梅汤。戚映竹却忍不住笑了，抬手抓住他的手腕。时雨低头看她，见她明明在落泪，看他的眼神又似乎带着笑。他迷惘无比，始终以为是自己逼她喝汤，才惹得她哭。他怪罪自己，怪罪无辜的汤水。他不知道这世间有些事太过悲凉无助。

戚映竹落着泪，被时雨弯腰抱入怀中。他学着别人的样子轻轻地拍她的后背，又凑过去，在她的唇上轻轻一啄，歪着头看她。戚映竹不禁破涕为笑。

他便以为亲嘴真有用，又来亲她。

时雨做的那张巨大的床终于派上了用场。

戚映竹睡在一边，时雨睡在另一边，两人各盖被褥，中间的距离宽得足以塞下三四个人。时雨暗自后悔，开始觉得床大也并不太好。

戚映竹听着外面淅沥的雨声，也听着旁边少年极轻的呼吸声。时雨的呼吸声太轻，让她觉得这空旷的屋子里好像只有她一人——这样的夜晚，戚映竹需要有人陪她。

戚映竹低声道："时雨。"

时雨飞快地回应："嗯？"

戚映竹问："你睡了吗？"

时雨道："没有啊。"

他翻过身，面对着她。黑暗中，戚映竹也许看不清楚他，他却能清晰地看到她的眉眼。他在心里感叹她好看的时候，听到戚映竹说道——

"你今日和大当家谈的事，谈好了吗？"

时雨回答："没有。但我有点儿生他的气，暂时不想和他谈生意了。"

戚映竹想着自己的心事，随意地借说话来让自己不那么难过："为什么生他的气？"

时雨道："他说我肯定会辜负你，会让你伤心。他说我和你在一起没有好结果，让我离你远一点儿。"

戚映竹愣怔，目光终于定在时雨脸上。她也能模糊地看到他的轮廓，只是靠着轮廓，便能想象出他的眉眼。

戚映竹喃喃地道："原来大家都觉得你会辜负我呀……"

时雨快速地说："我不会。"

戚映竹轻声道:"世人看到我们在一起,都觉得你会负我,只有你自己不相信。时雨,时雨……"眼中的泪落下,她像是对自己说,又像是对他说,"真傻。"

少女在夜中那转了十七八个弯的心事,少年恐怕永远不会懂。雨水敲打在屋檐上,沉闷又安静,时雨的心也静下去。他不知道为什么,忽然有点儿难受,忽然有些不舒服。

他想说什么,又不懂该说什么。

黑暗中,戚映竹缓缓地挪向他,拥住他的脖颈,钻入他的被褥中,亲上他的嘴角。

静谧中,少年男女交换气息,情意缠绵。

时雨听到戚映竹极轻地问他——

"要吗?"

他听懂了。

潇潇夜雨,长雾迷离。

戚映竹转头看向黑漆漆的窗子,什么也看不到。

若是在侯府,若是在她曾经的闺房中,每逢夜雨,蕉叶映绿窗,竹帘卷开,廊下被夹着细雨的灯笼光照得一派通亮。侍女们端着茶盏、果盘进出,侯夫人撑着伞来探女儿的病,侯府少公子忙前忙后地在廊上探头探脑。屋中的空气都带着药香,又苦又涩……

而一转眼,她身畔空无一人,仿若这浮生尽是虚度。

那便让这浮生,就这般虚度吧。

戚映竹再次觉得索然无趣,再次觉得人生苦闷,前路暗淡。她缩回自己的龟壳,不想见任何人,不想与任何人说话。最后,时雨待她不错。她一直知道时雨想要什么,那就给他吧。

她的身体恐承受不住他,待还了他的好,她便也不必再活了。

然而……她怀抱中乌黑的、毛茸茸的头颅轻拱,在她的颈上、颈下落下的细密的、暧昧的气息。

这好像与她想的不太一样。

…………

恍恍惚惚中,戚映竹一直想念着时雨,想他是否真实,是否是上天送她的礼物,或者只是予她片刻欢喜的过客。如此便够了,如此便足够了,她心里爱着他,念着他,留恋着他——

他就像她生命中曾有过的一夜春雨，缠绵细密，花落成泥，次日雨散天晴，如同从未来过。

戚映竹不知自己睡到了什么时辰，也不知道何时天亮了。她被光照醒时，感觉到有人影一晃，挡在了阳光前。但是睡眠轻的女郎仍然醒了过来，睁开眼，迷迷糊糊地抱紧被褥。

窗外雨已停，天光清明，鸟鸣"啾啾"。木屋内，戚映竹呆呆地躺在木板床上，看到时雨托着腮，趴在床边痴痴地看她。

他懊恼地道："我也应该挂你家那种帐子，不然天一亮你就醒了。"他用手指在她眼睛下轻轻一拂，道，"你都睡不好。"

戚映竹仍然呆滞地躺在床上。

时雨仍那般趴着看她，目光明亮而欢喜，盯了她一会儿，"扑哧"一笑。时雨沉醉一般歪了一下脸，似乎觉得害羞，不像平时那样理直气壮，道："央央真好看。"他沉迷万分地道，"脸蛋儿是脸蛋儿，胳膊是胳膊，腰是腰。"

胸无点墨的少年用最简单的字眼来表达他对戚映竹的喜欢。说完，觉得戚映竹不能领会他的意思，他便红着脸倾身在她脸上响亮地亲了一口，再飞快地后退，继续托着腮看她。

戚映竹："……"

她终于被时雨的动作给吓醒，神志一点点地回归，想到了自己昨晚与时雨做了些什么。她试着感受自己的身体，后知后觉地感觉到腰肢酸软，手脚无力，只能昏昏沉沉地躺在这里。

戚映竹挣扎着要起来。时雨立刻殷勤地倾身来扶她。戚映竹起身时，发现自己是赤裸着的……她紧紧地抱住被褥，抱紧自己的身子不露出来。

时雨打量她，道："你躲什么？我早就看过了！"

喉咙因昨夜的混账事而干涩，连开口说话的声音也变得沙哑，她脸红、羞愧："你为什么还不离开？"

时雨觉得莫名其妙，问："我为什么要离开？"他以为她忘了，便大声强调，"这是我的房子！我自己盖的！虽然我让你住在这里，但这还是我的房子！"

戚映竹说不出话，低下头，耳朵、后颈全红透了。时雨一贯的态度让她一直以为时雨只是想与她春风一度，只要他得到了，就会不留情面地抽身离开。

话本子都是这般写的，何况时雨还是一个无情之人。

然而不可否认，当她经历过昨夜的事后，第二天醒来见到的第一个人是时雨，是趴在床头夸她好看的时雨……戚映竹的心情是好了一些的。

她甚至开始为昨夜自己的自暴自弃而羞愧。

时雨趴在床上，好奇地问："你想不想与我成亲啊？"

戚映竹被吓了一跳，连忙道："我……我没想过……"

她惧怕时雨有不切实际的念头，说完便紧盯着他。幸好时雨只是随口一问，大约是见过的世间女子都这样，才按照经验这么一问。戚映竹拒绝后，时雨便不在意地"哦"了一声。

显然，成亲不成亲，他都不在乎。

戚映竹呆愣一瞬后，放下心，又有些失落。

而时雨开心地与她分享道："昨晚有一个时候我心跳加速了……"

戚映竹僵硬地道："你不用跟我分享这些细节……"

时雨道："我没有与你分享细节。我说的是，有一次我亲你的时候，我心跳加速了。好奇怪，我平时不会这样的，最近……嗯。"

他皱起眉，捂住自己的心口。虽急于向戚映竹证明自己也是一个有心的人，但他此时心跳平稳，拉着戚映竹的手放在他的心口她也感觉不出来。时雨便沮丧地低下头，与她肩膀挨着肩膀坐了一会儿。

屋外陡然响起成姆妈那刻意压低的熟悉的声音："时雨，时雨……女郎？女郎？时雨，你在吗？我们女郎昨夜在这里吗？能否将她还给我？"

戚映竹偷偷地用被褥盖住脸，挡住自己红了的腮。

时雨不悦地扭过脸，撇嘴哼了一声，道："我不要！我不要将你还回去。"

戚映竹羞愤欲死，小声嗔道："时雨！"

她要说的话，本就与他的意思不谋而合："时雨，我不能回去的。戚诗瑛还在我家里住着，我不想和她见面，见到她就很伤心。还有我身上……身上……这么多痕迹，我也不能让姆妈看到。"她硬着头皮道，"时雨，你带我走好不好？"

时雨立即道："好！"

他不撇嘴了，不拒绝看她了，弯腰来抱她，在她脸上亲了又亲。戚映竹被他亲得气息微乱，心里又阵阵发甜——时雨对自己的喜欢表现得如此明显，谁能不喜欢自己被人珍视呢？

戚映竹便小声指挥时雨，如何去她家中，取一点儿她的首饰、衣裳。

时雨动作飞快，在戚映竹忐忑之时，已经将她要的东西偷了回来。戚映竹吩咐他出去，不许看她。少年哼了一声，不肯出去，道："你的姆妈在外面大吼大叫，我出去她就看到我啦。"

戚映竹无法问他那他方才是怎么出去的，不敢在姆妈在外面喊她的时候与时雨吵嘴，只能低下头匆匆穿衣。少年直勾勾地盯紧她，戚映竹故作无事。待到梳发的时候，戚映竹犹豫了一下，将一支木簪别入发间。

簪尾的木兰花清晰万分，戚映竹看了时雨一眼。

时雨不知道她看自己做什么，问："你打扮好了？我们走吧？"

戚映竹："……"

她闷不吭声，被时雨凑过来搂住腰肢。她一颤之下，已经被他抱住腰，从窗口钻了出去。

成姆妈终于忍受不了，破门而入，那对少年男女已经不见了踪迹。

戚映竹被时雨用轻功带着下山。她憋闷了半天，还是忍不住问："你看不出我的簪子有哪里不一样吗？"

时雨带她飞纵间，抽空看了一下她的发间，道："一支木簪子而已。我也会刻！我也刻得很好！"

戚映竹一口气哽在喉间，轻轻叹了口气，无奈地发现，时雨是真的没记住这支木簪。她以为有着很重要意义的簪子，时雨对它的态度却始终是"我不喜欢，我能够刻得比这个更好"。

戚映竹在心里悄悄地想：难怪他发现不了他藏在木匣里的簪子丢了，坏时雨，笨蛋时雨。

时雨欢喜地带戚映竹下了山，见她神色恹恹，少有地触动了体贴的神经，大方地在山下的镇上订了一家客栈的客房，让戚映竹好好休息。

戚映竹确实累得不行，被时雨缠着，也没时间再想什么活不活下去的事，闷头便睡了过去。

待她醒来，昏黄的烛火亮在客房中，她看到黑衣少年坐在桌案前，低着头拿笔在一张纸上勾勾画画。戚映竹怔怔地坐在榻上看了一会儿，看得有些感动——有生之年，她竟然看到时雨有拿起笔的时候。

时雨背对着她，问："你醒啦？"

戚映竹披衣下床，走过去站在时雨身后，诧异地看到时雨手里拿着的是一张地形图。他也没有拿笔写字，而是在图纸上勾画，圈起很多圈来。

时雨介绍："你在这里等我几天，我进京城办一件事，办完就回来找你，然后咱们一路北上。咱们去沙漠，出关……我带你回我的家！"他眯起眼嘟囔道，"楼应该建好了吧？盖好后，我也没有回去过呢。"

戚映竹结结巴巴地问："你……你在干什么？"

她的声音不对，时雨抬起头，疑惑地看她。

戚映竹道："时雨，你这是什么意思？怎么一副要带我离开的样子？我们为什么要离开啊？我只是睡了一觉，发生了什么吗？"

时雨迷茫地看着她，继而震惊地问她："我们不是在私奔吗？"

戚映竹被他理直气壮的态度弄得恍惚，道："我们什么时候要私奔啦？我只是……只是……让你带我下山，躲几天清静而已。"

于是，戚映竹认识时雨这般久后，时雨第一次与她吵了架。

"戚日央，我讨厌你！"

戚映竹呆住了，问："时雨，你叫我什么？"

戚映竹纠结他怎么还不知道她的名字叫什么，张口欲言。时雨却在扮了个鬼脸后，气冲冲地扔下笔冲了出去。

少年不肯与她待在一个屋檐下，豪气万分地另开了一间客房，把门关上躲了进去。

戚映竹拍门，道："时雨，时雨！"

屋内没声音。

戚映竹道："时雨，你在吗？我心口疼……你若是不在，我就不吵你了。"

屋内的少年回答："不在！"

立在门口的戚映竹眸中浮起笑。

第十章　小望月

戚映竹唤不出时雨，哄了半晌，仍不见时雨出来。她已有些疲累，想了想，从客房门前离开了。

戚映竹一走，时雨就拉开了门。

楼下掌柜和小二在柜台后正忙活着算账。

一只手在柜台上敲了敲——掌柜抬头，看到一个黑衣少年。

时雨脸色淡漠地道："我有事找你，答应吧。"

时雨心中后悔，怎么就不理智地多开了一间房？那……多贵啊。

掌柜听他话说得不妙，立刻变脸，道："你以为你是什么人？"

小二惊叫："掌柜！"

时雨把手向前一伸，扣住掌柜的手腕。

掌柜的脸瞬间变得苍白，他想要呼救，却艰难地开不了口。

一旁的小二眼见不好，转身要跑。时雨用另一只手在柜台上一敲，一方砚台弹起，砸向小二的后脑勺。

"砰"的一声，小二被砚台砸晕。

在楼下转悠的客商们全都向这边看来。

另一个小二贴着墙发抖，被时雨抬眼一望，比之前那个小二机灵，连忙对四周要围过来的人说："客人放心，放心！他只是被我的砚台砸到了，没事，没事。"

时雨俯身靠在柜台上，仍抓着掌柜的手，他的眼神依然清澈平静，不见杀气。

但是掌柜额头上冷汗涔涔："客……客人……有话好……好商量，我……我都答应。"

手腕被松开，掌柜听到时雨说——

"我不要后面开的那间房了，你给我全额退了。"

掌柜："……"

自己被威胁到这个地步，差点儿死在这人手下，这个少年的要求仅仅是退钱？掌柜盯着时雨看了半天。

时雨以为掌柜不愿意，不觉转过头思考，是否要再威胁一下。

然而这掌柜沧桑无比地道："少侠，你若只是要退房，直说便是……何必如此？"

早早说了，他也不用吃苦啊！

时雨诧异地眨了眨眼。

时雨认真地将掌柜还回来的铜板一枚枚地藏进荷包里。他低头数钱时，耳听八方的能力让其注意到戚映竹的影子。

时雨仍在生气——他堂堂恶时雨，江湖上让人闻风丧胆的杀手，难得好心地要帮一个女郎的忙，那个女郎还拒绝了。

时雨很生气！

戚映竹太虚弱。他即便生气，都寻不到出气的地方，只怕碰她一下，她就倒了。这般憋屈的感觉萦绕在心房，时雨能想出的法子，就是不理她。

戚映竹借了客栈后厨的灶房，想熬一碗银耳汤去哄时雨。她在汤里加了不少糖，自己压根儿喝不了——除了时雨也没人会喝。戚映竹小心地端着这碗汤，走到客栈门前。

"时雨——"竟然她已进门便看到站在柜台前的时雨，戚映竹开心地唤他一声。

时雨扭头看她一眼，把荷包一收，掉头便跑。

他身形快极，如风如雾，几个纵跃后，便脱离了戚映竹的视线。

戚映竹："……"

她心里好气又好笑，想了想，还是慢吞吞地端着银耳汤上了楼，要再去敲客房的门。

那掌柜和小二缩在墙角，见到戚映竹和时雨认识，眼睁睁地看着那美丽的女郎去楼上寻那间已经被某人退了的客房。然而因畏惧时雨，他们又不敢开口提醒。

时雨坐在客栈外参天古树的葱郁枝叶间，晃着一条树枝。明晃晃的阳光从他的肩头擦过，照入客栈的走廊。时雨托着腮，看着戚映竹站在那间他已经退了房的客房门前。

时雨本性中的"坏"和"恶"始终影响着他。何况戚映竹那般待他，他怀着一腔要报复的心，看到她弄错了也不出声，就静观其变。

戚映竹敲了敲门，好声好气地道："时雨，别生气了，是我之前的话有歧义，让你误会了。时雨，我本生在此地，家里姆妈的归处也未解决，何况我体弱如此，如何能跟你走呢？我也不愿走远啊。我只是想过平静的乡野生活……"

她絮絮叨叨，声音又低又柔，在门口说了许久。坐在窗外树上的时雨听着听着越来越觉得别扭，越来越觉得哪里不舒服。

他不能体会到戚映竹的心境，坐在阳光明亮处，看着明暗交界处的戚映竹，微微发起呆来。

他想到了昨夜的事情……

时雨呆呆地看着，喉结滚动，想要跳下去抱住她。然而他谨记着自己不能被戚映竹欺负，恶时雨不能被任何人欺负。

时雨在树上僵坐了一会儿，看着戚映竹仍对着一道门念叨，渐渐地觉得她可怜，并且因为觉得她可怜而开始觉得不舒服。时雨说不出这种不舒服的原因，但开始更加生戚映竹的气，心想：为什么一直对着一扇空门说话？门里面没有人啊！时雨已经走了！时雨已经退房了！时雨不在那里……笨蛋央央，为什么不直接推门呢？

戚映竹始终不推门，始终对着一扇门说话，坐在树上看她的少年再也忍不住了，手指一弹，一道劲风拂去，顺带吹起女郎的衣裙。

戚映竹耐心地说话时，面前紧闭的门"吱呀"一声轻轻地被风吹开了一道缝。

戚映竹一愣，这才顺着门被吹开的缝隙向里推开门。她不好意思地道："时雨，我不是故意要进来的。我只是看看你，时雨……"

戚映竹怔住了——屋里干干净净，没有她以为的躲在那里听她说话的少年。

戚映竹呆站了一会儿，脸上的血色一点点地褪去。她端着那碗银耳汤，转身下楼时，步子略微发飘了些。

时雨坐在树上，好奇地看着戚映竹和楼下的掌柜比画、说话。距离太远，客栈中的声音又太嘈杂，时雨听不清楚他们说了什么，只是看到戚映竹问过掌柜后，发了一会儿呆，将银耳汤留在了柜台上，上楼回房了。

下午的日头暖洋洋的，时雨倚在树上坐了一阵子，便也闭眼，稀里糊涂地睡了过去。

这一觉甚为舒服，时雨醒来时，已经银星漫天，黑夜降临。时雨从树上跳下，懒洋洋地舒展身体，重新找到了向来平和的心境。一觉醒来，他对戚映竹的气消了很多，重新关注起她。

戚映竹所在的客房早早就灭了灯。她躺在床板上，凝望着床榻前的一点儿稀薄月光。客栈的被褥散发着一股潮气，枕头也硬邦邦的，她身下的木板床一动便"吱吱"出声。

戚映竹却也不会频繁翻身。

她静静地躺着，想着以后的出路。她还是不能将成姆妈一个人扔在山上不管，最起码这些事应该有个了结。她不能一不如意，就躲开跑了，不如趁这次机会，让成姆妈也回京城去吧……

"吱呀"，窗户被轻轻地推开，一个人蹿了进来。戚映竹一愣，屏住呼吸。那人进来后，随意地关上窗，脚步飘忽地往床上来。床帐被人掀开，一道颀长的人影钻了进来，掀开被褥。

戚映竹结结巴巴地问："时……时雨？"

戚映竹缓缓地转过身，面对着时雨。幽暗中，她鼓起勇气，轻轻地靠上去，抱住时雨的腰。她很喜欢他那窄而直的腰身，时雨不知道这带给她多少安全感。

戚映竹小声道："我可以和你说心里话吗？"

时雨睁大眼，道："你说呀。"

戚映竹一时又不吭声了。

他以为她迟疑是因为担心他不能理解，心里被刺了一下，还是说："我会努力听懂的。"

戚映竹用额头抵着他的脖颈，轻声道："下午我去隔壁客房找过你，但是门开了，你不在。"

时雨心虚地"嗯"了一声，目光闪躲。

戚映竹叹了口气，道："那时候我以为你走了。"

时雨呆愣了片刻，不确定地问："你觉得我走了，是我以为的那个意思吗？"

戚映竹回答："因为你……向来来去无踪啊。我就在这里，你要找我的时候，我都在，可我想找你的时候，却不知道你在哪里。我下午的时候在想，是不是你特别生气，不理我了，是不是你一走了之……我问过掌柜，你连客房都退了。我以为你再也不会回来了。"

她怕他就像从她身边离开的每个人一样，也从她的身边离开。也许她是真的很不好，才一个人都留不住。

时雨怔住了，问："你以为我永远不会回来了吗？"他在黑暗中低下头，困惑地问，"可是我那么喜欢你啊，为什么你会觉得我再也不会回来了？"

戚映竹道："因为你是自由的啊，你是没有心的啊，你以为的'喜欢'，并不是真正的'喜欢'呀。我也许只是你的一时兴趣，就像你喜欢看飞鸟，看落花一样。你的兴趣会转移，你一旦觉得我无趣、胆小、体弱，和我没有共同的话题……你就会离开啊。"她睫毛上沾了泪水，声音哽咽，"我真的以为到死都再见不到你了。"

时雨心口似突然被重击了一下，疼得他的身子绷起。他因这痛意而惊骇，霎时坐起。

戚映竹茫然地望过去。时雨却很快俯身，重新抱住她。他忍不住去亲她——当他这样做的时候，就不那么难受了。

时雨轻轻地亲掉她睫毛上的泪，闷闷地道："你就是……想太多了。我不懂你。"然后他不解地问，"可你为什么不找我呀？"

戚映竹迷糊地问："什么？"

他俯着身子，与她的长发相缠，困惑无比地道："你觉得我走了，为什么不找我，就直接放任不管了？我不知道你那么觉得啊……我不知道你在等我回去啊。央央，你不是知道威猛镖局吗？我不是还在你的院子外面盖了木屋吗？我怎么可能、怎么会……一点儿痕迹都没留下？我留下的痕迹太多了。如果有人要杀我……"

如果有仇家找来，他留下的破绽是很多的。

时雨悲哀地走着这么一条路，便不能明白——

"你来找我啊！你若是想见我，就来找我啊！你不说，我怎么知道？"

戚映竹呆住。

时雨低头，鼻尖与她的鼻尖相蹭。他怪她："你总是想东想西，想的却全都不重要，重要的你又不想……你整天唉声叹气，难怪病病歪歪的……哼，我要改变你，教你开心一点儿。"

他咬她的脸颊。虽然她呜咽着用手挡，说会留下痕迹，没法出门见人，少年却仍然得逞。时雨道："就是要你有记性！央央，你居然这么想我……是你说的两年，两年就两年，我没打算反悔，你也不能反悔。"

他在心里扮鬼脸——反正两年后他也不会放开她。

他看着她就开心，之前一个人惯了，现在舍不得丢开这种快乐。

她害羞地搂住他的脖颈，问："我……我会找你的……但如果我找不到你，怎么办呀？"

时雨想了想，确实存在这种可能。他只好回答："那肯定是我有事要忙，抽不开身。你在原地等我，等我忙完了，就会回头找你的。"

戚映竹轻轻地"嗯"了一声，停顿了片刻，纠结万分地说道："时雨，你是不是还不记得我的真名叫什么？我的名字……"

时雨瞬间调皮地捂住耳朵，嚷道："哎呀，好累，我困了，要睡觉！"

他胡乱地抱着她闭上眼便睡。戚映竹被他压得喘不上气，又面颊绯红。她心知这样不妥，心里无奈，还试图抗争："时雨，你为什么要把客房退了啊？你再订一间去……"

时雨干脆利落地道："我不要。"他耍赖，"你姆妈把你送给我，我想怎么样就怎么样。我才不要再订房——我就要和你一起。我要给央央喂饭，穿衣服，梳头发……"

戚映竹浑身僵硬，被他吓到了，道："你不会真的是这般想的吧？时雨，你弄错了，我不是你的玩具呀。"

时雨嘴硬地道："你就是！会说话、会动、会掉眼泪、会生气。我喜欢，我就要。"

戚映竹："……"

她与这少年无法沟通，又抗争不得，死命想推他去另睡一张床。因时雨死赖在她身上，她分明能感觉到他灼热的气息和下方的变化——可他死抱着她不撒手，她也挣脱不了。

而戚映竹口上再如何说，心里是喜欢时雨缠着她的。她腼腆地接受他对她的执着。他的执着让她心里藏着小小的雀跃——有人这般在乎她，她在这世上活一遭，并非什么都没留下。

戚映竹不放心地与时雨约定："但是……但是你只能缠我两年，两年后就要放手，不要再跟着我了，知道了吗？两年后我就要嫁人了，时雨。时雨，你听见了吗？"

少年闭上眼耍赖，道："时雨睡着了，什么也没听到。"

戚映竹一愣，同时在心里又充满对他的喜爱，觑他一眼，伸指在他的额头上一戳，怪罪他："坏时雨！"

次日，落雁山上，戚诗瑛和成姆妈面面相觑。

这里已经乱了套。成姆妈找了戚映竹一天未果。戚诗瑛正觉得莫名其妙的时候，那老婆子发现戚映竹丢了几件衣衫、几件首饰，就开始哭哭啼啼了。

找了一天一夜后仍没消息，山下那威猛镖局的胡老大他们也说没见到人，成姆妈便只能哭。

戚诗瑛黑着脸拍桌子，道："别哭了！有什么好哭的？！也许人家只是出门玩儿两天呢？她这是什么毛病，一吵架就离家出走，就这还什么闺秀呢？"

成姆妈忍不住道："诗瑛女郎，你觉得这只是离家出走吗？我们女郎把衣裳、首饰都带走了。还有时雨，时雨……那个坏小子！那个该千刀万剐的小子，也不见了！他分明是带走了我们女郎，再不肯将女郎还回来了……我们女郎那般娇弱，连药都没带，可怎么活啊？"成姆妈越想越伤心，"那个穷小子……不行，明日我就要再去镖局问问，怎么能这样？女郎……我们女郎难道真的要丢下这一切，转身就走吗？"

戚诗瑛阴阳怪气地道："走就走了，这本来就不是她该待的地方。"

成姆妈蓦地抬头，道："所以你高兴了是不是？"

戚诗瑛翻了个白眼，道："关我什么事？我是很高兴啊，但她自己疯疯癫癫——"

侍女们跟成姆妈使眼色，要成姆妈记住侯夫人的吩咐。

成姆妈却忘了，厉声打断戚诗瑛的话："如果不是你们逼她，事情能到这一步吗？！我实在不懂，我们女郎病弱如此，又不在侯府住，为何还会碍你的眼？让你克扣她的药材，克扣她的月钱？她并没有抢你的位子，你何必这么容不下她！"

戚诗瑛道："住口！胡说！我什么时候克扣过她的药材、月钱？真是奇怪，你们穷疯了吧？什么事都往我身上扯。要不是她让人去京城里杀我，我才懒得来这穷乡僻壤……"

成姆妈道："女郎你也知这是穷乡僻壤？有没有克扣药材，克扣月钱，一问便知，作什么假呢？"

戚诗瑛不耐烦地道："我行得正，坐得端！给我查！"

屋里正这般吵着，屋外有仆从小跑着来通报："女郎，女郎！闫郎君和唐二郎来了……闫郎君说路过此地，想到女郎你，来看看。"仆从小小地瞥了一眼成姆妈，嘀咕，"那个唐二郎，肯定是冲着映竹女郎来的。"

成姆妈登时欣喜，站了起来，道："什么，唐二郎回京城了？他一回来就来找我们女郎吗？"

仆从自然说不出来。

成姆妈惊喜后，想到如今的情况，又开始掉眼泪，道："可是……我们女郎丢了啊。"

山下的客栈中，戚映竹与时雨在商量回山之事。

时雨坚持："是你的姆妈把你送给我的，我还不想还呢。"

戚映竹好声好气地道："又不是说回到山上我们便见不了面了。这样……时雨，你来我身边保护我好不好？"

她寻思着用关系绑定他，给他安个护卫之类的身份。

谁知时雨开口便拒绝："我不要。我保护人的价格很贵，不会免费保护人的。"

戚映竹被他噎住，吞吞吐吐地道："难道我和你这般关系都不足以让你放弃原则吗？"

时雨奇怪地看着她，道："我和你什么关系啊？好朋友也要明算账啊。"

戚映竹呆傻地看着他，半天才道："可是我们……我们……"

时雨坐下来，托着腮打量她，道："好像我占了便宜一样。"

戚映竹目瞪口呆，问："难道你没占便宜吗？"

时雨理直气壮地道："那你这么说的话，你也占我的便宜了啊！"他一下站到她面前，弯下腰，低着头从下方看她，黝黑的眼珠荡漾着碎开的日光，激滟万分，问，"难道不是吗？"

戚映竹别过脸，咬住唇。

他为什么这般可爱，又这般与众不同，另有一套思维方式呢？

因为时雨的古怪，戚映竹收了想让他做护卫的心。

她在心中自嘲：想多了，她怎能让风停住脚步呢？

戚映竹拿不准时雨的想法——他奇奇怪怪的，想法总是和世人不同。戚映竹便去写字，寻思起自己的出路。

她重新打起精神，收拾自己这边的乱局——

回到山上后，她便要与侯府说清楚，日后再不用侯府送来的药，也不要什么月钱了。她自己写写字画挣点儿钱，反正山中清闲，只要不吃药，本也用不了多少钱。

至于药……其实戚映竹隐隐觉得，那些昂贵的药材对自己如今的身体已没什么用了，补也补不了什么，不过是吊着一口气，而她的身体仍越来越差……

她耳边突然传来少年郎君的声音——

"央央，你平时都吃些什么药啊？"

披衣写字的戚映竹抬眸，怔怔地望向时雨。时雨趴在书案对面，虽是趴着，坐姿却十分正经，仰脸看她的神态也分外乖巧，他的目光更有些闪烁。带着些讨好，显然先前他拒绝了给戚映竹当护卫，怕戚映竹生他的气。

戚映竹心中一暖，对他道："我不用吃药的。"

时雨质疑："你骗我。我平时见你吃药比吃饭还多。你身上总有一股药味，特别苦……我都尝到了。"

戚映竹呆滞片刻，仍无法习惯他将那件事说得稀松平常。

时雨眨了眨眼："快说，你要吃什么药？我出去买零嘴，给你带点儿你吃的药。"

戚映竹怜惜他小小年纪就跑江湖，身上能有多少钱呢？自从她和他认识，他都帮她掏许多钱了——她至今还不上。何况她的身体也不是靠药能补回来的了……只是她若执意不说，时雨去过那药铺，直接问药铺的掌柜，不照样什么都知道了吗？

戚映竹犹豫间，时雨高声宣布："我要养我的女人！"

戚映竹震惊万分，愕然许久。她与时雨对视了片刻。

时雨倾身凑过来，修长的上身越过案面，笑嘻嘻地伸手来捧她的脸。时雨轻蹭她的面颊，判断不出她这呆滞的神情是哪般意思，便纳闷儿地道："不是这样吗？你不感动吗？"

戚映竹深吸一口气，将自己跳得剧烈的心脏缓缓地压回心窝，告诉自己时雨什么也不懂，自己不可对他有期待。戚映竹轻轻地推开他的脸，道："时雨，你我之间的关系，不要总拿你看到的世人男女的关系套用，我们……"

阳光落在案头的宣纸上，明晃晃的，将字照得发光。

少女垂首，语气带着些怅然："我们不是那般关系。"

时雨打量她片刻，问："你生气了吗？"

戚映竹温柔地摇了摇头。时雨看着她郁郁寡欢的模样，心中忐忑许久。

时雨站了一会儿，突然推开窗一翻身，当着戚映竹的面跳了下去。戚映竹被他的举动吓住，连忙去看，待看到时雨轻飘飘地落地，才舒了口气。

戚映竹问："时雨……你去哪里？"

时雨抬头，道："我去落雁山上给你偷点儿药。"

戚映竹一怔，心里觉得哪里很奇怪，却也只是蒙蒙地点了点头。

时雨脸上露出笑容。

劝阻不得的戚映竹看到他的身影几个起落后不见了，竟也有些欢喜。她重新坐回去，一边写字一边想着时雨。

戚映竹模模糊糊地想着时雨奇怪的点：只买一个蜜饼，两个人分着吃；自己在山上"吭哧吭哧"地盖房子；饿着肚子"嗷嗷"叫着等她投喂；两人在客栈里只住一间房；不肯当她的护卫，口口声声说他要价很高，不肯免费；不买药，回山上去偷药……

若只是些许迹象，戚映竹便当作时雨是太喜欢缠着自己。她也一度那般认为，但是这么多行为聚在一起……戚映竹傻眼了，想着自己不会探知到时雨的一个很大的秘密了吧？

寒月如昼，地铺银霜。

时雨熟门熟路地翻窗而入，轻手轻脚地走到床榻边。他一掀帐子，整个人缩入其中，抱着帐中的人便索吻。

戚映竹问："你给我取到药了？"

时雨漫不经心地"嗯"了一声，垂着眼睫，眼睛盯着她绯红的耳垂，脸一转，将其含入口中。少女忍不住轻叫一声。时雨蓦地仰头看她。

戚映竹一下子捂住脸，把脸埋入枕头。

戚映竹脸红如血，快速地道："山上情况如何？我姆妈如何？"

时雨道："她死了。"

戚映竹一惊，面色瞬间惨白如纸。时雨忽然觉得少女气息闭住，脉搏轻微，立时去看，登时也跟着慌了。连忙将戚映竹抱入怀中，掐着她的人中。

时雨低头渡气给她，气急败坏地道："她没死，除了哭哭啼啼地要找你，活得挺开心的。你家院子里多了好多人呢……他们都活得好好的！"

戚映竹在他的帮助下，渐渐地定了神，回了魂，缓缓地抬头，对上他的眼睛。待她张口欲言时，时雨忽地弯下腰，将她抱入怀中。

他的怀抱比之前任何一次都紧。

他闷闷地道："我讨厌央央。"

她让他觉得，杀人竟然是一件需要犹豫，需要斟酌的事。

戚映竹心中微微有些酸楚，自是知道自己方才的闭气吓到时雨了。她低声道："对不起……我……我身体不好。"

时雨摇头，没说话，却转过头在她的耳朵上亲了一下。

戚映竹犹豫着，转了话题："时雨，我们回山上吧？"

时雨不回答。

戚映竹想到自己对他的猜测，便试探着说："在山下住客栈，多……贵呀。"

时雨有了反应，微松开她，抬眼看她。皎洁的月光照在帐外，帐中昏暗，虽看不清晰，但不知为何，戚映竹就是觉得时雨在用一种分外挣扎、迟疑的眼神看她。

戚映竹便与他算账："吃喝用度，桩桩件件，比起我们在山上，每日要多花八百文，而且吃得也未必多精致……时雨，你都瘦了，是不是挨饿了？"

时雨目光闪烁。

戚映竹感慨地道："一天八百文，一月下来，是不是都能去租一家小店，赚点儿钱了？有了钱，都能娶老婆了……"她偷看他，观察他那挣扎的神色，小声补充，"时雨这般俊俏，若再有家财万贯，谁不想嫁你呢？"

说到此处，她一顿，忍下心中的酸楚。

然而时雨说："我不娶妻的。"

戚映竹便改口："哪个女郎不愿意与你好一场呢？"

时雨眼睛直勾勾地看过来，语气幽怨："你啊。"

　　

落雁山上，山雨欲来，气氛不像山下那对小儿女那般轻松。

药铺的学徒和伙计战战兢兢地站在廊外回话，屋中则坐着戚诗瑛以及两名郎君。成姆妈靠着墙拿着帕子擦泪的时候，也在打量家中两位男客的反应。

一位郎君气宇轩昂，神色沉着，不管外头那伙计如何哭诉都不动声色。此人是闫腾风，是被侯府拜托来郊外带戚诗瑛回家的。

另一位郎君自然是成姆妈之前心心念念的唐二郎——唐琢。唐琢是端王府上的小公子，生得面如冠玉，一派温润文士的相貌。他刚刚回到京城，就急忙出京来找戚映竹，在路上遇到了闫腾风。尚且未曾见到戚映竹，唐琢便先听到了戚映竹在山上的遭遇。

唐琢听闻戚映竹境遇如何困顿，玉白的面容紧绷，时而用带着怒意的眼神看戚诗瑛，若非闫腾风在旁拦着，便要上去与戚诗瑛算账了。

成姆妈看得略微欣慰。

那伙计跪着，哆嗦着道："我们也不是故意少给药的……是那段时间下雨，天气比较潮湿……"

成姆妈哪里容得他们颠倒黑白，道："你们分明是为了讨好诗瑛女郎！"

伙计一滞，心里骂这老婆子多事，口上向戚诗瑛恳求："女郎，我们也是无奈……"

他膝行过去磕头，被戚诗瑛一脚踹倒。

屋里的仆从们发出一阵抽气声。

闫腾风立刻拦在中间，不让戚诗瑛再揍人，警告道："阿瑛！"

戚诗瑛怒道："所以现在坏人是我对吧？我是贼喊抓贼是吧？她过得不好，全都要算到我头上是不是？那我十几年的——"

唐琢道："你父母已经寻回你，你只要好好待在京城，不要乱跑，谁能说你一个'不'字？你不杀伯仁，伯仁因你而死。"

戚诗瑛高声道："你们啊！不是全都说我是恶人吗？不是都说我不如戚映竹吗？她一个病秧子——"

闫腾风道："阿瑛，不要说了！"

戚诗瑛环顾这屋中的人，除了闫腾风稍微向着她，其他人看她的眼神都很奇怪。她浑身发凉，想着戚映竹也许不容易，但是这世间的苦又不是只有戚映竹一人吃了。

戚诗瑛向后退了两步，眼睛看到一把扫帚，突然抓起扫帚就向那伙计身上打去。

她的动作惊呆了一屋子的人，众人赶紧去拦。

戚诗瑛叫骂："都怪你们！我什么时候吩咐过你们苛待那病秧子？我认识你们吗？你们全都来怪我，全都说我是恶人！明明我才是被威胁的那个……我是来找她算账的！我是被欺负的！"

她张牙舞爪、活力四射，众人拦得满头大汗。

成姆妈在角落里看着这一出闹剧，叹了口气，说了一句："我们女郎要是也有这么好的身体该有多好。"

此话一出，戚诗瑛打人的动作一顿——

是了，戚映竹享了十七年的荣华富贵，可也病了十七年。

据说，戚诗瑛的养父、养母当年是救了宣平侯和侯夫人，养母受惊，才产下一羸弱至极的女婴。

慌乱的逃亡让两家人抱错了孩子。戚诗瑛出生后，养母死了，养父过了几年也死了，就又被养父、养母的亲人们抱养。戚诗瑛吃百家饭长大……如果这样的罪给戚映竹受，戚映竹大约活不了几天就要死了。

戚诗瑛一时怔怔的，想着这错落的巧合——她和戚映竹，谁更对不起谁呢？谁替谁吃了十七年本不用吃的苦，谁又替谁受了十七年本不该受的罪？

正值此时，外头有急促的脚步声传来，仆从在门外上气不接下气地唤："女郎、郎君们，映竹女郎回来了！"

戚诗瑛回过神。

屋中的众人全都回过神。

成姆妈最先冲出屋子，口上唤着"女郎"。紧接着是反应过来后变得激动的唐琢。闫腾风和戚诗瑛对视一眼，一起走出去。

院落中，枝叶簌簌，阳光稀薄。女郎戴着幕篱，藕色纱帘轻扬，裙裾鲜艳，腰肢纤细。她垂头行走——光落在她身上，让她如同浮着一层浅浅的雪光一般。

众人屏着呼吸，一时间看得呆住，不敢打破这个场景。

相比之下，跟在女郎身后的武袍劲衣少年虽然也俊朗，却更像是凡尘中人了。

唐琢痴痴地看着这一幕，颤颤地唤了一声："阿竹妹妹——"

戚诗瑛扭头看去，没想到此人叫得这般恶心，方才真的看不出来。

在院中行走的戚映竹抬眼，隔着幕篱的纱帘，错愕地看到唐琢正目光灼灼地盯着她。

成姆妈先看戚映竹，再紧张地看向时雨。

成姆妈看到时雨盯着唐琢，目光带着几分专注，心一下子提了上去——坏了。

她认识这个少年也不是一两日了，也算了解他几分。戚映竹因为眼瞎而看不出，成姆妈却能看出，时雨很少关注自己身边的事，非常随意，非常无所谓，这世上之人对他的吸引力远没有一棵树、一株花强。

成姆妈只见过时雨总是缠着自家女郎。

而今，时雨盯上了唐琢。

坏了，坏了，情敌见面分外眼红，这个坏小子必然是将唐琢看作情敌了。

戚映竹回来后，戚诗瑛的态度很古怪。

唐琢的目光始终黏着戚映竹不说，时雨则时不时地抬头看一眼唐琢。自然，唐琢也看他，欲言又止，觉得这个少年很奇怪。

但比起一个陌生的少年，唐琢更关心戚映竹，道："阿竹妹妹，这山野之地就不必住了，咱们回京城吧。"

戚映竹无奈地一笑，觉得唐琢总是这般想当然，一点儿没变。她面向戚诗瑛，说道："多亏女郎还没走，不然我真少不得要进京一趟。我是想让女郎回去告诉侯府一声，日后的药和月钱，我都不要了，侯府不必再想着我了。"

戚诗瑛语气生硬地道："那是你和我阿父、阿母的协议，我可不知道。我是你的传话筒吗？"

戚诗瑛看到时雨，本想讥嘲戚映竹才几天不见就找到了靠山……但是时雨黝黑的眼睛不知为何让戚诗瑛心悸。戚诗瑛难得老实了，没有说难听的话。

戚诗瑛敷衍地说出自己来这里的另一个目的："表姐要成婚了，给你发了帖子，你去吧。"

戚诗瑛取出一封请帖，扔给戚映竹后，也不理会戚映竹如何反应，转身就向外走。

闫腾风左右看看，对戚映竹尴尬地笑了笑，道："我奉伯母的命，来带阿瑛回去。"说罢，他不好对侯府的家务事置喙，拱了拱手就离开了。

戚映竹拿着手中的请帖，看着戚诗瑛的背影，心里纳闷儿戚诗瑛在这里等了这么多天，到底是为什么，怎么才说几句话就走了。戚映竹茫然地打开请帖，看到是宋凝思要成婚，微觉惊喜，道："表姐……回家了？"

唐琢在旁边温柔地笑道："是，你出事的时候，你表姐正好在那段时间回家。我当时不在京城，也是回来后才知道……阿竹，你表姐的婚宴你总不会不去吧？你这便与我进京，我们……我们……跟我父母说一下我们之间的事吧。"

说着，他脸红了。

成姆妈在一旁脸色古怪，偷偷地看时雨。

戚映竹心里有点儿惊慌，也悄悄地看时雨，支支吾吾地道："他……他是……是……"

时雨打量着唐琢，目光闪烁。

唐琢这才将目光放到时雨身上，有些警惕，不动声色地走上前，将戚映竹挡在自己身后。唐琢回头问戚映竹："阿竹妹妹，他是谁？可是护送你回来的过路人？我这就给钱，打发他走吧。"

时雨目光一定，终于恍然大悟，想起自己为什么觉得这个人很眼熟了——在敦煌时，向他发布杀人任务，附送一个杀戚映竹任务的，就是这个人。

都怪这个人害他去杀央央，让他损失了很多钱。时雨眯起眼，些微杀意凝于心间。

六月的日光下，唐琢找了一张长条凳，坐在了戚映竹院中的杏花树下。

即使是在树荫下，唐琢的卫士们也为公子撑开了黑色巨伞，在公子面前摆开桌子，备下茶点、茶汤。唐琢品了口茶，顿觉心旷神怡，山野荒居带给他的烦躁都在一瞬间化为清爽。

这破败地儿……若非阿竹妹妹，他才不会赖着不走。

唐琢扭头看了一眼身后的廊庑。错落的阴影后，窗子开着，戚映竹坐在窗下写字，那个成姆妈在旁边装模作样地擦拭家具、摆弄花瓶。

唐琢猜戚映竹正为戚诗瑛给她的婚宴请帖而烦恼地回信。望着坐在窗下的女郎的消瘦模样，唐琢不禁目有柔情，心中激荡：阿竹妹妹……

一腔情意尚未找到发泄之处，唐琢便被院外"乒乒乓乓"的声音吵到了。

他皱起眉：阿竹妹妹真可怜，竟要和一个乡野穷小子做邻居。心里这般想，唐琢便抬眼看去——院外那座木屋旁，之前在戚映竹那里遇到的少年正将黑色外衫脱掉，绑在腰间，然后蹲在地上，"砰砰砰"地砍着树木。

少年挽着袖子，露出手臂。他力道匀称，每一刀下去从未失手。一会儿工夫，他身边就整齐地堆满了被砍下的大小均匀的木头。少年抱着那堆木头，在唐琢眨个眼的工夫，"嗖"的一下就消失了。

唐琢不禁揉了揉自己的眼睛。下一刻，他又看到了那少年的身影——时雨跑去栽树了，蹲在树苗前给树浇水。

唐琢："……"

果然是乡野穷小子，干的都是些不入流的农活儿。

唐琢怎么看这小子怎么觉得不对劲。他心里有敏感的危机意识，总觉得这小子是敌人。唐琢说不清这种古怪的感觉因何而生，但是非常不悦这小子住在阿竹妹妹的隔壁。

唐琢想到方才阿竹妹妹还特意为这个少年叮嘱自己——

"唐二哥，时雨……他是我的救命恩人。我那日心情不好下了山，是时雨送我回来的。你万不要欺负他。"

唐琢品着茶，心中依然不舒服。

"乒乒乒乓"的敲打声自然也传入了在屋中写字的戚映竹耳中。戚映竹低着头寻思是否要为表姐的婚事回京，是否该亲自回一趟侯府，与自己的养父、养母说清楚……听到敲打声，她只是抿了一下唇。

戚姆妈在旁边努嘴，道："时雨又在敲敲打打了，不知道要干什么。你说，他不会真的要在咱们隔壁盖出一个院子吧？"

戚映竹低着头不说话，专心写字，秀发贴着她的面颊，时而拂过她红润的花瓣一般的唇瓣。

戚姆妈觉得戚映竹回来后，便与时雨有一种说不出的古怪的亲昵感。然而唐琢又来了，赖在这里等着戚映竹，无论戚映竹如何拒绝，也要住下来。

女郎心里是怎么想的呢？

戚姆妈又喜又忧，试探戚映竹："时雨这孩子，是真的不懂事啊。大白天的，他在外面敲敲打打，女郎看书写字都没法静心。"

戚映竹握着兔毫的手一紧，声音很轻："不碍事的，姆妈，我没写什么重要的东西。"

戚姆妈继续说："看上去还是唐二郎好些，温润如玉，风度翩翩，而且一回京就来找女郎，对女郎的心……女郎这回相信我说的了吧？唐二郎能文能武，还是端王府的小公子。时雨与他这一对比……就是一个混镖局的，差别有点儿大啊。"

戚映竹忍不住低声道："何必以身份取人。"

戚姆妈开始比较："那我不以身份取人。时雨认得几个字，唐二郎又家学如何？时雨每月能攒几个钱，唐二郎名下又有多少商铺、田地？论吟诗作对，与女郎志趣相投，时雨能还是唐二郎更能？时雨……唐二郎……"

戚映竹一愣，说道："时雨……武功好呀。"

她低着头，在心里偷偷地补充：而且他眼睛会说话，腰细而有力，还有漂亮好看的长腿。他还很潇洒，很可爱……会在树上睡觉，会追着一只鸟从树上掉下来，会把她当正常人而不是一个病秧子看待。多好玩儿的时雨啊。

成姆妈道："就是这个才吓人。你看他之前杀人的那几次……手一挥，死一片人。女郎，我琢磨着这小子有点儿杀人不眨眼的魔头的意思……"

戚映竹沉默。其实她也觉得时雨有点儿，但是——

"镖局的大当家会约束他的吧？"

成姆妈道："女郎——"

戚映竹转过头，微嗔道："时雨现在不是挺乖的吗？他并未出去乱杀人啊！就是对戚诗瑛，他也只是威胁而已，已经进步很多了……何必总盯着人的缺点呢？"

成姆妈道："那你也多看看唐二郎的优点。"

戚映竹被打趣得脸颊滚烫。她自是坚定地拒绝唐琢的，但是唐琢与她青梅竹马，追了她这么多年……即使不成夫妻，她也不能伤人太深。唐琢要住下来等她一起回京，戚映竹说服不了唐琢，只能同意。

戚映竹在心里祈祷：唐琢和时雨可千万别闹出事来。

唐琢一盏茶喝完了一半，见院子外的时雨仍在一会儿砍树、一会儿拔草、一会儿种树，被那"乒乒乓乓"的声音吵得烦了，见在屋中写字的戚映竹和成姆妈嘀嘀咕咕，却没出来制止那少年，更是心里生疑。

唐琢招手，吩咐了自己的卫士几句。

几个卫士领了公子的命，就向院外走去。

屋舍中的一主一仆在写字、说话，并未注意到外面的动静。

四五个红衣卫士出了院门，到了时雨所在的地方。

时雨蹲在土堆边，旁边放着一小桶水，正耐心地给他种的树苗浇水。几个卫士挡住他面前的光，时雨也没有反应。几人看着少年清瘦的样子，心中难免有些轻视。

其中一人喝道："小子，我们公子叫你过去说话！"

时雨如同没听到一般，手扶着自己种的树苗。

另一个卫士冷冷地道："耳聋了是不是？走，跟我们去见公子！摆什么谱儿？！"

他们呼喝了几次，时雨都没反应。几人脾气暴躁，其中一人伸脚去踹时雨身旁的小水桶。接着，一个眼尖的卫士看到时雨突然伸出一只手，还没有反应过来，那个要踹水桶的卫士就惨叫一声，抱着自己的膝盖"扑通"向后倒下。

那个卫士惨叫道："我的膝盖！我的膝盖！老子杀了你——"

时雨歪头，道："这是我的口头禅才对吧？"

这少年蹲在地上一副不知悔改的样子，想来刚才卸掉那个卫士的膝盖也不过是巧合，不过是力气大一些。几个卫士对视一眼，呼喝一声，一拥而上。

时雨眨了眨眼，眨去了睫毛上的尘土，站了起来。

坐在戚映竹院中树下的唐琢，颇有些奇怪地看着他的卫士们与时雨交锋。卫士们扑过去，时雨扭转身子，几次乍然消失又乍然出现。四五个卫士哀号着倒在地上，或抱着膝盖，或捂着手，或掐着自己的喉咙……

时雨拍了拍手上的泥土，皱眉道："你们不要吵到央央。"

他随手一点，身影在地上的几人间穿梭，飞快地点上了卫士们的哑穴。

世界清静了，时雨转过脸，向身后的戚映竹的院落看去。他以目光盯住唐琢一瞬，眼里没有什么神色，似乎颇为漫不经心。

但唐琢不知为何心上涌起一股莫名的寒意，僵坐着不敢动，待那少年移开了目光，才有了自由活动的底气……他心里不安，吩咐身边的卫士："过去看看是怎么回事。"

隔壁木屋前，移开目光的时雨扫了一眼地上倒了一片的卫士，撇嘴道："你们好弱。"他天真无比地竖起一根食指，道，"央央不喜欢我杀人，我不杀你们，但是你们不要再来烦我了。"

几个躺在地上的卫士有苦难言——他们有的被卸了膝盖，有的被折断了手臂，有的被扭歪了下巴……治伤都没时间，哪儿还有精力烦这人？

几人骇然，想提醒自家公子这个少年武功很厉害，却苦于都被时雨点了哑穴，说不出话。他们躺在地上，眼睁睁看着时雨越过他们，走向隔壁的院落。

时雨站在唐琢面前。坐着的唐琢不愿矮人一头，站了起来。

唐琢维持着自己的风度，向时雨示意桌上的茶盏，道："时少侠，喝茶。"

时雨打量这个人。

他其实对这个人很无所谓，只要这个人不影响他和央央在一起就好。他也不喜欢这个人住在央央的院子里……

以前面对这种事，时雨都会直接用杀人来解决。但是现在，为了照顾戚映竹的心情，时雨懵懵懂懂地换了一种方式。

时雨新奇地体会着自己与人沟通的新方式，问："你找我有什么事？"

唐琢看向院子外头自己那些倒了一地的卫士，不敢对这少年掉以轻心，道："我的卫士……"

时雨"哦"了一声后，非常随意地说道："他们啊，对我大喊大叫，我讨厌有人对我说话声音很大。秦随随告诉我，有人对我说话声音很大就是在嘲笑我、激怒我。我给他们一点儿教训而已，死不了。"

唐琢愕然。

他盯着时雨清澈的眼睛，感觉对方的简单甚至带了些残酷，这少年……莫不是个傻子，或是个无意识的恶魔？

时雨还非常随便地问他："所以你找我到底有什么事啊？"

唐琢斟酌一二，最终干脆地道："离开阿竹妹妹。"

时雨盯着他。这一瞬间，唐琢呼吸一顿，心跳加速，觉得对方看他的这一眼和之前那隔着院落瞥来的一眼极为相似——都让他觉得自己危险了。

唐琢想着自己一定是想多了，抵抗着时雨的影响，道："我知道你救了阿竹妹妹，是阿竹妹妹的恩人。阿竹妹妹如今困苦，正处于最艰难的时候，没办法报答你，才给了你一直缠着她的机会。没关系，我有钱财，也有身份地位，你想要什么，直接说便是——只要你离开阿竹妹妹。"

时雨盯了他一会儿，非常突兀地、慢吞吞地问了一句："我怕我理解错了，就多问一句——你说的'阿竹妹妹'是戚映竹吗？"

时雨非常清楚地说出戚映竹的名字，让唐琢诧异了一下，更觉得这个少年不能留，毕竟女儿家的闺名是不会轻易告诉陌生人的……这少年知道戚映竹的闺名，是觊觎了戚映竹多久啊？

唐琢看着时雨点了下头。

时雨打量着他，说："我本来还想叫你离央央远一点儿。"他想了想，又道，"但没找到合适的说话机会。"

毕竟他就会杀人。

唐琢拿捏不住这少年的态度，便亲自倒了一碗茶，问："你缺钱吗？"

时雨非常坚定地道："缺。"

唐琢一愣后放松下来——只要缺钱就好办。

他自己用茶杯，将茶碗递给时雨。

时雨面无表情地接过，没懂唐琢在他接过茶碗后眼中为何生起轻蔑。

唐琢嘀咕一声："土鸡瓦狗。"

时雨耳力出众，问："你说什么？"

唐琢道："没什么。"

唐琢是轻蔑时雨的茶碗与自己的茶盏的区别，用牛饮嘲讽这乡野粗人——这少年也不懂。唐琢面上恭敬地与对方敬茶，拢袖喝自己杯中的茶，道："时少侠，你说个数，离开阿竹妹妹你要多少钱？"

时雨认真地托起腮思考，拿自己的钱和戚映竹各自摆在天平两端。他在脑海中不停地给左右两端添添补补，但是戚映竹那端实在太重了——忙得他手忙脚乱，也摆不上合适的价格。

于是时雨回答："无价。"

唐琢一愣，下一刻，拢着的袖子被人一把拽起。时雨一只手扯住他的手臂，一只手拿着茶碗，一碗茶水当头泼了下去。

唐琢被茶水泼成了落汤鸡，听到时雨淡淡地道——

"你是不是觉得你嘲笑我看不出来？"

唐琢大怒，道："你——"

下一刻，他的喉咙被时雨一把掐住。

唐琢面色铁青。身后的卫士们一看不好，连忙上前，却见时雨拽着唐琢手臂的手腕一动，几根细针撒出——那些卫士就被定住了身形。

时雨继续掐住唐琢的喉咙。

唐琢的脸色青白交加，他震怒又茫然，勉强道："你敢？！你不敢杀我——"

时雨的脸与他的脸几乎贴上，从远处看，两人像一对好兄弟凑近了说悄悄话一般。时雨贴着他的耳朵道："离开这里，不然……"

戚映竹急促的声音传来："唐二哥！时雨！"

时雨瞬间收回手，扭过脸。唐琢一边咳嗽，一边惊惧地想往后撤退，但是想到自己在戚映竹面前的形象，硬生生止住了想逃跑的脚步。

戚映竹提着裙裾，和成姆妈从屋中赶来。主仆二人脚步匆忙，显然是发现了院中的不对劲，怕出事。戚映竹走几步路便微微喘息，脸色苍白，看上去更加羸弱。

成姆妈第一眼看向唐琢，见唐二郎脸色难看，满脸的水"滴滴答答"向下落，心里暗道不好，拽了拽女郎的衣袖，提醒女郎。

戚映竹第一时间看向时雨，见时雨站在那里，手里拿着一个空碗，茫然而无助地看着她，眸子乌黑，唇红齿白。戚映竹放下心——幸好她来得快，时雨才没有被唐二郎仗势欺人。

她对唐琢是有些了解的。唐二郎颇有些贵族郎君的通病，喜欢以权势压人。然而时雨只是一个可怜的、穷苦的野小子，如何受得了唐二郎的欺压？

戚映竹问："时雨，你没事吧？"

时雨乖巧地摇头。

唐琢气得脸发青，道："阿竹妹妹，你是不是问错了人？"

戚映竹这才看向唐琢，看到唐琢发冠上的茶叶、脸上的水，被吓了一跳，再次看向时雨，目光惊疑。

时雨看懂了她的眼神，说道："他让他的卫士到隔壁打我，骂我是'土鸡瓦狗'。他还用钱威胁我，要赶我走。"

时雨又想了半天，伸出自己方才打架时，被唐琢的卫士擦到的手腕。他的手腕上干干净净的，什么也看不出，但他仍要努力挣扎一下："他的卫士掐我的手腕，我的手腕差点儿断了。"

戚映竹立刻去看时雨的手腕，道："什么？差点儿断了？"

她虽然没有从时雨的手腕上看出什么痕迹，但是胡乱地想着，可能是习武之人打架的方式与众不同，比如时雨其实……受了内伤？

戚映竹用责怪的眼神看向唐琢，道："唐二哥，我不是请你不要欺负时雨吗？时雨这般单纯善良，又孩子气，根本不懂你的世界……你为何还要这般欺负他？"

时雨立在戚映竹身后，微微露出一个笑容。当戚映竹关怀地看向他时，他便又安静无辜地眨着眼，还撇了下嘴，看着分外委屈。

成姆妈看到少年那一闪而逝的笑，浑身哆嗦了一下。

唐琢难以置信地伸手指向时雨，道："阿竹妹妹，你知道他是如何做的？他拿茶碗泼我水，还掐我的脖子……"

时雨反驳："他胡说，我没有。"

便是"眼瞎"如戚映竹，都不可能说自己看不到唐琢那一头一脸的水。只是在戚映竹眼里，时雨是被欺负后才回击的人……戚映竹责怪他："时雨！"

戚映竹少有地露出牙尖嘴利的一面，语气生硬，对唐琢说话时有些生气："难道不是唐二哥先看他孤身一人，才欺负他的吗？我都说了，时雨是我的救命恩人，为何你对我的救命恩人这般没礼貌？时雨……你的手腕还疼吗？"

时雨想了想，道："疼。"

戚映竹目有怜惜之意，隔着衣服轻轻地拽住时雨的手，拉着他进屋去给他上药了。

唐琢又气又着急，追上去，道："阿竹妹妹，你不要被他骗了！事情根本不是你看到的那样！那个时雨，就是坏坯子！"

成姆妈在旁边劝阻唐琢："唐二郎，唐二郎……你莫追了！女郎现在正生你的气，你越解释，她岂不是越觉得你强词夺理？而且时雨那个样子……看上去确实是你威胁了他。"成姆妈本想静观其变，这时也不禁责怪唐琢，"唐二郎，你太不冷静了。时雨是我们女郎的救命恩人，你怎么能用钱财打发时雨？难怪我们女郎生气。时雨那小子……我们女郎都快把他捧到掌心里了，你还欺负他？你用错方法了。"

唐琢道："我真的没有欺负他！"

他是想欺负时雨，但根本没来得及！

唐琢有苦难言，停下步子，意识到自己太急了。他盯着那衣衫被挽在腰间的少年被戚映竹牵着进屋，目中充满了嫉妒。

唐琢痴痴地看着，见打帘子的时候，时雨凑上去好像跟戚映竹说了什么，戚映竹"扑哧"一笑……

唐琢茫然无比地道："莫非阿竹妹妹是以貌取人吗？怪我不如那个时雨长得无辜？"

成姆妈无言。

屋舍中，戚映竹给时雨上了药。她稀里糊涂地给他的手腕涂药，问他的手腕哪里疼，时雨瞎指挥一通，凉凉的药就涂到他的腕间。

涂完药，戚映竹伸手在时雨的手腕上轻轻地拍了一下，道："好了。"

时雨道："疼！"

戚映竹抬眼看他，目光盈盈，嗔怪地道："真的疼吗？时雨，真的疼吗？"

时雨一愣，与她对视片刻，这才知道原来她明白是怎么回事，讪讪地收回自己的手，为自己辩解一句："真的是他先动手的。"

戚映竹道："我相信你的，时雨。你不会乱动手的……你对我那么好。"

时雨心虚地"嗯"了一声。

戚映竹凭着自己的判断，带着几分不安地说："时雨，你很闲吗？"

时雨道："对啊，我挺闲的。"

戚映竹道："你整日没什么事做，怎么挣钱呢？"

时雨犹犹豫豫地说："我只做大生意，不接小生意。我……我很有钱的。"

他有点儿纠结——戚映竹如果管他借钱，他该怎么办。

戚映竹见他仍然没明白自己的意思，只好直接说："你要不下山待一段时间吧？"

低着头的少年目光凝滞，掀起眼皮盯着她。他目光有些凉，带着些凌厉、残忍，说话的语气却带着很多委屈与不解："为什么？你不是说相信我吗？你其实觉得是我的错，想赶我走，对不对？"

戚映竹道："自然不是。我是怕他欺负你……时雨，他有点儿公子郎君的娇贵病，虽不是坏人，但也没学过体谅他人。我怕他让你伤了心，欺负了你，让你不开心……"

时雨便放松下来，笑嘻嘻地凑过来，在她的唇角上一亲。

戚映竹骇了一跳，立刻去看开着的窗，脸瞬间红透，身子变得僵硬。

时雨道："没人能让我伤心，没人能欺负我，央央放心。"

然后时雨从窗口翻了出去。戚映竹抬手阻拦不及，只好忧心忡忡地放下了手，叹了口气，依然觉得时雨和唐琢二人待在同一个地方很危险。

唐琢在戚映竹这里住下，就住在戚映竹院落的厢房中。

唐琢记得戚映竹和成姆妈的话，再加上被时雨摆了一道，便克制着不和时雨说话，好讨好戚映竹。

夜里临回厢房前，唐琢被时雨看了一眼，那一眼充满了羡慕、嫉妒、厌恶。

唐琢道："阿竹妹妹，你看他！"

戚映竹扭头看去，自然是什么都没看到。

唐琢的这份憋屈，成姆妈是深有体会的。

成姆妈叹了口气，心想：任重道远啊，郎君。

但是总体上看，时雨对唐琢的态度其实挺平和的。成姆妈观察之下发现，时雨和以前没有差别，目光依然时不时定在自家女郎身上，让女郎害羞地挡住脸，还时不时地看着女郎发呆，非要人提醒一声才移开目光。

时雨好像从来不关注唐琢。

他到底……知不知道唐琢是他的情敌？

如今女郎可以托付终身的两个选项，让成姆妈看得着急。成姆妈心里偏向时雨，但又贪恋唐琢的权势。而且时雨实在……是一个太神秘的少年，她们主仆二人对时雨了解得实在太少。

成姆妈想了一夜，辗转反侧。

次日清晨，成姆妈起来做早膳，推开门后一愣，见自家院中竟然坐着时雨。时雨趴在石桌上，精神萎靡，打着哈欠。

成姆妈打招呼："时雨，这么早就来找女郎玩儿？你可别进我们女郎的闺房，我方才看的时候，女郎才睡了一会儿……你别打扰她。"

时雨闷闷地"嗯"了一声。

因为唐琢死赖着不走，戚映竹院中的厢房被占，成姆妈又回到了戚映竹的闺房中，睡在了外舍。因为这个，时雨和戚映竹据理力争，差点儿吵架。戚映竹坚决不肯让时雨在夜里进她的闺房，怕被成姆妈发现。无论时雨如何说自己很乖，她也不肯。

时雨无精打采地趴着，道："好烦啊。"

他好想把所有人都杀掉啊！

成姆妈哪里知道这个少年的坏心思，进灶房熬了药，出来后见时雨仍趴在那里，心里还对这少年多了很多满意。毕竟……成姆妈抬眼看看厢房，只见卫士守在外头，里面的主人还没起床——唐二郎跟女郎献殷勤，都起得这么晚。

成姆妈擦干净手，坐在石凳上用等着药熬好的工夫和时雨聊天："时雨，你觉得唐二郎怎么样？"

时雨转过头看成姆妈。

成姆妈试图点拨他："你对他有没有什么奇怪的想法？"

时雨自然不会说自己想杀了他，在成姆妈这里学着扮乖："我觉得他很有钱。"他很羡慕地道，"好有钱。"

成姆妈道："你不好奇他和我们女郎的关系吗？你知道他想娶我们女郎吗？"

时雨嗤笑一声，语气瞬间冷漠起来："他想得美。"

成姆妈惊疑地看着时雨。

时雨天真地道："央央说，她两年后才会成亲。两年后，唐二郎肯定又老又丑，央央才不会看上他。"

成姆妈一时竟然判断不出时雨知不知道成亲的意思。

时雨好像真的对她打开了话匣子，垂着眼，如同闲聊一般，问："姆妈，这个唐二郎到底是什么身份啊？他和端王府有什么关系啊？"

成姆妈没想到时雨到现在都不知道这些，随口答："唐二郎就是端王府的小公子啊。怎么了？"

时雨托着腮，道："我随便问问。那他们府上是不是还有老大？"

成姆妈说起这个，便很遗憾地道："那肯定啊。等大公子被封为世子，唐二郎就能有自己的妻室了。那本是我们女郎的机会……"

时雨想：原来唐琢要杀的人，是端王府未来的世子。

唐琢钻了个空子——秦月夜不杀官不杀爵，世子在没有成为世子前，可杀。

戚映竹醒来后用了早膳，吃了药。唐琢又来缠了她一通。她心烦意乱，便随意地说自己想吃什么糕点，将唐琢打发走。院中清静下来，戚映竹这才发现没看到时雨。

成姆妈正收拾碗筷，道："时雨啊？早上还见到他趴在这里睡觉，也不知道现在又跑到哪里玩儿去了。"

成姆妈进了灶房洗碗。戚映竹犹豫了片刻，去隔壁寻找时雨。

木屋里空荡荡的，时雨并不在。戚映竹失落地回到自己院中，路过厢房时，突然听到里面有动静。

　　唐二郎下山去给她买糕点了，是谁在里面？戚映竹试探地唤道："时雨？"

　　屋中没有人应。戚映竹想了想，一咬牙推开门，见到时雨将一页纸藏入怀中，正在翻看唐琢的桌案。

　　戚映竹惊呆了。时雨扭头，蓦地扑来，将她身后的门一关，捂住了她的嘴。

　　戚映竹被他推在门上靠着，不禁拉下他的手，道："时雨，你藏了什么东西？你来唐二郎的地方翻什么？不要偷拿别人的东西，快还回去。"

　　时雨道："我没有偷拿。"他抱胸辩解，"我是有原因的，但不能告诉你。"

　　唐二郎要杀他大哥。

　　时雨接了这样的任务，弄清楚后，便意识到东窗事发后自己会遭到追杀。时雨是舍不得钱，但也要给自己找点儿护身符……谁让唐二郎偏偏赖在这里不肯走？

　　戚映竹向他摊手，道："时雨，拿出来。"

　　时雨别过脸不承认，道："我没拿。"

　　戚映竹好气又好笑地道："不要耍赖……你真的不能乱翻别人的屋子。你又不认识字，怎么知道你拿的是什么？"

　　时雨道："我认字的！"

　　戚映竹道："好好好。那也不能乱拿别人的东西，时雨……"

　　时雨道："我真的没拿。不跟你说了，我要走了。"

　　见他转身要走，戚映竹连忙拽住他的手腕。她不知道如何与时雨说，唐琢身份尊贵，他会惹祸上身的。

　　她和时雨展开争执，两人僵持了半天。

　　时雨道："我就是没拿，有本事你搜啊。"

　　戚映竹生气道："你以为我真的不敢搜吗？你……你这个坏蛋，别乱跑。"

　　争执间，二人同时听到了外面的说话声——

　　唐琢问："你们女郎呢？"

　　成姆妈结结巴巴地道："可能出去……散步了。"

　　唐琢道："她身体不好还乱跑什么？真是的。"

　　唐琢推门而入，"吱呀"声响起——

　　戚映竹一颗心高高提起，腰肢被时雨一把搂住，嘴也被捂住。"嗖"的一下，时雨抱着她钻入了床榻下。同一时间，唐琢进屋。

　　戚映竹头皮欲炸。

　　时雨日日挑战她的忍耐力，在她崩溃的边缘试探。她只是来找时雨，让时雨归还东西，然而如今，唐琢在屋中翻书，不知床底下藏着时雨和戚映竹。

唐琢如何想得到他心慕的那花朵一般柔弱易败的女郎，会与一个野小子行下此事？

夏日炎炎，床板下空间逼仄，二人夏衫单薄。不紧不慢的翻书声在耳，床板下，戚映竹的脸贴着时雨的胸膛，少年身体瘦长，看着单薄，却能将她抱在怀里。

唐琢坐在书案前翻书，却翻得心浮气躁。他说不出原因，但总觉得待在这屋中的每一刻都变得漫长而磨人，"啪"的一声将书盖在案上。

床下的戚映竹被声音吓得抖了一下。

时雨抱紧她，笨拙地拍她的后背，学着旁人安抚人时那样安抚着戚映竹。

时雨呆呆地看着戚映竹这个样子。他的眼神向来直接，此刻这直接的眼神又透着些傻气。戚映竹不知道自己此时有多好看，不知道自己的每一根头发丝在时雨眼中都珍贵而迷人。

他凑上去，讨好地蹭她的鼻尖。

床板下逼仄的空间，不想面对的时雨的秘密……都让体弱的戚映竹越来越不适。她脸上的血色本就不多，此时正一点点地褪去，头晕乎乎的，大脑被黑暗笼罩。

时雨望着她，看到她像花一般要在自己怀里枯萎。

他忽地伸手捧住她的脸，向她渡气，将自己藏在胸腔中的温暖的、绵长的气息传递给她。戚映竹睫毛颤动，被迫接受他的气息，面容时白时红，手搭在时雨的肩头，微微推他。

木门被叩响的声音惊动了床下两个做坏事的少年，也让屋中的唐琢开了口。

"进来。"

护卫进来了。

床下两人推拉的时候，屋中站立的卫士朗声汇报道："公子，没有找到女郎的行踪，就连那个时雨的屋子，咱们都试着硬闯了一下……屋里也没人。"

床下的戚映竹听着他们的说话声，手在时雨的肩上捶，让他放开她。

时雨弯着眼睛亲她，发出响亮的"啵"的一声。

戚映竹的心跳瞬间静止。

房间中，唐琢和卫士一起听到了奇怪的声音。卫士惊疑地看向木屏风，唐琢也目中生疑。两人一起绕过屏风，看向那张床。

卫士抽出刀，唐琢凝目跟着。二人走过来，衣摆在地上拂过。

戚映竹快要落泪，时雨却仍是亲她。戚映竹不敢发出声音。时雨用眼神安抚她，却仍阻止不了女郎紧张得出汗。时雨摸到了她汗湿的后背，一时怔住，眼睛微亮地向她看去。他一只手捂住她的鼻，对她轻轻地"嘘"了一声，然而仍贴着她的唇。

唐琢和卫士站在床前，犹豫方才是不是听错了。

唐琢道："把床劈开？"

卫士犹豫着道："好像……没有声音。也许听错了？属下站在这里，没有听到别人的呼吸声。"

卫士这般一说，唐琢也自我怀疑起来。因这卫士是他手下武功最高的，这人都说没听到呼吸声……

屋门口又来了一个卫士，道："公子，属下逼问那个姆妈，她终于肯说实话，说戚女郎可能和那个时雨出去散步了。"那个卫士将声音压得很低，"那姆妈说，时雨总缠着她们家女郎。"

唐琢的脸色瞬间铁青，他也顾不上管什么床了，道："荒唐！癞蛤蟆想吃天鹅肉！"

唐琢越想脸色越难看。他早就觉得那个时雨不对劲，此时更加容不下时雨。

他不过在京外忙了几个月，以为戚映竹经过这般事，身边不会有别的男人，只要他回来，帮助了他的阿竹妹妹，阿竹妹妹感动之下，就能与他回京城成亲。

他想娶戚映竹，想了好多年！

只是戚映竹一直待他若即若离，态度冷淡。

唐琢思前想后，觉得若想抱得美人归，少不得用一用英雄救美的法子……然而他这英雄回来拯救美人，却发现美人身边冒出了一个野小子！

唐琢气不过，更加不能坐视戚映竹真的被一个野小子抢走……他堂堂端王府的小公子，怎么会败给时雨那种人？

唐琢一甩袖便向外走，冷冷地道："走，我亲自去山上找阿竹妹妹！绝不能让阿竹妹妹和时雨在一起……我非要带走阿竹妹妹！"

床板下，亲吻戚映竹的时雨眸间神色微沉，心间霎时再次浮起杀意。

唐琢气冲冲地领着卫士们出门了。

待屋中的人走后，时雨才带着虚弱的戚映竹从床下钻出。他将面容绯红的少女横抱在怀里，聆听了一下屋外的声音，直接推开门，用轻功"嗖"的一下掠出去。

在院中做针线活儿的成姆妈感受到一阵风，抬起头，却只见树上的几只鸟振翅飞起。

时雨抱着戚映竹，偷偷摸摸地回到了自己的木屋中。他将她放在床上，跪在她面前，讨好地看着她。戚映竹被流动的空气一拂，心神渐渐地平复了。

时雨悄悄地来抓戚映竹的手，问她："先别走好不好？"时雨抓着她的手放在自己心口上，得意而期待地告诉她，"我好像喜欢你啊。"

戚映竹解释说："时雨，这不是喜欢，只是因为欲望而生起的自然反应。你那不是喜欢。"

时雨不解地看着她，目光有些迷茫，有些不懂，但又分外相信戚映竹。她说不是，他就以为是自己弄错了……时雨忐忑地看着她，道："对不起。"

戚映竹望着他，鼻子一酸，眼圈也红了。

她要保护时雨，反思自己和时雨是不是走得太近了，才让他对她生了爱慕之心。可是她一个多病之人，一个注定活不了多久的人，能够给时雨什么？她希望他懂的感情有很多，而最不希望他懂的就是爱，可偏偏他第一个生起的感情也许就是爱。

她是否会伤了时雨？

戚映竹别过脸，小声说话，声音带着哽咽："时雨，我走了。"

时雨听她好像要哭，本能地伸手拉住她，不愿意让她走。

戚映竹低着头。时雨呆呆地看了她片刻，心里觉得委屈，道："我已经道歉了……你不是能够理解我没有心吗？我只是弄错了感情而已，你为什么就要哭？"

戚映竹勉强让自己笑了笑，抬起头面对他，道："没有，你没有错。我也没有哭，只是有点儿累。"

时雨打量她，问："那你能不能陪陪我？"

戚映竹抿唇，道："你还没将偷的唐二郎的东西还回去。"

时雨想了想，耍赖道："你陪我一下午，我就还回去，好不好？"

他在心中扮鬼脸，想：才不会还。

时雨心情极好。唐琢黑着脸回来的时候，得知戚映竹已经睡下。时雨却在院门口等唐琢，热情地邀请唐琢。他说他刚盖好一座很大的木屋，唐琢不用委屈自己睡小厢房，可以和他一起睡在戚映竹院子的隔壁。

唐琢："……"

成姆妈是陪着时雨一起等唐琢回来的，此时笑道："我们女郎要是知道时雨这两日忙着盖房子是为了欢迎客人，定会觉得时雨有礼貌。"

黑夜里，时雨笑眯眯的，大大方方地摊手道："对，我学会了有礼貌。"

唐琢瞪着时雨，哪里会不知道这个少年的险恶用心——不就是心理不平衡，不想他能够和戚映竹住在一个院子里吗？

偏偏阿竹妹妹温柔善良，被时雨哄骗了，但是……来日方长。

唐琢心里对时雨动了杀机，面上反而维持着笑，道："辛苦时少侠了。"

时雨道："是挺辛苦的……但都是为了央央能休息得好嘛。"

唐琢"嗽"了一声，道："可惜阿竹妹妹听不到你这话。"

时雨弯了一下眸，心想：央央怎么会听不到，不是有那个老婆子嘛……那个老婆子虽然很讨厌，但是什么事都要跟央央说也有好处。

时雨抱胸看着唐琢面无表情地转身进了他刚盖好的木屋。

成姆妈在旁边夸时雨懂事了。

时雨用手指扣着手臂，心想：这个唐二郎真烦人，怎么还不走？再不走……他就想杀人了。

时雨发现，戚映竹待他好像变得冷淡了。

他早上高高兴兴地去找戚映竹玩儿。用早膳的时候，戚映竹竟然忘了叮嘱姆妈专门煮他爱喝的甜粥。戚映竹说她忘了。时雨看了看她，再看看旁边嘴角含着一丝笑的唐琢，眯起了眼。

时雨压下自己的失落，控制着自己的情绪。

以前他比现在更像个怪物的时候，秦随随曾经告诉过他，就是因为他霸道地非要一个人只能是他一人的玩具，那些人才害怕他。他要大度点儿，要将喜欢的东西跟别人分享……或者不要占有欲太强。

时雨在秦随随的帮助下，基本能够正常和人沟通。但是他此时看着唐琢，依然……很难控制住情绪。

等时雨天亮后去找戚映竹玩儿，成姆妈竟然告诉时雨："女郎和唐二郎去看日出了，可能得中午才回来。"

时雨："……"

戚映竹刻意地想控制一下自己和时雨的关系。最好时雨对她的感情能维持在以前的程度……

为此，戚映竹和唐琢出去看了日出。

她也是借此机会试图劝唐琢下山回家，不要再等她了。

看完日出，二人立在山巅。唐琢为山间的壮丽风景而心旷神怡。

戚映竹柔声道："唐二哥，我真的不会与你成亲。我如今的日子便很好，你就让我一个人在这里待着……"

唐琢以退为进，含笑道："可是你不是要下山去参加你表姐的婚宴吗？正好与我一起下山。"

戚映竹道："我自己一个人便好……"

清亮带笑的少年的声音在山间惊起飞鸟："央央！"

戚映竹的心蓦地一跳，她猛地回头，看到时雨出现在这里。她分明在躲避他，但是听到他的声音，心神就跟着一颤。

自然，一旁的唐琢的脸黑了下去。

时雨提着食盒，道："我听说你们来看日出，想着你们肯定没吃早饭，就给央央和唐二郎带了早膳来。"

戚映竹呆呆地看着他。

时雨扬扬得意地指自己，道："我自己做的！"

他看着戚映竹，眨了一下眼。戚映竹忍不住低头抿着唇笑。

她朝旁边沉着脸的唐琢柔声道："时雨烹饪很厉害的。"

时雨见她笑，心里不禁得意，立刻殷勤地招呼两个人吃饭。

唐琢则惊疑不定，心想怎么会有自己的饭……

果然，时雨打开食盒，非常敷衍地端给唐琢一碗豆腐清粥，其他的……全是给戚映竹带的药膳。

戚映竹夸道："时雨，你真厉害，这么短的时间……"

时雨弯了一下眸子，道："小意思。你尝尝看。"

他迫不及待地要让戚映竹尝他做的饭菜。

一旁的唐琢看着这对少年男女当着自己的面就这般……心里的杀念更重。

暴雨之夜，一道闪电划过天地。

同一时间，三支响箭刺破天幕，被雷电声遮掩——这是向秦月夜发布任务的令箭声。

箭代表信号，发出后会有秦月夜的信鸽寻来，等着接取发布人的任务。鸽子扑棱着翅膀从唐琢的窗口飞出。

时雨被拍翅声惊醒，蓦地从床上坐起。

唐琢坐在屋中，将将喝下一盏茶，正要关窗熄灯入睡，一道蒙着面纱、戴着兜帽的人影无声无息地落在他屋中的角落里。唐琢起身时，被黑暗中的那道人影惊得一晃。

唐琢问："秦月夜的恶时雨吗？"

秦月夜的杀手接任务，脚程都这般快？

时雨立在黑暗中，打量着唐琢，改了平日说话的声调，声音低沉沙哑："你的任务还没完成。你又寻我何事？"

唐琢见这人果然是自己之前在敦煌碰到的恶时雨，放下心，又诚惶诚恐，怕这位恶名昭彰的杀手一言不合会做什么。唐琢谨慎地道："之前的任务您可以接着执行。在下这一次是想让您接一个新的任务。"

时雨没说话。

唐琢目中杀气重重，道："杀了这个院中那个叫时雨的少年。"

时雨挑眉，静静地看着唐琢。

大雨滂沱，京城被雨水洗刷，漆黑的天地时而被雷电照得通亮。

这样的暴雨夜，家家户户紧闭大门，街上并无行人。此夜此时，一个红衣少女扛着大刀，与一个戴着白色狐狸面具的青年一同走在京城的街道上。

戴着白色狐狸面具的青年为红衣少女撑着伞。

一道鸽子的白影飞过夜空。青年一伸手，一道劲风追去，那鸽子轻飘飘地落了下来。

这二人正是步清源与秦随随。

步清源将拦截的任务字条拿到手中，看了一眼后，"呵"地一笑，递给秦随随。扛着大刀的红衣少女便凑过来，借着步清源的手，眯着眼看字条上的字迹。

黑色大伞阻挡着四面八方飞来的雨滴。

秦随随"啧啧"两声，道："哟，有人拜托恶时雨杀时雨啊。这也不知道该说谁倒霉。"

狐狸面具下，步清源笑声低沉，道："自然是时雨倒霉……他任务完成得乱七八糟，还要楼主您亲自出来收拾他，这个废物。"

第十一章　望　月

　　唐琢从没想过"恶时雨"和那个缠着女郎不放的时雨有关系。

　　江湖人都有外号，本名反而鲜为人知。

　　例如，唐琢知道秦月夜的那位副楼主几乎不接任务，却在江湖上有"狐狸刀"的名号，而不知道"狐狸刀"的本名叫步清源。

　　秦月夜的新任楼主在江湖上的外号叫"血海刀"，成名于十岁时手刃全家，血洗高楼。江湖上提起这妖女，便说她丧尽人性、恶名昭彰。

　　而唐琢顶多知道那妖女姓秦，不知道"血海刀"的本名叫秦随随。

　　唐琢又哪里想得到，"恶时雨"的外号与时雨的本名之间，只差一个"恶"字，顶多在说时雨的名字时感觉有些奇怪，怕这位外号"恶时雨"的杀手会生起什么误会。

　　时雨盯着唐琢，再次确认："是你这个院中的那个少年？"

　　唐琢恍然，猜这位杀手到来的时候已经察觉时雨的存在了。唐琢心里有了底，对这位如今在杀手榜上排名第一的大人物又多了许多信任。

　　时雨懒怠地道："不接。"

　　唐琢一时没反应过来，道："什么？"

　　时雨道："我最近很忙，没空接任务。"

　　唐琢连忙道："报酬不会让大人失望。"

　　时雨挑了一下眉，一下子想起自己因为唐琢上个要他杀戚映竹的任务而损失的钱……新仇加旧恨，这人还敢跟他提钱……时雨一张手，一把银针从掌中飞出，直刺向唐琢。

唐琢骇然！

细针飞来，他全身如被定住一般，刹那间以为自己会死在这位杀手手下。细针擦过他的脸，钉在了他身后的墙面上，只在他脸上划出了一道血痕。唐琢僵硬着身子问："大人……这是什么意思？"

时雨道："不接就是不接。"

唐琢眼睛都不敢眨。那站在阴影中的人倏地移动，那个地方便没了人。唐琢再看，只见那戴着兜帽的人已经出了窗，衣袍被雨打湿。雷电声轰鸣，唐琢追到窗口，不死心地问了一句："大人不接此任务，我可以重新发布任务，让杀手楼的其他人接吗？"

时雨淡漠地道："随便你。"

唐琢刚放下心，就听那人道——

"但是杀手楼应该没人敢接。"

唐琢愕然。

这是什么样的任务，会让恶时雨不接，杀手楼的其他人也不接？唐琢听说有些困难的任务，那位"狐狸刀"副楼主会接，但是这一次，连副楼主也不接？

自然，唐琢从没想过他会有面子让楼主接他一个任务。

时雨……时雨难道不是一个普通的乡野少年吗？

这一夜如此无聊，几下跳上屋顶的时雨打了个哈欠。雨丝擦过他的兜帽，落在他的脸颊上，冰冰凉凉的。被这冰凉的雨一激，时雨蓦地想到了那天戚映竹摸在他腰间的同样凉丝丝的手。

时雨周身的血在想到她时忽地热了起来。他身子跳跃，没有返回自己的屋中睡觉，而是去缠戚映竹。

雨声很大，戚映竹正睡得糊里糊涂，怀中就出现了一个少年。她迷迷糊糊的，以为这只是一场春夜之梦。

次日，唐琢再一次出现在戚映竹这里。不出他的预料，时雨果然在。

但是经过昨晚的事，唐琢对时雨警惕了很多，觉得这少年不简单。只是唐琢觉得，时雨和戚映竹之间……似乎有些奇怪。

平日时雨只坐在那里，都能让阿竹妹妹觉得他可怜、无辜什么的；今日时雨坐了半天，戚映竹只板着脸闷头写字，不搭理时雨。

青竹新绿，满舍清风。

唐琢思量一二，还是先去关注戚映竹了，道："阿竹妹妹在写字？"

暴雨之后，山间小居空气清新。成姆妈在院中扫落花和雨水，戚映竹则开着窗写字。

戚映竹见到唐琢又来了，也颇有些烦，脸上的恹恹之色便更浓了。只是戚映竹抬头间，愕然地问："唐二哥，你的脸？"

唐琢摸了一下自己脸上的血痕，神色一沉。他试探地看了一眼时雨，见时雨只是眼巴巴地看着戚映竹，对他脸上的伤痕没什么反应，赧然笑道："我练武时划伤的。"

时雨唇角翘了一下。

唐琢："……"

他一时判断不出时雨这个笑是因为觉得他撒谎，还是觉得他练武伤到自己很可笑。

唐琢盯着时雨。

时雨突然冒出一句："昨晚是你自己点头同意的……"

唐琢没听明白，却见戚映竹一个哆嗦，喝道："时雨！"

她的脸霎时红了，又霎时白了，飞快地看了一眼唐琢，她瞪着时雨，嗔怒地道："不要什么话都往外说。你不听我的教诲吗？"

时雨茫然地道："可是你不理我，也让我听话吗？"

戚映竹道："你……你应该反省你的行为合不合适……"

时雨道："很合适啊。我问了你，你说'好'，你还……"

戚映竹简直快要崩溃了，尖叫道："时雨！"

时雨："……"

时雨捕捉到她剧烈的情绪变化，感觉到她的情绪很乱，像是害羞，又像是生气……时雨想到今早成姆妈的那一声尖叫，还有戚映竹拍他的肩时涨红了脸的样子。

时雨默默地判断着：难道央央真的生气了吗？

她待他太包容。他都不知道她是与自己闹着玩儿，还是真的不悦了。

唐琢听了半天，脸色一点点地阴沉下去，打断这两人的含情对视，道："等等，阿竹妹妹，昨夜你和时雨在一起？"

戚映竹警惕地瞪了一眼时雨，怕他再口无遮拦。幸好时雨乖乖地坐在那里，眨了一下眼，没有开口的意思。戚映竹这才掩着心虚，对着唐琢，也对着正在院内扫落叶却伸长耳朵关注着屋子里面情况的成姆妈说道："时雨只是与我玩儿了一会儿。"

时雨转过头看她。

戚映竹望了他一眼。

时雨低下头，藏起了眼中的笑意。

唐琢说不出自己现在的心情是难受还是庆幸，喃喃自语："若是和阿竹妹妹在一起，那就不可能找我了……应该是两个人吧。"

戚映竹问："唐二哥，你说什么？"

唐琢道："昨夜你和时雨……"

戚映竹飞快地道："什么也没发生。"

唐琢放下心，又看了一眼时雨，再看戚映竹，见戚映竹虽板着脸，耳根却红如滴血，怔了一下，心一下子乱了，心里涌起恐慌！

难道他等了这么多年的佳人，要便宜别人了吗？

这怎么能够？！

戚映竹是他一直等着的，等了这么多年……凭什么是时雨？！

带着不甘心，唐琢凑近戚映竹，用嘴角的笑掩饰心中翻涌的嫉妒，道："阿竹妹妹这字似乎写错了。"

原本戚映竹是不会让唐琢如何的，但是近日时雨的不妥当行为加上时雨对她越来越强烈的爱慕心，都让戚映竹忧心忡忡……戚映竹想让时雨对她的心淡一点儿，思量了一下，给唐琢让出了位子，道："请唐二哥教我。"

戚映竹与唐琢站在那里写字，郎才女貌，琴瑟和谐。

时雨闷闷地坐在墙下。他不知道自己是被戚映竹刻意冷落的，便觉得是唐琢在捣鬼。

时雨更想让这个人消失了……可是他还不能杀这个人。若这个人死了，他的钱就彻底赚不到手了。他怎么也要等完成任务，再杀唐琢。

时雨思考着该怎么在不杀唐琢的情况下赶走唐琢。

戚映竹和唐琢吟诗作赋间，时雨沿着墙，悄然翻窗离开了。戚映竹虽不理会时雨，却一直关注着他。时雨一走，戚映竹一颗心就如被他带走了一般，空落落的。

戚映竹攥着笔出神。

唐琢道："阿竹妹妹，该你写诗了。"

戚映竹丢下笔，郁郁地道："我有些累，要去睡了。"

唐琢怔了一下，看戚映竹的面色和身体。戚映竹冷冷淡淡，病美人之姿让人心动，却也让人心忧。唐琢忽地向前一步，握住戚映竹的手。戚映竹被吓了一跳，向后抽手，没抽出。

戚映竹面红生怒，道："唐二哥，自重！"

唐琢道："阿竹妹妹，你听我说。你再等等我……我最近在忙一桩事，待我忙完了，一切都会好的。我听说天山有一株百年九玉莲，大家都在等它开花，它的花可以医治百病……我已经让人去那里找，去买、去等都行……阿竹妹妹，我一定把九玉莲带给你，治好你的病。我们可以一辈子幸福地在一起。只要你再等等，再给我点儿时间！"

戚映竹终于将手抽走，背过身道："不必了。唐二哥，我已拒绝过你许多次，今日不妨将话说得更明白些……我不想嫁给你，不想回京城。我喜欢平静的、无争的生活，喜欢三两炊烟，喜欢山清水秀……你会娶到适合你的夫人，但不会是我。唐二哥若怜惜我，便知以我的身体，应付不来京城那些人……"

唐琢道："所以才要给你治好病！你才情好，只是身体不好才拖累了你……"

戚映竹道："唐二哥，你莫要勉强我了。"

唐琢道："阿竹妹妹，你还年轻。你以为乡野生活是你想要的，但是你的才情、你的身体……都不是这样的生活能够满足的。只有跟我回京城，你才能得到最好的呵护。阿竹妹妹，你是最好看的花，是墙上的美人壁画，是书中的如玉佳人……京城才是你的归处，这里不是。"

戚映竹道："我已说不喜，唐二哥仍执迷不悟，我又能说什么呢？唐二哥请吧，我真的累了。"

她背过身，向内舍走去，从萧索的背影中就能看出不开心。但她又清雅无双，袅袅娜娜……唐琢看得痴了，依然不肯放下执念，痴痴地道："阿竹妹妹你睡吧，我在外面坐着，守着你。总有一日你会懂我的心。"

戚映竹回头，隔着竹帘看了他一瞬，轻声道："你自愿意做痴情好儿郎，可问过我是否愿做那负心寡情被你等候的坏女郎？"

唐琢和戚映竹在山上交锋时，时雨已经下了山。

他不只是下了山，还去了一趟京城，直奔端王府。

端王府守卫森严。时雨要杀的那位大公子现今还不是世子，只消过了今年的生辰，便会被封为世子，那样唐琢就彻底失去了机会。所以唐琢给时雨的任务，是必须在九月前让唐璨——即他大哥——死。

时雨并不清楚端王府表面上的兄友弟恭之后弟弟对兄长取而代之的心。唐琢将自己这份野心掩饰得极好，端王府无人知道。端王府的一切资源都倾向唐璨，唐琢想成为世子，唯一的希望就是唐璨死。

时雨不关心那些，只是接了个有足够多酬金的任务，来杀人而已。

时雨此时却也不好下手，因为没有来端王府踩过点，没有研究过唐璨的生活习惯。他的心被落雁山上的女郎占满，若非唐琢死赖在山上不走，他依然不会下山。

漆黑的夜如凶兽，盘踞在整个端王府上方。

时雨伏在屋檐上，静静地等着时辰，判断着最好的时机。他知道以今日端王府的布局、自己的武力，杀不掉唐璨，但是做杀手，本也不是武功越高的人任务完成率越高。

何况时雨今夜的目的并不是杀掉唐璨，只是试探一下。

时雨从屋顶上跳了下去。

片刻时间，刀光剑影，灯火一点点地将王府照得通亮。灯火游走，护卫尽出。整个王府在一刻后变得混乱——

"快来人！有刺客！"

"大公子遇刺了，快，快抓刺客！"

"叫御医！叫御医！"

寒夜中，时雨一刺便走，端王府那些发现了他的踪迹的卫士紧追不放。卫士们靠端王府养着，刺客大摇大摆地来刺杀就是挑衅他们。他们若不做出什么，明日端王府就会将他们全都打发走。

卫士们和时雨在冷夜的京城街巷间追逐。哪怕武功如时雨这般好，也不能很快摆脱卫士们。但是时雨必须摆脱他们——他要在天亮时离京，回落雁山，找到戚映竹！

夜间端王府遇刺的事惊动了京兆尹。闫腾风在府中休憩，也被拍门唤起——

"大人，端王府遭了刺客！"

闫腾风领着京兆府的人与端王府的卫士们一同堵杀时雨。时雨身形如电、如鬼魅，因对方人数多，不得不几次停下交战。剑影下，时雨的手臂被后方不知哪个人砍了一刀，时雨一个趔趄，从墙头上摔下。

卫士们匆忙去寻，却在墙下失去了那人的行踪，正仓皇时，少年竟不知何时回到了墙头上。他从后面向他们扑跃而下，一刀一个将人悄然解决。

时雨喘了口气，看了一眼自己臂上的伤，不敢迟疑，再次行动起来。

悬佛塔塔顶的飞檐上，秦随随红衣潇洒，赤脚坐在檐头，跷着双腿玩儿，长弯刀被她随意地丢在乌鳞瓦片上。她旁边站着戴狐狸面具、撑着伞的步清源。

步清源青衣落拓，衣袂随风轻扬。他手中所撑的黑色大伞伞骨乌黑油亮，伞面为秦随随挡住月光，却不会阻挡秦随随观看下方战斗的目光。

月光照着那佛塔顶上撑伞的青年和少女。靠在青年腿上，秦随随观望下方街巷间的战斗，看得兴致盎然又"啧啧"撇嘴。

秦随随有些纳闷儿，道："一个月不见，时雨变得废物了很多啊。"

步清源含笑问："变得心慈手软了？"

秦随随竖起一根食指摇了摇，道："变得惜命了。"

步清源道："哦？"

秦随随支着下巴，评判道："今夜他既然敢闯端王府，按照他原来的风格，拼着大半条命也必杀那个唐璨，完成自己的任务。大半条命没就没了，有什么关系？反正任务完成了，酬金到手了……这才应该是恶时雨的风格啊。但你看他现在，和人在街巷里玩儿追击赛……这是干吗？比谁脚程快？他在拖时间，拖什么时间？"

步清源想了一下，说："也许是等天亮城门开的时间。我们只消跟着时雨看看就知道了。"

秦随随垂下眼帘，道："可惜不知道时雨能不能扛过今夜的追杀。"

步清源笑道："那得看楼主您想不想救他了。"

秦随随想了片刻，怏怏无趣地道："救吧。毕竟我刚当楼主，手下没几个真正听话的……步大哥，去救他吧！"

步清源挑眉。

秦随随笑嘻嘻的，将手绕到身后，忽然在他腿上重重地一推，将他从佛塔顶上推了下去。

青年瞬间被推下，低笑一声，在半空中将黑伞"唰"地转了个方向，脚尖在伞上一点，腾空调整身形，青袍飘飘，撑着伞落地。

下方的卫士们正在寻人，忽被凌厉至极的杀气锁定，尚未反应过来，身后薄薄的刀刃如风一般轻飘飘地掠过。步清源站在地上，用伞挡住前方之人反应过来后的攻击。

闾腾风声音惊怒："你是何人？"

伞下的青年抬起头，露出一张戴着银白狐狸面具的脸。

闾腾风眯眸，冷冷地道："阁下莫不是'狐狸刀'？但没有听说过'狐狸刀'有撑伞的习惯。阁下在冒充他吗？"

步清源在面具后闷笑一声——这伞是他和秦随随给时雨拿来的。

之前和金光御打斗间，时雨的伞被金光御毁了，之后时雨一直闷闷不乐，秦随随就叫步清源给时雨修伞。

只是步清源还没把伞修好，时雨就离开了大漠。

而今步清源和秦随随前来京城，自然将伞给时雨带了回来。

只是如今这伞和时雨当日丢给他们的伞，有了些区别。

天亮后，京城的诸人仍没留住时雨。他们还在京城追寻刺客时，脸色苍白的少年已经回到了落雁山。时雨仓促地处理了一下自己的伤势，就去找戚映竹。

他有些累，而戚映竹起得又很晚，还不让他进她的闺房。

时雨抱着膝，坐在戚映竹主屋的外面，靠着墙等她醒来。许是失血严重，又许是一整夜不曾合眼的缘故，时雨这般靠着墙，竟昏昏睡了过去。

明晃晃的光落在脸上，细微的碰触如雨点一般，模模糊糊间过了很久，好像听到人的讨论声，时雨蓦地睁开眼，握住那只落在他脸上的手。他睫毛轻扬，乌黑的眼珠看到蹲在他面前的戚映竹。

戚映竹手中拿着一方湿帕子，在给他擦脸。

靠着墙的时雨睫毛上沾着尘土，面容如雪一般，眼中空荡荡的什么情绪也没有，身上有戚映竹刚认识他时的凌厉无情。这样陌生的时雨让戚映竹踟蹰，不敢太靠近。

但是时雨呆愣了片刻后，依偎过去，蹭着她撒娇："央央……"

这才是戚映竹熟悉的少年时雨。戚映竹脸红。

成姆妈在戚映竹身后重重地咳嗽了一声。

戚映竹扶着时雨让他坐好，问："时雨，你怎么了？怎么睡在这里？"

时雨知道戚映竹这两天好像又变得很不高兴，便扮乖："我刚来的时候你没醒，我就等你，等着等着就睡着了。"他朝戚映竹的身后张望，没有看到唐琢，非常高兴地问，"唐二郎是不是死了啊？"

戚映竹道："时雨！"

时雨道："哼。"

他别过脸，当作没看到戚映竹不赞成的目光。

戚映竹叹了口气，知道时雨不喜欢唐琢，便也不提了，柔声道："似乎是端王府出了事，早上便有人找来，唐二哥匆匆离开了。"

时雨弯起眼。成姆妈在旁边监视，他却压根儿不管，柔弱地非要蹭在戚映竹的肩头，缠着她，道："央央，我好饿……央央，讨厌的人不见了，你是不是就只和我玩儿了？太好了！山上只剩下我和央央两个人了！"

成姆妈再次重重地咳嗽了一下，推了一下戚映竹。

戚映竹抬起脸看去。

成姆妈用眼神暗示戚映竹：女郎，你叫他自重！

戚映竹低头看了看靠在自己肩上的时雨，终是说不出口。

这让成姆妈扼腕女郎太过心软。

时雨没有傻到让戚映竹知道他受了伤。但是他失血过多，脸色煞白，即使吃了饭也精神委顿，靠着戚映竹就能睡着……戚映竹便觉得他可能是病了。

于是，不顾成姆妈的反对，戚映竹让时雨白日在自己的房中歇息。

戚映竹与成姆妈据理力争："他自幼便是孤儿，小小年纪就闯荡江湖，极为不易，如今连生病了都没人照顾。大家相识一场亦是缘分，时雨也救过我，让他在这里歇息也是应该的。"

成姆妈以狐疑的眼神在两人之间打转，最后还是勉强同意了。

于是时雨睡醒后便发现自己被天上掉的馅儿饼砸中了——戚映竹让他白日待在她身边养病。

时雨这般大大咧咧、没心没肺的人，都有些感动。

他也不知道为什么，最近戚映竹身边总是围着很多人，戚映竹总是忙得顾不上理他。他一直在等着戚映竹忙完，他们能恢复到回到山上之前的样子。

分明在山下住客栈的时候！央央待他都颇亲近，都怪唐琢的到来。

而今，终于到了他翻身的时候，他很高兴，果然将唐琢弄走做对了。

夏日竹帘轻悬。

戚映竹坐在书案后写字，身后支了张竹榻，时雨"虚弱"地卧在其上。成姆妈坐在旁边的杌子上做针线活儿，时时盯着时雨。自从那日清晨成姆妈发现从自家女郎被褥里钻出来的少年郎，对时雨的警惕心就提到了十万分。

让成姆妈很诧异的是，这个小浑蛋分外乖，并未如她想的那般总是吵她们家女郎。

女郎在那里写字，时雨就趴在床上的竹枕上，露出一双乌黑澄澈的眼睛，毫不厌烦地盯着戚映竹看。他的眼神没有经过世俗的遮掩，看戚映竹时便总是过于直白……成姆妈完全能看出时雨对女郎的渴望，但是时雨并没有说。

成姆妈有点儿懂女郎为何一与时雨对视就投降了。

而时雨在这边乖得久了，看戚映竹的眼神太渴望了，连成姆妈都有些看不过眼，反思自己是否太过分。成姆妈便寻了借口，说坐得腰疼，出去走走。

握着笔写字的戚映竹脸颊滚烫，低着头想：姆妈这借口好敷衍……

余光忽然察觉旁边有人影，戚映竹扭头，见到成姆妈一走，时雨就溜了过来，对她桌案上的东西探头探脑。

时雨与她微瞠的杏眸一对，欲盖弥彰地道："你说那个老婆子在的时候不让我靠近你，可她现在不在了啊。"

戚映竹道："是姆妈。时雨，不要那般没有礼貌。"

时雨抱胸，道："我不喜欢她。"

戚映竹问："为什么？"

时雨盯着她不说话，黑白分明的眼睛轻轻地向上一抬，睫毛微动，勾出一道鸦青色的涟漪，如羽毛一般轻轻勾着她。

戚映竹心头一动，知道了他是什么意思，别过脸，刻意将注意力放到自己笔下。戚映竹道："姆妈也是为了我们好……而且你不喜欢的人，难道就不应该存在吗？"

时雨没说话，心想：我看不顺眼的人，通常就杀了。

戚映竹却说："你无权决定旁人啊，时雨。你要乖乖叫'姆妈'，不要惹她老人家伤心。"

时雨"嗯"了一声，问："你在教我为人处世吗？"

说到这个"教"，戚映竹便想到他对她越发强烈的爱慕心，心中又甜又涩，情绪变得低落。她认真地写自己的字，道："算是吧。"

时雨完全没有察觉她敏感的心思，俯趴在案头，百无聊赖地翻看案上的宣纸。

戚映竹心头思绪乱飞，也不敢多盯着时雨。

一时间，屋舍中弥漫起诡异的沉默。

时雨突然笑了一声，声音清朗，还透着邀功一般的喜悦："央央，我认识这几个字！'雨竹居士'，我全都认得！"

他拿着一沓宣纸，炫耀自己也并不是全然不认字。不想戚映竹抬头一看，眼神慌乱，连忙去抢被他拿走的宣纸。时雨向后随意地一退，戚映竹便扑了个空，上身一晃，靠在了时雨的腰上。

他冲戚映竹扬起宣纸，问："你为什么反应这么大？有什么不能让我看的？"

戚映竹定了定神，瞥他一眼，道："也没什么不能让你看的……你要看什么呢，时雨？"

时雨一滞，只因确实看不太懂宣纸上的内容，但又觉得戚映竹这么慌，必然有东西瞒着他……时雨低头，再次认真翻看自己手中的宣纸。虽断断续续能认得好多字，但是这些字组合在一起，他脑中便是一大串问号。

时雨微怔，迟钝地想到那天自己看到的戚映竹和唐二郎吟诗作对的一幕。

当时他只是不开心，现在才开始自卑。

时雨垂下眼帘。

戚映竹观察着他，听见少年的嘀咕声。

"反正我认得几个字。'雨竹居士'我就认识。央央，好巧啊，这四个字里面有我的名字，也有你的名字。"

戚映竹心虚地应了一声，道："巧合吧……还给我吧。"

时雨打量着她，虽不解内情，却本能地想试探出什么："这不是你起的名字吗？"

戚映竹羞涩而尴尬，糊弄他："这是在古诗中随意取的意象，没有旁的意思。你多读两本书就知道了。"

她将手向外摊，示意他将宣纸还回来。时雨抿了一下唇，颇为不甘，但偏偏又确实解读不出什么来，便闷闷不乐地将宣纸还给她。

戚映竹松了口气，背过身时捂住自己的心口，想还好，还好，时雨没发现她连取名字都想着他。

戚映竹将宣纸用镇纸压住，正要再次写字时，余光瞥到时雨在偷偷摸摸地往怀中藏东西……戚映竹呆住了，道："时雨！"

时雨一愣，抬头无辜地看她。

他虽然表现得很单纯，好似懵懂无知，不知自己在做什么，但手紧紧地拿着一张被折起来的宣纸，偷偷地要往自己怀里藏。被戚映竹识破，时雨挣扎了一下后，将自己偷藏起来的一张宣纸摊开。

戚映竹觉得好笑，轻声问："你藏它干吗？"

时雨低头，似随意又似诚实地道："我觉得你写的'雨竹'两个字很好看，我想学。"

戚映竹愣怔，蓦地抬头看他。他正低着头打量她，重复道："真的很好看。"

戚映竹呆呆地看着他，心脏跳得有多快自己都说不清。

少年把手指放到自己唇间，轻轻地吮了一下，低头在光洁的案面上勾画。

戚映竹顺着他的目光看去，见他如同画画一般在桌上写了"雨竹"两个字。

看着自己写的字，时雨自己都忍不住笑了。他飞快地看了她一眼，红了脸，像尴尬，又像不好意思地道："我写得不好看。"

他说完就要抽回手，手却被戚映竹握住。时雨一怔，看向她。

戚映竹拉着他的手，在桌面上重复写了那两个字。时雨低着头，俯下身，要认真地去看她拉着他的手是怎么写字的……

时雨郑重其事地要学习，让戚映竹很欣慰。

戚映竹斟酌地道："时雨，我教你读书写字吧？"

时雨漫不经心地道："好啊。"

戚映竹低着头，忽地面颊被少年亲了一口，留下湿漉漉的口水。

然后时雨马上把手抽走，怕她生气一般撤退了。戚映竹捂着腮扭头看他。时雨一扯被褥，缩回竹榻上躺好。

下一刻，成姆妈刻意加重的脚步声在屋门口响起。成姆妈进来后，见女郎扭着头盯着少年猛看，咳嗽一声。

戚映竹后知后觉地收回目光，却还是忍不住回头再次看时雨。

时雨半张脸被被子捂住，眉目却俊俏飞扬，带着狡黠的笑。戚映竹脸红了，这才彻底回过头，不敢多看了。

在他自怨自艾之时，戚映竹端着洗好的笔墨进屋，看到他这般，忍不住"扑哧"一笑。

"雨竹居士"的字画在山下终于第一次卖了出去，价格还不算低。方才戚映竹和成姆妈一合计，两人心情都很不错。

时雨抬头，神情郁郁地看了她一眼。

戚映竹收敛了自己的笑，踌躇着坐在榻上，道："时雨，我有话与你说。"

时雨此时也想到一个可以让自己和戚映竹睡觉的主意，仰起下巴，道："我也有话和你说。你先说吧。"

戚映竹缓了一会儿，轻轻地看他一眼，掩饰着自己的不舍与难受，下定决心，道："时雨，我决定下山，回京城去了。表姐的婚事我是要去的，还有养父、养母……我也要再见见他们。"

她这样说，其实是要离开时雨了。她说不定会在京城中住很长一段时间，待回来……也许时雨便走了。

时雨眨了眨眼，问："要去多久啊？"

戚映竹道："可能十几天，也可能一两个月，也可能半年……"

时雨呆住，迟疑地道："那我要带好多衣物对不对？京城的物价比外面的贵很多……"

他如财迷一般又开始盘算起他的小金库——动一个铜板都让他心如刀割……

戚映竹怔怔地看着他，这才反应过来，道："你……你不会打算与我一起去京城吧？不行的……宣平侯府戒备森严，你进不去的。"

时雨肯定地道："你就不用操心这个了……央央，京城里的东西真的很贵吧？"

戚映竹的纠结与他的纠结全然来自两个世界。时雨完全没发现戚映竹试图让他们分开的心思……

戚映竹用复杂的眼神看了他半天，终是无奈地妥协，道："我不知道京城里的物价，姆妈知道。我说的话你也根本没懂……你根本不知道宣平侯府有多规矩森严，和我们现在是不一样的。"

时雨道："没什么难的。那里很严吗？我很轻松就能带出戚诗瑛啊。"

他语气里透着无所谓的无情之意。杀几个人，甚至杀几百个人，对他从来没任何困扰。

戚映竹见说不通，只好先打住此话题，无奈地问他："你要与我说什么？"

时雨抬头的瞬间，目中迸出光来。戚映竹因他的目光而愣住，紧接着听到他说——

"我们一同下山好不好？"

夜间的镇上灯火闪耀。

华灯初上，戚映竹与时雨行在还不甚拥挤的人流中。

再一次丢下姆妈下山来玩儿，戚映竹觉得紧张而刺激。

戚映竹不停地回头，心忧地看向被自己落在后面的落雁山。

一只手伸来，与她的手握住，戚映竹手指一颤，那伸来的手便顺势贴住她的掌心，握紧了她的手。睫毛颤了一下，戚映竹抬头看去。

时雨说："人很多，我拉着你，你就不会走丢了。"

戚映竹也不知道他对牵手的意义有没有认知，低声应了，再次忍不住看向身后。

时雨道："我给她点了睡穴，她睡得比你香多了，你就别想她啦。"

戚映竹赧然，也觉得自己三心二意不好，便认真地应下。时雨这才笑起来，拉着她的手，加快脚步进了人群。

时雨始终只是个十几岁的少年郎，没心没肺，玩儿心重。上一次时雨与戚映竹偷偷出来玩儿，两人并不算很亲近，他对她逗弄的心思居多，而这一次……

这一次，时雨是记得自己身边有戚映竹的吧。

他会紧拽着她的手，不让她被人挤到。在戚映竹的美貌引得不怀好意的人窥探时，他会在人群中弹出一道指风，让那些人吃痛躲开。他还笨拙地学着照顾戚映竹，例如两人买了糖葫芦，戚映竹只尝了半颗，剩下的全都给了时雨。时雨道：“姆妈说不能让你吃太多东西。”

戚映竹红着脸微笑，道：“嗯。”

只是戚映竹的体力不好，两人只玩儿了一会儿，她便开始微微喘息。她想撑着，让时雨尽兴，便咬着牙不说，待时雨发现的时候，戚映竹的脸色已有些苍白。

时雨一怔后，眸子沉下，眼里的笑和欢喜尽数消失，有些吓人。他不知是生自己的气还是生戚映竹的气，张口想说她，但是看着戚映竹羸弱无比的模样，又说不出口。

戚映竹轻轻地去拉他的手，探过脸看他。少年哼了一声，别过脸。

戚映竹微笑道：“别生气，我歇一会儿就好了。你带我出来玩儿，我很高兴的。”她劝他，“你自己去逛吧，我在这里等你。”

两人所在的是两条街巷的交叉口，路口有蜿蜒的小河，河边灯火通明，有许多小贩摆摊叫卖，煞是热闹。

时雨望了望灯火通明的人流处，不知为何，明明自己很喜欢这些，但若央央不能陪他一起，便也觉得索然无趣。时雨郁闷了一阵子，陪戚映竹站在河边，不肯离开。

戚映竹心里对他生了歉意，又很着急，想让他高兴起来。

戚映竹盯着一个从他们面前经过的女郎的发鬓多望了几眼，在脑海中寻思一番方才两人走过的地方，确认没有疏漏后，才拉了拉时雨的袖子，让时雨去看。她因不好意思盯着过路的人指点而与他贴耳说话，面红耳赤地道：“时雨，你看那个女郎。”

时雨耳朵微烫，胸膛中血液奔流。

心潮波动阵阵，怔了一会儿才听清女郎在耳边说什么，时雨心不在焉地看过去，半天后，纳闷儿地问：“你让我看一个光头做什么？”

戚映竹汗颜，道：“不是那个，是那个！那个……头戴花的女郎。”

恰逢那被戚映竹所指的女郎在人群中与自己的同伴说话，停下脚步在小摊子前讨价还价。灯火幽暗，那女郎微转过脸。

时雨看了半天，肯定地道：“她不如你好看。”

戚映竹：“……”

她又羞又恼，轻轻在少年的手臂上打了一下。

戚映竹无奈地发现自己无法暗示时雨——时雨永远听不懂她拐弯抹角的话是什么意思。她永远只能明明白白地告诉时雨：“你看那个女郎头上戴的绢花，好看吧？我也想要。"

时雨道："可是你走不动了啊。"

戚映竹道："你不能买回来给我吗？"

两人大眼瞪小眼半天，戚映竹坚定地扮演一个任性的非要绢花的女郎。时雨转过头看了她半天，不解她今夜为何这般奇怪，和以前的她很不一样。但是他对人情世故向来稀里糊涂，理解不了就放弃了。

时雨不情愿地道："那你乖乖等我，我去去就回。"

时雨入了市集，双眼快速扫过两边的摊子。旁人逛街是享受，他却如完成任务一般，心里只记挂着正在等他的戚映竹。杰出杀手的眼力从来不容小觑，时雨很快就找到了卖绢花的小摊。

时雨随意地道："拿那朵给我。"

时雨低着头，一手交钱一手交货时，猛地背脊一僵，大步飞跃而起，向后连退数步。少年诡异的退后步伐没有惊动流动的人群。

一个清脆的少女声从时雨方才所站位子的后方揶揄地响起来："我以为你已经非常废物了，现在一看，警觉还在嘛。"

时雨缓缓地抬头，隔着川流不息的人群，看到一个黑衣束腰的少女撑伞而立。少女乌黑的长发间梳了两条小辫儿，是用五色绳所编，别在耳后，让她显得俏皮可爱了很多。

但时雨从没觉得她可爱过，道："秦随随！"

秦随随弯眸而笑，转着手中的伞，悠闲无比地立在那里，不知道将她的刀寄存到了何处。

时雨用眼睛向四方扫视。

见秦随随向他走来，时雨向后退了一步。

秦随随便停住脚步，不解地看着他，很快恍然："我明白了，你是不想被我打扰……但是时雨，你给女郎买绢花，怎么才买一朵？大方的人可是应该全部买下，让女郎慢慢挑啊。"

时雨从她的话里判断出什么："你跟踪我吗？"

隔着人群，二人像是在自言自语，偏偏声音都清晰地传入彼此耳中。

秦随随蹙眉，苦恼地道："对啊，跟踪了你很久。看来我的武功又进步了，跟踪都让你察觉不到……不过这也间接说明，你的警惕心不如以前了。时雨，你说这怎么办？警惕心这么差，以后就不好当杀手了。"

时雨打量她，道："不用你管……你来干什么？"

秦随随叹气，道："来杀金光御啊。还有处理你的事……时雨，前两日唐琢直接点名请你接任务，你没有接，我也损失了一笔钱。"

时雨反驳："他要我杀我自己，我怎么杀？"

秦随随"扑哧"一笑，掰着手指头数："宋凝思发布的请求——秦月夜就近保护的任务，你身在京城附近却不接。你运气不好，谁让我亲自来京城，一下子就撞上你这么大的把柄……时雨，这可是强制任务，你却不接，违背秦月夜的规则了哟。"

时雨道："那又怎么样？"

秦随随笑了一声，为他喝彩，轻轻地鼓了两下掌，道："我一贯喜欢时雨你这般爽快的性子，好说话。那我问你，你是认自己违背规则了，对不对？"

时雨干脆果决，周身气息收敛，与他在戚映竹面前时的放松状态全然不同，道："对。"

秦随随道："惩罚可是我亲自出手打你哟。"

时雨道："你未必打得过我。"

秦随随不悦地哼了一声，继续掰手指头："还有，之前唐琢发布的另一个任务，你非要把什么女郎给加进去，后来又说自己不杀了，要赔偿钱财……你认不认？"

时雨淡漠无比地道："认。"

秦随随笑道："鞭刑十，领不领？"

时雨道："领。"

秦随随满意地点头。所以说，秦月夜的一众杀手中，她最喜欢的就是时雨。他从来都说话算数，不与她玩儿诡计、玩儿阴谋；出了事也从来不耍赖，该领什么罚就领什么罚。

秦随随觉得自己之前帮时雨在京城脱困帮得很不错。

秦随随转着手中的伞，问："那你打算什么时候领罚呢？"

时雨踌躇了一下，想：他暂时不打算回秦月夜的主楼去，打算一直和央央在一起。他若一直和央央在一起，根本没有时间接受惩罚，因为央央会怀疑，会伤心。而且长痛不如短痛……

时雨缓缓地向后退，口上说："现在。"

话音刚落，他将绢花往怀中一收，纵步转身便攀着旗杆向高处跃。同一时间，一条长鞭如电光般甩开，并非来自下方，而是来自高处。一个青年从高楼上跳下。时雨转身放开旗杆，向下跳去。

人群陡乱，人们慌张地四散。旗杆下方，一把黑色的伞自秦随随手中张开，薄薄的利刃从伞中飞出，尽数刺向时雨。

时雨再次转身而退！

秦随随发出一声笑，扬伞纵步，将伞向外抛出，一柄长弯刀已从伞下被抽出，被其横在身前，向时雨劈去。刀气卷起尘埃，人群惨叫着躲开的同时，时雨也被劈得向后下腰，几个翻滚。

翻滚后，时雨向上跳起去抢被秦随随抛出的那把伞。一条长鞭再次从高处甩下。这一次，时雨无处可躲……

青年持伞立在旗杆顶端，声音带笑："十。"

时雨半只手臂被那鞭擦到，带着劲力的鞭和寻常人挥出的鞭可不同，一被抽到，整只手臂都开始发麻。而时雨反应也是极快，发觉拿不到伞后，就起身往后方躲了一丈，躲开了秦随随砸来的大刀。

时雨仰头，看到黑夜中白衣飞扬、缓缓落地的撑伞青年。

时雨不甘心地盯着他手中的伞，怒道："那是我的！"

步清源微笑道："稍微给你改装了一下……这不是给你带过来了吗？"

他们把央央送他的伞……改得像武器一样。时雨一时间说不出是什么样的感觉，既觉得他们不应该乱改央央给他的伞，又想到方才甩出薄刃飞刀的伞好像挺好用的。

时雨道："把伞还给我！"

秦随随道："你能躲过我的追杀，从我手里活命，伞就还你。"

步清源笑道："时雨，今夜的反应还是很快的。我的第一鞭，你躲过了。"

时雨别过脸，不屑地道："因为我知道你必然在。秦随随在的地方，我没看到你，这怎么会是正常现象？你必然是躲着，等着算计我。"

步清源一怔。

时雨还盯着撑刀而站的少女，然后看着秦随随耳后的小辫，道："你笨手笨脚的，根本不会编辫子。你梳头发肯定有人帮你，所以步大哥肯定在。"

秦随随一怔。

然后秦随随喝道："步大哥，别和他废话！时雨，你准备好了，步大哥的十鞭、我的追杀……你躲过了，这惩罚就结束了！"

话音一落，二人登时都从原地消失，向时雨直冲而来！

时雨跃起便跑！

人群散开，街巷都被刀光和鞭影包围。秦随随的武功是步清源教的，二人虽然武功不是同一路，但配合起来最让人头疼。步清源和秦随随单独一人，时雨都不怕，只是他们两人联手——

步清源慢悠悠地道："八。"

…………

"六。"

…………

"四。"

…………

"还有三鞭。"

耳畔的风声宛如野兽的嘶吼声，秦随随的刀也如影随形。时雨身上布满了刀伤、鞭痕，但仍要跑，不能停下来。秦月夜出来的人可没有什么同情心，时雨敢停下，说不定真的会死。

时雨从来不会研究旁人会不会对他心软。

他一直以为秦月夜的惩罚便是这样——一定要躲，只要躲开了，就没事。

秦随随也从来没告诉过他，他理解的惩罚和别人领的惩罚不一样。毕竟时雨很少受罚……所以秦随随懒得和时雨多说。

时雨奔跑间，步伐忽地停住——前方的人全都向外跑，却有一个女郎逆着人流向这边而来。

戚映竹被人群冲撞着，仍向打斗的方向找来。

风声将少女着急的声音传来："前面发生什么事了？大哥，到底怎么了，为什么你们都要跑？时雨！时雨……"

戚映竹跌跌撞撞地努力向时雨这边挤来。时雨当时是向这边走来的，这边出了事……她心急如焚，唤道："时雨——"

戚映竹忽地停下脚步，看到了桥头那黑衣少年。

步清源手中的鞭子挥下："三——"

他那鞭子重重地打在时雨的肩上，抽得少年吐出一口血。时雨趴在桥墩上，呆呆地看着下方地面上的戚映竹。河水波光荡漾，女郎衣袂轻扬，殷殷地望来。

灯火摇曳，桨声阵阵，桥上、桥下的两人隔水对望。

秦随随的刀锋来到眼前，时雨忽然反应过来，从桥上跳下，飞扑向戚映竹，道："央央，走！"

他抱住她的腰，躲开身后的刀和鞭，随意找了一家铺子，将戚映竹推进去，又抽出旁边的一根竹竿卡在门上，让门无法从里面打开。戚映竹在屋内拍门。时雨用竹竿卡好门后，弯腰直接翻滚，躲开下一道鞭。

戚映竹在门内继续拍门："时雨，时雨！"

时雨背靠着门，将喉咙间的血咽下去。他看着秦随随和步清源一起杀来，手臂疼痛无比，之前本就没养好的内伤也在这时影响战力，然而……然而……

少年仰头，漆黑的眼中映着两人的身形。他眼底无波，声音没有感情："你别出来，没事。我和我的两个朋友切磋一下……很快就好了。"

隔着一扇门，戚映竹有幸见识到真正的时雨到底是什么样的。

时雨将戚映竹推进的是一家扎灯笼的铺子。

铺子的老板和老板娘带着小女儿出去玩儿了，铺里就剩下一个还在后院扎灯笼的小伙计。铺子的位置比较偏，生意不好，老板干脆也不在乎有没有人来。小伙计忙着干活儿，这样等师父回来才不挨骂。他不知道在前面的铺子里有一个女郎站在满地灯笼间。

各式灯笼散乱地倒在戚映竹脚边，头等的金鱼、孔雀、树枝状灯笼散发着璀璨的光，将这一方天地照得明灿。戚映竹拍打着木门："时雨，时雨……"

她终于确认自己推不开门，便只是呆呆地把手搭在门上，屏气听着外面的声音。她听到兵器的击打声、长鞭破空声，还有呼啸的风声，偶尔还有兵器打到肉体上的声音……这么多混乱的声音融于一处，她却独独听不到时雨的声音。

听不到他的气息，也听不到他的说话声，戚映竹心乱如麻，脑海中已想象出一大段可怕的江湖恩怨。那两个人，一男一女，一个提刀一个挥鞭，对时雨紧追不放……

戚映竹着急万分，也不知时雨在外面闯了什么祸，人家为什么要追杀到这里。

也或者时雨才是受害者……毕竟她认识的时雨，只在第一次碰面时比较冷漠，一旦与他熟了，他的天真懵懂就那般让人怜惜。他怎会作恶呢？

时雨怕她担心，还说那两人是朋友……戚映竹想到自己上一次见到时雨动手的时候，时雨抱着她捂住她的眼睛，没让她看到。而这一次，他将她关在门里。

戚映竹心中祈祷着时雨平安，外面的每一个声音都让她的心脏随之抽搐。戚映竹捂住自己开始泛起丝丝疼痛的心口，强忍着这股疼，让自己撑过去……

"女郎，你是来买灯笼的，还是迷路了？"一个抱着两盏灯笼的伙计从后院出来，愣愣地发现他们这家八百年没有人光顾的灯笼铺里居然站着一位亭亭玉立的女郎。

那站在紧闭的门口的女郎转过脸来，伙计霎时脸红。

但他紧接着慌起来，放下自己抱着的灯笼。戚映竹泪眼婆娑，泪珠子挂在腮畔。她苍白而柔美，噙泪望着小伙计。小伙计无措地奔过去，抬手又不敢碰她，怕惊动了这梦一般的空灵美人。

小伙计问："女郎……你怎么了？"

戚映竹勉强定神，低头擦去眼中的泪，却控制不住自己的情绪。心悸和心忧的双重折磨让她捂着自己的心口。她恨自己体弱，还是强撑着指向门，道："门……门打不开了。"

伙计试探着去推门，怀疑有人从外面把门堵住了，正疑心时，听到戚映竹道——

"我朋友在外面与人打架，待会儿打完了，会开门的。"

伙计恍然，然后怔怔地看着女郎一滴滴地掉泪，纳闷儿地道："这也不至于哭吧？女郎那般想出去吗？你朋友不是一会儿就会来开门吗？"

戚映竹缓缓地摇了摇头。

戚映竹与小伙计面面相觑地候在门内时，外头的战斗正白热化。时雨一人对步清源和秦随随两人，万不敢大意。

其实秦月夜的鞭刑应该让人停下再打，也没有让被打的人还能逃跑的道理。可是时雨若是停下任由步清源打，秦随随的刀不就到他的喉咙前了吗？时雨从来不觉得秦随随会手软。

以前秦随随还没有当楼主时，在和时雨玩儿的时候告诉时雨："我想当楼主，想做一个不一样的楼主，让秦月夜的杀手和以前不再一样。"

时雨自然从来不懂秦随随的想法，只是知道不能死在她的刀下！

步清源和秦随随的双重逼杀，逼出了时雨的真正武力。少年从一味躲避，到反手来和他们对战，想从步清源手里抢走鞭子。

秦随随眼睛一亮，笑道："这才是时雨嘛。"

秦随随虽如此说，但二人的刀砍、鞭打依然不留情面。时雨在这二人手下讨不到好，杀性在一点点聚积，眼里的光越来越淡……

步清源道："小楼主小心！"

话音刚落，秦随随的刀柄被时雨一脚踩住。他整个人缠着秦随随的长弯刀，拼着刀锋在手臂上划出血痕的代价，将匕首握在手中，翻身向秦随随的脖子划去。秦随随将身子后仰，借后空翻卸力，当机立断地扔了刀。

然而时雨如影随形，一把掐住秦随随的喉咙，将少女按到了地上。少女的后脑勺"咚"的一下重重地砸在地上。

步清源："时雨，你杀红眼了吗？"

青年从身后而来，时雨转手将一把针撒出。步清源借手中的伞挡住针，而即便如此，他的衣袂也被割裂开。步清源扔了手中的鞭子，从后面扑来一把扣住时雨，将他大力向后扯。

前方的秦随随反手一拧，从地上跃起。

时雨被步清源压在地上，一掌劈开步清源点来的手指。少年的眼神淡漠无情，他直攻步清源的命脉。时雨翻身要起时，秦随随抢过长鞭就在时雨身上抽打了最后一鞭，道："十！可以了，时雨！别发疯了！"

步清源和秦随随一左一右地钳制时雨，又与时雨对打了十招，时雨的情绪才慢慢地平稳下来。

秦随随惊疑不定地看着他，道："你怎么回事？这只是惩罚，并不是生死相搏！我从来没见你失控过。"

时雨茫然地摸了一下自己手臂上的血，恍惚地道："我也不知道。我就是……有点儿着急。"

他陷入思考。

他着急什么呢？他好像在着急时间拖得久了，央央会怎样呢？

看着时雨这般发呆，步清源和秦随随对视一眼。秦随随不解。步清源摇摇头，将秦随随从地上扶了起来。

步清源笑着将黑伞收起，塞入时雨怀中，道："你的伞，物归原主了。"

时雨蒙蒙地接过伞。

屋内，戚映竹和小伙计听到外面的说话声。戚映竹止住抽泣，喃喃地道："他们是不是打完了？"

小伙计道："好像是……"小伙计拍掌咬牙，道，"我来试试！"

小伙计为了讨好这位柔弱的女郎，自告奋勇地上前，一脚踹向木门。那木门方才还分外牢固，此时被他一踹，竹竿在外头断成两段，门一下被踹开了。

戚映竹一愣，连忙提裙出门。

和步清源、秦随随站在一起的时雨正低头新奇地查看自己的伞。他好奇地将黑伞撑开，看看与之前有何不同。

秦随随兴致盎然地道："步大哥给你的伞里做了机关，把伞骨和布料也改了。以后打起来的时候，这伞可以当盾牌用，还能射暗器……"

时雨"唰"的一下撑开伞。

戚映竹呼吸声急促，唤道："时雨——"

时雨蓦地扭头向身后看去，与立在店铺门外的戚映竹四目相对。

戚映竹愣怔地看着他撑伞立在黑夜中，手臂上、衣袍上以及脸上都有被鞭子打出的伤痕。她看得目眦尽裂，时雨却茫然不觉。他如杀神一般立在那里，气质却在她出现的刹那，变得纯洁无害。

他呆呆地看着泪眼蒙眬的戚映竹。

时雨试探地对她露出一个笑容——虽不知道戚映竹担心的是什么，但她眼睛里掉下来的眼泪让他慌张。时雨既想不起来要跟戚映竹介绍自己的朋友，也不明白她哭的原因是什么。

他整颗心被她的眼泪提起来，难受不已。

时雨愣了半天，那只刚才差点儿掐死秦随随的手伸入怀中，取出自己买回来的绢花。他向前一步，想将绢花递给戚映竹，道："我买回来了……"

他手上的绢花被风轻轻一吹，花瓣飘落，散了。

绢花瞬间只剩下一根枯枝。

时雨呆住。

他身后的秦随随立时瞪大眼，想到这是因为时雨刚才和他们拼内力，挤坏了这花。

时雨有些呆滞地抬头看戚映竹，心虚地想说自己再去买，却见台阶上的戚映竹"扑哧"一笑。眼睫上还挂着泪的戚映竹在一瞬间笑靥如花。

梨花般柔弱的女郎立在台阶上看着时雨笑。

时雨的脸一点点地红了。

撑着黑伞的少年突然将自己的兜帽戴起来，挡住了自己的脸，只用余光偷看戚映竹。

时雨问："你还要绢花吗？"

戚映竹摇头，道："不要了。我再要，你都要回不来了。"

时雨道："能回来的。"

戚映竹没有接他的话，心中涌上认命般的悲哀。她心急如焚，心碎欲死，丢不下时雨，做不到待他真正冷淡，可是性命的长短不由自己控制，连今夜……她都差点儿因心疾而晕倒，全靠硬撑着。

戚映竹看了一眼时雨，再抬头看挂满星辰的天幕。星辰闪烁，银河如缎，苍穹无尽。一人的生死性命，在天地看来，是这般渺小的一件事。

时雨仰头，问："你在看什么？"

戚映竹喃喃地道："风雨如晦，鸡鸣不已啊。"

时雨道："啊？"

戚映竹的眼中映着水光与他，半晌后她道："没什么。"

风雨如晦，鸡鸣不已。既见君子，云胡不喜？

戚映竹和时雨回了山上。这一次，不管成姆妈如何不赞同，戚映竹都坚持让时雨睡在自己这边。戚映竹眼睁睁地看着时雨受了那么多的伤。他脱下衣服后，身上大大小小的伤口看得戚映竹心疼不已，哪里肯让他离开自己的视线？

成姆妈看到时雨身上那么多伤，也被吓住，不说让戚映竹将时雨赶出去了，而是帮女郎一起给少年包扎伤口，不禁问："这么多伤，都是外面那两个……煞神打的？"

成姆妈向外一努嘴。

戚映竹板着脸。

她的小院里最近两个月格外热闹。唐琢刚走，秦随随和步清源就死赖了过来。因时雨说那两人是他的朋友，戚映竹便猜他们是威猛镖局的人。即使如此，戚映竹仍然很生气，不想理外面那两个人。

他们既然是时雨的朋友，怎么能对时雨下这么重的手？！

就算那两人跟了过来，戚映竹也不管不问，不会为那两人提供住的地方。

步清源和秦随随坐在外面的石凳上。秦随随气鼓鼓地将刀放在石桌上。步清源为她摇着扇子扇风。秦随随不满地拍桌子，道："那个戚映竹，什么也不懂！这是我们的规矩，又不是我想杀时雨！"

步清源笑道："小楼主莫生气，不就是不给住的地方吗？我已经通知威猛镖局，让他们派人把时雨盖的房子再收拾整理……绝不委屈小楼主。"

夏日炎炎，耳畔被青年摇的扇子送来徐徐清风，秦随随这才看开一点儿。秦随随想到自己少年时只有时雨一个玩伴陪着，虽然这个玩伴吧……有和没有也没太大的区别，但总是有感情的。

秦随随便想进去看看时雨的伤。

步清源一径为她摇扇子扇风，道："小楼主，戚女郎似乎不知道我们是杀手楼的。"

秦随随登时吃了一惊，道："什么？时雨没有告诉她？"

步清源道："男子都不愿让心爱的女子知道自己是杀手，即便是时雨这样不通俗事的也一样。"

秦随随道："啊？时雨喜欢那个戚映竹？"

步清源吃惊地笑道："你看不出来吗？"

秦随随抱臂，吹了一下自己耳畔的发丝，气哼哼地道："当然！我又没有喜欢过谁，我怎么知道时雨会……唉，麻烦了。"

秦随随烦恼起来，心想自己未免太命苦，才解决了金光御的事，时雨这个浑蛋也来烦自己。

秦随随道："他们一个个的都是怎么回事？杀手不能有光明正大的爱，他们全都忘了吗？你看看金光御今日被追杀的样子，时雨连前车之鉴都不管了？他之前不是还信誓旦旦地要杀了戚映竹吗？他想杀的是戚映竹吧？现在……一个个全都管不住自己的下半身了？"

步清源只是笑，道："辛苦小楼主了。"

不管秦随随如何烦恼，受伤后的时雨却觉得受宠若惊，并且快乐许多！因为他可以睡在戚映竹这里了！

虽然成姆妈坚持要和戚映竹睡在一张榻上，只让时雨睡在外舍的榻上，但这也算他们在一起睡觉了。

而且时雨等到了回心转意的戚映竹。

她这两日对他格外好，每日为他换药，喂他吃药，还坐在旁边给他读书。戚映竹的声音好听，人还温柔。她会把书中晦涩的内容翻译成时雨能够听懂的话……

她喂他吃药时，让他靠在她的肩上。时雨趁着她不注意时，偷偷地亲她。戚映竹只是面红，心跳加快几下，却还会帮时雨挡着成姆妈，不让成姆妈看到。

她这般纵容，让时雨觉得幸福万分。

他想：若是央央能够一直这么待他，他的伤可以一直不好。

成姆妈领着步清源和秦随随进来，道："女郎，这两人非要进来看时雨。"

步清源眼中带笑，向屋中的人看来。下一刻，步清源眼神微敛，看到了女郎锁骨上的两点吮痕，一时无言。

戚映竹仓促地遮掩了一下自己，面对步清源和秦随随时，冷淡地道："阁下不必对手下败将这般关心。"

时雨躲在床上，用被褥盖住半张脸，显得懵懂。

见时雨作壁上观，让秦随随气得跳脚，道："我们真的是朋友！是时雨先做错了事，我们才动手的。"

戚映竹有了脾气，道："若是朋友，会将人打成那样？朋友会那般下手吗？

263

时雨是不懂人情，才被你们蒙骗。若是我……若是我……才不会让时雨和你们交朋友。"

秦随随一时间呆住，不知该如何解释秦月夜的严格，也不知该如何说明她已经格外放松了。秦随随立马转向步清源，道："步大哥！"

步清源咳嗽一声，嘻着笑道："女郎不是我们江湖人，自然不知道我们规矩的森严。不过我们确实过了，我为时雨带来了上好的疗伤药……"

步清源面容清俊，温文尔雅，又极会说话，三言两语就让戚映竹面对他们时脸色不再那么难看，勉为其难地同意他们留下了。

秦随随知道时雨在做戏。

那么点儿伤，都是外伤，会影响到时雨的行动力？但是时雨偏偏整天"虚弱"地躺在床上，让戚映竹喂吃喂喝。戚映竹斥责他们的时候，时雨也从来不为他们说话。

虽然这是因为时雨不知道应该为他们说话，但是……说不定时雨也想让他们离开。

时雨不想跟他们走了。

秦随随就憋着口气，看时雨装虚弱装到什么时候会坚持不住。她不信时雨能一直坚持下来。

夜半时分，万籁俱寂。

时雨悄悄地从屋中溜出，想活动一下自己躺得僵硬的身体。他才跳上房顶，便听到少女阴阳怪气的声音——

"哟，大晚上出来晒月亮，吸收天地精华吗？是白天睡多了，晚上睡不着吗？"

时雨抬眼看去，见对面的屋顶上，秦随随潇洒无比地屈膝而坐，手捧一个葫芦，正在喝酒。

时雨目光向四方一扫。

秦随随托着腮道："别看了。步大哥去和威猛镖局谈今年的生意收益去了，不在这里。"说完，她转过脸来，狠狠地剜了时雨一眼，"我也不是每时每刻都和步大哥在一起！"

时雨觉得莫名其妙，道："不在一起就不在一起呗，跟我说干什么？"

秦随随被噎住，涨红了脸，狠狠地灌了一口酒。

余光看到时雨转身便要走，秦随随缓缓地开口："时雨，跟你说个事。"

时雨漫不经心地跳上树，敷衍地道："嗯？"

秦随随道："你放过戚映竹吧，怎么样？"

时雨猛地回头看她，目中隐约带着杀气。

秦随随并不看他，淡声道："咱俩从小一起长大，你和我都是怪物。我们这样的人，不适合去祸害好人家的人。身在地狱，何必向往人间？步大哥打听过她的身世了。她挺可怜的，一个人孤零零地活在世上……你这样没有心的人，会伤了人家的。"

时雨回答："央央说我不是怪物。她说没关系。"

秦随随转头看他。

月光下，少年坐在绿树间，身形若隐若现，道："我才不会伤了央央。"

秦随随瞪圆眼，道："等等——戚映竹该不会知道你对感情的感知很弱吧？"

时雨得意地仰起下巴，懒洋洋地道："嗯。"

他不知自己为什么要这般得意，但是看到秦随随瞪目，便觉得这好像确实是一件了不得的事。时雨将此记在心间，一点点丰富自己贫瘠的感情观。

中午，时雨在睡觉的时候，被一滴水弄醒。

他迷茫地睁开眼，见到戚映竹坐在榻旁，正小心地挽他的袖子，给他上药。她又在哭。他睁开眼看她，便见她的眼睛都哭得红肿了。

时雨伸手给她擦眼泪，难受地道："你为什么还在哭？你都哭好多天了……我没有事啊。"

戚映竹掩着帕子抽泣，背过身道："对不起，我控制不住。我看到你身上的伤，就……时雨，你答应我，日后少受点儿伤，好不好？日后不要再打架了，好不好？"

时雨没吭声。

戚映竹心里失落。

时雨坐起来，从后面抱住她，问她："可你为什么哭啊？又不是你受的伤。我自己都没哭。"

戚映竹道："伤在你身上，我会跟着难过的呀，时雨。"

时雨学习她的思路，追问："可是你整天病病歪歪的，我也不难受，没想哭啊？"

戚映竹一愣，回头看他，忍不住笑道："那你永远别难受。"

她美目轻扬，唇儿微翘……时雨凑过来想亲她时，被戚映竹躲开。

门外，步清源客气地道："戚女郎，我们想与你谈一桩生意。之前听时雨说，戚女郎要下山回京城去，不知戚女郎能不能让我们跟着一同去？我们可做你的卫士跟着你，实在是有些任务要做。我们绝不会伤到女郎，毕竟女郎是时雨的朋友。时雨也应与我们一同去。"

戚映竹听他们要带着时雨与自己去京城，登时不愿，道："我不与你们做生意，你们请回吧。"

谁想到时雨忽然反应过来，趴在戚映竹耳边怂恿："让他们来！央央，管他们收钱！收钱！"

戚映竹眼神复杂地看了一眼时雨。

少年睁大眼睛，眉目漆黑，唇红齿白，分明是一个俊俏的美少年，可怎么……钻进钱眼里了？

一辆马车中，只有成姆妈觉得分外局促，左看右看。

这辆前往侯府的马车上，除了她和女郎之外，又挤进了三个人。时雨这般死皮赖脸非要跟着女郎，成姆妈已经习惯；然而此时，除了时雨，时雨的那两个朋友也跟了来。

成姆妈既高兴自己能够回侯府，与子女儿孙见面，又忧心小小的马车中挤进这么多人，是否对女郎不利。

戚映竹低垂着头，也在忧心自己答应让他们跟着会不会对养父母一家不好。说来都怪时雨那日在她耳边不住催促，戚映竹怜他病弱，就应了他，现在想来，是有些草率了……

背靠着车壁，戚映竹悄悄地抬眼看时雨，却见时雨正目不转睛地盯着他那两位朋友，眼神中充满了困惑。戚映竹随着时雨的目光看去，目光也微微凝了一下。

秦随随是秦月夜的小楼主，但为了照顾时雨，未曾提及自己杀手的身份，便简单地说自己是时雨的上峰。步清源呢，自然也是时雨的顶头上峰。

戚映竹初听他们的身份，一时间对时雨的人际关系很欣慰。时雨对镖局的事从不上心，十天里大约只有一天会下山去镖局一趟——戚映竹常常担心他被镖局解雇。而时雨居然能不动声色地交到两位上峰朋友，戚映竹也算对时雨在镖局的前途稍微放心了。

正是担心若自己不答应他们跟来，会对时雨在镖局的前程有影响，戚映竹才答应让那两人跟随。

何况那两人说是带着任务而来，时雨身上也有任务。戚映竹认识时雨这般久，除了时雨离开那次大约是为了什么任务，这还是第一次见到时雨有活儿干。

她自然希望时雨能好好完成他要做的事，在镖局……保住饭碗吧。

他若仍这般吊儿郎当，哪天真被镖局赶出来……

戚映竹想：其实时雨的欲求很少，自己养他也无妨……只是恐怕成姆妈的脸色会更臭。

此时，戚映竹一肚子忧虑，马车上的秦随随和步清源却和往日无异。秦随随换了一身不那般像江湖人士的女装，素衣粉裙，发梳小辫，武器也不知藏到了哪里，整个人显得娇俏万分；步清源一改往日清雅风流的装束，换了一身和时雨日常穿着很接近的灰色调武袍，看着立时英姿勃发许多。

而就是这样的步清源，不知从哪里捞了一把扇子，在给秦随随扇风。秦随随仰一下下巴，步清源就分外默契地从食案上的果盘中剥葡萄给小楼主吃。

时雨看了他们半天，又回头看戚映竹额上的些许薄汗。夏日炎炎，马车狭小，戚映竹因紧张他们一群牛鬼蛇神而出了汗。

时雨"唰"的一下瞬间跃到戚映竹身边，将旁边的成姆妈吓得老眼昏花，怒瞪向他。时雨却不在意，缠戚映竹道："我也会。"

他凑过去，对着戚映竹的脸轻轻吹气。温柔的、撩人的细风吹向戚映竹的面颊，拂动了她的一点儿额发，少年鼓着腮帮，红唇微嘟……戚映竹呆住了。

秦随随一口喷出口中的葡萄，呛得咳嗽。步清源为秦随随端茶递水。秦随随嚷道："时雨你干什么？当着我们的面你在干什么？！"

戚映竹面颊滚烫，也终于反应过来时雨这般在外人看来是个什么样子……她连忙推时雨，目光闪躲地道："我……我不热，你不用这样。"

时雨不满地看向秦随随，道："我给央央扇风。你们不就是这样吗？"

步清源仍在用手中的扇子给秦随随扇风，却看了一眼时雨，含笑道："我扇风是伺候小……小……"步清源本是要习惯性地称秦随随"小楼主"，但是突然想到戚映竹不知道他们的身份，中途硬生生改口，"小随。"

秦随随一愣。

步清源侧过脸，有些微不自在。稍微停顿后，步清源继续道："你这般给戚女郎吹气，是当众调戏戚女郎。这怎么能一样？"

时雨："……"

秦随随捂住脸哀号："时雨，你真是愁死人了……对不起啊，戚女郎，你和时雨在一起辛苦了。"

时雨听秦随随说他不好，立时沉下脸，却被戚映竹按住了手。时雨一愣，与戚映竹带着抚慰意味的目光对视，心里空了一下，手再被她轻轻碰一下，心就静了下去。

秦随随看到两人的动作，目光闪烁。

戚映竹不想他们盯着自己和时雨之间的互动，就转移话题："秦……秦女郎，你们的任务真的不会对我养父母造成伤害吗？间接的伤害也不会有吗？"

秦随随发誓："你放心，我们可是要保护你们的……我们要对付的人，是我们中的叛徒，尽量不牵扯无辜。"

时雨的目光闪了一下——他可是要杀端王府的大公子的……他不确定端王府大公子的死会不会对宣平侯府有影响。

成姆妈插话："不管你们要做什么，跟着我们女郎进侯府，万不可丢了我们的脸！你们代表的都是——"

戚映竹红着脸安抚道："姆妈你放心，时雨很乖的。若是出事，时雨和他的朋友一定会先顾着我们的……"

正在这时，行得好好的马车猛地停下，引得车厢晃动。秦随随和步清源纹丝不动，时雨瞬间抱住歪倒的戚映竹，成姆妈则"咚"的一声从座位上摔坐到铺着茵毯的地上。

成姆妈看看几个不尊老的年轻人……

时雨一个劲儿地盯着怀里面红耳赤的戚映竹。步清源先反应过来，把手中的扇子递出轻轻向上一托，道："不好意思，我还未曾习惯盯着小……小随以外的人，日后会努力习惯的。"

马车停在宣平侯府外的巷子口。

宣平侯府门前正热闹，百姓驻足在巷外围观。

侯府门口吵吵嚷嚷，盖因年少不读书的小公子戚星垂，被他那挥着鞭子抽他的姐姐戚诗瑛堵在门外。戚星垂和一众小厮躲着戚诗瑛。戚诗瑛手里的鞭子在半空中挥出破空声，时不时地抽在戚星垂身上，让戚星垂惨叫。

戚星垂大喊道："你别打了！你再打我我就生气了！我就是睡得晚了所以起得晚了而已，有什么大不了？你自己不也读书不好吗？你怎么不打你自己？"

戚诗瑛横眉怒目，追着这个不成器的弟弟抽，道："阿父阿母让我盯着你读书，你以为你能偷懒呢？我读书怎么样关你什么事？"

戚星垂被抽得大哭，趁围观的百姓多了，干脆躺在地上翻滚耍赖："阿母啊，我好惨！你还是我亲姐呢，这是要打出人命了……你……你……你……你不如映竹姐姐好！"

戚诗瑛冷笑道："我自然不如你的映竹姐姐好。你以为你在这里喊几声，她就会出现来帮你吗？我跟你说，现在和以前不一样了，你再把戚映竹挂在嘴边，我也不在乎了！"

戚星垂惨叫，手向外伸出求救。他的仆从们个儿个儿面露不忍，但不敢过来。

戚诗瑛挥着鞭子正要再抽，忽地抬眼，看到巷子口停着的马车车门缓缓打开，几个男女先后下车，最后出来的是被成姆妈扶着的戚映竹。

戚映竹垂目立在马车前。夏日日头灼灼，她倒还披着一件青色斗篷。细碎的光与墙头的树叶、花瓣一道摇晃，光华斑斑点点地落在戚映竹身上。

整个巷中刹那间静得出奇。

半晌，戚星垂激动的声音响起："映竹姐——"

戚诗瑛冷冷地看着戚映竹，道："你要管我们家的事？"

戚映竹轻飘飘地将目光从戚星垂身上移开，微微一笑，道："姐姐怎么管教弟弟，与我无关。我只是回来见一见养父、养母。"

戚诗瑛的面色这才稍微好看了些，只是，目光落到戚映竹身旁那多出来的几个人身上，戚诗瑛皱起了眉——这都是什么玩意儿？

宣平侯不在府上，接见戚映竹的是侯夫人。侯夫人见到戚映竹，登时泪光点点，不管戚映竹如何推辞，也要她住在侯府中，道："什么话？你回来京城难道还要住在外面？说出去我们侯府还做不做人了？"

戚星垂被戚诗瑛揪着耳朵，在旁插话："阿母，你之前赶映竹姐去郊外的时候，也没想着做不做人……"

戚星垂惨叫一声，伴随着戚诗瑛的怒吼声——

"大人说话，有你什么事！"

侯夫人的面色已经因为儿子的口无遮拦而一阵青一阵白。她飞快地看了一眼戚映竹，见这个女儿依然冷冷淡淡，目染愁绪，和往日没什么变化，叹了口气，道："家家有本难念的经。总之，既然来了，就不要在外面住。"

戚映竹应了："我会为养父、养母的面子考虑的。"

她这一句不阴不阳的话，又让侯夫人不自在了。侯夫人张口想说些什么，看看戚诗瑛，再看看戚映竹——亲生女儿强悍健康，养女却病弱纤瘦。想到戚映竹早逝的亲生父母，侯夫人忍下了戚映竹的小小讥嘲。

侯夫人看向戚映竹身后那几人，问："阿竹，这几位……？"

戚映竹介绍："这两位是我请的……卫士。这位，是侍女。"

这般说，她自己脸都发烫。

果然，戚诗瑛在旁边嗤笑一声，道："看来你挺有钱的嘛。或者你这是回来耀武扬威了？"

戚诗瑛话音刚落，便突然连续叫了三声——她的左臂、右臂、左腿，各被一道劲风打中，身体发麻，整个人差点儿跌倒。

戚诗瑛正要发火，却见戚星垂用不解的目光看着她，而戚映竹身后的那三人则盯着她——

秦随随冰冷的目光中透着看蝼蚁的睥睨；步清源桃花眼含笑，手中的折扇仍扇着风，看她的眼神如看死物；而时雨……戚诗瑛与他一对视，便忽生一阵胆寒，想起那晚自己在悬佛塔从塔顶摔下去的经历……

戚诗瑛骇然地后退，心想：戚映竹这是请了什么样的妖魔鬼怪？

她再看戚映竹那边，戚映竹也奇怪地看着她。

戚诗瑛扭过脸，心想：你装什么装。

戚映竹与侯夫人寒暄了一阵后，说起自己想彻底脱离侯府，不想再用侯府的钱了。她这次回来，还想将成姆妈留下，自己一个人走……

这些请求被侯夫人一口回绝："阿竹，你别这样说。上次诗瑛去你那里闹的事，我们也教训她了。你放心，那家药铺的老板已经被换掉了！你不能和我们断了联系，我们养你这么多年，养恩怎能说断就断？"

戚映竹盯着侯夫人，轻声问："是怕养父被御史弹劾吗？"

侯夫人道："阿竹，你怎能说出这么没有良心的话？！"

戚映竹微微转过脸，望向窗外的绿树白墙。她静了一会儿，垂目道："那请养父、养母好好想一想，我改日再与二位说此事吧。我是当真不愿与侯府再有联系了，二位若实在过意不去，直接给我一笔钱，了了这段关系……其实本应是我给你们钱财，但你们毕竟要面子、要尊严，我不能毁了你们，就这样吧。"

戚映竹回到侯府后，住到自己原先的院落中。戚星垂高高兴兴地来过几次，给她屋中搬来了不少新鲜物件，戚映竹拒绝不成，只好受了。

成姆妈则告了假，回去和家人团聚。

夜里，戚映竹独自睡在冷清的屋舍中，听着院中的竹叶被风吹出"萧萧"声。树叶的影子落在窗纸上，忽远忽近，声如潮起。那巨大的影子打在窗上，如恶兽般匍匐在外，满怀恶意地盯着闺房中的女郎。

这样的夜，是没有人来陪戚映竹的。

成姆妈回家了。她以前的侍女们有了新的主子。秦随随虽假扮她的侍女，但到底不是真正的侍女，不会陪她。自戚诗瑛被劫后，侯府加强了守卫，时雨也不能在这里行动自如……

戚映竹用被子捂住脸，暗自数落自己怎能又想到时雨。

她怅然地想：秦随随说过时雨有任务在身的。

她本来就知道，只要自己回到了侯府，时雨就不能常常在身边了。

戚映竹想得太多了，睡在这样的地方，一闭眼就会想到更多的过去。女郎失眠了一整夜，到快天亮的时候才浑浑噩噩地睡了一小会儿。

侍女在外面问她是否用药的时候，戚映竹恍惚间觉得自己好似从来没离开过这里。

戚映竹轻轻地叹了口气，忽地想到时雨说她总是叹气，又捂住了腮帮。

进来服侍的侍女奇怪地望着她，问："女郎，怎么了？"

戚映竹连连摇头，往床帐中躲。

戚映竹行在抄手游廊间，刚从侯夫人那里请安而归。她在前面静静地走，侍女们在后面跟随。斜刺里忽然有一个人提着裙子奔跑过来，笑嘻嘻地道："不好意思，不好意思，起得晚了。女郎，我没误事吧？"

那人打量一下戚映竹身后的人，"嚯"了一声，道："怎么这么多人？女郎，你不会不要我服侍了吧？你们都是干什么的？快走快走！"

戚映竹扭头，见秦随随穿着侍女服饰，三下五除二就将她身后的侍女们打发了个干净。戚映竹微微舒了口气——侍女们走了，她那大家闺秀的架子便也不用端得那么正了。

秦随随扬眉冲她一笑，颇觉好玩儿地过来抓住她的手，学着真正侍女服侍人那样扶住戚映竹，道："女郎，我跟着你走。咱们要去哪儿啊？"

戚映竹细声道："有昔日的姐妹听说我回来了，要过来拜访，我得迎一迎。"

秦随随颔首，道："这样啊，你的人缘不错嘛。"

两人在游廊间走着，日头晃眼。戚映竹忍了一会儿，还是没忍住，低头看着自己那随着行走而轻轻晃动的裙裾，道："你们很忙吗？侯府不能乱跑的，你们小心些。"

秦随随笑得露出白牙，道："别担心，我们不会连累到你。"

戚映竹抿唇。

两人过了月洞门，快要到前厅了，秦随随才听到戚映竹细声细语地问出憋了一路的话。

"时……时雨呢？"

秦随随故意问："什么？你说话声音太小了，我听不见。"

戚映竹脸红得厉害。秦随随睁大眼看她，第一次欣赏到这般矜持的闺秀女郎，都要不忍心逗她了。戚映竹居然咬着唇，努力大声了一点儿："时……时雨！"

戚映竹黑白分明的杏眼望了秦随随一眼，这一眼碧波荡漾，春水潮生。

秦随随心想：难怪时雨走不动路，我要是男的，也想睡她。

秦随随移开目光，道："他跟着步大哥去打探任务，踩点去了。他不愿意走呢！但是他不走任务怎么能完成？你放心，有我在你身边保护你。"

戚映竹失落地低下头。

过了一会儿，戚映竹小声道："那给的钱肯定很多吧？"

戚映竹道："我知道时雨很爱钱。如果没有钱，他是不会乱跑的。"

秦随随想到了时雨怂恿戚映竹骗她与步清源的钱的事情……为了跟着戚映竹，秦随随和步清源大出血。秦随随问："从我和步大哥这里得来的钱，你是不是都给时雨了？"

戚映竹摇头，道："他留了一半给我。"

秦随随点头，心情复杂，又很欣慰，道："时雨还是讲道理的。"然后她问，"但是你怎么知道他爱财如命？杀……傻时雨不会把自己最大的弱点大嘴巴地到处宣传吧。"

戚映竹低头，道："我猜的。只是他也未免太爱财了些——我觉得这样不好。"

秦随随淡声道："有什么不好的？人总要有个寄托。吃多了苦，就怕再回到那种日子了。"

戚映竹抬眼看去。

秦随随对她一笑，凑近她的耳朵，道："时雨小时候曾经被人打断腿，在雪天扔到一座镇子上，让他自生自灭。他饿得厉害的时候，什么都吃过。回来后，他就变得很爱财了。从来不缺钱的戚女郎会理解我们这样的怪物吗？"

戚映竹怔怔地看着秦随随。

她忽然握住秦随随的手，道："为何你总这般说呢？若时雨是没有感情，被你们称作怪物，那你是什么呢？你为何也自称是怪物？我见你分明很好，哪里都很好！为何自厌呢，小随？"

秦随随一愣，蓦地将手抽出，凶狠地道："我为什么要把我的弱点告诉你？！还有，别乱叫，我不叫'小随'！"

然而无论如何，自戚映竹回到侯府后，陪伴她最多的便是神出鬼没的秦随随。

戚映竹再一次见到时雨时，已经是回到侯府之后的第五天了。

那日，戚映竹与不情愿的戚诗瑛一同坐在画舍中，陪着两位客人作画——这本是戚诗瑛该做的。这些事往日总是让戚诗瑛头大，如今戚映竹回来，侯夫人便央求戚映竹去代表侯府的修养——亲生女儿固然很好，但是总被人嘲笑粗鄙，亦让人生气。

绿柳垂湖，湖面如镜，飞花掠入开着门窗的画舍，落在几位女郎身上。

几个女郎正讨论画技，桌案上的笔墨纸砚皆是风雅之物。戚映竹提笔作画间，忽然听到一声鸟叫。那叫声有气无力，有一声没一声的……戚映竹心中一动，扭过头悄悄地看向窗外。

戚映竹的眼睛微微睁大——隔着碧水，她看到了时雨。

少年气宇轩昂，皮靴裹着修长的小腿，再往上，一双眼睛如同黑曜石，手臂张起，正对着她这边招手。

戚映竹的心登时朝着他飞了出去，然而戚映竹朝他轻轻地摇了摇头，示意自己在陪客。

时雨面无表情。

鸟叫声如同贴着窗子再次响起。屋舍中的其他女郎都没注意到夏日里这突兀的鸟鸣声，只有戚映竹心虚万分，再次偷偷地扭头看向窗外。隔着湖，她看到时雨坐在湖边，脱了靴，赤着脚踩在湖水里玩儿，看着她的眼睛里载满了星光。

戚映竹握着兔毫的手用力。

再是一声鸟叫。戚映竹再次看去，湖边没有了人。她不禁睁大眼，突然发现湖边的柳树枝叶间有黑色的影子在晃，定睛一看，见到时雨威风凛凛地站在树上，晃着柳枝跟她打招呼。

戚映竹："……"

鸟叫声断断续续，她不断地被勾着转头看他。

戚映竹分明在忙。时雨偏一次次地要她去看他，用鸟叫的"叽叽喳喳"声勾她出去陪他玩儿。戚映竹靠着强大的意志力克制住去找时雨的冲动，告诉自己闺秀的修养。可她心头被那只"鸟"的羽毛一次次地撩，撩得手软、脚软、心软。

于是她不停地侧头看他，看到他一会儿跳到树下，百无聊赖地耍着一套拳法玩儿。他身材修长挺拔，腰肢既像春柳又像宝剑；一会儿从树上拽下一长条柳枝，抽打湖面，闹得一池湖水波光粼粼；一会儿靠在树上，满目幽怨地盯着她；一会儿又开始脱衣解带，跃跃欲试想跳下去戏水……

戚映竹："……"

她忍不住发出"扑哧"一声笑。

旁边的戚诗瑛幽愤地道："你在笑话我画得丑吗？"

戚映竹抬起头，不知何时，也学会了扮无辜，道："误会。"

戚诗瑛："……"

时雨在湖边努力引诱戚映竹，想喊她出来。他隔着窗看她，已经急得不得了了。可是戚映竹就是不出来。时雨盯着湖面生闷气。

他身后有脚步声，一个声音问——

"你……你……假扮卫士的我的未来姐夫，是不是你？是不是你？！"

时雨茫然地回头，看到侯府的小公子戚星垂指着他，目光复杂又激动。

戚星垂是从学堂里偷跑出来的，刚刚将自己的仆从们甩开，就碰到了在湖边搔首弄姿的少年，一时好奇来看，便看到了时雨。

戚星垂心里藏着戚映竹的秘密，此时看到时雨，快要跳脚了，道："这么长时间了，你怎么还没和映竹姐分开？映竹姐怎么还和你凑在一起？那天看你们一起来府上我就想说了……你们胆子太大了！这和大白天不穿衣服有什么区别？！我跟你说，我阿父、阿母可疼映竹姐了，不会把映竹姐嫁给你。你……你……你快点儿死心吧！我求求你了，你可别耽误我映竹姐了！"

戚星垂"哇哇"地说了一通。时雨茫然地听了半天，听完了，但是没有完全懂这个人在说什么。对乱七八糟的话，时雨过耳就忘，懒得细究。只是此时此刻，时雨盯着戚星垂，又垂目看看那湖水，问："你会水吗？"

戚星垂觉得莫名其妙，道："会啊。怎么——啊！"

戚星垂发出一声惨叫，被时雨踹下了水，扑腾着沉了下去。

"小公子落水了！"

"快救人！"

侯府小公子不知为何落了水，这么大的动静发生在画舍外的湖中。手中抓着笔的戚诗瑛听到弟弟落水，暗叫一声好，一马当先地冲了出去，道："我去救我弟弟！"

戚映竹跟着站起身。

两个女客也慌张地向外走，问："怎么回事？好端端的怎么落了水？"

戚映竹因体弱而慢了她们几步，才出画舍门，就被一双手揽住腰肢，抱住了。心脏"怦"地急跳一下，戚映竹被那人趁乱抱走了。

时雨抱着戚映竹，总算找到了一个没有人的地方，和她躲在一间厢房外头的墙角。侯府的人都被戚星垂的落水惊动，纷纷前去查看，而始作俑者——时雨只低头看戚映竹。

戚映竹问："时雨，是你害我弟弟落的水吗？你怎么能这样？"

时雨道："他说自己会水的啊。而且他一过来就冲着我叽叽歪歪大喊大叫，很吵。他要是不落水，我就没办法带你出来。"他委屈地瞪她，"你太坏了，我叫你出来你也不出来，就陪着几个女的说话，也不理我。"

戚映竹只能说："侯府规矩森严……我早告诉过你的。"

时雨抿唇。他是顾忌戚映竹才不胡来，其实侯府的规矩对他来说不算什么。但是秦随随来之前告诫他，让他不要给戚映竹惹事。时雨知道自己对很多事情不懂，便什么都不敢做，只怕戚映竹会伤心……

时雨低下头，道："我只是想待在你身边。秦随随说，我平时都不能进你的屋子，会对你不好。可是她为什么就能进？"

戚映竹道："她是女郎呀，时雨。"

时雨皱眉，然后抬起头，天真地问："你是说，我可以男扮女装，跟你在一起吗？"他低头极快地亲了她一口，快乐地道，"让秦随随和步大哥去做任务，我扮女郎，和你一起，好不好？"

戚映竹哽住，无言。

春夜

伊人睽睽 著

下 册

青岛出版集团 | 青岛出版社

第十二章　既望月

廊下墙头的狭窄角落，牵牛花蔓蜿蜒出墙头，灰沉的云在墙角的荫翳下移动，空气中尽是夏日的气息。

"快去看小公子！"

"这是如何落的水？夫人知道该着急了。"

整个侯府的仆从都奔去看戚星垂，声音将戚映竹从怪异的气氛中惊醒。她猝不及防地抬头，便见自己与时雨面对着面，少年正目不转睛地等着她的回答——

她回答什么呢？

时雨快要抱上她了。

戚映竹从自己那短暂的失神中回过精神，避开时雨的靠近，低声道："别胡说了……我去看看星垂。"

时雨抓住她的手。

戚映竹被握住的指尖轻轻颤了一下，如被细微的电流所击，骨头都跟着酥麻。但这感觉稍纵即逝，时雨松开了她的手指。戚映竹心中生出怅然时，听到时雨在后面问她——

"我是不是做了错事，要让你帮我收拾后果？"

戚映竹回头看他，见他眸子黝黑，神色不安。她一愣，心想时雨竟会想到这个，抿唇一笑，声音低婉："你确实不该推星垂下水……但这也不怪你，是我没有教过你。不过星垂会水，如今又是夏日，应当无碍。"

时雨直勾勾地盯着她，道："我考虑到了他不会死，才推的。"他委屈地嘀咕，"我没想杀他。"

这下子反而是戚映竹吃惊了，道："时雨，我没觉得你会杀谁啊。"

时雨一愣，见那妙龄少女苍白的面上浮起一丝羞涩的笑。她瘦削的肩膀背过了他，但眼中一闪而过的笑意还是被时雨捕捉到了。时雨看她的背影看得愣怔，心里有酥麻感升腾。

他听到戚映竹背对着他说——

"改日有空的话，我再带你去向星垂赔罪。但今日必然不行……时雨，你去我房中等我吧。"

戚映竹用手指攥紧袖子，大胆地补充道："秦女郎说得不完全对。你悄悄进我的房舍……我不介意的。"

说罢，戚映竹不敢多看时雨，急匆匆地离开此地，前去看望戚星垂。她既担心戚星垂落水后出什么毛病，也怕养母得知是时雨将戚星垂推下去的，惩罚时雨。

戚映竹进入弟弟的房舍，还未曾绕过屏风进内舍，便听到里面弟弟中气十足的说话声。

戚星垂道："好了，大夏天的，我就是不小心跳下水了嘛！我根本没什么事，别大惊小怪的。"

侯夫人紧张万分地道："不行！你好好在床上躺着，不许下地！落水可不是小事，若落下病根怎么办？我得让人看着你，不许你下地。你好好在床上养病，可别像阿竹那样——"

戚星垂打断侯夫人的话："我没病养什么病啊？阿母，你不能因为映竹姐身体不好，就觉得谁都身体不好啊……"

戚映竹脚步一顿，但也已走过门口，看到了屏风后影影绰绰的人影，看到了侯夫人拉着不断要下床的弟弟，着急中声音带了哭腔。戚映竹心中蓦地恍惚，想到了自己幼年每次病得厉害时，侯夫人也这般心疼又着急。

只是后来她病得时间长了，大家已经习惯了，养母、养父都不来看她了。

最初……他们都是有过爱的吧。

戚映竹心中一酸，一时间为自己这两天对养父、养母的冷言冷语有些愧疚。她更惭愧的是自己带时雨来，而时雨推了戚星垂下水……

戚映竹思索着该如何道歉时，听到戚诗瑛高声问过一圈仆从后，回过头来质问戚星垂——

"是谁推你下水的？"

戚星垂不耐烦地道："我自己跳下去的！"

戚诗瑛嗤笑一声，不信他，怀疑是戚映竹带回来的那几个古怪的人做的，道：

"是不是戚映竹……"

侯夫人惊疑地道："此事和阿竹有关？"

戚星垂大声道："我都说了是我自己跳下去的！夏天这么热，我想游水不行吗？！"

戚诗瑛道："那你也不会傻得往自家湖里跳，弄得这么狼狈吧？"

戚星垂道："行行行，我说实话了……就是因为你们整天逼着我读书、上进，弄得我很烦，就想跳下湖装病，吓唬你们……要是知道你们这么紧张兮兮，我也不会跳了！你们真是烦死了！"

侯夫人和戚诗瑛听完都愣住了。

戚映竹绕过屏风，得侍女一声通报。床畔围着的几人都回头来看戚映竹。

戚星垂坐在榻上，手里抓着一条热毛巾挡住脸，露出一只眼，对着戚映竹眨了眨眼，调皮万分。

戚诗瑛眯眸看着戚映竹，怀疑地冒出一句："当时你和我一起在画舍，怎么你这会儿才来看星垂？"

戚映竹道："我——"

戚星垂抢先道："映竹姐身体弱，走得慢，和诗瑛姐你又不一样！"

戚星垂对戚映竹眨了下眼。

他几次暗示，戚映竹心中已经了然。他是不想让众人知道时雨的事。然而戚星垂对时雨能有什么感情？不过是怕戚映竹在府中难做人罢了。他还天真地希望戚映竹能够回家来，再不用在外颠沛流离。

戚映竹心中有些酸涩，走到榻旁。她观望少年些许时刻，见他面容红润，精神昂然，确实损伤不大，自责地道："傻弟弟。"

侯夫人拉着戚映竹的手，道："映竹你来，你弟弟以前最听你的话了。他居然因为不想读书而跳湖，回头你阿父知道了，不得打断他的腿？真不让人省心！"

戚映竹轻声道："我劝劝弟弟？"

戚星垂登时不乐意了，道："映竹姐，你真的要劝我读书？我对你那么好呢！"

戚映竹知道他指的是什么，不禁莞尔。她"扑哧"一笑间，满堂生辉。

侯夫人、戚星垂和家中的仆从们已经对这个养女的美貌习惯了，戚诗瑛却在一旁看得愣怔，神魂都随之一荡。

戚映竹伸指戳了一下弟弟的脑门，回头对侯夫人说："许是先生太严厉了，弟弟才不想读书。正好我这几日闲着，便陪星垂读两日书吧。"

戚星垂这下子高兴了，道："很好，很好，我愿意和映竹姐一起读书。"

戚诗瑛阴阳怪气地道："我呢？"

戚映竹美目看向戚诗瑛，道："你若愿意，也可同往。"

戚诗瑛脸皮一僵，登时拒绝。

侯夫人见他们三人在此说话，虽戚诗瑛免不了偶尔阴阳怪气，但有戚星垂插科打诨，戚映竹又脾气温柔，姐弟三人倒是第一次看上去这般和谐。

侯夫人很欣慰，心想：若是当初戚诗瑛回来的时候，对戚映竹表现得不那般仇视，侯府其实也不愿将戚映竹送出去，毕竟是养了这么多年的女儿。即便……戚映竹身体太差，夫君早与她商量过，不要在戚映竹身上放太多心，以免日后伤怀。

遥想往事，侯夫人不禁叹气。姐弟三人说话间，侯夫人盯着戚映竹多看了一刻，只见女郎娇娇弱弱，腰肢纤细，自有一番风韵，如今能站在这里和他们说话，偶尔还能笑一笑，看上去比在侯府养病时健康了许多。

侯夫人被侍女扶着离开了儿子的庭院，走在灯火通明的游廊中，两边灌木"簌簌"，偶尔响起几片蛙声，湖中有鱼儿跃水。侯夫人面容掩在灯火下，一路无话。

侍女知道侯夫人的心事，主动开口："映竹女郎看着身体好了很多，起码不是整日躺在病榻上了。"

侯夫人道："有两种可能，一种是多出去走走真的能让身体好些；一种是回光返照，上苍的恩惠。你觉得是哪种呢？"

侍女一惊，登时不敢接话了。

侯夫人问："这两日她住在府中，可曾吃药？"

侍女想了想，道："有吃一些，但用得没有以前多。奴婢以为映竹女郎是不想用侯府的东西。"

侯夫人道："也可能是药物对她用处不大了。我这个养女……生得一副娇娇弱弱的身子，心思却玲珑剔透，素来想得很多……她自己大约是心里有数的。"

侯夫人侧过脸，望着漆黑的夜色，心头涌上酸涩无力感。她有些后悔，道："其实当初不该让阿竹出去住的……山上能有什么好光景？白白耽误她的身体。算命先生以前断言我这个养女活不过双十……而今我怎么看着她连十八岁都熬不过去呢？当日是为了平诗瑛的心才赶她离府。诗瑛这些年过得不好，听多了外面的闲话，以为自己回来我们会不喜欢她，而喜欢阿竹，才无论怎样都要阿竹离开。其实……阿竹那身子……可诗瑛到底是我们亏欠了这么多年的亲女儿，不管外人怎样说，我们岂会不疼诗瑛？我和夫君只好盼着阿竹能体谅我们的苦心。如今……唉。"

侍女道："许是夫人想多了。奴婢看着，映竹女郎现今能走、能说、能笑，确实比往日看着好很多，说不定她的身体是真的健康了。"

侯夫人道："明日拿名刺，找宫中的御医来看一下吧。"

侍女自是应了。

戚映竹在戚星垂那里又坐了一会儿，心绪不平，总是想着时雨，便难免表现在面上。

戚星垂以为姐姐是累了，便不缠着姐姐，催促她回去歇息。

戚映竹对弟弟感激地望了一眼。

戚星垂咧嘴一笑，道："映竹姐，我这边新得了好多品质不错的人参、燕窝，我让人给你拿过去。从明日开始，你多吃点儿，对身体好。"他又对戚诗瑛补了一句："诗瑛姐肯定不要这些了！我这里新得了兵器，送诗瑛姐。"

戚诗瑛哼了一声，道："谁稀罕你的一碗水端平？！"

但她睃了一下一旁的戚映竹，到底未曾再说什么。

戚映竹回到自己的屋舍前，推开门时，惊讶地看到屋舍靠内舍的梳妆台被搬到了屋子正中。一个美少年正对着镜子，左勾右画，手持螺黛。他还穿着不合身的女装，因不合身，整片锁骨和胸膛都露了出来……

听到开门声，他扭过脸来，眸如清水，唇瓣嫣红，胭脂未曾涂好，雪白的脖子上有一道直直的痕迹，深红入怀。

其实他这样挺好看的，但是……他发鬓间插着的流苏金簪晃得人眼睛疼。

侍女提着灯笼跟在戚映竹身后，要将戚星垂送给姐姐的礼物帮戚映竹送进屋中。

戚映竹吸了一口气，一下子关了门，阻挡外面的侍女们进入。

侍女们问："女郎？"

戚映竹声音紧绷："东西放在厢房便好，不用送进屋中。我累了，要歇息了。"

门外的侍女们面面相觑，由领头的那个道："那我们服侍女郎睡……"

戚映竹道："我已然习惯不用人服侍，你们且退下吧。"

戚映竹背靠着门，见那小妖精似的时雨放下螺黛，托腮看着她，还对她扬唇一笑，眼尾金粉流波。时雨这样子……竟然很好看。

许是年纪轻，许是皮肤白，许是肌肉线条流畅好看，他以浓妆艳抹的模样直直地对着戚映竹，颈下露出大片雪肤——戚映竹靠着门的腰椎生起酸麻感，心"扑通扑通"地开始急跳。

"时雨……你怎么弄成这个样子？"等外面的人走了，戚映竹迫不及待地走过去问。她跪在时雨面前，伸出手，却一时间不知道该碰他哪里。他的黑色劲衣被扔在地上，他将她的衣箱翻了个遍，找出一身稍微大一些的襦裙来穿。而戚映竹身量如此，与他格外不同——他就像……套进了小一圈的女裙中。

锦绣罗裙垂地，短衫窄袖系不上，时雨又去勾画自己的脸蛋儿……

说实话，时雨的手是分外巧的，巧得让戚映竹意外。他之前连她染口脂的红纸都不懂，现在却可以熟练地给他自己涂口脂。他的脸蛋儿俊俏漂亮，睫毛浓长，其实他也不用如何添妆……

时雨唯一失败的，大约是涂胭脂时没有弄明白那些深深浅浅的红，不小心将他的下巴到怀里全都画出了嫣红色的长线。

戚映竹进屋的时候，时雨已经画好了眉，在眉心点了花钿，正在试图梳发髻。他梳得不好，但是从正面看，还是颇有样子的。金色流苏随着他歪头的动作而晃动，也晃晕了戚映竹的眼。

时雨顽皮地撒娇："央央……"

他的声音里似带着一把钩子，戚映竹心中一颤。她从未见过有人穿女装这般滑稽，又这般……可爱。

时雨见她脸红，眼中的顽皮之色更浓。但他不逗她了，回答："你让我进你的屋子等你啊。"他拽了拽自己穿不太上的衣裙，蹙眉，"你的衣服太小了。你应该准备大一点儿的，我比你胖。"

戚映竹道："时雨，你不是比我胖，只是……郎君的身材和女郎的身材是不同的。而且，我……我……"她忍不住"扑哧"一笑，道，"我也未曾想过会有郎君来穿我的衣服呀。你……为什么要这样啊？"

她捂住腮，转过半张脸不敢看时雨，另一只手则掩饰一般捂住自己"怦怦"狂跳的心脏。她目中波光流转，说不出心里的感觉，但是今夜每多看时雨一眼，就忍不住……忍不住……想……想时雨常挂在嘴边的那个字。

戚映竹暗暗提醒自己要矜持，时雨偏偏凑过脸来——美丽的、年少的雪白面孔让戚映竹眼神迷离。他一动，发鬓间的流苏就轻轻响，声音"叮咚"。

时雨眨着眼问："你生气了吗？"

戚映竹仍是捂着脸躲他的目光，道："什么？"

时雨道："你下午时就不高兴，因为我推了戚星垂下水。对不起，我后来才知道我错了。"他用手指比画着，"我想让你喜欢我一些，别生我的气。你让我在你的屋子里等你，我就来等你了。我要是能长长久久地跟在你身边，你就会不生气吧？所以我扮了女装……但是你还是不高兴吗？"

戚映竹道："我没有不高兴……"

时雨伤心地道："但你都不看我。你从进屋开始，就躲着我的眼神。"

戚映竹心虚地道："我没有……"

时雨肯定地道："你有。"坐了一会儿，他又道，"我知道了，因为我扮女装很丑，你看不下去。我这就脱了。"

他起身要动。戚映竹伸出手来，抓住了他的手腕。她抓他的力道很轻，手指又一直在发抖。她这么小的力气却瞬间被时雨捕捉到，让他低头看向她。戚映竹努力掩饰着自己的心动难耐，抬头，尽量目光平静地与他对视。

时雨黑曜石般的眼睛一弯，露出笑意。

戚映竹立刻移开目光。

时雨一怔，真的伤心了，又开始脱衣裳。他动作间，戚映竹心跳过于急促，一面不敢看，一面又心里着急，仓促地、飞快地乜他一眼，忽地抓住他的手臂问："这是什么？"

时雨拽衣裙时，露出肌肉紧实的手臂，他的小臂线条好看，此时却用炭笔乱七八糟地画着什么。戚映竹初时以为他受伤了才抓住他的手臂看，见不是伤，松了口气，以为这是什么……画？

不，这应该是字。

戚映竹欣慰地道："时雨，你肯好好读书了？这是将不认识的字写下来，每日背诵吗？"

时雨心虚地"嗯"了一声。

他推她，突然害羞地道："你不要看我了……我这样子很丑。"

戚映竹却并非那般好糊弄，对时雨肯读书的感动让其抓着他的手臂看了半天。但是她越看越不懂，这些乱七八糟、缺胳膊少腿的字……

戚映竹轻声道："字写成这样，实在是不必练了。"她抬头，问，"这到底是什么？"

时雨沉默了一下，诚实地说道："不是练字。是……秦随随告诉我要注意的事。我怕记不住，就写在了手臂上，这样执行任务的时候，低头就能看到。"

戚映竹喉间哽咽，心里有了猜测，却还是问："你写的是什么？"

时雨害羞地要撸下袖子，不让她看了，但是见戚映竹手指颤抖，又怕伤到她，就没敢动了。

时雨不安地说："你是不是哭了？

你为什么要哭啊？

"我是因为……明明进侯府前秦随随提醒了我很多事，我以为我都记住了，但是下午时……我把你弟弟推下了水。我之后去问秦随随，才知道我又给你惹了麻烦……我就让秦随随重新说我要注意的。我写在手臂上，好记住。

"央央，我不想给你惹麻烦的，但我真的……真的……我不是故意想推你弟弟的。我要是知道你会伤心，就不推了。这些事好麻烦。秦随随说我弄不懂的太多了……我也很生气、很郁闷。

"我明明记住了不给你惹麻烦，但还是做错事了。秦随随怕我惹事，都不让我待在侯府里。我特别想你，可是一回来，果然就做错事了……

"所以央央，其实我穿女装就是想和你玩儿一玩儿，没有别的意思。我不会留在侯府里，不会留在你身边的。你放心……我不会留下来给你添麻烦的。"

戚映竹蓦地抬头看他。

她眼中尽是泪，波光粼粼，涟漪阵阵。她透过泪水看到他的慌张，也看到他此时明艳美丽的样子。

戚映竹哽咽着道："时雨，你从来不是我的麻烦。"她轻声道，"其实你是我的麻烦也无妨……"

时雨问："什么意思？"

戚映竹轻声道："时雨，我这一生已经受够了给别人添麻烦——不断地给别人添麻烦……我已经受够了那样的日子！我多想有一个人能为我添麻烦，让我去记挂，让我去解决麻烦。这样才是一个完整的人，对不对？"

时雨望着她。

暴雨一夜未停。

夜雨将天地冲刷，过往的事似乎更清晰了些。

过了两日，天放晴了。宋翰林府上迎来了两位神秘的客人——据说这两位是婚期在即的女郎请来的。

身着黑色劲衣的时雨戴着兜帽，靠兜帽的阴影遮挡面容。他跟在未戴面具的步清源身后，被步清源领着去见宋府女郎宋凝思，即那位委托他们保护宋府的女郎。

步清源边走边回头对整张面容藏在兜帽下的时雨说道："宋女郎曾是金光御的情人，对我们的事略知一二。所以在她面前，我们会适当放下伪装……时雨，你不必把自己的脸藏得那么严实。"

时雨并未搭理步清源这话茬儿。

一路走来，时雨默默地将宋府的布局熟记于心中。步清源和秦随随都认为时雨待在宣平侯府会给戚映竹惹麻烦，不如让时雨到宋府来保护宋家人……毕竟金光御曾是最厉害的那个杀手。哪怕现在他脱离杀手组织后，整个江湖的人也都在追杀他。

宋府现在很危险。

284

时雨忽然道："我不想保护她。"

步清源面不改色地道："哦，为何呢？你近在此地，这本就应是你该接的任务。我和小楼主特意来助你，你有何不满？若是不想离开戚女郎这类理由的话，就不必说了。"

时雨声音淡漠："我不想保护她，因为我不喜欢她。"

步清源回头，极慢地看了时雨一眼，缓声警告道："杀手不应有自己的感情。"

时雨道："宋凝思背叛了金光御，所以我才不喜欢她。"

少年的反感，从某方面反映了他自己心里的不安和担心。时雨就是这般拥有野兽一般直觉，凭兽性行事的少年。

步清源沉默片刻，道："正常闺阁女郎本就不会爱上杀手，何况……他人之事，我们也未知全貌。你不用喜欢她，保护好她这一家人就可以了。"

时雨便没再说话了。

步清源倒是肚子里有许多话想说，比如点醒时雨对戚女郎的执迷不悟，比如探讨一下杀手的爱情和归宿……但是看了看时雨那沉默寡言的样子，步清源默然地闭嘴了。

时雨是不懂这些，也对这些没兴趣的。

若是……小楼主在就好了。

清晨时分，宋凝思不在屋舍中，却蹲在院落湖边的矮灌木旁玩耍。

湖中心有座凉亭，宋翰林和未来女婿柏知节在里面相谈甚欢，都对即将到来的婚事充满期待。

侍女们正在劝宋凝思："女郎，咱们回去绣绣荷包、衣服、鞋子什么的吧，蹲在这里玩儿泥巴多没趣啊。"

宋凝思低着头不搭理她们。她已不是寻常的闺阁女郎，但自从回来后，府中的人却还是将她看作以前的她。

刻意加重的脚步声传来，宋凝思抬头，看到一个俊朗的青年领着一个兜帽少年走来。

宋凝思露出回家多日很少见的笑，站了起来，往外奔了几步，道："步大哥，你们来了？"

她看向步清源后面的人。那少年侧着脸挡住她的视线，她只能看到高挺的鼻梁。宋凝思知道杀手楼的杀手对别人的探查很敏感，所以看了一眼后就不再多看。

宋凝思失望地问步清源："秦楼主没有来吗？"

她当日能够逃出金光御的掌心，全靠秦随随相助。无论外人如何说秦随随可怕，在宋凝思眼中，秦随随都是一个很大度的潇洒女郎。跟在秦随随身边，宋凝思更有安全感。

步清源说："小楼主当然来了。不过现在还不到小楼主出面的时候。宋女郎，这位是恶时雨……"

宋凝思望向少年，好奇地道："我听说过，杀手榜排名前五的杀手中，恶时雨是年纪最小的。"

她对时雨友善地一笑。紧接着，她感觉到那兜帽下的少年面无表情地将她从上到下打量了一遍。宋凝思脸上的笑容有些僵硬，因为时雨并未回应她的友善。

步清源打圆场："我们时雨是不爱说话，不和人套近乎的。但是时雨和金光御交过手，在这里是不成问题的。"

宋凝思道："步大哥，我想问一下你和秦楼主对金大哥的处置，是打算杀了他吗？"不等步清源回答，她迫不及待地道，"我愿意出更高的价格，求你们不要杀了他，只囚禁他便好。"

时雨冷漠地开口："囚禁一个杀手不如杀了他更干脆利落。"

步清源不理会时雨，对宋凝思含笑道："秦月夜是做生意的，女郎若是出更高的价格，我回去自会和楼主商量。但是女郎，囚禁一个金牌杀手……这可不是容易的事，会带来无限的隐患。你确定要这样做吗？"

宋凝思低下头，水珠"滴滴答答"地落在她的手背上。

时雨敏锐地看过去。

宋凝思轻声道："我宁可承受他无尽的报复也不愿让他死，求你们成全。"

步清源叹气，正要安慰这位女郎几句，好不动声色地将价格提高，就见抱胸立在湖边的时雨突然开口提了别的事。

"是不是说，在金光御真正动手前，我都要在宋府待着？因为金光御随时会来杀宋府的人，我必须得在这里待到你们成亲？"

宋凝思不解他这话是什么意思，含糊地道："论理是这样。"

步清源倒是知道时雨是什么意思，叹了口气，道："时雨啊，小时雨啊……女人会影响你的实力。不要总想着戚女郎，你应该专心于任务才是。"

时雨若有所思地道："你们让我一直待在这里，不过是因为觉得金光御随时会来杀人。但如果在婚礼完成前，金光御没法动手了，我不就不用一直待在这里了吗？"

步清源敏锐地道："何为'没法动手了'？"

时雨盯着湖中心的亭子。亭子周围遍布荷花绿叶，石子儿路从湖岸一径铺到湖心。一个仆从用茶盘端着点心，正站在湖中心的凉亭里，弯腰将果盘放在桌上。

宋翰林正与柏知节相谈甚欢，随意地一挥手，道："下去吧。"

仆从欠身，一言不发地后退。衣摆擦过石桌时，他突然发力，从石桌下抽出一把剑，刹那间银光大亮，长剑直刺向那位文质彬彬的柏知节。

柏知节慌乱之下被杀气锁住，竟一动也动不了……

危急之时，一把银针穿过镂空的石窗，撒向那刺杀人的仆从。仆从被银针所击，手中的剑一晃，但毫不在意，剑锋随手便掠向一旁呆若木鸡的宋翰林……

宋翰林的腿被一把石子儿打中，他"扑通"一声跪在地上，躲过了致命一击。

趴在地上的宋翰林被吓得都破音了："你……你……你是何人？！来人，有刺客——"

柏知节道："岳父大人——"

仆从手中长剑再次刺向柏知节！

仆从身量变高，人皮面具落地，身形挺拔，冷笑一声，正要杀柏知节时，后头劲风呼啸而来，让其被迫转身相迎——

湖边，亭中生变之时，时雨便已拔地而起，向亭中飞跃而去。步清源稍慢一拍，嘱咐侍女们护好女郎不要乱走后，才从另一个方向迎向亭中之敌。

小小的凉亭哪里容得下几位高手？片刻时间，对招几次后，几人掠出凉亭，身影如雾如电。金光御立在凉亭顶端，眯眸看向一左一右围堵他的人，嘲讽道："秦随随的狗腿子，今天不跟在秦随随身边，怎么带着一条小尾巴来多管闲事了？"

步清源但笑不语，因为时雨在金光御身后已然一言不发地出了匕首。金光御当即转身和时雨过招儿。前有时雨招招狠厉，后有步清源堵路，虽则如此，金光御却并非没有还手之力。

他与时雨的打斗从天上到地上，每次要趁机杀宋翰林和柏知节之时，都被在旁观战的步清源及时出手打断。几次刺杀未果，金光御周身寒气更重。时雨反是一直无声无息，杀气也微弱得让人感知不到。

与时雨目光对上的金光御胆寒，知道若是放任时雨成长，这个少年日后会如何威胁到自己！

宋凝思在湖边观战，用手揪着心口的布料瑟瑟发抖。她见金光御从手中撒出一把暗器，直直地扎向凉亭中的人，那架势分明是要杀她的父亲和未婚夫君。宋凝思顾不上自己的安危，大喊道："金大哥——"

金光御在半空中的身子一滞。时雨手中的匕首蓦地向外一翻，直刺向金光御的心脏。

宋凝思尖叫："不要——"

金光御反应过来后一旋身，躲过了时雨的致命一击。然而时雨左手一挑，手中又出现了一把匕首，向上直直地迎来。金光御用右手中的剑去劈，结果那匕首一翻，竟不是朝着他的心脏和咽喉等要害部位刺去，而是直挑向他的手腕。

鲜血瞬间从金光御的右手腕间喷涌而出！

同一时间，金光御提起一掌拍向时雨的左手，震飞那把匕首！

掌风让时雨吐血！少年几个后空翻，向后撤退之时，银针再次飞撒而出。金光御手中的剑"哐当"一声落地。

时雨垂目，目中浮起一丝笑意——右手腕受伤的金光御还能对他们造成威胁吗？

时雨落在湖面上，抬眼看去，见金光御正冷冷地盯着他。

金光御眼中的寒气更重。他缓缓地道："小时雨，没想到你已经这般厉害……我当日念你年少，留你一命，但从今日起，不会再对你网开一面了。"

湖上雾气渐生，人影掩在雾中变得模糊。时雨看着金光御向下滴血的手腕，桀骜无比地道："来啊。"

清晨时分，戚映竹捂着心口缓了好一阵子，直到身体不再那般僵硬了，才艰难地扶着床柱坐起来，微微喘气。

昨日御医来看过诊，给她开了些药，安抚了几句。左右不过是那几味常吃的药，看御医的态度，戚映竹也心中有数。

靠着床柱回神的戚映竹忽觉一阵咳意涌上喉咙，伸手在后面的枕下乱翻，摸出一方帕子，当即用帕子捂住唇，咳嗽起来。这阵咳嗽有些剧烈，好不容易停下，戚映竹放下帕子，额上已沁了汗珠。

忽然，她目光凝住，看着帕子上的大片血迹。

她心一沉，怔怔地坐了一会儿后，攥紧帕子下榻，拿起铜镜，果然见到自己唇上染了鲜血……

戚映竹闭目：已经到咳血的地步了吗？

戚映竹独自愣怔了一会儿，默默地点燃烛火，将染血的帕子烧了个干净。屋中烟雾滚滚，她用另一方帕子掩着口鼻，勉力压下喉咙中的另一阵咳意。将这些处理好，开窗散气，再梳洗一番，确认自己与往日无异，戚映竹才开了门。

门口堵着两个聊天的小侍女，说得正高兴时，看到女郎开门，连忙迎上。

其中一个圆脸侍女笑道："女郎，今日天气不太好呢，夫人说这般天气对你的身子不好，要你好好待在屋中，写写字、作作画便好。"

另一个长脸侍女也连忙点头，道："对，夫人派我们两个今日来服侍女郎，陪女郎一起在屋中写字解闷。"

侯夫人不让戚映竹出门，这事在以前也是常有的，有时候是真的为戚映竹的身体着想，有时候是家里来了客人，不愿让客人见到戚映竹这般病秧子……戚映竹如今也懒得问是何缘故。左右她的情绪正低落，养母不让她出门，那她便不出门了吧。

戚映竹出神地想：秦女郎又不见了。

她真羡慕秦女郎那般好身体、好武功，神龙见首不见尾，神出鬼没，不知道在侯府的哪里。

两个侍女陪着戚映竹正要进屋，院落门口进来两个相携而来的贵族女郎。那两位女郎看到戚映竹瘦弱的背影，高声喊了一声——戚映竹回过头。

双方以前也是认识的。

那两位女郎互相看了一眼。

其中一个贵族女郎笑道："我们听说阿竹妹妹回来侯府住了，还想着是人诈我们，没想到是真的。太好了，阿竹妹妹既然醒着，看着精神也不错，不如和我们一起吃宴去吧。"

圆脸侍女连忙道："我们女郎……"

另一个贵族女郎沉下脸斥道："主人说话，下人插什么嘴？宣平侯府还有没有规矩？"

戚映竹轻声道："高女郎，宣平侯府再没规矩，恐也比私生子逼死主母的瑞平伯府好那么一些吧？高女郎家里的亲哥哥可还好？有一阵子未见了。怪我身体不好，没有见到高家哥哥蟾宫折桂的好日子。"

高女郎脸色僵住，只因戚映竹嘲讽的，虽说是什么私生子，但也是高女郎的亲哥哥。而且戚映竹说什么蟾宫折桂……谁不知道她那个哥哥游手好闲，去年还因为强夺一青楼女子，被御史狠狠地参了一本，沦为笑柄？

另一旁的女郎皮笑肉不笑地道："阿竹妹妹还是这么牙尖嘴利……看来今日是真的能出门了。那太巧了，贵府的千金今日生辰，大家都来祝贺，想来你也是要与我们一道去的。我们寻思来找你，看来是来对了。"

高女郎嬉笑道："不过你们侯府真奇怪，这么小气，只给一个女郎庆生？阿竹，你不会被忘了吧？"

戚映竹一怔，看向两个目光闪躲的侍女——

侯府的千金今日生辰？

她算了一下日子，才算出今日似乎是自己的生辰……同时，也是戚诗瑛的生辰。

戚映竹登时便明白了那两个侍女大清早便堵着自己，不想自己出门的缘故，也明白这两个贵族女郎一副前来看热闹的架势，是何缘故了。

宣平侯府为戚诗瑛大办生辰宴，却没想到戚映竹会在这时回到侯府，但是为了真正的千金，必然要委屈一下假千金。侯夫人怕戚映竹闹事，干脆让人看着戚映竹，不让她出门……

戚映竹愣怔：养母何至于此？她在养母眼中，便是那般不懂事的人吗？一个生辰宴……她一个快死的人，也没有那般在意。

是了……也许正有人希望她能和戚诗瑛大闹起来——整个京城的人都在等着看她和戚诗瑛的笑话。

戚映竹定了定神，对那两个贵族女郎颔首一笑，道："两位姐姐既然专程来找我吃宴，便一起吧。"

那两个贵族女郎本想多嘲笑几句，但见戚映竹面容如雪，身形纤纤，到底也没多说，只怕将这假千金刺激得晕过去……两人心怀鬼胎地和戚映竹一起去那生辰宴了。

花木繁茂，廊庑里宾客众多。

"映竹女郎到——"

通报声一起，立在众女中，打扮得金光耀目的戚诗瑛愣了一下。

戚诗瑛知道这些客人都是看在侯府的面子上来的，也知道他们心里瞧不上自己，但是那又怎么样？他们越是瞧不上她，她越要谈笑自如地站在这里，碍他们的眼——这儿是她的地盘！

戚映竹的到来让戚诗瑛心里生恼。京城里的贵人们都拿戚映竹与她比，戚映竹好好地待在屋子里不行吗？连生辰都要让她下不来台吗？

戚诗瑛脑子里想到许多闲话，想到自己听过的许多真假千金敌对的故事，深吸一口气，仰着下巴扭过头，面无表情地迎接戚映竹。

她看到戚映竹消瘦的模样，心想：装模作样。

厅中鸦雀无声，有人饮茶，有人吃点心，眼睛却全盯着这两人。

戚映竹走到近前，对着戚诗瑛垂目一笑，道："得知今日是你的生辰，高女郎和陈女郎特意去请我，若非她们，我都要忘了这事。"

戚诗瑛狠狠地剜了一眼那两个女郎。

那两个女郎正幸灾乐祸，被戚诗瑛狠狠地一瞪，当即面色铁青。

戚映竹轻声道："祝你生辰安康呀。我思来想去，这句祝福还是应该与你说一声的……你替我吃了那么多年的苦，今日终于有了这样的日子。愿你日后年年能像今日这般春风得意，嗯，比今日更加得意。"

戚诗瑛目光闪烁，一时愣怔。

戚映竹微笑道："那我走了，不扰你了。"

戚映竹的手腕被戚诗瑛握住。

戚诗瑛沉默片刻，说："既然来了，就留下来吧。"

戚映竹回眸，与眼神僵冷的戚诗瑛对视了片刻，知戚诗瑛对她的警惕之心不减。她此时离去，徒然又生是非，惹人多事，于是便道："我好清静，坐角落里便好。今日你是主人，谁也不能抢了你的风光。"

众人心里顿感失望——他们想看的真假千金大闹生辰宴的戏码并未发生。

戚映竹坐去了角落里。

一开始还有不安生的人过来与她谈话，怂恿她吟诗作赋什么的，压一压戚诗瑛的风头。戚映竹举着手帕，掩在口鼻前咳嗽。看戚映竹这般柔弱，大家便没了兴致。渐渐地，众人且玩儿且看歌舞，只将戚映竹看作傻子。

没人打扰了，丝竹管弦声丝丝缕缕绕耳，戚映竹低下头，小口喝茶，又自己剥橘子吃。

旁边传来少女大大咧咧的声音："你真是傻子，本来是多好的出风头的机会。"

戚映竹惊了一下，侧过头，看到秦随随不知何时坐在了栏杆上，正跷着腿看着她笑。也就是这边偏僻，没有人来，不然谁能看得一个侍女这般没有规矩？

戚映竹答秦随随："何必坏人好事呢？"

秦随随道："今天也是你的生辰啊。你那个养母都不让你出门……你就不会伤心？"

戚映竹低头不语。

含笑的男声响起："小随，何必专挑人心口的伤说呢？"

男人的声音来自戚映竹的右边。戚映竹愕然地转头看去，看到许多天没见到的步清源。

步清源风雅无双，扮卫士扮得很不称职，进了侯府后，再没出现在戚映竹眼前过。此时戚映竹乍然见到他靠着栏杆而立，心中不知为何竟有些惊喜。

之前那个高女郎此时提着一壶酒过来了，终究不甘心，仍要试一试。高女郎身后跟着一个眼神直勾勾的青年。高女郎笑道："阿竹妹妹，你在这边多寂寞。我哥哥来了，在这边陪你喝酒吧。哥哥，刚才阿竹妹妹还想你呢。"

高郎君一张嘴，口水都差点儿掉下来，痴痴地道："阿竹妹妹，你真的跟妹妹提起过我？"

戚映竹蹙起眉，道："两位自重。"

高女郎冷冷地道："装什么装？我哥哥心慕你，你嫁过来当妾有什么不好？哦，我知道了，你还记着唐二郎。可惜啊，端王府最近出了事，唐二郎都忘了你的生辰——哎呀！"

高女郎尖叫一声，因一个酒杯凌空飞来，直直地插向她的咽喉。

她旁边的高郎君有些三脚猫的功夫，手忙脚乱地扑倒妹妹，想要高呼时，一道劲风袭来，点住了他的咽喉。酒杯"咣啦"落地，碎片弹起剪断了高女郎一绺秀发。

高女郎被兄长抱着，正要尖叫出声，一个黑衣少年从她身后走过。

少年伸出手臂非常随意地向上一划，尖锐锋利的匕首的寒光晃了高女郎的眼。那匕首擦过高女郎的咽喉，就在高女郎以为自己要死了时，那匕首竟只是点住了她的穴道。但是那一瞬间，她真如死了一般！

高氏兄妹身体僵硬地流着汗，那从他们旁边走过的黑衣少年走到了戚映竹身边才回头看他们。

时雨道："央央在这里，放你们一命，走吧。别让我再看到你们。"

他神色冷淡，但是——

高氏兄妹看着戚映竹，一时间恍惚觉得自己看错了。

戚映竹柔柔弱弱地坐在那里，左边的秦随随笑眯眯地托着腮，手中玩儿着一个琥珀酒杯——显然方才的酒杯就是她扔的；右边的步清源翻出一把折扇，为自己旁边的两位女郎扇风，似笑非笑地抬了一下眼，高氏兄妹便身体僵直。

黑衣少年走上前立在戚映竹身边，最让人胆寒。

高氏兄妹当即惶惶而逃。

戚映竹道："你们不必这样啊。"

这般说着，她仰起美目，望向时雨，十分欢喜。在自己的生辰之日，她能够见到时雨，何其有幸。

时雨回过头，对戚映竹扮了个鬼脸。

戚映竹"扑哧"一笑，又用帕子掩住半张脸，红着脸招手，让时雨坐下。她欲盖弥彰一般对秦随随和步清源道："两位也坐下吧……站着有些显眼。这里有不少吃食，大家随便吃吃。"

秦随随意味深长地看着她，再看一眼她身边大大咧咧地坐下的时雨。

戚映竹只当看不懂秦随随的眼神，扭过脸。她感到有水汽，不禁侧脸看向时雨——也或者她本就想看时雨，只是借水汽掩饰。她问："时雨……你洗浴了？"

时雨抬眸，眸子亮晶晶的，道："我出去办了点儿事，身上脏得很，就洗浴了。央央，以后我能经常陪着你了。"

秦随随看向步清源，目露疑问。步清源对她摇了摇头，无奈地一笑。秦随随便知时雨又出了什么幺蛾子，哼了一声。

时雨说完，好奇地拿起案上的点心，想吃时，看了一眼戚映竹。

戚映竹莞尔，道："你随意便好，吃完了还有。我不饿。"

时雨放下心，确认自己没做错后，便开始大吃大喝。

秦随随坐在戚映竹身边，下巴放在膝盖上，笑嘻嘻地道："怎么样，虽然没有人给你过生辰，但是我们把时雨带来送你了，你是不是很高兴？"

戚映竹涨红了脸。

她飞快地看了一眼时雨。时雨有些疑惑地抬眼望来，眼睛眨了一下，腮帮被食物塞得鼓起。

戚映竹别过脸，低声道："别胡说了。"

秦随随挑眉，道："我有胡说吗？你敢说你不高兴？今天呀，我就把时雨送给你，当作给你庆生的礼物。戚诗瑛有一堆人陪着，是很好；但是你有时雨啊——我还是有这个权力的！"

时雨终于咽下了嘴里的东西，插嘴道："你为什么不把我永远送给央央呢？"

秦随随瞪眼："你！"

时雨再问戚映竹："今天是你的生辰吗？你很在意吗？觉得今天很重要吗？你是每年都要过生辰吗？但是今年过得不好，你不开心？"

戚映竹道："我没有不开心……"

秦随随道："阿竹当然和我们不一样。人家曾经是贵族女郎，对每年的生辰自然在乎得不得了，时雨你不懂的……"

戚映竹道："我没有那般在意，时雨，你不必放在心上……"

时雨盯了她半天。

戚映竹不知道他是如何想的。

他转过脸，道："哦。"

秦随随还要再开口，被步清源搂住肩。步清源道："好了小随，我有些事跟你说，你不要耽误别人了。"

见秦随随被步清源带走，戚映竹喊了几声。那两人跳下栏杆，她也唤不回人。戚映竹呆呆地坐在席间半晌，心"怦怦"急跳。她不好意思与一旁的时雨说话，似乎这样便代表着什么一样。

戚映竹闷了片刻，忽然一只手臂伸来揽住了她的腰，少年温热的吻从后面落在她的颈上。戚映竹一愣，酒气从后面传来，细密的吻如雨点一般染红她的半边脖颈。

戚映竹低头，讷讷地道："时雨，你在做什么？"

他收紧揽着她的腰肢的手，抱紧她，直接从栏杆上跳跃出去，纵身跳上屋檐。

戚映竹仓促地抬头，看到他淡漠无情的眼神，模糊地觉得他和平时看起来不一样时，身子已经被轻飘飘地带起，眨眼间就出了侯府。

他们在屋檐和树枝间飞跃。

戚映竹开始头晕，道："时雨，时雨……慢点儿。你要带我去哪里？"

时雨淡淡地道："忍着。"他再道，"我要把你藏起来。"

秦随随和步清源几步回到席间，看到栽倒的酒樽和乱七八糟的桌案以及空了的座席。

秦随随哀号："糟了，时雨喝酒了。"

步清源嗅了一下杯子，无奈地道："他误把酒当水喝了。"

两人对视一眼。

步清源道："他要带戚女郎去哪里？不能让他胡来——追！"

时雨带着戚映竹在寒风中飞快地穿梭。

戚映竹面容苍白——她之前从未体会过这般快的速度。

原来时雨之前都在照顾她的身体承受力吗？

戚映竹虚弱万分地道："时雨，停下，我不行了……"

怀里的女郎心跳紊乱，醉酒后的时雨立刻感知到了。他在一处屋檐上将戚映竹放开。戚映竹登时蹲下捂住心口喘气，勉力压住那股咳意，只怕自己会当场咳出血来。

时雨垂目，道："歇好了我们继续。"

她虚弱地跪在屋檐的鱼鳞瓦间，闻言不禁抬头，疑惑地问："你到底要带我去哪里？"

时雨长身而立，面容冷峻，此时看着比往日霸道许多。他道："出关，入沙漠，去……"

"上方何人喧哗？"下方的巷中传来喝声，"京城宵禁不得出城，尔等不知？"

戚映竹伏在屋檐上向下方看，只见一队宿卫军在巷中巡夜。为首的青年轩昂挺拔，眉目清秀，抽出腰间的刀，向屋檐上看来。戚映竹认出了这人，连忙将头向后一缩。

这人是闫腾风，京城宿卫军的大统领，先前曾去落雁山找过戚诗瑛，似乎与戚诗瑛关系不错。他们如今这样子，若被宿卫军抓到，就太可笑了。

戚映竹急忙回头小声地对时雨说："时雨，我们快走。"

时雨盯着她苍白的面色，不为所动，道："你还没歇够，等你歇够了再说。"

戚映竹听到身后卫士的脚步声，心急如焚。面前的时雨身子一晃，就跳下了屋檐。他跃入人群，双手中的匕首几进几出……

戚映竹道："时雨，不能伤人……我们快走！你不回来我就不跟你出京了！"

匕首已经挥到闫腾风的咽喉前，在他的脖子上划出了一条血线，却被黑衣少年硬生生地停住。两人一对视，闫腾风认出这个少年正是当初在落雁山上见到的那位，不禁一怔。时雨身子一缩，几步退出包围圈，腾空便飞回了屋顶。

戚映竹怕他再生事端，在他过来时当即背过身搂住他的脖颈。时雨身子猛地一僵，低头看她。戚映竹只怕闫腾风认出她来，压着不适感对时雨催促道："快带我走。"

醉酒后的时雨将她一捞，运起轻功，身形如鬼魅。

闫腾风等宿卫军岂会眼睁睁地看着人就这般走了？巷中倒了一地卫士，闫腾风定神后，先行跳上屋顶，去追那掳走女郎的黑衣少年。闫腾风在屋与屋之间跳跃，紧追着时雨不放。

时雨轻功是好，但是带着戚映竹，为了她放缓了步调，身后追击的宿卫军与他之间的距离越来越近。闫腾风奔跑着，凝视着那黑衣少年，谁知面前忽然间闪出一个人，出手便是一记手刀！

闫腾风不愿伤人，便用刀背去挡！不想此人手刀之劲，一拍之下让闫腾风生生向后退了十步才停下。闫腾风稳住身形，怒而抬眼望去，看到面前的人时，瞳孔骤缩。

单膝而蹲对他出招的人，不是什么威猛之士，而是一妙龄少女。她发间的小辫垂下一绺，目圆而黑，肤白唇翘，天生三分笑意，万分俏皮可爱。

闫腾风生生对着这少女怔了半天。

而拐角处的时雨向斜下方一跃，身影便不见了。更高的树梢上，一个青年的声音响起："小随，还不走？"

秦随随对发愣的闫腾风嫣然一笑，扭身便用轻功奔跑起来。闫腾风明白这几人是一伙儿的，仰脸看向树梢上那青年。那青年却已背身而走，他并未看到他的面孔。

一上一下两处，步清源和秦随随皆用轻功而行。

闫腾风道："别跑——"

但被人如此一耽误，他想再追上人难于登天。

时雨带着戚映竹即将出京之时，怀里的戚映竹的呼吸又开始微弱下去。时雨不得不再次停下。戚映竹伏于屋檐上喘气间，时雨后方忽地袭来两道人影。戚映竹眼睁睁地看着，张口要提醒，却见时雨如后背有眼一般，两手中的匕首齐出，身子几度扭转，使出凌厉的招式。

他几击之下，便让攻来的秦随随和步清源各自退后，只能隔着一段距离堵住时雨的路。

戚映竹道："秦女郎……"

秦随随道："我就说喝醉酒的时雨最麻烦了。"

步清源笑道："麻烦的是他的本能。上！"

两人再次出手，时雨毫不留情地回击。便是戚映竹这般不懂武的人看着，都觉得秦随随和步清源两人联手好像都要被时雨反压制住一样。而在内行人眼中，时雨则是招招杀招，不留情面。

时雨平日不喝酒。

为了执行任务，他要保持冷静和理智，对酒水这种东西轻易不沾。

若是沾了，他顺本能行事，便是杀——

时雨好像回到了幼时的角斗场，面对无数回合的厮杀。所有的孩子在没有成为杀手前，都被养在那里。大的杀小的，小的吃大的……在那里，人人都是杀戮器具。

那是秦月夜曾经的楼主做的一个实验。

那位楼主觉得杀手们不够强大，便突发奇想，想从幼时开始培养一个真正的杀手。时雨有记忆的时候，就在角斗场里……最后，时雨是走出那片角斗场的唯一一人。

他成了上任楼主手中最珍惜的一把刀，潜心打磨，待其长大。然而养魔者最终为魔反噬，时雨泯灭人性，本性为恶，人挡杀人，鬼挡杀鬼。

那些年，时雨曾是那位楼主手中最好用的刀。但是这把刀太过没有人性，之后为了钱，便果断地抛弃旧楼主，跟秦随随走了。曾经的角斗场变成了一个无人再碰的噩梦，时雨自己也不再提。

秦随随一直知道不能让时雨饮酒——不能让杀神觉醒。

"砰——"

秦随随挡住刺来的匕首，像断了线的风筝一般向后摔倒，直接砸坏了一间房子的屋顶，和瓦片一同跌落下去，唇角出血。见时雨反身便要再杀，步清源闪身挡住。

可即便是步清源，在时雨的攻杀下，都坚持得很艰辛。

咳嗽着和碎瓦片一起躺在地上的秦随随抬头，看到对面屋顶上趴跪着的戚映竹，高声道："阿竹，你不做点儿什么让时雨停下来吗？"

戚映竹已被眼前的情景吓得呆滞——时雨那无情的样子让人骇然。

她不禁问："我……我能做什么？"

秦随随大声道："我怎么知道？你想想办法啊！把他拦下！再拦不住，要么你被他带走，要么我们都得蹲大牢去！"

戚映竹心急如焚——秦随随和时雨认识那么多年，都不知道如何拦住时雨，她怎会知道？戚映竹慌乱中，见步清源被时雨一掌劈出，下一刻，时雨贴身而上，匕首插向步清源……

戚映竹脱口而出："时雨！"

她也不知道这样有没有用，但鼓起勇气向前扑了一步，整个身子登时腾空。时雨蓦地回头，看到戚映竹从屋顶向下跌落，一愣，翻身就跳去接她。戚映竹闭着眼，慌乱无比，完全是拿自己当赌注……她赌这一把，自己也不知会迎来什么结果……

一双手臂稳稳地抱住了她。

戚映竹怔怔地睁开眼，看到了时雨垂下来的眼睫。少年低头看她的这一刹那，身上的血腥气似被风吹散，望来的眼眸如一潭死水。他依然是醉酒后让人害怕，让人觉得陌生的时雨，眼里依然是没什么情绪，没有平日的扮乖、无辜、委屈、撒娇，也没有平时的可爱、顽皮、逗趣、任性。

他看着她，眼神空洞，万事不入心，可一双手臂紧紧地接住了她，将她抱入怀里。

戚映竹呆呆地看着他。

步清源和秦随随从后面追来，趁着这短暂的机会，一左一右点住时雨的穴道，终于制住了难缠的时雨。

二人帮戚映竹从时雨怀中跳下。

秦随随擦汗，道："多亏阿竹，总算绑住时雨了。"

步清源温和地道："委屈女郎了，女郎受惊了。"

步清源低头看见戚映竹面色惨白，顿了一下，脱下外衫披在了戚映竹身上。戚映竹抬头，被步清源推着走，却不禁回头，看向身后全身不能动弹，只用执着的目光追随着她的时雨。

时雨眼中依然没有情绪，但那里有她。

夜风拂面，面颊冰凉，戚映竹的心却在这时重重地一沉，她呆呆地与时雨对视，问步清源："步大哥，你们要将时雨如何？"

步清源道："带走绑他一晚上，等他明天酒醒了再放他出来……他这样，吓着女郎。女郎放心，我和小随会善后的。"

步清源看了看被压塌的屋顶，再想想闫腾风的追捕，觉得头痛万分。他必得解决这些琐事，将线索引到旁的京城里的江湖人士身上。步清源沉思间，听到戚映竹轻声问——

"步大哥、小随，你们能将时雨给我吗？"

秦随随正在用绳子对时雨五花大绑，闻言不由得回头诧异地看戚映竹。

在他们眼中，那总是过分矜持、温柔十足的戚映竹低下头。戚映竹是害羞的、紧张的，是不愿将自己和时雨的关系透露得那么明白的。但是她微转过头，想到方才时雨抱住她的样子，还是轻声道："请二位帮忙，将时雨送去我的屋舍中。我会看着他一晚，不会让他乱跑的。时雨，他……他……他是听我的话的。"

生辰之日，戚诗瑛过得十足出风头，戚映竹却也过得……惊心动魄，让她难忘。

回到屋舍中，戚映竹不让侍女们进屋，却向她们要了醒酒汤。侍女们以为女郎在宴席上饮了酒，不疑有他，奉上醒酒汤。戚映竹将他人都打发走，掩着"怦怦"急跳的心脏，端着醒酒汤回了内舍。

她没在别的地方找到时雨，最终撩开自己的床帐。被绑着的靠着墙的少年正仰着头，黑目一眨不眨地看过来。

分明没有旁人在，戚映竹的脸却更红了，她想：步大哥……步大哥真是的……怎么就将时雨直接绑在了她床上？

烛火摇曳，戚映竹放下帐子，跪在自己的床板上，将醒酒汤端到时雨唇边。时雨一动不动，只看着她。戚映竹低声道："时雨，这是醒酒汤，你喝了就好受一些。"

时雨开口，声音沙哑："你骗我。"

戚映竹知道他说的是什么，低下头，心里有些难受，道："时雨，没办法的。你喝醉了酒，还要杀你的朋友……只有这样能让你停下来。我不是故意的。"

她抬头看他，见他的眼神波澜不惊。

她弄不懂他有没有听明白，只好将醒酒汤推得离他的唇再近一点儿。

他依然不动。

戚映竹呆呆地看着他，目中充满恳求。

但是醉酒的时雨显露出他真正的性情，不为所动，也许仍在生她的气。

戚映竹想了半天，低下头，自己抿了一口汤，睫毛颤抖，身子哆哆嗦嗦地前倾，贴上少年的唇。

女郎柔软的唇贴来。时雨的目光在片刻间变得迷离，他张了口。戚映竹忍着羞涩，断断续续地将醒酒汤渡过去。而他有了反应，张口含住，喉结滚动，主动来喝汤汁。

纱帐中，喝水声古怪十足。

半晌，少年声音喑哑地道："我还要。"

戚映竹慢慢地"嗯"了一声。

烛火照着帐子，青帐上的莲花与鸟随着纱幔的拂动而变形，莲花被拉扯，鸟被抻长脖子。鸟振翅挣扎，要飞出帐子，影影绰绰的人影将鸟的翅膀锁住。帐子摇晃，鸟浅鸣。

再半晌，玉碗"咯"一声被摔出帐子。

戚映竹气息微乱，道："好了，汤喝完了……时雨，我帮你解绑，你不要出这个屋子，不要出去招惹人，好不好？"

时雨"嗯"了一声，声音是沙哑的，却非常清晰地回答戚映竹："我不出屋子。"

戚映竹感到欣慰，去枕下拿了剪子为他剪去绳索。

她瞬间被时雨推倒在榻上。恢复行动的时雨一掌将她按倒，翻身压在她身上，低头便咬上她的唇。戚映竹挣扎片刻，便被他所惑，气息变得深浅不一。

时雨俯身睨她，伸手便点了她的穴道。戚映竹登时不能动弹，目光迷离地看着他。

时雨淡淡地道："也让你尝尝被点穴道的滋味。"

戚映竹："……"

时雨看着她。

戚映竹抬起眼帘，与他幽静漆黑的眼睛对视。她无奈、伤感又欢喜地说道："心随意动，爱由心生。时雨，你喜欢我。"

时雨蓦地一怔，瞪大眼眸。他冷漠的面孔上浮起意外、迷惘的神情，这样子倒是和平时像了很多。

戚映竹搂住他的脖颈，权当哄他，也告诉自己："时雨，你喜欢我。你心里……爱我。"

天早就亮了，戚映竹却不曾醒来。侍女们已经习惯这位女郎的身体状况，并未来催。日上三竿，戚映竹拖着自己被马车辗轧了一般酸麻的身子睁开眼，便看到时雨趴在床头，目不转睛地看着她。

他不知盯了她多久。

戚映竹与他相望，一时间判断不出这个时雨是哪个时雨。

时雨忽地弯眸，道："央央醒了。央央睡觉的时候特别乖！我摸一下你的心口，央央还会躲，真可爱。"

戚映竹欢喜地道："时雨，你酒醒了？"

时雨懒洋洋地趴着，道："嗯。"

他忽然又不安地站了起来。戚映竹昨晚被他的样子吓到，现在看他站起来立刻瑟缩了一下。

但是少年只是在站起来后又依偎过来。

时雨悄悄地问："我昨晚有没有做错事，让你为难啊？"

戚映竹缓缓抬起头，支支吾吾地道："你……你不记得昨晚之事吗？"

她有些逃避地侧过脸，松了口气，喃喃地道："这样也好。"

时雨俯过身来，问："好什么？"

戚映竹连忙转移话题："不记得昨夜之事也好。昨夜其实没发生什么事，时雨，你将我的药端来吧。"

时雨盯了她半天，睫毛颤了两下，慢慢地起了身。

时雨走向窗口，要翻窗出去时，仍不甘心地回头，目光灼灼地盯紧她，问："昨晚真的什么也没有发生吗？"

戚映竹低着头，手在被褥间轻轻地揉自己的腰，道："没有。"

戚映竹正感受着自己的身体。

时雨静了一会儿，缓声道："我使坏的事，你不记得了？"

戚映竹蓦地抬头，杏眼圆睁，错愕地看到站在窗口前的少年转过身来，抱胸望着她。他分明什么都记得，偏偏来审问她。戚映竹看着他修长的腰身，脸一下子红透，支支吾吾半天说不出话。时雨这才满意地调皮一笑。

他背过身，说道："央央说我喜欢她，那我就喜欢她。"

阳光落在窗下的少年身上，照着他英俊的面庞。身量挺拔如剑的少年伸了个懒腰后，推开窗子。

窗子被打开，夏日的空气扑来。清晨，长发被风吹得微微拂过面孔，而少年仰脸闭目，感受着新一天的到来。阳光下，他面容如玉，唇红齿白。

他慢悠悠地笑道："我以后就是央央的情郎了……这是央央自己说的，我可没有逼你。"

日光熠熠，地上铺了一层浅浅的松花绿，光斑在绿海中荡着秋千。细碎的草叶向上轻卷，风吹到高高的松树树顶，苍青色的树冠"沙沙"作响，与天比齐。

时雨靠着树枝，坐在茂盛的枝叶间。下方仆从们来回走过，即使抬头看，也很难注意到那坐在树上的少年。

秦随随要进戚映竹的屋舍的时候，被上方掉下来的一颗松子砸到额头。她仰头眯眼，往树冠深处看去。

过了一会儿，秦随随跳上了树，见时雨屈着一条腿，手中握着他那把常用的匕首，正在低头刻一支木簪。秦随随轻飘飘地踩在树枝上，蹲下来。时雨抬眸看她。

秦随随沉着脸道："你拿松子砸我干什么？"

时雨道："央央还在睡觉。她昨晚睡得很晚，现在还没起来。你不要进去打扰她。"

秦随随道："我是她的侍女！我就算进去也不叫打扰她。何况以我的本事，她怎么可能听得见我进屋的声音？你真是太奇怪了。你自己玩儿吧，别打扰我。"

她转身要跳下树，身后刺骨的寒风袭来。秦随随敏锐地扭头一躲，一道指气从她的肩头擦过。秦随随盯着时雨，看这人要如何解释。

时雨坐姿不变，看她的眼睛如同星辰一般明亮。他郑重地道："我当然能管你！而且我和你不一样——我现在是央央的情郎。我当然不让你进去烦她！"

秦随随被口水呛到，半晌后，憋红了脸道："你？什么？"

时雨扬扬得意地道："情郎！"

秦随随费解地看了他半天，心中的念头过了几遍，讶然不已。在她的认知中，戚映竹不应该是那般会随着时雨胡闹、不知轻重的女郎。

杀手与闺秀之间会有爱情吗？也许有，但结局……也不过是金光御与宋凝思那般。

秦随随想着该如何劝时雨时，时雨先开口问她："情郎应该怎么做呢？"

秦随随道："你问我？"

时雨瞪着漆黑的眼睛与她面面相觑半天，很快意识到自己问错人了。他竟然异想天开地道："我应该去找金光御问一问。"

金光御之前被时雨伤了右手，这两日未曾骚扰宋翰林的府邸。他们也寻不到金光御的踪迹——时雨这话说得像天方夜谭。

而且时雨很快自我否定："不对，金光御不会做人情郎。他要是会做，就不会这么惨了。"

时雨低头思考，忽然耳朵一动，听到了什么声音。那一瞬间，秦随随清晰地从他眼中看出了流星一般的光辉。时雨的眼睛一直是他的五官中最传神、最好看的，但秦随随也是第一次看到这双眼中冬阳暖融，草木争春，万物苏醒。

时雨不说什么，快速起身从树木的枝杈间向下跳跃，任日光落在他颀长瘦削的背影上。

秦随随蹲在树上，慢慢地开口："时雨，你知道吧？我其实从不支持你和戚女郎在一起。"

在树枝间跳跃的少年警惕地回头——刹那间，秦随随隐约从时雨眼中看出少见的寒意来。

时雨问："你要拆散我们？"

秦随随托着下巴摇头，道："喜欢不一定要在一起。你是杀手，她是病弱的大家闺秀，你们两个天生身份不同，世界不同。你是要进入她的世界呢，还是要她进入你的世界？你的世界中腥风血雨，尽是杀戮，一个娇滴滴的女郎受得了吗？"

时雨反驳道："我可以跟着她！"

秦随随无言，想不到他一个郎君，竟说出要跟着女郎生活这样的话。但是……秦随随道："她的世界里条条框框，尽是规矩，你要讨好她的养父、养母，甚至她身边的所有人！从不受拘束的你受得了吗？"

时雨明显呆住了。

几次跳跃间，他已经脚踩实地。他仰头望着繁茂枝叶间的少女，问："我不能不守规矩吗？"

秦随随笑嘻嘻地道："可以啊，那就是金光御的结果啊。他不愿遵守宋凝思世界的规矩，不愿随她回家，不愿孝敬她的父母……宋凝思这不是就想回归正常生活，和他分开了吗？"秦随随笑得露出白牙，威胁时雨，"小心你和阿竹分开后，你纠缠不清，阿竹也找杀手杀你！"

时雨高声道："不会的！央央不会这么对我！"

他的声音大了很多，反映出他的心慌。

屋舍中，戚映竹刚刚醒来，正掩着帕子咳嗽。听到外面的声音，戚映竹不禁道："时雨？"

时雨应了一声。

仍在床榻上靠着床柱的戚映竹洞察时雨的心思，不等时雨推窗翻进来，一边咳嗽，一边疾声道："等一会儿再进来……时雨，我要梳妆。"

戚映竹低头看自己染血的帕子。少年的鼻子极灵，她不敢在屋中烧东西，会被闻出来。而且时雨现在整日缠着她，她寻不到独处的时间去收拾自己沾了血迹的手帕……女郎只好仓促地将帕子藏在枕下。

她又缓了一会儿才下床，点胭脂，涂丹朱，绾发髻……在落雁山的那几个月，戚映竹已经学会了自己照料自己。

屋舍外，时雨正仰着头对秦随随龇牙，道："我会学规矩的，央央也不会烦我！我要做最好的情郎，央央会喜欢我的。"

秦随随嗤笑道："无心的人都读不出别人的心，怎么做最好的情郎？"

这一刹那，树叶在风中瑟瑟发抖，地上的树影如潮水般波涛汹涌。时雨沉静地立在树叶斑驳的投影下，光斑落在其长而翘的睫毛上。

时雨眸子微缩，看了秦随随一眼。

蹲在树上的秦随随立即握紧枝杈，身子紧绷——在这一刻，她是感觉到了时雨那很少显露的杀意。

但时雨没有动手。

他控制住了——立在戚映竹的屋舍外，他不会跟任何人动手，怕惊扰里面的人。

时雨背过身，道："不用你们相信。你们都觉得我不好，觉得我和央央在一起不好。央央相信我就好了。"

秦随随见他掀开窗子，钻进了戚映竹的屋舍。

时雨那撒娇般的、从来不和他们表露的声音隐隐约约地传了出来："央央！"

秦随随蹲在树上，良久未动。无声无息间，一道青年的身影飘落在她身旁，衣袍轻扬，宽袖擦过秦随随的脸。

步清源叹道："小楼主何必管时雨的闲事呢？白白惹得他反感咱们。刚才时雨那杀意……可真危险。"

秦随随坐了下去，闷闷不乐地道："情啊爱啊是这世间最无趣的东西。我父母毁在这上面，金光御也毁在其中。时雨是我的好朋友，我不想他生情。"

步清源垂目望着这个年少的楼主。

秦随随的家人死在年仅十二岁时的秦随随手中。外人道秦随随心狠手辣，却不知秦随随的父亲风流，母亲执拗。秦月夜的前任楼主不是秦随随的父亲，就是因为秦随随的父亲专宠一名女子，丢了楼主之位，才被人捡了便宜。

那对夫妻成为阶下囚后，互相仇视多年，两方的亲属也如敌人一般争斗。杀手间的争斗，都是置对方于死地。双方无人有心管秦随随——作为阶下囚的女儿，秦随随在秦月夜过得还不如时雨。

秦随随十二岁的时候，认识了刚刚归附秦月夜的步清源。那时步清源尚是一名刚杀尽仇家，躲入杀手楼避难的少年。

步清源见证了秦随随是如何杀尽全家的，甚至鼓励了她。

一个人身在深渊，便忍不住想拉一人共沉沦。身在火海炼狱，手染鲜血的少女，那般扭曲，却又那般吸引人。

秦随随拍了一下树身，道："步大哥，你怎么不给我扇风了？这么热！"

步清源从回忆中回过神，蹲下身从怀里抽出折扇给她扇风，笑眯眯地道："小楼主心善，竟怕戚女郎受伤。"

秦随随嗤笑道："怎么可能？我可是坏人啊。"她晃着脚丫子，绯色的裙裾一荡一摇。她道："阿竹是个病秧子，我看她身体不行……怕她什么时候一命呜呼，让时雨大受打击。"秦随随烦恼地道，"时雨是我手上最好用的刀。他要是为情所困，失去了作用，谁帮我杀人啊？"

步清源莞尔，想了想，道："听闻天山有一株百年九玉莲，能医百病。但那花还没开，又只此一株，世世代代由天山派守着。不知传言是不是真的。"

秦随随道："天山派啊……我们的势力没到那么远。"

步清源道："我先让人去查探一番，若是有可能拿到那花，再让时雨还天山派的恩情便是。"

秦随随对他的回答甚为满意，颔首道："不错，就这么办吧！"

步清源身形一晃要走时，秦随随扒着树枝，眼巴巴地问他："步大哥，我有没有说过你是我最好的朋友？别人说你是我的狗腿子，你千万别当真哟。"

步清源垂眸，与她瞪圆的黑眸对视。他用扇子挡住半张脸，故作诧异地道："咦，你最好的朋友不是小时雨吗？虽然时雨自己可能不知道你是他的朋友。"

听到这种诛心之语，秦随随沉下脸。

步清源低笑一声，消失在苍翠间。秦随随靠着树干，想到一大堆烦恼事，叹了口气，自言自语："唉，楼主好难当啊……"

戚映竹的屋舍中，时雨正在向戚映竹表达不满："为什么不让我直接进屋子？我又不是没有看到过你不梳妆的样子。明明很好看啊，你为什么藏起来不让我看？"

戚映竹走到桌案前坐着，翻看书籍，柔声答他："时雨，人与人之间应当有些距离。"

时雨："情人之间需要距离？"

他寻找自己以往的经验，没有看到过刻意营造距离的情人。但是……秦随随的话到底影响了他——大家闺秀和江湖人士是不一样的——时雨记下了这句话。

虽然记下了，他却依然对此不满。

时雨目不转睛地盯着戚映竹。

戚映竹镇定地铺开宣纸写字，对时雨这般时不时如同丢了魂一样的凝视已然习惯。时雨莫名其妙地就给他们定下了情人的身份，戚映竹又喜又忧，有心拒绝，又不愿拒绝。

且走且看吧……戚映竹安慰自己，时雨也许并不懂情人的界限，也许只是觉得别人那样，他便也要那样。

然而她身后的时雨突然问："我们什么时候成亲啊？"他接着补充，"明年春夜，可以吗？"

夜静山明，春夜花飞。待到那时，我们就成亲，好吗？

第十三章　立待月

风从窗的罅隙飘入，一支兔毫从堆满了书籍的桌案上摔落，砸在茵褥上，闷闷地响了一声。

坐在书案后的消瘦女郎停了一会儿才反应过来，起身弯腰去捡笔——比她更快抓住笔的是少年修长的手指。

戚映竹微凉的指尖轻轻地点在他青筋微凸的手背上。戚映竹颤了一下，抬眼，迎上时雨审视的目光。

戚映竹抿唇，道："谢谢。"

她要取走笔，时雨却没有松开手。二人微弱的拔河，如同戚映竹心间微妙的挣扎。潮动连连，石子儿落心。欲涉河渡江，奈何命比纸薄。

戚映竹再次看向时雨。

握着兔毫的杆蹲在地上的时雨重复了一遍："明年就成亲好不好？"

戚映竹道："时雨，太唐突了。"

时雨福至心灵，问："因为太快了吗？"

"太快了"这三个字，戚映竹以前经常对他说——他抱她是太快了，亲她是太快了，想和她同床共枕更是太快了。而今戚映竹虽然没有明说，但是时雨本能地想到了她以前的回答。

戚映竹怔了一下，答不上来。

时雨露出了然的神情，再次问："是不是还因为我做情郎做得不好？我是不是对你不好，让你觉得不安，让你不能对我放心？"

戚映竹垂目，终于将笔从时雨手中夺了出来，坐回书案后头，低头写了两个字才稳住心神，说道："我不觉得你不好。时雨，我们现在这样就已经很好了。"

时雨目露不认同之色，想：这怎么能算很好？！

但他也明白，自己是被戚映竹拒绝了。

时雨本是听不懂委婉语言的人，但是和戚映竹相处这般久，已经明白她不想回答问题就代表拒绝。

时雨心中失落，半晌，手都隐隐有些发麻。他将秦随随和戚映竹接二连三地给他的打击勉强忘掉，默默地后退，窝到了竹榻上。

戚映竹低头写字，心却不能平静。她为自己拒绝时雨而不安，又怕时雨伤心。写了一会儿字，戚映竹听到身后传来细小的声音，便借此机会回头，悄悄地看时雨。

时雨果真是个没心没肺、想得开的俊俏少年。

戚映竹沉独他压根儿没在意她的拒绝——他腰杆笔直，盘腿坐在竹席上，手指灵活地握着一把匕首。那匕首在他手中如同飞一般，正削着一支木簪。

戚映竹盯着他的手指，过了一会儿，她的目光落到他的腰间。

时雨敏锐地抬起头，黑黝黝的眼睛看向她。

戚映竹认真地将目光从他腰上移开，盯着他的手，微笑道："时雨，你做这支木簪，是想送我吗？"

时雨耿直地回答："是为了卖钱的。"

戚映竹："……"

时雨又突然反应过来，迟疑地将手中的簪子向外递了递，讨好地道："你想要的话，送给你也行。"

戚映竹心里忍着笑，摇了摇头，美目轻扬，带着三分少女的娇俏看了他一眼，道："你不是诚心送的，我才不要。"

戚映竹回去继续写字。

这次换时雨呆呆地看着她的背影了。蓦地，少年捂住了自己"怦怦"急跳的心脏。

时雨无措了半晌，认真地道："我可以诚心送的！你喜欢对不对？那我重新做一支簪子给你，你之前那支丑丑的木簪就不要戴了，好吧？"

戚映竹低着头"沙沙"地写字。

少女羞涩的沉默之态，却让身后的时雨感到着急。

他指手画脚："我真的送你啊！我没有说假话……央央，你说话。央央，你理一下我啊。你到底要不要簪子？你要的话，我就重新做一支给你！你不要的话，我就不白费心了……不，我想送的，不许你不要。"他拉长声调撒娇，"央央呀——"

戚映竹低头，压抑住自己唇角的笑。她以“雨竹居士”的身份卖字画赚钱，也在心中默算着自己在侯府每日的用度。

待她……不好了，她就将钱全都还给养父母，无牵无挂地离开。

戚映竹心中生起惆怅与伤感。忽地，她的唇角一湿一凉，是时雨从后面偷袭，亲了她一口。戚映竹慌得捂脸，转身向后看。

时雨已经后退三四丈，扬扬得意地躲开了。

过了一日，闫腾风来宣平侯府看望戚诗瑛的时候，问起戚映竹。

戚诗瑛的脸色沉了下去，她道：“问她做什么？她整天都在养病，根本不出门。”

闫腾风问：“映竹女郎真的从不出门？”

戚诗瑛眯了眯眸，警惕地道：“你问这个做什么？你不会是对那个病秧子……”

闫腾风道：“阿瑛，注意言辞！”

他这般猛然一喝，让戚诗瑛愣了一下。侍女们想着戚诗瑛必然要暴怒，没想到戚诗瑛竟然低下了头颅，没有反驳。

在闫腾风面前如此淑女的侯府千金让侍女们面面相觑。她们想到一个原因，很快了然——据说，自家的这位千金之所以能回侯府，是闫腾风帮忙的。

闫腾风在外办差时，偶然见到和一群男人一起搬货赚钱的戚诗瑛。他觉得戚诗瑛眼熟，回京城后便上了心，不到三个月，就将真正的侯府千金还给了侯府。

侯府对闫腾风感恩戴德，戚诗瑛也对闫腾风莫名地听话。

闫腾风只是对戚映竹充满愧疚，轻易不敢出现在那位女郎面前。

是以，闫腾风忽然提起戚映竹让戚诗瑛很警惕。

闫腾风道：“前两日夜里巡逻，见到一名被人掳走的女郎……回头想来，觉得与映竹女郎颇为相似，我还是去看看她吧。她真的在府上，没出事？”

戚诗瑛不满地噘起了嘴，不情愿地道：“在呢，我跟你一起去吧。”

两人出门，一同前往戚映竹所住的院落，不想中途竟然遇到了前来侯府的宋凝思。宋凝思微笑着解释道：“我刚回来，阿竹妹妹也出了事。如今阿竹妹妹回来了，我特意来看看。我成婚时她定要来。”

戚诗瑛心里登时不舒服——她在这里，宋凝思这位表姐却说什么戚映竹。

还是闫腾风拱手笑道：“那我们便一同去看看映竹女郎吧。”

当几人聚在戚映竹的院落中时，还有一人也来拜访戚映竹。这人乃是消失了一段时间的端王府小公子——唐琢。

之前端王府的未来世子遇刺，王府召回唐琢，也狠狠地贬斥了管着京城宿卫军的闫腾风。唐琢一直在王府中，待他兄长脱离了生命危险才能出府。

唐琢出府后便想到自己错过了前两日的戚映竹的生辰。

唐琢特意打听过，宣平侯府那场生辰宴办得漂亮，却没有戚映竹的份儿。

唐琢想：宣平侯府为了真千金无视戚映竹，他若是在此时主动关怀戚映竹，戚映竹难道不会被感动吗？

唐琢带着贺礼，信心满满地前往侯府。

但他吃了闭门羹——一个侍女咬着一根甘蔗，在他尚未踏入戚映竹的院子的时候就将他拦住了。

那侍女懒洋洋地道："女郎现在有客人，女郎的生辰也早过了。你想送礼的话，放下就行。人呢，你就不必见了。"

唐琢："……"

他难以置信地看了一眼那个侍女，不明白怎么有侍女敢这么落自己的面子。唐琢将人上下打量几眼后，敷衍地扯了扯嘴角，道："让开。"

秦随随上前一步。

唐琢的卫士们护主心切——他们本不应该在主人看望女郎时表现凶悍，此时却都抽出刀剑。

秦随随无视他们的刀剑，不知如何走了几步，绕过了那些朝向自己的刀，和唐琢几乎面面相贴。唐琢胆战心惊，脊背泛起寒意。

这侍女贴在他耳边说了几个字："想想你的任务，唐二郎。"

任务？他身上哪有什么任务？！除非……

唐琢的脸色青白交加，他向后退了几步，不动声色地打量这少女，止住想动手的卫士们，恭恭敬敬地弯腰，道："这位女郎……"

你是何人？

秦随随慢悠悠地咬着那根甘蔗，反身回了院子，向身后摆了摆手，无辜地道："我是戚女郎的侍女啊。"

唐琢眯眼，脸色难看，心中惊异万分，眼睁睁地看着秦随随的背影消失在绿竹掩映处。他迟疑着，没敢问这女郎是否和秦月夜有关联。

阿竹妹妹难道……认识杀手楼的人？那么……那个时雨……

不，绝不可能！世间绝无这般巧合之事！

唐琢心神不宁，连贺礼都忘了留下，脚步仓促，迫不及待地想离开这里。他想回头去寻恶时雨，想问恶时雨是否认识那个时雨，想知道为何恶时雨到现在都不取唐璨的性命。

恶时雨……整日都在做些什么？！

唐琢咬着嘴内的肉，压抑着自己的情绪。他不敢因为这种玩笑般的理由去召恶时雨，也不敢催问……和杀手打交道，务必小心翼翼，不刺激对方。

步伐匆忙、衣袂乱飞的青年大步走在出府的路上，心思凌乱。唐琢突然停下脚步，定定地看着一汪湖水边的一个黑衣少年。少年手中挥着柳枝，坐在那里玩耍。

时雨心情惬意万分。

手中的柳枝轻飘飘地浮在水面上，少年微翻手腕，柳枝周围便荡起圈圈涟漪。碧波中，金色锦鲤围绕在柳条四周。

时雨拨弄枝条，逗弄着水中的鱼儿。

不远处，唐琢盯着这个少年。

时雨！他竟然也出现在这里！莫不是跟着戚映竹回来的？

唐琢心绪起伏，向后踉跄了一步，如被重拳击中！阿竹妹妹不肯见他一面，却将这个玩意儿带回了侯府？

恶时雨、时雨……是不是一个人？

若他们是同一人……唐琢想到自己曾经清恶时雨去杀时雨，面容因羞耻、愤怒而扭曲狰狞——若他们是同一人，他在时雨眼中是不是跳梁小丑？

唐琢脑中那根冷静的弦一紧，险些绷断。他被这种被戏弄的耻辱感束住。

与此同时，他对戚映竹那势在必得的爱占了上风——这让他走向时雨——他要试一试，看这个人是不是鼎鼎有名的恶时雨。

恶时雨会杀人，时雨不会。若时雨大开杀戒……是否证明时雨就是那位恶时雨呢？

时雨听到背后传来的脚步声，静静地抬起头。

时雨的眼波晃了一下，碎光流动，他看到唐琢冷冷地站在众卫士身后。

一个仆从参着胆子走向时雨，手指时雨，回头对唐琢高声道："小公子，我认出来了！就是他偷的我的钱袋！我没有认错，就是他！"

时雨皱眉。

唐琢金冠玉带，矜贵无比地立在众人之后。他召来侯府中的一个仆从，眼睛盯着时雨，口中却带着那天生高高在上的语气，慢悠悠地问道："这人偷了我的仆从的钱袋子，他可是你们府上的？"

那侯府的仆从看了一眼时雨，飞快地道："他是映竹女郎带回来的。他偷东西可和我们侯府无关。"

唐琢嘴角浮起一丝恶意的笑。

他紧盯着这个少年，努力在记忆中寻找自己曾经见过的恶时雨的轮廓。但是恶时雨总是将自己的面容藏在斗篷或兜帽下，唐琢无法辨认。

唐琢盯着时雨道："那么，我就替阿竹妹妹教一教这恶奴。来人，给我上！"

卫士们围住时雨。那称自己丢了钱袋的仆从为了得到主子的赏识，抓着一把刀，"哇哇"叫着当先扑向时雨，道："把我的钱袋还过来！"

时雨不能理解这群人为何如此。但是有人扑来抱住他的腰时，时雨伸手抓住那人的手腕随意地一拧。袖中的匕首寒光微露，他本能地想一刀切了这人，但是停顿了一下，想：不，不行，不能惹麻烦，不能杀人，不能让自己真的像秦随随猜的那样，没有好结果。

时雨抓住那仆从，开了口："我没有偷你的东西。"

唐琢在人群后面冷冷地看着。

仆从的手腕被捏得生痛，但为了赏赐，那个仆从闭着眼大叫："你偷了！我亲眼看到的，你……你放开我的手……你这是要杀人灭口！公子，公子救我啊！"

唐琢微笑道："救他。儿郎们，可别让这恶奴当着你们的面毁尸灭迹。"

时雨道："我没有偷东西。"

但是围着他的人哪里有人真的会听他一句话？

日影轻斜，光斑落在书案上。

戚映竹亲自为宋凝思、闫腾风和戚诗瑛斟茶。她袅袅婷婷，行如弱柳扶风，端的是风流袅娜，让人屏住呼吸，不忍惊扰。

闫腾风道："那天晚上，大约是我认错了。"

戚映竹故作不知，微微侧过脸，问："发生什么大案子了吗？"

闫腾风牙疼地道："正是因为女郎没有出事才奇怪……那个与我做对手的，分明眼熟，像是女郎家中曾出现过的那个少年。"

闫腾风过目不忘，也委实难糊弄。

戚映竹低着头，寻思着如何让闫腾风不再关注时雨，外面便传来急匆匆的脚步声。

侍女、仆从一前一后地进来，气喘吁吁地道："女郎，不好啦！您带回来的那个卫士偷了唐二郎的仆从的钱袋。夫人也知道了，正过去呢！"

屋中的几人都愣住了。

戚映竹语气微急，道："什么？快带我去看看！"

宣平侯夫人得知唐二郎来看望戚映竹，装聋作哑，并不过问。若戚映竹真有本事嫁去端王府，那也是戚映竹的福气。

母女一场，得知戚映竹拒见唐琢，侯夫人还为此摇了摇头，与侍女说："阿竹没福气。"

不想再过了一刻后，她便得知戚映竹带回来的那个小孩儿一样的卫士偷了唐二郎的仆从的钱袋，还打了人，公然与唐二郎动手。

侯夫人震怒地一拍案几，道："荒唐！端王府的小公子，一个奴才吃了熊心豹子胆也敢得罪？这要置我们侯府于何地？"

唐琢观看时雨被卫士们包围，看到时雨抽不出身，心情微妙。他微微放下心——这个连他的卫士都没法躲开的人，不可能是恶名昭彰的恶时雨。

唐琢观望间，迎来了侯夫人。他向侯夫人请罪。

侯夫人飞快地看了一眼那个被围在人群中的黑衣少年，不满地皱了一下眉，喝道："你们都在等什么？还不上去帮二郎将人抓住问罪！"

侯夫人向唐二郎温和地道："我们家的仆从不懂事，冒犯了二郎。"

唐二郎心情更加愉悦了。

被围在中间的时雨迎来了更多的家丁，变得焦虑。他不敢还手，连点穴都不敢，怕随便做点儿什么都对戚映竹影响不好。

他只能躲开那些往他身上招呼的拳脚，侧过脸，看向新到来的侯夫人，提高声音道："我没有偷东西！"

侯夫人额上青筋颤动，想着这下人怎么这般没规矩。

唐琢在旁边似笑非笑。

侯夫人已经高声道："还不给我打！恶奴，偷了东西还敢狡辩！"

时雨目光黯了一下。

更多的打手加入战局，时雨应接不暇。

侯夫人只想赶紧解决此事，将时雨交给唐琢处置。侯夫人向唐琢赔笑，两人正说着话，听到一个急促而清婉的女声——"住手！你们在做什么？！"

侯夫人和唐琢一起回头，看到戚映竹被人扶着，尽量快步行来。戚映竹微微喘息，万般温柔。

唐琢见到她，眼睛一亮，情不自禁地上前一步，道："阿竹妹妹，你肯见我了？"

和戚映竹一道来的几人中，戚诗瑛和宋凝思好奇地看向打斗场。

戚诗瑛见那时雨被人围着，虽狼狈却也没受伤，便想到自己被吊在悬佛塔的那晚……戚诗瑛冷哼一声，幸灾乐祸地抱胸观看。

宋凝思目光闪烁，迟疑地想：这少年郎君……似乎有些眼熟。

闫腾风将目光定在时雨身上片刻，看了一眼戚映竹：你不是说这个少年不在吗？

再稍远些的楼阁顶上，站着秦随随和步清源。这两人也观望着此间。

戚映竹哪里顾得上各人的心思。她让众人住手，众人却不停手。

时雨发现戚映竹到来，格挡间仓促地回头，目光殷殷地看向她，重复道："我没偷东西！"

戚映竹看到他的目光，心如针刺。她转向侯夫人和唐琢，道："阿母、唐二哥，你们快让人停下。我不信时雨会偷东西，此事要有个说法。"

唐琢胸中怒火上涌。

侯夫人斥道："阿竹，这事你莫管了。"

唐琢道："哦，阿竹妹妹怎么就知道他没偷？难道是我的人看错了？"

戚映竹抬眼，冰雪般的眸子盯紧他，一步不退地道："说不定呢？"

唐琢的脸色微变，他道："阿竹妹妹，你这般和我说话？！"

戚映竹道："唐二哥这是要屈打成招。没人为时雨辩护，我不得不说。不管他偷没偷，大家坐一起论个理儿才应该。"

侯夫人的脸色微变，她道："阿竹，别说了！外面来的人，你知道他是香的还是臭的？"

戚映竹道："养在猪圈中的人，谁又说得清是香的还是臭的？"

侯夫人道："阿竹！"

唐琢道："阿竹妹妹！"

戚映竹语气软了些："阿母、唐二哥，时雨不可能偷东西。时雨不通人情，正因为不通，才最遵守这世间的规矩。他严格地按照我们、你们定下的规矩在行事，买东西要掏钱，卖东西要收钱……他这般严格遵守这个世间的规矩，怎会偷东西？"

侯夫人和唐琢的脸色都变得难看。

唐琢勉强道："你没有亲眼看到，自然不知道。"

侯夫人敏锐地发觉了戚映竹的那点儿心思——这让她言辞更厉，怕戚映竹闹出丑事："来人，给我将阿竹带回去休息！这里面的事她不要问了。"

戚映竹被人扣住手臂，难堪万分，恳求道："阿母，你不能这样！阿母，你听我说……"

侯夫人看向目光古怪的闫腾风和宋凝思，强笑着堵住两人的口："让两位见笑了。"

戚诗瑛则呆呆地看着戚映竹被人按住，再看向被人围堵的时雨。连她都能看出这是屈打成招，母亲却……为什么要这样？

戚映竹不肯离开这里，被仆妇抓住手臂，兀自努力回头和侯夫人说话。她因着急，因不能救时雨而声音哽咽："阿母、唐二哥，若是真的要治时雨的罪，他是我带进来的，要审也要先审我……"

侯夫人不为所动，道："赶紧带她走。"

瓦蓝的天幕下，被人堵着的时雨眼睁睁地看到戚映竹被两个婆子拖走。那两个仆妇扣住戚映竹瘦弱的身体。戚映竹目中泪光盈盈，回头看人群……两人隔着人海对视一眼。

时雨生了怒，道："央央不想走，你们不要碰央央！"

侯夫人听到少年将"央央"二字说出来，脸色更是难看，对唐琢抱歉地笑了笑。唐琢则盯着打斗场，盯着时雨的一举一动。

时雨向前走了一步，抬起手，似要对面前的卫士做什么。但他抬起手后又生怯，怕做错，手足如被绑住般硬生生地停在了空中。

他的后方有两个卫士抓住机会，一闷棍敲向少年的后脑勺。

戚映竹看得分明，惨叫："时雨——"

时雨被左右两棍子打中，闷哼一声，跪在了地上。他一时愣怔，更多的棍子就招呼在他身上。人一旦跪下，再想站起来何其艰难。

鲜血涌出，从发间淌下，顺着额头模糊了视线，时雨咬着牙，还不忘抬头找戚映竹。他学着世人，鹦鹉学舌般地道："你别哭，我不疼。"

戚映竹忽然明白他为什么不动手反击了——为了讨好她。

是她害了时雨吗？

隔着人群，戚映竹看着时雨被打。他明明身怀绝世武功，明明杀人如麻谁也奈何不了，现在却像狗一样被按在那里，被人欺辱咒骂，被人敲闷棍，被人……

时雨沉闷地咬着唇，肢体蜷缩，好像回到了幼时的角斗场。他沉默地承受着这一切，以为熬过去就好了。

众目睽睽之下，戚映竹挣不脱抓着她的人，她的肺腑如结了寒冰，长针刺入，寒冰碎裂，寸寸扎心。

戚映竹低着头，睫毛低敛，泪水一滴滴地落下。她蓦地抬头，冰雪般的眸子看向侯夫人和唐琢，又看向那些卫士。

满园树影花香，满场人心叵测。

雕梁画栋的侯府，不及一个时雨心如琉璃。

戚映竹最后眨去眼睫上的泪，看向时雨，露出一个柔和的、凄然的、自嘲的笑，缓缓地开了口："时雨，不用顾忌。不杀人就好，别让他们打你。时雨，还手！"

被按在地上的少年抬起头，看到戚映竹泪眼蒙眬的模样。他似不懂她的情绪，隔着血迹懵懂地看着她。

但他听懂戚映竹的话了。

接下来发生的事让所有围观者毕生难忘——

那看似已经被打倒的、奄奄一息的少年在身后的棍棒落下时，手腕向后翻去。他连续拨了几下，棍棒被他的手碰过，正打得兴奋的卫士们手臂一麻，手中的武器差点儿掉落。

时雨看了他们一眼，手顺着武器向上攀，竟借力站了起来。众人不知他做了什么动作，一个卫士手中的武器被其夺下，人也飞了出去。再下一刻，时雨出现在人群之后。

卫士们惶然地扭头。额上渗血的少年眸子黑黝黝的，看不出情绪。他一步步地走向他们，身上的气势竟是令围观在外的侯夫人和唐琢都呼吸一滞。

侯夫人扶着侍女的手，颤声道："大胆！你想做什么？你一个仆从，还要造反不成？"

唐琢没有说话，紧盯着那修罗在世般的浴血少年，心蓦地沉下。冷风一吹，他后知后觉地清醒过来，发现了自己的冒失——

他在做什么？

如果真的证实恶时雨就是时雨，他要怎么办？

他是在挑衅恶时雨吗？

不，时雨绝不可能是恶时雨，绝不可能！

唐琢后退一步。

场中情势骤然反转，方才还被人按着打的时雨，得到戚映竹的许可后，周围倒下了一大片卫士。时雨没有下杀手，但是卫士们手折、腿折、腰折……全都失去了行动能力，地上也被血色所染，只有时雨一人稳稳地站着。

一地人哀号，情状惨烈万分。

而除了卫士们的哀号声，湖边死一样平静，众人都呆呆地看着时雨。

时雨转过身，看向戚映竹，目光平静，看向那两只抓在戚映竹肩上的手。那两个婆子被他一盯，手一抖，赶紧放开了戚映竹。

时雨看着戚映竹，眼神平静到近乎冷漠。

他迎着戚映竹的方向，向前走了两步。

闫腾风站到戚映竹面前，警惕地看着这个少年，以自己多年的经验判断出眼前这个少年极为可怕。

闫腾风道："你莫要靠近戚女郎！"

时雨愣了一下，停住脚步。他虽不通俗事，但从闫腾风的眼中看出了对方对他的戒备、惧怕还有敌视。

这种眼神经常出现在时雨大开杀戒后的现场。

但是时雨现在并没有开杀戒。

时雨有些恍惚，想着自己是不是又弄错了什么。

他没有弄错，因为闫腾风护着戚映竹的动作没有什么意义。戚映竹从闫腾风身后站了出来。

时雨立在原地垂着眼睛看她。被泪水打湿了睫毛的戚映竹推开闫腾风，一步步地走向那站在血泊中的少年。

闫腾风道："映竹女郎……"

侯夫人道："阿竹！"

唐琢声音喑哑："阿竹妹妹……"

戚诗瑛和宋凝思两个女郎各自安静地看着，没有开口。戚诗瑛看着时雨的眼中有几分火光蹿起，流光溢彩，带着不愿承认的欣赏；宋凝思则面容苍白，眼神恍惚，想到自己经历过的无数过去，又在时雨身上看到了金光御的影子。

这个时雨……是那天在宋府和金光御动手的那个少年吗？若是的话，难道戚映竹……她的表妹，要走上和她一样的不归路吗？

众人心思各异，眼看着那柔弱的女郎走出去，无人敢上前阻挡。戚映竹顺利地走到了时雨面前。她微仰起脸，望着他被尘土和血液弄脏的长发和眉眼。

她专注地凝视他，想向前迈一步。时雨低头，看到她的珠玉绣鞋即将踩到血上。那一刻，时雨忽然觉得，她的鞋子不应该踩上血。

他忽然觉得自己和戚映竹似乎真的不在同一个世界里。

不等戚映竹的绣鞋踩上鲜血，时雨向前走了一步。他走出血泊，站到了阳光能够照到的干净的地面上。

清风吹散他身上的血腥味。

戚映竹伸手握住了他的手，低声道："我们走。"

时雨意识迷离。他在被她握住手的那一刻颤抖了一下，但跟上了她的步伐。

侯夫人看着戚映竹拉着时雨的手，仿若被雷击中。众目睽睽之下，她的养女和一个这么卑微、这么可怕的下人手拉着手……

侯夫人道："阿竹！"

侯夫人喝声凄厉，让戚映竹的背影顿了顿。戚映竹没有回头，轻声道："是我错了。侯府容不下时雨，我不该带时雨回来。我们这便离开侯府。"

唐琢艰难地道："阿竹妹妹，事情不是你想的那样……你别这样，我走，我走行不行？我真的只是以为是时雨偷了东西。你向着他……阿竹妹妹，你为什么那么肯定时雨没错呢？我们这么多年的情谊……"

戚映竹垂着眼帘，握着时雨的手，摸到少年手中黏糊的血，那血有些是卫士们的，有些是时雨自己的。武功这么好的少年，却因为这种可笑的事被打、流血……戚映竹心中酸楚，泪盈于睫。

同时，她心中亦有愤怒、疲惫。

戚映竹依然没回头，道："我们这么多年的情谊，终究是我看错了你。唐二哥，我对你很失望，以后只当不认识你。"

唐琢面容苍白，厉声道："不管我做什么，都是因为喜欢你！"

戚映竹道："可我不喜欢你。"

她平淡而坚定的回答，再一次摧毁了唐琢的理智——众目睽睽之下，戚映竹这般不给他面子。唐琢面容扭曲，刹那间觉得周围所有人都在嘲笑他。

唐琢的身子晃了一下，他呆呆地喃喃自语："我第一次到侯府玩儿就见到你，神仙一般的妹妹……我抢你手里的花，你也不哭不闹，看了我一眼就走。我从那时候就特别喜欢你……不管你是侯府千金还是村野民女，我对你的心都没变过。整个京城都知道我喜爱你。宣平侯府抛弃你的时候，我也没有放弃你……你是不是怨我回京晚了？可……可我是为了我们的未来！阿竹妹妹……"

他语气中带着痛苦，还有哽咽。

围观的人只觉尴尬，如闫腾风和宋凝思，都不知道自己该不该继续站在这里。

但是戚映竹依然不理会唐琢。

侯夫人努力平复情绪，道："阿竹，我们养你这么多年，你就这般回报我们？"

时雨察觉戚映竹的身子颤了一下，回握住她的手。他不喜欢这个规矩森严的侯府，不希望戚映竹再回头。

戚映竹虽没有回头，垂下的脸却变得苍白。她轻声道："养母，我会用钱来还你们的养育之恩，其他的没有了。"

侯夫人开始心慌，道："你怪我？好，好……阿竹你不要走！你现在正在气头上，不要做让自己后悔的事。今天的事我就当作没发生，我也不惩罚你那个小卫士了，好不好？你只要乖乖地在院子里待着，好好反省，想一想今天发生的事……一个奴才而已，值得吗？！阿母是为了你的名声！今日你走出这里，就没有好名声了！你太让我失望了！"

养母说失望——

戚映竹终于回过头。

她落泪的模样楚楚可怜，犹如茶花映水，自怜忧伤。

一众人的心都像被泡在水中一般，他们揪得难受。

只听戚映竹说："好名声？自从诗瑛回来，我在京城中还有好名声吗？父亲、母亲维护诗瑛，京城里到处传言是我鸠占鹊巢，还赖着不肯走。是我不懂你们的疼爱，非要搬去落雁山住；是我嫉妒戚诗瑛，专门挑她的生辰宴回来，想搅和得大家都不安生……你们为了戚诗瑛，从未顾及过我呀。我只是一介养女，也从不敢怪侯府，只求母亲别再说这么诛心的话……我欠你们的养育之恩，用钱偿不够，难道要用命偿吗？"她看向时雨："时雨，给我匕首。"

时雨看着她，踌躇着不动。

戚映竹目光温柔地看着他。时雨缓缓地将一把匕首放在戚映竹手中。

众人便看到戚映竹抓着那把匕首，一下子割断自己的秀发。

目光从闫腾风、宋凝思……还有痛苦的唐琢面上一一扫过，戚映竹淡淡地道："请几位为我见证。"

戚映竹手中的断发，众人看得分明。

戚映竹道："时雨是我的朋友，不是仆从。他只是以朋友的身份随我进侯府保护我。我无权命令他做什么，你们也无权用主仆之别打压他、欺负他。阿母，你说我让你失望，但你也让我失望。我以为这次回侯府，我们能一起平安地度过最后这段时光……是我想错了。我今日便割发断情，从此我与宣平侯府再没有任何关系！"

一直沉默的戚诗瑛蓦地抬眼。

侯夫人慌乱地道："不，你只是开玩笑的……对不对？"

戚映竹道："养母怕我伤侯府的面子，不让我离开侯府。如今我与侯府彻底一刀两断，我如何都不会影响到你们的名声。我有什么样的结果都是自找的，也不必让侯府为我承担。诸位，告辞。"

侯府一片寂静。

唐琢呆愣了很久，喃喃着"不是这样"，然后出去追戚映竹。

戚映竹自然不会回头。

戚映竹收拾了自己的包袱，带着包袱要离开这里时，被等在侯府外面的宋凝思堵到。宋凝思站在马车旁，显然已经在这里等了她很久。

宋凝思将目光轻轻地从时雨面上扫了一下。

戚映竹对宋凝思抱歉地笑了笑，道："让表姐看笑话了。"

宋凝思摇头。

她虽然在和戚映竹说话，却时不时若有所思地看时雨："表妹自己已经做了决定，我很敬佩。不过表妹现在出侯府，外面的闲言碎语难免多，你一时间也应付不了。不如表妹和这位……少侠，一同去我府上住两日吧。"

见戚映竹要拒绝，宋凝思伤心地看着戚映竹道："自我出事，我们多年未见……表妹就算要彻底离开，也得等我婚后再说，是不是？我希望能在婚宴上看到表妹。我的婚期就在五日后，不会耽误你太久时间的。"

戚映竹仍然迟疑。

宋凝思补充道："你放心，我自归来后，想法变了很多。我家人为了让我住得舒适些，家里那些没用的仆从少了很多，规矩也不严。没有人会影响你们的。"

宋凝思这般热情相邀，再加上戚映竹此次回京城本就是为了宋凝思的婚事，若是不参加表姐的婚宴就离开，也过意不去，便点了头。

戚映竹与宋凝思上马车的时候，遥遥地向侯府外巷另一个方向的骑在马上的青年微微点头致意。闫腾风见到戚映竹和宋凝思平安地离开，放下了心。

无论如何，让戚映竹一个弱女子和时雨那样看着就危险的少年独自离开……闫腾风仍有些不放心。

迂腐也好，偏见也罢，在闫腾风这样的人眼中，时雨始终不是什么好人。

这番折腾过后，侯府的人精疲力竭，很快散了。

看完一出好戏，秦随随轻飘飘地落了地。步清源跟着她。

秦随随感觉意犹未尽。步清源摇扇而笑，道："托小楼主的福，戚女郎和时雨离开宣平侯府，住到宋府去了。小楼主说着不管时雨，却还是这么好心，让时雨抱得美人离开了。"

秦随随道："别把我说得这么无私。我这样做只是因为时雨不肯去宋府保护宋凝思，我们的任务不好继续而已……宋凝思只要察觉了时雨是我们的人，就会想方设法让时雨去宋府。毕竟金光御那么厉害的杀手，宋凝思可不敢用自己全家人的性命来试金光御会不会心软。我都是为了任务！"

步清源诧异地道："真的吗？我不信。"他又笑道，"哎呀，小楼主让唐二郎怀疑时雨是恶时雨，难道不是为了让唐二郎心生怀疑，促使戚女郎不得不离开京城，跟我们走吗？"

"我……我虽然有那个意思，但是中间发生了一点儿意外。"秦随随跳脚，不高兴地抱起胸，道，"我本来以为唐琢挑衅时雨，时雨会大开杀戒。他没法留在侯府，就会抢走阿竹离开这里。阿竹会可怜兮兮地被时雨囚禁，成为时雨的玩物……那样的话，阿竹会和时雨翻脸，说不定会闹到今天金光御和宋凝思的地步。时雨心灰意冷，就断情绝爱，从此好好给我当杀手，给我赚钱。我怎么知道时雨这么废物，离开侯府这样的事，竟然是阿竹决定的？他都不如一个女郎果决！"

步清源惊讶地道："原来如此，小楼主原来抱着这么恶劣的想法。"

秦随随点头，道："对，我就是这么坏。"她又道，"都怪时雨没用。"

步清源见她目光闪躲，便只笑不说破。

半晌后，他轻声道："喜爱戚女郎这事，违背了时雨的本性，可时雨还是喜欢戚女郎……我也希望此事了却，赶紧离开吧。"

宣平侯回来后，得知白日府中发生的事，震怒不已。

他和侯夫人争吵——怎么能让戚映竹就这么离开，别人会如何看他们？

而且他说："那个叫时雨的少年到底是何人？你真的看到阿竹和那人手拉着手了？荒唐！我侯府的女郎，再不济也不会许配给一个下人！"

经历过白天的事，侯夫人精神疲惫。她呆呆地靠着引枕，想到戚映竹割发断情的决然样子，心中一阵剧痛，一阵迷惘。

她错了吗？那只是一个……粗鄙无比到根本配不上阿竹的乡野小子而已啊！

侯夫人掩面落泪，此时也生了后悔，道："阿竹她心里怪我们。当日我们就不应送阿竹去落雁山。她不去那里就不会认识什么时雨，就不会闹出今天这么荒唐的事……我侯府的女郎，怎么能跟那么一个人婚配！她是自甘堕落，还是报复我们？"

闭上眼，她仿佛看到了世人对侯府的指责、鄙视，各种指指点点。

侯夫人喃喃自语："不，我不允许！我决计不允许！"

戚诗瑛一直坐在一旁。从下午开始她就陪在这里，看着她的生母喃喃自语、精神恍惚，看着父亲回来后，父母两人开始争吵。戚诗瑛之前一直没开口，但这时忍不住问："乡野粗人怎么了？怎么就配不上侯府千金了？何况戚映竹根本不是真正的侯府千金，我才是！"

侯夫人心烦意乱，却还是强笑着安慰女儿，道："你不要学她。她小时候听话，没想到越大越不听话。"

戚诗瑛道："阿父、阿母，我也是被当作乡野粗人养大的。"

君侯不耐烦地道："我们说的是那个时雨，又不是你！你这么敏感干什么？"

戚诗瑛脸色一沉。

侯夫人为夫君找补："你阿父是说，你是真正的千金女郎，和他们都不一样。你不要觉得他们可怜。他们那种粗人，就会哄骗好人家的女郎，阿竹就是个教训。"

宣平侯立刻道："你母亲说得不错！阿竹迟早要后悔，迟早知道我们才是对她好！等她被抛弃了，想回来侯府，我们可不会理她。"

戚诗瑛问："为什么她会回侯府？你们不是说，当日赶走她，她就不能再回来了吗？我们不是早就不认她了吗？为什么你们觉得她会回来？"

宣平侯的面色很难看，他深深地看了女儿一眼，道："阿瑛，你今天是怎么回事？都在为谁说话？"

戚诗瑛盯着他们，道："没什么，我只是突然觉得，虽然血脉相连，但我也许根本不认识你们。我只是突然觉得……"目光穿过敞开的窗子，凝视着空旷的院落，她低声道，"戚映竹很可怜啊。"

有这样的父母，活在这样的环境中十几年，张口闭口被要求的尽是侯府的尊严、面子……连爱一个人都要被以养育之恩逼迫着放弃，原来戚映竹是这么可怜的一个人。

屋舍中安静下来，宣平侯和侯夫人因为亲生女儿的话，都有些神色僵硬。两人正要训斥女儿，一个慌张的少年的声音从外面急急地传来——

"怎么了，怎么了？我好不容易出去玩儿一趟，回来怎么就没了一个姐姐？你们谁赶我姐姐走的啊？我要把映竹姐叫回来！"

戚星垂错过了所有重要的事情，姗姗来迟，喋喋不休，在屋中乱转。

他被屋中的三人齐齐喝了一声——

"闭嘴！不许请人回来！"

戚诗瑛暗想：这个蠢弟弟，没救了。

宋家的氛围确实比宣平侯府压抑的氛围好许多。

宋凝思单独给戚映竹安排了一处院子，只留一两个侍女，当时雨不存在，根本没管时雨会住哪间房舍。

时雨惯会装可怜，发现戚映竹怜惜他后，就虚弱地靠着她，缠着她，说自己这里疼、那里疼。

戚映竹本就心疼他，给他包扎好伤口后，见他面色苍白、精神委顿，心一软，就同意他睡到她的屋中，与她同床共枕了。

夜里，两人同床共枕。戚映竹柔声道："时雨，你的伤口疼不疼？疼的话要告诉我。你夜里有什么不便做的，也直接告诉我就是。"

时雨漫不经心地道："嗯。"

气氛正温馨，时雨向戚映竹的方向拱，黏黏糊糊、缠缠绵绵。戚映竹满心是爱，就见这少年得寸进尺，要她亲，要她抱。

戚映竹默默地缩回手，往床榻里侧挪了挪，拢紧自己的衣襟，有些紧张。

绛红的帐子映着外头的梧桐叶子，黑夜中，白色的月光落在帐下，时而随风照在时雨的眼睛上。时雨眼睛一眨不眨地看着她，身体往她的方向蹭。

戚映竹退得更多了。

时雨闷闷不乐，停顿了片刻，仍然为自己争取："其实我伤得没那么重……"

戚映竹不赞同地道："时雨，要听医嘱，怎能拿身体开玩笑？别闹了，睡吧。"

时雨道："可是……"

戚映竹道："时雨！"

时雨沉默了一会儿，突然闷闷地道："央央是坏蛋！"

他气冲冲地翻过身去睡了，和她离了一丈远，用被褥盖住了头，乌黑的发丝散在枕间。

帐中静了很久。

心烦意乱的戚映竹无奈地再次睁开眼——心已乱，她如何睡得着？

女郎眸中湿润，害羞地翻过身。月光朦胧，从床帐的缝隙钻入两人之间的空当。

时雨背对着她，被褥盖了一半，正"睡"得分外安静。

戚映竹小声问："时雨，你睡了吗？"

时雨没有回答，如同真的睡了一般。

戚映竹轻轻地挨过去，克服自己的羞涩，将额头轻轻地抵在少年的后背上。时雨肌肉紧实，身形修长又匀称，隔着单薄的中衣，她也能感受到他的力度。

戚映竹从时雨身上知道，原来少年郎的力量美那般动人。

额头抵着时雨的脊骨，戚映竹在此间寻到了安稳与安全。

戚映竹叹息一般自言自语："以后怎么办呢？"

时雨自然没有睡着。

他正因少女主动靠过来这个惊喜而感动不已。

时雨刚刚只是本能地想和戚映竹玩耍，没想到她会靠过来，还贴着自己的后背。戚映竹那般矜持，她的每次靠近都让时雨激动。

但她说的话……

时雨不装睡了，忍不住插嘴："什么'以后怎么办'？"

他想翻过身看她。因戚映竹力道极轻地反抗，时雨便没有转身，任由她从后面抵住他。

戚映竹忧愁地道："表姐的婚事结束后，我便没理由再待在京城了，接下来要回落雁山吗？那要怎么生活呢？以前有姆妈照顾我，这次我却不想她再跟着我走了……时雨，我有点儿害怕一个人的日子。"

时雨茫然，很努力地理解她的话，迷惘地问："为什么是你一个人待着？我不是在吗？"

戚映竹道："如果我没猜错，小随和步大哥在表姐的婚宴后也会离开。他们会带走你吧？时雨，我看得出……你的身份很重要，也许比我以为的还要重要。"

时雨连忙道："我不重要的。平时也没人理我，没有人管我去哪里。我想去哪里就去哪里……我不会离开你啊。"

戚映竹伤怀地道："你不可能一直待在落雁山的。我留不住你的，也不应该留你。"

时雨想问"为什么不可能"，但又闭上嘴没问。他不想自己总如同蠢货一般不能理解这个世道，但又确实不明白为什么要想那么多，要自我束缚那么多。

时雨抿唇，道："你为什么不能跟着我一起走呢？"

戚映竹道："我……"

因为她的身体，哪里都去不了啊。

戚映竹只好回答："因为我想过平静的乡野生活。"

时雨道："那就过呀。我会待在你身边的。央央，没什么好害怕的。你的姆妈能帮你做的事情，我也能。她会做饭……我做得比她还好！我……我……"时雨害羞地道，"我还会缝衣服呢！"

戚映竹一怔。

她的力道太小，虽然她想让时雨背对着她，与他说一说心里话，但是时雨想转过身来仍然轻而易举。

黑暗中，见时雨转过身来，戚映竹便受惊一般想躲回自己的"龟壳"中。时雨抓住她的两只手腕，将她抱入怀中。

他熟练地抱住她，生疏地拍她的后背，安抚她的情绪。

时雨道："你不要害怕，我会学着做很厉害的、什么都会的情郎。郎君要照顾弱弱的女郎，我知道啊。我会照顾你的，我……我什么都能做。"他用渴望的眼神看着她，"从你早上穿衣服开始，我都可以帮你的。"

戚映竹："……"

她的满心愁绪在他这单纯的欲望面前分崩离析。

戚映竹笑了，柔和地道："情呀爱呀，合则在一起，不合则分开。女郎不应完全将心寄托在一个郎君身上，郎君亦然。一心在另一个人身上求所有，所求所选莫怪前路。'士之耽兮，犹可说也。女之耽兮，不可说也。'时雨，我不会是那般女郎，你也不是那般郎君。若是我与你因不再相爱而分开，我虽遗憾，却不后悔。我若后悔，悔的只会是一件事。"她缓缓地说，"最是人间留不住，朱颜辞镜花辞树。浮生若梦，为欢几何？"

时雨傻傻地看着她泪光点点的模样。

半晌后，他道："从明天开始，你教我读书吧。"

戚映竹"扑哧"一笑。时雨抱住她，挤入她的被窝中。气氛使然，他也失了那强烈的欲望，只是抱紧她就觉得心中安然。

戚映竹闭上眼，脸靠着他的脖子。

迷迷糊糊间，戚映竹抱着他睡了过去。

时雨这几日一直和戚映竹在一起，但是偶尔也会消失。

宋凝思婚前一天，宋府珠玉琳琅，红缎满目，十分喜庆。

戚映竹被邀请去陪新嫁娘。她衷心地希望表姐婚事顺利，帮了许多忙，事情多了，一忙起来，就没有见到时雨。

傍晚之时，天开始下暴雨。

宋府的仆从嘀咕着，婚前之夜暴雨，兆头不太好。宋翰林听到后斥责仆从，将风言风语全都处理干净，祈求这段婚事能顺利进行。

宋府外三里处的一家客栈里，金光御慢条斯理地将匕首、长刀、暗器全都带在身上。

大雨之夜，金光御站在客栈的窗口前，看着被冲刷干净的街巷，蓦地想到当初那个坐着秋千、笑靥如花的少女。

金光御冷笑一声。

这样的夜晚，天地间电闪雷鸣。唐琢刚从一场家宴中出来，乘着轿子，醉得糊涂，靠在轿壁上。电光雪白，时而照入轿子中，唐琢紧蹙着眉。

轿子突然停下。

唐琢冷不丁被轿子外的冷风一吹，喝道："怎么回事？"

他从轿子中出去，所见之景让其浑身如寒冰一般。

他的仆从们安静地倒在血泊中，一点儿声音都没有发出，血水和雨水混合，在地上肆意流淌。黑衣少年手中转着匕首，慢条斯理地扭过脸，漆黑的眼睛与醉酒的唐琢对上。

唐琢一个激灵，道："时雨！"他身体僵硬，道，"你不是陪阿竹去宋女郎府中借住了吗？你来找我做什么？若是因为那天你被打的事……那个仆从我已经处置了。我也是受人蒙蔽，冤有头债有主，你不要找我。"

时雨走向唐琢，身影在雨中被拉长。他脸上淡漠无情，让唐琢步步后退。

时雨道："恶时雨。"

唐琢道："什么？"

唐琢抬头，与时雨对视。

时雨淡淡地道："我就是恶时雨。我没有不敢承认，只是懒得承认而已。你试探什么？以为我不敢承认吗？你见过我的真面目，按照规矩——你可以死了。"

时雨一步步走上前。

唐琢的脸色惨白，他想到江湖上关于恶时雨的传闻，跌坐在地，但地上仆从们的尸体让其心里更加骇然。他脱口而出："我给你的酬金加倍！三倍酬金！三倍酬金如何？"

脚步只是停顿了一下，时雨仍向他走去。走到他面前，时雨蹲了下来。

唐琢再次脱口而出："你不能杀我！你要是杀我，阿竹妹妹会怕你、恨你……我……我有在阿竹妹妹那里留下痕迹！你要是杀了我，我的卫士就会把你是恶时雨的事告诉阿竹妹妹！"

时雨淡淡地道："那就把你们全都杀干净。"时雨慢条斯理地道，"杀人嘛，多简单。"

时雨面上没有表情，眼中也没有感情。

唐琢转身爬起来就跑，身后凛冽的劲风袭来——

时雨一把掐住他的后颈，将他按倒在血泊中，道："那天我就是被这么踩在脚下的。你觉得这是什么滋味？"

少年弯下腰，手中的匕首抵在唐琢的脖子上。

电光骤亮，照耀整片夜空……

宋府中，婚服已试，宋凝思抱膝坐在床上，看戚映竹收拾妆奁。

宋凝思突然说："阿竹，我本来一直在犹豫，但我怕你落入和我今天一样的境况。你体弱，会受不了这种事。我要告诉你一个秘密。"

戚映竹转过头看宋凝思。

宋凝思盯着她道："时雨不是你以为的一个江湖侠客，他的绰号叫'恶时雨'，是江湖上鼎鼎有名的杀手。他杀人不眨眼，这一次来京城也是为了杀杀手楼的叛徒。"

戚映竹面色煞白，盯着宋凝思，身子轻轻地晃了两下。

雨依然很大，夜半天寒，戚映竹的身体无法撑到天亮，她与宋凝思告别后，想回到自己的院落中睡一会儿，等天亮再去参加婚宴。

戚映竹提着灯笼，吃力地将一扇扇被风吹开的窗子关上。雨丝从外面飘入，冰冷的，像是黑夜中时雨的眼睛。

戚映竹心绪杂乱得不知该作何想。许许多多的疑点铺陈在她面前。她想要回头证明时雨不是杀手，但是对于宋凝思告诉她的话……其实她已经信了八成。

她喜爱的少年郎，拥有那么好的身手，性格又那般漠然无情，怎么可能只是一个普通的镖局中人？这世上也许真的只有杀手这个职业才配得上时雨。

屋中静下来，外面暴雨滂沱。

戚映竹有些头晕，叫道："时雨？"

屋中寂静，没有人回应。

戚映竹想到宋凝思的话——时雨是杀手。

什么叫杀手呢？时雨没有回来，也许又去杀什么人了……

过往历历在目，空寂的屋舍让人不安又害怕……戚映竹坐在那里，头痛欲裂，扶着额头呆坐了一会儿，身体到底撑不住了。

屋外大雨如注，雨水蜿蜒着在廊下的墙根处汇成小溪。溪水"汩汩"流淌，屋中的女郎浑浑噩噩地睡下，想着随便吧。

她夜里做了许多噩梦。她像缩头乌龟一般，知道杀手的危险，但可耻地在时雨这里得到了安全感。

她竟会依赖一个少年杀手的温情。

戚映竹在梦里轻轻叹息后，睡得更沉了。

若有下辈子，她想要一个梦——

没有侯府，没有真假千金，没有父母双亡，她就是长在乡野里的无知村女，无愁无病，十几年来最大的心事也不过是柴米油盐。

有一日，他帮镖局运镖的时候路过她的家乡，她送他一把伞。他在春夜来还伞时，见卿难忘。

他向她的父母提亲。因她的父母疼爱她，不愿将她嫁给他，他便总来缠她……他们在相识后的第二年春日成婚。新婚之夜，见君一面，犹如故人归。

婚后他偶尔去送镖，但大部分时候陪着她在乡间生活，鸡鸭过河，芦苇渡江。

再过一年，他们有了第一个孩子，是个男孩儿，肤白、翘唇，眉眼像母亲，神态却像父亲。

但她到哪里去寻那样的梦呢？

夜间暴雨，深巷中，少年即将划破身下青年的咽喉时，一把剑从身后的巷口掷来。

闫腾风大喝："什么人？！"

与此同时，出于求生的本能，唐琢猛地用力，手肘向上撞击时雨。唐琢的头颅因蜷缩而大偏，时雨用匕首向下压，只割破了唐琢颈上的肌肤。唐琢不顾伤势，趁闫腾风袭击时雨时，竭力从下方躲开。

闫腾风紧随佩剑而至。

滂沱大雨中，宿卫军的士兵听到了唐二郎声嘶力竭的吼声——

"救命啊！"

闫腾风提起气，加快脚步冲入巷中，从身后的一名卫士手中接过一把刀。

时雨扔下唐琢时，贴着他的耳朵说了一句话。

长剑"砰"地落地，溅起水花。

夜雨迷蒙，鬼魅无声。少年向后翻跃，黝黑的身影躲入细密如织的雨中。

唐琢扑向了闫腾风的方向。

刹那间电光明耀，闫腾风一把抓住唐琢的手臂，再看一眼满地的尸体，缓缓地抬头，用疾恶如仇的目光盯着前方立在巷子墙头的人影。

视线被雨水模糊，闫腾风问："你是何人？为何对端王府动手？"

时雨不回答，看了一眼神神呆滞的唐琢，转身便攀爬上树，几纵几跳奔出数丈。

闫腾风等人紧追，大喝："贼人哪里逃！"

时雨轻功了得，和闫腾风等宿卫军在京城的深巷浅道间一逃一追，对方与他之间的距离越来越远。

闫腾风心中燃着一把怒火——最近一个月来，京城中总是出现这种莫名其妙的事件，却抓不到凶手，府尹大人已经批评了他许久。

今天闫腾风既然目睹了欲行刺端王府小公子的恶人，自然要尽力抓到凶手！

怪时雨武功太高，怪夜雨滂沱，也怪唐琢的安危更重要，闫腾风想一鼓作气地捉到凶手，他的属下却说："大人，我们还是回去保护唐二郎吧。这贼人武功这么高，难保没有同伙。"

闫腾风努力压抑自己的怒火，再抬眼，大雨狂烈，街上的树叶被雨冲刷得不再晦暗，叶落声"唰唰"——那人跳下一堵墙后，身影已经消失了。

闫腾风不甘地绷紧脸，只好返回去察看唐琢的情况。

闫腾风回到血案发生的现场，地上横七竖八的尸体已经被宿卫军盖上了白布。一个卫士撑着一把黑伞，为唐琢挡着雨。

唐琢颈上有一道血痕，发冠歪倒，一身锦袍沾满了污渍。他目光空洞地站在血泊中等候，看到气宇轩昂的青年扶着剑回来，眼睛微亮。

唐琢道："闫郎君……"

闫腾风沉默地看着他。

唐琢知道闫腾风没有捉到时雨，目中的光黯了。

闫腾风问："唐二郎，为何那贼人要对你下手？你最近可得罪了什么人？看那人身手了得，应该是近日混到京城中的江湖人士。"闫腾风不悦地道，"近日江湖人士不少，在京城中四处惹祸。我明日便上书朝廷，禁止武斗，限制外乡人进京。"

唐琢冷冷地道："那对我有何用？"

闫腾风看向他。

唐琢意识到自己失态了，勉强笑了笑算是赔礼，心中又很焦急，问："闫郎君，你不认得那……那贼人吗？你不觉得他眼熟吗？"

闫腾风的眉心轻轻一动，他目光灼灼地望去，道："惭愧，雨太大了，我没有与他交手，他跑得太快。唐二郎这么问，可是有线索？"

唐琢脱口而出："那人分明是……"

他蓦地住口，眼中闪过幽光，想到自己雇用恶时雨刺杀自己大哥唐璨的事。若是闫腾风知道那人是时雨，若是时雨真的落入朝廷手中……自己的委托是不是也会暴露？

那样的话，即使大哥死了，他也和世子之位无缘了。

唐琢再想到时雨撤退前贴在他耳边说的话——

"三倍酬金，明日辰时前放于城东桥下西二巷第一户无人住宅后门内，我亲自取。"

这说明时雨仍要完成这个任务。

且唐琢感觉到，时雨终于要开始执行这个任务了，眼下不是意气用事的时候。

闫腾风冷静地道:"唐二郎?唐二郎,你还好吧?"

沉浸于自己思绪中的唐琢回过神,盯着闫腾风,想到时雨方才的眼神,心里不禁又多了另一重惧怕——

时雨今天恐怕只是吓唬他一下,来提高酬金,没有要放弃任务的意思。但是以恶时雨睚眦必报的性格,待完成任务之时,也许就是对他这个发布任务的人索命的时候了。

但是唐琢敢不给钱吗?那样……唐琢面临的就不仅是一个恶时雨,而是整个秦月夜的追杀了。

唐琢打了个寒战。

闫腾风以为他是被今晚的事吓破了胆,同情地看了一眼这个狼狈的青年,道:"我派人送唐二郎回府休息。今夜之事我会调查,少不得要登府询问郎君几个问题……"

唐琢突然一把抓住闫腾风的手,疾声道:"闫郎君,可否把你手下的卫士们调给我?今夜那凶手一定还会来取我性命的!"

闫腾风低头看了自己被握住的手一眼。待唐琢讪讪地松了手,闫腾风这才慢慢地道:"我很同情郎君的遭遇,会向大人请示,不过我们人手也不够,恐怕……宋翰林的女儿明日成亲,宋翰林觍着老脸去军营求我们,让我们明日保护他女儿平安出嫁。"

唐琢皱眉,道:"你说的是宋凝思?她一个小丫头片子出嫁,她的性命能和我比吗?"

雨雾如烟,天地空旷。

闫腾风静静地看了唐琢一眼,道:"总之我们人手不足,即便调人去保护端王府,也得等宋女郎的婚事结束后。这段时间唐二郎就不要出门了。听闻你们府上的大郎前些日子还遇刺了……你们王府加强了护卫,想来也能顶一些日子。到底是皇亲国戚,贼人不敢明目张胆地行刺。"

此话听着有些道理,但是——唐琢欲言又止,无法真的将杀手楼的存在告诉闫腾风,那等于自曝秘密。

唐琢只好不甘心地问:"真的不能调人来我这边?"

闫腾风向他拱手,委婉地拒绝:"我等先送郎君回府,之后还要去宋府,时间紧迫,请二郎见谅。"

唐琢深深地看着闫腾风,见再没有其他可能,便不再多说了。

唐琢将心事压下,想着如何补救。时雨要的钱财自然是要给的,天亮前他会派人偷偷地将钱送去。之后唐琢要想法子保护自己,不让时雨有机会对他下手。

暴雨下了一夜，在天亮前渐渐地转为小雨，等人开始走动的时候，连小雨都极为稀薄了。

宋府的人说，这是上天也给女郎面子。

戚映竹一夜心神不宁，睡得也不好，头脑昏昏沉沉，预料自己次日定会病得起不来。但是半夜的时候，时雨回来了，一直抱着她，给她输送内力。

戚映竹睁开眼的时候，发现周身暖洋洋的，虽然手脚仍有些无力，可并未生病，且精神也好了很多。

床榻间，窝在秋香暖帐后的女郎的睫毛上落着阳光，她怔怔地看着趴在床板上端详她的时雨。

时雨抓着她的手。两人双手相握——他在给她传内力，丝丝缕缕。

时雨因面容和唇瓣都有些苍白，衬得眼睛更黑了。

感受到戚映竹往后缩手，时雨握住她的手不放。

戚映竹讪讪地道："这是做什么？时雨，我又不会武功，你传我内力也没用。"

时雨扬起眉，虽然精神不佳，神采却动人，道："我昨晚抱你时，你的身体好烫，心跳有一个时候突然变得很快。我以为你要醒了，但是过了一会儿你的心跳又慢慢地弱得我都要听不到了。这是为什么？央央，心脏不跳了，人就会死了啊。"

他扬扬得意地道："我有点儿着急，就试着给你输了点儿内力，没想到你的心跳居然稳下来了。我就一直给你输内力了……不过你的经脉堵塞得有点儿厉害啊，我给你输了那么多内力，大部分流散了，输不进去，你也吸收不了。"

他伸出另一根手指，戳戚映竹的鼻尖，笑话她："你以为我传你内力你就能习武吗？你不可能的——你的经脉堵成这样，多少内力到你这里都没用。央央是习武废物。"

戚映竹不禁想：原来自己已经从鬼门关前走了一圈吗？

时雨这么说以后，用乌黑的眼珠子盯着她。他见她脸色苍白，精神萎靡，便又安慰她："我说你废物，不是在骂你，是说实话。"

鼻尖被他戳得通红，戚映竹扭过脸，躲开了他的手。时雨一怔，心动于那手感，忍不住再次戳了戳。

戚映竹道："时雨，别戳我。"

时雨无所谓地收回手，道："我没有。"

戚映竹被他抓着的手，一直在努力与他抗争。这会儿他心虚地松了手，戚映竹也终于把自己的手腕从他那里抽走了。

她吃力地坐起来，揉着自己的手腕，低头，一头乌黑的发丝落在肩上，黑缎一般油亮柔顺。戚映竹抬眼怔怔地看着趴在榻上仰头看她的少年。

表姐告诉她，这样子的时雨居然是个杀手。

时雨……这么厉害，又这么危险吗？

她昨日有八分相信，今日看到时雨俊俏中透着青涩的眉眼，又忍不住怀疑了。

时雨真的是杀手吗？

他看着这般无害，会是话本中写的那种杀人如麻的恶魔吗？

戚映竹伸手，轻轻地抚在时雨的眼角下。时雨诧异地看了她一眼，但还是懒洋洋地俯趴在那里，并未躲避戚映竹那玉笋青葱一般细长又冰凉的手指。

她摸得他不难受，甚至很舒服。时雨眯起眼，眼尾微微上挑。

戚映竹用手指一寸寸地抚摸他的眉眼。宋凝思的告知和她自己的判断在她心中挣扎着生根。戚映竹很难将时雨和杀手联想到一起，如果他真的是杀手……

她并不怕他。

她更多的是忧心，怕他杀人，也怕他被人杀。

她更多的是怜惜，年龄这般小的时雨，是经过怎样的事情，才成为一个杀手的？

院外吹拉弹唱声渐起，宋府已经锣鼓喧天，在为宋女郎送亲。

那丝竹管弦声没有影响到这里，锣鼓声如长歌一般悠远，与此处的宁静无关。

帐下，戚映竹拢衣散发，垂着眼帘轻声问："时雨，你小时候……是不是过得不好？"

时雨回答："啊？还好吧。"

戚映竹抿唇，提醒他道："小随说，你小时候被打断过腿。"

时雨回答："哪个时候啊？我不记得了。"

戚映竹感到心头如被密针刺入，疼得呼吸一顿，另一只手忍不住捂住疼痛的心口。时雨慌张地要坐起来，道："你的心脏又疼了？我给你输内力……"

戚映竹制止了他。

她放下手，示意自己的心脏没有疼，解释道："我只是觉得你从小流落江湖，受尽了委屈、苦楚，才有今天这么一身好本事。你身上大大小小的疤痕也很多……你能说给我听吗？"

她暗示时雨亲口告诉她他的身份。她不怪他隐瞒她，甚至猜得到他为什么选择隐瞒……只是比起从别人口中听到，戚映竹更愿意时雨亲自向她展示所有的他。

时雨仰头看着她，有些不安。

他迟疑很久，在记忆中筛选半天，能想起来的事情不是准备杀人，就是被人追杀。他知道戚映竹不愿意听这些，可是好玩儿的事……好玩儿的事……

时雨愧疚地道："你想知道我以前的事？可是……我以前没有什么大不了的事

啊。"他本能地掩饰，眼神乱飘，"我都忘记了。"

戚映竹："……"

两人四目相对。此间静谧，少年的不安在女郎春水一般温柔地凝视下被风吹散。

时雨目光迷离地看着她。

他忽然开口："我抓过一只蝴蝶玩儿。我没有把蝴蝶的翅膀扯坏，养了它半年。"

戚映竹眉头微微一皱。

时雨再道："我第一次缝衣服就缝得可好了。别人学不会，我看一眼就会。"

他想起来了，就坐起来，凑到戚映竹身边挨着她，拽过自己的领口让戚映竹看，害羞地道："你看，这个就是我绣的。"

戚映竹把脸凑到他的领口，看到他绣的是几片错乱的竹叶。她心中微甜，又微微有些害臊，轻轻地推开他，小声问："为什么绣竹叶呢？"

是不是因为她叫戚映竹呢？

时雨道："我不知道。我就是第一时间想到的。竹子怎么了？"

戚映竹低头笑，耳根都红了，声音温柔地道："竹子很好。"

时雨端详她，道："你好像又领悟到了什么我不知道的事情。你不告诉我吗？"

戚映竹那般羞涩，那般聪慧，洞察了时雨对她的情意——然而他自己不知道。她若总是一遍遍地提醒他……倒像是她催着他爱她一般。

戚映竹转移话题："时雨，你换了衣服。"

她这般说着，才注意到他是真的换了衣服，靛蓝色的新衣，皮带、护腕格外齐全，和往日不太一样……

戚映竹心里"咯噔"一下，想着他不会又要去杀人吧？

戚映竹凑近他仔细看，几乎趴在他怀中。时雨一愣，只见戚映竹凑过去，手指从他的喉咙下滑过，又擦过他的鼻梁。她伸手摸了一下他的心口，又从他的手腕、后颈一一移过。

春风细雨折磨着时雨。

时雨握紧自己放在身体两侧的手，告诉自己克制。

戚映竹动作一顿。她不过是细看他的衣服，忧心忡忡地想着怎样暗示他日后不要做杀人这种事……但是他的身体僵硬得跟石头一样。她用手指不小心擦过他的肌肤都感觉到他缩了一下。

戚映竹试探性地再次碰了一下他的脖颈，果然，他又缩了一下。

戚映竹诧异地仰头和时雨对视，不解地问："怎么了？时雨，我不能碰你吗？"

时雨小声道："没有。"他低下头，"你随意。"

可是他……他握紧拳头，额头渗汗，面孔紧绷，腰杆笔直僵硬——他的状态实在称不上好。

时雨补充："你随便摸。"

"摸"这个字……戚映竹默默地要收回手，又被时雨手疾眼快地握住。

两人乌黑的眼睛对视，气氛静谧，眸子含情，火星若有若无地在气息间燃烧。

戚映竹忍着羞涩，问："到底怎么了？"

时雨只好回答："因为你摸的……都是命脉、死穴啊。你一碰，我就想……反击。一个人怎么能那么随意地去碰别人的死穴呢？万一不小心杀了别人呢？我就……就……忍不住。"

戚映竹愕然地道："时雨……我只是看你的衣服而已。"

时雨偷看她一眼，道："我知道啊，所以才让你随便摸啊。但是央央啊，你以后不要乱摸人……幸好你面对的人是我，如果是别人，人家一定会生气，你的小命就没了。"

戚映竹心情复杂，道："我应该不会对别的郎君做这种事。"

时雨点头，竖起拇指，露出笑容，问："我是不是世上最好的情郎？"

戚映竹"扑哧"一笑，再也忍不住，什么也不问了，扑入他的怀中抱住他的腰，又仰头在他的下巴上亲了一下。

时雨惊呆了。

他怀里的女郎问："时雨，给我输送内力，我的心脏真的会变好吗？我以后生病会变少吗？如果我能够习武，身体会不会比现在好？"

时雨解释："你不可能习武……以你的身体，习武就是送命，身体根本不会变好，还会变得更差。但是输送内力，你好像是会好一点儿。"他又道，"可是你经脉堵塞，给你输内力会浪费一大半……不过没关系，我可以帮你疏通经脉，就是有点儿疼，我怕你受不了。"

戚映竹抬头，露出湿润的眼睛，问："然后我的病就会好吗？"

时雨道："起码比现在好吧。"

戚映竹便微笑着点头，道："那就好。那你帮我疏通经脉吧……我不怕疼。"

时雨提醒她："对我来说有点儿疼，对你来说就是特别疼。你……你现在的身体，肯定承受不住。"

戚映竹回答："没关系，那等我过两日好些了再做吧。时雨，我现在很想活得久一些。我觉得人生还是有些盼头的。"

她想，人生还是有些盼头的，谢谢上天将时雨带来给她，让她荒漠般的生命中有了绿色，有了阳光、雨露。

活着对她来说，曾是一日又一日的折磨，一日又一日的日落。她看不到日出，只能看到太阳一点点地落下地平线，从她的世界里消失。

但是日后会不一样的吧？只要有一个人在乎她。

她多感激这个人是时雨，是自己第一眼看到就心动的时雨。

戚映竹埋在时雨怀里，带着几分抱歉与挣扎，轻声道："时雨，你日后别怪我。我只是……好想你能和我在一起，哪怕……哪怕……时间短一些也没关系，我会努力活着的。只要我的经脉不堵塞了，我就会好起来呀。我可以长命百岁的吧？"

时雨低头，望着她苍白又期盼的面孔。

他未必全然懂，但他的心却已懂了很多。他自信地道："你肯定可以的。"

戚映竹温和地道："你以后也可以告诉我很多你的秘密。"

时雨目光闪烁，脸上笑眯眯的，诚实地道："让以后的时雨去说吧。"

戚映竹看了他一眼，啼笑皆非——以后的时雨未免太可怜了。

院外，侍女们迟迟不见戚映竹去参加宋女郎的婚宴，这时候终于忍不住来提醒："女郎，我们家女郎出嫁，吉时马上要到了。"

屋中的两人这才去做准备。

天明雨霁，万物珊珊可亲。烟火在白日的天空中绚烂地燃起，柏知节前来宋府迎接宋凝思。

一切都很顺利。

宾客中也无异样。

闫腾风等卫士们守着宋府，盯着所有客人。人员混杂间，闫腾风看到唐二郎来了宋府，瞳孔微微一缩，没想到唐二郎昨晚才经历过那样的事，今天居然有心情出门。

唐琢在人群中找了一圈，走向戚映竹。

宋凝思被侍女、姆妈们陪着。戚映竹和时雨刚出了正厅，迎面便看到了唐琢。

时雨抱臂，手指轻轻地动了动。

戚映竹怕唐琢又要对时雨做什么，上前一步，将少年挡在自己身后，有些警惕地看着唐琢，问："唐二哥，你来做什么？"

唐琢微微一笑，俯身，面向时雨的方向行了一个大礼。

这下不光戚映竹一愣，时雨都皱起眉。

唐琢温柔地对戚映竹说道："是我之前被爱蒙蔽了，让时雨小兄弟受了委屈。今日我来宋家婚宴，便是想向阿竹妹妹和时雨少侠道歉。阿竹妹妹，你能原谅我吗？"

戚映竹怔了一下，面容温和地道："唐二哥能够想通便好。我自己可以不怪唐二哥，但是我无法替时雨原谅你。"

唐琢立刻面向时雨，恭敬地道歉，诚意满满地道："我之后会送上钱财，请少侠原谅。"

戚映竹听到唐琢这般说，心里就道"不妥"、但还没来得及阻拦，就听时雨问——

"多少钱财？"

戚映竹："……"

这个钻进钱眼里的小财迷，能不能不要这么没骨气？

三人沉默间，戚星垂大大咧咧的声音从人群中传来："映竹姐……映竹姐！姐夫，姐夫！我在这里！这里人怎么这么多？姐夫你帮我出去啊！"

戚映竹羞恼地想：姐夫？他在叫谁？

唐琢和时雨也都迷惘地看着人群后的戚星垂。

时雨突然反应过来，身子一晃，道："谁反应快，就是叫谁。"

唐琢和戚映竹："……"

唐琢温和地一笑，道："时雨还是这般好玩儿。"

戚映竹问："唐二哥，你真的想通了？"

唐琢垂目，身形俊逸，唇一张一合，悠悠地道："自然。我想通了，阿竹妹妹心有所属，我该祝福的。"

第十四章　居待月

时雨到了戚星垂身边，将戚星垂从人群中解救出来，发现戚星垂身边围着的全是女郎。而时雨将戚星垂带出人群后，戚星垂身后亦步亦趋地跟着的是他的那些小厮。

今日宋府婚宴，宣平侯府派了代表人物前来，代表人便是戚星垂。据说戚诗瑛生了病，侯府的其他人要照顾女郎，就没有再来，也许是在回避什么。

时雨不解地看了戚星垂一眼。

戚星垂同样看了时雨一眼，不情愿地开口："姐夫。"

时雨听了心中暗自高兴，同时伴随着慌张。短短几个月，他的身份从戚映竹的朋友快进成戚映竹的情郎，而今又成了戚星垂的"姐夫"。之前他说不想成亲的话，离今天也不过过去了两个月而已。

全新的经历总是让时雨不安，但是若真的能当戚星垂的"姐夫"……时雨本心又很高兴。

时雨克制着自己对未知的恐惧，回头看那些依依不舍地向戚星垂调笑的年少女郎，道："你人缘真好。"

戚星垂气急败坏地道："这不是我人缘好，是我阿父、阿母急着给我娶媳妇，让人来管我。这日子还能过吗？平时诗瑛姐就天天叫我读书，再来一个媳妇……我干脆离家出走好了。"

时雨漫不经心地道："你不是挺喜欢女人吗？你上次还调戏良家妇女。"

戚星垂涨红了脸，道："我那是以为那女郎是我的侍女，我跟自己的侍女玩儿一玩儿怕什么？我就是不敢惹这些贵族女。"

戚星垂想到什么，不情愿地将时雨上下打量了一番——时雨气宇轩昂，身上带着他看不懂的淡然和从容，一张脸长得漂亮，肤白瞳黑，全靠一张脸吸引他姐姐……

戚星垂再扭头，看到一座亭子里，戚映竹正和唐琢说话。

戚映竹对上他的目光，对他淡淡地颔首。

唐琢微笑着点头，同样隔着人群跟他打招呼。

那两人姿态矜贵，更像同路人，但是……

戚星垂小声道："你别得意，映竹姐有很多人喜欢的。你要是对映竹姐不好，我就把映竹姐接回来住。"

时雨转头看他。

戚星垂威胁时雨："你别以为你的武功多厉害！我告诉你，你就是三脚猫的水平，对自己心里有点儿数！别什么事都往前冲，把我姐给忘在后头。还有，你若敢寻花问柳，我就带人打断你的腿！"

时雨道："寻花问柳？女人会影响我的，而且她们又不好看。"

戚星垂只觉一口气憋在心头，一时间也不知时雨是听得懂还是听不懂。

戚星垂好奇地问："姐夫，你是真的像我姐说的那样，不通俗事吗？"

时雨当即道："央央在诽谤我。"

他才不会承认。

戚星垂想了想，道："这样，我问你，要是我姐病得特别厉害——这只是打个比方哟——你心里是什么感觉？"

时雨不确定地含糊过去："难受吧。"

世间人都是这样，他也理应如此。

戚星垂看他那般犹豫的神色，心头一梗，对于姐姐说的时雨不通俗事信了七八分。戚星垂好奇无比地道："这是种什么感觉啊？是不是我们发生什么事，你都像没看见一样？片叶不沾身？冷酷无情？那……姐夫你很厉害啊！"

时雨面色古怪地道："厉害？"

第一次有人觉得这是厉害。

戚星垂围在时雨耳边嘀嘀咕咕地打听时雨的事。他想替自己的姐姐多打听几分，一会儿问时雨家宅几何，可有钱财，一会儿问宋家表姐的婚事结束后，时雨打算带他姐姐去哪里，能不能给他留个信……

戚星垂喋喋不休。时雨倒是第一次觉得有人在耳边念叨好像没那么烦——他还挺喜欢听戚星垂吹捧他的……

这时，府门外喧哗声起，众人随之起身，到了新婚郎君来迎娶新嫁娘的时候。

时雨抬手，按在了戚星垂的肩上。

戚星垂茫然地回头。

时雨道："一会儿我不在，你和央央在一起。"

戚星垂不解地问："什么意思？你怎么不在？"

时雨没有再多说，随着众人起身走向府外去看热闹。

戚映竹和唐琢也过来了。时雨冷淡地看了唐琢一眼，迈步回到了戚映竹身边。

人声聒噪，戚映竹低着头小声道："没想到你和星垂有这么多话说。"

时雨抿唇，想提醒戚映竹一会儿会有的危险，但看看戚映竹纤瘦的肩膀，又觉得何必多说——她这种多思多虑的人，提前知道一会儿就要多愁一会儿。

央央哪里都好，只是愁思压身，让时雨不喜欢。

时雨便只说："我一会儿有事离开。"

戚映竹一惊，第一时间想到的便是：难道他要去杀人吗？不可！

戚映竹一把拽住时雨的袖子，仰起头看去。时雨低头看她。她不想让他去，但是话压在喉咙里，又迟疑地想自己这样做是否对时雨不好。

时雨做杀手已经很久了，她不愿意让他再做杀手也得给他时间……

戚映竹缓缓地松开抓着的时雨的袖子。时雨低头专注地看着她。

鞭炮声轰轰烈烈地响起，身畔女郎的声音又微弱，但是时雨听到了戚映竹说——

"小心些，我等你回来。"

秦随随和步清源不在宋府中——宋府由闫腾风等朝廷的人保护。宋凝思出嫁，从宋府被新婚郎君带出门时，才落入秦随随和步清源眼中。

两人立在高处的屋檐上。秦随随将长弯刀扛在肩上。步清源戴上了他的狐狸面具。

屋檐下方，女方的宾客们坐上车马，跟在迎亲队伍后，一同前往柏知节的府邸。

英俊的郎君骑在高头大马上。

上方的秦随随和步清源一路紧随。

可是金光御在哪里，为何不在宋府中动手？难道要到柏家再动手吗？

闫腾风等朝廷人士同样紧张地等着贼人，怕宋家说的那些江湖人士前来大闹婚宴。他们一路上神经紧绷，一直到柏家，柏知节扶着宋凝思下车，跨过火盆，进入自己的府邸。

柏家的两位长辈脸色有些僵硬。他们似乎知道些什么，看着向正堂走来的新婚小夫妻，又喜又忧。

混乱和热闹中，戚映竹发现唐琢离开了，时雨也不在她身边。她心里越发不安，幸好身边有戚星垂跟着。

戚星垂对着那对新婚小夫妻指指点点，大大咧咧地道："映竹姐，你嫁人的时候，肯定比表姐好看。你看表姐这哭丧一样的表情，像是新嫁娘的样子吗？"

戚映竹抬头张望时雨在哪里，寻不到人，便忽然确信时雨躲了起来，这里似乎真的会发生什么事。她本能地抓住弟弟的手，不让弟弟乱跑。

戚映竹听戚星垂那么评价宋凝思，不禁斥了一句："别胡说。"

但是戚映竹也不由得跟着戚星垂的目光看向那手持团扇，被柏知节扶着一步步走在鞭炮声和喜庆氛围中的新嫁娘。

宋凝思妆容精致，眼底无波，握着扇子的手用力得指节发白。大喜之日，她眼里确实看不出半分喜色。

戚映竹愣了一下，心里不禁多想了些，不由自主地拉紧戚星垂的手，道："恐怕会出事，星垂你别乱跑。"

婚礼在古怪的气氛中进行。戚映竹看着这对新人叩拜天地、叩拜父母，一路什么事也没发生。

闫腾风等人提着的那口气已经松下——婚礼结束了，宋家女郎安全了吧？

"送入洞房——"

"恭贺新郎——"

众人心中的大石到此一步纷纷落地，就连挽着妻子的手站起来的柏知节都回头对宋凝思笑道："你看，什么也没发生，我平安娶到你了。那个人应该也已认命，不会来了，你且放宽心。"

宋凝思郁郁地点头。

然而以自身对金光御的了解，她不能放心——金光御怎么可能在今天不生事？天下最厉害的杀手，怎么会不出现？

步清源和秦随随问默然地到了他们身边的时雨："你怎么来了？金光御怎么还不动手？"

毕竟这两人平时操持秦月夜的日常事务，并不是真正的杀手。

三人中真正的杀手只有时雨。

时雨盯着下方的婚宴，道："如果是我，我会这时候再动手。"

话音刚落，屋顶上的三人感觉到一阵刺目寒光从另一个方向飞来，抬头看去，十支几十斤重的黑色大箭射向秦随随等人的方向，也射向下方的婚宴现场。

秦随随脸色一变："金光御来了！"

她和步清源躲避大箭，翻身跳下屋顶，向人群中的宋凝思和柏知节大步奔去。

秦随随手中的长弯刀已然甩出，直刺向愕然无比的柏知节。

宋凝思一阵紧张，道："小楼主——"

闫腾风等宿卫军疏散人群，道："躲开，别慌！"

闫腾风蓦地回头，看到秦随随和步清源二人竟然杀向新婚夫妻，提起一口气，长剑当即向步清源刺去，道："恶贼，竟敢惊扰婚宴——"

秦随随连眼睛都不眨，手里的刀毫不迟疑地砍向柏知节。

宋凝思一个不会武功的女郎，全身被刀风所裹，僵硬得无法动弹，脸色煞白，眼睁睁地看着那刀落向柏知节头顶。

宋凝思声音尖厉："小楼主，你弄错了——"

话音还未落，方才那牵着宋凝思的手的"柏知节"向后纵身跃起，微笑间躲开了秦随随的刀，身子几旋之下，随手拉过旁边的柏家父母来挡秦随随的刀。

秦随随硬生生地止住刀锋。

"柏知节"笑出声，将柏家父母抓在手中，缓缓地撕去自己脸上的面具。

面对脸色惨白的宋凝思，金光御眯眸噙笑，道："阿思可满意？你如今也算我明媒正娶的夫人了，还不过来？"

宋凝思身子一晃，尖声道："柏师兄呢？你将柏师兄弄去了哪里？！"

金光御看她的眼神冰冷。他轻飘飘地道："自然是死了。他跪地求我别碰你，真是天真。阿思，背上人命的滋味如何？是不是像你骂我时说的那样，让人恶心呢？哈哈哈——"

他大笑时，几把暗器向他飞来——他随手一挥，柏家父母就倒在了地上，肩膀上插了暗器。

金光御看向前方，眯起眼道："多谢小楼主和'狐狸刀'相助，若非你们，我还杀不了人。"

秦随随冷静地道："别听他鬼扯，上！"

闫腾风持刀从旁边切入，道："两位休想再杀人！"

打斗一起，场面混乱起来，人群慌张地躲避，知趣的人仓促地往府外跑。戚星垂眼见不好，一下子想到时雨最开始与他说的话，抓着戚映竹的手，搂住戚映竹的肩，道："映竹姐，我们快走，别惹了这些人。"

戚映竹于慌乱中回头，看到在打斗中，柏家挂着的喜庆红绸与牌匾同时轰然砸在地上。

几方人马打得不可开交，只有宋凝思苍白着脸跪在地上，慌张地去为柏家父母包扎伤口。

宋凝思满手鲜血，费力地想将人拖走，但没有力气，仰头哭泣道："谁来帮帮我……"

然而人人对她唯恐避之不及，从她旁边奔过，没有一个人驻足。

宋凝思一遍遍地去拂两个老人身上的血，那血染在她的心口，她的心似也破了洞。她心里生出无数懊恼、后悔，禁不住趴在两位老人身上痛哭起来——

"对不起，是我害了师兄，也害了你们。

"我阿父病重，要我和金大哥一刀两断，回家成亲……我不能不回，可是又不想害死金大哥……我左右为难，谁也不想伤害，才害了更无辜的人。

"都是我的错，可我该怎么办？师兄死了，我也要害死你们两位了吗？谁来帮帮我……"

一双绣花鞋出现在她哭得模糊的视线中。

宋凝思抬起头，见到戚映竹姐弟二人立在她面前。

宋凝思眼中落下一滴泪。

戚映竹快速地对她一笑，道："我今日帮表姐一次，结个善缘，日后因缘际会，表姐也当帮我一次。星垂，让你的仆从们快来帮忙吧。"

戚星垂紧张地道："快快快！可别让那几个人看到咱们——要是姐夫在就好了。"

时雨此时已然不在柏家。

当金光御的事情变得不对劲时，秦随随和步清源跳下房顶杀下去，时雨便离开了此地。

戚映竹和宋凝思从打斗场中救人时，时雨已经出现在了端王府。

京城的警备力量都在宋家、柏家，端王府前一段时间戒备森严，而今戒备心又放下了一些。

时雨立在墙头，盯着唐璨所在的院落，戴上蒙面巾，握紧了手中的匕首，无声无息地跳了进去。

灯笼摇摆，暗影如魅。

秦随随和步清源紧追金光御不放。闫腾风等人则欲对所有江湖人士一网打尽，如此引得打斗场面分外混乱。

眼看有人去搬柏知节父母的身体，显然想救人，金光御面上不显，但在和两方人马打斗时，随意地一挥手，两把匕首便从袖套中飞出，随意地扎向两个老人。

戚映竹正低着头给老人包扎伤口。

戚星垂看到直直地从侧方刺来的匕首，脸色一变，叫道："姐！"

戚映竹用余光看到匕首了，但是苦于没有武功，无法挡下这飞来的暗器。她若是躲了，这匕首便会直扎向两个老人的咽喉，那样两个老人必死无疑……

戚星垂再次道："姐！"

戚映竹咬着牙未躲，害怕地闭上眼，等着匕首伤到自己。

一声闷哼在她身侧响起。她被一个人一推，跌坐在地。

戚星垂和宋凝思同时愣住，道："唐二哥？"

那两把匕首都扎在了唐琢的手臂上，青年的手臂瞬间出血。

戚映竹愣愣地看去，道："唐二哥……"

唐琢对她宽慰地一笑，又低声斥道："这么危险的事，怎么能独自做？你们真是太大意了……我帮你们。"

一夜之间，唐琢如同换了个人，恢复成了戚映竹熟悉的那个样子。

小小一个柏家，对于这几方打斗的人来说，如龙入浅池。

金光御的武功确实高，哪怕他之前被时雨伤到了一只手，此次利用京城宿卫军对秦随随两人的敌意，在打斗中也并未处于下风。

金光御森然的目光不时扫向那些往府外逃的宾客。他寻到一个空隙，看到戚映竹等人，便作势要冲去杀人。

在两方人阻挡之时，金光御身形一闪，跳上苍树，纵出府邸。临去前，他深深地看了一眼院落中抱着柏家母亲凄凉哭泣的宋凝思。

小雨微凉，宋凝思茫然地抬头，与他对视了一瞬。

宋凝思胆寒，读懂了金光御目光中的意思——他还会回来的。

宋凝思打了个激灵，霎时骇得全身僵硬，察觉到了一个杀手的冷酷——他再次回来做什么？是杀人没杀够，他还要继续杀。

他还要杀谁？是她的父亲、母亲、哥哥们，还是表亲、堂亲？和她宋凝思有关的人，金光御全要杀干净吗？

宋凝思抱着柏家母亲的手一抖，脸色苍白如纸。

戚映竹提醒她："表姐，搭把手。"

宋凝思恍若未觉，呆呆地看着金光御逃走的方向，口中喃喃自语，终于受不了这般压力，指着金光御逃走的方向凄厉地喊道："小楼主、步大哥，杀了他！杀了金光御！他不能活下来！他绝不能活下来！"

她这般凄厉的喊声让戚映竹姐弟二人和唐琢都怔了一下。

他们顺着宋凝思那绝望的目光看去。

戚映竹心想：小楼主？金光御？这些人都是时雨那个杀手组织里的吧？表姐和这人为何走到今天这一步？

唐琢目光闪烁：金光御？可是秦月夜曾经最厉害的那个杀手？那个稳稳压恶时雨一头的金光御？

这么个厉害人物……唐琢对自己身后的卫士使了个眼色。

卫士们便悄然尾随那几方打斗之人离开了柏家府邸。

金光御听到宋凝思求秦随随杀了他的声音，低低一笑，心想：她要他死？想得美。

他心碎若死，心冷如冰。从宋凝思背叛他后，他就没打算给宋凝思一个好结果。

他跟时雨说想从宋凝思这里问一个答案，这话是骗时雨的。

时雨才十几岁，又懵懂不知情滋味，连杀人都没什么感觉，怎么会知道金光御的心思？

背叛杀手者，当以命偿。顶级杀手的爱如曼陀罗一般，美丽又致命。他曾将美丽的那一面让宋凝思看到。她背叛他以后，面对的将永是他致命的那一面。

他不会死。他要好好地活着，让宋家人寝食难安，让阿思昼夜难寐，如恶魔一般缠着阿思——背叛我，你后悔了吗？

这一番对金光御的追杀，秦随随一方和闫腾风一方都很吃力，都急得火冒三丈。

金光御只身一人，机动性强。偏偏闫腾风将秦随随和步清源两人也当成贼人，对两人也下杀手。这大乱斗，谁能讨到好处？

秦随随又一次在京城街巷间的追杀中被闫腾风的刀背拍得坠下屋顶，不禁叉腰痛骂："你们有病吗？能不能不给我添乱？看不出我们和你们目的一样，都在追金光御？"

闫腾风立在屋顶上，昂首挺胸，垂目看她，道："尔等与金光御是同伙，近日京城内的私斗皆由你们闹出。在朝廷眼中，你们都是要捉拿的人！谁和你们目的一样？"

他的话音还未落，方才那被打下去的少女身形一晃，蓦地出现在他背后。闫腾风面无表情地抓起刀挥砍，刀身"喤"的一声与身后的大弯刀撞出火花。

闫腾风回首，冷不丁看到那挥着大弯刀的少女突然凑近，露出甜丝丝的笑。

"好哥哥，你就帮帮忙，不要与我们计较了。好哥哥，你将金光御让给我，好不好？"她天真无邪地扬起笑，睫毛沾雨，眼神清澈，笑容粲然又干净。

她可怜兮兮的样子，让闫腾风脑海中一片空白——呆滞一瞬，下一刻危险到来，青年腰间被秦随随手里的刀重重地一撞，整个人就被撞下了屋顶。

闫腾风反应快，猛地伸手抓住秦随随的手，拽着她一起向下掉。

秦随随发出"哎呀"一声尖叫，硬生生地被扯了下去。

两人一同落地。还未站稳，见秦随随向自己扑了过来，闫腾风翻身便迎上。

闫腾风经历方才之事，眸子更冷，道："妖女！"

秦随随笑盈盈地道："什么妖女？好哥哥，我没有和你开玩笑啊，我是真的在求你啊。好哥哥，你看咱们也打了好几次，我一直对你手下留情，不如你回报我一下，将金光御留给我？"

闫腾风不与她纠缠，抽身便走，继续追杀金光御。

秦随随也拔身而上，口上笑嘻嘻地戏弄他，手中一把暗器飞出，让闫腾风腾空躲避。

闫腾风会干扰她的捉人计划。她定要拖住这人的脚步，给步大哥争取时间。

然而……秦随随心中忧虑地想：步大哥的武功本身是厉害的，但因料理内务多年，又极少接杀手任务，这些年武功已经荒废了，和正值巅峰的金光御比，步大哥奈何不了金光御吧？

若是时雨在就好了。可惜时雨有别的任务在身，不能来接应他们。

不过……也未必，金光御今天已是强弩之末，可能不是步大哥的对手。

秦随随满心烦躁，一边担心步清源，一边又恨时雨年少，此时还不是金光御的对手……她要等时雨长大，得等多久啊？眼前还有这个难缠的家伙……

手中的刀落下，秦随随眼中笑意盈盈，道："哥哥，真的不能对我们网开一面吗？"

秦随随拖住了宿卫军的脚步，步清源独自追击金光御。金光御之前受了伤，今天也没有讨到好处，几方争斗下，内伤加重，脚步趔趄。

身后如影随形的追杀越来越近，金光御几次回身，用杀手的暗招对付步清源，都未能将步清源甩脱。

此时京城城门已封，两人绕城而走，一追一逃间，登上了城西的土峰。金光御本要再走，但前方无路，只有一道笔直的"天堑"。

云雾缭绕，悬崖无底，金光御蓦地刹住脚。

叶动簌簌，飞鸟穿云。

淅淅沥沥的雨落下，天地空寂，身后的脚步声若有若无，金光御回头，立在凛冽的寒风中，周身布满大大小小的伤痕。被烈风吹得身子一晃，金光御缓缓地回头，看到那清风明月般的"狐狸刀"走来。

步清源彬彬有礼地道："金光御。"

金光御不语。

步清源叹息道："人间儿女情长，皆是虚妄。你没必要困住自己，跟我回秦月夜吧。"

金光御嗤笑道："跟你回去？秦随随可是向着宋凝思的，宋凝思可是要我死的。我落到你们手上，还有活路吗？"

步清源温润的声音从面具后传出："小楼主身为女子，自然忍不住同情宋女郎。但是小楼主也要为整个秦月夜考虑，若是因为一个女子背叛你，我们便要杀你，其他杀手未免寒心。"

金光御如听到笑话一般，忍不住笑了，嘴角流下鲜血，道："步清源，你说的是什么话，你自己信吗？寒心？我可是背叛了你和秦随随，你可是秦随随的狗腿子……我们杀手楼什么时候在乎过杀手的性命了？"

步清源突然不知从哪里拿出一把扇子。山间风大，青年的衣袂随风而舞，步清源摇着扇子，垂目含笑道："小楼主会带给我们一个不一样的秦月夜。你怎么总不信呢？回来吧，我们顶多关你几年——小楼主早就说过，不会杀你。"

金光御沉默半晌，说："让我考虑考虑。"

步清源盯着他，突然道："其实你还是不信我们吧？"

金光御彬彬有礼地回答："阁下诚心要我回头的话，拿出铁骨扇做什么？"

两人相识时间最久，对彼此了解至深。步清源从一个内务打杂的做到副楼主，在秦月夜里勤勤恳恳地为整个楼里的杀手们打理内务和核算钱财……秦月夜的大部分人便忘了，步清源初开杀戒时的武器就是一把铁骨扇。

金光御从未小看过步清源。

两个老狐狸对视一眼。步清源一言不发，手中的扇子倾斜飞出，身子同样迎上，贴上悬崖。金光御左手扬起匕首，与步清源的铁骨扇在悬崖边交击。

一人身形如电，一人身如浮云；一迅疾，一飘逸。

两人过招数十次，风云皆起，云雾为衣。金光御余光漫不经心地向身后一瞥，蓦地向后一退，整个人脚下踏空，向悬崖边摔去。

步清源反应慢了一拍，那人已经从眼前消失。

步清源微笑着道："想金蝉脱壳？"他摇了摇扇子，用另一只手擦了擦汗，又轻笑道，"金光御这人诡计多端，闹得我都有些紧张了。"

话音刚落，步清源向前一步，同样跳下了悬崖。

慢了一步赶到悬崖边的闫腾风和秦随随看到的便是这一幕。

宿卫军的人扑到悬崖边，道："他们掉下去了！怎么办？"

闫腾风面无表情地看向秦随随，一言不发，挥掌击出。

秦随随嫣然笑道："咦，我这是被迁怒了吗？"

虽这么说，她却稳稳地向后跃出数丈。

闫腾风相随而上。

宿卫军的人干着急，问："大人，怎么办？"

打斗中，闫腾风抽空咬牙道："下山搜！这些贼人一个都别放过。"

远远地跟在后方的唐琢的卫士们也跟着宿卫军下山搜查，说是来帮忙。

戚映竹、唐琢和戚星垂一起将柏家父母搬回屋中，简单地包扎后，等来了御医。宋凝思抱着被找到的柏知节的尸体落泪。

戚映竹不好说什么，待柏家父母脱离生命危险后，向宋凝思提出告辞。

宋凝思此时哪有心情理会戚映竹，默默地点头。

戚映竹临出门前，忍不住回头轻声道："表姐，你听我一声劝。若是那个恶人今日死了便罢，今日他若不死，为了不连累无辜的人，你还是与大家脱离关系为好，莫要连累更多人。"

宋凝思怔怔地抬头，问："你是说，是我害死了师兄？"

戚映竹轻轻地看了宋凝思一眼，嘴角微动，道："表姐不是小孩子，自己认识的人是什么品性，心中当有数。"

宋凝思不语，看着戚映竹羸弱的身影走向木门。

戚映竹推门而出时，宋凝思开口喃喃地道："杀手都是没有心的，都是不能理解俗事的。表妹，你要吸取我的教训，莫要铸下大错。"

戚映竹一顿，温和地回答："表姐，各人为各人负责，无愧于心便好。表姐家中琐事多，近日恐没有心情招待我们，我这便告辞，不打扰了。"

戚映竹挂念着唐琢之前为帮她而手臂受伤。此时杀手们已经离开，上了马车后，戚映竹提出为唐琢包扎伤口。

戚星垂也厚着脸皮与他们挤在同一辆马车中。

戚映竹低头为唐琢处理伤口。

唐琢"不解"地道："阿竹妹妹，你方才和宋女郎打什么哑谜？什么杀手？什么吸取教训？她的事和你有什么关系？"

他将疑惑表达得如此真挚，让戚映竹听到后心中一紧。

戚星垂在旁边凑热闹，道："不会是因为姐你身边也有杀手吧？"

戚映竹的手一颤，她抬眼瞪了戚星垂一眼，道："小孩子不要插话。"

戚星垂难以置信地道："我都被说亲，快成亲了，你还当我是小孩子？"

唐琢盯着戚映竹微白的面容，心一沉，想：阿竹妹妹莫不是知道时雨就是恶时雨？她若明明知道，还和那少年……

唐琢心中发冷，沉默不语。

戚映竹察觉他的异样，轻声道："唐二哥，连累你因我受伤了，你此时可好？"

唐琢眨了眨眼，一点点地撩起眼皮。

马车轻轻晃动，车顶的流苏也缓缓地晃动，车中的光也因外部景物的变动而时明时暗。

唐琢就这般看着戚映竹，眼神专注又古怪。从这一眼中，他看到了自己和戚映竹太多相处的时刻——冷冷淡淡的戚映竹、缠绵病榻的戚映竹、倚着绿竹叹息的戚映竹……

这些都让他刻骨铭心。

唐琢深深地盯着戚映竹，道："阿竹妹妹，我喜欢你。"

戚映竹一愣，蓦地收回扶着唐琢的手臂给他包扎伤口的手。

唐琢反应快，立马握住她的手。

戚星垂在旁边道："我人还在呢，你怎么突然就跟我姐表露情意？"

唐琢看了戚星垂一眼，微笑着道："忘了你了。"

他抬手抓过手边的一只茶壶，向戚星垂头上砸去。

车中的姐弟两人都没想到他会这样猖狂。戚映竹眼睁睁地看着戚星垂被砸倒，"扑通"一声趴下，鲜血从后脑勺流出。

戚映竹心脏猛跳，脸色煞白，整个人差点儿一下子晕过去。

唐琢握住她的手安慰道："阿竹妹妹别怕，只要你乖乖听话，我找人给他治伤，送他回府，保他平安。我只是想和阿竹妹妹好好说说话。"

戚映竹盯着他，如同不认识他一般。

她颤抖着想开口，抬起美目望着他。美人风骨如此，纤瘦婀娜，抬眼便是风情。唐琢看得心中荡漾，忍不住低头将她抱入怀中。

戚映竹开口时声音苦涩而极轻，揪着自己心口的衣襟，道："放开我……"

唐琢温柔地紧紧抱住她，道："不放。阿竹妹妹，我之前说的祝福你另寻所爱的话，都是骗你的。我这般喜欢你，怎么会看着你落入他人之手？阿竹妹妹，只要我当了世子，没有人能够抢走你……"

戚映竹听得又惊惧又迷惑，想不通世子之位和他有什么关系。她努力挣扎，也努力反驳唐琢的话。

唐琢低头，见她楚楚动人，软玉温香，心间开始发热，情不自禁地低头在她耳上轻轻一吻。

戚映竹身子一颤，厉声道："放开我！"

唐琢安抚她："阿竹妹妹，你是我的。"

他食髓知味，捧着她的脸想继续亲吻，却见怀中的女郎身子颤抖，气息一下子变弱。

她虚弱地抓着他的袖子想挣扎，可一点儿力气都没有。

她这并非羞涩的反应……

唐琢低头细看，脸色突变，惊恐地喊道："阿竹妹妹，你怎么了？快，停车！"

马车一停，唐琢怀里出气多进气少的女郎忽地抬手推开车门，整个人从车中跌跌撞撞地滚了下去。

没反应过来的唐琢一下愣住了。

马车门晃动，坐在车上发呆的唐琢看着戚映竹跌跌撞撞地向一个方向跑的样子，这才知道女郎方才是在装病。

他又生气又惊讶：阿竹妹妹，不愧是他的阿竹妹妹！到这时候，她也很冷静，很聪明，会装病脱身。

可是她能往哪里逃呢？

过了这么久，唐璨应该已经死了，时雨也应该得到恶果了。等他当了世子，宣平侯府敢反抗他吗？何况戚映竹如今什么都没有！

唐琢笑着叹道："阿竹妹妹真是调皮。"

他心中不急，下了马车，缓缓地去追逃跑的戚映竹。戚映竹那般柔弱，能往哪里逃呢？

身后的豺狼紧追不舍，戚映竹心急如焚。

她此时哪里还信唐琢？那人对她的占有欲，实在……

然而她的身体……

戚映竹扶着巷口的一堵墙低着头喘气，她的心口又开始疼，呼吸变得困难，额上也渗出了汗。她不能再跑了，再跑一步都会危及性命。

唐琢眯着眼，一步步地靠近她。

唐琢道："阿竹妹妹，这里没有别人能帮你。跟我回家吧，让我养你，乖。"

他伸手去抓戚映竹的肩，却忽然发出一声惨叫，手腕被一只手抓住向后一拧。

少年冷然的声音响起，透着几分无情："央央不跟你回家。你这么逼她的时候，是不是没想过我会活着呀？"

戚映竹霎时回头转身，看到旁边多出了一个人，一个浑身浴血却身姿挺拔的少年。

戚映竹捂着疼痛的心脏，慢慢地弯下腰，视线变得模糊，也不知眼前的人是不是自己的幻觉。她看到了时雨便觉得心中委屈，向他伸出手，道："时雨……"

时雨怔怔地看着她，看到她摇摇欲坠的身子，赶紧上前接住了她。

唐琢跌坐在地，看到活着的时雨，目露惊骇，转身不管不顾地便要跑。

抱着戚映竹的时雨回头淡淡地看了唐琢一眼。他那一眼波澜不惊，说不上有多少情绪，不过寒意藏在深处。

时雨低头，对戚映竹的说话声很温柔："央央，你等一下我。"

细雨如同重铅，千钧压心。

戚映竹捂着心口靠着墙根，视线模糊地看着那个劲衣染血的少年一步步地走向爬起来便跑的唐二郎。

时雨真的回来了？他之前做什么去了？他为何身上有血？这又和唐琢有什么关系？戚映竹心里有许多疑问，但是说不出口。她额上布满细汗，被雨水一浇又消失无踪。她紧咬着唇，努力平复自己的情绪，压下喉咙间的咳意。

她不能倒下，不能让时雨知道她现在的病情。

她还想在病重得起不来之前，多过一些平静温馨的日子，多陪时雨一段时间。她只是被唐琢吓到了而已，没事的，这是可以克服的……

戚映竹双眸中浸了水，每次喘息都在与病弱的身体相抗。睫毛沾水，眼前雾气升腾，她心中又气又恨，又急又怕。

在戚映竹不能去探寻时雨和唐琢之间的问题时，唐琢膝盖一软，"扑通"一声跪了下去。密雨中，唐琢仓促地回头，看到时雨的面孔和昨夜一模一样。

唐琢脱口而出："救命——"

赶车的卫士们怕打扰自己的郎君和戚女郎的好事，特意走得稍慢。他们一拐弯，看到前方的情景，蓦地强冲而来，口中大喝道："恶贼！"

他们冲上去包围了时雨。

时雨未能一刀了结唐琢的性命，被唐琢今天特意带的卫士们拦住。

时雨对此无所谓，匕首滑到手中。

他身法凌厉，出招迅捷，招式又颇为干脆狠辣。他也许仍记得不要在戚映竹面前杀人，但是唐琢对他的戏弄已经惹怒了他——

恶时雨接唐琢发布的任务，去刺杀唐璨。虽然端王府戒备森严，但时雨在京城里待了半个月，已然摸索清楚王府的守备情况。

然而今日在端王府的刺杀行动让时雨差点儿命丧那里。因为他杀了唐璨后，几番和端王府的卫士拼杀——端王府后院中所埋的迷烟和火药，差点儿让时雨有来无回。

除了唐琢，时雨想不到谁敢这样害他。

时雨一脚将一个卫士端翻，两手中的匕首干脆地一挥，一前一后再杀两人。右手中的匕首被人夺去，时雨并不在意，反肘一击，卡住那人的脖颈，再一推，被夺去的匕首便划破了那夺匕之人的咽喉。

众卫士一时骇然。

雨水淋下，冲刷血腥。风声猎猎，天地间飘起一层浓郁的雾气，笼罩着他们。

时雨将唐琢踩在脚下，一把掐住他的喉咙，提起他，盯着唐琢的眼睛道："你利用我杀你大哥，又利用你大哥杀我？你以为你的布置能杀了我？"

冷雨落入衣领，唐琢望着少年淡漠的眼神，惊骇地打了个哆嗦，喃喃自语："怪物……"

怪物！

唐琢心头涌上无限的绝望：恶时雨的武功就这么厉害吗？恶时雨已经在刺杀兄长时受了伤，竟然还能从火药坑里活着出来？

天知道他昨夜连夜偷运火药，又说服家里人有江湖人士盯上端王府，有多不容易……他做了这么多，却还是杀不掉时雨。

时雨一巴掌扇在唐琢脸上。

身后的卫士们前仆后继地扑来。时雨无所谓地抬起了自己左手中的匕首。

不远处，戚映竹疼得睫毛颤抖，看到他如此，心跟着一惊，想：他不会是要当着这么多人的面杀唐二哥吧？

戚映竹心里焦急也惧怕，对时雨不顾后果的行为充满了担忧。她靠着墙，呢喃："时雨，别……"

她的身体太弱，她以为自己拼力喊出的声音很大，实则轻得风一吹就散了。

时雨的动作却为之一顿。

这番停顿，让他身后的卫士们扑了过来，有的是来阻他，有的是来救唐琢。时雨很快将这些碍眼的人重新赶开，谁也不能从他手中抢走唐琢。

时雨无所谓地想：唐琢欺负我，我就要杀他，哪怕是央央，也拦不住我。

他狠心的架势让戚映竹涌出泪水。

戚映竹喃喃地道："别……别杀……不要再流落江湖，再……四处逃命……别这样，我的时间……时间……等不及你。"

她哽咽着，多思多虑。

时雨手腕向下挥动，人却不禁回头，看向那靠着墙的少女。

戚映竹虚弱地屈腿而坐，头顶的芭蕉叶子"滴答滴答"地落水。她苍白得像是冰凉的月光，迷离又虚幻，仿佛遥不可及。

时雨呆呆地看着她。

他在那一瞬，心间涌上太多古怪的感受，好像有些疼，好像被人打了一巴掌，好像被自己曾经的敌人按倒又掀飞。

他身上的伤皆是外伤，不要紧，但是从这个时候起，他的心口好像破了一个洞，洞中呼啸着凛冽的寒风，并向四周扩散，撕裂着他的心。

时雨茫然地想：我是怎么了？我生病了吗？我怎么突然像央央一样，心也开始疼了？

手中的匕首落下，稳稳地向下插去，但是时雨人已失神。

下方的唐琢用力一挣，以为能趁时雨恍惚而自救——但是少年手里的匕首仍插向他的胸怀。他躲避的结果不过是匕首未刺中心脏。

然而人被刺中要害，失血过多，也有九成死亡的可能。

唐琢吐出一口血，瞪大眼道："恶时雨……你怎么敢……"

"郎君！"卫士们奔来，被失去匕首的时雨打翻。

隔着雨雾，时雨只盯着戚映竹。

她大概意识已经模糊，一口气撑着不敢晕倒，口里说的话已经颠三倒四："不能杀人……不能亡命天涯……不能离开……我……我要等你。我梦见过我们成亲的……时雨，只要你不杀死他，我就嫁给你，好不好？"

时雨回答："好的。"

戚映竹于浑浑噩噩中一颤，眼前一团漆黑，被少年抱入怀抱。她听到时雨独有的狡黠又无情的声音——

"他现在还没死呢。"

时雨回头看了一眼，看到唐琢的卫士们艰难地躺在泥水地上挣扎，看到唐琢倒在血泊中，如虫子一般蠕动，英俊风流的面孔此时染满了血。身子哆嗦，心口旁插着一把匕首，唐琢颤抖着道："救命，救命……恶时雨，饶了我……"

时雨肯定地道："他没死。"

时雨抱起戚映竹，转身走入大雨中。他要带她去看医工，不再理会身后的事情。

戚映竹抓住他的衣襟，把脸埋在他的怀里，道："马车里……还有……我弟弟。他流的血好多，救他……"

时雨一愣，低头看到她虚弱得快要在他怀中融化的样子，霎时生起气来，语气生硬地道："我不要！"

戚映竹大口喘气，道："你想……我死吗？"

时雨生气地道："你！"

戚映竹晕倒前，努力叮嘱时雨："有马……马车，先送弟弟回家……然后会有御医来看我……你待在外面，不许进我的闺房，不许打扰御医，什么都不要问御医，也别问别人……你听话。"

时雨茫然，抱着她的手臂有些僵硬。

在这一瞬间，他心头涌上太多沮丧和无力感。

他觉得……自己像废物一样。

他听不懂央央话中的道理，不知道为什么送她弟弟回家就会有御医来看她。他也不明白为什么他要待在外面，为什么他不能问御医……她还让他听话。

对央央来说，他是否是一个事事需要她看护、不会照顾人、不会保护人，还需要像小孩儿一样被叮嘱一声"听话"的废物？

暴雨还在下，唐琢躺在血泊中。

时雨走后，他的卫士们过来相助，要将郎君救起。但是那把离心口太近的匕首，没有一个卫士敢去拔。

若拔出刀后害唐二郎失血过多而亡，没有人担得起责任；但是不拔匕首，唐琢依然是等死。

卫士们推诿与茫然间，听到跌跌撞撞的脚步声，以为是时雨去而复返，立时回头，道："谁？！"

众人瞳孔收缩，看着一个满身血污，脸也被枝蔓划破的男人出现在他们面前。这个男人麻衣湿透，衣袍上全是割伤的痕迹，裂口处线头粗糙。

男人低头看着血泊中的唐琢，声音喑哑地笑了两声，如同恶鬼："我可以救你，你也得救我。如今你我皆是虎落平阳，要不要合作，唐二郎可以考虑一下。"

唐琢因失血过多而全身冰凉，躺在血泊中，艰难地对那走路摇摇晃晃却偏偏站得笔直的男人点头——他其实没别的路可走——无论是谁在这时可以救他，他都会选择合作。

接下来，卫士们寻了马车，让唐二郎和这危险的男人坐进去。

男人进去后就干脆利落地为唐二郎拔了匕首。眼见这人为自己包扎伤口的动作粗鲁又古怪，但是唐琢别无选择，现在只求快回府，找人治伤。

车厢内，男人淡淡地道："找医工，我也需要看伤。"

唐琢点头。

马车经过一道坊门，宿卫军在外要求检查马车，称今日城中有刺客，每个进坊、出坊的人都要接受检查。

车中，男人以手指无声无息又隐蔽地抵在了唐琢的咽喉上。唐琢艰难地捂着自己的伤口，推开车窗，露出半张苍白如纸的脸，道："端王府二公子，你也敢拦？"

外面的人低下头。

他们靠着唐琢的身份过了一道又一道关卡。其间听说端王府的大公子被刺杀身亡的消息，外人以为唐琢急着回府是因为自己大哥的死亡，更不敢阻拦。

车中的气氛越发沉闷。

终于，车子到了端王府所在的坊。唐琢煎熬了这般久，恢复了一点儿力气，虚弱地靠着车壁，声音沙哑地开口："阁下是……？"

他对面的男人抬起眼帘，说出唐琢已经猜到的那个答案："金光御。"

马车停下，唐琢盯着男人看了一瞬，眼睛憋出了红意。被卫士们扶着下马车，与金光御擦肩时，唐琢低声道："合作愉快。"

金光御默默地看着唐琢。

马车门重新被关上，金光御听到外头紧张的声音——

"二郎，你怎么了？为什么这么多血，难道你也遇刺了？"

"二公子节哀，大公子他……他……"

门窗紧闭的马车内光线昏暗，金光御坐在幽静的马车中，低头看自己手臂上的血。他摊开掌心，现出一只染血的珍珠耳坠。

今天早上，他扮作柏知节迎娶宋凝思，在宋凝思登上马车前，掀开车帘，为宋凝思戴上了这对耳坠。

他那时顶着柏知节的面皮，对着宋凝思笑。他深深地望着宋凝思，给她最后一次反悔的机会，道："夫人，新婚快乐。"

坐在华盖罗帐香车中的女郎手持珠玉扇，面容精致，气质温婉，看起来与当初十几岁的少女已经分外不同。

她坐在车中，心神不宁地不知在想什么，像是被"柏知节"打招呼的声音从噩梦中惊醒，一下子握紧了手中的扇子。

她盯着"柏知节"，努力对自己未来的夫君露出真诚的笑容，道："夫君，新婚快乐。"

金光御看着她，放下了帘子。

罗帐和帘幔阻断了视线，马车下的那个男人看她的眼神越来越冷。宋凝思忽然察觉到了什么，掀开车帘向他看来。但男人已经背过身，转过头，不再看她了。

而今，金光御盯着自己手中的耳坠，然后将耳坠握紧，手上的血染到洁白的珍珠上。他畅快地看着血的红与珠的白混杂，彼此分不清。

金光御笑意加深，自言自语："合作愉快。"

秦月夜的杀手们各有各的看家本事。

时雨是靠着他那无所谓的心和强大的武功做杀手——杀人如麻、冷酷无情是他在江湖上让人闻风丧胆的原因。

除此之外，江湖中人也不曾听到恶时雨有什么传闻。

金光御的传闻是，他有一个藏了很多年的情人。

金光御有一手可以以假乱真的伪装易容术，可以轻而易举地易容成任何人。金光御能成为杀手楼的顶级杀手，除了绝世武功，还因为没有人见过他真实的模样。

金光御常年以不同的相貌出现，但终因情人的背叛而放弃了所有相貌。

从此以后，为了躲避追杀，金光御会毁容，会与唐二郎达成协议，留在唐二郎身边，继续伺机报复宋凝思。

他坠入深渊时，必要拉上一人。

京城最近几日风波迭起。

戚映竹养病的时候便听说秦随随入狱，步清源失踪；端王府的大郎身死，二郎受了重伤。一切风波都起于一个叫"金光御"的顶级杀手和他的一众同伙。

朝廷通缉了江湖人士。

戚映竹为此忧心并不解。

时雨倒是无所谓地道："步大哥可能被耽误了吧。秦随随在牢里不是挺安全的吗？"

戚映竹："……"

她想说什么，却见时雨捧出一碗药汤来。他吹着热气，眨着眼睛来喂她，道："你喝不喝啊？"

戚映竹："……"

他这般漂亮可亲，在她的病榻前眨巴着眼看她，实在太过犯规。

戚映竹有一腔话想问他，想和他交流，但对上他的眼睛，又会觉得那些都不重要了。

那些事和时雨无关就好……

可是唐家的事真的和时雨无关吗？若是有关，为何唐二郎不向朝廷说明，捉拿时雨呢？唐二郎明明知道时雨在她这里……

朝廷和江湖的事情，实在复杂。

月明在天，被关押在牢狱中的秦随随手脚皆被铁锁所扣。她被关在牢狱的最深处，仍然气定神闲地玩儿着铁锁，看上去悠闲自在。

忽然，小小的天窗口，丝丝缕缕的笛声悠缓地传入。秦随随侧耳倾听，唇角不禁噙了笑。

那笛声并不动听，如魔音穿脑。很快，整个牢狱里的狱卒都开始心浮气躁，骂骂咧咧地出去了。

秦随随盯着黑暗中笛声传来的方向，低笑一声，道："来得这么晚。"

秦随随气息一沉，整个被铁锁困着的身子在半空中一旋，带着手中的铁链撞向墙壁，再借力向上跳，借用天窗的栏杆，弄断了一只手上的铁链。

秦随随轻飘飘地落在地上，用同样的方式摘掉了其他铁链，手掌在牢门上一磕，推开门大摇大摆地出去了。

整个牢狱的囚犯在笛声中倒了一地。秦随随随意地在牢房间穿梭，找回了自己的长弯刀。

秦随随扛着刀一路往牢外闯。到最外面一扇门的时候，秦随随正要推门，木门"吱呀"一声从外面被打开。

低着头的黑衣青年抬头，冷不丁和少女四目相对。

秦随随握着刀柄的手一紧！

闫腾风用冰冷的目光在她身上一扫，便猜出了原委，眼神冷了下来。

下一瞬，两人同时出手，将兵器向对方身上招呼。

秦随随笑眯眯地道："好哥哥，怎么一见我就要杀？我可一直是站在你这一边，帮你抓金光御的。你抓不到他总不能怪我，拿我交差吧？"她横刀劈向闫腾风，刀法凌厉万分，身形却来到闫腾风身后，笑道，"你说呢？"

闫腾风转身回击她，道："这些话，你留着到公堂上说吧。"

秦随随有些不悦地道："迂腐！"

闫腾风反唇相讥："妖女！"

两人这般大打出手，秦随随一心想着出牢门。小小的一扇门也禁不起两人这般强大武力的摧残，轰然倒地。秦随随飘逸地闪出门。闫腾风紧追在后，刀再次砍向前面秦随随的肩膀。

听秦随随"哎呀"叫了一声，闫腾风手中的刀一顿。

夜幕笼罩，秦随随调皮地笑道："心疼了？知道我不是你们要抓的人，你心里也很虚吧，好哥哥？"

闫腾风见她无事，冷冷地道："你是金光御的上级，他做的事焉能和你无关？"

秦随随挑眉，笑嘻嘻地道："咦，你已经查得这么清楚了吗？看来没有白关着我啊。"

闫腾风不再和她言语，出刀更加猛烈。秦随随身上有伤，渐渐地落于下风，但嘴巴依旧说个不停。

笛声悠悠。秦随随靠在一堵墙前，一条白色的长绸从上面飘下，缠住她的腰。

闫腾风瞳孔猛缩，蓦地扑去抓人，但是晚了一步。房顶上所立的青袍青年一手持着长笛，一手拽着长绸，将她拉了上去。

青年道："别玩儿了。"

闫腾风眼睁睁地看着那恶女被与她同路的那个人救走了，追悔莫及。

金光御彻底失去行踪。宋凝思请杀手楼继续派人保护宋家，被秦随随拒绝。

秦随随道："步大哥已经受了伤。对宋家的保护不是一时一刻的，我们没有本事一直派人保护你们，给多少钱也不行。"

端王府的大公子之死查了一个月，在唐琢的操作下，终是被压了下去。端王府沉浸在悲痛中。

唐琢也没再找戚映竹，为那天的事给个说法，或者要个说法。

戚星垂的事，端王府也赔了礼。

唐琢有了更忙的事情。

秦随随和步清源离京时，戚映竹的病好些了。戚映竹和时雨赶着马车，去送那两人。

落雁山下，秦随随诱惑时雨和她一起走："在外面玩儿了这么久，还不回家？"

时雨自然拒绝了她。

秦随随耸肩，看了一眼戚映竹，便笑而不语了。她和步清源相偕而去，打着哈欠道："热闹人间也没什么好玩儿的嘛，我玩儿够了，下次再说吧。小阿竹，要是时雨欺负了你，可以偷偷联系我哟。我可是他的上级，最能管着他了！"

夕阳西下，马车上装满了戚星垂赠送姐姐的礼物。戚映竹坐在车中，无奈地看着那些礼品、补品，想着回到落雁山上也许又能平静下来了。

不管时雨是什么样的身份，他在她身边是真实的，这便好了。

戚映竹低头收拾着马车中弟弟堆满的礼品，默默地在心中算着账目。黄昏昏暗的光透过帘子照入，让女郎面呈淡金色，朦胧如画。

戚映竹听到外头赶马车的时雨慢吞吞地说道——

"央央啊。"

戚映竹道："嗯？"

背对着竹帘，盘腿坐在车外的少年郎托着腮，眉目也被天上的霞光染上暗金色。他这几日烦恼很多，总欲言又止。

此时，时雨终于说出了他的烦恼："央央，我问你一个问题。那天过后，你为什么不再向我逼婚了呢？你不逼婚，什么时候才能嫁给我呢？你不是……不是……"他害羞地回头，无辜地比画着，"喜欢我喜欢得昏迷的时候都喊着要嫁给我吗？"

望云登山，林密雾深，此间山人，日日如睡在雨中。

八月时，戚映竹和时雨回到了落雁山上的小居中。戚映竹离开半月，此间被杂树所掩，犹如绿海，步入其中，不见多少尘埃，倒像是离家不多久一般。

戚映竹站在自己的院落门口，上前要推开院门，便被那从马车上跳下来的少年抢了先。少年道："我来！"

时雨背着一个褐色包袱，轻轻地跳至门前。他轻轻一推，门开后，自己先跳入其中观察了一下，然后立在门口，向外面探出头，又冲戚映竹招了招手。

浅橘色襦裙被腰间系着的玉佩压着，戚映竹披着青色披帛，发间的步摇轻晃，腰下飘带微扬。她亭亭玉立于山间，清新婉约，恰如仙子。

戚映竹用帕子掩住口鼻，挡住尘埃、咳意，又忍不住望着门后的时雨浅笑。

时雨问："你笑什么？你见到我很高兴吗？"

戚映竹嗔道："我日日见你，缘何突然高兴？"

她提着裙裾向屋中走，走过时雨旁边时，仰头看他一眼，很认真地道："时雨，你长高了。"

她认识他也不过四个月多一些，他的身高便又猛蹿了一截。

戚映竹心中忧思：他长得这般快，她却大约不会长了……或者说，她活不到再长大一些的时候了。

时雨伸出一根手指戳她的颊畔，道："你又开始唉声叹气了。"

戚映竹赧然，躲开他的手指，低着头道："我没有。"

时雨哼了一声，看了她一眼，随意地道："央央说没有，那就没有吧。"他转而狡黠地道，"可是我两只眼睛都看到了。"

戚映竹道："你又不懂人的情绪。"

时雨辩解道："我不懂别人的，但我懂你的啊。我知道你什么时候高兴，什么时候在发愁，什么时候准备叹气，什么时候又苦哈哈地写你的字、作你的画……我看一眼就知道你的情绪，你信不信？"

戚映竹怔怔地看着他，心口有些麻。

他总是轻而易举地让她心动，无情之人的感情比风流多情之人的更为真挚。谁能像时雨这般，扰乱人心，又浑然不自知呢？

戚映竹掩住心中的涟漪，侧过脸，轻声道："先把东西搬进来吧。"

戚星垂偷偷地往他们的马车上放了太多东西。

戚映竹转身也要去马车中提包袱，被时雨用肩挡住。他道："你别动。你不会干活儿，坐着看吧。"

戚映竹有些心虚地辩解："我也能提一点儿轻的东西。"

时雨道："你不能！你什么都不会，什么都提不动，你累了手酸、腿疼、脚痛，不是还要我帮你揉吗？虽然我很愿意帮你，但是你总是不好意思，每次都推推揉揉，怪没劲的。"

他仰起脸，浓密的睫毛向着日头——金色的光在他星辰一般的眼睛中流动。

他分外天真地道："为什么你总是放不开呢？是不是你嫁给我就好了？央央，你再向我逼婚吧。"

她转过脸，道："你先干活儿吧。"

时雨盯了她片刻，扮了个鬼脸，无所谓地道："你就躲吧。"

但这世上，没有人能够躲过一个杀手。

他的身影消失后，戚映竹转过身，抚着心口，微微喘了口气。她羞涩又头疼，因为时雨这几日总是有机会就暗示她或者明示她，寻各种机会将话题转到婚事上去。

他明明不通人情，先前还言之凿凿自己不会娶妻，可现在……戚映竹低声抱怨："到底是谁向谁逼婚呀？"

之前落雁山上尚有成姆妈在，这一次，戚映竹不动声色地将成姆妈留在了王府。她越发感觉到自己身体不好，此时连药也不吃了，只想珍惜最后一段时光。

只怪时雨黏人。

戚映竹是打算与他好好相处的，但他回到山上后的第一夜，就迫不及待地抱着被褥钻入她的屋中，赶也赶不走。没有成姆妈在旁边黑着脸，再加上山间只有他们两人……戚映竹心脏"怦怦"急跳，面红耳赤，终是顺着时雨，关上房门，与他做一对假夫妻。

时雨却仍日日催问戚映竹婚事，甚至白日她写字的时候也缠着她。

有时候戚映竹被他闹得无法，只好问："时雨，你与唐二哥有什么交易？为何你那天光天化日之下刺杀唐二哥，唐二哥到现在都不找你的麻烦，而且既不找你的麻烦，也不找我的麻烦？怎么闫大哥知道你和小随的关系，他丢了人犯，也不来找我要你呢？"

时雨一愣。

他自然清楚其中的缘故——

唐琢不敢招惹他，因为忙着当世子，甚至为了当上世子，还要帮他掩饰他的刺杀，掩饰杀手楼的参与。

唐琢必须和他一点儿关系都没有，世子之位才会落到唐琢的头上。

至于为什么秦随随跑了之后，闫腾风还不来追究他……他就弄不清楚了。

时雨心虚地躲出门，道："我去砍柴做饭！"

对于不想回答的问题，时雨也学会了像戚映竹那样顾左右而言他。他学习她，向来学得很快。

罢了，时雨和唐琢的事，唐家大郎的突然遇刺……戚映竹心里其实猜到了一点儿原委，可为了维持表面的平和，也就装聋作哑，当作不知。

她希望自己是纯善之人，但自己并不是纯善之人。事情不发生在她的眼皮底下，她都可以当作不知，缩在龟壳中不闻不问。

少年走后，戚映竹又心酸，又无奈，又欢喜。她低头继续写字，寻思着继续卖字画赚钱的事。

院中没有砍柴声，她身后却有一只蝴蝶飞了过来。时雨从后面抱住戚映竹。

戚映竹红着脸道："我在写字呢，你又怎么了？"

时雨犹犹豫豫，半晌未说话。

他举止有异。戚映竹不觉转过脸看他，面对着少年青涩又英俊的面孔。时雨皱眉盯着她。一个向来无拘无束的少年露出这般神情，可见是大事。

戚映竹吃惊，放下笔墨，问："怎么了？"

时雨道："央央，你不嫁给我，是不是因为我隐瞒了你很多事情？你不相信我？"

戚映竹连忙阻止他继续说下去，道："我没那个意思。你隐瞒我，当有你的道理，没必要事事让我知道。"

她并不想知道他的杀手身份，她的身体已经很不好了，不想再掺和江湖恩怨了。

时雨却觉得她在说反话，挣扎半天，道："我是瞒着你很多事情，不想告诉你。但是我可以试着一点点地告诉你。这样，等你清楚全部的我的时候，就嫁给我，好不好？"

时雨抱起戚映竹，转了个圈。女郎将手抵在他的肩上，轻轻斥了他几声，他也不理。

时雨在她耳边道："我有很多钱，很多很多钱……我特别有钱。"

戚映竹糊涂地应了一声。

时雨挣扎了一下后，在她耳边吐出一个数字。

戚映竹一下子睁大了眼，从夏日情事中醒了过来，难以置信地扭头看时雨。

时雨紧张万分地抱紧她，道："嘘，你别说出去，不然我就……就……"杀人威胁用不了，他只能没有力度地来了一句，"我就再不理你了。"

戚映竹呆呆地看着他，眼神复杂，心想：做杀手……这么挣钱吗？

她每日写写画画，写得手都酸了，但是挣的钱没有时雨任务报酬的一个零头多？

时雨有点儿纠结地问她："央央，你要拿走我的钱吗？"

戚映竹一愣，不解地抚摸他的脑袋，问："我为什么要拿走你的钱？"

时雨回答："因为男女结婚后，女郎会管钱啊。郎君就要把所有钱给她，什么都给她了。"

包括钱财，包括前程，包括性命。

戚映竹看他情绪低落，忍不住撑着身子坐起来，手托着腮，故意逗他道："原来你什么都知道呀。那你把你的钱财全都给我，日后我帮你管钱，你要买什么，再管我要。"

时雨道："好。"

戚映竹一怔。

时雨仰头看她。

两人之间气氛暧昧，情愫萦绕。

戚映竹蓦地扭过脸，掩住眼中的泪意。她声音带了哽咽，唇角却上翘："傻时雨，我才不要你的钱。你留着慢慢花，日后……过更好的日子，别委屈自己。"

时雨道："你是不是哭了？"他沮丧地问，"我又让你伤心，又不懂事了吗？"

戚映竹说"没有"，仓促地擦去泪，转过身来扑入他怀中，抱住他。

他的央央是世间最可爱的女郎。

山中的日子大体清静，不过有时也会迎来不速之客。

过了几日，山中来了客人。马车停在院落外的时候，时雨正坐在院子里劈柴，戚映竹则正拿着他的钱财逗他玩儿。

宋凝思穿着一件雪色斗篷进入院中。不过些许日子，她面色苍白了一些，脸上的肉却多了些。

戚映竹轻轻地看了她一眼，目光落到她身后，顿时一愣。

宋凝思身后，跟着一名老妇。那老妇看到院中清瘦又漂亮的女郎，双眸通红，眼中的泪差点儿落下。

老妇向前奔来几步，道："女郎！"

这老妇正是成姆妈。

正在劈柴的时雨抬起头，脸色一下子沉了下去。他不喜欢成姆妈，厌恶成姆妈存在的所有时刻。因为这个人不许他整天和央央在一起——他多缠央央一会儿，这个老妇就会一个劲儿地咳嗽、使眼色、黑脸。

但是戚映竹喜欢成姆妈。

戚映竹吃惊地站起来，眼眸一红，强笑道："姆妈，你怎么来了？"

成姆妈心疼地抱住戚映竹，便是一通哭泣。戚映竹本来情绪还好，此时被温暖的怀抱搂着，也不禁落了两滴泪，哽咽着叫了几声"姆妈"。

时雨在一旁不高兴地抱着胸，想：央央从来没对他这么热情过。

成姆妈见招惹出了戚映竹的泪水，便赶紧停下，不敢让女郎再哭，怕她一哭就生病。成姆妈伸出手指戳戚映竹，道："你这个没良心的坏女郎！把我老婆子送回去，自己就快乐了是吧？一个人躲在山上过神仙一样的日子，嫌我老婆子碍眼对不对？"

成姆妈看戚映竹面容滋润，便对时雨没那么大的牢骚了，换了语气，气哼哼地说道："你这如同回门一趟似的。"

宋凝思还在旁边，戚映竹一下子脸红了，低声道："姆妈，别笑话我了。你怎么来这里了？我现在……过得挺好的。没有姆妈在，我也能照顾好自己。姆妈在侯府待着，我也放心些。"

时雨不甘寂寞地插话："是我照顾的央央。"

戚映竹无奈地道："不错，时雨很会照顾人。"

成姆妈听到这里，又生气又伤心，又有些欣慰，摇了摇头，道："算了，既然是女郎自己的意思，我这做仆从的有什么法子？看到女郎如今好好的，还算时雨有点儿良心。"

见到戚映竹一切都好，成姆妈也放下心来，起码戚映竹跟着时雨，不会风餐露宿又受委屈。

成姆妈伤怀地道："宋女郎来侯府辞行时，问起女郎，老奴在外面听说了，便央求宋女郎带老奴来见女郎一面，看一看女郎过得好不好。女郎放心，老婆子现在在小公子的后院灶房中帮忙，日子过得去。"

戚映竹望了一眼宋凝思，对成姆妈微笑道："星垂虽然任性了一点儿，也爱胡闹，心却是好的。姆妈在他房里做事，我也放心了。"

成姆妈点头，想说更多，却到底叹了口气，没再啰唆了。成姆妈拉住时雨，道："时雨，你和我去灶房做饭，我教你怎么照顾女郎。你让宋女郎和我家女郎好好坐着说会儿话。"

时雨回头看了一眼静静相对而立的二位女郎，不情愿地被成姆妈拉走了。

宋凝思跟着戚映竹进入屋舍。

她环视屋舍，坐下后，饮了一杯戚映竹倒的茶水，道："不错，虽然简朴了些，但胜在雅致。京城里一团乱，你在山中躲清闲，倒也快活。"

戚映竹略冷淡地道："表姐找我做什么？若是问杀手楼的事，我知道的还不如表姐多。若是想要时雨，我不会将时雨给表姐。"

宋凝思抬头看着半空中飞舞的尘埃，答非所问："我要离京了。"

戚映竹蓦地抬头看向她。

宋凝思凄然一笑，缓缓地看向戚映竹，道："金光御失去了踪迹。整个京城都知道他是罪魁祸首，说他杀害了我夫君，也杀了端王府的大公子，但是……偏偏谁也找不到金光御。金光御再也没来找过我，但是我知道他不会放过我。

"我思来想去，表妹那日说的话有道理——我不能再连累身边的人了。我父亲已经辞官，几个兄长也离开官场，各奔前途。我父母跟着我一同离京。师兄已经死了，但我……也算与师兄拜过堂，打算代替师兄照顾柏家父母。

"我只能尽量跟在柏家父母身边，时时与他们在一起，才能防止他们无声地被害。我与我的哥哥们还有亲人们全都断了关系……只是父母年老，舍不得我，才要跟着我一同颠沛流离在外吃苦。"

宋凝思眼眶发红，勉强一笑，又道："我临去前，回想起来，我十几岁就离开了京城，这么多年了，等我回来的时候，昔日的朋友都已嫁为人妇，人人都是饱读诗书的才女闺秀，我已成为乡间野妇。只有阿竹你……与我境遇相似，让我能多说几句话，单独与你告别一下。"

戚映竹望了她半晌，渐渐地，目中带了怜惜之色，轻轻叹息，道："表姐，你昔日之事我不太清楚，但是我自幼认识你。我看错了唐二哥也就罢了，为何我眼光如此，连你也会看错？表姐，你不是那般会背叛所爱的人，可你为何要背叛金光御，还闹到如此地步？"

宋凝思看了戚映竹许久，看她正值青春，看她年华未逝，略有些古怪地笑了一下。

这让戚映竹不喜。

她问："表姐为何用这么奇怪的眼神看我？"

宋凝思问："阿竹，你想过给时雨生一个孩子吗？"

话音刚落，戚映竹一下子愣住了。

她飞快地抬头看了一眼门窗，怕时雨突然出现。

宋凝思便用怜惜的目光看着她，笑道："阿竹，你这般体弱，以我对你的了解，你不会去生孩子，折自己的寿命吧？时雨知道吗？"

戚映竹冷淡地道："表姐若是说这些，不妨直接告辞，恕不远送。"

宋凝思自然不走，突然说了一句："我流产过两个孩子。"

戚映竹蓦地抬头看向宋凝思，惊愕地站起来，道："表姐，你……"

宋凝思淡漠地道："有何奇怪的？我十五岁就跟了金光御，青春年华尽耗于他一人身上。我怀过胎，很奇怪吗？"

戚映竹结结巴巴地道："可……可是……"

宋凝思声音更冷淡了："都流产了，一个也没保住。因为金光御的敌人太多了，我们常年被追杀，虽然他武功高强，可是……我们都不知道明天会发生什么。第一个孩子是在他带我逃跑的路上流产的。后来他便偷偷置了房子安置我，尽力不和我见面，想保我平安。但是我们有了第二个孩子后，还是被他的敌人找到了。他是天下最厉害的杀手，杀过的人太多了。杀人者，人恒杀之。金光御不敢让我离开……敌人来了，他与人在外死战，可是我担心又惧怕，尸体和血泊围绕着我……我的第二个孩子，生下来就是个死胎。我和金光御一起埋了这个孩子。我们都很难过。"

日光微斜，宋凝思所坐的地方被阴影笼罩着。

宋凝思并没有落泪，说话时的语气却是死气沉沉的："我知道金光御也很难过，但是我心里还是恨他的。如果没有他，如果他不是杀手，我的日子会变得很不一样。没有人知道一团死肉从我肚子里被掏出来时，我心里的绝望。我曾爱过金光御，可我也恨金光御。他不知道我恨他。"宋凝思抬头，望着戚映竹道，"所以我发誓，我再也不能那般了。"

戚映竹呆呆地看着宋凝思，目光顺着宋凝思的脸蛋儿向下滑，落到宋凝思的腹部。

宋凝思将身体藏在斗篷中，安静地坐着。

戚映竹忽然有了一个猜测。

她不敢相信地走上前，掀开宋凝思的斗篷，伸出手。果然如她所料——她摸到了宋凝思已经有些显怀的腹部。

戚映竹看着宋凝思，喃喃地道："你又怀孕了……但是这一次，你不能再让自己的孩子死掉了，对不对？"

宋凝思恍惚地道："对。我要留下这个孩子，还要给孩子找一个真正能庇护他的父亲。我察觉自己怀孕的时候，就知道不能再和金光御在一起了。可是表妹，这个人这么难缠，我想摆脱他必须借助其他方法。"

戚映竹问："你为什么不告诉金光御呢？"

宋凝思道："因为我不相信他。我既爱他，又有些恨他的无能。"

宋凝思站了起来，斗篷曳地，重新挡住了腹部。

宋凝思拉着戚映竹的手，微微笑道："表妹，我信你的人品，才告诉你这些。你不要说出去，我不想节外生枝。我得了这个教训，看到你和时雨……才心急如焚。你是我早年最疼爱的小表妹，身体又这般，我希望你对自己的前路多想一想。告辞了。"

宋凝思转身，向门外走去。

戚映竹盯着宋凝思的背影，忽然开口："表姐，不止如此吧？你是个什么都想要的人，所图不会仅仅如此。你让杀手楼的人入局，让金光御被追杀，让整个京城一团乱……然后你走了。你得到什么了吗？你应该……应该……柏郎君还活着，对不对？"

宋凝思背对着戚映竹，没有回答，只道："阿竹，你有一颗七窍玲珑心，这是幸，也是不幸。左右这些事已然结束，你不必多管。哪怕金光御来找你……也有时雨在。这次真的告辞了。希望我再不用见到你……我若再不用见到你，便说明我彻底摆脱杀手楼了。"

宋凝思坐上马车，离开落雁山，先将成姆妈送回宣平侯府，之后吃睡都在车中，赶了两天两夜的路。

日日夜夜，宋凝思抱着自己的膝盖躲在车中，躲避光芒，置身于黑暗。

第三日的凌晨，远离京城的地方，宋凝思在树林中见到了前来接她的青年。

青年长身而立，一身青袍，文质彬彬，对宋凝思露出关怀的眼神，握住她冰凉的手，喊了一声："师妹，苦了你了。"

宋凝思摇头，一只手被真正的柏知节握着，一只手抚在自己微凸的腹部。她被人拉着在寒林中行走，脚下草木"窸窣"……如同多少个日夜前，她被那个高大的青年搂抱着逃命或追杀。

而今，她一步步走出黑暗，看到晨曦徐徐地落在身上。站在阳光下感觉有些不适，但她会适应的。

宋凝思恍惚地说："柏师兄，多谢你一路助我。你日后若有喜欢的女郎，我会让出位子的。"

柏知节叹息道："师妹，别想那么远的事了。"

宋凝思点头，用手抚着自己的腹部，深一脚浅一脚地走着。

在这世间，女子为母则刚。

任何母亲都理所当然地会保护自己的孩子平安长大……哪怕要面对的敌人是孩子的亲生父亲。

第十五章　寝待月

清晨，戚映竹将沾着咳出的血的帕子藏在枕下后，洗漱了一番。她没有胃口，便只喝了一小碗药粥，就倚着窗翻书看了。

今日时雨格外安静，没有一收拾完碗筷便来缠她。于是戚映竹翻着书的时候，借书的遮挡，偷偷地在院中寻找少年的行踪。

她见到时雨从成姆妈以前住过的厢房中钻了出来，怀里抱着针线。戚映竹一怔，放下书，上半身抵着窗框，看到时雨在院中的石桌前坐了下来。

他低头，手中飞针走线，飞快地缝补他右手袖口上的一个破洞。那里线头拉杂，补了又补，粗线在风中轻扬。少年的手指灵活无比，毕竟时雨是用匕首作为武器的。

戚映竹端详着他。看到他这身黑色的武袍，想起她第一次见他时他就是这身装束，到现在，他还是这身……

戚映竹听到时雨嘀嘀咕咕地念——

"我讨厌长个子，衣服全短了。"

戚映竹愕然，霎时觉得他很可爱。

她想到时雨偷偷摸摸地告诉自己他有多少钱时的模样，不禁莞尔，又有些心疼他——这个守财奴，必是小时候过得很艰辛，才养成这副一分钱都舍不得花的性情。可他这般小气，戚映竹若非心思太细，根本察觉不出，只因时雨在她身上花钱从来没吝啬过。

戚映竹想了想，向院中的少年招手，道："时雨。"

时雨仰脸回头，迷茫地看了她一眼，把手中的针线快速地打结收尾，下一刻出现在窗外，乖巧地道："怎么了？你今天不用写字了，只跟我玩儿吗？"

他流光溢彩的眼睛期盼地望着窗内的少女。戚映竹轻轻地瞪了他一眼，伸指戳他的额头，道："你呀，我教你读书你也不好好学，整日只顾着玩儿。你这个小白丁，小心被有文化的人哄骗了，你都不知道。"

时雨狡黠地道："不会啊。你不是读了那么多书吗？你对我很好，不会看着我被骗的。"

戚映竹愣怔了一下，略微悲伤地道："时雨，我对你的好，不及你对我的好的十分之一。"

时雨不解地看着她，眼神中的意思很明显，大约是奇怪好端端的她怎么又开始了……

戚映竹一下子赧然，也暗暗地苦恼自己怎么又开始伤春悲秋了，不是早就想好了，最后的时光要开心一些吗？

戚映竹便隔着窗子对时雨微微一笑，道："时雨，总跟我住在山上，你是不是寂寞了？正好家里缺了点儿东西，没有姆妈采办，我们一起下山去买吧。"

时雨眼中瞬间有光流动，灿然夺目，比日光更加璀璨。他向后退了一步，略有些感动地看着她，道："你要白天与我一起出门？你不怕别人看到我们在一起了？央央，你进步了。"

戚映竹一时被他的感动弄得尴尬。想着她平时是多内敛，时雨才会觉得和她一起出个门她都不愿意？

戚映竹不觉反思自己是否对时雨太苛刻，太拘着他那随意的性子了。女郎还没有想明白，时雨已经将手撑在窗口，一翻身跳了进来。他快乐地晃进戚映竹的闺房，挑选他喜欢的衣服、发簪、手镯、胭脂。

时雨把选好的东西全推到戚映竹面前，问："今天穿这些好不好？"

戚映竹低头扫了一眼，他挑选的衣裳颜色有些艳，簪子又很老气，与自己清雅的气质不太符合……但是戚映竹还是微笑着满足了他，抱着衣裳进屋里了。

时雨越来越像个正常的人，越来越会表达自己的喜好，有了自己的倾向，还有了自己的审美，这是好事，戚映竹愿意助他成长。

也许是因为戚映竹穿了他喜欢的衣裳与他一起下山，他心情格外好，快乐地走在前边，又时不时回过头，目不转睛地盯着女郎看。

戚映竹看到他年少的面孔虽然还是惯常的没什么表情，但嘴角翘着，倒着走路时，眼睛里的光一直在……

戚映竹羞涩地低下头，硬着头皮接受他那种直白得如同要扒了她的衣服一样的目光。

但是时雨很快就皱起了眉头。因为他发现，不只他盯着戚映竹看，街上的很多男人在偷看戚映竹。上午的街市上，人并不多，可即使这样，大半的男人在戚映竹走过时会看她。

他们看她一眼后，怕被发现，迅速收回目光，但是很快就忍不住偷看第二眼。等到戚映竹走过去了，他们又肆无忌惮地盯着女郎的背影，目不转睛。

时雨心里开始不舒服，像是属于他的东西平白被别人抢了一样。

他小气，从来不和任何人分享自己的东西，可是这里这么多人，自己又不能通通杀掉。

戚映竹问他："怎么了？你脸色不好。"

时雨让她停下脚步，道："你等我一会儿。"

他一溜烟地跑开。戚映竹只好迷惘地站在原地等他。过了一会儿，时雨抱着一顶青色幕篱从成衣铺中走了出来，将它递给戚映竹。

他不说话，盯着她的脸。戚映竹眨眼，接过幕篱后扫视一眼四周，不禁笑了。

戚映竹温和地道："时雨，这没什么的。"

时雨哼了一声，不满地转过脸。

戚映竹并未戴上幕篱，仰头看了一下时雨方才进去的成衣铺的招牌，再看一眼身旁少年的长胳膊长腿，思考了一下，心中一动，道："时雨，你等我一会儿。"

这一次轮到戚映竹进了成衣铺。店铺的老板娘早就盯着他们两人看了半天，终于见到这位面容姣好的女郎进来。

戚映竹低着头，未语面先红，道："请问，有适合习武的郎君穿的衣裳吗？"

老板娘道："我们这里什么都有哇，你让你的情郎进来试一试不就好了？"

戚映竹结巴起来："不……不……不是情郎……我是一个人来的，我……我……他不在。他大约这么高……"她忍着羞意，抬手比画了一下，想了想，踮起脚尖，再次比高了一些，道，"应该这么高……他最近长个子了，以前的衣裳小了。"

她站立不稳，向前跌了一步，被"扑哧"一声笑起来的老板娘扶住。老板娘忍不住搂着这清瘦女郎的肩膀，道："这世道可真奇怪，情郎明明在，还要自己偷偷买衣服。难道是为了给他惊喜吗？现在的小孩子比我们会玩儿呀。"

这话，老板娘是转头对正拿着尺子裁衣的老板说的。

戚映竹被打趣得分外无措，强撑着又伸出手来比画，道："他的腰这么宽……"

老板娘故意逗她："你确定吗？这个要量一量才知道的。你要那种江湖人穿的衣服的话，得是劲衣吧？这种衣服贴着身体，大了或是小了，小店可是不退不换的。小本买卖，还请见谅。"

戚映竹镇定地道："我确定的。"

她对时雨的腰了解得分外清楚。

只是话是这般说，戚映竹雪白的面颊已经如同煮熟的红虾一般。

老板在旁边插话："喀喀，别逗人家小女郎了。女郎，我们这里还有软靴，也是习武人士穿的那种，你要吗？"

戚映竹点头，声如蚊蚋："要。"

时雨等得无聊，忍不住想踏进成衣铺找戚映竹时，看到戚映竹吃力地抱着一个包袱出来了。她面如红霞，让时雨忍不住看她。

戚映竹别过脸，道："走吧。"

时雨顺手接过她的包袱，想翻看，被戚映竹制止了。时雨抬头，不满地问："你挑选衣服怎么不让我看呢？难道不是我喜欢什么，你才穿什么吗？"

戚映竹不想再站在成衣铺外面与他拉拉扯扯，不然又会被那促狭鬼老板娘看到。她抓着时雨的袖子落荒而逃，道："以后再说。"

接下来，戚映竹又象征性地买了些米面。她自己实则吃不了多少，不过现在家中多了一个时雨……时雨饭量挺大不说，日常还要有许多加餐。

戚映竹——替他想到了。

时雨不会想太多，全然听戚映竹的指挥，能和她一起出门一直很开心。虽然她走不了几步就要歇一歇，虽然后来回山的时候，因为背的、拿的东西太多，他没办法和戚映竹牵手，但是……

时雨眯着眼笑道："今天很好玩儿啊，我们以后也多出门玩儿吧。"

而他们这一天的欢喜，到这一步仍未结束。

黄昏时，两人回到山上。

晚膳前，时雨进屋，竟然见到戚映竹拿着针线，正坐在灯下做针线活儿。她手里拿的黑色的衣袍崭新，是时雨没有见过的。

时雨问："你为什么要买这么黑的衣服啊？我不喜欢这个颜色啊。"

戚映竹低着头在衣裳上简单地缝纫。她做不了太复杂的活计，但简单地缝几个字还是没问题的。戚映竹轻声问："你不喜欢黑色，为什么自己总穿黑衣呢？"

时雨道："因为我不想被人看到。"

戚映竹道："你小小年纪，生计艰辛，钱够花的话，其实没必要总是接那些……危险的任务。我也想看到时雨站在阳光下，穿其他颜色的衣服。"她抬头，春水一样的目光落在他笔直挺拔的身体上，想象着道，"青色的衣裳，如同劲竹一般昂然，生机勃勃；红色的衣裳，衬着你的肤色，必然明亮如火；白色的衣裳，又让你像书本上那种行侠仗义的江湖少侠一般，风度翩翩；杏黄色的……时雨，我想看到很多不同的你。"

时雨听得专注，露齿而笑，道："那我以后穿。"

戚映竹含笑点头，向他招手。时雨走过去。

戚映竹将缝过的衣裳在他身上比画了一下，道："时雨，试试吧。"

时雨无所谓地道："好。"

他坦然无比，要在她面前脱干净。

戚映竹忙扭过头，脸冒热气，道："你去屏风后面换。"

时雨："……"

他只好抱着衣服去后面换。

过了一会儿，一阵"窸窣"声后，气宇轩昂的少年从屏风后面走出来。时雨拽着腰间那长出一段的皮带，奇怪地道："我穿着大小正好呢。"

他蓦地抬头看来。

戚映竹若无其事地移开目光，道："你过来，这个是蹀躞带，不是你那种系法。"

那手脚修长、肩宽腰窄的少年就立在了戚映竹面前。戚映竹缓缓地下了榻，慢吞吞地向前走一步，张手环住他的腰，帮他系腰带。

时雨身子僵了一下，看了她的发顶一眼。

女郎的手在他腰间游走，她看不到后面，就脸贴着他的胸膛，手指在他腰后拨弄。两人近距离相贴，呼吸由浅转沉。

戚映竹要退开时，被他飞快地抓住手腕拽了回来。

她把脸埋在他怀中，忍不住"哧哧"地笑。她翻开时雨的衣领，气息拂过他的喉结。时雨喉结微动，搂着她的腰，仰颈，想要她亲一亲……

戚映竹却让他低下头，道："时雨，你看。"

时雨心不在焉地低头，早已心猿意马，还要被戚映竹指引着去看他的领口。少女的声音如春雨一样徐徐浇来："你看，这里绣了你的名字。日寸时，天上雨。时雨，这是你的衣服。"

时雨一时愣住。

他像听不懂她的话一样，缓缓地抬眼，黑白分明的眼睛看着她。

昏黄的烛光照着，墙上映着依偎在一起的男女的身影。灯火勾勒出戚映竹瘦弱的身形。她低着头立在时雨面前，手指拂过他的脖颈，落在他的衣领上，告诉他：

"我也想亲自给你做衣裳，但我的身体不好，熬不住。我女红也不好，恐怕做出的衣裳你也穿不了。我只好去成衣铺买，再在衣领上绣上你的名字。时雨，别和别人穿错衣服呀。"

她腮帮微鼓，挣扎了一下后，又去翻他的袖子让他看，道："这里绣了竹叶，虽然绣得不好，但是我缝在里面，没有人会看到，你自己知道便好。天上雨，雨下竹，这衣服是送给你的。你听懂了吗？"

天上雨，雨下竹。

时雨盯着她看。

戚映竹见他半晌不吭声，抬头看他，撞上他的目光。

时雨看着她的眼神是那种心动又慌乱的眼神。他撞上她的目光后，想要掩饰自己的心慌，便微低下头，转过脸。

这突然的心动和心慌，让他不敢看她的眼睛。他怪异无比地说道："我……我……听懂了。"

以前他总是听不懂她在文绉绉地说什么、暗示什么，但是这一次——他是真的听懂了。

他耳根都红了。

他之前分明那般大胆，但好像这一刻才知道什么叫"情窦初开"。

戚映竹被他的羞涩弄得怪异，忍不住也跟着脸红心跳。

戚映竹尴尬地掩饰自己的情不自禁，道："知……知道就好。我……我饿了，你去做晚膳吧。"

时雨仍低着头，躲避她的目光，道："嗯。"

戚映竹要走。时雨又伸手来拽她的衣袖，忍不住从后面抱住她的腰身，在她耳边小声道："你对我真好。从来没有人送过我衣服，没有人给我房子住，没有人这么长时间地陪着我。央央，你对我真好。央央，我是不是特别喜欢你啊？"

戚映竹不敢乱回答，心跳得厉害，被他搂得半个身子发软，慌张地回答："没有，你只是一般喜欢我而已，并没有很深。"

时雨道："哦。"

接下来的几日，时雨看到她便总有些不好意思。他目光闪躲，突如其来的羞涩只因戚映竹送了他漂亮的衣服而已。

他珍惜得舍不得穿，又欢喜地日日穿、日日洗，经常低头看着自己的领口傻乐。

戚映竹不忙的时候，他便扑过去抱着她说许多甜蜜的话。

他到这时，才真正开了情窦。这让戚映竹措手不及，小心应对。

这日晚上，戚映竹睡不着的时候，时雨翻进她的被窝里抱住她。

他贴耳缠绵，道："你睡不着对不对？我们出去晒月亮好不好？"

戚映竹"扑哧"一笑，转过身面对他，忍俊不禁地伸手捏他的脸，道："让我看看，我们时雨难道真的是天生地长的小妖精不成？还要吸收日月精华才能长大吗？"

时雨充满幻想地问："妖精？我是什么妖？是老虎还是狮子啊？"

戚映竹笑吟吟地道："是狐狸精呀。"

时雨："啊？"

他想了一下，说："可是狐狸一点儿也不威武，和我的个性不符合啊。"

戚映竹止不住地乐，因喜欢而主动仰脸亲他。半晌后，时雨勉强点了头，委屈地接受了这个说法，道："好吧，狐狸精就狐狸精，但是我还是很厉害的。"

时雨给戚映竹穿上披风、斗篷，将她裹得严严实实，真带着她出门去晒月亮了。

整片山林都笼在蒙蒙的月色下。时雨寻到了看风景最好的山崖，停了下来。戚映竹仰头看着月亮，时雨则立在她的身旁。

她其实常年会看月亮。

在她缠绵病榻的时候，在她无人陪伴的时候，天上那轮明月便是她的写照。她经常从自己闺房的小窗口看月亮，越看越伤感，越看越凄凉。

戚映竹怔怔地站着。忽然，少年的手伸了过来，捂住她的耳朵。戚映竹什么声音也没听到，但是仰头看到了天上炸开的缤纷烟火。

烟火簇簇，五色纷乱，盛大无比地在寂寥的落雁山山顶绽放。

整片山林被烟火的光笼罩着，戚映竹呆呆地仰着头，看那烟火绚烂亮丽，将清寒的月光罩住。她眼睛里只看到五光十色的烟花，一朵朵花绽在眼中，她的心跳随之越来越快。

戚映竹情不自禁地抓住时雨捂她的耳朵的手。她将他的手拽下去，他也顺势而为。于是，戚映竹能够听到烟花的声音了。她并没有被巨大的声音吓到，因为时雨先帮她缓冲过了。

他不懂人情，可偏偏在这种事情上，有异于常人的敏感。

戚映竹看着漫天烟火发呆。

她听到时雨似乎在说话，转过头盯着时雨，看到时雨露齿而笑，虎牙俏皮。烟火声巨大，但他内力强劲，声音清晰地传入她的耳朵："因为你那天过生辰的时候，我看到戚诗瑛很高兴，但你有点儿不高兴。我一直记得的……我想让你高兴，但我也不知道生辰怎么过才会高兴。我就记得那一晚的烟火……央央，戚诗瑛有的，你也有。好不好？"

戚映竹目不转睛地看着这个烟火下的少年。

烟火重重，关于时雨的记忆从晦暗的过去发出光辉。戚映竹清楚地记得生辰那一天发生的所有事。她记得时雨不在意地问什么是生辰，记得时雨错喝了酒后耍酒疯，记得时雨第二日就自封是她的情郎……

她记得关于时雨的每一件事——他那一晚的每个表情，每个动作，每次偷看她，每次生气……

时雨是她短暂生命中的一场春日夜雨，来得猝不及防，悄无声息。

这般盛大之美，让她如何能够留住？

戚映竹走向时雨，裙裾飞扬，目光如同春水。

时雨问："你落泪了吗？"他又狡猾地问，"你现在能嫁给我了吗？"

斗篷柔软雪白的绒毛衬着女郎娇小的面孔。

戚映竹脸上露出笑容。

戚映竹走向他，向他伸出手。山顶上的盛大烟火下，她的指尖即将挨上他的手掌，她从心口涌到喉间的"我愿意"三个字即将说出口。幸福触手可及，只要一伸手，她就能拥有时雨。

戚映竹张口——

时雨脸色微变，张臂接住了戚映竹软绵绵地倒下去的身子。

她晕倒过去，口鼻渗血，气息微弱，在……明明那么近的距离下。

夜半三更，戚诗瑛在自己的闺房中被人弄醒。与少年黑黝黝的眼睛对上，戚诗瑛浑身僵硬，瞬间回想起自己被挂在悬佛塔上的那一夜。

戚诗瑛裹紧被褥，忍着惊恐厉声道："你干什么？！我什么也没做，不要一有什么事就找我！"

时雨周身的气息有些飘忽。

他站在床榻前，抬起眼帘时，双目中红血丝微现。时雨道："你找上次那个御医来，央央又病倒了，怎么都醒不过来。"

戚诗瑛嗤笑道："我凭什么帮你？你这是求人的态度吗？我和你可是有仇的，你别忘了。"

时雨面无表情地道："你找那个御医来看央央，我任凭你报复。"

若非没有其他人可以求助，时雨也不会来找戚诗瑛。

他最先想到的其实是戚星垂。但是戚星垂为人不着调——时雨找到他的时候，他和仆从们关在书房中喝得酩酊大醉、一身酒气。时雨踹了几脚，又扇了几巴掌，都没让他清醒过来。

于是，时雨只能找到戚诗瑛。

上次戚映竹病倒，时雨听她的话将头被砸破的戚星垂送回宣平侯府的时候，戚诗瑛也在。因戚诗瑛说话没有侯夫人那样让人听不懂，时雨便希望戚诗瑛能够救戚映竹。

清澈的月光照在壁上，拢着被褥的少女目不转睛地盯着时雨。戚诗瑛便是这般，虽然心里怕这个人，但面上永远不服输。

她从不说戚映竹半句好话，也从不向时雨讨饶。她仰着下巴看人，笨拙地用跋扈之气保护自己的尊严。

时雨盯着她，慢慢地走向她，然后在床边停了下来。

戚诗瑛攥紧被褥的手在褥下紧张得发抖，但仍冷笑道："说得好听，我能怎么报复你？你想杀我的仇，你以为能化解？"

时雨手中"唰"的一下出现了一把锋利的匕首。

戚诗瑛猛地向后缩，尖声道："你又要威胁我？我告诉你，你越逼我，我越不会……"

她倏地呆住。

时雨手中的匕首没有向她挥来。他手腕一动，那把匕首就刺进了他自己的胸膛，尖刃破衣声在寒夜中闷闷的。

鲜血瞬间流淌，大片浸染衣袍。

时雨眉头微蹙，脸也因痛而微微发白，衬得他的眼睛更加乌黑。他拥有了和人正常相处的丁点儿经验，知道不能靠威胁达成所有事，也知道自己的任性会给戚映竹带去麻烦。

那么不任性的求人方式，就是这样吧？

时雨的身体因失血而发冷，但这比不上他抱着气息微弱的戚映竹时，心间沉沉的凉意。他额上渗出了汗，唇瓣颤抖着道："可以了吗？你又没有死。"

你又没有死，我的代价也不应该太大。

可这世间之人行报复之事，本就是你越卑微，他越猖狂。

时雨将弱点剖开给别人看，谁不加以利用？

戚诗瑛呆呆地看着他，愣怔间被面前大片的血震撼得迷惘，想：这个恶人这么喜欢戚映竹吗？上次为她被打，这次又自残……戚映竹凭什么有这么大的魅力呢？她的身体那么差！

见戚诗瑛只是发呆，时雨以为戚诗瑛对这个结果仍不满意。时雨的冷酷对别人也对自己，他手上用力，将匕首更深地向胸膛里推进……

戚诗瑛骇然，扑过去抓住他握着匕首的手，道："可以了！我没要你偿命！"她瞪着这个眼神无情的少年，被他吓到了，道，"我……我去拿名帖找御医行了吧？"

戚诗瑛出身乡野，没那么多讲究，不会放下床帐再慢慢地换衣，而是直接将长发一拢，随意地披上一件外衫就朝外走。

戚诗瑛发觉时雨没有跟上，回头没好气儿地道："你不走？"

时雨靠着床沿，跪坐在地，脸色比方才更加苍白，声音也很低："我失血过多，受了重伤，没力气走。"他固执地盯着戚诗瑛，道，"你去找御医。央央还在落雁山上，我没动她。"

戚诗瑛看了他半晌，声音不那么凶悍了："你别死在我这里，晦气。"

她扭头，径自推门出去了。

戚映竹这一次的病，比以往每一次都严重。

戚诗瑛不知是出于好奇还是出于其他什么心思，也跟着御医去了落雁山。

时雨也以为只要御医来了，戚映竹就能像上次一样醒来。

但是御医在戚映竹的屋舍中待了半日，出来时面色沉重。

刚刚回到落雁山上的时雨茫然地走过去，听到御医和戚诗瑛站在廊庑下谈戚映竹的病情。

"这个女郎吐血很久了吧？她的身体已经是强弩之末，虎狼之药不能用，用了就是将之后的命全都透支了。若是温养着，接下来就是听天由命，看老天爷还想让她活多久吧。她想和之前那样正常下床出去走走是不可能了。"

戚诗瑛迷茫地侧过头，看到站在院中面色苍白的少年，茫然地问他："她天天吐血吗？"

时雨心头似被重锤击中，比戚诗瑛更加迷惘地摇头。院中树叶徐徐落在少年身上，他的迷惘带着浓重的凄然、悲凉和可怜。

戚诗瑛都有些不好问下去了，只能转头问御医："那……那……戚映竹这次还能醒过来吗？"

御医叹气，道："老夫尽力吧。只是醒来后……她也只能躺在床上。"

戚诗瑛问："那她还能活多久呢？"

御医安慰道："若是好好调养，不要下地，大概能有个一年多的寿命吧。"

戚诗瑛愣怔：她心里警惕了戚映竹那么久，怕戚映竹来和她抢地位，见到戚映竹就讨厌……但是，戚映竹就要死了吗？这么轻飘飘地离开，无声无息……

是否今年年初，她回侯府后要求戚映竹搬出去，也是在迫害戚映竹的身体呢？

是不是戚映竹不搬出去，在侯府中养着，能多活些时候呢？

戚诗瑛低声问："没有别的法子了吗？"

时雨没有再听他们说什么，面色苍白地从戚诗瑛身旁擦过，推开门就要进屋。戚诗瑛在后面也许阻拦了他，那个御医也在说什么"不可"，但是时雨随手一挥——没有人能够阻挡他跨过门槛，进屋去看戚映竹。

时雨大脑中是空白的。他想着她昨天还好好的，还对他笑，还和他躺在被窝里说悄悄话，还和他一起看烟火……为什么今天就这样了？

那个老头子说她活不了多久了。他不信，觉得必然是那人医术不好，胡说八道。

那个老头子还说戚映竹天天吐血，也是在胡说。他一次都没看到过，也没有闻出来过。央央虽然每天看着都病病歪歪的，虽然每天早上都要很久才能起床，可她除了身体虚弱，也没有严重成那个样子——她是没有吐过血的。

可是如果时雨不相信御医的话，那现在站在这屋中，目光扫视这间闺房中的所有角落，是在找什么呢？

时雨在屋中翻找，用杀手的本事在屋里找自己想要的蛛丝马迹。走过必留痕，他要证明那个御医是在胡说。

果然，时雨将屋舍中翻了个遍，都没找到什么吐血的痕迹。他心里稍微有些放松，想着自己的鼻子果然从来没有出过问题。央央的身上那么香，又香又软，这段时间她身上香得他有时候都会被呛得咳嗽……

时雨呆住。

他猛地迈步走向那张他之前不敢靠近的床榻，一把掀开帐子，看着帐中面如金纸的女郎。时雨不敢多看，目光从戚映竹脸上离开，在帐中所有隐蔽的角落移动。

他轻而易举地抱住戚映竹让她靠着自己，拿开软枕，看到了枕下藏着的帕子。见那帕子上有红色的痕迹，时雨想：可能是绣了什么红颜色的花吧。

他将帕子一股脑儿地拿出来，还未放到鼻端，便闻到了血腥味。他将帕子一张张地在褥子上摊开，看到大片浓郁的血像花一样绽放在帕子上。

时雨怔怔地看着。

一整个夏日，他都在这里和她形影不离。可他为什么到现在才知道这些？

戚诗瑛和御医终于闯了进来。戚诗瑛开口就要喝止时雨，让他不要乱碰病人。两人看到了摊开的帕子，又看到时雨抬起眼睛看向他们。

少年那直勾勾的眼神第一次让戚诗瑛觉得他很可怜。

他迷惘地问："我是不是特别蠢？"

戚诗瑛咬唇。

御医无言。

他们看着时雨低下头，吐出一口血。

戚诗瑛惊道："你……怎么了？"

时雨不解地低头看着自己吐出的那口血，道："可能是之前受的伤吧。"

他将昏迷的戚映竹放回床上，用被褥盖好，转身向外走去。戚诗瑛喊不住他，心里抱怨他果真不懂事，都不知道留御医。

但是时雨就那般走了，戚诗瑛只好自己转头对御医说："这几日您不要回宫了，留在这里吧。我拿帖子回府一趟，多带几个侍女过来。"

御医抚着胡须笑道："女郎心善啊。京城的人居然说女郎跋扈，可见都胡说的。"

戚诗瑛冷哼一声，道："我就是跋扈啊！我只是不想她刚离开侯府几个月就死了……那我的名声都要被她连累坏了，我还怎么嫁人啊？"

戚诗瑛风风火火地转身走了。

夜半三更，打更人来回巡逻，"小心火烛"声越来越远。

一个收了夜摊的老妇挑着两个竹篓回家，心里算着这一日的收获。待进到巷子里，如水的月光照下，老妇被一道黑影吓了一跳，道："谁？！"

那缩在角落里的黑影动了一下。

老妇放下竹篓，提着灯照过去，见到躲在墙根抱膝而坐的是个黑衣少年。那小孩儿生得唇红齿白，只是精神恹恹，冷淡地看了一眼老妇，就移开目光重新低下头，想自己的心事去了。

见他这样，以为他是刚流落在外的小乞儿，老妇也是多事，从自己的竹篓中弄了一碗汤推过去，道："小伙子，大家都不容易，你也吃点儿吧。"

时雨抬头看了她一眼，不说话，移开了目光。

老妇自己也有孙儿，想着自己的孩子若流落在外，那多心疼。她干脆蹲下来，絮絮叨叨地劝慰这个孩子，诸如"好好活着，干点儿活儿，挣钱养自己，以后娶个媳妇"之类的。

她说了很久，这个少年都不理她。

老妇叹了口气，从怀里小心地掏出三枚铜板，放到了时雨面前。

时雨低着头，终于开了口，声音沙哑："我不要。"

老妇捏着三枚铜板，劝他："孩子，这世上没什么过不去的坎儿。听婆婆的话，你拿着铜板买点儿吃的，有了力气，有了精神，什么都能扛过去了。老婆子是过来人……你们这些年轻孩子就是钻牛角尖，只要有一口气在，没什么大不了的。"

时雨说："可是那口气都要不在了啊。"

老妇问："什么？"

时雨抬头，望着这个心善的老妇。他长年自我封闭，不和人交流，又是顶级杀手，不需要了解别人的世界，也不可能将自己的想法和人分享。

可是现在，时雨茫然地抱着膝，如乞儿一般缩着，喃喃自语："我很害怕。我知道这种感觉就是害怕。"

老妇怜惜地道："孩子，你到底怎么了？"

时雨问："有心疾的人，怎么办啊？"

老妇怔住。

时雨垂下眼皮——他问一个陌生人，也知道自己得不到什么答案。

这个老妇又陪时雨坐了一会儿，忽有一刻，看到这个少年好像伸手在她身上点了一下。老妇再次醒来时，就是在自己家的床上，昨夜的那个少年好像从未出现过。

时雨回到了落雁山上，戚诗瑛便走了。

八月过去，九月来了。

一整个枫红之月，天越来越凉。戚映竹昏昏沉沉，一直没怎么醒来过，偶尔醒来睁个眼，一句话都没来得及说，便又晕了过去。

御医说她体质如此差，还有口气就不错了。

戚诗瑛走了，带来的侍女们也走了。戚星垂来看过戚映竹，哭闹了许多天，还是被侯府绑了回去。闫腾风也来看过戚映竹，又走了。即使是唐琢，都抽空来看了一眼。

唐琢忙着得到世子之位，和时雨也无话可说，面面相觑后，再心疼戚映竹也不会留下照顾。唐琢想留人、留钱，都被时雨打发掉，便也走了。

时雨虽然总是过得抠抠搜搜，但其实已经很久没缺过钱了。若是钱能让戚映竹的病好，那他花多少钱也无所谓。

　　御医也不是每天都会来，因为戚映竹的病对他来说，没什么意外，没什么挑战，没什么突发事件——这个女郎就是在熬，在撑着罢了，生死有命，不必多想。

　　时雨心中想：那么大名气的御医，专门给皇帝看病的，怎么也像庸医一样不负责任？

　　这个御医没办法，时雨便给秦月夜写信，让秦随随介绍江湖上厉害的神医来。

　　以前和戚映竹一起待在山上，时雨觉得时间过去得很快。但现在守着长期昏迷的戚映竹，寂静的山林间，一整日都没有一个人和他说话，他才发现这山上太安静了，静得让人心慌。

　　那么为什么戚映竹之前总想说服他，说这样的生活很平静、很美好呢？哪里美好了？

　　也许实在是太寂寞了，秦随随又很久不回信，时雨便自己翻找出医书，学着认字，学着懂一些医理。

　　戚诗瑛再次来山上的时候，看到时雨趴在院中的石桌上，手指戳着书上的字，看得非常吃力。叶子铺地，枫红已去，院中丛木干枯，日光冷清，一点儿人声都没有，只有时雨趴在那里。

　　戚诗瑛怔怔地看着他：也许正是因为不通人情，时雨才能耐得住这般寂寞，守着一个不知道什么时候就会离世的人吧。

　　戚诗瑛压下心中的杂念，故作轻松地走进院中，道："时雨，戚映竹怎么样了？现在是不是睁眼的时候多了？"

　　时雨没理会她的问题，指着书上的一个字问："这是什么字啊？"

　　戚诗瑛凑上去看。

　　两个白丁面面相觑半天。

　　戚诗瑛板着脸推开书，满不在乎地道："这种书上的字都是生僻字，我平时不学这个的。喀喀，你自己看书吧，我给你们送点儿药，去灶房看看。"

　　她急匆匆地跑开，怕时雨追问她更多不认识的字。

　　九月末，其实时雨觉得戚映竹已经快要好了。

　　她每日清醒的时候比之前多了，看着他时，眼中会有水光，只是精神还不太好，不能说话。

　　时雨便想：等她精神好了，就可以重新陪他玩儿儿了。

时雨趴在她的病榻前，戳她的脸，道："你快点儿好起来吧，我好无聊的。

"我抓了只鸟，挺好看的。

"昨天有松鼠想偷我做的饭，我一下子就发现了。我追出去，那些松鼠还敢联手对付我……哼，我是不想出手，不然一只都别想活。"

时雨托着腮，懒洋洋地道："我是不是不应该杀人啊？好像有一种说法，不见血，就是积什么福气。央央，我已经好久没接新任务了，我把我的福气分给你，你快点儿醒来，陪我玩儿吧。你再不起来，我就走啦，就不等你了。"

他说着说着，又趴了下去。

隔了很久，少年叹了口气。

就在这个时候，时雨终于收到了秦随随的回信——

"江湖上是有些神医，但神龙见首不见尾，我们也找不到，找到了也未必比人家宫里出来的御医厉害，你就死了这心吧。阿竹的身体，我和步大哥其实早有猜测。听闻天山上有百年九玉莲，什么病都能治好。我们早就派人去天山了，想等花开了，买通天山派，把花买下来给阿竹。但是我们的人派去两个月了，至今没有消息。天山那边势力很乱，我们插不上手。时雨，天山那里太乱、太危险，我无能为力，你也不要轻举妄动，别把命搭在那里。"

时雨收到信后，就去请教御医："那天山上的百年九玉莲，真的有用吗？"

来给戚映竹看诊的老御医想了想，道："医书上似乎有过这种记录。百年前，有一位筋骨全断、四肢瘫了的人，靠九玉莲活了过来，筋骨还都长好了。但是听名字你也知道，一百年才开一次的花，那得多珍贵。一百年前的唯一一条记录，说不定是世人传说，当不得真。而且世上就那么一朵九玉莲，多少可怜人眼巴巴地等着抢它救命呢，我们能抢得过？何况就算真得到了，说不定它只是帮人强身健体的花，没有那么厉害的效果。"

时雨的心沉了下去，他问："所以这都是传闻，不是真的？"

御医道："自然啊。要是真那么有用，朝廷不得抢来，给陛下留着用吗？"

时雨抱着医书和信发呆。

临走时，御医拍了拍他的肩道："生死有命，强求无用，看开点儿吧。"

十月初，初雪至，大雪纷纷扬扬地下了一个白天，到夜里才停了。

这一夜，戚映竹醒了过来。她好像从一个混沌的灰色世界里回到了现实中，甚至有了力气，觉得自己和先前也无差别。

戚映竹靠着床榻，唤道："时雨？"

对于病得厉害的这一整个月，她有模糊的印象，似乎时雨一直在病榻前陪着她。她心里酸楚，可那时候说不出话。

但是现在，戚映竹唤了一声，空寂的、烧着炭火的闺房中并没有人回应。

戚映竹试着扶着墙下地，腿脚有些软，挣扎着走了些距离才好一些。她饥肠辘辘，但心里更挂念时雨。

她披上一件红色斗篷，便步伐虚飘飘地出了屋舍的门，想去找时雨。

一推开门，满地银白。

戚映竹一眼就看到了立在院中雪地上的少年。

时雨背对着她，仰头看着天上的月亮。他不知在那里站了多久，衣袍上的雪结成了冰，看着硬实又寒冷。

戚映竹见到他的背影，如在梦中一般，心里欢喜，再唤一声："时雨。"

时雨肩膀一颤。

他回过头，看向立在廊庑下的红斗篷、青裙裾的散发女郎。

两人对望。

时雨低头，道："你能下地了啊。"

戚映竹心中涌上奇怪的感觉，觉得他很不一样——他似乎并不是特别高兴……

两人一人立在廊庑下，一人站在庭院中。

凛冽的寒风吹来，将地上的雪卷起一些。

戚映竹怔怔地看着时雨垂着头的样子，身体因为寒风而哆嗦了一下。时雨看到了她的反应，于是终于有了动作。

他缓缓地抬手，将手放到自己的心口处，眼睛看着她问："我心里像插了一把刀，一直在流血，也像破了一个洞，那个洞越来越大。我每天都很迷茫，不知道自己在做什么。秦随随一直叫我回去，御医也劝我想开……央央，你能告诉我，我为什么会这样吗？"

戚映竹的鼻尖登时酸了。

泪水打湿了她的眼睛，她别过脸，本想搪塞过去，但时雨目光直直地望着她。

他道："你能跟我说实话吗？能不骗我吗？"

戚映竹心头如同遭到了重击，整个人都呆住了，呼吸变得困难，喉间立时哽咽，眼中的泪也立时更加凝聚。她低着头，呆呆地站了一会儿，才抬头望向时雨。

戚映竹盯着他，心里悲凉又酸楚，欢喜又痛苦，道："你心里喜欢我，很喜欢我。我身体不好，你跟着我一起苦。你喜爱我，想长长久久地和我在一起。"

时雨反问她："可是你快死了，我怎么长长久久地和你在一起啊？"

戚映竹说不出话。

她无法面对时雨盯着她的清澈目光。

他捂着自己的心口，重复一遍："我怎么长长久久地和你在一起啊？"

戚映竹给不出答案，只能痴痴地望着他。她也许哭了，也许没哭，浑浑噩噩，已然分不清楚这个世界是真是幻。

她看到时雨眼睛一眨，泪水从他眼中滚落。

戚映竹头重脚轻，心里又疼又慌，下了一级台阶，向他伸出手，道："时雨……是我不好……"

时雨没再说话，眼睛通红，低下了头。他抬头最后看了她一眼，睫毛上仍沾着一颗水珠。时雨转身向外走，轻轻地跳起，轻松无比地跳上房顶，几下飞跃就离开了院子。

戚映竹追下台阶，唤道："时雨，时雨……"

但他就这样便走了。

戚映竹掩住唇，忍住咳意，怕自己咳血，怕自己晕倒，怕自己追不了两步反而先倒下。她无措地立在雪地上，扶着院门，看着满山冰雪，天地银白。

院落旁时雨曾经盖的那座木屋此时已被雪掩盖，早已没人去管。

戚映竹心里知道，时雨走了。

他也许再不会回来了。

她低头，泪水无声地滴落。夜太冷，雪太白，世间太凄凉，戚映竹无处可去，无处可找人。她闷不吭声，只站在这里。

夜半之时，时雨下山后又忍不住折返。他心里怪她，可又怕她出什么事。

他回到山上，见戚映竹回到了屋中，躺下睡了。

时雨站在屋外，没有进去。

他发了一会儿呆，以炭做笔，在外头墙下的雪地上留下一行字："我去找治病的药，等我。"

他似乎还想说更多的话，但又无话可说。秦随随说，天山太危险，他可能送命；御医又说，就算拿来了药，也不一定有用……所以时雨能说什么呢？算了，就这样吧。

逝者如斯，生既苦短，能奈几何？

雪地中，时雨彻底转身，再不回头了。

一夜过后，天还未曾完全亮，蒙蒙天光映着雪色，唐琢便登上了落雁山。

他身后跟着数十卫士与仆从，皆沉默地踩着积雪前行。跟随唐琢最紧的，是一名身材高大、戴着面具的青年，名唤"阿四"。

这位新来的卫士一来便成了侍卫长，颇得唐二郎的信任。如今跟随在唐二郎身边的人只知道这人进府时便毁了容，管事和宫中御医亲自查过，确认他没问题，又给这人喂了与唐二郎同生共死的蛊虫，才放心这人留在唐琢身边。

毕竟唐家大公子的死让人哀伤又心惧，端王府怕唐琢也被那从秦月夜叛逃的金光御所害。

而阿四更多的底细，唐琢身边的这些卫士便不知了。只因阿四来到端王府后第二日，前一天跟随唐二郎去宋女郎的婚宴的那些卫士就都死了。

这笔账，端王府也推到了金光御身上。

如今金光御成了朝廷和江湖两方的眼中钉，两方都急于找到他来推卸责任。但这人凭空消失了，更让人不安。

这已经是前事了。

如今两月过去，唐琢的世子之位十拿九稳。虽他父亲还在犹疑，但是端王府并无其他公子，只要唐琢干干净净，世子之位总会给他。

因此唐琢才有空领着阿四等一行人上山，又来探望病重的戚映竹。

御医说戚映竹命不久矣，唐琢痛心之余，并不以为然，心想：如此病弱女郎，更该嫁给她，他自会好好寻良药续她的命，若她真的早逝……至少她活着的时候是他的妻子。

唐琢原本唯一惧怕的是戚映竹身边的少年时雨。

唐琢几次想杀时雨，却因实力不足，差点儿被时雨反杀，从此心生忌惮，不敢招惹。然而，如今阿四到他身边了。

当日天下人都在找金光御报仇，金光御想活下来，只能和唐琢合作。

金光御武功那般高，唐二郎又如何不忌惮？这人可比时雨还厉害。

幸好有那同生共死药，可以强迫金光御和唐琢同生共死，这样唐琢才敢放心留下此人。

唐琢立在雪后的院落外，隔着篱笆看院中的风景，微微一笑，道："阿竹妹妹今日大约还未醒，我们等一等。"

在他身后的阿四目光落在一处，微微停顿。

唐琢从不疑心这人敏锐的观察力，当即顺着阿四的目光走了几步去看。木门外，积雪一夜后凝得更实，有人在雪地上写了几个歪歪扭扭的字："我去找治病的药，等我。"

唐琢面色蓦地变了，沉声道："是时雨。"

阿竹妹妹身边有这么一笔烂字的人，只能是恶时雨。

恶时雨走了？

唐琢目光闪烁，立时觉得这是自己攻下戚映竹的好机会。他吩咐身后的阿四："把字抹掉。"

阿四点头。

唐二郎整了整衣袂，这一次没有了对时雨的顾虑，直接推开院门，大摇大摆地进去了。只是临近女郎闺房的门前，唐琢迟疑了一下，决定还是要顾及一下身份。

他隔着门温和地道："阿竹妹妹，我来看你了。"

他料想戚映竹病重昏迷，此时不醒，自己便能直接带人进去无所顾忌地把戚映竹抢走，藏起来了。

不想屋舍中传出几声闷咳，戚映竹虚弱的声音传出："唐二哥吗？稍等。"

唐琢听到她的声音，心头惊喜，不觉一荡，当真听话地垂手立在门外，等着女郎梳洗。

他先前那孟浪之举行得荒唐，此时为说服戚映竹，怕她太过刚烈坚决不从，自要补救。

而屋中的戚映竹撑着一口气，擦掉面上的泪痕，吃力地整理好自己。她昨夜哭了一整夜，在梦里反复地想念那离去的少年。她一直想着时雨落下的那滴泪，心痛如刀绞……

她一夜未眠，此时还不得不应付唐琢。

阿四立在院门外，其他卫士三三两两地站在后面监视着他。

几丈外，唐琢柔情蜜意地与戚映竹隔着门帘说话，扮演温情之人。

阿四嗤笑。

阿四知道唐琢对他不完全放心，出行必带卫士监视他。唐二郎心胸这般狭隘……但是阿四也无所谓。他只是借这个人避难而已。有朝一日，他身上的伤势养好了，待追杀之人慢慢地放弃了，自然会离开这里。

他是吃了那什么同生共死的药，不能杀唐琢。但是，唐琢不招惹他，他好端端的杀一个未来的王侯做什么？唐二郎太过小气了。

此时，阿四接受了任务，去销毁时雨留下的字，这是一个挺简单的任务。

阿四垂眸，目光闪烁地想：小时雨啊……可怜巴巴，喜欢上一个活不了多久的人，害得他都不忍心欺负了。

何况时雨因为戚映竹，其实一直在对付金光御一事上游离在外。相信只要秦月夜放弃追杀金光御，时雨是不会主动来杀金光御的。

至于秦月夜的追杀……反正金光御已经消失了，以后也不会出山了，不会再招惹秦月夜的杀手。秦随随聪明的话，就应该在宋凝思的婚宴后彻底从中原撤退，好好经营她的杀手楼。

毕竟因为之前的内斗，杀手楼折损的人太多了，不然怎么会连追杀金光御这种事都需要步清源和秦随随亲自出山？

也多亏杀手楼现在人手不足，金光御才有消失的机会。接下来几年，秦月夜应该都会韬光养晦吧。

阿四一边想着这些利害关系，一边慢慢地抬脚，漫不经心地用靴子扫雪。他脚下，雪"窸窸窣窣"地被挪动间，地上那行字被抹去了。

阿四做好这些，神色微妙地笑了一下，迈步跨过木门，进入院中。

那些偷偷监视他的卫士连忙上前，见地上的字迹果然被抹干净了，才放下心，回头禀告唐二郎。

主屋前，隔着毡帘，戚映竹轻声细语又疲惫万分地拒绝唐二郎："我不与你下山，我在山上住得清静。"

唐琢哀求道："阿竹妹妹，我都说那日唐突了是我情难自禁，世上任何一个郎君，面对喜爱的女郎都是忍不住的……我已发誓不会再那般对你！为了讨你欢心，我都不去找时雨的麻烦，为何你还不信我呢？我只想带你下山，让你得到更好的救治而已。"

戚映竹没揭穿他的谎言。谁知道这人若是知晓她已猜出了他和时雨之间的交易，会不会铤而走险，直接杀了她呢？

唐琢的心狠手辣、巧言令色，戚映竹已然看清，只是碍于他的身份，只能虚与委蛇。

戚映竹道："时雨会照顾我的。"

唐琢愣了一下，面容微微有些狰狞，脱口而出："那么时雨呢？我天未亮就过来找你，他人呢？我告诉你吧阿竹，他已经抛弃你了，不要你了！他年纪小小，心性不定，爱一时恨一时，都是很难说的。他不像我这般爱了你许多年……我只想帮你。"

阿四微微挑眉。

他立在台阶下，隔着毡帘看不到戚映竹的身影，但心里生了兴趣。

其实他从未见过戚映竹的庐山真面目。他很好奇，一个病得快死了的人，该是生得多么花容月貌，才会让唐二郎发疯这么久，连小时雨都念念不忘，赖在这里这么久？

唐琢已经有些急躁，沉声道："阿竹妹妹，我是为了你好，今日你必须跟我下山。"

他伸手抓住帘子，就要掀开。

一个带着些许戾气的少年的声音从院门外传来："住手！你敢碰我姐一下，今天谁也别想下山！"

唐琢扭头，看到戚星垂气喘吁吁地走过来，身后跟着宣平侯府的卫士、仆从们。

戚星垂沉着脸，瞪着唐琢。这人那天打伤他，不知道对他姐做了什么！他醒后闹着要找唐琢算账，阿父、阿母还把他关起来！

他算是看清唐琢的真面目了。

他之前还嫌弃时雨的身份配不上映竹姐，但是和唐琢相比，时雨做姐夫简直完美。

戚星垂怒气冲冲，决心这次必然要帮戚映竹一把。他因混账，不是喝酒就是出府打架，不知错过多少次帮映竹姐的机会。幸好这一次他乖乖地待在府中——时雨昨夜找他，将戚映竹托付给他的时候，他才没有错过。

唐琢和戚星垂闹了一通——唐琢恼羞成怒，戚星垂则胡搅蛮缠。戚映竹拒绝跟他们两人中的任何一人下山。

但戚星垂仍有胜利的感觉。因为他留了仆从照顾姐姐，而唐琢一个人都没能留下。

唐琢铁青着脸拂袖离去，不与戚星垂那个幼稚小孩儿斗气。但是他怅然若失，想到今日阿竹说话时的虚弱状态，心里浮起恐惧感。

唐琢挣扎许久，想到自己的世子之位，再想到戚映竹的身体，回头对卫士勉强吩咐了两句："拿些钱财散出去，雇些江湖侠客去天山，看能不能把那九玉莲买下来。"

唐琢喃喃自语："我若是能救阿竹妹妹的命，她就会跟我吧？"

山上，两批人走后，仆从们开始收拾屋舍、熬药。

戚映竹郁郁地披衣靠着床榻，怔怔地望着窗外凝乳般的雪。没一会儿，她便泪水涟涟，擦去眼中的泪，将下巴靠在膝盖上，抱住自己单薄的身子。

她感觉到自己的身体已经很不好了。

今早从内舍走到屋舍门口的那几步距离，她都头晕目眩、恶心难受，之后恐怕会一天比一天更糟。

她知道这样不好，可是仍想念时雨。

但是时雨已经走了。

他是害怕了吧……害怕也正常，他从未有过那般感情，第一次敞开心扉后面对的人就是将死之人，所以心生惧怕，转身逃走。

也怪她心生期盼，明知自己身体不好，还拉着他沉沦。

但是……虽然有这么多缘故，戚映竹仍然想念时雨。

他是彻底走了，不再回头了吗？

她生命的最后一段时光，等不来时雨了吧？

她会在这里落寞地离世。而时雨躲起来……她再也见不到他了。

可是她还是想再等一等，期盼地想着：万一时雨不害怕了呢？万一时雨回来了呢？

怪她自私，想要时雨陪伴，明明说好只眷恋一点儿，明明说好只要曾经拥有便好，明明说过不想让时雨伤心……人却是这么贪心又胆小。

在戚映竹一日日地等待又一次次失望的时候，时雨已经出关，拿着舆图，走在了去天山的路上。

时雨不关心江湖事已经半年了，现在才知道，原来很多人赶往天山想抢那九玉莲。

天山被天山派所守，天山派对九玉莲势在必得。天山派为了避免纷争，给了许多门派钱财和利益，只求拥有九玉莲。

天山派和各大门派已经将九玉莲默认成了天山派之物。

但是那些等着九玉莲救命的人和未入大门派的武林人士对此很不满——

"凭什么他们说是他们的就是他们的？九玉莲只是长在那里，他们天山派是运气好，势力划在那里，九玉莲可不是他们的。"

"他们只和大门派商量，怎么，其他江湖儿女都是死人？他们有跟我们商量过吗？老子还等着拿九玉莲救我哥的命，谁跟他们商量！"

也有江湖人士唉声叹气——

"其实他们也不容易。天山派想要那九玉莲，听说是为了一个孩子。那孩子本是习武天才，是被天山派看好的未来栋梁。但是那孩子有一次偷练不该练的武功，走火入魔。那些人花了很大的力气才保住那孩子的命。但那孩子手上的筋骨全断了，还落下了一身毛病，整天病病歪歪地躺在床上，据说活不过十岁……天山派想要九玉莲，救那孩子的命。"

"那孩子还是天山派掌门早死的弟弟留给掌门的。为了不让人说闲话，不得给那孩子治病吗？"

篝火边，一群没有门派的武林人士说得唾沫横飞。时雨沉默地与他们坐在一起，用兜帽罩着脸，似乎对他们说的话没兴趣。

众人发愁后，又一起摩拳擦掌。

"兄弟们，不如咱们结伴而行，一起想办法！先拿到那九玉莲，至于拿到后怎么分，咱们之后再商量！"

时雨将兜帽压得更低了。他已经见过太多这样的人，等他们得到了宝物，整个江湖都会被搅进来。

那群乌合之众却就此立誓，成立盟会，共夺九玉莲。

一人发现有个少年抱着一把黑色大伞沉默地坐在旁边，对于大家的讨论无动于衷，忍不住推了推时雨，问："小兄弟，你也加入我们吗？"

时雨瞥了他们一眼，道："我不和死人合作。"

众人愕然，又面容涨红，其中几个凶悍的人拿着武器就站起来，道："你是何意？！"

时雨站起来，斗篷微扬，抱着伞面无表情地看了他们一眼，要离开这里。他这副模样更加激怒人——被激怒的人在时雨擦肩走过时出掌堵截。

但那些人还未碰到少年的衣角，便见黑色斗篷轻扬，少年"唰"的一下撑开手中的黑伞，数十根暗器飞针向四面八方的偷袭者杀去。

登时，地上倒了一片人，哀号声震天。

没敢动手的江湖人士面面相觑，心生惧意，强笑道："少侠好身手，是何门派？"

时雨不理会任何搭讪的人，撑伞而走。

地上躺着的一人愤愤不平地道："你就是仗着有个好兵器而已——"

那人眼馋地看着时雨的黑伞。

而其他稍厉害些的江湖人已经不忍看他了，心想：兄弟，少说两句吧。我们这么多人堵那少年，那少年撑伞的瞬间反应多快……那样子，看着是只靠一把伞吗？

那少年分明有好身手，只是不想和他们动手耗费体力而已。

时雨漆黑的眼睛看向那地上躺着的多话之人。那人一个激灵，便见面前一闪，时雨瞬移般出现在他面前。那人心里骇然，猛地跳起要躲，却被时雨一脚踹倒。

时雨以靴子稳稳地压在那人的喉咙上。

见他这阴狠劲，其他人纷纷求饶："少侠饶命！"

时雨淡淡地道："央央病了，我不想杀太多人，我要给她积福。你们全都跪下，给央央祈福，念够一百遍就能活命。"

众人："……"

时雨垂目，问："不愿意吗？"

时雨的语气分明没什么起伏，这群乌合之众已经连忙点头，道："愿意，愿意的。"

这少侠到底是谁啊？谁又是央央啊？

深夜的林间诡异地跪着数十人，可笑无比地大声祈福，胡乱地说着吉祥话。

他们悲愤地讨好着这少年，却见这少年并不监督他们。他坐在树梢上，看着天上的星辰，颊畔被冷风吹拂。

待下面的古怪行为结束后，时雨跳下树，问他们："那九玉莲什么时候会开花？"

众人被折腾得快疯了，赶紧回答："我们有在天山的内应，说那花腊月才会开。但现在天山派已经把那里围起来了，普通人很难进去啊……"

时雨若有所思地看向这些人。

这些人后退一步，道："你……你又要干吗？"

时雨看着他们，道："你们总归要死，不如替我做事，当我的手下，去打探一下九玉莲的消息。"

众人："……"

原来这人一直把他们当死人看待吗？

奇耻大辱，大丈夫谁能忍？！然而……他们打不过时雨，只能忍了。

又过了十日，戚映竹觉得时雨果真不会回来了。

她又开始咳血，整日昏迷。这让她惧怕无比。

戚诗瑛别别扭扭地来看戚映竹时，正好赶上戚映竹不昏迷的时候。

戚映竹求她："让那御医给我开一些虎狼之药吧。我不想整日昏迷，缠绵病榻。旁人来我不知，旁人走我依然不知，这般日子太痛苦了。我想能下地走路，像正常人一般。"

戚诗瑛道："你怎么可能像正常人一样？你像现在这样养着，还能活一年多呢。御医说若养得好，一年半、两年都有可能……你要是吃那什么药，寿命也就半年了。还有你这么找死的？"

戚映竹轻声道："你不知道缠绵病榻有多苦。只要能像正常人一般，半年寿命我已知足。"

戚诗瑛一愣，说："你不等时雨了吗？"

戚映竹别过脸道："他不会回来了。"

见戚映竹目有哀意，戚诗瑛觉得有些头痛，犹犹豫豫，不敢答应戚映竹。

见状，戚映竹格外恳切地道："诗瑛，我的亲生父母是怎样的人呢？"

戚诗瑛微怔，面容有些僵，别过脸，冷冷地道："我不知道。阿母……养母生下你没多久就死了，阿父……养父也没活几年。我是吃百家饭长大的，早忘了你的父母了。"

戚映竹低着头道："我这一生，龟缩于京城，去过的最远的地方也不过是京城外的落雁山。昔日时雨总说想带我走，我又期望，又知道自己走不了……而今他已经走了，我才想走得远一些，能够离他近一些。"

戚映竹微微仰起脸，日头映着她雪一般苍白的脸颊。清风徐来，她像是一道即将散去的月光。

戚映竹道："我想看一看我父母曾经住过的地方。我想回到我出生的地方……若是我走了，我希望能留在我父母身边。我从未见过他们，但想来他们应该是极好的人。今生没有缘分给他们做子女，若有下一世，我希望能够见到他们。诗瑛，你觉得人会有来世吗？我希望有。我这一生……我不太喜欢。我想要好一点儿的人生。其实我不羡慕侯府的生活，我本就应是一个乡野丫头而已。乡野丫头也没什么不好，至少有父母，他们应该会庇护我吧？"

戚诗瑛静静地看着戚映竹，想到自己的幼年，想到养父还没有死的时候，每到风雨敲窗，养父都将她护在怀里……眼中的泪落下，戚诗瑛又苦涩地一笑，别过头。

戚映竹轻声道："那样的话，不知道还能不能见到时雨。他总会受很多伤，说不定有一次受伤就倒在我家门前。我一定会救他的……救命之恩，当以身相许啊。"

戚诗瑛脱口而出："别说了！"

戚诗瑛身子颤抖着跑出屋子。

戚诗瑛到底答应了替戚映竹向御医说情。

宣平侯府是不同意戚映竹用虎狼之药的。他们认为病病歪歪地躺着也比只有半年寿命好——但是戚诗瑛瞒下了他们。

戚诗瑛觉得：反正我就是恶人。我害死戚映竹，让她少活那么长时间，是因为我本来就讨厌她。我这种恶人需要跟别人说理由吗？

十日后，在时雨进入天山地段的时候，戚映竹收拾好包袱，关闭了屋舍的门窗，准备离开落雁山。

戚映竹推开门要走，见戚诗瑛竟然一身劲衣打扮，牵着一匹马等在门外。

戚映竹愕然。

戚诗瑛冷冷地看她一眼，恶狠狠地道："你日后不是要葬在你父母身边吗？养父、养母的墓在哪里你知道吗？快点儿，我等着埋你呢。"

戚映竹望着戚诗瑛，微微一笑，道："诗瑛，谢谢你。"她又不安地问，"养父、养母不管你吗？"

戚诗瑛嗤笑道："他们觉得愧对我，我想做什么就做什么。我和你可不一样。"戚诗瑛不耐烦地催促她快一点儿，"你现在身体和正常人也差不多了，别柔柔弱弱地跟我装可怜。我告诉你，我从来不吃你这套，看到你那病病歪歪的样子就烦。"

戚映竹低低地应了一声。

山间雪已消，草木枯荣，自有天道。

戚映竹回头，最后望了一眼自己住了半年的地方，轻轻地叹气，垂头要掩木门时，目光微微一动。

戚诗瑛道："你又怎么了？怎么这么多麻烦事？！"

戚映竹柔和地道："诗瑛，你看，这地上是不是有字？"

戚诗瑛一听"字"，头就疼，警惕万分地道："你是要说我不识字吗？"

戚映竹蹲下去，用帕子擦去落叶、尘埃，土地上便现出一行极浅的字——"我去找治病的药，等我。"

戚映竹愣怔了。

时雨武功高强，便是一手字再烂，笔迹也入木三分。雪上的痕迹能够擦掉，雪下地面上的痕迹却擦不掉。

不知道阿四为什么没有擦掉这行字。于是戚映竹蹲在地上，看到了。

她抬头，怀着复杂的心情，想笑又想落泪，道："诗瑛，时雨没有要离开我。"

戚映竹仍然决定离开落雁山。

她已经服了虎狼之药，生命也许只剩下最后半年。虽然心爱时雨，但她既不知道时雨取的是什么救命药，也不知道时雨去了哪里，何时能回……此地本就没有她眷恋的东西。生命的最后一段时间，她仍准备和自己的亲生父母相伴。

只是在离去前，戚映竹要给时雨留些信息，让他回来后知道去哪里寻她。

戚映竹在屋中留了信笺，仍不放心。她常年对人生消极以待，此时却生了些许期望。

戚映竹下山后，去了威猛镖局，想求见镖局的胡老大，给时雨传个信。

这是她第一次主动想去争取些什么。

可惜胡老大听闻她想给时雨传信，支支吾吾地道："时雨啊，他去送镖，出了远门，可能短期回不来……"

时雨临走前，也托胡老大照看落雁山上的女郎。

戚映竹望着胡老大，声如细雨："我知道时雨不是你们镖局的人，他应该……身份特殊。我只是想让你们告诉他我去了哪里。我……更想知道他去了哪里。"

胡老大见这女郎言辞恳切，心中一动，想着她莫非猜出时雨的身份了？

胡老大沉吟半晌，答："女郎，你既然对时雨大人的事知道一些，那也当知道，我们只是他的下属。时雨大人这样的人，偶尔会在我们这里停留，传送信息，但是我们这样的人是没有权力向他传送信息的。抱歉女郎，我们联系不上时雨大人。"

戚映竹默然：时雨大人……

她忧心忡忡地想：时雨只是一个杀手而已……难道比她以为的普通杀手更加厉害吗？她到底……是招惹了怎样一个杀手啊？

戚映竹只好道："那时雨若是回来寻我，烦请您告诉他一声我去了哪里便好。"

这般倒是好说，胡老大痛快地应下。

戚映竹这才和戚诗瑛一同离开京城。出京时，闫腾风竟然穿着官服，冷着脸，在镇口等着她们。闫腾风淡淡地看了戚映竹一眼，目光随即转向戚诗瑛。

戚诗瑛仰着下巴道："怎么了？我还不能出远门了？我阿父、阿母又找你来捉我吗？！"

闫腾风觉得头疼，朝戚诗瑛招手，道："过来！你带着映竹女郎四处跑，万一出了事怎么办？"

戚诗瑛一点就炸，道："能出什么事？我会武功的！就算她是绝世佳人，都病成那个鬼样子了！我和她同吃同住总行了吧？"

两人与闫腾风说了半天，闫腾风才勉强同意她们离开。只是闫腾风要戚诗瑛去了哪里都要写信告诉他，说他好帮戚诗瑛稳住宣平侯府。戚诗瑛只得不情愿地答应下来。

因为戚映竹身子弱，不能骑马，戚诗瑛便把马卖了，换了马车，非常潇洒地坐在外面赶车。

自到了京城宣平侯府，戚诗瑛很久没有这般悠闲过了。京城规矩多，侯府规矩更严，为了配得上自己的身份，戚诗瑛暗自做了很多努力。

傍晚时，马车停在驿站休息。戚诗瑛不冷不热地开车门让戚映竹下车，不想车门一开，一杯茶被捧到了她面前。戚诗瑛一怔，抬眼看向车中的女郎，语调古怪地道："我喝不惯茶。"

戚映竹温和地道："你尝尝这杯。我用旧年雨水泡的，又滤了好几遍，与你在侯府喝的茶不一样的。你赶车辛苦，我也没有旁的能报答，只能尽力为你泡一盏好茶了。"

戚诗瑛几乎把白眼翻上了天，道："能有什么不一样？侯府的茶叶比你能拿到的不知道好多少！"

话虽然这么说，她还是接过了这杯茶。偏偏不学名门闺秀的举动，端过茶就牛饮，而就是这样，她都品出了一番清甜的滋味。

戚诗瑛端着这杯茶，低头看茶叶，听到已经下车的女郎立在前方问——"这便是驿站吗？"

戚诗瑛道："是啊。你没有来过吧？"

戚映竹摇头，道："昔日只在书本中看到过。"

戚映竹目蕴轻愁，青色斗篷衬着柔弱的身子，站在灯火长廊外，风致楚楚，十分动人。

戚映竹浅笑，颊畔的梨涡也若隐若现，道："我第一次见到书本上的东西出现在面前。"

戚诗瑛冷冷地道："别跟我这么说话，我不吃你这套。"

戚映竹诧异地看她。戚诗瑛扭过脸，径自进了驿站。戚映竹首次出门，心里十分慌乱，连忙提着裙裾跟上。

便是这般，两个女郎路上慢腾腾地走，也到了戚诗瑛曾经住过的村子。戚映竹的亲生父母救过当年的君侯和侯夫人，那她父母所住的地方离京城也不会太远。

寒夜起雾，白霜铺地。戚诗瑛带着戚映竹在零落的村舍间穿梭。许多村民朝她们投来异样的目光，戚诗瑛当没看见。

戚映竹跟着戚诗瑛，到了村子最偏僻——被参天密树掩盖的角落。若非戚诗瑛推门，戚映竹都不知道这里藏了座房子。

戚映竹刚进门，便被烟尘呛得不住地咳嗽。

她用帕子掩住口鼻，好奇地四处观望——家徒四壁，房中什么也没有。

戚诗瑛淡淡地道："别看了，屋子早就空了。我不到十岁就离开这里了。只是你既然要回来看，我们今晚就在这里打地铺凑合吧。娇滴滴的你受得了吧？"

戚映竹自然应下。

她颇为不好意思地看着戚诗瑛进进出出地忙着烧火煮饭，只能帮着抱一点儿柴火，而就是这样，她的手都被木头划破出了血。

戚映竹不想让戚诗瑛发现手上的伤，但是吃干粮的时候，仍被戚诗瑛一眼看见。

戚诗瑛难以置信地看了她一眼，道："你真是一点活儿都干不了啊。"

戚映竹低声道："只是以前身体不好，做不了而已。其实这种事，熟练了也没什么干不了的。"

戚诗瑛本想嘲讽她两句，但是看她如此，心里忽然一阵难受，也不说话了。

夜里，两个女郎打地铺入睡。戚诗瑛背对着戚映竹，朝着木门的方向，并将一柄小刀放了枕前。她习惯了自己照顾自己，也习惯了提防身边可能发生的很多危险。

戚映竹柔柔弱弱地从后面依来时，戚诗瑛愣了一下。戚诗瑛脾气不好，道："你干什么？吓我一跳。"

月光从破漏的纸窗照入，戚映竹盖着自己的斗篷，轻轻地靠着戚诗瑛，道："我见你睡不着，一直摸小刀……我也睡不着，诗瑛，我们能聊聊天儿吗？"

戚诗瑛道："我是要保护你，才不好睡得太沉，谁说我睡不着？不过你为什么睡不着？"

戚映竹道："我睡眠一直不好。不过，你既然能睡着的话，是我打扰你了，对不起。你睡吧。"

戚诗瑛："……"

过了半晌，戚诗瑛翻了个身，面朝戚映竹。戚映竹闭着眼，睫毛纤纤，唇红肤白，乌发贴面。戚映竹的美貌与柔弱让戚诗瑛又是嫉妒又是不甘。可是……戚映竹弱得让戚诗瑛都不知道该怎么欺负她。好像随便一碰，她都能被戳坏。

戚诗瑛冷淡地问："你想聊什么？"

戚映竹睁开盈盈美目，露出浅浅的笑容，道："诗瑛，你不是说阿父去世得很早吗？为何你十岁才离开这里？"

戚诗瑛道："有一天，阿父……养父上山砍柴，被猛兽咬了腿。他没有当回事，觉得就算瘸了一条腿，也能继续干活儿，也舍不得去镇上掏钱看伤，自己随便抓了点儿草药吃了。后来他就开始生病了……再后来，就病得快死了。

"他这才慌了，怕他死后没有人照顾我。我记得那天下了很大的雨，他发着高烧，拖着那条伤腿，推着小车，车上坐着我。这里的每一座村子里的人其实都沾亲带故，算是一个族的。养父求村长养我，村长应了。

"他死后，整个村子的人便轮换着养我。但是大家都很穷，每个人的性格也不一样，要不是村长答应了，大家其实都不想多养一个孩子的……十岁的时候，我就从这里跑出去啦！因为我听说镇子上的人都很有钱，能够每顿饭都吃饱，还能穿金戴银。我也要过上好日子！"

戚映竹伸手握住了戚诗瑛的手。

她的手向来温度低，戚诗瑛却像是没有感觉到一样。

目光在夜中显得幽深，戚诗瑛陷入回忆，声音很低："一个十岁的小女孩儿，脾气还很偏，在一个陌生的地方想活下去，好辛苦。我被拐卖过，被骗去过青楼，跟着伙计搬过货，也和街上的乞丐们一起抢过馒头。我不想回村子去，就想以后在镇上过得好。"

戚映竹微微一颤，哽咽着道："诗瑛，这本该是我承受的。"

戚诗瑛垂下眼皮，看着戚映竹泪水盈盈的眼睛，忽地有些尴尬，道："其实也没那么惨，我也学到了很多三教九流的东西啊。我还学了武功呢，谁也欺负不到我。闫大哥找到我的时候，我威风凛凛，是街上的霸王，大家都要给我交保护费的……"

戚映竹搂住戚诗瑛的身子，垂下头，泪水烫着戚诗瑛的脖颈。

戚诗瑛身体僵硬，声音慢慢地变小："所以我特别喜欢金子，喜欢元宝……你别哭了，这有什么好哭的？我都没哭过。"

戚映竹轻声哽咽，道："我常年自怨自艾。你回来后，我虽然心里知道应该给你让位子，可觉得我也不欠你什么，因为我过得也不是很开心……但是我今天才知道，你吃了那么多苦。你生气、讨厌我，都是应该的。我拿了不属于自己的东西那么多年，只是被你讨厌，何其幸运。"

戚诗瑛道："你都快病死了，就不要觉得对不起我了吧？"

虽然戚诗瑛不领情，戚映竹却仍轻声道歉，说着"对不起"。

戚映竹柔柔弱弱，小猫一样……戚诗瑛绷不住了，"扑哧"一笑，道："我有点儿知道时雨喜欢你什么了。哎呀，你也太……招人喜欢了吧？"

戚映竹一愣——她正心疼戚诗瑛，谁想到戚诗瑛突然冒出这么一句。

戚映竹迷茫地仰起脸，眼中含着泪。她不知道自己这样子在旁人眼中有多楚楚动人。

戚诗瑛凑到她面前，抓着她的下巴，盯着她看了半天，忽然促狭地低头，在戚映竹脸上亲了一口。

戚映竹吃惊万分地睁大眼，结结巴巴地道："你……你……你……"

戚诗瑛道："怎么啦？"

戚映竹小声道："女郎不能亲女郎的。"

戚诗瑛道："表达一下感情嘛……这不代表我喜欢你哟。好啦，不跟你聊了，我困了，要睡了。"

戚诗瑛扭头用衣服盖住脸，遮住自己滚烫的脸颊，暗恼自己方才怎么没有忍住，唉，都怪戚映竹哭哭啼啼的样子……

戚映竹纠结万分地盯着戚诗瑛的背影，欲言又止。过了很久，她才忧心忡忡地闭上眼，努力入睡。

腊月的时候，天山上的百年九玉莲在万众瞩目下徐徐开了花。

雪封高山，天山派众人驻足山头，屏着呼吸，亲眼看着那花开了，脸上有了笑容。天山派的人守着这花已经许久，外界关于此花的传闻纷纷扬扬，但只有天山派的人最清楚此花的功效。

为了能够成功得到此花，天山派很早以前就开始封山，不许任何外人进入天山地段。对那些大门派的人，天山派好声好气地用钱财和利益将人哄出去，对那些小门小派或无门无派的人，则直接打杀。

天山派的霸道，由此可见一斑。

掌门亲自将开了的花摘下，迫不及待地放入早已准备好的盛满药水的木匣中，将匣子封住，用机关锁住封口后，才绽放了笑容。

掌门将匣子递给身旁的人，听到身后的人感叹着"小行有救了啊"……

掌门目光一沉。

感叹的人话音刚落，掌门蓦地气息一寒，提气朝一个方向拍去一掌，大喝道："谁？！"

山上雪花纷涌，雪与冰粒一道袭去，凌厉无匹。

众人未及反应，眼见掌门身后的雪破了个洞，一个黑衣少年从中步出。掌门那掌风袭杀向少年，少年却浑然不顾，顶着掌风直接扑来。

面颊、脖子、手腕被风雪刮出血珠子，时雨不管不顾，纵步将掌门身后那拿着匣子的人扑倒在地，抢那人手中的木匣。那人反应虽然慢了一拍，但被时雨扑倒在雪地上时，已然反应过来，一掌向时雨拍去！

时雨与这人各持木匣的一端，使力相夺。

风雪从两人身后袭来，时雨带着这人一道在雪地间翻滚。同一时间，时雨的另一只手向后扬起，背后的大伞旋转着飞出，黑伞在雪中撑开，飞针密密地撒向四周。

周围的人全都反应过来，飞身而上，吼道："何人竟敢抢天山派的圣物？！"

时雨被掌门一掌拍中后背，闷哼一声，在密雪、疾风间翻滚，运足劲，抬起手腕，一刀划下，将身下缠着他的人解决了。时雨抱紧匣子，几个翻滚后半跪于地，风将他斗篷的兜帽吹落，露出少年的面孔和嘴角的血。

天山派掌门厉声道："好小子，孤身闯天山。你以为我们这么多人，能让你出去？把圣物还回来！"

时雨看着围住他的人，道："杀光你们，我就能出去了。"

天山派掌门心中大震，口上笑道："口气倒挺大！吾派镇守天山百年，武学渊博，你一个年纪轻轻的小孩子，敢说这样的大话？报出名号！"

睫毛上的雪花凝成冰，时雨转过脸打量着这些人，眨了眨眼，淡漠无比地道："杀人为什么还要告诉你们名号？"

他将木匣放入怀中，站了起来，看向这漫山的天山派弟子，把黑色大伞扔在雪地上，取出自己的双匕首，用冷漠无情的目光迎上这些高手。

此战艰难，他来的时候就知道，但是这有什么关系？他杀人从来没有负担。

只要他能把这里屠尽……央央就能得救了。

这一年的冬天，戚映竹和戚诗瑛在破旧的村子里度过。不过也不算凄凉，她们有钱财，日子比戚诗瑛小时候经历的不知好了多少。

上元节的时候，戚映竹本想一人在父母住的地方待着。戚诗瑛却耐不住那般凄凉，强硬地拖着戚映竹出去看花灯。戚映竹本也没有在上元节的时候看过什么花灯，又仅仅是一个不满十八岁的女郎，被戚诗瑛一撺掇，就犹犹豫豫地被拖出去了。

满街火树银花，光华璀璨。

两个女郎挤在人山人海中。戚诗瑛兴致勃勃。戚映竹虽然喜欢，却也有些慌乱，紧紧地抓着戚诗瑛的衣袖，怕走丢了。熙熙攘攘间，两个女郎突然被几个迎面而来的卫士拦住了去路。

为首之几人拦在戚映竹面前，拱手。

戚诗瑛一下子警惕起来，问："你们干什么？强抢良家妇女吗？"

戚映竹一下子面容绯红，拉住戚诗瑛，彬彬有礼地道："诗瑛，这般多的人，诸位壮士既然迎面来请，自然不是什么恶人。几位壮士，见笑了，是我朋友太担心我。可是我们犯了什么忌讳？"

几人之前在楼上看到戚映竹，心里惊叹这个小地方还有这般相貌的女郎。他们得主人之令，下楼来请，再见这女郎气质娴雅，便知对方身份不一般。

几人客气地道："两位女郎莫怕。我家郎君是此间镇长，本应下百姓于此夜办灯会，由花神娘娘祈福。不想我们请来的花神娘娘今夜病了，这让我们郎君一时无措。我们郎君在楼上看到女郎这般相貌，便想请女郎上楼一叙。"

戚映竹愕然，拒绝道："不好意思——"

戚诗瑛打断她的话："好，我们答应！扮花神啊，你傻啊，为什么不答应？"

戚映竹小声道："我又没有扮过，也不知道规矩……"

戚诗瑛道："哪有规矩，我小时候就见过的，你只要站在花车上打扮得漂漂亮亮，给凑上去的百姓撒花、撒糖就行啦。这花神就是把福气散给大家……多适合你。"

在戚诗瑛的撺掇下，戚映竹被推上了楼，刚上楼便被人围着打扮、换衣。

她尴尬万分，看到那些要给她换的衣裳，便摇头。她抱着自己的衣裳，一径往后退。嬷嬷们追着她苦口婆心地劝——

"女郎，你这般相貌，不要不好意思啊！"

"这样穿着很好看……"

戚映竹涨红了脸，努力解释："我不穿。我身体不好，这样太冷了……我会生病的。"

嬷嬷们没有把她的话当回事，只觉得这般佳人，自然要将风度尽展于人。

镇长也兴奋万分，觉得此事可成为他的一大政绩。

戚映竹兀自向后退，摇头不肯。那些嬷嬷围着她劝，说得她头痛万分。

躲闪间，戚映竹靠在身后的栏杆上。她有些头晕，被人将华衣披在肩上，又被七手八脚地梳发、涂脸。昏昏沉沉间，戚映竹不知被谁在腰上推了一把，整个人微晃，向后一步，轻飘飘地跌了下去……

众人惊呆了：这女郎怎么这般弱，一推就倒？！

下方人群中的戚诗瑛本在等着看热闹，冷不丁看到楼上的戚映竹跌下来，惊愕了一下，当即甩出手中的长鞭，想跳上去接人。

可惜人潮汹涌，挤着戚诗瑛过不去。戚诗瑛厉声唤道："阿竹——"

灯火茫茫，如浪如海。人群熙攘，纷纷扰扰。

众人仰头惊望。

灯海火影间，盏盏明灯照映，一个黑衣少年在楼阁间跳跃、飞奔，自树上跳下，又在墙头几次跳跃。

灯光照在少年的面颊上，映在他一闪而逝的奔跑身影上。寒风肆虐，黑影如魅。当戚映竹向下跌落时，华衣裹着她的纤纤身体，让她如一只缤纷的蝴蝶一般向下落。

周围人群哗然，却挤不开。在楼阁对面跳跃的黑衣少年仰起头，看向楼阁，一步跃出，从对面楼顶的屋檐上扑来，在灯火的光华中，一把将戚映竹接住抱在怀里。

戚映竹心跳剧烈，怕得闭着眼，忽然跌入了一个人的怀抱。

她熟悉的少年气息温热，带着紧张，在她头顶高声道："央央！"

灯火明耀，戚映竹仰起脸。

第十六章　　更待月

脚踩到实地的戚映竹仍呆呆地看着这个飞身来救她的少年郎。

斑斓的华衣披在身上，发丝凌乱地贴着面，戚映竹仰头，恍恍惚惚中觉得这像是一个梦。

手指攥紧自己的袖子，她讷讷地道："时雨……"

时雨的眼睛清莹有光，他应了一声："是我。"

见他凑近看她，戚映竹情不自禁地后退了一步。

时雨奇怪地道："你怎么能下地走路了啊？"

戚映竹还未多说自己的现状。清风徐来，她闻到了少年身上的血腥味与汗味。时雨神色如常，似乎数月不见也不是什么大不了的事。然而戚映竹一愣，心登时乱了，胡乱地猜这段时间在他身上发生了什么……

一群人从楼上冲下来，道："让让！"

戚诗瑛也从人群中往这边挤，道："都给姑奶奶让开！"

那些楼上的嬷嬷和卫士先冲了下来，急忙来看从楼上摔下来的女郎。他们在楼上便看到了那少侠飞来接住女郎的一幕，此时下来后，连忙对时雨千恩万谢，又拉着戚映竹要走。

戚映竹紧张起来，本能地伸手拽住时雨的袖子。

时雨敏锐无比，立刻伸手握住了她的手。他永远这般，万事无所谓，不知道他在人前握住她的手，让她如何赧然又欢喜。

时雨从来不理会别人，只盯着戚映竹，道："央央，你要去哪里，去做什么？你想去吗？不想去的话，咱们回家吧。"

他逃亡一路，甩开追杀的人，伤痕累累，护着怀中的木匣，便是心中生了极致的渴望。这渴望他以前从来不懂——他厌倦了那些江湖追杀，只想赶到戚映竹身边，长长久久地和她在一起。

戚映竹望着时雨，缓缓地露出笑，道："我想去的。时雨，你和诗瑛一起等我，看着我，好不好？"

她想让时雨好好地看看漂亮的她。

她一直在生病，一直在养病，精神从来没有好过，气血从来没有足过。但她现在服了虎狼之药，像个正常人一样。她并不信世间会有灵丹妙药能医好她的病，只是不忍拂时雨的意。

她便想在还活着时让时雨看到她最漂亮的样子。既然有一天必然要伤怀入骨，无法改变，那么便要往好的方向去想：伤怀只是一时的，以后她不在了，时雨能够记得今夜的她。

戚映竹暗自希望这世上有一人能记得自己一辈子。

时雨眼露迷茫之色，问："谁？"

戚诗瑛终于拼力从人群中挤了过来，一来便听到时雨那声"谁"，脸瞬间黑了，道："我！"

时雨回头看了戚诗瑛一眼。戚诗瑛咬着牙瞪了他一眼，却也没傻到故意去激怒时雨。

戚映竹见他们两人竟能和平相处，不觉欣慰。

从某方面来说，时雨的无情挺好的——他对身边的人都无所谓。

他抬起眼帘，目光专注地追随她。

夜明星垂，灯火耀地。

百姓们将一辆三重莲花样式的华车围得水泄不通。华车艰难前行，然而此地依然一派欢欣之气。乱糟糟的场面中，时雨和戚诗瑛立在人群中，彼此不理会。

忽然间，时雨听到人群哗然。

"花神娘娘出来啦——"

时雨漫不经心地随着众人一同抬头看去。

黑夜茫茫，灯影憧憧，这些本是寻常，只有立在莲花车上的女郎不一般。她披霞衣，梳蝉鬓，描斜红，妆花钿，春衫轻薄，风吹纱绉，透出一段雪色皓腕。

飘飞的衣带勾勒出纤细的腰身，女郎轻弯细腰，手中挽着花篮，不断地将篮中的花撒向下方。

密密的花瓣如雨露，百姓们竞相争抢。

冰肌玉骨，曼丽秀美，女郎垂下眼帘，明眸微敛，周身都透着圣洁无比的柔光。

戚诗瑛都被热烈的氛围感染，笑嘻嘻地冲上前去抢着要花瓣："花神娘娘，看这边！"

明黄的灯海向远处蔓延，空气中弥漫着爆竹和烟火的残余气息。时雨仰着脸，静静地看着。风吹动他颊畔的乌发，发丝拂过红唇。他仰脸时，心口滚烫，焐着怀中那藏着九玉莲的木匣。

银色华胜坠下，银光璀璨，目光在一片片人间穿梭，戚映竹终于在人群中找到了时雨的身影。她目中生出喜色，唇角露出浅笑，撒花时，美目看向那人群后的少年，透着几分疑惑——时雨为何不过来呢？

时雨忍不住向前一步，但又忍不住向后退了一步。他捂住自己"怦怦"狂跳的心脏——心脏跳得近乎有些疼，而他已然明白这样的感受叫作喜欢，也许还叫作爱。

他也许爱慕她，也许不爱慕她。他不知道，也从来想不明白。他只是做想做的事，只是想看着她。

黑夜的灯火中，他久久地凝视着她，目不稍瞬。往后的许多年，时雨也清楚地记得此时的戚映竹望过来的眼神。

暗夜明火下那般动人的美，只此一次，美好哀婉，让人看了想要落泪。

时雨想让戚映竹就这般光华耀眼，开开心心地受到许多人的喜欢。娑婆世界，红尘大梦，无论他在哪里，无论她在哪里，他只是希望她好好的——

他要她活着。

时雨转身离开了人群。

"那个时雨真是好奇怪，都来了，怎么又走得没有影儿了？他不会觉得我们能够找到他吧？"回去的路上，戚诗瑛手中晃着一枝从上元节灯会中拿来的花，嘴上抱怨着时雨。

戚映竹在后面低着头，道："时雨也许有事吧。"

戚诗瑛立刻道："他能有什么事？说去找药也没个音信，现在回来了又突然消失，这也太不靠谱儿了吧。要我说，这种人是嫁不得的……当然，你本来也嫁不了。"

戚映竹没吭声。

走在前面的戚诗瑛忽然觉得自己的话说得重了，回头悄悄地观察戚映竹。

戚映竹微笑着道："你说的是事实啊，我本来也活不了几天。既然我自己都这般，何必苛责时雨呢？"

戚诗瑛抿唇，不好说什么了，没话找话："晚上的灯会还是好看的。"

戚映竹道："嗯。"

她不好意思说，在她心中最好看的是她向人群中寻找时，找到的时雨的目光。

时雨的目光如春雨般轻盈地飘落在她的心上。她会一直记得，直到逝去。

夜里，风"沙沙"地吹着门窗，紧接着，雨丝绵绵，淋湿地面。

戚映竹和戚诗瑛依然睡在戚映竹父母的屋中。不过比起初来时，她们置办了家具、床榻等物，不用再打地铺。

戚诗瑛睡得香甜。戚映竹在另一张床上辗转反侧。

戚映竹缓缓地叹了口气，摸索着提着灯下床，推开门走出屋舍。戚映竹靠着木门，将灯笼放在脚边。

寒夜中，她立在茅草屋前，搂着自己的肩膀，凝视着天地间的雨出神。深夜时分，戚诗瑛已入睡，这细雨绵绵的天地间，好像只有戚映竹一人存在。

她喜爱山间、田野，喜爱雨帘下的万物，看雀儿湿翅，看野鸭从河边游走，看蜘蛛慢悠悠地在房梁的角落里结网，云天可亲，田野泥香……若是还能再看到时雨卧在身旁那安然沉睡的面容，就更好了。

不过……时雨好像又走了。

戚映竹轻轻地叹了口气，想振奋一下精神，就要像时雨说的那样先从少叹气开始努力。想到时雨，戚映竹唇畔又浮起笑。

雨夜寒凉，她打了个哆嗦，想着还是回屋吧，若是明天生病就不好了。

戚映竹弯腰提起放在脚边的灯笼，正要转身回屋，忽地停住了脚步。她看到一道黑影从茫茫烟雨深处走来。黑影距离太远，她看不清楚，但是冥冥中有一种预感，让她的心脏急跳了一下。

穿着绯红色文武袖袍，梳着高马尾的少年从幽暗中走来。

灯烛的光照在戚映竹面前的地上，雨丝打湿地砖，木柱挡住了戚映竹的目光。戚映竹不禁往旁边走，想看清他。她看到他红衣翩翩，丝雨不沾，手中好像提着什么，并不能看清。

时雨从雨中走来。戚映竹眨几次眼的工夫，他就站到了她面前。

女郎站在屋外的两级台阶上，手中的灯笼火光微晃，照向时雨。时雨伸出手。

戚映竹看到了他手中一直拿着的东西，是一顶用各种花编就的花冠。

时雨抬起手，道："你不是花神娘娘吗？"

他将花冠放到了戚映竹发顶，仰着头，也不走上来，为她戴上花冠后，欣赏了一下，满意地点头，道："我做的。"

戚映竹垂着眼望他，问："你方才离开，就是为了这个吗？"

时雨不说自己心跳加速的事——他已知道害羞，学会适当地掩饰。

他浅浅一笑，大方又乖巧地道："嗯。"他强调，"你祝福别人，我也祝福你。"

戚映竹凝视着他，道："你还换了衣服。"

时雨目光清澈地仰望她，道："因为央央说我穿其他颜色的衣服也很好看。我没有太多颜色的衣服，但有红色的。我好看吗？"

戚映竹微微笑了。

时雨依然立在雨中，依然丝雨不沾身。

看到雨丝绕过他的衣袍，戚映竹不禁想到了他们初遇那一日。

戚映竹不回答他，喃喃地道："我答应姆妈的那首诗——《春夜喜雨》，我现在知道怎么写了。"

时雨问："什么意思？"

戚映竹躲过他的目光，答："没什么意思……"

时雨笑起来。

台阶下的少年闭上眼，灯火落在其垂着的眼皮上。他道："我知道是什么意思。"

他向前走，跨上一级台阶。

戚映竹怔了一下。

时雨闭着眼道："我知道'春夜喜雨'是什么意思。"

他踏上第二级台阶。

戚映竹反应过来，向后退了一步。

雨丝落于身后，花冠陈于眼前，漫漫细雨，一灯如豆。时雨道："你说的话，我都有想去了解过。"

他往前走，她向后退。

时雨慢悠悠地笑道："我知道'春夜喜雨'的意思是……"

戚映竹靠在了木屋的墙上。时雨与她在方寸之间，仍闭着眼，烛火与雨丝在两人身前、身后摇曳。

灯光如雨丝般将他们包围，时雨低下头，手指不碰她一下，凑到她脸前，道：

"春夜喜雨，是说'央央喜欢时雨'。"

"咣——"戚映竹手中的灯笼落地，"咕噜咕噜"地滚下台阶，阶下雨水如溪流。

雨水"叮咚"，敲着茅草。闭着眼的少年手指自己脸颊，道："我答对了，你不奖励我吗？"

雨幕前，戚映竹低着头。

肌肤一点点地滚烫，身子却一点点地前倾，她伸出手臂，搂住时雨的脖颈。灯火昏暗，戚映竹轻轻地看了时雨一眼。

闭着眼的少年杀手身上有一种漠然与天真相融合的气质。雨夜下，他上翘的睫毛浓密，让人心头发怔。

戚映竹非常喜爱时雨。

她第一次见他，就对他有别样的感情。时雨也许知道戚映竹对他的纵容与喜欢。可是戚映竹觉得，他仍是不知道。她远远比他以为的还要喜爱他。

这般喜欢，让她可以忍着羞涩、本能地去靠近他。

她用眼睛盯着他微翘的、带着些笑意的唇，心跳加快，快速移开目光。她没好意思吻他的唇。他的脖子又在眼前晃着，她凑过去，将唇贴在了他的颈上。

被她抱着的少年身子瞬间僵硬。

时雨一下子睁开眼，手搭在了她肩上，猛地低头看她，面容绯红，一句话没说，人就"砰"的一下倒了下去。他没忘记抓着戚映竹的手，搂着她一起，让她陪他跪坐在了地上。

时雨大声道："你亲错地方了！"

戚映竹脸红得如煮熟的虾。

她低着头，用手指抠着自己的衣袖，郁闷又羞窘地道："哦。"

时雨径自扭过脸，害羞了一会儿。

但他向来活泼大方，很快又转过脸来偷看她，观察她。戚映竹微抬眼，遇到时雨眼中探寻的目光。他眼睛里带着笑，眸中像盛了一整个银河的星光。

时雨无师自通地道："央央最喜欢我了，对不对？"

戚映竹嗔道："时雨！"

她犹豫着用手指抚过他的手背，顺着伤势一路向上攀。时雨颤了一下，收回自己的手。戚映竹抬头，忧心忡忡，目中透着不赞同，道："你又受伤了。我闻到你身上的血腥味了。"

时雨抬头望天，顾左右而言他："那你有没有恶心得想吐啊？"

戚映竹道："时雨，我说过很多次了，不要跟人打架了。我们……安安心心地过自己的日子不好吗？"

时雨道："好啊。我以后就守着你，轻易不打架了。"

戚映竹怔了一下，没想到自己的劝说被他应了，奇怪地看了他一眼。时雨对她露出笑容。戚映竹便信他了，叹了口气，想要为他上药。时雨却扑来抱住她，摇头，道："都是皮外伤，不严重。"

戚映竹问："真的？"

时雨道："真的！"停顿了一下，他撒娇，"央央不要嫌弃我。"

戚映竹便心软了，道："时雨，我从不嫌弃你的。"

被他搂着，戚映竹无奈，半晌后道："时雨，与我一起看会儿雨吧。这样就很好了。"

时雨心里高兴，口上却问："你不回屋睡觉啦？"

戚映竹道："我更想和你在这儿坐一会儿呀。诗瑛也是女郎，我不方便邀请你进屋去。"

时雨道："所以我要把她丢出去啊，你还不肯。"

戚映竹伸指在他额上轻轻地戳了一下，嗔他："促狭鬼。"

她这般亲昵，时雨心中已然快乐起来。他依然想和她睡，但是……和她一起坐着看雨也很不错。

雨"叮叮咚咚"地敲打着屋檐，落到台阶下聚成水洼，又卷起一整片天地的水雾。雾蒙蒙的深夜，戚映竹靠着时雨的肩，看着夜空。凉风袭来，她轻轻地哆嗦了一下。

时雨道："你冷了，进屋吧。"

戚映竹摇头，声音低落惆怅："我想多和你待一会儿。"

时雨想了想，脱下自己的外袍，露出雪白的中衣，懂事地将绯红色的外袍披在戚映竹身上，还低头为她系好衣带。他端详片刻，见戚映竹目中噙着笑看他，露出虎牙，道："我会照顾你！我厉不厉害？"

戚映竹道："嗯，厉害。"

时雨说："那我是老虎，是狮子，不是狐狸精。狐狸真的挺弱的，才不是我。"

戚映竹伸手戳他的脑门，笑吟吟地道："傻。"

戚映竹拢紧时雨的外袍，忍不住低头，微微转过脸，用鼻尖在他衣裳的领口处轻轻地嗅了一下，闻到了属于时雨的气息。戚映竹恋恋不舍，轻轻地叹了口气，忽地觉得外袍袖内的衣袋里似乎有什么硌在她的腰上。

戚映竹摸出一个木匣子，放在膝上，看了时雨一眼，问："这是什么？"

时雨的眼睛微微发亮，他从她的膝盖上拿过木匣，珍重无比地道："这是救你的药，我很辛苦才拿回来的。"

　　戚映竹已经不相信这世间有什么药能救自己，只是不忍拂时雨的意，便强打起精神，装出有兴趣的样子，问："什么药？你真的为我取药了？取的什么药？"

　　时雨低着头，认真无比地道："是一百年才开一朵花的九玉莲。我走了很远的路才拿到的，这个能救你的命。我打听过了，这花瓣要五天吃一片。等全部用完，我再帮你打通堵塞的经脉，药会帮着疏通你的气血、筋骨，给你的心脏补血供气。这样的话，你的病就彻底好了。"

　　戚映竹"扑哧"一笑。

　　时雨抬起头，问："你不相信我？"

　　戚映竹连忙端正态度，道："我自然信你，只是觉得你说得太离奇了些……时雨，你是大夫吗？你知道我的病到底是怎么回事吗？你不要凭自己的想象随便说啊。"

　　时雨有点儿不高兴地道："我当然知道。我看了很多医书。"

　　戚映竹却只当他是安慰她——他不认得几个字，怎么会看什么医书？她不多说了，心里不以为意，面上却安抚时雨。

　　时雨低着头打开木匣，让戚映竹看他摘的花。

　　戚映竹本着哄时雨高兴的心，凑过去欣赏那花。

　　她看了一眼，微微一怔——

　　一朵花被泡在药水中，花开七瓣，花瓣重叠清透，盈盈似雪。不知这是什么样的药水，也不知时雨是如何摘的花，过了这么久，此花竟然仍在绽放，丝毫未见枯萎迹象。

　　在寒夜里，花瓣若有若无地散发着微光，香气却极淡。

　　不管时雨所说如何，戚映竹也看出此花非凡品。

　　她一时迟疑，道："这花真的是你摘的？看上去颇为不寻常。"

　　时雨答："反正是我的。"

　　他凭本事抢到的花，自然是他的。

　　时雨撕了一片花瓣，迫不及待地要戚映竹含进口中。他充满信心地道："每五天一片，一个多月后，你就健健康康的了。"

　　见他这般笃定，戚映竹半信半疑，也只好将他递来的那一片花瓣含入口中。她尝不出有什么特别，也不觉得有何异象，想着算了，权当安慰时雨吧。

时雨寻到戚映竹所在的地方，躲起来安安分分地陪伴佳人。整个江湖却已经因他一人掀起了惊涛骇浪。

时间过了大半个月，江湖上传言，恶时雨血洗天山派，抢走了本属于天山派的九玉莲，一人就将整个天山的水搅浑了。之后天山派寻不到恶时雨，自己失了太多精英，萎靡不振，一时让江湖人耻笑。

天山派掌门听到江湖上的传言，暴怒无比地道："一派胡言！什么血洗我天山派？！我天山派有那般容易被血洗？本座还活得好好的，谈什么一蹶不振？"

他的弟子劝道："师父，算了。江湖人就喜欢这样夸大其词。恶时雨来天山闹事，江湖人喜闻乐见。那些人都嫉妒咱们的九玉莲，巴不得咱们出事，自然要夸大恶时雨的厉害，贬低咱们。何况恶时雨单枪匹马闯入天山派说出去也容易激起那些侠客的好胜心——随他们说去吧。"

掌门疲惫地道："去查查死了多少弟子，好好抚恤。然后——"他咬牙切齿地道，"给我捉拿恶时雨！给我放出消息，九玉莲在恶时雨身上，我们天山派不要这花了——众位江湖好汉，谁能替我天山派报了仇，我做主将这花送给他！"

弟子低头，道："是。只是可惜小行……"

掌门的面色登时变得晦暗，半晌后，掌门落泪，道："我愧对我那死去的弟弟，护不好小行，是我无能。我们天山派从此与恶时雨势不两立。我必要杀了恶时雨，替小行报仇。"

弟子见师父悲愤不已，安抚了师父许久后，才出去办师父嘱咐的事。

待弟子走后，安静无比的掌门房舍中，三个人从书架后的暗道中走出，向背对着他们的天山派掌门见礼。

掌门回过神，叹了口气，对他们道："答应世子的花恐怕给不了了。诸位可听说了，那九玉莲被恶时雨抢走了。几位不是江湖人，自然不知恶时雨的厉害。我已在江湖上宣告通缉恶时雨，只要有人能杀了恶时雨，便能平我之心。但是九玉莲，即使不在恶时雨手中，恐怕也不会回到天山派了。世子想要买下此花救人，恐怕要失望了。本座……会退钱的。"

而所谓的"小行"会如何，天山派这位掌门其实从未考虑过。这位掌门真正的合作对象是来自朝堂的端王世子——唐琢。

天山派远离中原，却也想提升自己的江湖地位，若是能和朝廷攀上关系，比拿花救什么"小行"更加有用。

这从密道里走出的三人，自然是被唐琢派来与天山派掌门谈生意的端王府的卫士。数月过去，唐琢已经毫无疑问地成为端王府的世子，志得意满，这才有时间与天山派谈生意，买那九玉莲。

可惜唐琢晚了一步。

三人拱手，其中领头之人道："掌门放心，我等会向世子殿下说明原委的。"

三人带着消息，快马加鞭地返回京城。一路上，他们也见到了风起云涌的江湖，不管是与恶时雨有仇的人，还是与恶时雨素昧平生的人，都在寻找恶时雨。

一朵九玉莲，将江湖的水彻底搅浑了。作为朝廷人士，他们看得咋舌，只隐隐想着这秦月夜真是卧虎藏龙：曾经的第一杀手金光御，每日都有一群人想杀；现在的恶时雨，听闻原本因为年纪小、任务接得不算多，引起的风波并没有金光御那般大，但是现在看来，真是青出于蓝而胜于蓝……

三人回到京城，已是半月之后。

戚映竹已服下三片花瓣，开始能感觉到这花确实让她的精神好了很多……

唐琢也知道了恶时雨惹出的风波。

戴着面具的阿四站在端王世子身后，负责贴身保护世子安全的同时，也听到了关于恶时雨与九玉莲的风波。

阿四面具下的神色似笑非笑。

唐琢飞快地扭头和阿四对视了一眼。他心知肚明，如今那江湖上人人喊杀的恶时雨，就是他认识的那个时雨。时雨几个月前离开了落雁山，说是去帮戚映竹取药……原来那药指的就是九玉莲。

唐琢语气古怪地道："怎么，现在江湖上没有人找得到恶时雨？"

三名卫士低头。

一人道："是。那恶时雨躲得真隐蔽，一点儿风声都没有。许多门派放出消息，放出各种诱惑……都没让那恶时雨出现。"

唐琢冷冷地哼了一声。

他几乎可以想象到，若是时雨真的得到那花，救了阿竹，那阿竹的命都是时雨救的，阿竹妹妹这一辈子都还不起了。那时雨必然要借此绑住阿竹妹妹一辈子。

唐琢慢吞吞地道："准备一下，本世子要去拜访闫府，感谢闫郎君这几个月来对我王府的巡护。闫郎君的大恩，本世子没齿难忘。另外，闫郎君和戚诗瑛走得那般近，他可知道诗瑛妹子和阿竹妹妹这几个月去了哪里？"

他沉吟了半晌，让卫士们退下，回头对阿四道："闫腾风这个人口风紧得很，恐怕从他嘴里打听不出什么来，还会引起他的怀疑。这样，我去前面拦住闫腾风，你去他的书房里找书信，看能不能找到戚诗瑛的行踪。闫腾风是禁卫出身，对所有的事情都会留着记录，好凭此与人对质，这正是你的机会。阿四，这个任务你能完成吧？"

阿四不屑地笑了笑，道："开玩笑。"

这点儿任务，实在轻松。不说唐琢刻意去拦闫腾风，即使不拦，阿四都有信心能从闫腾风的眼皮底下偷到有用的东西。

只是可惜，可怜的小时雨要倒霉了。

时雨到来后，戚诗瑛明显感觉到了自己的多余。

时雨毫不掩饰对她的反感。

戚映竹能看到的时候，时雨会装出乖巧的样子；戚映竹一转过脸，时雨便面无表情地盯着戚诗瑛。那种眼神总让戚诗瑛怀疑时雨会偷偷地摸出刀子杀了她。

戚诗瑛安慰自己想多了，时雨顶多武功高一点儿，也不敢动不动就杀人吧？

但是有一晚，戚诗瑛真的被时雨用刀架在脖子上，逼她晚上出去，不许回来。时雨漫不经心地道："要是我晚上看到你回来，你就看不到明天的太阳了。"

戚诗瑛要被时雨欺负哭了。她气得浑身哆嗦，与他打架，又被他按着用匕首压住脖子，脖子都流血了。戚诗瑛这才知道时雨原来不是开玩笑的。她被按在床榻上，哆哆嗦嗦地道："你就不怕我把你的真面目告诉阿竹吗？！"

时雨道："你说出一个字，我就割了你的舌头。"

戚诗瑛道："那你让我晚上去哪里睡？你……你给点儿钱，让我住客栈，总行吧？"

时雨警惕地道："你想讹我？"

戚诗瑛蒙了。

时雨道："你做梦。"

戚诗瑛无语。

打又打不过，告状也不敢，戚诗瑛只能冲着戚映竹摆脸色，愤愤不平地背着包袱要去镇上住。戚映竹阻拦不住，看着女郎气冲冲地摔门而出，回头看向时雨。

时雨正低头"窸窸窣窣"地偷吃糕点。

戚映竹无奈地道："时雨，你不要欺负诗瑛。"

时雨无辜地抬起头，眼神清澈，道："我没有啊。"

第二日傍晚，戚映竹寻不到戚诗瑛，只好拉着时雨坐在村口，耐心地等戚诗瑛回来。

时雨托着腮，在她旁边转着草玩儿。

他们没有看到戚诗瑛回来的身影，反而看到一支吹吹打打的新婚仪仗队走过。村中的人热热闹闹地出来迎接，新嫁娘和新婚夫君会合，村口喜庆万分。

时雨与戚映竹坐着看。

时雨忽然道："央央。"

戚映竹道："嗯？"

时雨道："我们成亲吧。"

戚映竹一愣，转头看他。他并没有看她，飞扬的眉目荡着稻草金色的光，紧盯着那支新婚仪仗队，专注无比。

戚映竹沉默了许久。

她端正地坐在铺着帕子的石头上，衣袂和秀发被风吹乱。

她望向前方，想到了一个烟火盛放的夜晚。那烟火在她心中徐徐升高然后在高空绽放，尽是辉煌与璀璨，五光十色。

戚映竹缓缓地道："好。"

时雨蓦地扭过头。

他好多次向戚映竹提出"成亲"，她始终不回应。他已然觉得这是一件不太可能的事，没想到……她竟然同意了？

戚映竹坐在石头上，清晰地看到时雨眼中那抹难以置信的神色，心中羞赧，紧接着看到他眼中的神色转为狂喜。时雨一下子扑过来，抱住了戚映竹的腰肢，直接将她抱离了地面。

戚映竹惊呼一声，将手搭在他的肩上，示意他放自己下来。

时雨沉浸在巨大的欢喜中难以自拔。他抱着她转了两圈，仰头催问："真的？你不骗我？我们真的可以成亲吗？"

戚映竹被他的快乐情绪感染，便也觉得若是死前能够嫁给时雨，确实是一件很好的事。心里那点儿忐忑被他那极致的欢乐驱散，戚映竹嗔他："转得我头晕了，快放我下来。"

时雨小心翼翼地将她放回地面上，手仍搭在她的腰间，眷恋不已地摩挲着。

戚映竹背过身，耳根红透。她平复了一下心情，回头时，一双妙目瞟向时雨。

见时雨眼巴巴地跟在她身后，戚映竹便抿唇笑了一下，重新坐下。

时雨讨好地蹲过来，托腮看着她，道："你比那个新嫁娘要好看。"

戚映竹道："新嫁娘都是最好看的，不许拿我和别人比，不许再说别人不好。"

时雨迷茫地道："可是你就是很好看啊。"

他这番话落在戚映竹的心中，她受用之余却板着脸道："时雨，我答应与你成亲，但是你须得应我几个条件，有些话我是要说在前头的。"

时雨道："嗯。"

戚映竹竖起一根食指，道："第一，我身体不好，恐怕熬不了几个月，若是有朝一日我早逝，你不许大开杀戒宣泄情绪。"

她紧张地看着他。和他在一起，她最怕的就是她的离开会让时雨受伤。

时雨眨了眨眼，轻松无比地道："好啊，我应你。"

有了九玉莲，她怎么可能早逝？等她七老八十了，他大约也和她差不多，都拿不动刀了，才不会大开杀戒。

少年狡黠地在心里扮鬼脸。

风吹草动，稻田中金黄与碧绿相融，灿灿夺目。戚映竹见他应得这么轻巧，怀疑其中有诈，不觉狐疑地盯着他看。

蹲在她面前的少年催促她，道："我已经应啦。还有呢？你还有什么条件？"

戚映竹咬唇，自觉已经说得很清楚了……时雨是足够无情到不会因她的离开而伤心，还是懵懂到不明白她的"早逝"意味着什么？他总不能是不在意她吧？

戚映竹仍清楚地记得去年的那个雪日，时雨挂在睫毛上的那滴泪。他绝无可能不在意她呀。

戚映竹想不通，想问又不敢多问，怕勾起他的逆反情绪。

她纠结了半晌。时雨又一个劲儿地催促，闹得她开始紧张，急忙说自己的第二个要求："第二，你不要当着我的面杀人。我知道你可能有些自己的事，我也没能力让你不做你的事，我只是不想看到你的另一面。你也许是恶人，但是我不想知道。"

时雨奇怪地看了她一眼。

他没太懂戚映竹这般委婉的说法想表达的是什么。但是，他本来就不会当着她的面杀人啊。她那么胆小，平时都成宿成宿地做噩梦，还会心情不好。她心情不好，他就跟着心情不好——他才不想折磨自己。

时雨依然轻快地答应："好。"

这惹得戚映竹再次狐疑地看他，猜他到底有没有听懂。

时雨再次催促。

戚映竹想了想，迟疑着说："第三，我可能，很大的可能……不会给你生孩子的。"

时雨茫然地道："啊？"

这个话题真正触及了他从未想过的方面。

在时雨看来，成亲的意思大约是可以长长久久地和戚映竹在一起，而不会被她拒绝。对于孩子，时雨从没想过……他自己就是一个没有感情的人，觉得戚映竹好已经是破天荒的想法，何曾想过什么孩子？

而他一想到会生小孩儿……

时雨惧怕地道："我不要。我不喜欢别人。"

戚映竹叹了口气，为他拂去发间的杂草，又拿出帕子擦干净他的脸。她暗想自己想多了……时雨还不懂呢。等他懂了的时候，她早就不在了，根本不需要担心不能为他留后的问题。

戚映竹再想了想，道："还有，我们的婚事，简单就好。这里是我父母曾经住过的地方，我们在这里简单地办婚礼便好。不管我还能陪你多长时间，你都不要闹。"

时雨怔了一下，一时间没有说话。

他心中其实是有些失望的。

他虽然知道秦月夜的杀手们都不成亲，但是在混迹江湖时见过太多成亲的人。他知道自己喜欢戚映竹后，便暗自想过许多次他们成亲的样子。他已经决定忍痛花钱，风光地办婚宴，戚映竹却不要。

然而时雨转念一想，身为杀手，他确实不应该有太出风头的婚礼。追杀他的人都在找他呢……他俩安安静静地躲着才是最好的。

戚映竹没想到前边那么严苛的条件时雨都答应，反而在这个最简单的条件上，他半天不说话。戚映竹哄他："时雨，咱们自己的事，何必昭告得所有人都知道呢？自己开心就好，这本就是寻常百姓的生活。"

时雨到底点了头，道："好吧。"

他的情绪变得低落。

戚映竹沉吟着道："再有……"

时雨终于不高兴了，道："还有？你到底有多少条件？你是不是故意的，根本不想嫁给我？央央，我讨厌你！"

戚映竹登时脸红——别讨厌她呀。

她本就没有话要说了，只是习惯性地思考，谁想惹得时雨不悦了。她道："我没有其他的要求了，就这些……时……时雨，你对我有什么要求也可以说，我会酌情答应的。"

时雨眼睛一亮——他也可以提要求？

他登时不生气了，站起来，摩挲着下巴，如同打量大白菜一般将那坐在石头上的女郎上上下下地端详。

因时雨的兴奋显而易见，戚映竹僵硬着身体，心里有些不安，疑心时雨要折腾她，想着自己该不该答应……她脑中已经想到乱七八糟的方向，想得自己面容涨红。

时雨"扑哧"一笑，弯腰凑到她耳旁，笑嘻嘻地道："我要你十天内嫁给我！"

戚映竹猛地抬头。

少年目光灼灼，肆意且轻快地道："快答应！不然我就生气！"

稻草间，戚映竹安静地仰头望着时雨。

不远处，戚诗瑛提着包袱，气喘吁吁地跋涉而来。戚诗瑛阴沉着脸，心里诅咒了时雨一万次。

戚诗瑛抬头便见仙女般的戚映竹坐在那里，时雨还弯腰凑到戚映竹耳边说话。

戚诗瑛在心中冷笑：该死的时雨，又在戚映竹面前装乖、装听话了。她迟早要揭穿这人的真面目！

戚映竹红着脸侧过头，看到了戚诗瑛，向戚诗瑛招手。

戚诗瑛面色难看，走过去，道："你过来，我有话跟你说。"

戚诗瑛看也不看时雨，心里决定了，哪怕有风险，也要告诉戚映竹那个时雨的真面目。难道时雨还敢当着戚映竹的面杀她不成？

不想戚诗瑛还没琢磨好怎么跟戚映竹告状，戚映竹先对着她温柔地笑道："诗瑛，我和时雨有一件事要告诉你——我们决定成亲了。"

戚诗瑛："什么？"

她心中充满疑惑。

戚映竹好心地问："你想与我说什么？"

戚诗瑛沉默半天，问："你真决定嫁给他了？你认识他才几天啊？你知道他是哪里人？他的父母做什么？他的亲人、朋友有哪些？家里良田几亩？房舍几何？平时靠什么营生吗？以后成婚了你们怎么过日子？"

戚映竹认识时雨不过一年，和时雨真正相处的时光不超过半年。戚映竹是这般柔弱多思的人，竟会选择嫁给不知根底，相处不足半年，看着就不靠谱，很可能脑子还有点儿问题的少年？

戚映竹答："诗瑛，有时候嫁不嫁一个人，喜不喜爱一个人，与相处多久并无关系。何况我也没有多少时间了。"

戚诗瑛见戚映竹态度这么坚定，便没好气地道："随便你。"

时雨在一旁听得呆住，竖起耳朵，若有所思——

什么？成亲还要考虑那么多？还有什么哪里人，父母做什么，亲人、朋友，营生、家业……全都要知道？

可是央央没问他啊？

时雨转头看戚映竹。

他掩饰着心虚，暗自想着如何伪装成一个正常郎君去娶媳妇。

京城一夜春雨后，端王世子意气风发地离开了宣平侯府，得宣平侯亲自相送出府。宣平侯府的小公子戚星垂黑着脸跟在后头。

宣平侯对唐琢赔笑道："世子放心，若是小女回京，定告知殿下。世子愿娶阿竹做王妃，是她的福气，这也是我们侯府与端王府之间的一段佳话。"

之前宣平侯府分明已经不认戚映竹了。如今为了巴结端王世子，宣平侯又将养女说成是自己的女儿，并承诺只要养女回京，立刻通知端王世子。

宣平侯委婉地道："世子殿下对阿竹的心意，我等都看在眼里。只是阿竹身体不好，若是有个三长两短……"

唐琢微笑道："君侯放心，我要的是阿竹这个人。她身体如何，我不在意，且会寻名医为她医治。只要君侯肯将阿竹嫁与我，小侄便已是三生有幸了。"

他心中知道时雨会将九玉莲给戚映竹，那么戚映竹的身体便会好，对戚映竹的身体也就不担心了。

宣平侯道："殿下放心，你我两家已经换过生辰庚帖，如今阿竹已是你的未婚妻。你二人青梅竹马，阿竹若是回来，知道了定会开心。这孩子心气高，为人冷傲，难为殿下一直宠着她、让着她了。"

唐琢说"不敢"。

戚星垂在后面实在没忍住，道："你们商量婚事，问过映竹姐自己的意思吗？阿父，咱们不是都跟映竹姐恩断义绝了吗？咱们还管得着映竹姐的婚事吗？"

宣平侯道："小孩子乱说什么？！"

唐琢不以为意，与宣平侯寒暄一二，见宣平侯沉着脸将插嘴的戚星垂扯进府门，这才离开。

唐琢行到街巷上，人声渐多。阿四无声无息地出现在唐琢身后。

唐琢回头看了阿四一眼。

阿四慢悠悠地道："我在闫腾风那里查到戚诗瑛她们去哪里了，已经散布消息到江湖上，说是恶时雨的藏身之所。不过闫腾风这个人很敏锐，我前脚离开，他次日就离开了京城。我觉得他是发现我偷了信件，但应该还没猜出来我偷信件的目的是什么，所以才亲自出京。"

唐琢点头，叹息道："闫腾风此人是京城宿卫军的一把手，油盐不进，又恩怨分明。这种人负责整个京城的巡护，是最值得拉拢的……可惜他为人严肃刚直，不好拉拢。"唐琢垂目，若有所思地道，"他似乎对宣平侯新找回的那个真千金一直很关照，日后他若是娶了戚诗瑛，我娶了戚映竹，那我……便也算拉拢到此人了。"

得到京城宿卫军一把手的支持，他想做什么就都容易了。

阿四敷衍地颔首。

大约感觉自己的态度有些敷衍，阿四调整了一下，关心起唐琢的事，道："既然知道映竹女郎身在何处，世子殿下不亲自去找她吗？"

唐琢摇头，笑道："整个江湖都在追杀时雨，我去那里干什么？阿竹那般聪明，若是我出现，少不得引起她的怀疑，觉得是我欺负时雨。我现在啊……就想在京城里等着，等她回来，成为我的王妃。"

阿四道："殿下情深。"

唐琢回头对阿四赞许地道："阿四，你办事能力实在是强。自你来到我身边，我实在是如虎添翼，做事比之前顺手了太多。你我二人联手，所向披靡。你放心，我不会亏待你的。我一直在为你打听宋凝思的下落……你的事也是我的事。"

阿四笑了一声，道："那就多谢殿下成全了。"

秦月夜新建的楼阁藏在漠北沙漠中。它四周布置着八卦阵法，寻常人即便找到这里，也到了筋疲力尽之时，以为自己见到的是海市蜃楼，等再看的时候，那楼便会消失在眼前。

这阵法花了秦随随和步清源许多精力才布置完成。两人从京城离开后，又寻八卦老人求得此阵法图，此时终于布置完成。

秦随随累得趴在案上，唉声叹气。

秦月夜经过之前的内乱，现在想恢复过来，实在要下苦功。

杀手们在之前的内乱中死得差不多了。如今秦随随新得了一批孩童，要好好培养新的、忠诚的杀手。

秦随随趴在案上发愁时，步清源拿着一沓本子过来。大殿空旷，青年声音带笑："小楼主……"

听到声音秦随随打了个哆嗦，睁眼看着步清源，条件反射一般弹起，高声道："又让我看账本？！哎呀，我不看！我都说我很信任你了，这些账你自己算就好了……步大哥，你别为难我了好不好？"

她装可怜求饶。谁能想到，让人闻风丧胆的秦月夜小楼主有这么一面呢？

步清源笑道："小楼主不是说要好好经营吗？怎么才开始就连账本都不想看了？我可是看了十几年啊。"

秦随随嘀咕："所以你武功都看废了。"

步清源道："嗯？小楼主这么说，我可太伤心了。我是为了谁啊？"

秦随随笑嘻嘻地捧着脸道："是为了我。步大哥你放心，你老了，我一定会为你养老送终的！"

步清源的一双桃花眼轻轻一转，他似笑了一声，又似无奈她说自己老。摇了摇头，步清源把怀里的本子放到秦随随面前的长案上，说起正事："这次不是账本，是时雨写了信来。"步清源解释，"时雨血洗天山派，整个江湖的人都在追杀他。要不是没人知道秦月夜的新楼在哪里，咱们就要被堵门了。时雨这孩子，啧啧，真是一出手就干大事啊。"

秦随随目露赞赏之色，道："颇有顶级杀手的范儿。"她懒洋洋地道，"那他死了没？死了咱们再去给他收尸啊。现在满江湖的人都在追杀他，害得我都不敢出门，怕被牵连出无妄之灾。"

她一边跟步清源嘻嘻哈哈，一边拆开了时雨寄来的信件。时雨那丑陋的"狂草"和缺胳膊少腿、时不时用画画代替的字，没有影响秦随随读信。

只是看完信后，秦随随脸色阴沉了。

步清源问："怎么？"

秦随随一把将信纸扣在案上，站了起来，道："这个废物！居然告诉我说他要跟阿竹成亲……他就是通知我一声。"

步清源挑眉，诧异地道："戚女郎？"他语调古怪，"还有杀手这么想成亲的？我以为金光御已经是个例外了。"

如他和秦随随这般无心情爱、游戏人间的，才是正常杀手。

秦随随跺着脚念叨："这个废物！整个江湖的人都在找他，他还敢成亲。万一他被人寻到踪迹……阿竹离不开，这个废物肯定也不走。天山派可不是那么好惹的……步大哥！"

步清源微微挑起眉，看向她。

秦随随沉吟了一会儿，下定决心，去摸自己的长弯刀，道："带上咱们的人，咱们去参加时雨的婚礼。若是无事发生最好，若有事发生……我还等着时雨给我赚钱呢，可不能让他那么早就死了。"

秦随随回头，看到步清源看着她笑，奇怪地问："笑什么？"

步清源慢吞吞地道："没什么。只是觉得……一切都没有变啊。"

秦月夜是否应该保护楼中的杀手？之前的楼主们给出的答案永远是不需要。但是当年十几岁的步清源遇到的那个小女孩儿，一边哭一边嘟囔："我一定要让秦月夜变得不一样！我要保护楼里的哥哥、姐姐们……我不想看到他们死。"

因为这几句话，刚入杀手楼万念俱灰的步清源便记住了秦随随。许多年过去，秦随随依旧是步清源那黑暗人生中唯一的——即使有些暗却依然在亮着的光。

仓促地决定了婚事，谁也没通知，戚映竹只打算给自己的父母坟前洒点儿酒告知一下父母便好。戚诗瑛问她要不要告诉侯府，戚映竹拒绝了。戚诗瑛便也没再提那事。

说是三个少年人忙碌婚事，其实相当于戚诗瑛一人在操办。

戚映竹对戚诗瑛感激万分。

然而时雨连戚诗瑛的醋都要吃。戚映竹感谢戚诗瑛帮忙，时雨都一阵不悦，恼自己不知道能做些什么。

但是少年可爱，真的找到了他能做的事。

婚前一日，戚映竹又服了一片花瓣，恹恹地躺着歇息。不知是不是因为婚事将近，她心情好，这两日睡眠好了很多，不做那么多的噩梦了。她的心疾一直没犯……这让她又欣慰又担忧。

傍晚的时候，时雨将小憩的戚映竹扯起来，神神秘秘地拉她去见人。

戚映竹站在木屋前，看到一堆陌生人，心脏漏跳了一拍，迷惘地看向时雨。

时雨很高兴地道："这是我这边要参加婚宴的人！都是我的亲人、朋友！别人家的婚宴都有亲人、朋友参加的。这点儿人，其实也不多。"

戚映竹："……"

她盯着那些神情憨厚、衣着各异的人，心中总觉得哪里奇怪。

戚映竹对他们笑了一下，将时雨拉到一旁，纠结地问时雨："时雨，你不是与我说，你没有朋友吗？"

时雨道："现在有了。"

戚映竹问："你不是……不知道自己的父母是谁吗？你不是孤儿吗？你哪儿来的这么多亲戚？"

时雨倔强地道："我又不是从石头缝里蹦出来的，当然有亲人。"

戚映竹无奈地问："到底是怎么回事？"

时雨别过脸，得意扬扬地说："这些人都是我雇的。我花了好多钱的。"

戚映竹："……"

时雨自问自答："为什么要雇？因为别人成亲都有亲人、朋友啊。我要是没有，多不正常。"

戚映竹道："你雇人给你当亲人、朋友，也未见得多正常。"

时雨道："我花了钱的，怎么就不正常了？他们必须给我当亲人、朋友，给我捧场。嗯，央央，我觉得你挺不合群的。你看你要嫁给我了，一个朋友都没有。你要不要也雇一点儿朋友啊？"

戚映竹："……"

她不合群？真正不合群的难道不是时雨吗？

到了婚礼这日，戚映竹也没有听时雨的话去雇人当亲朋好友来参加婚宴。

时雨道："那你别后悔！"

木屋已经被挂满了红色绸带，门窗上都贴了"喜"字，四处红艳艳一片，连屋外的灌木树丛都被戚诗瑛装扮得有了喜庆氛围。

天徐徐亮了，戚映竹早早地起来，背对着时雨梳妆。

戚诗瑛在外头杀鸡。野鸡撕心裂肺的惨叫声让屋中的喜庆氛围变得奇怪。就在这般此起彼伏的声音中，时雨听到了戚映竹温柔的声音。

"我才不会后悔。能嫁给你，我此生已经无憾了。"

时雨怔住。

戚映竹说完，意识到自己情难自禁，微微鼓了一下腮，赧然地希望时雨听不懂她的话。她扭头悄悄地打量时雨，正好撞上时雨直勾勾的眼神。

戚映竹登时闹了个大红脸——他听懂了。

也是，这么直白的话……

时雨对她笑得露出尖牙，道："央央现在说话真好听，嘴巴像抹了蜜。"

戚映竹说不出话。纠结半晌后，她默默地背过身，继续笨拙地为自己梳新嫁娘应该梳的发髻。戚映竹感觉到后背被他目光直直地盯着，快要盯出一个大洞来，心脏"怦怦"急跳，忍不住问："时雨，你还不走吗？"

时雨慢吞吞地道："不着急。"

今日是两人的新婚日，吉时从傍晚才开始。但是这一日，新嫁娘通常要早早起床，天未亮就开始准备。原本就他们几人，戚映竹不知道有什么好准备的，但是现在不一样了……因为时雨雇了人当客人。

为了招呼这么多客人，也为了婚事有点儿样子，时雨大手一挥，包了镇子上一座偏僻的院子足足一日，充当他们的婚房。

戚诗瑛连翻白眼，对时雨的小气颇有微词。但是呢，反正嫁人的又不是她。戚映竹跟傻子一样全听时雨的安排，她又能说什么呢？

现在，戚映竹坐在这里梳妆，想着到黄昏的时候便能嫁给时雨，心跳得更加快了。然而时雨懒洋洋地趴在一旁，目不转睛地看她梳妆，看得津津有味，这到底……不太好。

戚映竹咬了一下唇，提醒时雨："时雨，客人们都在镇上，你现在还在这里玩儿，不过去，是不是不太好？"

她以为时雨会辩驳，会不听她的话，会伶牙俐齿地反驳她的意见，已经准备了许多说辞劝时雨去招呼一下客人、准备准备婚宴，没想到才说了这么一句，时雨就应了。

"啊……那我走了。"

"嗯？"她怔怔地转过脸看他。

时雨认真地道："我是今日的新郎，是顶梁柱。我会安排好婚宴的，你今天不要操心。"

他走过来，腰身挺拔，双腿修长，还没有穿上新郎官的红衣，便已经气宇轩昂，让人移不开视线。时雨迈着散漫的步子走到戚映竹面前，弯下腰，不熟练地抱了抱她。

戚映竹眨眼。

她看到时雨拍着胸脯跟她保证——

"以后我要保护你！你要听我的！"

戚映竹"扑哧"一笑。

时雨看过来，疑惑地问："你笑什么？你不相信我？"

戚映竹美目流波，本是乖巧、安静的，却硬生生被时雨弄得骨子里泛上来许多促狭劲儿。她逗时雨："你保护我？免费的吗？"

时雨蒙了，道："当然啊。"他不高兴地道，"你到底笑什么？为什么还在笑？"

戚映竹忍住笑，眸中水雾流动，道："我只是觉得……一个自由惯了的人说出这种话，心里太过感动了。时雨，我还记得那日我想让你做我的护卫，你都不肯，还说要管我收钱。那时候我怎么想得到，有朝一日时雨少侠会主动说出保护我的话，还不管我收钱……"

时雨涨红了脸，扭过脸不看她，嘴角微撇，透着几分无辜和无措，道："我……我……我那时候又不知道我喜欢你。"

戚映竹抬起纤细的手指，如同逗弄猫儿一般在时雨的下巴上挠了挠。少年的喉结滚动，长颈仰得更高了，且他无所顾忌，觉得舒服了，喉咙间便翻滚出舒适的哼声。

戚映竹指尖滚烫，连忙将手往回收，却被时雨一把抓住。

时雨低下头看她。

戚映竹故作镇定地道："时雨，别玩儿了，去吧。"

时雨身上散发着浓烈的、慵懒的、勾人魂魄一般的欲望，身体滚烫，眼神已变得幽深暗沉。戚映竹心跳如擂鼓，觉得他有时候看起来分外危险，让人不敢动，不敢注视。

时雨低头看了她半天，忽然笑了起来。他笑起来后，身上那种人鬼莫近的寒气便不见了。时雨俯身过来在戚映竹的腮帮上亲了一下，道："反正今晚是有洞房的，你骗不了我。我走啦，今晚……就来找你。"

他从窗口翻了出去。

戚映竹呆坐了一会儿，才想起来什么，道："时雨……"

戚诗瑛阴阳怪气的声音从门口传来："人都走没影儿了。"

戚映竹站起来，迎接戚诗瑛的打量。她磕磕巴巴地道："我就是想问……问他有没有记得拿婚服……"

戚诗瑛翻了个白眼，道："你可少操点儿心吧！你是他媳妇，又不是他老母。他娶老婆还用得着你手把手教他？你用不用教他睡你自己啊？"

戚映竹："……"

戚诗瑛道："你脸红什么？你别告诉我你俩的关系单纯如白纸。咱们风俗这么开放，又不是不让你睡，你羞什么？"

戚映竹半晌憋出一句："阿瑛，你太粗鄙了，这样……郎君都会被你吓跑的。"

戚诗瑛嗤笑一声，看着她傲然地道："我可是真正的侯府千金！我父母疼我，弟弟爱我，众星捧月……我的夫君肯定比你的厉害！我比你强！我是最厉害的！"

戚映竹无奈地笑道："对，你是最厉害的。那请问最厉害的阿瑛，你的鸡杀完了没？快来试试新衣裳吧，我和时雨帮你挑的。"

傍晚的时候，时雨已经换上了喜服，百无聊赖地在镇上的院子里等了很久。

他和自己雇来的客人们不熟，周身的气势又有些冷。客人们只敢在后院尴尬地吃着酒席窃窃私语，不敢来和时雨套近乎。

客人们面色古怪，时不时仰头看去，觉得这家的男主人怪诞不经——这家的新郎，大喜之日，一身红袍，坐在正堂的屋檐瓦片上，两只手无聊地转着两把匕首玩儿。

那两把匕首在时雨手中飞速旋转。时雨神色很空茫，并没有在意自己手上在玩儿什么，以及下面的客人们为什么那么安静。

他思绪飘远，想到了婚后的日子。

再要不了十天，戚映竹的身体必然就全好了。他不知道九玉莲能不能彻底治好戚映竹的病，即使不能完全治好，戚映竹也不会再像大夫说的那样早死了。戚映竹似乎不喜欢到处走，就喜欢一个人住着，那他便也陪她住。他要盖个新的大房子，住在山上还是镇子上都听戚映竹的安排。

她喜欢的话，他也可以学着养鸭、养鸡、种田、拔草。他要学着养自己的妻子。

嗯，就是秦随随可能会很生气，骂他不回家。

但是也没关系……他一年只要接一两笔单子，堵住秦随随的嘴，秦随随就不会来找他的麻烦。

时雨倒是从来没想过脱离杀手组织。那是不可能的事……金盆洗手这种事，在江湖上就等于找死，他若是不拿刀，那就只能等着被人杀。

金光御混得那么惨，时雨怀疑是因为其生意接得太多、太大了。时雨就不用如此，因为戚映竹好像……挺好养的。

"这位……小郎君，好像吉时到了？"屋檐下方，一个客人尴尬地端着一壶酒，过来提醒。

时雨低头看了一眼，轻快无比地一纵而下，跳下屋檐，那般轻飘飘的架势，让偷看他的客人们咂舌不已。时雨手腕一转便将两把匕首收了起来，露出志得意满的神色，道："该去接央央了！"

时雨向前走了一步。

过来提醒他的客人赔着笑道："小郎君，那要不要我们跟着一起去啊？"

这一刹那，时雨身子猛地一斜，脚尖撑地，手掌一推，一掌劈向自己身后。那客人将手中的酒壶砸在地上，抽出一把软剑，直刺时雨的后心。那客人的剑还未挨着时雨，时雨一掌袭去，那客人倒飞出去了，咳嗽着摔在墙头。

后院的客人们"哗啦啦"全站了起来，道："怎么回事，怎么了？"

时雨缓缓地回头，看向那个倒在墙上吐血的客人。那客人惨笑。

时雨盯着这人，道："你没有内力，不是江湖人。你打我做什么？"

那客人全身发抖，厉声道："老子就是因为没有内力，才能混进来靠近你！恶时雨，你可记得五年前你杀死阴图山下一家五口的事？！那是我兄长一家！我被兄长藏在水桶中闭了气才躲过一死，但是内力全废，只能习不用内力的剑招了。从那时候开始，我就发誓，一定要杀了你，报仇雪恨！”

时雨看着那客人回忆了半天，道："我不记得了。"

五年前，时雨才十三岁而已。

那客人惨笑着道："你不记得？你不记得！你恶贯满盈，杀的人太多了，当然不记得了！但是我一日都不敢忘掉你！你那时候那么小，在我家门前……我兄长以为你迷路了，好心接待你，谁知道你从踏进家门的第一步就开始杀人……一家五口，仆从十数人，尽数死在你手中，你却说你不记得！”

满场哗然。

那些被雇来真正充当客人的人个儿个儿吓得脸色煞白，盯着那个红衣新郎，真想不到这眉清目秀的少年居然是这么可怕的人。后院里混乱起来，客人们慌慌张张地要逃跑，但是没有一个人出得去。

客人们被堵了回来，慌张地问："你们……你们都是谁？"

时雨抬起眼帘。

他五感敏锐，抬起眼帘的时候，看到屋顶、树梢、门口、墙头，四面八方都站满了各持武器的江湖人士——尽是时雨不认识的人。

这些人用仇恨、贪婪的目光看着时雨——

"恶时雨，今天大家有仇报仇，有怨报怨，你别想做尽坏事还能成亲！"

"恶时雨，交出九玉莲！只要你交出来，我们青城派就退出围剿，放你一条生路。"

时雨淡漠无比地看着他们，敏锐的听力和视力探知到更多的人包围了这里。

时雨看向那个想偷袭他，此时仍靠着墙吐血的客人。他本来对所有人都不爱多说，但是今日是他的新婚之日——他不想开杀戒，不想误吉时。

时雨尝试着解释："照你的说法，如果我杀了你兄长全家，那是因为有人买你们一家的命。我不是你们的仇人，你应该去找真正花钱要我杀你们的人。"

那人面目狰狞地道："话说得好听！秦月夜从不泄露客人的身份，我只知道是你杀了人！"

时雨奇怪地道："所以你自己都猜不出是谁想要你们一家死？可见你们一家不是什么好东西，想买你们的命的人多了，只是那些人没本事动手，雇我动手而已。我只是做生意，跟你们没有仇。"

那人冷笑道："没有仇？！老子亲眼所见！除非你告诉我，是谁买了我兄长一家的命！"

时雨认真地道："我忘了。秦月夜应该有账本记着，但是秦随随肯定不给你看。你可以想办法让秦随随改变秦月夜的规矩。如果秦月夜愿意告诉你是谁花钱买了你兄长一家的命，你就可以找你真正的敌人去了。"

那人道："所以我还得想办法撼动江湖上最大的杀手组织——秦月夜那已经运行了百余年的规定？不然我无法报仇雪恨？！"

那人用的是嘲讽的语气，可惜时雨听不出。

时雨居然"嗯"了一声，道："对的。"

那人不可思议地看了时雨一眼，怀疑这个少年在逗他玩儿。

而其他来找时雨"报仇"的江湖人已经等不及，不耐烦地道："大家一起上！咱们几大门派联手，不会拿不下一个恶时雨！他还是个小孩儿！"

时雨仰着头，慢慢地说："我今天不想开杀戒。"

众人飞纵而起，一起冲杀过来。有人冷笑连连，道："好大的口气！莫非你真以为只要你动手，就能杀干净我们所有人？"

"恶时雨，你只是一个人而已！就算你杀光这里所有的人，日后整个江湖都没有你的容身之地，我们几大门派都会追杀你，直到你死！"

"除非……除非……"有人蠢蠢欲动，毫不掩饰自己的贪婪，"除非你把九玉莲交出来！"

时雨错身，手一扬，袭击他的人就飞了出去。他两只手握住了两把匕首。

除了几大门派的弟子，没有组织的江湖人士有的是为了九玉莲而来，有的是跟随大部队来趁机寻仇，声音乱糟糟的——

"还我师父的命来！"

"我夫人就是你杀死的！"

"都是因为你，我家破人亡，再无归所！你凭什么能成亲？你做梦！"

"受死吧，恶时雨！"

傍晚之时，"轰"的一声雷鸣，天边似有乌云压来。

戚映竹已经穿戴好了新嫁娘的衣饰，忧心忡忡地立在窗下等了很久。吉时已经过去了半个时辰，那约定好来迎娶她的人并未出现。戚映竹心里七上八下，固执地站在窗口，盯着天上飘来的乌云看。

戚映竹喃喃地道："要下雨了。"

戚诗瑛本来对时雨一肚子不满，抱怨了很久。但现在看戚映竹这般面色苍白地立在那里，如惨白清透的月光一般，仿佛随时会消失，她心里不忍，安慰道："时雨那么笨，那么贪玩儿，说不定迷路了，也说不定去买什么好吃的了。他肯定会来的啊。"

戚映竹摇头，喃喃地道："时雨虽然散漫了一点儿，但在关键事情上不会犯错。他并不笨，只是不在意很多事而已……但是婚事，他是在意的啊。"

对于在意的事情，他不应该耽误。

戚映竹攥紧的手指泛白，咬唇道："一定有意外发生。诗瑛，我们去镇上看看吧。"

戚诗瑛跳起来，道："你疯了吧？你是新嫁娘，是要被他迎娶的！你自己上赶着凑过去，贱不贱啊？"

她说话向来不好听。戚映竹也不和她计较，反身去取了伞，便要出门。

戚诗瑛上来阻拦，和戚映竹站在门口抢伞。戚诗瑛调整自己的语气："阿竹，你真的不能太宠着时雨。连成亲这种事都要你主动，他还能干什么？你以后会被他压得抬不起头的！听我的，新嫁娘肯定不能出门去找他！"

戚映竹语气急促："万一出事了呢？诗瑛，你不懂，时雨的身份是有些特殊的……他和一般人不一样……"

戚诗瑛奇怪地道："他有什么特殊的？他不就是一个四处溜达混口饭吃的江湖人吗？"

戚映竹不知道怎么和戚诗瑛说，也不能让更多人知道时雨的杀手身份。虽然戚映竹不了解江湖事，但是杀手这种身份，自然是知道的人越少就越安全吧。

戚映竹不说话了，坚定地要出门。

两个女郎正在门口争执，忽地听到"砰"的一声，木门从外面被人一脚踹开。戚诗瑛灵敏无比地一把抱住戚映竹的腰，拽着戚映竹往地上一滚，躲开那木门。戚映竹被尘土呛得咳嗽，撑着手臂坐起来，看到木门前，黑压压的人堵住了门口。

戚诗瑛挺身将戚映竹挡在身后，警惕地道："你们是什么人？我告诉你们，我可是宣平侯府的千金，你们敢……"

来人嗤笑一声，大步进门。

戚诗瑛努力与这些人相抗。但她只混过三教九流，会三脚猫的武功，哪里是这几人的对手。来人一手刀劈晕了戚诗瑛，看向煞白着脸向后躲闪的戚映竹。

进来的三男一女皆穿着雪白的轻裘，天边电光闪过，照亮他们的面容。

他们走向戚映竹，其中一人道："原来你就是恶时雨要娶的女人？长得是挺漂亮，跟我们走吧！"

豆大的雨点落下，"噼里啪啦"，天地间雨声混着雷鸣。

镇中的府邸内，那些被时雨雇来的客人横七竖八地倒在地上。时雨心疼自己的钱，奋力保护这些人。可是时雨不下杀手，围攻他的江湖人便气焰更嚣张。持续的打斗、晦暗的天色让时雨心中越发焦虑。

时雨强忍着焦虑道："别逼我。"

那些人冷笑连连——

"你一个杀手，如今杀手排行榜上排行第一的恶时雨，跟我们说让我们别逼你？"

"你当日血洗天山派的时候，有怜悯过天山派吗？"

"交出九玉莲！"

"不然你和你那未过门的妻子就死在一起吧！"

听到"妻子"二字，时雨猛地抬起眼帘。他眼中的光极亮，天边的闪电照亮了他的眼。下一瞬，时雨面前的人轰然倒地。没有反应过来的人呆呆地看着地上的人缓缓流出的血。

他们看到时雨手中的匕首沾上了血迹。

时雨睫毛上沾着水，眼中寒气森然，道："你们碰央央了？"

有人警惕地后退。大门派的弟子让小门派的喽啰先上前，等消磨掉了恶时雨的体力再去捡现成的。有人挑衅时雨："你不是不杀人吗？哈哈，新婚之日大开杀戒，恶时雨，这婚事你是成不了了……"

时雨身形如鬼魅，飞身奔去，身影出现在开口嘲笑的人面前，数招下去，一把匕首便抹了那人的脖子。时雨看向其他人，问："央央呢？"

众人不答，谨慎地上前迎战。

时雨焦虑不已，握着匕首的手有些颤抖，忽地听到头顶有笑声。众人同样听到了那清脆的笑声。伴随着笑声，一阵幽怨无比的笛声混在雨中浇灌而下，笛声幽幽，许多内力不强的人在笛声中惨叫，口鼻渗血然后倒地。

院中所有的人抬头看去——

正堂的屋顶上，厚重的雨帘下，一名白衣少女扛着大弯刀，立在屋顶上笑嘻嘻地看着他们。少女身旁，一个戴着狐狸面具的青年手持长笛，正用笛声攻击众人。

墙头、屋顶、树梢……四面八方站满了黑衣人，冷然看着下方的厮杀。

众人骇然。

有人道："阁下……莫非是秦月夜新任的楼主，'血海刀'秦楼主？那位……可是与'血海刀'形影不离的'狐狸刀'？"

"请问秦楼主，这是什么意思？"有的人指着包围着他们的黑衣人，问道。

屋顶上的白衣少女笑道："没什么意思，来参加我部下的婚宴而已！你们要刀玩儿，难道不许我们跟着玩儿吗？"

秦随随赞赏地看向那被人围堵着的红衣少年，"咦"了一声，道："时雨啊，你这新郎服穿着也不怎么好看嘛，怎么到现在才杀人呢，不想活了？"

下方的众人沉下脸色，道："秦楼主，你若是此时要秦月夜的杀手们出手，便是和整个江湖为敌。我们只要恶时雨，并不想与阁下为敌。"

秦随随嗤笑道："说得好听。你们就是想要九玉莲而已。"她发出一声呼哨："给我上！"

戚映竹被人挟持，心疾突发，口不能言，冷汗淋漓。大雨"噼啪"浇下，天地间雾茫茫一片。

挟持她的白衣人行走速度极快，根本不管戚映竹能不能承受得住。戚映竹努力平复着自己紊乱的心跳，让自己不在这时病情加重。然而她周身忽冷忽热，心急如焚，越是惊惧越是心跳难抑……

忽然，稀疏的树林间，一道人影从侧方踩着树桩大步跃来，手中的横刀劈下。

三男一女当即停步迎战，举刀挡住来人。风急雨大，双方瞬间过招数十，来人刀刀可断洪流，步步紧逼。

几个被堵住路的江湖人在过招时落了地。戚映竹也终于踩到了实地。她仍被人挟持着，但看清了前方挡住路的人，声音颤抖着道："闫大哥！"

一身黑色劲袍的青年抬起眼帘，将长刀竖起。青年面容刚正，目光不动声色地扫过几人，客气地拱手，道："在下京城宿卫军大统领闫腾风，受邀来参加朋友的婚宴。诸位这是什么意思？"

第十七章　渐亏凸月

　　闫腾风极有实力。

　　他既然站在这里，这些挟持戚映竹的人便无法从他这里向前一步。何况闫腾风朝廷官员的身份让这些江湖人士投鼠忌器——身在江湖，谁身上没有几条命案？怎么敢和朝廷有过节儿？

　　几人拱手，道："闫郎君，此地非京城所属，我等也并非要伤害这位女郎，只是要处理一些江湖恩怨。我等向闫郎君保证，事成之后将女郎归还，可好？"

　　闫腾风挑了一下眉，问："你觉得呢？"

　　他这话问得不清不楚。

　　戚映竹却瞬间反应过来，道："闫大哥，我不愿与他们走的。"

　　抓扣着戚映竹手臂的人力道加重，让戚映竹吃痛地蹙眉。戚映竹却紧张地盯着闫腾风，只怕闫腾风走了。她与闫腾风并无交情，之前还因为时雨有些过节儿。她以小人之心，怕闫大哥……

　　闫腾风淡淡地"嗯"了一声，道："好。"

　　寒夜雨如注，他掀起眼皮看这些白衣江湖人士，态度生硬无比，道："戚女郎是我从小看顾的妹妹，无论是何缘故，我都不能让你们带走她。"

　　话音一落，他手中竖着的刀蓦地向上一撩，穿过雨帘而来。他周身气势之厉，让几人抵抗得艰难。

　　闫腾风武艺不凡，又在军中练过数年，武功路数比较刚正规矩，厚重感强，而对手武功偏飘逸灵动。完全相反的武功路数，让双方在对战后皆有些震动。

　　黑衣青年与四位白衣人对招上百——对方带不走戚映竹，闫腾风也奈何不了对方。而时间被拖延，着急的必然是这些挟持戚映竹的人。何况，闫腾风始终未曾拔刀，一直在用带鞘的刀与人过招。

几人中唯一的女郎被闫腾风手中的刀震飞，"咚"的一声撞在树上，吐出血来。其余三位郎君中的一人乱了方寸，唤道："师妹！"

闫腾风眉毛轻轻一动，手腕翻转，刀鞘斜挑！

看到三个郎君和一个女郎皆倒在地上，立在夜雨中的戚映竹心中震动，怔怔地看着闫腾风漫不经心地将那始终未曾出鞘的刀收了回去。

她先前只见过时雨动武。时雨动手便是冲着杀人，让她心惊胆战。而闫腾风是朝廷命官，轻易不会杀人，本该是戚映竹欣赏的那一类人。

闫腾风收刀后走向戚映竹，目光在戚映竹被雨水打湿的嫁衣和发间的步摇上停留一瞬，若有所思地道："我先去了你们住的地方将阿瑛唤醒。阿瑛说你被抓走了。因书房中的书信被人翻过，我疑心是有人要对付你们，但也不确定你们惹到了什么人。"他皱着眉道，"你要嫁谁？是不是那个时雨？戚女郎，他身份不好，今日这些想挟持你的人，要么是秦月夜的杀手，要么是他招惹过的江湖人。"

秦月夜？就是时雨所在的那个杀手组织吗？她已经顾不上那些了，求闫腾风："闫大哥，时雨必然出事了，你能不能带我去？你能不能帮他？"

闫腾风道："不能。他们这些江湖人士一贯狗咬狗，谁也不干净。我不出手对付他们已是睁一只眼闭一只眼，是不可能帮任何一方的。"

戚映竹愣了一下，绞尽脑汁地想怎么说服闫腾风。

这时地上躺着的一个人拄着剑站了起来，大喝道："这话说得好！只是既然不插手江湖事，闫郎君何必对我们苦苦相逼？"

戚映竹和闫腾风同时回头看去。戚映竹紧张地往闫腾风身后躲，闫腾风则岿然不动。

那站起来的人看戚映竹如此，冷笑道："戚女郎，我听了半天，也听明白了。你和我们根本不是一个路子的人。我们是草根出身，你和这位闫郎君是金贵人士。我不知道恶时雨是如何蒙骗了你，让你嫁给他，但是……你若知道你的未婚夫君是一个何等罪大恶极的人，仍能毫无芥蒂地嫁给他吗？你和我们不一样——你这种女郎，大家闺秀，会读书，会写字，会绣花。你恐怕只看过几本话本，就以为杀手是什么威风凛凛的角色……你不知道他手上沾了多少血，不知道他害死了多少人，不知道他让多少人家破人亡。你和他这种人在一起，真的能心安理得？"

戚映竹面容微微发白。

大雨滂沱，这人的质问声却比雨声更大。

在这一瞬，她蓦地想到了表姐宋凝思。她的表姐也是闺阁女郎，也曾天真烂漫、笑靥如花。在表姐被掳走前，戚映竹觉得表姐虽然自我一些却是个娇憨可亲的姐姐。但是她最后一次见宋凝思的时候，宋凝思已是个面容苍白、死气沉沉、心机深而狠的女郎。

宋凝思也曾经历过这种质问吗？

戚映竹勉强喃喃地道："不一样的，恩怨情仇是说不清的。时雨很听话的……他不会主动做坏事……只是因接生意的话，不应该怪他的。他身在江湖，身不由己……我会看着他、教他，不让他主动滋事……"

那唯一的女郎嗤笑道："那他以前作的恶就算了？"

戚映竹说不出话。无论回答什么，她都会忍不住为时雨辩解。可连她自己都不相信时雨真的是无辜的善人。

戚映竹只喃喃地道："不管发生什么，我总要与他一同承担的。"

靠着树桩的女郎此时也终于站了起来，声音变得尖锐，手中的剑直指戚、闫二人，道："如何承担？我们天山派远离中原，不参与江湖纷争，难道还是我们躲得不够远吗？恶时雨偷走了我们的九玉莲，我的小师弟要为此丧命，难道我们连寻回九玉莲的权利都没有吗？"

戚映竹脑海中猛地浮起一个猜测——她想到时雨之前的离开，回来后带给她的东西……

她声音变得干涩："何为九玉莲？"

夜雨中，一个老人的声音由远及近："生人肉，补其血，药百病，护其精。九玉莲一百年就开这么一次花。我天山派想尽办法想多种几株，却不知是何缘故，一直栽种不成。我们天山派要靠着它续小行的命。为此，我们让给了各大门派很多好处，让他们不要来抢夺九玉莲。谁能想到最终功亏一篑，九玉莲没有被各大门派抢走，却被恶时雨夺走。"

几位江湖少侠齐声道："师叔！"

戚映竹随着他们的目光看去，见到朦胧的雨雾中，一个白发老人轻飘飘地从树梢上飘落。他怀中抱着一个瘦弱无比的孩子。那孩子眼睛黝黑冷漠，脸色却苍白，身量如一个四五岁的稚子一般，恹恹地被老人抱在怀里。

这个小孩儿便是天山派要救的天才孩童——叶行。

叶行已经有八九岁，因功法受损，看上去却和四五岁的孩童一般。

几人面见这位天山派的师叔，连闫腾风都客气地拱手打招呼。这老人不像他的几个师侄一般喊打喊杀，看上去脾气倒好，对戚映竹苦笑着解释："掌门师兄的意思是不要九玉莲了，只要恶时雨为此付出代价，死了便好。但是没有九玉莲，小行怎么办？小行才几岁，就要这么没了，我于心不忍。"老人道，"戚女郎，你也是讲道理的。之前我的几个师侄要挟持你，我替他们道歉，天山派定会奉上无数金银补偿于你。可你能否说服恶时雨，将我们的九玉莲还回来？小行自幼失怙恃，拼了命地练武，也不过是想在天山派有一席之地。这孩子命苦，是我们看着长大的……我们宁可违背掌门师兄的意思，也想下天山，为小行求一个未来。"

他哀求道："你这般健康的人，是不知道整日病重、无法下床是什么滋味的。这对一个本是天之骄子的孩子来说，是何等的折磨！"

闫腾风皱眉，想开口说没有谁能比戚映竹更清楚缠绵病榻的感受。戚映竹却苍白着脸没让闫腾风说话，恍恍惚惚中，眸中似有水雾，道："原来是这样，原来那真的是神药。时雨都是为了我……可是九玉莲已经……只剩下三片花瓣。如此，可还有用？"

几人大惊。

迟疑之下，老人却迫不及待地道："哪怕有一片，让小行维持住性命，再慢慢找其他法子治病呢。"

戚映竹低下头，夜雨将她的声音衬得缥缈："好，那我们一同去寻时雨吧。"

镇上府邸中的打斗已经进入白热化。大雨没有影响这里的混乱局面，反而激起了人骨子里的凶残。秦月夜的杀手们动手后，所有人的杀性都被激发。

众人都杀红了眼——

若说原本忌讳秦月夜，可是秦月夜是一个杀手组织，和杀手组织有仇的人本就多。之前秦月夜的内乱，在场的有不少人都参与了，而今心中都开始怕秦月夜日后报复。

如此，他们不如就趁机能杀多少算多少，最好让秦月夜不再是那个压在所有江湖门派头上的杀手组织，最好让秦月夜日后由几大门派轮流坐庄，让这个杀手组织成为大家手中的刀！

而他们势必要打着旗号——

"秦楼主，我等也不想与你们为难，但我嫂嫂的妹妹的姑父的爷爷一家曾被恶时雨灭门。今日你们秦月夜偏袒恶时雨，我等少不得要讨个说法。"

"恶时雨，我们是替天山派来讨伐你的！你将九玉莲交出来，我们既往不咎。"

时雨不理会这些声音。

他杀人时如入无人之境，心境平和，越是平和，越是视人如死物，一刀抹杀。

江湖恩怨是算不清楚的，他早就明白，当了杀手，不是人来杀他，就是他去杀人。他原本不想在新婚之日杀人，但是这些人不让他去见央央。

他只有杀光这些人，才能离开。

这样的时雨，是世上最真实的冷血怪物。他在血泊间穿梭，一身红色新郎服被鲜血浸透，硬生生变成了世上最不祥的恶煞之衣。

这里人人都想要他的命，他便也想要这些人的命。

天光大亮，时雨手中的匕首再度划破一人的咽喉。那人软绵绵地倒地。

时雨单膝跪地，把匕首横在眼前，转身要再杀一人时，一个清澈、哀伤的女声从大门口传来——

"时雨，住手。"

然后，一个老人内力浑厚的声音与闫腾风沉稳的男声先后响起——

"感谢诸位为天山派讨公道。诸位且先住手。"

"尔等在此打架滋事，挟持寻常百姓，扰乱城镇民风，若再不住手，朝廷唯尔等是问！"

躲在院子角落里和桌下瑟瑟发抖的被时雨雇来的客人中还有活着的，当即大呼："是官老爷吗？官老爷救命！这些人全都疯了……见人就杀啊！"

诸位江湖人士犹豫不已，问："天山派来人了？"

见秦随随和步清源收了手，杀手们警惕地看向大门口。

时雨抬眼，脸上沾的血迹没有擦干净，眼神起初如锋利的剑，在看到那身绯红嫁衣时，眼神如同清雨一般，波光清莹，纯净清澈。

穿着嫁衣的戚映竹走在闫腾风身旁，和白衣轻裘的天山派之人一同步入院中。

打斗中的江湖人士好奇地看着罕见的天山派人士，看到那老人怀里的孩子，再看向那美玉般的新嫁娘，不觉愣怔了一下，了然：原来这位女郎便是恶时雨要娶的人。

恶时雨滥杀无辜，恶贯满盈，却能娶到这般相貌的女郎？

戚映竹定了定神，才看向院中。她已做好准备，已知道自己必然会看到一些惨象，但睁开眼的时候，面前所见的那片血泊和单膝跪在血泊中的少年……都冲击了她的接受能力。

她脸色更加苍白，目光与时雨的目光对上。

时雨一时蒙了，继而露出些许后怕的神色。他站起来，想向她走去，却被脚下的尸体绊到。他低头看到一地的残肢断臂，后知后觉地想起自己都做了些什么，脸色"唰"的一下变得苍白。

他站在原地不敢动，直接将自己手中的两把匕首"哐啷"一下全都扔了。

他身后，秦随随一下子捂住脸，扭过头与步清源耳语："他没救了，连武器都丢了。我要是他旁边的人，这会儿马上给他一刀，看他要不要武器。"

见步清源同样与她说悄悄话："这孩子有点儿傻啊。小楼主，要瓜子吗？"

见步清源熟练地递出一把瓜子，秦随随当真毫不客气地接过。

秦随随察觉一道冰冷锐利的目光在自己身上停住，抬头，看到了戚映竹身旁的闫腾风。那位朝廷命官看她的眼神透着十个字：又是你这个妖女在滋事。

秦随随挑衅地扮了个鬼脸。闫腾风当即移开视线，懒得多看秦随随一眼。

不理会秦随随和步清源当着面的嫌恶，时雨只盯着戚映竹。他想到戚映竹说过不要他当着她的面杀人，可是眼下……他心里更加慌了。

两人怔怔地对望，一时间皆无言。

时雨轻声道："你……是不是不要我了？"

戚映竹眼中掉落一滴泪。

这般多人的质问，这般多的罪恶。一地尸体，杀手之路……她便是连问都提不起勇气。这满地的鲜血，他到底要有多么强悍又多么无所谓的心，才能当都没看到呢？

善与恶之间未必有明确的界限，戚映竹早就明白这个道理。所以她当鹌鹑，所以她故作不知……可是江湖人不会放过他们，时雨的过去与现在、罪恶和无辜，必然要血淋淋地展现在戚映竹面前，逼迫她面对。

她喜欢一个人，就不能只喜欢他的好，也得接受他不好的那一面。

人性两面，考验太难，恐怕只有江湖上那些无所顾忌的妖女才能真的做到不介意。

雨丝绵绵，戚映竹哽了一下，对时雨勉强露出一个笑容。她向他招手，道："时雨，你过来，我有话问你。"

时雨对她不设防，哪怕她旁边站着天山派的人，哪怕那些人用仇恨的目光盯着他，仍一步步地走向戚映竹。当时雨站到戚映竹面前时，就连秦随随和步清源这样与时雨隔着一段距离的人，都敏锐地察觉了戚映竹身旁那几个天山弟子的紧张和兴奋。

戚映竹仰头，目光眷恋地看着时雨。

她拿出手帕，轻轻地擦他脸颊上的血迹。时雨垂下目光探寻地看她，乖巧地将阴鸷藏起来，看着无辜极了。戚映竹缓缓地问："时雨，九玉莲就是你给我用的神药吧？"

四周那些江湖人士全都竖起耳朵：什么？九玉莲已经被用了？难怪恶时雨一直不吭声！

时雨看着戚映竹，不明白她为什么这么问。她不知道若是江湖人士知道九玉莲是被她用了，麻烦会牵连到她身上吗？

时雨以为戚映竹不明白江湖规矩，一时迟疑，没有开口。

戚映竹又道："时雨，回答我。"

时雨斟酌着，轻轻地道："嗯。"

那些想要抢走九玉莲的人全都恶狠狠地盯住了戚映竹，恨不得将戚映竹大卸八块，好将她吃下去的九玉莲挖出来。

戚映竹心想：原来这就是江湖。

好了，从此以后她和时雨一样是过街老鼠了。

但是……这些人是打着给天山派讨公道的旗号而来，天山派也未必多好心。虽然那个老人的话让戚映竹心里愧疚，她也不忍心见一个几岁的孩子无辜丧命，但天山派也未必就那么干净。

她是要还天山派东西，同时也希望江湖人士能将目光从她和时雨身上移开，去看天山派。

戚映竹问时雨："剩下的三片花瓣在你身上吗？"

时雨看着她，好一阵子才乖巧地回答："在。"

戚映竹道："给我。"

时雨更加不解，且心里涌起很多不安，不知道她要做什么。时雨现在心神不宁，不知道戚映竹会如何看待大开杀戒的他，也不知道他还能不能成亲……只能是她说什么，他都照做，只希望她能够不生气。

时雨默默地从怀中取出一个木匣。

这一刹那，戚映竹身旁天山派弟子的呼吸有些重。

四周的江湖人士眼睛放光，窃窃私语——

"真的是九玉莲？"

"还剩下三片？那还有用吗？"

"肯定有点儿用吧……"

戚映竹旁边的天山派弟子声音急促："快！把匣子还给我们！"

戚映竹道："看一下是不是你们丢失的。"

她缓缓地打开木匣。那些人跟着望过去，目光灼灼生热。戚映竹盯着九玉莲余下的三片纯洁如玉的花瓣，心神恍惚，又模模糊糊地想到那个晚上，时雨第一次让她看九玉莲的情景。

那时候她怎么会想到，这个东西真的能救命，也真的会让这么多人来抢。

戚映竹问："可看清了？"

她身旁的人警惕地道："你不会不想还我们吧？"

戚映竹说："会还的。"

她合上木匣，转过身，当着所有江湖人的面，要将木匣还给身旁的老人。那老人怀中的小孩儿盯着木匣，目光灼灼。便是这么小的孩子，也渴望活下去。求生是人的自然本能，对这个小孩儿来说，生命才刚开始，他的人生会比戚映竹的璀璨光华……

木匣被一只手握住。

那老人目光一闪，抬手便要出招。时雨另一只手一扬，飞针刺出。这么近的距离，几个天山派弟子抽出武器抵挡。那老人当即要袭向戚映竹，却被闫腾风递出的刀柄所挡。

片刻间，时雨手中的飞针点住了几人的穴道，包括戚映竹的。

戚映竹僵硬地站着，看着手中木匣的另一端被时雨握住。

时雨问："你什么意思？"

戚映竹轻声道："将九玉莲还回去。"

时雨道："为什么要还？这是我的。"

在场的江湖人士哗然，登时开始大骂。时雨恍若未闻，只盯着戚映竹。戚映竹垂首，不看他的目光，只道："时雨，不属于我们的东西，你不要继续霸占下去。我们应寻求和解，而不是一条路走到黑，直至无路可走。"

时雨道："原来你这么想，"他慢吞吞地道，"可是我不这么想。"

下一瞬，他忽地倾身，一把将戚映竹抱入怀中。戚映竹身旁的几个天山派弟子终于冲开了穴道，向时雨杀来。时雨已经腾空跃起，踩上了房顶的瓦片。

时雨抱着戚映竹跳下去，逃离了此处。

众人蒙了一下，急了，吼道："快追！"

嗑瓜子的秦随随默默地重新握起了刀。

暴风骤雨，雨丝如梭。戚映竹被点了穴动不了，被时雨带着离开了那个是非之地。

身后追杀者无数，时雨身形如电，将那些人甩得越来越远。

天下哪有这样的笑话：新婚之日，新郎将新娘掳走，正在被人万里追杀。

被时雨抱在怀中的戚映竹严厉地道："时雨，不要一错再错，我们本可以和天山派和解！”

时雨年少的面上浮现一丝狠厉阴沉的神情——这是戚映竹从没看到过的。

但这确实是时雨真实的一面——

"我为何要与他们和解？我就是要救你的命，就是要你活下去。其他人与我何干，死光了跟我有什么关系？你必须服药！"

天亮时，时雨带着戚映竹到了一座不知名的山上。确定身后追杀他们的人暂时追不上，时雨才给戚映竹解了穴道。

穴道一解，戚映竹便伏在山洞的石壁前，捂着心口开始咳嗽。时雨担心她僵硬了一夜手脚酸痛，习惯性地伸手想为她揉捏酸痛的地方，手却被戚映竹推开。

她侧着脸干哕，说话有气无力，倒没有多少生气："别碰我。"

时雨怔在原地，出了一会儿神，低头看到自己手上已经凝固的血，将手往后收了收。

干哕之后的戚映竹没有那般难受了，这才苍白着脸回头看他。

两人四目相对，分明穿着嫁衣婚服，却是相识以来第一次相对无言。

戚映竹轻声问："难道那个孩子的命就不管了吗？他还那么小。"

时雨道："天山派要那花，也不一定真的是为了救那孩子的命，说不定是为了换钱呢？我武功好，抢到了花，想怎么用就怎么用。他们打不过我，愿赌服输，凭什么要我交出花？九玉莲又不是天山派的。"

戚映竹道："长在天山派的东西，也不属于他们吗？据那位长老说，他们怕花被抢走，特意与许多门派打过招呼，可见他们何其上心，真的是为了救那孩子。时雨，我若是不知道也就罢了，既然知道了，如何心安理得地让自己活下来，眼睁睁地看着一个孩子死去？我如何能心安？"

时雨眼神清明，说的话却分外冷漠："为什么不心安？弱肉强食，胜者为尊，有什么关系？他活了，你就得死。九玉莲就一朵，只有一个人能活，其他所有人都得死。能救一个人，那个人凭什么不是你？"

戚映竹愣怔。她清楚地感知到了少年的冷漠。她才发现她以为的时雨的善良只是对她而已，其他人在他眼中，尽是死物。他有强大的能力掌控别人的生死，丝毫不在乎别人的生死。

她缓缓地道："时雨，你已不是怪物，不是完全感知不到他人情绪的怪物。你要知道，性命是世间最珍贵的东西。九玉莲我已经服用了很多，剩下的三片去救那个孩子，如此不好吗？"

时雨回答："为什么要救那个孩子？要是你因此死了，他也救不活呢？你能救一个人，能把天下的可怜人全都救了吗？你不要老想着那个孩子就没事了。"

戚映竹道："不是这般算的。人在自己能看到的时候，要完全不顾另一个人的死活，是很难做到的。我自然救不了所有人，但是在自己知道的时候，不能眼睁睁地看着另一个人去死，这才应该是人。人命之贵，你当明白。这些日子我已觉得好了很多，一时半会儿死不了，我们把剩下的花瓣给那个孩子用了，哪怕能吊着命，让他寻求其他救命法子呢？"

时雨低头，半晌后道："可我不想冒这个风险。万一你死了呢？我会很生气……"

戚映竹望着他睁大的乌黑眼睛，心中酸楚，宽慰他："时雨，人生很多时候是靠着希望在活。我答应和你成亲的时候，你不是答应过我，不要因为我离世而迁怒别人吗？我已经好了很多，我们把花还回去，想别的法子治病，好不好？没有经历过的人是很难理解他们的心情的，我在病榻上熬了这么多年，看到那个孩子便会心酸，便不想让他承受和我一样的苦。时雨，听我的，好不好？"

时雨盯着她。

戚映竹几乎以为自己说动他了。

但是他淡淡地道："我想不通。上天对你不公平，让你病魔缠身，那我就要把这公平还给你。"

戚映竹又气又急，道："这样子，你我的良心如何过得去？"

时雨背过身，道："我过得去。你自己想办法过去吧。"

戚映竹说不动他。

两人开始冷战。他摘来的山果，她也不想吃。时雨站在山洞口看了她半天，垂下眼帘当作不知道她在赌气，弯腰将她捞入怀中，道："追杀的人来了，我不点你的穴道，你不要乱动。"

他重新抱着她逃命。戚映竹窝在他怀中，何其心酸，心中茫然，问："难道我们就要这么一直躲下去？"

时雨给不了答案。

他抱着这个女孩儿，只能逃，没办法停下来把人杀光。他杀不掉那么多人，万一自身受了重伤，那些人也不会放过戚映竹。他不知道戚映竹会与他生多久的气，但她并未说他手染鲜血的事，只是在乎那个孩子……时雨不理解她在乎的事，只能茫然地沉默着，拒绝她的要求。

夜里，时雨带着戚映竹宿在野外。她脸色仍有些阴沉，时雨便也不知道说什么好。她试探地问他杀人的那些事，时雨也答不出来。

戚映竹问："能够隐退吗？"

时雨道："不能。金盆洗手后会遭人报复，结局一般是死。你想让我死吗？"

戚映竹靠着树蜷缩着身子，迷惘地问："若是躲过去了……日后能够不杀人吗？"

时雨漠然地道："不……"

戚映竹闭上眼，侧过身。

时雨偷偷地看过去，有些无措地递过去一串烤熟的野果，问："你吃吗？"

戚映竹没有理会他。

时雨茫然地坐着，觉得心脏有些疼。他捂着自己的心脏，却不明白这是什么原因。

时雨耳听八方，一边守夜，一边照顾戚映竹。后半夜的时候，戚映竹发起了高烧，烧得糊涂了，让时雨惧怕不已。他唤不醒她，直接喂进去一片花瓣，见她还不醒，便只能抱着她没头苍蝇一般赶路，去镇上找大夫。

因为这短暂的停留，他们身后的江湖人士追上来一些，被时雨打得死伤半数。

待戚映竹身体好些了，时雨便又带着她赶路。但是戚映竹的身体实在太差了，她分明用了九玉莲，然而生活环境一旦不安适，便总是生病。最开始的时候，戚映竹还有心情和时雨辩解两人的看法，让他把花还回去；到后来，戚映竹恹恹地被他抱在怀中，一整日都发着低烧。

到夜里，时雨寻到了山洞，带她进去躲雨。又过了五天，到了她该服药的时候。看到只剩下两片花瓣，戚映竹记挂着那个与自己有过一面之缘的孩子，心情低落，默默地垂泪。

时雨心中生怒。

他看到她的身体这样差，用了九玉莲后也不过如此……更确定不可能还花了！

戚映竹不愿服用花瓣。时雨直接点了她的穴道，以唇相抵，掐着她的咽喉，逼迫她咽下去。待他解了她的穴道，她面容涨红，咳嗽不止。她与时雨相识一场，见过时雨最冷漠、最无情的样子，便是他点了她的穴道，逼迫她服药。

她心里知道他是为了她好，却依然会因为那个孩子而不安。

她不知道错的是谁，心中也想不通。她说服不了自己心安理得，也说服不了时雨认同她的看法，多思多虑让她的身体一直这般差。

对她的这种表现，时雨权当看不见，守着她，待她的烧退了，告诉她："我要为你疏通筋骨、气血了，会有点儿痛。"他解释，"这样能让你更好地吸收药。"

戚映竹闭着眼。反正她反抗不了他，已然随他折腾了。但是当时雨握住她的手，一阵钻心的痛袭来时，她仍忍不住全身颤抖，尖叫出声。她才发出一个音，时雨便从后面搂过来，用唇堵住，不让她的声音再发出。

他的手紧紧地握着她的手腕，内力强横无比地冲着她的周身奇穴，他知道这种疼她忍不了，但是……现在她服了药，是她的身体最好的时候，若是他此时都不冲穴，还有其他更好的时机吗？

时雨喃喃地道："你疼的话就咬我，别叫出声，会引来追杀我们的人。我不能点你的穴道……那样你会更痛。"

那是怎样的痛？时雨不清楚。他只知道这种疼让平时就柔弱的女郎浑身打战，让向来冰肌玉骨的女郎满头冷汗、鬓角发湿，让她发着抖喘息、尖叫……

他的口齿与她的相缠，他用手一寸寸地向上……

于是从手骨开始，戚映竹全身都要遭受这种痛。

她疼得落泪，周身汗湿，强忍不住，两人齿间尽是被咬出的血。

为了不被人发现，山洞中也未生火。野兽的叫声在山林中时远时近，整个天地让人恐惧得如坠深渊。戚映竹哭泣，奄奄一息，摇头喃喃地道："别碰我了……好疼……"

心口那针扎一般的感觉让时雨同样面色苍白。他没有过这种感受，但看到她这样，也无数次想打退堂鼓，想着算了。然而他终是冷血的杀手，知道这样对她好……

时雨说话的声音在戚映竹耳边也忽远忽近："就快好了，央央。"

戚映竹打着战问："还要多久啊？"

时雨不忍心告诉她实话，不忍心告诉她需要好几天的时间冲穴。她病了这么多年，气血堵塞，一下子把所有穴冲开会要了她的命，只能徐徐图之。而徐徐图之，对戚映竹来说，便是持续的痛苦。

时雨便撒谎说："快了，快了。"

戚映竹哽咽连连。

在这一晚的冲穴结束后，她浑身都失了力气。她忘了自己和时雨之间的龃龉，忘了因想法与他不同而造成的隔阂。毕竟整个天地间，只有这个少年陪在她身边。人在痛苦后，总会对身边的人产生依恋。

她依偎在他怀中，抱着他无声地落泪。

时雨重复自己说过的话："上天对你不公平，我要将公平还给你……央央，我一定要你好起来。"

他低头来吻她，缠绵缱绻，情愫如流。人越是脆弱，越是渴望这般热情的碰触。乳白的月光洒在草木斑驳的山壁上，虚弱的女郎被按在山石上亲吻。

戚映竹一点儿力气都没有，想推他却推不开。她茫然地问："你要在这里吗？"

时雨抬头。寒月夜，他的眼睛依然漂亮澄澈，黑白分明，他说："你太疼了，这样能安慰你。"

戚映竹红了脸，道："这样……怎么会安慰到人？我本就没力气，本就疼，你这样，我不是更难受吗？"

他们已经吵了很多天，已经不和对方说话很多天，但是这一晚，仰起脸的少年眼中浮起笑，狡猾地道："这样会舒服啊，怎么会难受？你享受就好啦。"

于是后半夜，戚映竹便如被海浪冲刷，陷入幽幽海潮中。潮水缱绻温柔，每次碰触都在她身上燃起火苗。她变得慵懒，变得昏昏欲睡，身体散了架一般。

然而她确实如时雨所说——不疼，很舒服。

戚映竹闭了目，颇有些认命。她已然觉得自己和时雨纠缠不清，他们一路被追杀，他不肯还花，被人当作恶人……那她只能成为恶人婆子，陪着他。

只是可惜，他们到底没有成亲。

接下来的几日，他们白天赶路，夜里冲穴。每一晚戚映竹痛过后，时雨便会用情人间最亲密的身体碰触来安抚她的情绪。他的唇舌、手指、膝盖、长腿，都是安抚她的工具，他知道她所有的敏感点，也向来比较会这些……

不知道是服了药，还是筋骨、气血被冲开了，或者是别的一些原因，戚映竹一直跟着时雨赶路，竟然没有再生病。

这不是靠虎狼之药透支生命，戚映竹真的觉得自己的身体好了很多，有了很多精神，最明显的变化是……她夜里不会失眠，能够睡着了。

最后一夜，时雨又点了戚映竹的穴道，逼着她吃完最后一片花瓣。至此，九玉莲彻底被她用完，绝无可能还给别人了。时雨帮戚映竹冲开了最后的奇穴。戚映竹周身奇穴已经尽被打开，体内的气血可以畅快地流动，不会再如之前那般常年堵塞。

这也是九玉莲的功效，让她能够承受这般刺激，也护住她的心脉，让她的心脏稳健地跳动下去。

冲完穴道后，时雨照例用情人之间独特的方式抚慰她。时雨大汗淋漓地爬起来时，怀里的女郎披着他的衣袍已然入睡。时雨帮她调整好舒适的睡姿，只着中衣站起来，低头看着她的睡颜。

山洞中没有篝火，只有稀薄的月光，但是时雨依然将戚映竹的睡颜看得清清楚楚。春水入画，眉眼清淡，素净到极致便是美艳。

他依然觉得她是最好看的。

而且大功告成，从此以后她的身体就好了。

时雨心中怅然，似乎涌起很复杂的感情。他并不能明白这些情绪的意义，只知道自己心口沉甸甸的，似乎是高兴，又似乎不是。时雨默然地离开洞穴，立在洞穴外，望着浩瀚的星空出神。

一只雪白的鸟扑扇着翅膀，从群山间飞出。

时雨打了一声呼哨，将那只鸽子招来，拿到了字条。

字条是秦随随写给他的："结束了吗？整个江湖的追杀，我们已经顶不住了。"

红尘婆娑，人生如同一场醒不来的春梦。

时雨随意无比地将字条捏成了齑粉。他坐在洞穴外的山石上，长发披肩，面颊如雪。他望着山林，既是守护戚映竹，也是在想以后的路。

他想到这些天戚映竹常常蹙眉哀愁地喃喃："以后怎么办呢？"

是呀，他们以后怎么办呢？让戚映竹跟着他一起被整个江湖人追杀吗？九玉莲没有了，追杀的人却不会那么快死心，何况有人要的是花，有人要的是他的命。

时雨没有到武功盖世的地步，现在是靠着秦随随和步清源带着杀手们阻拦追杀的人，才能有片刻安静。

但是他们日后怎么办？他带着戚映竹一直逃吗？像金光御带着宋凝思那样吗？戚映竹的身体即使好了，也不会如正常人那般健康，她能撑得住吗？

时雨低下了头。

天明后，鸟叫声清脆，戚映竹从睡梦中醒来。

春夜其实没那么好，杂草丛生，空气湿润得让人发愁，柳絮会飞进人的鼻腔，泥土中有各类昆虫爬过，野外的许多危险动物也在春夜中复苏。在春夜复苏的不仅有草长莺飞，还有燥热、沉默，但是因为有时雨在，春夜便显得平静而温柔。

披着衣的戚映竹坐了一会儿，稍微整理好自己的仪容，起身向外去寻时雨。

她看到只着中衣的少年坐在山石上，金灿灿的阳光落于他身上，脊背如山，发上也点着金色的光。

这般温暖的光照在他身上，如此美好，也因太美好而让人生起对失去的惧怕。

戚映竹不安地唤道："时雨。"

时雨回头看向女郎。那披着他的黑色衣袍的女郎长发披肩，在日光下如春水一般，实在好看。她对他弯起眉眼，温婉无比地笑。

时雨不解地看着她，这是怎么了呢？她之前不是一直跟他生气，跟他冷战吗？他昨夜彻底用完了九玉莲，她不是应该气得一整天不理他吗？

戚映竹向他走来，握住他的手，道："为什么不进去睡呢？你不冷吗？"

手被她握着，时雨感觉很奇怪，又很警惕她的态度，问："你要对我下毒吗？"

戚映竹一怔，然后恍然，道："是什么样的生存环境，让你这么想呢？"

时雨没领悟到她的言外之意，只无措地低下头。

戚映竹握着他的手，低声道："时雨，我想明白了，既然事情已经回不了头，只能继续走下去了。虽然我们未曾拜堂，但你我的情谊……你待我的心……我是知道的。那个孩子的生死，我会努力去学着不介意，努力让自己的心肠硬一点儿。既然你是江湖人士，我便要……便要……学着去当一个杀手的……身边人。那些追杀，我愿意和你一起面对。我日后再不和你吵架，再不生气了。我选择如此，已然接受，不会反悔的。"

她因害羞而磕磕巴巴，话语间省略了许多词，又因为情意而努力说服自己，走向他，接受他。

时雨怔怔地看着她。

戚映竹抬头。

时雨看着她的眼睛。

戚映竹望着他道："时雨，我们快走吧。"

时雨慢吞吞地道："你好像很害怕，握着我手的手一直在抖……你怕什么呢？"

戚映竹沉默了一下，缓缓地道："我怕世事相催，怕爱意被磨，其他也不怕什么。"

时雨看了她半晌，忽然咧开嘴，不只眼睛里带笑，整张脸都在笑。他是愉快的，心情极好。

戚映竹看到时雨将手从她的手中抽出。

时雨笑得眯起眼，道："值得了。"

下一瞬，他抬手就点了戚映竹的穴道。戚映竹惊愕，看着时雨俯身过来抱住她，伸手在她耳下轻轻一钩，她的一只耳坠便落入了他手中。时雨低头看了一眼，说："这个留给我。"

他将既动不了也说不了话的戚映竹横抱入怀，走向山洞。

时雨慢悠悠地道："央央，虽然我一直和你吵架，但是没有一次真的和你生气。央央，你愿意陪我吃苦，但我不是金光御，不会让你受苦。央央，我要走了，你的命是我救下来的，你要好好待自己。央央，我们第一次相遇是意外，以后不一定还能遇见……但是，交给老天，试试看吧。"

戚映竹被放到了洞中，时雨用草木挡住那个洞口。戚映竹急得眼泪在眼中转，用恳求的眼神看他。他之前明明是个懵懂的、有点儿傻的少年，这时候却带着点儿坏笑，不看她。

他在她唇上轻轻地亲了一下，便转身离开了。

过了很久，也或许没过多久，戚映竹听到了很多声音，包括各种兵器交击的声音。她心急又不安，因为担心时雨而心神错乱。良久，她听到了时雨的声音——

"你们都听着！你们的追杀，尽管冲着我来好了。想杀我，想要我的命，凭本事来！从此以后，我和戚映竹恩断义绝，绝不回头！你们和我的仇，只管找我好了。我虽然和她分开了，到底是情人一场，你们要是找她的麻烦，让我知道了，我保证让动手的人后悔活着，全都来吧！"

秦随随的声音紧接着响起："诸位侠客都是替天行道的大侠，但我秦月夜也不是好惹的。从今天起，秦月夜不再接任何生意——诸位既然要和秦月夜为敌，那咱们就打吧，大不了灭门，谁又没有被灭过呢？只有一点诸位记着：从此以后，秦月夜会保护自己人，和之前不一样了！"

打斗声持续了很久，从天亮到天黑，哀号声、叫骂声一片，慢慢地，杂音却越来越少。

时间变得漫长，在山洞中躲着不能动、不能说话的戚映竹，像是流尽了自己一生的泪。黄昏时，她终于能够动弹了，而外面早已没有了声音。

戚映竹跌跌撞撞地出去，看到一地的尸体与鲜血。她没有在其中找到时雨，心里庆幸他逃走了，可又难过自己再也见不到时雨了。

戚映竹跪在血泊中。黄昏光暗，她捂着脸哭了起来。

以后怎么办呢？没有了他，她以后怎么办呢？！

第十八章　再　起

　　起风了，春山明净，千里杨柳影，伴着淅沥春雨。

　　这样的风景，让戚映竹不禁想到幼时。戚映竹因体弱，自幼便被困于闺阁中读书。那时戚映竹最喜欢的诗是《采薇》："昔我往矣，杨柳依依。今我来思，雨雪霏霏。"

　　那时她斟酌着诗中的字句，想象着离别与重逢的欢喜。这世间是否有一人，也会让她折枝相送，在雨雪下等待？少时她好奇着那般书中才有的情意，想得自己失落，觉得此生自己也没有机会离开侯府了。

　　少年不识愁滋味。

　　到今日，戚映竹才真正懂得《采薇》中不甚出名的最后一句——"我心伤悲，莫知我哀！"

　　当戚映竹和闫腾风、戚诗瑛一起埋葬山上的尸体时，才真正读懂了那首诗。她心里的伤悲，要与何人诉说呢？

　　当一切结束后，戚诗瑛体贴她，要带她回侯府中休息。戚映竹拒绝了，向戚诗瑛和闫腾风告别："感谢你们多日的照顾，如今我的病已经好了，该学着自己照顾自己了。我不随你们回京了，我想试着自己一个人生活。"

　　戚诗瑛愕然地道："你不回落雁山了吗？你……你……"她迟疑地道，"万一时雨回来找你，落雁山不是一个去处吗？"

　　戚映竹望着远山出神，道："他将江湖恩怨全担于自己一人身上，接下来恐怕会很难……他不会再来找我了。杀手的身份既然被挑明，时雨说要离开，便是真的

　　　　　　　　　　　　　　·444·

要离开了。时雨……他的心总是最柔软，却又最能狠下来的。"

戚诗瑛问："你怪时雨是杀手，杀了那么多人吗？"

山间的风袭来，戚映竹咳嗽了两声。闫腾风投去关心的目光。戚映竹摇了摇头，示意自己无事。

戚映竹有些难过地说："其实我已经决定和时雨一起面对一切。我早就知道他杀手的身份，委婉地劝过他许多次。我心里也明白，江湖恩怨，不能怪时雨。只要时雨不滥杀无辜，我就能说服自己接受。

"也许是我一直太悲观了，总是对活下去不抱希望，对生活没有信心。时雨那样待我，我觉得还不起他，就想用我觉得对他好的方式帮他……可我小看了时雨。

"你们说，时雨懂得什么呢？他连他喜欢我都不知道，好奇地问个不停，连他爱我都需要我去告诉他。可是这样的人，偏偏对我最好，哪怕冒天下之大不韪，被满江湖的人追杀，也要我活下去。

"在我心中，解决问题，让人不要追杀我们了最重要。然而在时雨心中，我活着才最重要。"

戚映竹捂住脸，无声地哽咽。

戚诗瑛茫然地问："你不跟我们回去……是想去找时雨吗？"

戚映竹摇头，道："不完全是。时雨救了我的命，不愿我招惹江湖事，我若主动涉入，未免让他的心思白费。但我确实想离他近一些、再近一些，若有机会，还想重新遇见他。

"我与他相识短短一年，相处不过半年。半年时光，我却觉得常人一生情意最浓之时也不过如此了。我只是觉得太遗憾了。若早知会分离，我应在去年春日相遇时毫无芥蒂，从见他第一眼时就与他好。

"时雨大约不能明白这些吧……真是傻子。他不明白世俗事，却做尽了那些明白人一辈子都做不到的事。"

戚诗瑛终是女儿家，对戚映竹的心情感同身受。虽然戚诗瑛总是话里话外嫌弃时雨，但是……时雨确实对戚映竹足够掏心掏肺了。戚诗瑛未曾经历情爱，也素来不屑于此，但此时心中也生起了些许羡慕，以及……她一直对戚映竹的隐隐的嫉妒。

但是戚诗瑛把情绪压了下来——戚映竹都这么惨了，有什么值得嫉妒的？

闫腾风咳嗽一声，道："那你要去哪里？你这般相貌，独自在外实在让人不放心。我派一名卫士跟着你吧，不打扰你，但也可以保护你的安全。"

戚映竹没说自己要去哪里，但向闫腾风道谢，并表示是自己雇卫士，会每月付钱。

戚诗瑛皱眉，心想何必分得这么清楚，就见戚映竹面向她，温和地道——

"阿瑛，我能拜托你一件事吗？这事，我原本是打算死前再求你的，但我现在死不成了，只好提前说了。我已经把自己去年写字作画赚的钱，养父、养母给我的钱和时雨留下的钱，全都兑成了现银，就在落雁山上的屋舍中。你回去的时候，将那些钱财带给侯府吧，感谢他们对我的养育之恩。其实我早就应该还，那时我还，恐怕他们不肯要，现在正是最好的机会。"

戚诗瑛心里略有些不舒服。明明之前是她赶戚映竹离开侯府，现在却又觉得，戚映竹何必和侯府分得这么清呢？这样子像是侯府亏待戚映竹一样……虽然因为她，侯府确实待戚映竹不好。

戚映竹交代完这些，回屋中收拾包袱。戚诗瑛与她闹别扭，跑出去不知道去了哪里。戚映竹收拾好包袱出来，夕阳下，只见到闫腾风昂然负手而立。

闫腾风心细，给她雇了辆马车。他所交代的卫士短暂地露面和戚映竹点了个头，又消失不见了。

戚映竹感激地道："多谢闫大哥。"

闫腾风看了她半晌，道："昔日因我指认之故，阿瑛回来，间接让你被赶出去，我心里一直对你很愧疚，此次帮你也不过是为了自己的良心。但是……戚女郎将阿瑛气跑，应该也是有事与我说吧？"

戚映竹一愣。

闫腾风道："我向来看人极准。你虽终日恹恹，因病而对什么都提不起精神，但又是极聪明的，不然……也不会当着那么多人的面，想将九玉莲还给天山派，恐怕当时也是抱着祸水东引的心。"

戚映竹目光闪烁，进而有些哀伤地想：可惜……那花既没还回去，也没救得了那个孩子。

她喃喃地道："我想多去些地方，多帮帮别人，偿还时雨欠下的债。"

她打起精神，与闫腾风说道："时雨武功好，和我认识后一直很乖，没怎么离开我的视线。我觉得这般乖的人，不应该在他新婚之日，突然有那么多江湖人找过来。而且闫大哥你来救我的时候说过，你的书房中关于我与戚诗瑛踪迹的信件被人动过。我和阿瑛既不是江湖人，又没有得罪过人。我们两人无关紧要，为何会有人动关于我们行踪的信件呢？"

闫腾风眉头轻轻一挑。

戚映竹思考着道："如今看来，是有人想通过我和阿瑛去了哪里，来判断时雨身在何处。那人觉得时雨一定和我在一起，觉得时雨的杀手身份暴露后，我定会和时雨分道扬镳，或者时雨会惨死。至于我会不会死……我也不知那人有没有想过，或者在不在意。"停顿了一下，戚映竹继续道，"我思来想去，对时雨的身份知之甚详，对我的性格如此了解，还与时雨有过节儿的，只有一人——"

闫腾风淡淡地道："端王世子唐二郎——唐琢。"

戚映竹道："也许是我以小人之心揣测君子了，但是隐约觉得……唐二哥兄长的死另有隐情。那些日子，时雨和唐二哥之间的关系一直怪怪的。我出于鹌鹑的心态，不想多问。但若我所料不错，唐二哥和时雨之间应该是有过交易的。不然……时雨重伤唐二哥，唐二哥不会当无事发生，不派人捉拿他。因为我，唐二哥和时雨之间过节儿很深。"她微蹙眉，"我不愿回京城，也是出于这般担心。若唐二哥真的是我想的那种人……我回京城，无异于自投罗网，让时雨待我的心全都白费了。"

闫腾风颔首，道："我知道了。我回去会查的。我就知道你一贯聪明，只是懒得多想罢了。"

戚映竹苦笑道："我若真的聪明，就不应该马后炮，而应该一开始就能帮到大家。我自己……我自己也想去天山地段看一看。九玉莲的出现，时雨被追杀，现在想来……总觉得这一系列事情背后有一只手在推着。"

闫腾风深深地看了她一眼，道："那你小心些。"

戚映竹屈膝行礼，反身上了马车。

江湖上的纷争，似乎与寻常百姓无关。

最近是多事之秋，秦月夜和整个江湖开战，起因不过是恶时雨。

事情到了这一步，追杀和流血必不可少。秦月夜的杀手们东躲西藏，也挣不到钱。秦随随黑着脸找时雨谈了一次，从时雨那里抢走了一大笔钱，才心满意足地离开。

夜里，时雨闷闷不乐地坐在一条河边。

众人刚刚结束一日的追杀与反杀，都筋疲力尽。时雨戴好兜帽，皱眉坐着的时候，一道人影晃了过来。

"小时雨。"

时雨抬头，见是步清源拿着酒壶，潇洒地坐在他旁边。

步清源递酒给他。

时雨摇头——他不喝酒的。

步清源笑道："生小楼主的气呢？因为她抢走了你的钱，你不高兴？这也没办法，毕竟为了你，咱们整个楼成了众矢之的，小楼主总要给杀手们发钱赔偿损失嘛。你要多理解。"

时雨道："她比我有钱。"

步清源吃惊地道："怎么能让小楼主掏自己的腰包替你担祸？除非你娶了她，不然这种亏本的事，小楼主才不做。嗯，你和小楼主青梅竹马，考虑一下娶了她吗？"

时雨道："不娶。"

步清源微笑。步清源分明是在逗时雨，但是时雨听不懂，总是这么认真地回答。这种简单，恐怕也是时雨虽然无心，秦随随却一直信任时雨的原因吧。

步清源习惯了和秦随随一个扮红脸，一个扮白脸，安抚好楼中的这些杀手。时雨无疑是最好安抚的那个——他是没什么情绪的，高兴与不高兴，都只是一瞬间的事。

但是此时，时雨闷闷不乐。

步清源咳嗽了两声，道："怎么了？还想着戚女郎呢？你可不能回头啊，到了这一步，再回头就是害她。日后呢，咱们躲过追杀重新开业，你也要好好为小楼主赚钱，补偿秦月夜这次的损失。不要再想着情爱了，那些都是不值得的。你应该有切身体会了吧？"

步清源和秦随随无时无刻不在诱拐时雨回到他们的"正道"上——断情绝爱，好好赚钱。

时雨道："我想了好多天，想不通。"

步清源问："想不通什么？"

时雨皱着眉道："我是杀手，她见到我杀了那么多人，为什么只因我救不救那个孩子和我发生争吵，从来不提我杀了那么多人的事？因为……所有追杀我的人，都拿我'滥杀无辜'来说事。虽然我不觉得我有错，但是大家都觉得我有罪，那我应该有罪吧。可是江湖人都觉得我有罪，央央为什么不和我吵这个？"

步清源沉默。

时雨问："为什么？"

迎着时雨清澈却迷惘的目光，步清源陷入了长时间的沉思。步清源可以用错误的答案回答时雨，让时雨放下对戚映竹的情。他可以告诉时雨：你们不合适，她不吵是因为她一直怪你，早就认定你们之间没有好结局了。

可是……步清源被时雨这般看着。

许久，步清源叹口气，喃喃自语："我还真是适合带孩子啊。"

以前步清源对秦随随心软，现在对时雨心软。

时雨更加不明白步清源的感慨是何意思。

步清源已经回答他："因为她从来就不在乎那个。她选择你的时候，就已经决定和你一起下地狱了。"

时雨愣怔了，迷惘地道："可她想救那个孩子。"

步清源道："因为她是善良的，想少造孽。她以为还了花，追杀你们的人会少一些，那个孩子也能得救。她太爱你，不想你因为她越走越偏。这种心思……就像你知道她生重病后，想为她积福，不想杀人一样。"

时雨低下头，后知后觉地心里刺痛，难过地道："可是我还是杀人了，没有给她积福。是不是因为我动手杀人了，福气才没了？"

步清源只能回答："时雨，断情绝爱，刀斩旧情吧。"

时雨没理会步清源。

江湖上对秦月夜的追杀持续了两个月，双方都死了不少人。秦月夜的杀手们展开报复，整个江湖的水被搅得一团糟。但江湖人本就是打打杀杀，不达目的不罢休的。

只是苦了那些专业的杀手组织——秦月夜现在不接单，不光不接单，里面的杀手都快死干净了吧。

这次江湖纷争，让向来远离江湖恩怨的天山派都牵扯其中。

而无论外面如何打，天山上常年积雪，冰冷刺骨。

孩童叶行在屋舍中醒来，被冷风吹醒，周身忽冷忽热，痛意霎时席卷而来。一只手从后面伸来，在他的后背上一拍，浑厚的内力涌来，让他瞬间不那么痛苦了。

叶行攥紧自己身下的被褥，苍白着脸看去。黑暗中，他闻到了血腥味。当适应了黑暗后，他看到一道人影坐在他的床畔，正是这人伸手为他输送内力。

但是……这人也开了窗，也抢走了九玉莲。

时雨垂目打量他，道："你认得我吧？"

叶行僵硬地点头。他被长老带去山下那座镇子那天，看到这个人站在血泊中，如修罗一般。这人杀人如麻，不光杀了太多人，还将九玉莲带走，让他彻底失去了希望。

时雨端详他，道："你们天山派的武功似乎不怎样，我都潜到了这里，也没人发现。"

叶行心里郁闷了一下，忍不住为自己的门派说话："那是因为没有人在我这里守着。你要是去大长老、掌门的地盘，你看会不会被发现！"

时雨有些纳闷儿，道："我为什么要去他们的地盘？我又不在乎他们。"

叶行面容一僵，而后小声道："你到底要做什么？你快点儿走吧，被人发现你就走不了了。我可以不告诉别人的。我反正也快死了，你没必要专门来杀我吧？大家都说你是很有名的杀手，但是杀手也不用做无用功啊。"

时雨如同没听见他的劝告一般，漫不经心地打量着这个小孩儿，缓缓地道："其实你的身体比央央的身体好太多了，你的筋骨是特别适合练武的那种。央央病入膏肓，已经没救了，只能靠九玉莲活命，但你还没到那个地步……你的身体比我刚认识央央时她的身体都还要好一点儿。我的内力输到你身上，你能吸收七八成，但输给央央，她能够浪费七八成。你的身体比她的好太多了。"

叶行越来越茫然，不知道这个杀手在他的屋子里嘀嘀咕咕，一直端详他，到底在判断什么。

时雨心不在焉地问："你愿意跟我走吗？"

叶行道："什么？"

时雨道："央央一直记挂着你，怕你死了……我老是想起这事。你跟我走吧，我带你四处找名医治病救命。央央是走不了，但你还能走。"

叶行幼小的身体轻轻一颤，蓦地抬头，盯紧时雨，问："你……你……会救我的命？"

时雨满不在乎地道："只是试一试啊。不过你在天山派里被这么多人关注，也不一定愿意跟我走——"

叶行打断时雨的话："我愿意跟你走！"

时雨一怔，不解地看着他。

叶行低下头，道："天山派的人，其实没那么在乎我……九玉莲，我也没觉得他们会……"

时雨打量着他。

这个小孩儿早慧，话说一半就不说了，让时雨莫名其妙。

叶行仰起脸，紧张又窘迫地来抓时雨的衣袖，眼中的光微微亮起，道："你真的会带我走，为我治病养伤，不骗我？你武功这么好，会不会教我武功啊？那我怎么称呼你？"

时雨非常随便地摆了摆手，道："你随便——"

这个小孩儿机灵无比地叫道："师父！"

时雨："……"

时雨大脑一片空白，呆滞地低头看去。他有点儿不好的预感，觉得自己好像被什么缠上了。这非他的本意，他才十几岁，既不想养孩子，也不想收徒，自己都没有玩儿够呢。但是……时雨默然无声，没有反驳，掩饰地拍了拍这个小孩子的头，做出成熟的样子来。

一年后，戚映竹跟着一位药娘子学医，为人看病治伤，行到了敦煌。药娘子是个四海为家的江湖郎中。戚映竹有一次生病，被这位娘子救了，听闻药娘子会四处走动，便跟随在后，当个徒弟。

药娘子原本不愿意，然而戚映竹文弱又温柔，再兼心细，用着称心，最后便也默认这个女郎跟着自己了。只是药娘子猜想，这位女郎看着如此像大家闺秀，恐怕也有一段伤心往事。

到敦煌的时候，药娘子开义诊，为普通百姓看病。义诊摊位前排满了人，戚映竹端着茶水，前后照顾病人，拿着纸笔简单记下病人的情况，好方便一会儿让老师定夺。

戚映竹也会跟人打听："听说秦月夜在附近，你们可曾听说过？"

可惜寻常百姓大多数对此感到茫然，从未听说过，让戚映竹颇为怅然。

戚映竹端着空了的茶碗出神时，一个清脆的女声从后面响起——

"你是……你是……戚星垂的那个姐姐，对不对？！"

戚映竹转过身，看到一个粉红衣裙、梳着妇人发髻的女郎兴奋地指着她。这女郎很眼熟，戚映竹却半天想不起来。直到这个女郎扑过来，抓住她的手晃了好久，道："是我呀！我是付小玉！你们放过我扎的孔明灯的！那时候……你身边还跟着时少侠。戚星垂还问时少侠是不是你的卫士呢！"

戚映竹想起来了，微笑道："原来是你。许久未见，你过得还好吧？星垂之后没有找过你的麻烦吧？你怎么会在敦煌？"

付小玉摆手，又别过脸，捂住腮害羞地道："我嫁人了啊。我夫家就在敦煌，我当然跟着过来了。他做点儿生意，我卖灯笼，日子还过得去。"

戚映竹便连连恭喜付小玉。

因为在这里遇到了旧友，戚映竹心情也好了些。

药娘子让戚映竹去陪旧友说说话。

付小玉立刻迫不及待地带着戚映竹参观自己的家，又带着戚映竹在敦煌四处走。

如今戚映竹的病虽然好了，但也许是之前常年病弱的原因，现今看着也是柔柔弱弱的，经常会生一点儿不危及性命的小病。二位女郎没有逛多久，戚映竹便说自己有点儿累了，付小玉就带她爬上了一座土丘。

二位女郎坐在土丘高处，风声喧嚣，四野空旷。

戚映竹托着腮微笑道："小玉，看到你现今这般好，嫁了个疼你的好夫君，我真心为你高兴。"

付小玉脸一红，却抱怨道："其实也没那么好……我刚成亲不久呢，他总缠着我，烦死了。"

戚映竹促狭地道："你这般炫耀，可让我有点儿嫉妒了。"

她的调侃让付小玉的脸更红了。付小玉刚嫁到敦煌，还没交到朋友。戚映竹是女郎，又是旧友，这就让付小玉可以无所顾忌地、偷偷地跟戚映竹说一些好友间的私房话。

付小玉在戚映竹耳边悄悄地说："我没说谎，确实有点儿发愁……他……他老是要……"

戚映竹起初不明白，待眨了眨眼，弄懂了付小玉的意思后，脸"唰"的一下红透了。戚映竹半个肩都僵硬了，蓦地扭过脸，捂着腮含混地道："你……你没必要跟我说闺房之乐吧？"

付小玉道："哎，你怎么还是这么害羞啊？我也是没人说了嘛。戚女郎你还没嫁人对不对？我跟你说，男人真的好奇怪啊，简直是只靠下半身思考的野兽！什么时候都想着那档子事，真是太烦了。"

戚映竹微微笑了一下，没说话。

付小玉问："是……那位曾经跟着你的时少侠吗？"

与那场追杀时隔这般久，戚映竹已经没什么不能承认的了，答："是。"

付小玉迟疑地道："你们那般好过，为什么现在不在一起？你们分开了吗？他做了对不起你的事？"

春日负暄，日光明亮。戚映竹迎着风眯起眸，回答："没有的。只是短暂地分开，只是有些遗憾。这人间总是这样的，一些美好的事物总会留下遗憾。但这些遗憾也许是为了让渐行渐远的人无路可走，回头时见柳暗花明吧。"

春去秋来，又过去一年。

阿四在端王世子身边，能力越发凸显出来。他成了唐琢的得力助手，帮唐琢办了许多端王世子不方便出手的事，人前人后都要被人恭敬地称呼。

阿四能力这般出众，让唐琢放心的同时，也隐隐有些遗憾——年前阿四出远门办事前告诉唐琢，他的伤已经养好，这是他最后一次为唐琢办事，办完这件事就会离开。

唐琢心中不愿。有这么一个能干的下属，且有蛊虫保证这个下属不背叛他，唐琢不舍得放阿四离开。

而阿四离开的理由，唐琢心知肚明：为了宋凝思。

阿四要么是去找宋凝思，要么是去杀光宋凝思身边所有的人。

既然如此，他为什么不帮阿四达成心愿，好让阿四留下来呢？

做了世子，与之前总是不同的，现在能动用的人脉多了太多，唐琢不光找到了宋凝思，还找到了宋凝思身边一个已经两岁的孩子。

这两年间，宋凝思的父母已经过世，宋凝思也与柏知节和离，过上了独自养孩子的生活。

她以为事情过去了两年，金光御没有找上门，便是放过她了。

然而两年后的初春，宋凝思被迫到了端王府，跪在地上，看着唐琢搂抱着她的孩子玩儿。唐琢随意地掐弄小孩儿雪白无瑕的面颊，看得宋凝思心惊肉跳。

唐琢玩儿够了，叹息了一声，道："若是阿竹妹妹两年前肯嫁给我，我们的孩子也这般大了。"

宋凝思说："世子殿下，您已经有夫人了。"

两年时间，足够一个世子成家立业。唐琢享受世子权利的同时，也得为王府留后，不可能等一个女人两年。

那么，他现在的感慨又有何意义呢？

唐琢目中浮起冷意，掐着怀里孩子的脸。小孩儿"哇哇"大哭起来。

宋凝思的面色一下子煞白，她不由自主地上前一步，道："殿下，稚子何辜？！"

唐琢笑道："说得对。"

他放了手，堂中小孩儿的哭声仍不停止，那打着嗝儿的哭声让宋凝思肝肠寸断。

宋凝思怒瞪着唐琢。

唐琢对她笑道："宋女郎，你放心，我不会害这个孩子。你到底和阿竹表姐妹一场，看在她的面子上，我也不会伤害你。"

宋凝思看着他，问："你要我做什么？"

唐琢道："这个孩子呢，我就放我身边养着了，隔段时间可以让你偷偷地看一眼。而你也不用做什么，你的亲人死的死，散的散了——你现在的作用只剩下留在金光御身边了。他日常有什么动向，你悄悄传话给我，若做得好，我可以让你一个月见一次你儿子，否则……我不会动你，留着你这个儿子就够了。"

宋凝思怔住了。

她脸色煞白，心中登时浮现绝望。就像跋山涉水的旅人，那般努力，分明已经走了很远……但是迷路重重，旅人还是回到了原点。她是否一生都摆脱不了金光御，必然要和金光御纠葛深重？

宋凝思轻声道："你要我留下，让金光御报复我，是吗？"

唐琢惊奇地道："他喜欢你都来不及。不过你这个孩子……"

他低头端详这个小孩儿的长相，目中露出许多疑惑。

宋凝思脱口而出："这是柏师兄的孩子，你休要另起心思！"

唐琢一顿，待要再多研究这个小孩儿的相貌，外头有仆从来报，说是宿卫军的大统领闫腾风登门拜访。唐琢登时觉得头疼，因为这两年闫腾风总是寻各种理由调查他，让他每次都要打起精神应对。

唐琢懒洋洋地挥了挥手，让宋凝思下去。

宋凝思听到闫腾风来了，心中一动。但是迫于无奈，她此时什么也做不了，只能眼睁睁地看着唐琢让人将她的孩子带了下去。

唐琢回头，似笑非笑地对宋凝思道："宋女郎，遇事多想想你的儿子。"

初春回暖，万物复苏。

阿四回到京城，向唐琢汇报完自己的任务后，得到唐琢满意的夸奖。

阿四再次说起离开的事。

唐琢道："不急，你先休息一下再说这些。"

阿四挑了下眉，漫不经心地回到自己的住处，一路得人行礼。他非常随意地掀开毡帘，微微抬眼。屋舍中背对着他坐着的女郎蓦然回头，颊畔乌丝轻扬。

戴着面具的青年向她看去，两人四目相对。

阿四怔了一下，心神在一瞬间空白——

短短一眼，他好像重回那个明媚的春日。他见她在花下荡秋千，秋千起伏，攀着秋千绳索的少女美目含波，笑靥如花。那无忧无虑地荡着秋千嬉笑的少女惊起他心中的白鹭，展翅向她疾飞。

阿四一时顿在原处——

两年了。这个女郎再不是当初那个青春娇俏、笑容无忧的少女。她沉静贤淑地蓦然回头，乌目红唇，另有一种岁月静好的美。她似乎离他很近，触手可及；又似乎只是云端投下的光影，风一吹便会散。

　　阿四愣着不动。

　　宋凝思看着他，难以说清自己面对他时心中是什么感觉，爱恨似乎都不太强烈了。她见到这人，心中涌现的是深深的疲惫，是面对命运的无力——兜兜转转，竟然还是他。

　　宋凝思道："我回来了。听说你一直在找我。"

　　阿四淡淡地道："我在找你，想着怎么杀光你身边的人。"

　　宋凝思道："你不用找了。我身边的人都已经死了。"

　　阿四反问："你没再嫁吗？你没有生下一儿半女？柏知节呢？之后我思来想去，那个柏知节根本没被我杀死吧？你跟一个杀手耍心眼儿！"

　　宋凝思心神恍惚。

　　她在从金光御手下保全全家人那事上，花费了很多心思。她想带着孩子平安地离开他，所以先投靠秦随随，之后在京城的时候，又利用秦月夜的保护，将江湖人、朝廷的人全都卷进来，一同追杀金光御。她不是要金光御死，而是要金光御重伤，无力再追杀她的家人，使她全家人可以平安地离开京城。

　　她可以和他分道扬镳，和江湖划清界限，但只有金光御追杀她，那些讨厌的江湖人才不会以为她和金光御是一路人，才不会来找她。

　　宋凝思全都算清楚了。可是她没想到，两年后，就在她以为一切都结束了的时候，唐琢用她的儿子威胁她，让她重新回到这个污浊之地。

　　她厌恶极了这些，厌恶极了这恩怨扯不清的世界！

　　但是……宋凝思眼中一点点地浮上水雾，看着门口的高大青年，一步步地走向他，以一种献祭般的心情。她将自己献祭，就如同当年为了保护父亲一样。她在不同的时间献祭自己。

　　阿四面色铁青，身体僵硬起来。

　　宋凝思立在他面前，道："以后我再不离开你了，我们关上门好好过日子吧。"

　　阿四一把掐住她的脖子，掐得她面容发青。宋凝思在这般大力下，想的竟然是如果就此死了其实也很好。但她没有死，"嗡嗡"的耳鸣声中，听到金光御咬牙切齿地道——

　　"你以为你是谁？想来就来，想走就走？你走了我就忘不掉你，你来了我就欢迎你？你挑衅一个杀手！"

宋凝思疲惫无比，闭目道："我的父母已经死了，这两年都是一个人过的，我还是忘不掉你……"她想抬手摘他的面具，温和地道，"你的脸怎么了？为什么……"

她被大力一推，整个人向后摔倒在了软榻上，后背重重地磕在木板上，痛得流出眼泪。金光御俯身，仍掐着她的脖子，将她按在榻上。

宋凝思眼冒金星，身上那青年面上的面具在她的视线中一派朦胧。她气息微弱，呼吸困难。有时她觉得死是一种解脱。

她感觉到金光御的手落在她颊畔。

他用一种微妙的、带着挫败的语气问："你有脸哭？"

宋凝思摸了摸自己的颊畔——原来她哭了。

她身上的男人怫然变色，觉得无趣，转身要走。宋凝思猛地起身抱住他的腰。金光御身子僵直，听见宋凝思道——

"我们关上门好好过日子吧。"

金光御冷冷地道："我怎么知道你会不会又因为谁要离开我？"

宋凝思面上微微浮起笑意，恍惚地道："你居然这么回答。你总是对我心软……心软是一个杀手的大忌，这不是你告诉我的吗？"

金光御沉默半晌，干涩地道："我已经不算杀手了。秦月夜也快不行了。"

两年来，秦月夜维持得很艰难。

秦月夜本做的是杀手生意，当他们与江湖门派闹翻，因为追杀与反杀的事得罪了不少人，秦随随又一气之下停了接单的生意。

更让秦随随崩溃的是，时雨不知从哪里把叶行这个小孩儿偷了回来，说要自己养。

恶时雨养什么小孩儿？！他别把小孩儿养死了！

何况叶行本来就身体不好，快要死了。

但是时雨难得坚持——他要带叶行看病，遍访名医。秦随随整日骂他，他也不改。

而且时雨是真的不会养小孩儿——他自己经常跑得没影儿，这小孩儿便可怜兮兮地找步清源、找秦随随……秦随随骂骂咧咧地接受了这小孩儿。

一年前，按照江湖上的规矩，叶行正式拜时雨为师父，算是真正入了秦月夜的门。

秦随随到此时才放下心，道："入了我楼，以后便是我楼里的人。天山派来要人，那也是不给的。小行，以后长大了，你就是咱们秦月夜的杀手了，要给咱们秦月夜做事。"

步清源头疼地道："先想着怎么给小行看病吧。"

叶行身体多病，平时多走两步就会生病，有严重的哮喘，还有许多东西不能吃、不能碰，还会时不时地精血逆流、内力爆体。多亏他身边的大人们都武功高强，轮流看护他。

虽然叶行离开天山派后越来越羸弱，但是秦随随依然得意于秦月夜居然没养死这个小孩儿。

去年开始，叶行正式跟时雨学武功。秦月夜也和各大门派签署了条约，重新开张。只是新开张的秦月夜做出了些许改变：秦月夜接的任务比之前少了三成，且不光接杀人的任务，也开始对外接保护人的任务。

秦月夜为杀手们重新排了名，排名前十的杀手日后每年只接一单生意。秦月夜靠减少生意和露面次数来保护楼中的人。

重新开张后，秦随随将杀手们召回沙漠，琢磨起其他生财的路——

毕竟生意少了，秦随随的抽成就跟着少了，而秦随随已经习惯大手大脚地花钱。

当步清源拿着第一年负债的私人账目来找秦随随时，秦随随大惊失色，道："我怎么可能欠债？！"

步清源笑道："小楼主，你之前可是一直在赊账花楼里的钱。你已经欠了不少债，建议你尽快将账做平，不然咱们楼里的账簿对不上。"

秦随随问："步大哥，你是骗我的对不对？"

步清源道："你说呢？"

连续两年，每到年关都要管时雨借钱、管步清源借钱，秦随随终于陷入深思，认为自己确实花钱有点儿多。她喃喃自语："我是不是该找一个会给我赚钱的夫君啊？"

低头算账的步清源语气微妙地道："我记得小楼主与我说过，这辈子不会成亲。某人与我约定，此生我不成亲，她也不成亲。"

秦随随睁大眼，道："可我总得找人给我赚钱啊？"

步清源道："小楼主但凡少买点儿无用的东西，就不会这般缺钱……比如我便不知，我们住在沙漠里，你买一艘海上的船做什么？在沙漠里行舟？"步清源翻着账目，"你一天做十身衣裳，穿得过来吗？你买了不少商铺，后来全都关门了，你也不去看一看。你喝酒后就四处散财——去年年底的时候你给小行零用钱，出手就是一万两银……"

秦随随心虚无比，拍桌嚷道："时雨呢？让时雨还钱！我给小行看病都花了不少钱！"

步清源无奈地看了她一眼。女郎别过脸，不敢与他对视。

步清源叹了口气，道："我先借给你点儿钱吧。"

秦随随当即大喜，扑过来道："还是步大哥好！秦月夜就是我的楼，我花点儿钱怎么啦？我可是楼主！步大哥，你的钱给我随便花对不对？"

步清源道："那不行……"

秦随随沉下脸。

步清源为她端茶倒水，笑道："我的钱不能给你乱花，因为每年年关，我得接济小楼主啊。"

秦随随一怔，然后"扑哧"一笑。她满意地喝了步清源倒的茶，才环顾四周，问："时雨呢？"

步清源道："听闻有个海外神医云游而来，他带小行去寻了。"

秦随随叹了口气，没再多说。

不管叶行到他们这里后吃了多少苦、有过多少次性命垂危，这孩子……应该都能活下去吧。这个孩子乖巧有礼貌，武功也进步神速，当得起武学天才的夸奖。叶行哪里都好，唯一让人头疼的就是总喜欢缠着时雨。

而时雨自由惯了，现在一面要躲江湖追杀，一面要赚钱，一面要教叶行武功，一面要给叶行看病……他自认为自己牺牲已经很大，空闲下来的时候便十分不愿意被叶行缠着，秦月夜的楼里便经常回荡着叶行可怜兮兮的寻问声——

"师父，师父，你在哪儿啊——"

"哥哥、姐姐，你们有看到我师父吗？"

"他又不见了！"

如此再过一年。

初春之日，戚映竹与药娘子停在敦煌，开放义诊。

时雨与叶行从天竺回来，路过敦煌。要回到秦月夜的时候，叶行发现他师父又不见了。叶行在镇上转悠，四处打听。可惜他师父昔年武功就高，现在几乎没人能跟上他师父的步伐。到了黄昏，他也没找到他的师父。

黄昏之时，叶行可怜兮兮地坐在一座村子外的石头上，无奈地等着他师父什么时候能够想起他，回来找他。

不知坐了多久，一阵寒意涌上，叶行眼珠一转，有了主意。他强行运转自己体内的内力乱冲，很快把自己弄得内息紊乱，气血乱涌。体内的暴虐之气霸道无比，向外强冲，这都是叶行小时候走火入魔，害得他如今半死不活的后遗症。

叶行很快脸色苍白、唇唇泛紫。

他颤抖着要晕倒时，一人悄无声息地出现在他身后，在他后背上重重一拍，强悍无比的内力冲入体内，强势地压下少年体内暴乱的内力。一刻后，冷汗淋淋的叶行抬起头，扭身一把抓住身后之人的衣袖，惨兮兮地唤道："师父！你终于出现了！"

小孩儿身后的青年抱臂垂目看他。

此人自是时雨。

年过弱冠，嗓音已变，时雨再不是那个无知的少年，如今已长成了一个高大挺拔、猿臂蜂腰的俊俏青年。时雨独来独往，周身生人勿近的气息更强烈了些，但这些对于叶行全然没有影响。

时雨低头看了叶行一眼，面无表情，都懒得说这个小孩儿为了引他出来，故意自我糟蹋的行为了。

叶行道："师父，我饿了。"

时雨："……"

他低头看了一眼叶行拽着他的袖子的手。叶行恍然，讪讪地松开了手。

叶行瞪大眼睛，一点儿不敢错过师父的动作。但他沮丧地发现，自己依然没有完全捕捉到时雨的动作，时雨就消失了。叶行不禁深深地羡慕——他要什么时候才能练成师父这种好身手啊？

时雨在村中转了一圈，闻着味儿找到了一家似乎是行医的人家。许是命中注定，从他十七岁起，他身边的人总是带着一股苦药味儿，让他不由自主地对那些医工增添了许多好感。

日光昏昏，炊烟入暮。

药娘子出门为一妇人接生。戚映竹因昨晚得了风寒，一日未曾出门，在家中昏昏沉沉地睡着。黄昏之时，睡足后慵懒地靠着榻出神的戚映竹，忽然听到外头院中传来轻微的"吱呀"声，屏住呼吸。

敦煌很乱，鱼龙混杂。为了保平安，戚映竹不顾药娘子的嫌弃，按照书上说的，每到新的地方都要在院子里布置猎人的那种陷阱。至于三年前闫腾风派给她的卫士，戚映竹正与那卫士商量，自己赚不了几个钱，付不起月钱，想请那卫士离开。

戚映竹对那卫士道："郎君，若是我能证明自己能自保，你便离开好不好？"

虽然她的陷阱一次都没有起过作用。

此时听到院中的动静，戚映竹说不出是紧张还是害怕，也可能是带着几分好奇的期待，披上衣，从床榻上坐起。

时雨心不在焉地在这个贫穷的地方转悠。他找到了一些药丸，闻了几瓶后，觉得叶行能够用上，便一起装了，全部带走。时雨又去灶房里搜寻了一番，锅里新烤的胡饼脆香，还带着几分甜糯。他毫不犹豫地一口叼在嘴里，边吃边往外走。

时雨袖中轻撒，膝盖又轻轻地向上一抬，便将从袖中掉出的银锭子扔在了灶台旁。

满载而归的时雨一边吃，一边往外走。他吃得愉快，懒得用轻功飞离，然而进了院子后，脚下一空，瞬间踩中陷阱。时雨反应极快，脚下生变时，已提气纵步。头顶的树叶掉落，他一脚踩上，借力再攀。

树上极细的冰蚕丝紧绷，此物产自天山，有杀万物之能——时雨瞬间后退。

院中的陷阱发动，时雨身形如鬼魅般灵活，在线与线之间穿梭。他动作快得让人根本看不清。全靠着出色的身手，时雨躲过了院中那批陷阱，平安地走出了院子。

他心有余悸地回头看了一眼，正要扮个鬼脸，脚下突然一空，再次向下坠去。

放松警惕的时雨"咚"的一声摔在了陷阱下面的稻草堆中。

嘴里叼着饼、怀里抱着药的时雨咳嗽不止。

戚映竹靠着木门徘徊，听到外头沉重的一声"咚"，才确定那夜闯民宅的恶徒终于落入陷阱。她心悸又心虚，也不知是何人能够闯过院子里的陷阱，走出院子才落入陷阱。

戚映竹提上灯笼，推开门出去。

戚映竹在心里为自己鼓劲。出了门，立在院外挖的深坑边，戚映竹咳嗽一声。她用咳嗽声提醒了那人后，才道："不管你是出于什么目的来我们家，现在应该也知道，我和我师父就是行医救人，实在贫穷，家里并没有什么余钱。我将你放出来，你日后不要来招惹我们了，好不好？"

坑里没动静。

戚映竹紧张起来：莫非她的陷阱太厉害，让那恶徒摔断了腿？

戚映竹一时迟疑，但想到暗处还有卫士保护，便更加大胆地上前两步，低头查看陷阱。

她低头看去——

黑衣青年用布包着许多小药瓶抱在怀中，嘴里叼着一个饼，脸上和睫毛上沾了许多灰尘，眼神微妙，仰头向她看来——

两人一低头一抬头，四目相对。

星光闪闪，灯笼光微。

夜里清寒，一阵风过，树叶与春花从枝头飘下，簌簌飞来。立在洞边的女郎衣带轻扬，下方踩着草叶而立的青年乌发如夜，目若星辰。

往事并未远去，陌生又熟悉，熟悉又遥远。雾气蒙蒙，春华寂寥，两人怔怔地对视。

时雨慌乱无比地将自己嘴里叼着的胡饼吐掉。

静夜下星火流转，红尘浩瀚。寂寂空山，叶堆风逐。春夜朦胧，满地银霜。

洞边的戚映竹呆呆地看了半天，努力掩饰自己的心脏在那一瞬间的急速跳跃，试探地道："时雨？"

下面的青年目光闪烁，良久后才轻轻地答："嗯。"

他想注意一下自己的形象，但此时他的形象糟糕得已经不能再糟糕。村外的叶行还在等着他。他现在恨不得抛下自己怀里的所有杂物，做一个英俊潇洒、风度翩翩的江湖侠客。

时雨半晌说不出其他的话。他仰着头，睫毛颤动，看她低头一径望着他，目光不敢离开片刻——

他应该说点儿什么……可他应该说什么？！

他大脑一片空白，四肢僵硬。

星月皎洁的春夜，花香馥郁，层层叠叠，一如过往。

戚映竹目光眷恋又暗藏期待，试图与他说话："时雨，好久不见。"

清风徐徐，落花纷纷，风吹柳絮。这样的春日之夜，迎着戚映竹期盼的目光，时雨必须要开口了。可他仍没想清楚自己该说什么。他脱口而出："你成亲了吗？"

灯火几点，流星破空。

时雨忍不住抬头去看流星。戚映竹也随着他的目光去看。待感觉到他的目光悄悄地落到她的身上后，戚映竹转回视线看他。时雨似乎想移开目光，但眼睛只是动了一下，便重新转回来，目不转睛地看她。

戚映竹察觉他有些无措，自己心中亦是涌上很奇怪的感觉，似乎是欢喜，又似乎是惊讶或者是迷惘。她似乎想向前走几步，又怕岁月变迁，人心无常。当她舍不得看他时，便又找回了自己少时遇见他就心脏狂跳的感觉。

若是早知道他们相处的时间那么短，那么从见他第一眼开始，她就应该和他在一起的。

许多怅然与期待凝于心间，戚映竹望着洞下站着的青年，赧然地道："你走后，我身体好了很多……我没有成亲。"

时雨便又开始迷茫了。

他傻傻地抱着一怀抱的东西，顺应本能，说了第二句话："我还活着。"

我还活着，我们还有希望在一起吗？

戚映竹似乎没想过时雨也会有言外之意，没有多想，只顾着开心地盯着他，道："看到你活着，我很高兴。"

时雨："……"

清风掠过，村中的狗吠声在静夜中突然响起，惊醒了两人。与时雨傻乎乎地一上一下对望半天，戚映竹才注意到时雨发顶的草屑、睫毛上的灰尘，以及从他嘴里掉出来，现在已经摔在稻草上的半张饼。

戚映竹觉得两人都太傻了。

她压抑着重逢之喜，羞涩地问："你不上来吗？"

时雨浑浑噩噩，经她提醒，才如同从梦中惊醒一般回神。他含混地"哦"了一声，低下头去躲开她的目光，气沉丹田，轻轻一纵，跃出数丈之距，眨眼间就回到了地面上。

他这般快的轻功，惊得戚映竹不自觉地向后退了一步。

她疑惑地想：他的武功是不是比以前更厉害了？

她这般糊涂地看他时，突然惊讶地发现，站在地上的时雨和方才让她俯视的时雨不一样。他和以前比变了很多，个子长得更高了……这三年，戚映竹因为身体好了些，自己也长个儿了，但昔年她的身高到时雨的下巴处，今日却只到他的肩膀处。

他肩阔腰健，身高腿长，面容退去了少年的青涩和无辜，变得瘦削、俊朗。

他真的长成了一个英俊青年，只有肤色一贯白皙，眼睛更加黝黑……

他垂首打量她时，戚映竹低下头，感觉到自己脸颊滚烫。

而时雨也端详着她。他目力太好，站在下面时就已经看清她，却觉得不够，想要多看看……她腰好细，脸好白，眼睛好黑，头发更长了。

她好像还是比别的女郎柔弱些、病态些，但是很好看。

时雨道：“你……”

戚映竹道：“你……”

两人同时开口，又同时住口。

戚映竹去看时雨，这种感觉颇为奇怪，一个熟悉又陌生的人站在面前，且是一个身量、体形对她造成威胁的成年郎君……戚映竹忍不住笑了，伸手比画了一下，望着时雨道：“时雨，你变了好多。”

时雨不解。

戚映竹观察得很仔细，道：“你的声音和以前不太一样了。”

时雨心跳一顿，没说话。

戚映竹道：“你怀里抱着这么多东西，嗯……”

时雨这才想起自己来的目的，道：“我在你的灶房里放了银子……小行饿了，我来给他找吃的。”

他转身便要跳上树，但又停下，扭头盯着她。

他的不舍和迟疑让戚映竹一怔。

戚映竹问：“小行是谁？他在哪里？我能跟你去看看吗？”

时雨便笑了，眉毛轻轻地扬了一下，颇有些神采飞扬的感觉。

戚映竹便又一怔，心想这又和以前不一样了……他以前是不怎么笑的。

戚映竹默记着这些，跟随时雨去找所谓的“小行”。他身高腿长，又无所拘束，走起路来快得很。但现在他旁边跟着一个女郎——他走一步，她要走四步才追得上。时雨走得磕磕绊绊，暗自调整了自己走路的节奏，笨拙得快要不会走了，才让戚映竹能跟上他。

时雨记着她说他变了，首先是声音不一样了……他便一句话都不多说了。

月光照小径，两人闷头赶路，彼此闷声不语。

戚映竹糊里糊涂地猜想谁是小行，心中猜莫不是什么江湖上的女郎，让时雨这般照顾？她欲言又止，心中酸楚，黯然于时间的流逝，让许多话不敢问。

她想着，那位让时雨去“偷”食物的小行，必是如他一般英姿飒爽的江湖女侠吧，会武功，人风趣，比她要漂亮，比她要直白，比她更适合他的世界……

戚映竹心里泛酸，沉默不语。

时雨侧头看她，看到她沉默后，更加不想说话了。

待到了村口，戚映竹看到一个几岁的男童百无聊赖地坐在石头上。时雨长腿一迈，那小孩儿立刻回过头，眼睛里的光瞬间被点亮，道：“师父，你终于回来了！”

叶行从石头上跳下来，看到时雨一怀抱的瓶瓶罐罐，更加开心了，道："师父，你不光给我找吃的，还给我带药了。"

叶行扑来要抱时雨的大腿。时雨往旁边一闪，矜持地道："有别人。"

戚映竹心中酸楚：如今她都不是"央央"了，而成了"别人"。

叶行乖巧无比，站在时雨旁边打量戚映竹。时雨转头看向戚映竹，眼神中颇有几分自得。他这种神色让戚映竹有些纳闷儿。比起方才的矜持，时雨现在多了许多热情，将叶行推向戚映竹，道："这是小行。"

叶行和戚映竹面面相觑。

叶行仰头看着这位仙女一般的姐姐，疑惑地想似乎在哪里见过她……

戚映竹同样有这种熟悉感，同时又放下了心中的大石——原来"小行"是个看起来不到十岁的孩子。

她才这么想，时雨就慢吞吞地道："他今年十岁了。"

戚映竹道："啊……他看起来不到十岁的样子。小行，初次见面，我是……是……你师父的朋友。"

叶行睁大眼，乖乖地问了好，又认真地道："我真的十岁了！"

戚映竹不解这两人一直跟自己提年龄是什么意思，有点儿尴尬地笑了笑，问起叶行是不是要吃的。时雨这才将怀抱里的瓶瓶罐罐放下，把用油纸包好的胡饼递给叶行，认真地道："饼里面有加萝卜，你吃的时候把萝卜撕掉。"

叶行很习惯地点头，道："好。"

叶行抱着胡饼坐回石头上，吃得非常认真，一边撕一边吃。

戚映竹看得茫然，见这么几口的工夫，叶行旁边已经积累了一大片萝卜丝——不管多细的，这小孩儿都挑了出来。

戚映竹站在一边。时雨低头在研究地上的药瓶，想着让叶行如何吃药。

戚映竹低声问："他……这般挑食吗？"

时雨回答："不是，因为他不能吃萝卜。他有很多东西不能吃，吃了就会生病，所以我才提前尝一口的……刚才掉在地上的胡饼，我不是故意偷吃的。"

蹲在地上的时雨仰头看着她。

戚映竹目光一闪，从他漆黑的眼中找到了点儿昔年的影子。她微笑，柔和地道："我……从来不觉得你会偷东西啊，时雨。"

时雨唇角微微翘了一下。他这会儿自在些，便想说很多话。偏偏他记挂着她说他的声音变了，就努力将话咽了下去，低头整理药瓶，半晌后仍没忍住，道："他叫叶行，今年十岁了。"

戚映竹认真地端详着那撕着饼吃的小孩儿，道："嗯，你已经说过了，我记得。"

时雨憋了半天，又道："他就是你当年想救的那个孩子。"

戚映竹愣住。

时雨等了半天，没等到她开口，不禁抬头看去，见到她目不转睛地看着叶行，眼中水波流动，星光点点。她看了很久后，低头来看他，那眼中的万千感情，虽努力克制，却仍是流出两三分欢喜和难过。

戚映竹喃喃地道："难怪我觉得他眼熟。"

因为当年婚礼那日，她见过那个孩子。

"难怪你不停地告诉我，他十岁了。"

当年天山派断定，没有了九玉莲，叶行活不过十岁。

"原来……你一直将他带在身边。"

当她四处行医、走遍山河想寻找些什么——多帮助些人、积一些福的时候，自己都懵懂的时雨却将一个病恹恹的孩子带在身边，努力养他、救他，就想告诉戚映竹：你没有害死那个孩子。

戚映竹眼中的柔波闪烁，光华粼粼，潋滟生雾。她情不自禁地上前一步，想要仔细看叶行。这个孩子对她有不同寻常的意义，对时雨有不同寻常的意义……这个孩子活着，不仅活着，而且还如此健康、活泼。

时雨道："你哭了。"

戚映竹转过脸，眨掉眼中的水雾，习惯性地对他解释："不是哭，是高兴，是释然。"

时雨回答："我知道啊。"

戚映竹一愣，看向他：他知道？

时雨转过脸，躲开她的目光，道："我知道。我和以前不一样了。"

戚映竹说不出话。

戚映竹走向叶行，微微俯下身去。

叶行抬头，乌黑的眼睛望着她。这些年在秦月夜，叶行已习惯被杀手们打量，听人感慨生命的奇迹。尤其是嘴毒的秦小楼主，每次见到叶行，都要大惊小怪地问："你还活着呀？"

戚映竹对叶行露出笑，道："你不能吃加了馅儿的饼子，还是单纯不能吃萝卜？你师父给你找了许多药，但我还不知道你到底有些什么病。你别怕，我以前身体也很弱，久病成良医，知道许多药。何况我师父人称'药娘子'，她去村里帮人接生了，应该很快就能回来。要不要我师父帮你看看身体？"戚映竹关怀这个小孩儿，道，"你跟着你师父整日风餐露宿，要不要去我家坐一坐，等我师父回来？这胡饼都凉了，你不要吃了。你能吃什么，告诉我，我帮你重新做，好不好？"

叶行吃惊地看着戚映竹。

叶行见过不少漂亮的江湖女侠，但是那些女侠没有一个像戚映竹这样温柔又细腻，说话宛如唱歌。叶行想起了这个女郎是谁……这个仙女一般的姐姐是个大家闺秀，和他们气质都不一样。

叶行偷看时雨。

正偷看他们的时雨立刻别过脸，脸红着道："你自己做决定，别看我。"

叶行跟着师父这么久，见过好多江湖女侠仰慕师父，却是第一次看到师父脸红。

叶行便跟着脸红了。他放下手中抓着的胡饼，结结巴巴地道："但……但是，我有很多东西不能吃。我不能吃芝麻，不能吃蛋黄，可我能吃蛋清。我不能吃鸡肉、鱼肉，但是有一种虾肉我可以吃。我不能吃加了酱油的东西，不能吃酸的，不能……"

他林林总总说了一大堆"不能"。戚映竹心中震惊，想着这般小孩儿能被时雨养活，时雨……估计吃了很多苦。

她压下心头的酸涩，拉住叶行的手，柔和地道："你不能吃的东西有上百种，我一下子记不住。这样，你先和我回家，我简单做几样你能吃的。"

叶行从石头上跳下来，被戚映竹拉着手走。叶行回头，看到时雨默默地收拾好包袱跟在他们后面，疑惑地看了看时雨，又看了看戚映竹。

小孩儿眨巴着眼睛，若有所思，忽然就明白了当初时雨为什么要将他从天山上带下来。

叶行跟着戚映竹回家的一路上，戚映竹都在不着痕迹地打听他的情况。叶行看出这个女郎和自己师父的关系非比寻常，便刻意装乖讨好这位女郎——自然是戚映竹问什么，他回答什么。

一大一小两人说话，时雨便如隐形人一般。

三人回到了戚映竹住的地方。戚映竹进了灶房开始为叶行做吃的。

时雨与叶行面面相觑半天，找了个借口溜走："我去找杯水喝。"

叶行默默地看了一眼案头的茶壶，小大人儿般托腮叹气时，他师父已经不见了。

戚映竹在灶房里研究做饼时，听到门口响起一声咳嗽。她垂下眼帘，余光看到时雨走了进来。时雨走进来后，在她身后站了半天。戚映竹等得面红心跳，听到他没话找话一般道——

"你以前……不会进灶房的。"

戚映竹"嗯"了一声，道："以前我身体不好，要靠你和姆妈照顾。如今我的身体好了很多，我师父又比较粗心，我便要照顾她的日常起居，下厨这些小事，自然而然就会了。"

她背对着他，咬了咬唇，问："时雨，你饿吗？"

时雨诚实地回答："我不饿啊。"

戚映竹愣了一下，回头，眼神微妙地看了他一眼。

若是以前，时雨压根儿不会懂她这一眼是什么意思。但是现在，时雨竟瞬间懂了。他跟上她的脚步，改了口："我饿！饿！你做什么我都吃。"

戚映竹低头偷笑。

她转身要去取一把菜，撞上了跟在她身后的时雨。两人面对面，各自向旁边错了一步，却错到了同一方向。她的鼻子撞上他坚实的胸膛，她整个身体被撞得向后退了一步。时雨伸手抓住她的手腕——她撞入他怀里。

两人一时沉寂。

沉闷狭窄的小灶房内，锅中水沸，灶堂里柴火作响，案头的烛火寥落。

见戚映竹退开，时雨也恍惚地退开一步。女郎低着头忙碌。怪异的气氛下，时雨低头轻轻地嗅，闻到了自己衣襟上沾的那点儿女子香。他跟上她的脚步，在她身后转悠半天，找不到下手处。

时雨像是闲话家常，又像是没话找话："我回过京城外的。"

戚映竹在洗菜，闻言手指微微地颤了一下，心神转到了自己身后。

时雨说："我没在落雁山上找到你，你好像不住那里了。"

戚映竹回答："我这几年都跟着师父四处走。我以为……你也在四处走。"

时雨道："嗯。"

半晌后，戚映竹问："你这几年一直在躲江湖追杀吗？记恨、想追杀你的人还是那么多吗？"

时雨出了一会儿神，回过神后道："对啊，但我还带小行四处看病。现在应该好一点儿了吧，多亏我们秦月夜的楼不好找，他们找不到慢慢就坚持不住了。"

戚映竹问："你这会儿……怎么会在这里呢？"

时雨道："我要回秦月夜啊。"

467

戚映竹道："哦。"

她等了半天，什么也没等到。

她想问些什么，但是出于女儿家的羞涩，又不敢多问。她不知道时雨如今身边的情况，不知道他问她有没有成亲是什么意思。在她觉得他对她还有心思的时候，他又不提那个话茬儿了……

她怅然地想：他并没有邀请她去秦月夜啊，是否他又要离开了呢？

戚映竹心思百转，越想越郁闷。时雨在后面跟着她转，心情倒是很好。

他找到一根黄瓜，在衣服上擦了擦，"咔嚓"一声咬开。

戚映竹目光诡异地看向他。

时雨一愣，问："不能吃吗？"

戚映竹道："你的衣服干净吗？"

时雨乖乖地没再吃，而是把黄瓜往背后一藏。

戚映竹叹了口气，向他伸出手，道："洗洗再吃吧。"

时雨珍重无比地拿回了她亲手洗的黄瓜，却抱在怀里，舍不得吃了。他愣怔半天，想要再和她说点儿什么时，叶行清脆的声音在外面响起。

"姐姐、师父，有人回来啦！"

戚映竹往外走，主动打破灶房中的怪异气氛，道："定是我师父回来了。"

时雨只好闷闷地跟着她出去。

药娘子为叶行看了诊，也不过开些寻常的药。时雨已经接受叶行的身体无法根治，并不如何失望。

师徒二人留在这里用了晚膳。因为药娘子的加入，四人的晚膳分外安静。待吃完饭，叶行拉着自己的师父，主动告别。

戚映竹寻到了机会，道："师父，我送送他们。"

戚映竹将这对师徒送出村子，也无法再多送了。

叶行乖乖地在旁边装隐形人。时雨回头看向戚映竹，迎着女郎的目光，硬着头皮道："那我走了。"

戚映竹道："嗯。"

两人对视半晌。

时雨终于道："你最近一直在这里吗？"

戚映竹看着他不吭声。

时雨低声道："我想来找你。"

戚映竹目中终于有了些带着羞赧的笑意，心中的石头落下，喃喃地道："我还以为你要打一辈子光棍了。"

时雨如今虽然已经懂了很多事，但他发现，一旦和戚映竹在一起，自己仍是想不明白很多事情，又成了当年那个懵懂无知只会闯祸的少年。

这让他颇为沮丧。

时雨不解地道："我为什么要打光棍？你是说我们秦月夜的传统是不成亲吗？但是我当年……当年……我们不是差点儿就……嗯。"

戚映竹涨红了脸，躲开叶行闪亮的眼睛，道："别当着小孩子的面说这个。"

时雨道："他知道啊……你让我来找你吗？"

戚映竹侧过身，道："嗯。"

时雨露出笑。

他向她挥了挥手，做出成熟的样子与她大方地告别。

叶行自然地牵上时雨的衣带。时雨扭头看戚映竹，见她在村口目送他，袅袅娜娜，好看万分。他那平静了许久的心便再次剧烈地跳了起来。

时雨恋恋不舍地道："那我走了。"

戚映竹望着他的背影，忽然道："时雨。"

时雨飞快地回头。

站在村口的女郎垂首，噙着笑道："我是想说，春夜见君，今年必逢喜事。"

时雨身子绷起：这是什么意思啊？

师徒二人没有回沙漠。因为时雨要去买新衣服、发簪、发带。

叶行感动地道："师父，你终于想起我长个儿了，要换行头了。"

时雨莫名其妙地看了他一眼，道："我是给自己买的。我今天的衣服擦了黄瓜……都脏了。我应该穿好看一点儿。"

叶行："……"

时雨似漫不经心地道："小行，你从小跟着那些长老读了很多书，听懂她刚才最后说的那句话了吗？"

叶行茫然地道："啊？你说阿竹姐姐吗？她说的不是大白话吗？你没听懂？"

时雨淡定地在成衣铺中挑选新衣，道："我听懂了，就是印证一下是不是我想的那个意思。"

秦月夜中，秦随随提着一壶酒在楼中晃悠。

微醺之后的清晨，她眯着眼看到三层楼靠窗的地方突然出现了一个人，惊奇地道："哟，时雨！这么早就回来了？小行呢？你把他丢在天竺了？"

　　时雨正坐在窗边，手里捏着笔，低头苦大仇深地研究着什么，漫不经心地回答："他在背心法。"

　　秦随随不关心那个，溜达到时雨身边，好奇地看他拿着纸笔在干什么。

　　她也问出来了。时雨给的答案让她宿醉后的昏沉感一下子没了。

　　因为时雨捏着笔杆，矜持地回答她："我在敦煌见到央央了。"

　　秦随随一愣，纳闷儿地问："她人呢？怎么没跟着你回来？"

　　时雨道："怎么能跟着我回来？人家是正经的大家闺秀，和我不一样，和你也不一样。"

　　秦随随僵了片刻，语气古怪地道："三年了。"

　　有一年一起过春节的时候，楼里的人故意喂时雨喝酒。时雨喝醉了，抓着一只耳坠，眼圈通红，当夜直接去了京郊……那时候秦随随真的以为，当时雨再回来的时候，不管是用绑还是用骗，都会把戚映竹带回来。

　　那时候他们还在被追杀。

　　那时候时雨身上的麻烦事还有一堆。

　　但是时雨仍想拉戚映竹进来……

　　不过那也是时雨唯一一次冲动了。

　　他失魂落魄地回来，告诉秦随随他没有找到戚映竹，从此之后再没提过戚映竹这个人。

　　然而秦随随知道，他恐怕忘不了那个女郎……没想到，三年后两人能在敦煌重逢。

　　秦随随与他一起坐在窗下，看着他将纸页铺在膝上，低头冥思。秦随随问他："你是打算追回阿竹吗？"

　　时雨笑了一下，矜持地道："我试一试。"

　　秦随随问："那你现在在做什么？"

　　时雨道："我琢磨一下怎么能讨好她。她以前为什么喜欢我？喜欢我什么？我以前都弄不清……但我现在懂了，想试一试。央央这种大家闺秀，要一步步慢慢来。其实我觉得我们的生活好像不适合她。但是她没有成亲，我看她身边也没有其他郎君。如果我追她，她同意的话，我就还有机会啊。我现在已经懂这些了。"

　　秦随随"啧啧"感慨。

恰逢步清源拿着账本来抓秦随随。秦随随要溜。步清源将人堵住，回头顺口说了一句："当你觉得你懂这些的时候，你未必真的懂。时雨，你只是学着去适应这个世间的秩序，以为是自己的与众不同害了你们的感情。但你有没有想过，戚女郎喜欢的就是你和世人之间的不同？"

时雨："……"

他望着自己面前一堆待看的《追女十八计》之类的书，陷入了沉思。他蒙了半天，但步清源已经抓着秦随随走了。

时雨踌躇了半晌，仍犹犹豫豫，还是按照既有的成功经验学习吧。

他以前待她……现在想来，其实有些孟浪。

戚映竹当初似乎也柔弱地反抗过……之所以没反抗成功，是因为他武功太高，而她多病之身，大部分精力用在养病上了。而现在，戚映竹身体好了，时雨也不能强迫她必须和他好了。

只隔了一日，时雨便带着叶行一起去找戚映竹。

他特意换了自己新买的武袍，整个人气宇轩昂、玉树临风。他带着叶行在药娘子开的药铺外站了许久，待药铺开张，便主动过去，说自己要给叶行抓药。

叶行低着头，撇了一下嘴角。

药娘子低头抓药。时雨探望这四面漏风的药铺，醉翁之意不在酒地问："戚女郎不在吗？她不是徒弟吗？怎么师父给人看病，她不跟着啊？"

药娘子是个专注做事的人，一板一眼，对时雨的心思并未察觉。她拉着叶行的手看叶行的身体是否好了一些，口上随意地道："阿竹病了，没出来。"

时雨脸色发白，追问："什么病？她的身体不是被我治好了吗？"

他不住地催问，药娘子诧异地道："风寒而已，养两天就好了。你前日来的时候，她不就在生病吗？你不知道？"

时雨一愣，松了口气，然后又开始发愁：她身体怎么还是这样？

两人出了药铺。时雨还在出神，叶行已经非常懂事地问："我们还要去前天去的地方找阿竹姐对不对？师父你快点儿吧，我今天还没练武呢。"

时雨心不在焉地道："练武有什么重要的？随便练练就好了。"

叶行道："也有道理。"

叶行在生病前就是习武天才。而时雨本来练武就很随心，做师父也是三天打鱼两天晒网。这种师父教授弟子，两人倒是能够和平相处——多亏叶行悟性好。

时雨长腿一抬，道："我们去找央央给你抓药。"

叶行低头看了看药娘子已经给了的药，无言以对。但是这两日因为戚女郎，师父和他亲近了很多，他很喜欢这种氛围。小少年眼珠一转，便出主意让师父更喜欢他一些："要不要给阿竹姐买点儿礼物啊？"

两人去村子里找戚映竹时，戚映竹正在自己的房舍中披衣写字。她用帕子掩唇咳嗽时，听到外面男童虚弱的声音响起——

"阿竹姐，你在吗？我和我师父来找你看病啦。"

戚映竹一怔，放下笔，走出屋舍。她青衫素裙，发丝斜绾，病容郁郁，立在竹屋前，清透柔美。时雨盯了她片刻，不动声色地移开了目光。

戚映竹却看到时雨手里提着的鸡，看到叶行头发上的鸡毛，愣了半天，忍俊不禁地问："你们掏鸡窝了？"

叶行格外会说话："我师父说我们要谢谢你，花钱买没有心意，我们就自己去抓了鸡。因为药娘子说你生病了，我师父就来给你做饭了。"

戚映竹妙目望向时雨：某人难道不是因为抠门儿吗？

时雨道："喝鸡汤对风寒有好处。"

戚映竹迟疑地问："小行不能喝鸡汤吧？"

时雨飞快地道："他吃干粮。"

戚映竹吃惊地道："怎能吃只干粮……算了，你们两个先进来吧。"

时雨进了院子后就钻入灶房，让戚映竹都没空与他说话。

戚映竹拉着叶行的手，一大一小两人面面相觑了半天。戚映竹不好意思地问："你饿不饿？"

叶行问："你们大人说话都这么委婉吗？"

戚映竹道："什么？"

叶行叹了口气，趴在桌子上，无聊地道："我饿了，你做饭给我吃吧。我快饿晕了，你快点儿去做啊！"

戚映竹的脸"唰"地红了，这才懂了这小孩儿的机灵，她想解释自己是真的关心叶行，没有别的目的，但是解释了又未免欲盖弥彰……戚映竹只好出门，往灶房去了。

灶房中热锅滚水，"汩汩"作响。时雨正在灶房中闷闷不乐地坐着，靠着桌子，长腿斜搭在案台上，双腿修长笔直，丝毫不像正在杀鸡。

忽地，他耳朵一动，听到外头那虚飘飘的又缓慢的脚步声，登时起身，瞬间改变了自己的动作。

戚映竹推门进来时，便看到青年蹲在地上按着那只鸡，正"霍霍"地拔鸡毛。

他干活儿干得积极又热情，抬头看了她一眼。

那一眼其实没什么内容，戚映竹却觉得不好意思，干巴巴地解释了一句："我给小行做点儿吃的。"

时雨眼睛里带笑，如同星辰闪耀。他诚心无比地竖起沾了鸡血的大拇指，毫不吝啬对她的夸奖："你真善良。"

戚映竹无奈：他也不必这么硬夸吧。

她心中觉得古怪又好笑，且和长大后的时雨待在一个空间里的感觉太微妙。她站在原地踟蹰了半天，说服自己其实也没什么，于是走向灶房的另一边，挽起袖子忙碌起来。她慢腾腾地找调料时，旁边伸来一只手，递给她调料。

戚映竹抬头。

时雨笑眯眯地道："我正好看到了。"

戚映竹吃惊地道："时雨，你怎么对我家灶房的布置比我还清楚？"

时雨一愣，不好说自己把这里翻了个遍，怕有刺客或者江湖人什么的。他掩饰般摆手，弯眸笑道："运气好而已。"

戚映竹道："你别动。"

时雨呆住，当即一动不动，连挥动的手都停在半空中。立在他面前的戚映竹踮起脚，拿帕子去擦他的脸颊一侧。她要踮脚才够得到他的脸颊，仰着脸专注地给他擦，道："脸上沾血了。"

女郎的香气入怀，时雨目光闪烁，屏住呼吸。

她的帕子在他的脸上擦过，她的面容也在他眼前放大。她擦完他的脸，站回去的时候身体不稳跟跄了一下，本也没什么，但一只手按在了她的腰间，温度灼灼。

戚映竹身子登时僵住。

时雨低着头道："你不要摔了。"

他轻轻地搂了她一下，便懂事地将手缩了回去。他笑容诚挚，表情恳切。戚映竹如何看他也不像是故意的……但是，戚映竹立在身材高大的他面前，再次感受到那种她方才进来时就感觉到的古怪气氛——他们之间似乎会发生些什么，又似乎在躲闪些什么。

当她和时雨面对面站着，目光对视的时候，两人的躲闪都有些欲盖弥彰。

戚映竹低头道了谢，转过身继续去择菜了。时雨却不杀鸡了，站在她旁边，端详她半天，说："你晚上没事吧？"

戚映竹的心一跳，她抬眼望了他一眼，道："你……有事寻我吗？"

时雨似无所谓地道："本来想找你出去逛街的。小行长个儿了，要给他买新衣服，但是我不会挑。你是女郎，你应该会吧？"

戚映竹低着头，半晌后，轻轻地"嗯"了一声。

时雨心中高兴，但是低头看了她苍白的面容半天，又想起什么来，道："啊，你生病了，最好不要出门。你现在还经常生病吗？"

戚映竹声若蚊蚋："都是一些小病，没什么大事。我的风寒已经快好了……我可以出门的。"

时雨愣了一下，很快反应过来，道："那我们一起出门吧。"他补充，"我记得小行的个子，他今晚还要练武，就不用跟着了。"

戚映竹转过脸看他，疑惑地问："练武这么辛苦吗？"

时雨面不改色地道："是啊。他身体这么差，不好好学武怎么行？这也是为了他好。"

戚映竹似懂非懂地点了下头，想着原来如此。

当叶行知道师父要抛下他跟戚女郎出去逛街时，委屈地看了时雨一眼，道："好吧，我回去练武。"

戚映竹不放心地道："让小行住在这里吧。夜里回秦月夜，一个小孩子是不是不安全？"

时雨回答："习武之人，岂能这点儿路都走不了？"

叶行露出笑容，感激戚映竹为他说话。他走之前问时雨："师父，你晚上回来吗？"

时雨觉得莫名其妙，道："回啊。"

时雨感觉到戚映竹望了他一眼，扭过脸去看，却见戚映竹在看外面的天色。

她喃喃自语："天阴了，夜里会不会下雨？"

时雨一愣，看了一眼灰暗的天色，以为戚映竹是在暗示什么，道："还是可以逛街的。逛街时应该下不了雨，之后下也没关系，我会武功，回去也很方便。"

戚映竹便不说话了。

纱幕篱，发唐梳；点花钿，耀珠翠；系长裙，围披帛。

夜幕重重，华灯已亮。

戚映竹踌躇许久后仍决定穿上盛装。

她走在时雨身边，盼他为她惊艳，然而他目光轻轻地错开。戚映竹以为他并没有发现她的心思时，余光看到他唇角微翘，似在偷笑。

戚映竹脸皮薄，暗想自己是否太刻意了，听到时雨笑嘻嘻地说话——

"我像个卫士，跟在女郎身边。"

戚映竹回答："你昔日不是不愿做我的卫士吗？"

时雨侧过脸看她，将她打量片刻，道："我当然不愿。我不是你的卫士，是你的——"

戚映竹心脏急跳，面容绯红。

他慢悠悠地说："朋友。"

戚映竹抬眼，略微觑了他一眼，心中有点儿恼。时雨带着笑看她，也不知是故意还是试探。戚映竹疑心他是试探，但是……时雨有这种能力吗？

戚映竹不知该如何开口，侧过身走到一旁的小摊子前，装模作样地低头挑选面具。时雨倚着竹竿靠在一旁，托腮端详她。他的目光又无所谓又专注，戚映竹猜不出他的心思。

时雨道："你喜欢？我买给你。"

说着，他要掏腰包。

戚映竹侧身一躲，摇头道："我买给你。"她语气带着点儿怅然，"我如今自己会赚钱了。"

她转身将手中的青铜獠牙面具往他脸上一扣。她抵不上他的个子，面具便只扣到了青年的下半张脸上。

戚映竹"扑哧"一声促狭地笑起来。时雨有点儿怔地看着她。

而戚映竹借这个机会，有些贪婪地仔细看他如今的面孔——

她心里眷恋时雨。

她总想多看时雨一会儿。

她看到他，就想靠近他。

可她总是寻不到那个机会。

时雨俯身贴来，戚映竹向后退了一步。

他抓住她的手："你给我戴。"

他如今声音低沉，与少年时的清亮不同。但她从他的声音里听出了理所当然的撒娇。

戚映竹便红着脸仰头为他戴好面具，她的手指擦过他的脸，碰到他温暖的肌肤。隔着一张青铜面具，两人气息微微有些急促。灯火照在他眼中，流离之光，重重欲燃，像潮水，却不徐不疾；像邀请，却似是而非。

戚映竹目光闪躲。抓着她的手腕的时雨上前一步，又向后退了一步。

两人都沉默了。

良久，时雨闷闷地道："我想给你买东西。"

戚映竹转过脸，想着方才那片刻的暧昧，低声道："这般已经很好了，来日方长。"

时雨跟上她的脚步。

他慢腾腾地负手跟在她身后，放肆地盯着她的纤纤细腰，又目光上移，看着她垂在腰后的乌发和时而露出的细白脖颈。时雨忽地抬手，一道指气无声地散出，将一个暗中窥探的江湖人打发掉。

那人倒并非为他而来，只是多看了戚映竹两息。但时雨怕任何江湖人来打扰他们，怕今夜的"客人"太多。他想让戚映竹继续过安稳的日子，便要为她挡住身旁所有可能发生的危险。

时雨不动声色地在戚映竹身后多次出手。

他的武功今非昔比，他也学会了很多武功以外的东西。

时雨忽然追上两步，将一盒胭脂塞到戚映竹怀里。戚映竹吃惊地停下脚步看他。时雨说："我看旁边那个女郎买的，想着女郎应该都喜欢这个。"

戚映竹抓着被他塞来的胭脂，半晌后道："你在讨好我吗？"

时雨扬了一下眉，笑道："我一晚上都在讨好你啊，你看不出来吗？"

戚映竹摇头，蹙起眉，心里有点儿闷。她走了一会儿，低声道："你学会了好多乱七八糟的东西。以前，我催你去你都不去……时雨，这些年，你是否……是否……"

时雨迷茫了。

他学得再像情场高手，也应付不来所有的变化。他修炼得再像千年老妖，在戚映竹面前，依旧一次次被打回原形。他终究是那个看不懂这人间情爱纠葛的无知少年。

戚映竹咬了咬唇，鼓起勇气抬头，目有哀意，问："你是否有了红颜知己呢？"

时雨一愣，然后转过脸，嘴角扬起一个狡黠又得意的偷笑。他这个表情，戚映竹太熟了。

她嗔道："时雨！"

时雨道："你猜？"

戚映竹："……"

她所熟悉的时雨露出了冰山一角。

他负手越过她，往前走了两步。戚映竹在原地愣了半天，咬着唇去追他。

过了好一会儿，时雨听到戚映竹喘着气的唤声。

"时雨，你等等我呀。"

时雨得意扬扬地走了一会儿，听到声音才回头看她。这一看之下，他顿时愕然。原来他步子太大、太快，得意扬扬之间晃晃悠悠地走着，如飘在云间，竟将戚映竹忘了。

戚映竹娇喘微微，提着裙裾努力追他……两人之间硬生生拉开了四丈有余的距离。

时雨身子紧绷，目光倏然间一凝，看到一道黑影往戚映竹身后靠去，而女郎浑然不觉。时雨手中的劲力已出，打向那个人。那人在戚映竹腰间摸了一下。戚映竹发觉自己似乎被摸了一下腰，有些迷惘。那人飞扑到一旁，膝盖一软，"扑通"一声跪下。

时雨强烈的杀气瞬间而至，连戚映竹都感觉到了。她惊恐地道："时雨！"

时雨倏地出现在戚映竹身边，扶住她的肩，将她从头到脚打量一番。戚映竹看着时雨瞬间沉下去的眼睛和眼中的杀气。

时雨扭头看向那人，跨步之时被戚映竹急促地握住手腕。

时雨顿了一下。

那人会些三脚猫的功夫。时雨的指风再次杀向他时，他靠着人多躲过了，跌跌撞撞地跑开。时雨踏步便追，身形如鬼魅。

戚映竹在原地愣了两息，才挤进人群去追时雨，道："让一让，麻烦让一下……"

戚映竹气喘吁吁地追到了一条暗巷中，一眼看到时雨一脚将那人踹翻。那人"砰"的一声摔在墙头，口中吐血。戚映竹骇然，下一刻看到时雨就掐住了那人的咽喉，把他提了起来。

戚映竹道："不要杀人！"

时雨手中的动作停了一下。

差点儿被时雨掐断咽喉的人这才寻到机会哭诉道："大侠饶命，大侠饶了我！我就是偷个钱袋子……是我罪该万死，不该偷这个女郎的钱！大侠放过我吧，我把身上的全部钱财都交给你！"

时雨愣住，语气古怪地道："你只是偷个钱袋子？"

被时雨掐着喉咙的人眼泪、鼻涕、鲜血同时流出，瑟瑟发抖，道："我有罪，我不学好，我不该偷鸡摸狗……"

戚映竹喘了口气，走了过来。时雨背对着她，后背僵直。

戚映竹记得时雨方才那阴森的模样何等吓人，踌躇了一下，伸手轻轻地扯住时雨的衣带，拉了一下。

僵直着后背的青年这才缓缓地放开了掐着那小偷的手。那人赶紧捂住自己的咽喉咳嗽、喘气，又赶紧把还没焐热的钱袋扔到时雨怀里。

时雨盯着他，问："还有呢？"

那人低着头不敢看时雨，将自己怀里所有偷到的钱袋子都丢给时雨，这才赶紧扭头往巷外跑去。跌跌撞撞间，那人很快从巷子里离开了。

戚映竹柔和地问："时雨，你是不是以为那人要杀我？"

时雨抱着一怀抱的钱袋子，僵硬的后背慢慢放松下来。他低头看了她一眼，语气古怪地道："我不是……我是以为……没什么。"

他红着脸转过头。

戚映竹从他怀里找出自己的钱袋子，心有余悸地在怀里藏好。看他脸红，她觉得奇怪，追问："你以为什么？"

时雨被她望得受不住，红着脸，快速低声道了一句："我以为他猥亵你。"

他看到那人的手从戚映竹腰上摸过，便以为那人在摸戚映竹的腰。

那一瞬间，他心中的火气腾的一下烧起，连自己都控制不了——自重逢，他都没有好好摸过她的腰，那人凭什么？！

戚映竹本正在低头数钱，听到他这一句嘀咕，蓦地抬头看他。时雨别过脸抱胸不看她。戚映竹的脸便也跟着红了，她低下头，目光闪躲，没话找话："那……那你……拿到的其他钱袋子，我们交给官府吗？"

时雨登时吃惊，终于舍得回头看她了，道："我拿到的东西，为什么要给别人？！"

戚映竹吃惊地道："时雨，这不是你的钱啊，交给官府，官府才能把钱还给丢钱的百姓啊。寻常百姓赚钱不容易，我们何必贪小便宜？"

时雨闷闷不乐地道："好吧。"

他低头恋恋不舍地看自己怀里的一堆钱袋子，拔腿就走，又不甘地回头瞪了戚映竹一眼。

戚映竹被他瞪得想笑，又觉得他可爱。她跟上他的脚步，被掩藏了许久的促狭劲儿冒出来，忍不住逗时雨："要不你将钱袋子都给我，我改日帮你交给官府？我看你这般舍不得的样子，怕你贪财。"

在她的预料中，时雨必然反驳。

时雨蓦地停下了脚步。戚映竹一头撞上他坚实的后背，向后退了两步，捂住被撞痛的脸。正奇怪时雨怎么停下了时，她听到了奇怪的、暧昧的声音。

她抬头看去，见一对年轻男女纠缠着到了巷子里。只是将将躲到灯火照不到的地方，那郎君便迫不及待地将女郎压在墙上，两人情难自禁。戚映竹听到的声音便来自于此。

戚映竹心脏"怦怦"急跳，面红耳赤，被这状况惊得措手不及。

她抓住时雨的手，闷头向巷外跑去，一路出了巷子，脸上滚烫的热度仍没有下去，心脏仍"怦怦"急跳。

戚映竹一路心神不宁，被时雨送回她的院落。药娘子竟然已经睡了。院中开始"噼里啪啦"地下雨，戚映竹坐在床头，低着头暗自心慌。

时雨在屋子门口站了一会儿，看着魂不守舍的戚映竹，半晌后，缓缓地道："你好好休息，我回了。"

戚映竹低低地应了一声，余光看到时雨又站了一会儿才推开门走出去。于是，这一整个空屋子，留给了戚映竹一个人。她呆呆地在原地坐了很久，听着四面八方"哗哗"的雨声。

她脑海中想着那巷中的两人，面容绯红，要克制是另一种画面占满她的大脑——

那是一整个春日的沉迷。

那是一整个夏日的迷乱。

戚映竹恍惚了很久，才心神不宁地去梳洗。她上了床后闭上眼，又咬唇暗恼，怅然地想时雨到底是走了。她翻来覆去，脑海中一会儿是少年时雨亲她的样子，一会儿是巷子里那个女郎勾着郎君的眼神……

戚映竹烦恼地拢发坐起来，捂住脸叹气。

她身体不好，心中不静，知道自己今夜恐怕要失眠了。戚映竹披衣起身，想着既然睡不着，就去学一学辨认药材吧。戚映竹走到门前，拉开门，一下呆住——

一身漆黑、发梢滴水、眉目俊朗的青年正立在门口。

他似正要推门而入，却被她骤然从里面打开门弄得与她一同愣住。

时雨和戚映竹面面相觑。

雨水在檐下"滴滴答答"，天地间夜雾迷离，屋中微弱的灯火照在门口的两人身上。

时雨结结巴巴地道："你……你还没睡？"

戚映竹站在门口，错开目光，道："你不是走了吗？莫非要半夜闯我的闺房？"

时雨愣了一下。

他是走了，但是半路怎么也想不通，于是去而复返——他是打算按照最稳妥、最安全的方法追戚映竹，但是就看一看，多看一看，总行吧？

他却没料到，这么晚了戚映竹竟然还不睡。

时雨干巴巴地憋出一句："你身体还是这么不好啊。"

雨丝飘来，女郎风致楚楚，有些弱不禁风。她抬眼望他，长睫掩眸，红唇在他面前一张一合，非常坚持地问他："你来做什么？"

时雨心里慌乱，半晌才憋出一个答案："我饿了，来找点儿吃的。"

戚映竹："……"

她用古怪的眼神看了他一眼，那一眼中，说不出是好笑多些，还是失望多些。

戚映竹拿了几盘糕点打发时雨，坐在床榻边，点亮烛火，看时雨落座。

时雨迎着她的目光，坐在食案前，硬着头皮，竟真的开始吃了。

戚映竹有点儿出神地低头看他。时雨心中承受着太多压力，但知道戚映竹在看他，只好低着头继续吃。他心中亦是郁闷——他吃得撑了，吃完了不去打两套拳动一动，是睡不着的。

时雨沉默了一会儿，拍了拍手，站了起来。戚映竹以为他吃完要走了，舒了口气，站起来要送他。下一刻，她眼前一晃，屋中纱帐轻轻飞扬，玄服劲衣的时雨出现在她面前。

戚映竹向后退了一步，腿磕到床榻，要摔下去时，被时雨抱住了。

她心里一慌。他抱住她就带着她拔身而起。

戚映竹不安之下，眼前光影一转，下一刻，听到了清亮无比的淅沥雨声，寒风、斜雨簌簌在后。戚映竹发现时雨没有带她走多远，不过是出了那扇门而已。

戚映竹打了个哆嗦，道："时雨，我冷，我想回去了。"

青年没回答，眼神幽暗，在她腰上轻轻地推了一把。戚映竹自是一推就倒，后背靠在了竹屋的墙上。时雨俯下身按住她的下巴，低头便亲了下来。

时雨勉强控制住自己，怀里搂着软绵绵的女郎。

脸贴着他的脖颈，戚映竹喘息凌乱，发丝拂面。

戚映竹眼眸含水，唇红齿白。她想自己已经掉入陷阱了，恍恍惚惚的，也许已经发了高烧。她不能分辨眼前的景象，只听到雨声潺潺。青年的气息也在她耳边潺潺流动。

身无五彩翼，春夜梦无边。

黑夜，雨如银丝。时雨贴着她，听懂了她自己都不懂的混乱的话语。他似乎在笑，又似乎只是喘息了一声。青年的长发与她的长发相缠，他身上带着水汽，睫毛落在她脸上。他从雨中而来，只是为了把她一同拉入雨夜。

第十九章　下弦月

外面的雨仍断断续续地下着，没有昨日那般大，变成了春日小雨。戚映竹立在屋廊下，与药娘子说话。她推托自己身体不适："师父，我病还没好，今日就不与你出去看诊了。我给你带了食盒，你记得热一下再吃……一会儿我去采点儿药。"

药娘子板正无比地点头。她这个女弟子身体弱，三天两头地生病，她已习惯了。不过这次一个风寒这么久……药娘子奇怪地道："手伸过来，我帮你看看，按理说，你的身体再差，今天也该好得差不多了。"

戚映竹忙将自己的手往后缩，目光闪躲，道："我已经好了大半，只是尚需要养一养。"

多亏药娘子木讷，看不出这个女郎在心虚。药娘子嘱咐她记得采药，转身要走时，忽然听到从戚映竹屋舍里传来的男声——

"央央！"

药娘子道："谁？"

戚映竹心一惊，忙侧过身挡住药娘子的视线，含混地道："师父听错了吧。"

药娘子看了她半天，终于醒悟过来，心情复杂地问："谁啊？"

戚映竹抿唇，小声哀求："改日时机成熟了，我再带他见师父。"

药娘子道："哦……可莫太荒唐。"

戚映竹涨红了脸，与药娘子的对话进行到此已然说不下去。药娘子忍着自己的窥探欲，一步三回头地离开。戚映竹背过身，轻轻地叹了口气，拍一拍自己滚烫的脸颊，让自己打起精神。

时雨喊她的名字后就察觉外头还有人，赶紧闭了口，靠在门窗后打量外头的场景。他看到药娘子走了，戚映竹半晌没有进屋，以为她生气他喊她，踌躇了半天，仍是想见她，便开门而出。

天光灰白，雨丝微弱。

时雨看到戚映竹背对着他坐在廊下的矮凳上，青衣乌发，背影清瘦。

她坐在屋廊下看着天地间的雨，如一捧雪，光灿灿的。

这一瞬，雨声"滴滴答答"，时雨怔怔地看着她的背影，觉得全世界都变得温柔、美好起来。

他生平第一次渴望时光停驻。

时雨蹲在戚映竹身后，盯着她。

戚映竹应当是知道他在后面的。她仰着脸看雨，一片静谧中，只有微微的雨声。她眼眸半合，温柔地开了口："时雨。"

时雨道："嗯？"

戚映竹缓缓地道："很久前，我从没想过，此生会与一个顶级杀手在一起。"

时雨愣了半天，低下头。

她的话让他想到了当年的那些追杀，以及他逼迫她吃药。他心里不太好受，半晌后说："你又要拒绝我了吗？"

戚映竹道："可见这世上从没什么事是永无可能的。"

时雨呆愣了很久，在心里琢磨半天，终于听懂了她那委婉的话，心脏一下子急跳起来。他纵去抓住她的手，声音抬高："你是说，我们要和好了吗？"

戚映竹回头望他，眼睛里带笑。

她用羞赧又欢喜的眼神看他，时雨心情愉悦起来。他有好多话想说，张口道："阿嚏！"

戚映竹一怔，而后掩口，移开目光，道："你得风寒了啊。"

时雨看她瞬间从他手中抽出手，身体往旁边挪了挪，感到有些受伤，问："你在嫌弃我吗？"

她不是向他告白，说要和他在一起吗？怎能这样？！

山雨微弱，云光霭霭，两道戴着斗笠的身影在云海松林间穿行。

时雨背着竹篓，戴着斗笠，在前面走；戚映竹手持拐杖，同样头戴斗笠，跟在他身后。两人虽朝同一方向走，走的路却不尽相同。

坑洼泥地、崎岖山道、小溪横行，皆对时雨没有影响。他轻轻松松，如履平地。

戚映竹靠拐杖支撑，慢腾腾地在后面如同乌龟挪步，且挪得气喘吁吁，心跳几次加快。

到她气息乱得快撑不住的时候，时雨便停下脚步，抱胸在前面等她，待她歇好了才继续开路。然而他从头到尾不回头，不理会她。戚映竹时而小心地望他一眼，几番苦恼，每次想开口都寻不到机会。

时雨伸手去摘一棵草时，戚映竹终于寻到开口的机会："时雨，那种草有毒，不是我们要的。"

时雨的手根本不停，他果断地将草摘了下来。

戚映竹："……"

他回头，下巴微仰，眼睛不看她，道："谁说我是帮你采药？"

戚映竹踌躇地道："难道你们杀手楼不杀人，改做下毒生意了？"

时雨被说得一时愣住了，忍不住看向戚映竹。亭亭玉立的女郎盈盈站在稍矮一些的地方，仰着头，乌黑含笑的眼睛盯着他。两人的视线将将对上，时雨便漠然无比地扭过脸。

戚映竹走到他身边，伸手轻轻地扯了扯他的衣袖，轻声细语地道："你还在生气？"

时雨没吭声。

戚映竹解释："时雨，我不是嫌弃你得了风寒。是因为我的体质弱，风寒好不容易好一些，若是因你，我再生病了，如何跟在师父身边帮忙呢？我不能再病下去了。"

时雨睫毛轻轻地动了一下，有些被她说服。

他天生感情比寻常人淡漠，倒并未多生气。或者说，即使不高兴，他也只会不高兴一瞬间，不如常人记住的感情长久。只是当时的情况让他觉得他应该生气。

旁的情人之间发生的喜怒哀乐，他同样期待。他希望自己是个正常人，是个能让戚映竹放心托付的正常人——会高兴，会生气，会郁闷，会伤心。

然而在生气后，时雨便将自己架在了半截儿下不来了。他读了许多《追女十八计》之类的书，那些书中却没有讲如果和喜欢的人吵了嘴，该如何自找台阶下去。

时雨不知道自己找的时机是否合适。但是戚映竹柔声细语地与他解释了好几次，他似乎该原谅她了？

时雨似懂非懂，带着对自己的怀疑与强烈的不自信，转过脸面对戚映竹，正要咳嗽一声然后说自己不生气了。

谁知道他这副犹疑的神情落在戚映竹眼中，是另一重含义。戚映竹咬了咬唇，下定决心，道："你原谅我吧。你让我做什么，我就做什么，这样总好了吧？"

时雨看她。

开始他没有领悟她的言外之意，但是女郎面颊绯红，侧过身望天，耳根已红透……时雨怔住。

他问："是我想的那个吗？"

山间寂寥，连鸟叫声都没有，戚映竹声音极轻地道："嗯。"

时雨眼睛陡然绽放出星辰般的光华：原来迟一点儿原谅她，还有这般好的福气呢？

没关系，他以后就学会了。

当夜，戚映竹和自己的师父药娘子在一起，慢吞吞地将采到的药材分类后，清洗、晾晒。她一直跟在药娘子身边，直到药娘子都困了。

药娘子问她："你不睡吗？"

戚映竹道："我与师父再坐一会儿吧。"

药娘子从来不懂她的曲折女儿心，非常直白地道："我要睡了。"

戚映竹看了自己的师父半晌，无言。当年自己跟随在药娘子身边，正是因为药娘子的直白性情总是让她想到时雨。而今时雨回来了，戚映竹陡然面对两个同样直白的人，颇有些不知所措。

她被赶出了药娘子的屋舍。

药娘子屋舍的灯灭了，戚映竹找不到借口了，才去推开自己房舍的门。她一推门，便被屋内的人拉了进去。时雨迫不及待地把她抱入怀中。羞赧的女郎头皮发麻，青年已经十分兴奋地抱起她。下一刻，两人扑在了床榻上。

…………

秦月夜这两日失了时雨的踪迹。时雨见天往外跑，将叶行丢在楼里。秦随随有任务找时雨却找不到人，几次之后生气了，将叶行踹出门，道："把你师父找回来！怎么每次见到阿竹，都忘了自己的身份，忘了自己要做什么？整天缠着人家女郎，有什么出息？"

于是，天亮时，时雨便在戚映竹的院落外见到了可怜巴巴地蹲在路边的叶行。叶行抱着包袱，先说了秦随随叫时雨接任务，然后往时雨身后的院子里看，道："师父，我饿了。"

时雨挡住他的目光，道："看什么看？央央还在睡觉。你有没有眼色？每次都要央央做饭给你吃。"

叶行：他没眼色？！世上有比他师父还没眼色的人吗？师父就看不出他是在给师父和戚女郎找机会相处吗？

叶行被时雨噎得无话可说。过了一会儿，叶行眼圈微红，眸中噙泪，委屈地看着时雨，道："师父，你有了阿竹姐，是不是就开始嫌弃我，不要我了？我可以给你们洗衣、做饭，给你们端洗脚水，给你们捏肩……"

时雨皱眉，道："我又没虐待你。你不许哭。"

叶行刚感动，就见时雨快速回头看了身后的院落一眼。时雨紧张地对他低声道："别让央央误会我怎么了你。要哭的话，你走远点儿。央央睡觉浅，你会吵醒她的。"

叶行道："师父，你还是人吗？"

时雨不为所动。

时雨向来如此，感情淡漠，待人冷淡。叶行对此十分无奈。

叶行从自己的包袱中掏出几本书，嘀咕："亏我还把你的书带出来给你。你娶老婆，不用看前人的经验了啊？"

时雨露出笑容。

时雨目中的得意是叶行这种小孩儿不懂的。

时雨笑眯眯地道："我不用看。"

突然有了好心情，时雨将叶行扯起来，随随便便地将人一提，道："走，我带你找点儿吃的。"

戚映竹在前，时雨和叶行跟在后面。

三人行在去县令私人府邸的路上。到府门前通报时，戚映竹说明自己是给府中夫人送药的。她这次还要交送之前时雨从小偷那里"抢"来的一串钱袋子，请官老爷定夺。

这位女郎是药娘子的徒弟，之前也来府上给夫人送过药，管事自然不拦。管事躬身，客气地请这位戴着幂篱的女郎进入府邸。

管事疑惑地看了一眼女郎身后跟着的青年和孩童。

那孩童低着头，那青年……手捧一本书，径自翻得认真。

戚映竹回头，幽怨地看了一眼那捧着书的青年，见那人看书看得专注，无奈之余，只好对管事干巴巴地道："这是我的帮手。"

管事了然，一路相迎。

时雨踩在石子儿小径上，往前走两步，对戚映竹说："我最近看书可厉害了，像吃饭、喝水一样……"

戚映竹低声道："那叫'如饥似渴'。"

她腹诽：他连个成语都说不出，还说自己读书如饥似渴？

时雨并不在乎那个，翻着自己手中的书，认真地道："还是央央老师教得好。"

戚映竹涨红了脸，一声不吭，眼睛直视前方。

在前面带路的管事奇怪地回头看了两人一眼，不知两人嘀嘀咕咕在说什么。

时雨把画着图的书递到戚映竹前方，问："这个字是什么？"

戚映竹："……"

谁能想到，江湖上最厉害的杀手手中捧着的书，是一本春宫图。这本书上大部分是图画，偶尔才有几个字，那偶尔的几个字，还是十分粗俗、不雅的那种。

时雨就拿着这种字请教戚映竹，还是在大庭广众之下。

隔着纱帘，戚映竹淡定万分地道："我看不清你书上的字。"

时雨挑了一下眉，抬手就要撩开她的幕篱。戚映竹用手按住自己幕篱的纱帘，不许他掀开。两人较劲半晌，戚映竹手指开始发抖，哪里是时雨的对手？她立在小径上许久不走。

叶行默默地、自觉地蹭到了管事旁边。

管事回头，诧异地看着那两位，觉得这俊俏的黑衣青年如何看都不像是那女郎的帮手。

管事担心起来，问："戚女郎，你还好吧？"

管事哪里知道幕篱下的戚映竹面红如血，哪里晓得戚映竹的羞窘？

戚映竹眼看手指之力抵不过时雨，嘴唇翕动，快速吐出几个字："你放过我，我回去后……再教你读书！"

时雨望着她，忽地凑上去，面容贴着她的轻纱。戚映竹向后退了一步。

一直在旁边看戏的小叶行忍不住在此时"扑哧"一笑。

时雨和叶行互相望了望。

叶行惊叫道："师父你看我做什么？你自作自受，还不让人笑一笑啊？"

时雨闷闷地瞪了叶行一眼，迈腿去追戚映竹了。

戚映竹为夫人送完药，又前去见了正在府中的府衙县令，交送钱袋。面对县令，戚映竹不好再戴着幕篱，便将幕篱取下。

时雨一直跟在戚映竹旁边，观察着戚映竹的神情。

在戚映竹摘下幕篱后，时雨忽地一抬眼，看向那个县令——那年龄比他和戚映竹足足大了一辈的中年男人正用奇怪的眼神看着戚映竹。

时雨皱起眉。

戚映竹也察觉这位大人物看她的时间有些长。她因貌美，经常惹得人这般看，已然习惯，不过此人盯着她的时间太久……戚映竹抬眼，微微诧异地道："大人还有旁的嘱咐吗？"

县令回过神，抚着胡须收起自己那不合适的目光，道："小娘子以前可在京城住过？"

戚映竹警惕起来：莫非是故人？

她微笑道："大人认错了吧。妾身跟着师父天南海北地走，许是曾经在京城待过。莫非大人曾在京城为官，得妾身的师父问过诊？"

县令接受了这个说法，道："也许吧。"

县令还试图探问，一个冒失的年轻郎君不经人通报就推门掀帘闯了进来，道："阿父，我之前的那个老师你给辞退了啊……"

郎君大大咧咧地进来，一眼就看到了屋舍中的年轻女郎，呆愣在原地，眼中瞬间浮起惊艳的光彩。他情不自禁地走上前一步，说话的声音都小了很多："这位女郎，是有何事找我阿父？我能为之代劳吗？女郎你……"

叶行偷偷地看时雨，见他师父只是不太高兴地抱胸站在一旁。显然，时雨只是不高兴其他郎君跟戚映竹搭讪，并没有看出那人的司马昭之心。

戚映竹望了县令一眼。

县令虎起脸，道："闹什么闹？这是客人！"

戚映竹及时告别："大人既然有家事忙碌，妾身之事已了，便先告辞了。"

县令没找到借口拦人。他儿子失魂落魄地跟着人家女郎追出去两步，被他沉着脸拽住了。

戚映竹有些躲闪地出了那扇门，心有余悸，已决定短期内不来这县令府了。

叶行跟在他师父身后，扯他师父的袖子。

时雨面无表情地低头看去。

叶行小声道："师父，你看出人家那位张郎的意思了吗？"

时雨："……"

叶行急得跳脚，道："人家是看上阿竹姐了，想讨阿竹姐做老婆！"

时雨当即嗤笑道："不可能。"时雨自信满满地道，"央央答应我了。"

叶行眼珠滴溜溜儿转，道："那也不一定，阿竹姐还不是你妻子。人家长得漂亮，性格又温柔，现在还会看病救人……就是没什么好身份，但是喜欢人家的郎君肯定多。"

时雨没有吭声，没有告诉叶行，戚映竹曾经是侯府里的女郎。只是戚映竹自己不愿承认那身份，时雨又不喜欢到处说，以至江湖上追杀他们的人竟一直不知道戚映竹到底是什么身份，只以为是寻常的大家闺秀。何况当年时雨宣布和戚映竹恩断义绝后，江湖人便放弃了追杀戚映竹。

叶行嘀嘀咕咕："师父你要小心别人挖你墙脚！你看看你有什么？"

时雨不服气地道："我什么没有？"

叶行斜眼看去，道："你字都不认识几个，还经常被阿竹姐抓包你抠门的现场。你时不时就玩儿消失，让阿竹姐找不到你……你居无定所，时隐时现。你无父无母，家无良田、美舍。你杀人不眨眼，两手全是血。你还经常牛头不对马嘴，不知道阿竹姐在说什么……"叶行说到最后开始胡说八道，从自己的角度抱怨师父，"你对你可怜的小徒儿不怎么搭理，完全放任可怜的小徒儿自由成长。小徒儿一身病，你也不好好去研究。小徒儿快要饿死了，你都不主动问。你也不好好教徒儿武功，让你可怜的徒儿跟着你一起被人追杀，被迫在打斗中练习武功……"

时雨打断叶行的话："我已经改了的。"

叶行一愣。

时雨道："我现在很少杀人了。"

虽然这么说，时雨却出了一会儿神。

叶行心虚，怕师父看出他在抱怨，寻了个稳妥的大腿，口上甜甜地唤着"阿竹姐"，便飞扑向戚映竹。

戚映竹搂住叶行，回头看了时雨一眼。她不好意思在大庭广众之下与时雨说话，便和叶行在前面走。

时雨正要压下心头起伏不定的情绪跟上戚映竹，突然脚下步子一转，身子一旋，周围人竟毫无察觉，一个大活人已经从这里消失了。

时雨蹑手蹑脚地摸回方才所在屋舍的屋顶，掀开瓦片，看到那对父子在谈论戚映竹——

县令四处翻找东西，道："这个女郎是真的眼熟啊，我必然在哪里见过她……殿下给我的那张画像上面的人应该是她吧？我得找找。"

张郎则在一旁着急地道："阿父，那女郎到底是谁啊？我能追求吗？"

县令摸了摸胡须，目光闪烁，停下寻找东西的动作，道："若我的猜测不错，她身份高贵，你追她也无妨……她若是做了你的夫人，咱们家也能沾上光，于你阿父的仕途大有好处！"

张郎得到了鼓励。

戚映竹和叶行立在府邸门口，面面相觑。

戚映竹担忧地问："你师父呢？"

叶行摊手，道："他可能出恭去了吧。"

戚映竹道："县令府上到处是卫士，若是被卫士发现他乱跑……"

叶行道："没关系啦，我师父不会被发现的。"

戚映竹无奈，正想纠正一下他们师徒这种畸形的"只要不被发现，我就不是做坏事"的想法，余光看到时雨突然出现，便闭了嘴。戚映竹向时雨招手，让他先过来。

她招手之时，时雨身后那位张家郎君正好从月洞门下追出，看到女郎招手，以为是对着他呢，不禁欣喜若狂。

时雨回头看了一下，目光闪烁。

叶行以为时雨离开是因他胡说八道，扑上去抱师父的大腿，道："你去哪里了？我错了。"

时雨哪里知道叶行错在哪里，一脚把叶行踹向戚映竹，低声道："叫'师母'！"

叶行凭着和自己师父混迹江湖多年的默契，趔趄着扑向戚映竹。

戚映竹吃惊地俯身抱他时，他趁机扑入戚映竹怀里。

叶行太机灵，比时雨更上一层楼，直接朗声嚷道："阿母，你别生气了，别不要我！"

那追出月洞门的张郎呆愣在原地：什么？！

戚映竹一愣后，忍不住在叶行头上敲了一下，道："乱叫什么呢？"

叶行得意地缩在戚映竹怀里，回头对时雨偷笑——他若是喊"师母"，阿竹姐必然不好意思，涨红脸说不出话。但是他喊"阿母"，阿竹姐知道他是调皮，且这是假的，只会觉得他调皮，不会羞窘得说不出话。

时雨别过脸去看身后那位追上来的张郎，满意地颔首，完全忽视了小徒弟抛来的"媚眼"。

然而这位张郎也是用心的。

第二日时雨陪着戚映竹义诊的时候，见这位郎君也跟前跟后，殷勤无比。

时雨颇为郁闷。一整个白天，他在戚映竹身边的位置都被那位张郎抢走了。虽然戚映竹时不时会关心他，虽然叶行会帮他吸引戚映竹的注意力……但是这个张郎，嘴太甜了。

这位张郎不住地夸女郎。

张郎先敬佩地对戚映竹道："戚女郎，我听阿父说，你和你师父在这里行医许久了。你一个女郎，志向却如此远大，实在让我佩服。"

隔一会儿，张郎道："戚女郎，我家中有收藏一些珍奇的古籍医书，没有人看，我拿来送你好不好？这也没什么，悲天悯人本就是女郎这般人物才会做的事，我实在惭愧。"

再隔一会儿，张郎道："戚女郎，改日城中有曲水流觞会，我缺一位佳人相引。女郎可会吟诗作赋？不会也没什么，女郎这般整日辛苦，便是寻个地儿喝茶休息一二，也是应该的。"

这个张郎一口一个"戚女郎"，听得时雨目瞪口呆，却哄得戚映竹真就一整日和其聊了很多，颇有相见恨晚的意思。

叶行急得推时雨，道："师父，你也去说说！"

时雨冷哼一声，别过脸——

他不会。

他不会那些"巧言令色"。

但他也有他会的。

当晚，戚映竹和药娘子拖着疲累的身体回到家中时，闻到饭菜的香气，看到炊烟袅袅，正觉得奇怪，见到时雨从灶房中走出来。

时雨非常随意地挥手，弯眸笑道："饿了吧？我随便做了一点儿饭菜，你们凑合吃。"

待饭菜上了桌案，药娘子忍不住抓住戚映竹，忧心地问："咱们可曾做了什么好事，怎么他一直这般帮忙？他管这叫'凑合'？"

药娘子指的是桌案上的四荤五素两汤。

普通人家吃这些，未免太奢侈了吧？

时雨笑眯眯地道："我不缺钱。"

性格直白的药娘子没有意识到这人在追求自己的弟子。戚映竹悄悄地看了时雨一眼，忍着笑劝师父落筷，不必给"抠门雨"省钱。

待几人吃完过于丰盛的饭菜，时雨便殷勤地挽起袖子要洗碗。

药娘子不好意思地道："阿竹，你怎么能让客人一个人忙？"

戚映竹便也进了灶房。

她低下头并未理会时雨，安静地洗碗。时雨晃悠着从旁边挪了过来。

他无所事事，与她没话找话："那个张郎，你要和他去什么诗会啊？"

戚映竹道："我不去的。"

时雨道："去去也没什么嘛，人多热闹，能长很多见识。"

戚映竹忍着笑道："那我去？"

时雨一怔，虚伪的客套一时进行不下去了。半晌后，时雨憋出一句话："跟他去啊？"

戚映竹转过脸，荧荧烛火照在她面上，睫毛纤纤，掩着几分娇俏。她问："不然呢？"

时雨答："你跟他去有什么趣儿？他这人很没意思，又不能陪你作诗，也不能跟你读书。我能陪你玩儿什么诗、作什么画，他能吗？我这般喜欢吟诗作赋的人，他怎么比啊？"

戚映竹震惊，"扑哧"笑出声，手上尚沾着水，便仰脸来捏时雨的脸，忍俊不禁，道："你？你陪我吟诗作赋，陪我写诗作画？你没说错吧？你？"

"嗯。"时雨被她捏住腮帮，发出的声音便变了调，怪可爱的。

他背着那可怜的一无所知的张郎，开始诋毁起人。

时雨跟在戚映竹身后转悠："那个张郎，手脚无力，脚步发虚，眼底乌青，一个时辰打了三个哈欠……一看就很虚。"

戚映竹回头看了他一眼，觉得颇为好笑，道："时雨！怎么背后诋毁人？我都说我不去了。"

时雨单手抱胸，一只手托着下巴，抬头望天，怪正经地道："我没有诋毁人，我是与你私下闲聊，说八卦。难道私下都不能聊天吗？我只是跟你说我的猜测。"

她抬头瞪他。

他飞快地撤退，摊手表示无辜：我是说真的。

时雨说："说起来，他真的挺眼熟。我好像在青楼里见过他。他被两个女的扶着，喝得醉醺醺的，可享受了。"

戚映竹震惊地回头，问："你去青楼？"她犹豫着问，"你去青楼做什么？"

时雨眨了一下眼，道："讨教怎么追你啊。"

戚映竹："……"

次日，戚映竹再次见到殷勤讨好她的张郎，脑海中便忍不住想起时雨昨天那一本正经的话。她忍不住看张郎的眼睛，低头看张郎的脚步……反应过来后，她暗自着恼：自己怎么真信了时雨的鬼话，真盯着人看是不是真的"虚"了？

张郎问："女郎在看什么？"

戚映竹羞红了脸，扭头找时雨，见时雨正蹲在路边和叶行玩儿。她看过去时，他背后有眼睛一般直接回头，笑容灿烂，眼眸若星。

但是他……不安好心，诱她乱想！

戚映竹还要柔声细语地告诉张郎："妾身没想什么。"

至此，戚映竹和张郎的一段缘彻底被时雨搅和没了。

然而时雨也不能总这般跟着戚映竹玩儿。叶行已经给他带了话，过了几日，连鸽子都一只一只地飞过来，催他回去。时雨只好收心，趁着戚映竹睡觉的时候回了秦月夜。

他见到秦随随，便先声明："我不接杀人的单。我如今洁身自好，不杀人了。"

秦随随翻了个白眼，道："你还会说'洁身自好'呢？"

不过，时雨这几年确实没接杀人的单。秦随随已经懒得说他了，交给他一个任务："不是杀人的单，是保护人的单子。太行派和青山派斗得厉害，太行派新掌门刚继位，也想借机会引一引青山派的人，就托了我们在暗处保护。他们有钱，一口气要杀手排行榜前二十的人，你当然要去啊。"她美滋滋地道，"接了这个单子，我的新船就能买下来了……"

时雨奇怪她高兴什么，道："步大哥不是禁止你买船吗？"

秦随随当即沉下脸，拍案道："我是楼主还是你是楼主？我说的话不管用了吗？你要是不想接杀人的单，就给我好好接这个单子，不然我哪儿来的钱养你们这群废物？"

时雨问："要多长时间啊？"

秦随随漫不经心地道："两三个月吧。"

时雨道："我不去。"

秦随随扭头看他，道："你去了后，我就给你准备婚事，怎么样？"

掉头就走的时雨踟蹰地停下。

他回过头，忽然害羞地道："可是我还没有问过央央……"

秦随随白了他一眼，懒得多说，取了自己腰间的酒壶，一口气将剩下的酒喝干净，意犹未尽地晃着步子往楼外走。

时雨问："你去哪里？你不是要帮我办婚事吗？"

秦随随头也不回地道："你任务都没完成，哪儿来的婚事？我自然有我的要事……我们楼的债务一团乱，不知道钱都花哪里去了。我偷偷地说，我觉得步大哥不行，理不清账……"

时雨道："是你太能花钱了吧？要勤俭持家的。你还欠我钱呢，快点儿还。我娶老婆后要养家糊口，很缺钱的。"

秦随随当作没听见他的话，继续说自己的话："我想出去看看，看能不能拐一个账房先生当夫君，免费帮我理一理咱们楼里的账务。我这都是为了秦月夜牺牲自我的幸福。日后步大哥问起，你要说这个答案，不然我就专给你接杀人的生意。"

时雨："……"

时雨随口应了一声，并不关心秦随随去哪里了。他腹诽这个女人越来越能花钱，小时候都没看出来。幸好他以前没有被步大哥哄骗娶这个女人——他才不想花钱……还是央央好。

时入四月，京城杏花绕墙，四面芳菲。

阿四刚刚办完一个任务回来，向端王世子复命。

今年年初开始，端王渐渐病重，卧床不起，把许多事务交给了世子殿下处理。唐琢把政务办得十分漂亮，让卧床的端王无比放心。

但是端王是怎么卧病在床的，只有阿四知道。

且阿四这一次出门，又是为唐琢去杀那些能威胁到唐琢的人。

唐琢将宋凝思带给了阿四——阿四心甘情愿地继续留在王府。

阿四在后院的荷花池旁向世子复命。

世子没工夫理他，正在看世子妃逗两个孩子玩儿。

阿四站在凉亭下，随意地瞥了一眼。他认得其中一个孩子是唐琢的儿子，另一个三岁左右的男童却不知道是谁了。

那男童眸子漆黑，粉雕玉琢，看着倒是可爱。

阿四不关心地移开目光。

两个孩子跑下凉亭，去荷花池边玩耍。世子与世子妃坐在亭中喝茶、吃点心，嘱咐仆从们跟上两个孩子。

那两个孩子蹲在地上玩耍，不知为何吵了起来，端王府的小郎君生了气，一把将陪玩儿的男童推倒；那男童倒是倔，反手就将端王府的小郎君拽倒。

阿四在亭下看得微微皱眉。

果然，亭中的世子妃发出一声惊呼，紧接着唐琢便"啧"了一声。

唐琢跟旁边的人说话时还带着笑："竟然敢打主子，这小奴仆真有趣儿……给我把他淹到池子里，醒醒脑！"

端王世子抬头看到亭下的阿四，就道："阿四，你是我最信赖的人，让你的人过来。"

阿四倒没说话。他身后的两个卫士已经自觉地上前，去抓那个敢打小郎君的小孩儿。阿四眼睁睁地看着那小孩儿又踢又打，却还是被大人抓到手中。在那一瞬，他心里忽然有些不舒服。

他说不清自己这种感觉为何而生，只觉得烦躁。

他听到男童大嚷——

"放开我！我要告诉我阿母！我要告诉我阿父！我阿母让我阿父打你们……"

唐琢沉下脸。

两个卫士当即不敢让男童再说，直接将男童的头压入了池中。男童大叫的声音消失了，只剩下"咕噜咕噜"的溺水声。

过了一会儿，阿四听声音不对劲，脚下弹出一颗石子儿，弹在其中一个卫士的腰上——劲力逼得那个卫士后退，手上的力道松了。

另一个卫士诧异地跟着收手。

阿四走上前，道："差不多得了。一个小孩儿，何必这么在意。"

他立在荷花池边，伸手将被两个卫士淹得奄奄一息的男童从水中提了出来。见男童气息微弱，脸色苍白，阿四心里更加烦躁，伸手在男童的胸口上几击，让男童咳嗽着醒过来。

男童眼睛如清水一般，满含泪水，抬头看他。

那一瞬间，阿四心里"轰"地一震，却说不出缘故。

他愣怔间，唐琢慢悠悠地从亭中走了下来，道："既然阿四说停手，我便给这个面子。只是这个孩子不听话，做陪读的还敢忤逆主子，死罪可免，活罪难逃。"唐琢带着几分恶意与兴味，问阿四，"这小孩儿就交给你吧。你可要好好教训他一下。阿四，你打算怎么替本殿下的儿子讨公道呢？"

阿四沉默半天，将目光从怀里男童怨愤含泪的眼睛上移开，生硬地道："送去关禁闭吧，让他反省一下。"

其实他的本意是小孩儿知错便好了。

唐琢笑了一声，点了下头。

阿四之前出去执行任务的时间太久，这是第一次见到这个男童。唐琢便没有告诉阿四，这个男孩儿有多倔强，有多野性难驯。

唐琢也不会告诉阿四，按照约定，两日后宋凝思会来见她的儿子。以宋凝思的聪慧，她不会发现不了她儿子的异样。以宋凝思的性格，她不会放过阿四。而阿四又岂是一般会被算计到的人物？等阿四彻底对宋凝思断了情，他才会成为唐琢手中最有力的一把刀。

唐琢慢悠悠地想着这些，让阿四去做事了。

阿四去将那个男童关起来时，唐琢收到了一封信。这封信是一位去敦煌当县令的旧臣写来的，不过目的是打秋风，想找机会调回京城。

唐琢看得漫不经心，却忽地凝目，因为这人在信的末尾说了一件事——

"两年前，臣被外放敦煌之时，殿下曾来相送，让臣感恩万分。殿下交给臣一幅画，代侯府寻找千金，听得臣感慨连连。殿下与宣平侯这般交好，天下几人能做到？"

唐琢满不在乎，心中嗤笑，想着他和宣平侯交好，已经是两年前的事了。这两年，宣平侯并不听他的吩咐，不与他站同一派，双方已经反目。最近一段时间，宣平侯在朝堂中得罪了人，唐琢落井下石，送宣平侯一个"削爵"的下场。

如今还为宣平侯奔波的，只有那个闫腾风。

那位闫郎君一直盯着端王府……唐琢迟早把他收拾了。

唐琢继续看信。

"今年三月，臣在家中见一医女，竟与殿下想找的人一模一样……"

唐琢的目光凝住了——戚映竹！

唐琢眯眸，忽地笑了一声。他已与三年前那个次次给戚映竹机会的人不同，如今想得到什么，都有千万种让对方拒绝不了的方式。

唐琢吩咐侍从："去宣平侯府。这般久了，也该问候问候那昔日差点儿当了本殿下老丈人的人了。"

三日后，一队卫士从宣平侯府出发，前往敦煌。

端王府中，阿四执行完一个任务，疲惫地回来。深夜之时，他的屋中尚亮着灯火，让他走到屋前的脚步一顿，心中稍暖。

他掀开竹帘，见到宋凝思正坐着等候他。

他以为她是专程等他。但她抬起眼来，双目微红，似乎哭过。阿四皱眉，问："怎么了？这里难道有人欺负你？"

宋凝思盯着他，冷冷地问："三日前你吩咐关押一个男童，到现在都不将人放出来吗？"

阿四一愣，这才想起此事。三日前他将那男童关起来后，就马不停蹄地离开去帮唐琢杀人了，今夜才回来，压根儿忘了这事……宋凝思却在这里等他。

阿四觉得奇怪，本能地察觉哪里不对劲，盯着这个女人，慢吞吞地问："这事和你有什么关系？你又是怎么知道的？"

宋凝思说出他猜测的那个答案："我当然知道，那是我儿子。"

阿四冷笑一声，道："原来如此。"

他卸下刀剑要入座，想慢条斯理地和她盘一盘这事——她和柏知节的儿子，凭什么要他看顾？

他以前也觉得奇怪，她怎么会心甘情愿地回来，而今——

阿四看着一桌子菜，微妙地一笑，道："菜里全是毒吧？"

宋凝思淡漠地看着他，忽然伸手夹了一筷子菜，张嘴，将菜吞咽下去。

阿四看得愕然。

宋凝思低着头咀嚼，眼泪却慢慢地落了下去，一滴又一滴。

她强忍着自己的情绪，却像是忍不住一般，抬头看他，道："我儿子的生父，是你！"

阿四大脑轰然一片空白。

宋凝思一边笑一边落泪，道："他一个三岁的孩子，被你关在小黑屋中，快要被逼疯了。我找到他时，他不会说话、不会哭，只会躲。好不容易敢说话了，他开口就叫：'我害怕……我们回家好不好？阿母你不是说阿父很厉害吗？为什么他不帮我打坏人？'我要如何告诉他，是他的亲生父亲送他去关禁闭的？"宋凝思盯着阿四，"亲自对付自己的儿子，是不是特别……爽？"

阿四猛地站起，伸手一把掐住这个女人的脖子，冷冷地道："你在骗我！你骗我保护你和柏知节的儿子，你在利用我！"

宋凝思气息微弱得说不出话，仰着脸，昏黄的烛光中，眼中的泪一滴滴地落下。

她不说话，这般噙着泪的眼神，让阿四觉得……觉得……

阿四如同被烫到一般，蓦地缩回手。

他愣在原地，想和她说什么，但转身就重新入了黑夜中，门帘被甩得发出"砰"的一声巨响。宋凝思咳嗽着伏在桌上，听到他在院中对一个不长眼的拦路卫士的骂声。

宋凝思捂着脸哭泣起来，继而又冷笑起来——

她会报仇。

唐琢，你不会有好下场！

敦煌这边，戚映竹与时雨之间的气氛很温馨。然而可惜，时雨吞吞吐吐地告诉戚映竹，他要远行执行一个任务。

戚映竹愣住了。

时雨冒出一句："不是杀人任务。"

戚映竹怔怔地看着他。

时雨突然把一旁的叶行扯过来，将看戏的小孩儿往戚映竹怀里一塞，低头道："我两三个月就回来了……你不信的话，小行给你当人质。"

叶行："……"

戚映竹"扑哧"一笑，道："好吧，那……你真的不是要去杀人吗？我们……能通信吗？"

时雨见她没有露出愁绪，便拍胸脯保证："可以写信的。我是去保护人，不是去杀人。"

戚映竹不吝啬地夸奖道："时雨真的像个江湖少侠了。"

叶行：所以他真的被师父送出去当讨好女郎的人质了？！

时雨执行任务时，收到戚映竹的信。

她在信中虽然已经写得很直白了，但时雨仍得半蒙半猜。

她写："春日萌芽，绿竹昂然。梦中见世间万景更迭，便想那春光何必撩人。若与君相见，胭脂、花钿方才相得益彰。若有君挂念，心中思慕方才片片成真。"

时雨大约看懂了她在用很直白的话表露情意，心里偷笑，也想回一封信。时雨拿起纸笔，便愣住了——他好像有很多话要说，但是要落到纸上，大脑便一片空白，一个字都写不出来。

写东西总是一件很文雅的事，当时雨想学着文雅时，腹中的墨水让他不知该如何下笔。

时雨思来想去。半月之后，戚映竹只收到时雨几个字的回信——

"我给你带好吃的。"

倚窗的女郎弯眸，掩帕而笑。

对牛弹琴，也不过如此了。

第二十章　月　终

时雨走后，戚映竹带着叶行一起生活。

叶行发觉戚映竹与自己师父的不同——

早上，戚映竹会在门外柔声细语地喊他起床。他犯懒撒娇时，戚映竹会拿着湿帕子给他洗脸，他转头就可以继续赖床。戚映竹绞尽脑汁地研究他能吃什么、不能吃什么，每日的食谱尽量不重样。戚映竹严格控制他每日进食的数量、每日练武时间，还会教他读书写字，夜里哄他入睡。

自跟着戚映竹一起生活，叶行没有犯过一次哮喘，也没有一次因吃到不能吃的东西而濒临死亡。

叶行因此面色红润，自时雨离开后，开始长了些肉，而不是瘦骨嶙峋、常年病弱。

有一次深夜，叶行看到戚映竹伏在案前，仍在研究他的食谱。夜那般深了，她那般羸弱，一边写字，一边掩帕咳嗽。

她自己身子骨儿都不好，却还要照顾他。叶行心中十分不是滋味。

他的身体，对谁都是一种拖累。他努力乖巧懂事、讨好时雨，内心深处怕的也是时雨会抛弃他、嫌弃他……就如同天山派那样，当知道他不能习武、快要死了时，师伯、师叔们便都放弃他了，说什么要九玉莲是为了他……都是哄外人图好名声的话罢了。

后来他跟着师父，很快敏感地发现时雨是个何其无情的人，于是更加惧怕。他这也不能吃，那也不能碰，习武也需要旁人看着，不然轻则走火入魔，重则丧失性命。他也不能刻苦习武，只要太投入，他的身体就受不了……人生对他来说，就是苦熬。

叶行有时恼时雨的没心没肺,根本注意不到他不舒服;有时又喜欢时雨的没心没肺,根本不在乎他是不是习武奇才、要不要出人头地——时雨只要他活着就好。

这些年,叶行跟着时雨吃了很多苦。之前的两年,时雨一直被追杀,叶行也跟着时雨出生入死,不知多少次濒临死亡,又被时雨救回来。叶行常觉得,他师父这般没有心,是个很让人羡慕、很了不起的人。因为没有心,所以时雨不怕被他拖累,但……也不在乎他。叶行都不懂时雨为什么一次次地救他,明明……时雨并不是特别将他这个徒儿放在心上。

叶行这般敏感的小孩儿,不知因时雨的粗心大意受了多少委屈。安慰他的,仅仅是时雨对谁都一样,不独对他这样。

但如今……戚映竹出现了。

叶行这才知道,原来师父感知这凡尘俗事的唯一途径,是阿竹姐啊,原来师父是通过阿竹姐,在加深与这人世间的羁绊。

而阿竹姐,是这般温柔细心的女郎。

叶行曾经担心过师父若是要娶阿竹姐,成婚后会不会更当他不存在。他带着一种恐惧心理去讨好阿竹姐。

然而现在被戚映竹带着一起生活,叶行渐渐地放下心——

师父不需要有人陪伴,但是阿竹姐需要。

只要阿竹姐喜欢他,师父就不会丢下他。

阿竹姐……像阿母一般。

叶行在心中下定决心,要更加讨好阿竹姐才是。

五月的清晨,一夜雨后,杏花零落成泥。

叶行陪着戚映竹在院中晒药时,马蹄声响彻在外。两人抬头,只见篱笆木门外,一队卫士下马而来。

戚映竹微微怔了一下。叶行灵活地一下子跳起。

那队卫士在院门外徘徊了半晌。卫士的首领向院落中那抬眸望着他们的女郎拱手,朗声激动地道:"映竹女郎,我们终于寻到你了!"

戚映竹惊诧地站起来。

叶行的个子只到她腰部,却紧紧地挡在前面,要阻止来人的冒犯。他警惕地盯着院外那些人,脑海中飞快地思考如何通知自己的师父和秦月夜。

戚映竹问院外那些人:"诸位……是何人?"

来人答："映竹女郎,我等是宣平侯府的卫士。这些年女郎远走,君侯与侯夫人、女郎、公子都分外伤心,想着您,一直托人找您!早前女郎去敦煌县令府时,因一张寻人画像,我们终于找到了您的踪迹。女郎,请跟我们回京城吧。"

叶行诧异地仰头,问:"阿竹姐?什么侯府?他们在说什么?"

戚映竹扶着叶行的肩,微微摇了摇头。她并不往外走,只是皱着眉道:"我早已与侯府脱离关系,割发断情,之后又托阿瑛将落雁山上的钱财归还侯府。养父、养母养我一场,我也很感恩,但我此生还不了情,只能等来世了。诸位请回吧,我不会回京城的。"

卫士首领急切地道:"先前女郎与府上有误会!君侯与侯夫人知道委屈了女郎。女郎病重离开时,府中的人也十分伤心……待从我们女郎那里得知女郎您活着,君侯与侯夫人才放下心来。自然,侯府并非要逼迫女郎如何,实在是……实在是……"

戚映竹看对方面容悲戚,却仍蹙着眉,并不言语。

这位女郎的心是有些凉薄的,不然她也不会一走了之。卫士首领见识到了,也不敢将戏做得太过,恐这位女郎逆反。他低下头,哽咽着道:"我们君侯病重,即将……即将……思及往事,深为想念女郎。君侯只想在……在……之前,能够见女郎一面!"

戚映竹怔了一下,脸色发白。她再想与侯府了断,听到养父病重,也不禁心里生焦,道:"养父之前身体硬朗……"

卫士首领唏嘘道:"朝中诸事相逼,如何说得清?女郎,您是在侯府长大的,那些许钱财,又岂能当真了断情义?属下说句难听的,侯府在您身上花的精力与钱财,您此生无法还清……但君侯对您并无所求,只想见您最后一面。到底父女一场,多年情义,您总要满足君侯的最后一个愿望吧?"

另一个卫士劝说道:"您想想昔日君侯待您的情!"

戚映竹抿唇,目中生出挣扎之色。她愣怔半晌,想到昔日年幼时,她还没有病得那么厉害,养父、养母也是与她亲近的。

有一年中秋,他们一家人一起看烟火,年幼的女孩儿被烟火吓得瑟缩。年轻的宣平侯大笑着将她抱入怀里,捂住她的耳朵,与侯夫人笑谈:"咱们阿竹这般胆小,以后可得嫁一个威武得什么也不怕的郎君,好好护着阿竹才是!"

侯夫人嗔道:"君侯净说笑,阿竹还小呢。"

宣平侯便低头,与年幼的女孩儿抵着额头,用胡子扎她。

她至今仍记得养父当时眼中的笑。

当时宣平侯道："是啊，阿竹还小。什么算命先生的话，都是胡说八道。咱们阿竹要慢些长，要好好在阿父、阿母身边多留两年。阿父、阿母舍不得你！"

只是可惜，富贵如侯府，父母子女之情依然敌不过病痛的折磨。

戚映竹其实也理解。他们是怕在她身上花太多心思，她去了后，自身会接受不了，可是……可是……算了。

戚映竹垂下眼帘，脸色苍白，问："养父当真……不行了吗？"

卫士答："君侯想见您最后一面。"

戚映竹应了。

叶行在一旁急得跳脚，道："阿竹姐，你答应等我师父的啊。"

戚映竹蹲下来，对他小声道："小行，人生一世，总是要有些温情的。"

就算心中有再多的怨、再多的不满，侯府对她的养育之恩，她也不能否认。她不是一个黑白分明的善人，但也知道自己这个养女做得不好。她是下定决心远离那一切，过好自己的日子的，然而养父不久于人世……她希望自己是彻底冷血无情的人，可又不是。

戚映竹对卫士首领说："这是最后一次。"

卫士首领目光闪烁。

那些卫士等着戚女郎收拾行装，与他们一同返回京城。

戚映竹一下午都在一边收拾行李，一边劝说闷闷不乐的叶行。

到夜里，药娘子行医回来，得知自己徒儿的身份这般厉害，如今要离开了，也是不快。

戚映竹安抚完小的，便又要安抚大的："师父放心，我只是回京城看养父，之后还会回来的。"

药娘子耿直地道："人家有亲女儿、亲儿子在，你去凑什么热闹？人家当初不是都把你赶到那什么山上住了吗？这不就是说人家也没多喜欢你，喜欢的是自己的亲女儿，怎么会临死前想起你？"

戚映竹怔了一下，解释道："即使我在落雁山上，那些珍贵药材都是侯府给的。后来，我病重得起不来的时候，阿瑛带着御医经常来看我。阿瑛后来更是带我一同找父母……若非侯府点头，阿瑛怎能那般行事呢？养父、养母虽不与我说什么，但心中是念着我的。我一走三年，消息全无，对他们本就愧疚，如今怎能连回去见最后一面都不去？"

药娘子觉得郁闷，道："我还是觉得，你看重的情，人家可能只是随手而为。

至于救你的命……对人家来说不伤筋骨，亲女儿不怪的话，救你又何妨？你太重情了。"

戚映竹失笑，道："师父说什么呢？我最不重情了。我没什么朋友，世人都说我薄凉的。"

药娘子深深地看了她一眼，但见徒弟态度坚决，便也不劝什么了，只给她开了些药，让她路上带着，嘱咐她注意身体，快去快回。

夜里戚映竹睡前去拍叶行的门。叶行却不给她开门，分明是在生她的气。戚映竹隔着门道："小行，明日你就回秦月夜去吧。我的事，我已写信告诉你师父。你师父忙完自己的事，自然会来寻我……你不必担心我的安危。且我养父病重，我去看一眼，又有什么安不安全的呢？"

三年前她怕唐琢对她纠缠不放，然而三年已经过去了。

闫腾风给她的那个卫士告诉过她，唐琢已经成亲生子。既然唐琢已经成亲生子，她也不如当年那般年轻——唐琢岂会一直盯着她？

戚映竹劝了半晌，叶行也不开门。她以为小孩儿闹别扭，叹了口气去睡了。

次日，戚映竹坐在马车中与卫士们一同回京。中午众人在茶棚休息时，卫士从马车下绑出一个小孩儿，骂骂咧咧。

小孩儿大声嚷："放开我，放开我，我才不是偷东西！阿竹姐，阿竹姐！"

戚映竹出了茶棚，看到风尘仆仆的叶行，吃惊地问："小行，你怎么跟来了？"

叶行扑入她怀中，抱着她道："我师父让我监督你，你去哪里我就去哪里。我才不回秦月夜，秦月夜现在都没人，好无聊的……你不是说很安全吗？那我要跟着你一起。我还没有去过京城呢，前年师父一个人去，都没带我。"

戚映竹心情复杂，又很感动，低头捏了捏小孩儿的脸，道："你未免也太伶俐了些。"

叶行扮了个鬼脸。

半个月后，戚映竹进了京城，入了侯府。

入了侯府后，叶行恹恹的，身体吃不消。戚映竹让人先带叶行下去，自己去正堂拜见君侯和夫人。见院前草木萧萧，仆从人人没有精神，戚映竹疑心侯府衰败了些。

她正端详侯府的景观，一个妇人急匆匆地从正堂出来，唤道："阿竹！"

多年未见，侯夫人抱着戚映竹眼便红了，哭泣着道："你这个人，怎么当真那么绝情，说走就走？还将钱还给我们……我们差你那点儿钱财吗？你……你看着身体似乎好了一些，脸上也有点儿肉了？莫非真的像阿瑛所说，你的病好了？"

戚映竹也是哭得眼红。明明两人上一次见面闹得那般僵，说得老死不相往来，但是见了面后仍有旧日恩情在。戚映竹心中无奈，想着对养父、养母纵是狠心说断了关系，心里却到底忘不了。

戚映竹没有回答侯夫人的问话。她和养母一道回去，擦干泪，问："怎么没见到阿瑛和星垂呢？"

侯夫人不自在地道："阿瑛啊，学女红学得刻苦，和你不是关系不好嘛，自然不会出来。星垂……星垂……去相看媳妇了。"

戚映竹奇怪地看了侯夫人一眼——她与戚诗瑛的关系分明缓和了很多，侯夫人怎么不知道呢？为何不让戚诗瑛出来？难道戚诗瑛误会她想鸠占鹊巢，回来当什么侯府千金吗？戚诗瑛虽然性子直了些，但也不是那般拎不清的呀。

戚映竹暗自记下疑点，应和了侯夫人几句，却也带了警惕之心。

接着她被引去见君侯。宣平侯确实瘦削了很多，神色憔悴了很多，见到戚映竹也如侯夫人一般，抱着她哭。

夫妻二人一同拉着戚映竹，说起戚映竹幼时的事。戚映竹心中怀念，附和两人，氛围十分温馨。

中午，三人一道用膳时，戚映竹再次问："阿瑛和星垂不来吗？"

一个清朗的男声自外面传来："阿竹妹妹只记得什么阿瑛、星垂，便一直不记得我了？好没良心。"

戚映竹一愣，猛地起身，呆滞地看到一袭锦衣貂裘的郎君从堂外步入。

那人在门口脱了裘衣交给仆从，满目欢喜地看着她，亲昵地唤了一声："阿竹妹妹！"

戚映竹立刻去看自己的养父、母，见宣平侯神色平静，侯夫人目光闪躲不敢与她对视，心中有了数，微微屈膝，道："殿下。"

唐琢来扶她，道："阿竹妹妹这般见外做什么？你仍叫我'唐二哥'便是。"他伤心地道，"这些年，我身边的人来来去去，一个个叫我'殿下'，我倒与人疏远了太多。我常在想，这满堂荒芜，人人穿着戏服唱大戏，谁知道皮下魑魅魍魉都是谁？每每这时，我就想起阿竹妹妹，若是你还在我身旁，我便不会那般寂寞。"

他握住戚映竹的手。

戚映竹笑道："民女怎敢与殿下攀亲？"

她做出让座状，似寻常无比地将自己的手从唐琢手中抽出。

唐琢不以为意地笑了笑，入座后又说起往事，叹息道："阿竹妹妹，你还记得你年少时我总跟在你后边，嚷着要娶你吗？"

戚映竹道："殿下慎言。殿下这般说，世子妃听了可是要不快的。"

唐琢目光幽深了些。

他转头与旁边僵硬而颓废的宣平侯聊天："我记得三年前阿竹妹妹不在的时候，我曾经和阿竹妹妹提过亲，我阿父和君侯大人都许了的，生辰八字都问过了……那时候我还以为我能娶了阿竹妹妹呢。"

戚映竹微笑着道："那时我遇到了一些事。若非那些事，我当与时雨成亲了。"她向众人介绍，"若非那些江湖恩怨，养父、养母还愿意认我的话，其实时雨当叫你们一声'阿父''阿母'。那时候，我还以为我能嫁了时雨呢。"

唐琢脸色变得有些阴沉。

他盯着戚映竹。戚映竹抬头，温柔地看着他，目光并不闪躲。

唐琢笑了——

美人带刺啊。

美丽的、脆弱的、顾影自怜的山间山茶，兀自绽放得如此美丽洁白，香气馥郁……山茶花本不应有刺啊。

这顿饭吃得尴尬，唐琢如何忆昔日，戚映竹便如何不动声色地忆她与时雨不为人知的曾经；唐琢若要回忆他如何爬树看她，戚映竹便要回忆时雨如何偷偷去山中寻她。

宣平侯如木头人一般。

侯夫人神色越发不安，左看看，右看看。

当夜这顿饭吃完，唐琢深深地看了宣平侯一眼，起身告辞。

戚映竹推说身体不适，也告辞而去。侯夫人未能拦住。

戚映竹回去后，便将床上躺着的小孩儿喊醒，道："收拾一下，我们快些离开这里。"

叶行道："啊？"

戚映竹皱着眉，道："这里不对劲，有人暗藏祸心，我被骗了。"

戚映竹带着叶行从后门出府。她自是不会武功，但是叶行会一些。然而戚映竹还是不能放下心。果然，两人出了侯府的后门，迎来的是明亮的灯笼和火把，宣平侯和侯夫人立在那里等她。

侯夫人不忍地道："阿竹，别折腾了，回去歇着吧。"

戚映竹抬头，盯着宣平侯道："卫士说您病重，快不行了，让我回来见您最后一面。"

宣平侯微微闭目，侧过脸，肩膀僵硬，不敢看养女的眼睛。

侯夫人见养女这般盯着他们，心里难受，下台阶要搂戚映竹。

戚映竹往旁边躲开。

侯夫人捂着脸哭道："阿竹，我和你阿父也没有法子啊！你不在京城，不知道你阿父在朝上被人如何攻击，你阿父都在大狱中走过一遭了。是那端王世子非要得到你……只要你回来，他就帮你阿父洗清罪。那样咱们宣平侯府就能保住了啊。那唐琢对你十分喜欢，你就是入了他的府，也不会吃亏的。"

戚映竹不能明白，恍惚地道："可是他都娶妻了啊！你们到底是什么意思呢？"

侯夫人低着头不敢看她，道："你身份不好，只是侯府的养女，论理，其实也做不了正妻。你本来就是村野丫头，只是运气好被我们养了……端王世子的意思是，让你进府做他的侧妃。虽是侧室，但他定然独独爱你！你是知道他的……我们从小看着他长大，他也是个好孩子！他一直那般喜欢你，你不委屈的！你一个村野丫头当上端王世子的侧妃，其实是好运气，对不对？"

戚映竹觉得自己不认识他们了。

侯府后门外的巷中灯火明亮。叶行因身体不适，闷闷地躲在戚映竹怀里。而戚映竹仰头，端详着自己养父、养母的面孔。她想到自己是如何说服药娘子和叶行才回来的，听到养父病了，如何着急，如何良心不安……她那般着急地回来，期待着他们对她的爱，可他们这般回报她。

他们根本没有爱过她吧？

那些许温情明明存在过……难道真的只是她的幻想吗？

这场梦，到底是从戚诗瑛回到侯府开始变的，还是从一开始就仅仅是她想象中的梦呢？

戚映竹垂下眼帘，慢慢闭上眼，寂寥无比地立在原地。灯笼的光照在她的面上、身上，她却像是被黑暗中的巨兽吞噬了。

侯夫人向她伸出手，道："阿竹……"

戚映竹闭目落泪，哽咽着道："我真的运气好吗？我是因运气好，我的生父、生母才去救了你们……生母落了病根，害得我出生便羸弱，一直生病吗？我是因运气好，你们才从小更爱星垂——我越长大，你们越冷落我吗？我是因运气好，才去落雁山养病，差点儿死在那里吗？你们真的是我的'好运气'吗？"

宣平侯忍不住了，抬眼来看她，声音沙哑："到底父母子女一场……"

戚映竹闭目而泣，道："父母子女一场，便要将我推往火坑吗？"

侯夫人急忙道："如何是火坑？端王世子那般爱你——"

"我不喜欢！"戚映竹与人说话总是温温柔柔的，这是第一次抬高声音，将怀里的叶行都吓了一跳。

宣平侯拉下脸，道："阿竹！我们养你一场，你这般对我们说话？！"

戚映竹往后退了一步，周身无力，手脚发麻。她看着这些魑魅魍魉，别过脸，只是落泪，不愿说话了。她抱紧怀里的叶行，哭得不能自已，多年的感情、幼时的情谊……都让她心如刀割，寸寸滴血。

戚映竹被关了起来。

她唯一的要求是让叶行出去，不然便绝食以抗，让唐琢绝不可能得到她。

侯府无奈，又觉得一个小孩儿不会对侯府造成威胁，再加上这小孩儿太难养，第一天就差点儿因食物中毒而死，只好放叶行走。

叶行临去前抱住她，乖巧地道："阿竹姐你别担心，我去找秦月夜，我知道怎么联系他们……我师父快回来了。"迟疑了一下，他说，"你别哭，你运气好的——我师父是爱你的。"

戚映竹落泪。

她让叶行走，自然是要叶行去搬救兵。其实她也不太害怕，因为知道时雨忙完了会来找她。她只是很伤心，很难过，恨自己太蠢、太心软。她祈求些许温情，却被虚假的亲情欺骗。亲情那种东西，她也许从来没有得到过……她却因这种可笑的原因而陷入如今的境地。

就连唐琢都知道……养父、养母是她的软肋。

她因自己那畸形的对亲情的渴望而作茧自缚。

戚映竹太恨自己了，觉得自己太可笑了。

她被关起来，等着被送去端王府，整日在屋中落泪，精神萎靡，很快便病倒了。侯府自是慌慌张张地张罗着为她看病。

唐琢怕秦月夜的人有什么阴谋诡计，也怕时雨到来，听说戚映竹病了十分警惕，不敢随意放医者去侯府，便派阿四带着卫士在侯府巡逻——只有阿四能够抵挡时雨和秦月夜。

唐琢下定决心，再不会弄丢戚映竹了。

阿四却心不在焉。

夜里，他查到了自己想查的消息，匆匆与人交班后，便赶回自己住的地方。

宋凝思没有见到儿子，也不睡，赤着足，蜷缩在床榻上，久久出神。屋中没有点灯烛，她听到脚步声，抬起头，便看到一道黑影赫然立在床前。

宋凝思面无表情——到了今日，她谁也不怕了。

阿四俯身便掐住她的咽喉，盯着她先是苍白而后青紫的脸。她在他手下气息微弱——只要他再加重力气，她就会死……阿四蓦地松开手，虽然心里恨不得掐死这个女人。

他如雄狮一般俯身，手指紧扣着她，咬牙切齿地道："我查到了……我查到你这些年带着我儿子如何东躲西藏了！两年，整整两年！你为什么不告诉我那是我儿子？！现在他被唐琢关起来了，你才来告诉我？宋凝思，你安的什么心？"

黑暗中，宋凝思低低地笑。长发凌乱，面颊青紫，她低头看着身下的锦榻，想的却是她第一次瑟瑟地跟着金光御走入黑暗的茅草屋时，他告诉她随便凑合一夜便是的情景。

她蓦地抬头，用怨毒的眼神看他，再也不加掩饰，道："你不明白吗？你难道真的不知道为什么吗？你真的看不出我厌恶你吗？金光御，你听好了！你和我在一起，只会让我不断地被追杀，不断地受委屈，只会不断地让我的孩子受委屈。我想逃离你，想带着儿子远离你，离你越远越好……我怎么会告诉你那是你儿子？我根本不想告诉你！"她落下泪，笑容无力，既扭曲又寂寥，"我希望我和我儿子的未来没有你。我想要一个没有你的未来……你懂吗？你能放过我吗？"

金光御怔怔地看着她。

他和她恩恩怨怨纠缠多年，却在此时觉得周身力气全无。

他愣怔地问："为什么？"

没有人回答他。

他低下头，高大的身体在她面前低矮下去，声音带着惶惑和颓废，哽咽着道："为什么？我们这么多年的感情……全是我自作多情吗？"

宋凝思答："不，我是爱你的。但是和你在一起，我太苦了。我只是想过没有杀手的生活，想看到平静的人间炊烟，你为什么非要将颠沛流离的生活带给我呢？金光御，给我一个平静的未来，好不好？"

午夜，夜雨敲窗，噼里啪啦。

戚映竹坐在屋中落泪时，暴雨中忽然传来一个清晰的声音——

"我带好吃的给你，你哭什么？"

戚映竹一怔，猛地抬头，看向四周。她赤足下床，奔到窗口前，瑟缩半响，终是鼓起勇气一下子拉开窗——

窗外的雨中，她看到气宇轩昂的黑衣青年气质凛然，立在窗外。他身上不沾雨，睫毛浓密，眉目乌黑，淡然地看着她。

他扬了扬怀里的包袱，问：“你不知道我会来找你吗？有什么好哭的？”

戚映竹眼圈通红，忍不住笑了。其实她没有哭，只是做样子给侯府的人看，但是……她此时见到时雨，倒是真的一时心酸，忍不住落了泪。

她怔怔地仰起脸，问：“你的任务结束了？”

时雨回答：“没有啊。”

戚映竹愣了一下，道：“所以你是听到消息就放弃了任务来找我，对吗？”

他“嗯”了一声。

戚映竹望着他，道：“好多钱的，时雨。”

时雨漫不经心地道：“对啊，但是……你要是嫁给别人了，我的钱给谁花呢？”

隔着窗子，戚映竹静静地看着他。他浑然不觉他说的话很让女郎感动，心不在焉地转头听着四面八方的雨声和卫士们的脚步声。

他正要告诉戚映竹些什么。戚映竹忽地倾身，隔窗埋入他的怀中，抱住他紧窄的腰身。

她闻到包袱里的香味，叹了口气……

时雨低头看她，本想抱她却又缩回手，一时不知自己该如何做。

戚映竹埋着头道：“别难过，时雨，一个单子没有了，还有其他的单子。我这些年也攒了些钱财……我听说，你们杀手楼只要给钱就接任务，你也是这样吗？”

时雨傲然地道：“我不是。我身价很高的。”

他怕她介意他杀人，一边耳听八方，一边还要忙碌地补充：“我现在不接杀人的单子了。”

戚映竹道：“那我有事让你帮忙，给你钱，你接不接？”

时雨愣了片刻后，低头看怀里仰头望着他的女郎。他忽然羞赧，觉得自己这样不好，低声道：“你的事，不给钱我也接的。”

戚映竹看着他道：“带我逃婚。”

密雨刷檐，阔木苍叶被浇得更加翠绿。

时雨看着戚映竹。

他已不是多年前任性妄为、懵懂无知的少年，经磨砺，历生死，武功更厉害，也更知晓这世间人的可怕了。他看了她片刻，面上缓缓地浮现一个笑容，郑重地点头，道：“好。”

时雨抬手搭在戚映竹腰上，将她轻轻地往怀中一抱，便要起身上檐，带她离开这里。

然而戚映竹拉了他一把，道："时雨，等等。"

时雨低头，纳闷儿地问："你又不想走了？"

他专注地看着她，眼睛如星河般明耀，如黑曜石般粲然。他似乎不太高兴，道："你要是想嫁那个唐琢，我不许的。"

戚映竹微微笑了，纠正时雨的话："不是嫁。人家有妻、有子，我只配做小妾。"

时雨道："不是一个意思吗？都是要跟他睡觉。哼，不行。"他赶紧将她更紧地搂入怀里，强调，"我不许。"

戚映竹叹气——在时雨眼中，妻和妾竟然没什么区别——他倒真是这世间最讲"人生而平等"的奇葩了。

戚映竹忽略那些，只问时雨："时雨，你闯进来时，是不是很辛苦？"

时雨想了想，道："还好。我等了一会儿，他们的长官走了，我就进来试试，没想到一下子就进来了。唐琢派的人，也不是很厉害嘛。"

戚映竹若有所思，又问："那带我出去，会不会很麻烦？"

时雨并不在意麻烦，却也实话实说："会啊，可能会有些麻烦。我进来的一路上，整个京城都查得挺严的……但是你要出去嘛，我已经接了这个单子。"

戚映竹问："你会受伤吗？"

时雨心不在焉地道："会吧。"

戚映竹的心揪得更紧了，她又问："会死吗？"

时雨道："努力点儿应该不会吧。"

戚映竹怔怔地看着他，想：明明知道这么危险，但是她一说，他就要立即带她走。若不是她问他，他也不打算说吗？

她伸出颤抖的手捧住他微凉的脸，端详他英俊的面孔——他眼中的神情分外无所谓，这天下似乎并没有什么能束缚他的牢笼。

时雨一愣，被她的手捧着的面孔俯得更低一些。他望着她波光粼粼的眼睛，睫毛颤了颤，迟疑道："我……我觉得……我觉得你好像要哭了。我的感觉有没有出错？"他似不好意思地道，"你别笑话我，我经常出错……我不擅长这个。"

戚映竹"扑哧"一笑，道："傻时雨。"

她眨掉眼中的泪，掩住自己忍不住的哽咽。

时雨忽然侧耳，道："有巡夜的人过来了。"他问戚映竹，"我是带你走，还是打晕那些人呢？我不会杀人的。"

戚映竹告诉他："时雨，现在不可以杀人，但是带我逃走的时候，可以杀人。"

时雨道："哦……"

戚映竹道："现在先躲躲吧。"

她抱住他的腰，用尽力气将他往自己的方向拽。他立在窗外，纹丝不动，甚至奇怪地低头看她，不知道她在干什么，为什么这么用力拉他。戚映竹抬头与他对视片刻。

时雨还在胡思乱想：她就这么喜欢我的腰吗？

时雨犹豫地道："央央，你什么意思？我弄不懂。"

戚映竹咬唇，羞赧的感觉于此时达到顶峰，抱着他的腰的手都在发抖，然而手指扯着他的后腰处，执拗地不愿放开。戚映竹只能问："你以为'躲躲'是什么意思？"

时雨道："上树啊，上房檐啊……"他又忽然聪明了，诧异地低头看她，眼睛"唰"的一下亮如星河，问，"你是让我进屋吗？"

戚映竹顿了顿，松开手，道："那你上树吧……"

她这话还未说完，窗子的一条木框便被青年抓住。时雨毫不犹豫地一只手扶着她，一只手撑住窗框，轻轻一纵，便跳入窗内。青年手指往后一弹——窗子猛地被关上，却在发出声音前被转过身的时雨握住。青年轻轻地将窗子闭上。

同一时间，门外的烛火明耀一瞬，巡逻的卫士们提着灯笼走过。

戚映竹把头埋在时雨怀中，被他抱着，与他一同靠在门上。时雨的气息轻得几不可察，心跳也极为平稳，他怀中抱着她，侧耳听着屋外的声音。戚映竹则听着他平稳的心跳声，低头便能看到他结实的腰部、修长有力的双腿。

他这么健康，身体又这么结实，肌理下暗藏力量，充满成年男性的力道美。

戚映竹恍恍惚惚地想到还在落雁山上时，她与时雨不知多少次用这种方法，在成姆妈眼皮底下成事。

戚映竹脸红，心乱。

时雨低头问："你的心跳很快，你又病了吗？我进来之前就听说你病了。"

戚映竹忙从他怀里退出，背过身，低垂着眼帘，不敢多看他一眼。她心中乱糟糟的，捂着自己的心口平复心情。

时雨忽然伸手拉住她的手。戚映竹慌乱地要躲。时雨一把将她抱起来。

时雨道："你没穿鞋。"

戚映竹顺着他的目光看向自己裙下露出的赤足，脸更红了。

她一时间不知该如何是好。时雨便抱着她，一步步地往内舍走。

她心慌意乱，被时雨抱着，贴着时雨的身体，便想得更多。

她不知道时雨此时在狡黠地想，她往日总不让他进她的内舍，但他现在可以混进去——

央央现在应该已经忘了这事了。她忘了，他也不会主动提的，谁不想跟央央亲近呢？

然而时雨将戚映竹放到床上后，到底心虚，怕她想起来抬头瞪他，呵斥他出去。时雨往后退，一边偷看戚映竹，一边将自己背来的包袱在桌案上摊开。

他盯着她的脚——女郎脚背微弓，指甲粉红……

他眼神变得古怪，也开始觉得口渴。

戚映竹猛地抬头。

时雨便做出低头整理自己带的一整包食物的样子来，嘴里嘀咕："好多吃的……"

橘子、樱桃、齐墩果、草莓，还有金乳酥、贵妃红、曼陀样夹饼、甜雪、八方寒食饼，还有半只烧鸡，全被他乱七八糟地混着。

他爱吃甜食与荤食，然而这些水果与糕点，比他喜欢吃的那些口味清淡的多。

床帐悬额处流苏轻晃，锦裯蓉簟上，戚映竹将雪足往裙里藏。她低头坐着，闻到食物的味儿，抬头看向时雨。时雨抓着那半只烧鸡，问："你吃吗？"

她道："这么晚了，你让我吃烧鸡？还是凉的？"

时雨道："没有凉啊，我在京城买的……我饿了，你不吃我吃。"

但他吃了点儿烧鸡后，却没胃口了，脑海中浮现出她的雪足，嘟囔着"好渴"，漫不经心地剥了橘子吃起来。

戚映竹低头不敢多看时雨，转移话题："时雨，唐琢派了很多人看着我，想带我出去，我们需要从长计议。如今，我不光自己被关，还很担心阿瑛和星垂的安危。我疑心阿瑛和星垂是因不赞同养父、养母的想法被关了起来，或者因发现了这个计划，想报信却被关了起来。你若有能力，能不能代我去看看阿瑛与星垂？看看他们两人是否安全。或者他们能告诉我一些什么。"

时雨口中咀嚼着果肉，道："嗯。"

戚映竹思考着道："还有……我有点儿犹豫，不知道你能不能去端王府看一看。唐琢如此任性妄为，端王伯伯就这般包容他吗？端王伯伯到底知不知道唐家大郎就是被二郎所害的？"

时雨愣了一下，悄悄地抬眼看戚映竹，见戚映竹果然盯着他。

戚映竹眼中带笑，道："我知道是你杀了唐家大郎。你这个坏人，不用藏了。"

时雨愣了片刻，闷声道："我是收钱办事。是唐琢要杀，不是我。"他心虚地道，"我不是坏人。"

戚映竹叹了口气。对于时雨双手沾的血，她早有准备，已不愿为此多说什么。

戚映竹仔细思考了很多事，让时雨找戚诗瑛，也要时雨去打探端王府的消息，还要时雨去找闫腾风。

时雨听得一个头两个大，想着这任务也太麻烦了……

戚映竹如同听到了他的心声一般，道："我有钱给你的。"

时雨觉得自己似乎受到了羞辱，道："我不是为了你的钱！我从来没碰到过，接一个任务，雇主还叽叽歪歪地要求个没完没了，好像绑着我的手脚，把我的每一步都安排好。为什么这么麻烦？我直接带你杀出去就行了。"

戚映竹吃惊地道："你说我叽叽歪歪？"

时雨反问："不是吗？"

戚映竹与他对视，失笑。

他倒是真不觉得他的不耐烦会让女郎伤心，而她若真伤心——他恐怕又要无措。

戚映竹耐心地与他解释："我安排得那般详细，是因我不想让你受伤。"

时雨一愣。

戚映竹温柔地坐在床榻边，看着他道："时雨，我知道你会在任务中受伤，但是我想尽量让你少吃些苦，少受些伤。我恨不得你一点儿伤都没有，恨不得能够代替你……可我没有那般本事。"

时雨呆愣了片刻，移开目光。

他趴下去啃橘子，安安静静，长发温顺地贴着脸颊，唇瓣因沾了汁水而鲜红艳丽。英俊的青年在这一刻呈现出与平时不同的温顺、乖巧。

戚映竹兀自不放心，问："你听懂我的话了吗？"

时雨道："听懂了。"

他闭着眼，微仰着头，慢条斯理地撕着橘子肉扔进嘴里。

烛火的微光下，时雨面容白皙，眉眼乌黑，身上仍有少年时的无邪。睫毛上翘，如同他微翘的嘴角一样。他道："央央心疼我，爱我爱得舍不得我受一点儿伤。"

戚映竹面容当即酡红，手指抠着身下被褥上的花纹，低下头颅——她……她纵是那个意思，他也不必说得这般暧昧啊。

时雨自言自语："那要怎么带你出去呢？你的养父、养母要是拦，要不要杀啊？"

戚映竹的脸色由绯红转为煞白，想到了养父、养母，心如刀割，她变得萎靡，睫毛上又沾了泪，当真伤心。

时雨愕然又无措地看她，意识到自己说错了话，暗自后悔。

他呆呆地看着那羸弱的女郎倚着床柱伤心。见她颓然伤怀。他一颗心也跟着疼起来。这割裂一般的疼，他好些年没感受过了，一时疼得他的心脏抽了一下。

时雨一下子站起来，正想说什么，却听到外头巡逻的卫士又来了。

"女郎，可是有什么事？这般晚了，为何不歇息？"

"我就睡了。"戚映竹本来就伤心，用哽咽的声音回答。

外头的人没有多疑。

而时雨闷闷地想：她哭了。

他好想杀了她的养父、养母……那样她就不用为陌生人流泪了。

戚映竹抬眼看向时雨。时雨这时看懂了她泪光点点的眼中的神色是何意，抬手一挥，屋中的灯火熄灭了。

外头巡逻的人离开了。

雨声滴滴答答，内舍似乎笼上了一层寒意。

床榻边的人和桌案边的人在幽暗中，都没有说话。

戚映竹道："我睡了。"

她本就坐在床榻边，把被子一掀，就将自己的全身盖上。躲在被褥下，戚映竹一点点地将脸埋了进去，装聋作哑，不想知道时雨晚上打算怎么睡。

她听到脚步声向床的方向靠近，最后停在床榻前，心"怦怦"急跳。

她听到时雨的声音。

"你还是很难过，很想哭吗？"

戚映竹还未反应过来，下一刻，被褥中伸进一只手。这只手贴着她的腰，将她抱了起来。同时，被琉璃罩笼着的烛火也被时雨提了进来。

时雨钻进她的被窝，让她坐起来，在灯光下仰头看她。他大手大脚，以一种尽量缩着的姿势趴在床上，看她眼角下的泪痕。

戚映竹睁大眼——这样让她眼中的泪光更闪亮了。

时雨观察她，道："你等一下。"

戚映竹还没来得及阻拦，被窝中的青年郎君便钻了出去，只留戚映竹窝在灯旁。戚映竹默了一会儿，他才回来。

他仰头一笑，白牙在她眼前晃，道："巡逻的人一直不停地走，我怕他们看到光，就不在外面点灯了。"

戚映竹想：但是他把灯点进了被窝中。

戚映竹嗔他："你从哪里拿的琉璃灯？这种灯很珍贵，平时都不拿出来用……"

时雨道："我一进来就把你屋子里的东西都看了一遍啊。你的东西都逃不过我的眼睛。"

他口上这么说着，低头捣鼓着什么。

戚映竹因他的话而胡思乱想，想着自己的私密衣裳有没有藏好。

他把手向上一托，语气调皮地道："兔子！"

戚映竹一愣，看到橘子皮雕成的兔子凑到了自己眼前。

她反应迟钝，呆愣了半天。

时雨灵活无比地将更多动物的形象展现给她："狐狸！狮子！"

他手中匕首乱飞。戚映竹看得眼花缭乱，心惊胆战，怕锋利的匕首划破他的手指。但当然没有——时雨十根手指灵活至极，匕首翻飞随意旋转。与之相应的，抱着琉璃灯的女郎，看到各种物件被他送到她的面前。

但他雕出的形象很快变得奇怪——

"这是断了的腿。

"这是断了的手……"

戚映竹对养父、养母的那点儿悲伤情绪被时雨吓了回去，眼中的泪也不掉了。烛火照在青年面上，戚映竹反倒有点儿怕他送上来的用橘子皮雕的断手、断脚了……

戚映竹道："你不能雕个好看的吗？"

时雨想了想，闷声道："我不会。"但他又想了想，把花瓣一般拢着的橘子皮往她手里一推，兴致勃勃地道，"我去拿蜡烛，给你做橘子灯。"

戚映竹手疾眼快地抓住他的手，道："时雨，别忙活了。"

时雨道："可是你很伤心啊。我想让你高兴一点儿。"

戚映竹垂下眼帘，怀中的灯发出明黄的光，照得她的肤色皎皎。她带着女郎的害羞与娇怯，抓着时雨的手，慢吞吞地挪过来。小小的被窝中，戚映竹凑过来，在时雨的眼角下轻轻地吻了一下。

她小声道："我不伤心。"她垂着眼帘，怕他不能理解，又多补一句，"我再也不会在意他们了。"

戚映竹抬头，与时雨望过来的目光对视。他目光闪烁，眼神清澈，看得戚映竹更加心慌。

她咬唇，将怀中的灯扔到时雨怀中，钻出被窝，面容已被熏得通红。她口中道："有点儿热，我去喝点儿水。"

下一刻，被褥中伸出来一只手，抓住她的手腕，微一用力。

再下一刻，戚映竹被重新拉回去。

琉璃灯的盖子被掀开，里面的烛火被吹灭。黑暗中，琉璃灯顺着床沿滚下去，在地砖上滚了几圈，不知摔得如何了。

戚映竹被时雨按在被窝里，心口贴着床板，后背被他抵着。

他也变得浑浑噩噩，道："我本来没想这样的……我想给你留点儿好印象。"

黑暗放大一切，吞噬一切。

戚映竹恍恍惚惚地问："那为什么改变主意了？"

时雨笑眯眯地道："因为你想我啊。"

时雨在宣平侯府外找到了戚诗瑛。

戚诗瑛不在她自己的院落中住，而是临时搬去了府外别院。她阴沉着脸，天刚亮便对被派来伺候她的仆从们趾高气扬地责骂，骂得他们瑟瑟发抖，一个个躲在门外不敢进来。

戚诗瑛嗓门奇大，伴着拍桌声："我说，到底要把我关到什么时候？！你们给我找阿父、阿母来！他们再不来，我就要绝食了！"

侍女们要哭了，为首那个道："女郎，您就担待些吧。要不是您当初要偷跑……"

戚诗瑛一个眼神过去，侍女们赶紧缩回去，拉着手一溜烟儿地逃跑了。

"君侯与侯夫人说您病了，要您好好养身子。您别为难奴婢们了。"一个侍女边逃边道。

戚诗瑛别着鞭子要冲出院子，没能冲出去。侯府的卫士在院子外面看守，无论如何不会让女郎出去。

戚诗瑛这边在吵嚷与打斗。隔着一道墙，戚星垂大声喊："姐！姐！你是不是要闯出去啊？你救我啊，姐！"

戚诗瑛阴沉着脸道："闭嘴！"

她打了一圈，鞭子都被卫士收走了。自己三脚猫的功夫谁也打不过，让她颇为无奈。戚诗瑛气哼哼地往院中走，打算喝口茶歇一歇，然后接着闹。

戚诗瑛进了院子，无意中一抬头，愣住了——

她怀疑自己出现了幻觉——她看到参天古树的枝叶间，隐隐露出一个青年的面孔。

戚诗瑛仰着脖子揉了揉眼睛，看到时雨仍蹲在树上看她。

戚诗瑛身后的卫士们听不到女郎的声音，低声下气地解释："女郎，待映竹女郎嫁出去了，您就能回府了。"

戚诗瑛眼睛盯着树上的人，口中嘲讽："什么嫁？那是纳妾！可笑！"

她愤愤不平地摔门进屋。

知道这个女郎脾气不好，那些卫士苦笑着，并不敢多说。

正是这般便利的条件下，戚诗瑛进了屋后，时雨便翻窗进来了。

两人面面相觑半天。戚诗瑛对时雨使了个眼色，便满不在乎地带着时雨进她的闺房内舍说话去了。

一进内舍，戚诗瑛迫不及待地道："你怎么来了？是阿竹已经被我阿父、阿母带回京城了？气死我了！星垂偷听到我阿父、阿母的谈话，告诉我后，我让星垂想办法出京找阿竹，我去找闫大哥想办法……谁知道唐浑蛋就堵着我们，让我阿父、阿母把我们两个关起来了！"

时雨问："唐浑蛋？"

戚诗瑛奉送了一个白眼，道："就是唐琢。"

时雨"哦"了一声。

戚诗瑛解释了原委，便看向时雨。

时雨道："央央给我画了侯府的地图和所有的别院地图。她说你们在侯府的可能性不大，我就出来找了。央央让我确定一下你们姐弟俩的安全，我说你们是人家的亲儿子、亲女儿，怎么会不安全。央央还非要我来看……我觉得我就是白跑一趟。"

戚诗瑛狠狠地剜了他一眼，迟疑了片刻，问："阿竹还好吧？"

时雨答非所问："我会帮她的。"

戚诗瑛深深地看了他片刻，然后叹了一声气，颓然地坐下。她用手撑着额头，一身力气好像在刚才的折腾中用完了，显得十分疲惫，道："我们一家对阿竹是不太好……你们有什么计划？我可以帮忙。阿竹肯定不愿进端王府吧？我可以调包，代替她，让她跟你走。你们走后，跑得远远的，别再回来了。"

时雨漠然。

戚诗瑛看向他。

他慢吞吞地说："怎么能这么简单放过侯府和端王府？"

他的冷漠让戚诗瑛转过脸，半晌后才低声道："这样啊……那我有个条件，我可以帮你们逃走，但是这事和星垂无关，不要牵扯到我弟弟身上。我父母……也请你饶他们一命。"

她的声音几多彷徨、茫然，她未曾想到事情会到这一步。

时雨觉得她坐在那里发呆时，没有了往日的生气，好像有些累，变得和以前很不一样。时雨不关注他人的情绪，只是记下这里的一切，回去告诉戚映竹。

时雨道："我会把你的话告诉央央的。"

时雨离开别院后，在街巷间转悠。想到被关在侯府中的戚映竹，他不禁微微蹙了下眉，心中有些郁闷。虽然戚映竹说她不会哭，但人被关起来，整日满面愁苦凄凉……时雨也怪不舒服的。

时雨在集市上买了好吃的点心塞到怀中，要去给戚映竹作为早膳。他如昨日那般翻墙，但是这一次，才动作便飞快地后退，只因前方闷棍声连连袭来，数人全力击打。

时雨一时愕然——侯府的守卫更严了！白日的侯府比昨晚更难进了！

时雨未曾被人看到脸，却被看到了身量。这些卫士武功不如他，但一个个魁梧无比、肌肉结实，手持几十斤重的刀，将时雨堵得无路可走。

时雨轻功了得，但是力气小是其最大的弱点，或者说，是世间大部分杀手的弱点。

这种重刀攻击，时雨昔日只在一人身上领教过——秦随随。

整个秦月夜，只有楼主秦随随是用重刀的。

时雨措手不及，手忙脚乱，还被重刀砍中几次。多亏他轻功确实厉害，又利用这些人配合上的破绽，擦过刀锋，没了身影。

当时雨回到戚映竹面前时，戚映竹看到他身上的伤，心疼无比，问："怎么回事？你不是说自己武功高，这里的人奈何不了你吗？"

时雨生气地道："我也不知道，你们府上的卫士全都换了，也换了兵器。他们用重刀和刀阵对付我——那就是我的弱点。"

戚映竹拉着他为他上药，闻言轻轻一怔，抬眼看他，轻声道："为何会知道你的弱点？时雨，可是故人来？"

时雨微微一愣。

他本想说不可能，那些追杀他两年的江湖人早已偃旗息鼓，不可能对他还如此执着。他的轻功已经这么厉害，还有谁能知道他的踪迹，到京城来给他不痛快？

然而戚映竹这般一说……时雨想到了一个人。

他坐不住了，不肯好好上药，将怀里藏着的点心给了戚映竹，起身往外走，说："我出去看看。"

戚映竹才拿了药瓶过来，愕然地呆坐，道："时雨……"

青年风风火火地离开，突然又一阵风一般回来，到了她面前。他嘴上嘀咕着"差点儿忘了"，低头就在戚映竹唇上亲了一下。

戚映竹的脸"唰"的一下红了。

时雨又不见了，留下一句："等我回来。"

戚映竹便只好默默地收好药膏，用帕子擦了擦自己的唇角。

端王府上，端王病重，恹恹在床，只有妻子一个人在照顾。

清晨，端王世子代父上朝，端王索然无趣地躺在病榻上。满园青翠中，一道黑影闪过，没有力气动弹的端王瞪直眼，看到窗外一张青年的脸。

青年趴在窗口观察他半晌，在卫士的脚步声接近时，忽然往屋中扔进一个纸团，便不见了。

端王呼吸更加粗重。

在外头煎药的端王妃听到夫君声音不对，连忙进来，顺着端王的目光，看到了地上的纸团。

端王妃在夫君的示意下打开纸团，看到上面歪歪扭扭的字——

"唐璨是唐琢所杀。端王为唐琢所杀。"

端王妃尖叫起来："夫君！这……这必然……一派胡言！一派胡言！"

端王喘着粗气，抓住妻子发抖的手，盯着妻子苍白的脸，含混地道："扶我起来，把字条给我看……"

端王妃哆哆嗦嗦地将纸条递过去，同时为幼子说话："这字写得这么丑，必然是有人陷害琢儿！有人看我们家父慈子孝，见不得我们好。琢儿近日在朝中政绩了得，必是有人要害他！夫君，你要帮琢儿，救琢儿……"

端王喘息着，怒吼道："闭嘴！"

现在他的大脑浑浑噩噩，他要仔细想想……

唐琢去上朝了，阿四贴身保护。端王府中的卫士并未因此而放松警惕。宋凝思忙活了一通，依然没找到唐琢将她儿子关在了哪里。

她心急如焚，回阿四院落的一路上都在想各种可能——

自她把儿子的生父说出，她和金光御已经很久没说过话。金光御也在想办法带出她儿子……但是，只要他还在为唐琢办事，孩子怎么会回到宋凝思身边？

宋凝思其实有些后悔。她那日情绪激愤，求金光御给她一个没有他的未来，金光御并未回答。她太心急了，不应那般说……她明明应该欺骗金光御，先哄着金光御。可她在那时没有忍住。

他带来的那么多苦、那么多伤害，她忍了那么多年，只在那一日未曾忍住……

然而她该如何补救呢？金光御是否会因为她的话，对她儿子不管不顾呢？他是那般多疑又心狠的人……

"吱呀"一声，宋凝思推开木门，看到屋舍中的黑衣青年快速地放下案头的一把被他抬起检查的茶壶。黑衣青年回头警惕地看着她。

两人之间的距离尚有三丈，但是宋凝思盯着这个人并不出声，知道像他们这种武功高手，只要自己开口喊，他杀了她也不过在眨眼之间。

宋凝思缓缓地关上门，招呼来人："时雨大侠。"

时雨盯着她，恍然大悟，道："我就说宣平侯府的守卫不正常，怎么会有人那么清楚怎么对付我？原来是金光御。他还活着。"

宋凝思漠然地道："你见到我，就知道他在？"

时雨转过头，非常随意地打量这间屋子，道："他不会放过你的。所以你在哪里，他就在哪里。"

宋凝思无言，心脏在那一瞬被刺痛，或许有些许情爱引起的伤感，更多的却是深深的苦涩和无力的疲惫感。

时雨判断出金光御在，不敢放松，转身便跳上房梁要走，要把金光御的踪迹告诉秦月夜。宋凝思抬头看着房梁，在时雨要离开时忽然道："时雨，我们合作，怎么样？"

时雨低头看她。

宋凝思道："我的目的是带着我儿子逃出这里，你的目的是带表妹逃离唐琢。我们共同的敌人是唐琢，还有唐琢身边的金光御。金光御做唐琢的走狗一日，我们便一日摆脱不了唐琢。"

短短的时间里，她在脑海中已经做好了一个完整的计划，利用人心，利用巧合，利用别人对她的感情。

她低下头看自己的手指，郁郁寡欢地道："我从金光御身边帮你调查出相对来说能够平安出京的路，因为唐琢只是一个端王世子，没有本事一手遮天。而你帮我引开所有人，让我带走我儿子。之后的事……我们各凭本事。"

时雨道："我要想一想。你心机深沉，我不喜欢和你合作，不想被你骗、被你要。"

宋凝思微笑，垂着眼帘道："那你将我的话告诉表妹。你听不懂我的话，我表妹总会听懂的。她知道我是不是适合合作的对象。"

时雨皱眉。

宋凝思又叫住他："我在这里被看得极严，无法和外人接触。你有蒙汗药之类让人昏迷的药吗？我需要。"

时雨道："我还没有和你合作。"

宋凝思道："我知道。但是蒙汗药又不值钱，给我一点儿也没关系吧？"

时雨想了半天，也觉得就算给了她蒙汗药，也不过是看他们狗咬狗。他非常随意地扔给宋凝思一包药，便要回去将这些事告诉戚映竹。他警惕着这些聪明人，想得脑子都疼了……动脑子的事，还是交给央央吧。

时雨走后，宋凝思慢慢地倒水。她将蒙汗药收好，却故意漏出一点儿药粉，撒在案头边沿处。

之后她在屋中看书写字，到了傍晚，听到外头有动静，便知道是金光御回来了。

脚步声离她越来越近，金光御立在她身后。看书的宋凝思将书合上，站起来转过身，面对金光御。见金光御满脸疲惫之色，宋凝思目中神色一敛，知道这人夜里又要去宣平侯府那边守着。

她面上作温和状，道："吃饭吧。"

她走向食案。感觉到金光御在后面拉住她的手，她并不回头。

两人这般僵持片刻，金光御才松了手，道："我找到儿子被关在哪里了……我会救出他的，你给我时间。"

宋凝思低着头道："辛苦了。"

金光御道："他叫什么名字，你能告诉我吗？"

宋凝思道："待他出来亲口告诉你吧。"

两人再次陷入沉默。

金光御与宋凝思一同走向食案。宋凝思先入座。旁边的那张食案前，金光御久久地凝视着食案边缘。宋凝思诧异地抬头，看到金光御目光幽暗地盯着食案，心中讥诮，知道他是疑心病发作，必然是看到那蒙汗药的药粉了。

金光御抬眼，与她对视。

他没有如往日那般冷厉，而是斟酌着语气道："今日，你可有看到可疑的人？"

宋凝思摇头，道："没有啊。怎么了？"

金光御沉默地看着她。

她做出分外无辜的模样，眸子漆黑，再加上恰到好处的委屈和温情。她仰着脸看他，娴静温雅，似乎在责怪他的疑心太重……

金光御缓缓地入座，以手撑住额头。

好一会儿，他才听到宋凝思的唤声。

"你怎么了？你发什么呆？可是病了？"

金光御转过头看她关心的眼神，沉默不语，感到身心疲惫——

从什么时候开始，他对宋凝思的方方面面都不再信任？而又是从什么时候开始，他能清楚地看出宋凝思对他的表演和应付？

他当年是否不该掳走那荡着秋千、无忧无虑的少女？

杀手是否不配得到爱？

一阵雨落，气候微凉。

一夜过后，闫腾风从宫中出来，并不骑马，而是缓步走回府。

他默然地想着许多事，在进自家府邸前的巷子后，听到悠悠的竹笛声。在炊烟缕缕的清晨，突然出现笛声分外不正常。闫腾风不动声色地握住腰间的刀柄。

他身后的卫士纷纷抽剑——

"何人？！"

"哪家狂徒胆敢在京城脚下作乱？"

头顶的屋檐上，一道青袍身影蓦地一闪。卫士们纷纷跳上墙，追着那青袍人而去。闫腾风本欲追击，却硬生生按捺下来。竹笛声消失，他深吸了一口气，心中有了些预感。

果然，当他到自家府邸的门前时，看到大门口的两个守门人靠着门晕了过去，而一柄弯月般几十斤重的大刀靠在木门旁的墙角处。树叶"哗哗"落下，红衣女郎蹲在地上，抚摸着一只小猫，将猫抱入怀中逗弄。

闫腾风面无表情地看着。

红衣女郎举起猫朝向他，笑眯眯地道："好哥哥，听说你前两天丢了猫。看在我们往日的情谊上，我不辞辛苦地跑遍整个京城，帮你找到了猫。哥哥是不是要感谢我啊？"

她明眸善睐，乌发用一支玉簪斜簪着，耳畔的发又细细密密地编了许多精致的小辫。数年不见，她看着依旧娇俏，眉目间却已被江湖风尘染了很多凌厉之气。

闫腾风看看她怀里雪白娇气的小猫，再看看她的脸，不动声色地将刀抱在怀中，面无表情地道："堂堂秦月夜楼主到访，还特意让'狐狸刀'引走了人，弄晕了我门口的守卫……总不会是为了还我一只猫吧？"

秦随随睁大眼，无辜极了，道："就是为了还你一只小猫啊。喏，给你！"

她站起来，手中提着猫往前递。

闫腾风往后退了一步，再退一步，连退三步。

天真可爱快要装不下去了，秦随随鼓着腮道："你什么意思啊？这真的是你的猫，你的表情怎么好像我在坑你一样？不用这样吧，哥哥，就算我们过去有一点儿小过节儿，但是不打不相识，好歹我们也并肩作战过两次啊。"她眨了眨眼，"说不定很快就会有第三次。"

闫腾风道："你是匪，我是官，谁跟你并肩作战？"

秦随随沉下脸，道："你的猫不要了吗？"

闫腾风看也不看，道："送你又何妨？"

秦随随冷笑一声，抱起猫，转手一抬，便将几十斤重的大刀扛在了肩上。她转身便走，心中却焦虑。她在心里连数十下，只觉得青年在后面盯着她，而他再不唤她，自己就要走出巷子了——

闫腾风终于开口："秦楼主，请留步。"

秦随随心中舒了口气。

她并不回头，低头与怀里漂亮的小猫对视，心里讥讽猫的主人华而不实、装模作样。她慢悠悠地问："何事啊，官老爷？"

闫腾风道："端王世子找人刺杀端王府大郎的证据，秦月夜是否可以提供？"

秦随随回头看他，眨了下眼，道："可以啊。但是你用什么好处来换呢？我又给你猫，又给你证据，这么亏本的生意，秦月夜不做的。"

闫腾风道："秦楼主专程等在这里，总是想和我谈生意的。你要和我做什么生意？"

秦随随冲他飞了一个媚眼，神秘又狡黠地笑道："来日开战，请君为我退避三舍！"

八月，端王府和宣平侯府的这门亲事，终是到了最关键的一日。

既是纳妾，那唐琢便不能亲自来侯府迎。戚映竹不过是坐上马车，被人一路送去端王府。但无论如何，送她出门这日，宣平侯府的人长舒了一口气。

宣平侯夫妻也做足了慈爱的样子。

只是戚映竹并未回应。

从她出侯府开始，真正的好戏即将开场。

夏雨霏霏，正是良时。

戚映竹坐上马车时，隔着竹帘，看到宣平侯与侯夫人模糊的面容。

戚映竹自然不会入端王府。她虽羸弱多病，却不是给人做妾的人。手持扇子坐于车中的女郎静静地望着车外的人，想的是一会儿时雨的到来会如何让场面更乱。

双方想的事情不同，但是戚映竹隔着帘子望到外头养父、养母的面容，忽有一瞬心中生起凄凉——

这是最后一面了。

走出这个门，来日方长，江湖路远，恩怨种种皆逝，她再不会与这家人见面了。

"阿父，阿母！"

君侯与侯夫人站在府邸门口，以为养女不会与他们多说一句话。然而车门被打开，戚映竹躬身从车中探出半个身子，云鬟之下，眼泛泪光。

宣平侯与侯夫人惊疑不定，紧张地以为要出事，忙问："怎么了？"

戚映竹定定地看了二位半晌，将养育她十几年、之后又待她不好的养父母记在心中，泪光点点，向两位摇了摇手中的扇子，轻声道："没什么，别了。"

她将身子缩回车中。

唢呐声中，女郎身影如烟，忽隐忽现，宝车华盖悠悠地从府前行过。

宣平侯看着那马车，目光闪动，心中忽然有一种会出事的预感：养女必不会让婚事平顺地进行下去，这条路上的危险也许并没有排查干净……

他握紧旁边夫人的手，张口欲言。

侯夫人问："怎么了？"

宣平侯愣了一下，又松开手，背过身回府，声音苍老："算了。"

结局如何，皆是命数。

送戚映竹去端王府的车队中，司仪骑着高头大马在最前面。这毕竟不是娶妻，自要低调，然而队伍里少了些人，让人不安。乐曲间歇时，四处找人的司仪抓住一名卫士，问道："世子殿下派的那位四郎人呢？不是说要随行相护吗？"

那名卫士平时与阿四交好，自是为阿四说话："四郎可能有事，一会儿就来了。"

这边说话时，阿四仍在端王府中。

天未亮时宋凝思闹了一出自尽的戏码，让阿四百般折腾，还不敢让府中的人尤其是端王世子知道。而今，外边锣鼓喧天，阿四冷冰冰地站在床榻前，刚刚将从民间请来的医工送走。

宋凝思脸色煞白，气息微弱，卧于榻上。

阿四垂眼看她，语气不耐烦："你还要折腾什么？索性一次折腾个够。"

宋凝思转过脸，面朝墙壁，不看他。

阿四盯了她的背影半晌，放缓语气："阿思，不要闹了。今日是端王世子的喜事，你在今日生事，连我也护不住你。我会将我们的孩子带回来……但现在得忍耐。"

外头的小厮紧张地呼唤："四郎，四郎！"

阿四转身，系皮带，收佩刀，气宇轩昂地出门。走到门口时他终不放心，回过头，道："阿思！"

宋凝思依然没回应。

阿四心中挫败，生起索然无趣之感。他深深地看了她一眼，知道时辰不能再耽误，若是唐琢知道他因为宋凝思而耽误行程，若是戚映竹没有平安地进这道门……唐琢不会放过宋凝思。

那么宋凝思到底要折腾什么？

阿四离开后，整个院子安静下来。宋凝思一改之前的颓废状态，跌跌撞撞地下了床，开始梳妆打扮，涂抹胭脂。

唐琢要纳妾，自然不会亲自出迎，待在府中心急如焚，整颗心已经飞出府邸。

宋凝思揣着怀中的蒙汗药，闭目想着，一会儿出了乱子后如何靠这药去找到幼子被关的地方。她不会武，便只能靠端王府卫士的疏忽；她很难带着孩子离开，但有个武功高强的孩子父亲。

宋凝思闭目思索自己和戚映竹商量好的计策……

车驾拐入往日人少的街道，迎面撞上一队杂耍人。戴竿、胡旋舞、喷火，一行人边走边舞，围着一盏巨大的华灯，灯如莲座，被摆在一辆车上，莲座上正立着一名挎着花篮的白面女郎，向四周撒落花瓣。

虽则如此，应和相随的百姓并不多，只因这杂耍并无新奇处。

司仪多看了那女郎一眼——身量过于高大，脂粉厚得眉眼都已经看不清，除此之外并无异样。

司仪挥了挥手，就要为对方让路。他们牢记世子的吩咐，警惕任何陌生人，与任何队伍都隔开一段距离。

杂耍队伍摇摇摆摆地从他们旁边经过。

戚映竹掀开车帘，看到那莲座上的女郎经过马车之时，手里抓着的花篮中的花瓣倏忽一改，变成钱币"哗啦啦"地被撒向周围。

铜币如雨，漫天撒落。

百姓当场炸了窝——

"撒钱了！天上掉钱了！"

"快抢！都是我的！"

百姓们一拥而上，冲向杂耍队，也将婚嫁队的车驾冲散。便是车队的人，好些不过是寻常仆从、卫士，和普通百姓一般，亦被那杂耍队撒下的钱所吸引，情不自禁地跟上去捡一把。

司仪被一众人挤到一旁，喝道："保护女郎！"

冷静下来的卫士们艰难地抽出刀，却挤不过百姓，无法赶去中间那辆马车周围。因不能对寻常百姓挥刀，武功厉害的卫士当下急了，捡起一把石子儿，用力地砸向那撒钱的女郎。

那女郎轻轻背过身，忽地抽出一把扇子，竟挡住了飞来的石子儿。女郎妙目微勾，波光潋滟，随手从花篮中抓钱币的动作不停，另一只手中的扇子轻轻地拂开攻击。

她对拉车的人惊慌地道："哎呀，这么乱，我们快些走。"

戚映竹乘坐的马车被挤在路边。她掀帘看那撒钱的女郎，越看越眼熟。忽地，车门被打开，一个弓着腰的女郎钻入了车中，仰头对戚映竹一笑。

戚映竹道："阿瑛！"

戚诗瑛扬扬得意地对她眨了眨眼，催促她："快，你和我换衣服，时雨在杂耍队那边等你呢。"

戚映竹放下心，道："果然是你们。"她却又不放心地问，"你与我换了衣服，我走了，你如何是好？"

戚诗瑛不屑地道："我好歹是宣平侯的亲女儿吧，唐琢能把我怎么样？他能在朝堂上驳斥我阿父，难道能杀了我阿父？那他自然也没本事杀我了。何况……你们不是都要搞死他了吗？我怕什么？"

戚映竹道："我怕唐琢见了你……"

戚诗瑛不耐烦地道："不用你操心，快换衣，我们没多少时间！"

戚映竹兀自紧张，慌乱地褪下自己身上的嫁衣，换上戚诗瑛递来的白色衫子、素雅长裙。两个女郎仓促地用帕子擦干净脸上的妆容。

戚映竹将头发随意地一绾，从怀中取出工具，倾身为戚诗瑛点妆。

微凉的黛笔落在眉梢上，戚诗瑛一颤，抬眼，看到戚映竹姣好、雪白的面容。戚映竹几乎与她贴面，气息与她的交错，香气萦绕。这片刻时间，戚诗瑛陷入恍惚，竟怔住了。

戚诗瑛道："当年你阿母救我阿母时，是不是也曾这般近过？"

戚映竹抬眼看她。

戚诗瑛握住戚映竹的手，凌厉的眉眼与戚映竹柔和的眉目相对。二位女郎面对面。戚诗瑛道："二十年前，你阿母救我阿母，让我得以出生；二十年后，阿竹，我也救你一命，让你得以离开。因果循环，正是你与我的缘分。阿竹，我不怪你抢走了我的十几年，你也别怪我害你羸弱多病，被赶出侯府。"

戚映竹目中带了泪，若有所觉，颤抖着道："阿瑛……"

戚诗瑛从戚映竹手中夺过黛笔，将戚映竹往车外重重地一推，关上车门。她坐在车中，用嘴咬住黛笔，又笨拙地伸手绾发，努力编出戚映竹方才的发髻。

戚映竹被推出马车，趔趄着后退，被一人伸手搂住腰。混乱中，她仰头，看到时雨穿着寻常青衣，和那些杂耍艺人是一样的装扮。她目光闪烁。时雨对她调皮地一笑，拉着她，偷偷摸摸地带她回了那支杂耍队伍。

待到了队伍中，戚映竹高高提起的心也没有放下。时雨抓着她的手一刻不敢停留，两人借着杂耍队伍的掩饰，钻入一条街巷。到了远离两支队伍的深巷中，时雨一把抱住戚映竹的腰，这才敢用轻功。

时雨心情很好，道："让他们乱吧，我们趁没关城门的时候先出城！"

戚映竹回头，看着那杂耍队伍中撒钱币的女郎，惊疑地道："那人好生面熟。时雨，他们都是谁？"

时雨无所谓地道："就是普通的杂耍人啊，只是步大哥混了进去。咱们秦月夜的人都在城外，没有进城……闫腾风看得太严了，现在大家都很难混进京城。"

戚映竹吃惊，情不自禁地扭头再次看向那女郎——

那是步大哥吗？

那……秦随随呢？

唐琢在端王府中静等消息。一个卫士偷偷摸摸地过来，向他禀告今天早上阿四那里发生的意外。唐琢一直让人监视阿四的院落，在得知阿四出府迟了的时候，便坐不住了。

他冷笑道："宋凝思！把这个女人关起来！我们走——"

虽然只是纳妾，但唐琢心中重视戚映竹，今日特意穿了新郎服饰。可惜戚映竹仍要逃——他绝不会给她机会。

阿四被女人耽误，他也正要借此敲打阿四。

见唐琢领着卫士便要出去，他的夫人在后面苍白着脸阻拦："世子殿下，您只是纳妾而已，何必亲自出府？您这样，日后叫我在府上如何自处？"

唐琢看也不看她，扬长而去。

世子妃瘫坐在地，以泪洗面。

唐琢领着一队人风风火火地出了府。世子妃受不了这般屈辱，一咬牙，起身回头往府中公爹养病的院中去了。她哭哭啼啼地闯入端王的屋舍，跪在地上向端王告状。

她没有注意到，病中的端王与伺候他的端王妃面色都不好。

端王哆嗦着道："逆……逆子！为了一个女人！"

端王妃握住他的手，流着泪道："到底是我们的儿子……"

端王无法忍受地闭目。世子妃的哭泣声让人烦躁。他伏在床榻上咳嗽一阵，吼道："闭嘴！"

端王颓然无比地招手唤人，道："来人，扶……扶我进宫，本王要向陛下告御状！"

端王妃颤抖着道："夫君！"

端王咳嗽着道："我要面见圣上！我屡屡给这个逆子机会，他却……却……而今他即将铸下大错，我不能让他再错下去了！我要求陛下捉拿唐琢，捉拿那唆使琢儿害死我家大郎的秦月夜一众人……琢儿是被人蒙蔽的。我要关着他，让他闭门思过……但可恶的江湖门派！秦月夜这种作恶多端的门派，朝廷绝不能姑息！扶我起来！"

世子妃瘫坐在地上，茫然地看着婆婆扶着公爹起来。公爹病得这么重，却要进宫面圣，还说什么她夫君害死了谁，这都是怎么回事？她是不是不应该向公爹告状？

虽然出城门很顺利，时雨和戚映竹仍不敢休息。

戚映竹总是忧心忡忡，道："虽然我们之前向端王伯伯递了证据，暗示唐琢之祸，但唐琢毕竟是端王伯伯唯一活着的儿子了，端王伯伯未必舍得唐琢。我们要逃得越远越好……"

时雨满不在乎地道："我都随意的。"他低头问她，"我是不是从现在开始就能开杀戒了？"

戚映竹问："什么？"

她愕然地抬头。一路抱着她的时雨停了步子，回过身。两人看向身后追来的大批卫士，为首的正是一身新郎服饰的唐琢。时雨松开搂着戚映竹腰肢的手，将背后背着的黑伞递给戚映竹。

时雨仍轻松地道："央央，一会儿谁靠近你，你就打开这把伞。"

戚映竹接过黑伞，紧张万分地盯着离他们越来越近的人马。

唐琢在最前面，戴着面具的阿四紧随其后。唐琢看到了立在道前的时雨，也看到了时雨身后身着素衫抱着伞的女郎。唐琢眜眜，跳下马，沉声道："阿竹妹妹，你现在过来，我不会找你的麻烦。"

戚映竹抱着伞，一步步地后退。

唐琢盯了她片刻后，嗤笑了一声，目光落到时雨身上。时雨双手都持着匕首，面无表情地看过去。三年后，两人重逢，唐琢却未必如当初那般怕时雨，因为身边有阿四。

唐琢冷冷地道："恶时雨，你以为你能逃掉？"

半个时辰前——

步清源在时雨和戚映竹之后，也悄然离开了杂耍队伍，刚好与急匆匆赶来的阿四擦肩而过。阿四戴着面具，让步清源微微侧脸望过去。步清源穿着怪异、"女生男相"，亦让敏锐无比的阿四扭头看去。

但两人目光一闪后，都未曾生事，擦肩而过。

阿四赶到杂耍队伍中，直接出手杀了两个人，才让整个队伍静下来。百姓们慌张地离开。阿四到车驾前，听那卫士磕磕巴巴地说女郎还坐在里面时，并不信。

戚诗瑛未曾等到与唐琢当面，便被拉开车门，与阿四四目相对。

阿四脸色更加黑了。戚诗瑛高傲地仰起下巴，握紧怀中的匕首，警惕地看着这个人。但阿四扭头就走，转身追向逃走的人。

阿四还未出城门，便被唐琢追上。

唐琢劈头盖脸地道："阿竹丢了，宋凝思绝不会好过。你今日之过，之后我会与你算账。"

阿四微微抬头看向唐琢沉着的脸，没有说话，心中在想：唐琢以为自己是谁，敢和他这么说话？唐琢真的将自己当作他的主人了？为什么？因为那同生共死的蛊？

回到现在的城外，戚映竹抱着伞躲在最后方。前方唐琢的人马和时雨见面便打了起来。那些人自然要来抓戚映竹，然而时雨武功高强，以一当十，那些人生生无法靠近戚映竹。

唐琢看不下去了。他的卫士们在与时雨对打，他仗着阿四在后面，向戚映竹走来。

戚映竹一步步地后退。

唐琢道："你知道今天你会给他们惹下什么麻烦吗？和朝廷作对，和我作对。阿竹妹妹，只要你乖乖地跟我走，我就放过时雨。时雨再厉害也只是一个人而已，我背后却是整个朝廷！"

戚映竹咬唇不语，面容苍白，只是步步后退。

打斗中的时雨蓦地扭头，道："别碰央央——"

阿四静静地看着这一切，脑海中一片混乱，一会儿是今日离别时宋凝思的背影，一会儿是宋凝思这些天与他说的那些话，一会儿是唐琢方才对他说的"我会与你算账"……

唐琢去握戚映竹的手。戚映竹慌乱地打开自己手中的伞。她力气小，第一次没有打开，手被唐琢握住。但她不肯跟唐琢走，在他怀中挣扎，狠狠地咬了他一口，趁他吃痛趔趄地跑开两步。

唐琢追上，咬牙切齿地道："阿竹——"

背对着他的戚映竹蓦地转身面朝他，闭着眼，撑开了手中的伞——"哗哗哗"，暗器如雨，朝四面散开。

一直在出神的阿四这时回过神来，一把扣住被刀刃割破脸、划破手的唐琢，带着人往后退。戚映竹手中握着的武器好生厉害。阿四带着唐琢几番翻转，平安落地时，看到周围的卫士竟在暗器雨中倒下了不少。

唐琢喘着气，忍着痛，看向那伞后面容苍白的戚映竹。

戚映竹自是害怕——这恐怕是她第一次手上沾血。

她侧过脸不敢看自己造成的场面，握着伞的手怕得发抖，口中还结结巴巴地道："你……你们不要过来！我……我伞上还有武器的！"

唐琢冷笑一声，吩咐阿四："给我拿下她！"

阿四没有动。

唐琢恼怒地回头看了阿四一眼，吩咐旁边的卫士："给我抓住她！"

时雨眼见三四个卫士冲向戚映竹，心知戚映竹不是他们的对手，当即要掠过去，然而持着重刀的卫士们攻势更强，让他抽不开身。时雨不安地回头看戚映竹，身上被割出许多伤口……

戚映竹无法躲避，眼见要被那几人近身，突然身后一道劲风袭来，擦过她的腰肢，向那些从四面八方围来的卫士割去。

在卫士们的攻击之下，她被人腾空抱起，向后飞跃上树。戚映竹仰头，看到面容清俊、手持铁扇的白袍青年，一时愕然，一时又惊喜，唤道："步大哥！"

步清源含笑对她点头。

与此同时，周围的灌木丛后，黑衣杀手一一现身。

步清源笑道："不好意思，要换衣，来迟了些。"

戚映竹问："随随呢？"

唐琢面色难看极了，知道己方的人不是秦月夜杀手们的对手，使眼色要阿四上前。阿四却立在一旁，漠然地看着这一切，不上前也不后退。

唐琢恼怒之际，身后有马蹄声传来。众人回头，看到大批黑甲宿卫军，由闫腾风领队，奔驰而来。

戚映竹顿时紧张起来。

闫腾风下马，带领宿卫军将所有人包围，包括看到他后乍喜的唐琢。闫腾风淡漠地看了端王世子一眼，道："端王殿下在圣上面前告了御状，世子殿下，你随我回京受审吧。"

闫腾风一挥手，面向所有人，喝道："拿下！"

此时，一个女声姗姗来迟："来得好快啊。"

众人抬头，看向一棵树的树顶。参天古木百年之寿，树梢最顶端，站着一名扛着刀的红衣女郎。她脚尖在树梢上一踩，身形如电般掠下，手中的刀砍向闫腾风。

腰间的刀出鞘，闫腾风跃起，与秦随随交手。

擦肩之时，秦随随对他点头一笑，道："当日之约，哥哥勿忘。"

闫腾风面无表情，再一刀砍向她。她仰身后退。

阿四仍立在原地，看着此地的乱战。他时而望向时雨，时而看向护着戚映竹的步清源，时而看向那对打的黑衣青年和红衣女郎。场上所有人都加入了战斗，包括面色苍白的唐琢。

所有人都有立场，都有要保护的人，也有要面对的敌人……他呢？他为什么站在这里？

面对朝廷的宿卫军，唐琢脸色煞白，不断地后退，强自镇定，道："这不可能……阿四！"

阿四还是不动。

唐琢怒吼道:"阿四,你今日怎么回事?难道你以为……只要你帮我,我不会动宋凝思!"

阿四目光闪烁,好像终于从这场混乱的梦中醒来——对了,还有宋凝思。

阿四望着唐琢,久久地凝视。忽然,他释然般一笑,声音干涩:"你自求多福吧。"

说完,阿四扭头便走。

唐琢声音尖厉地道:"阿四,你敢?!你和我性命相关,你以为你能有好下场?我可以放过宋凝思,我可以……"

阿四想:唐琢到现在都不提他儿子。

端王府中,卫士去了大半,端王也不在府中。宋凝思用药迷倒了看守的人,一路跌跌撞撞,从卫士腰间拿走了钥匙,打开了牢门。她将牢中被关着的木讷孩子抱出来,站在日光下。

她蹲下来看着怀里的孩子,幼童却不断地躲闪。

宋凝思落泪,将孩子抱起来,安慰道:"阿母带你出去,别怕,坏人不会来了……"

幼童被抱着唤了许久,仍如木头人一般,再不复之前的机敏。

宋凝思心如刀绞,对唐琢的恨意更深——秦月夜务必要杀了唐琢啊!

然而,端王府中的卫士哪有那么少?宋凝思的蒙汗药又能有多大的作用?听到身后的脚步声,宋凝思站起来,将幼童抱到自己身后,看向大批朝她围过来的卫士。

卫士首领冷笑道:"世子殿下早知道你不老实,让我等时刻做好准备!你果然动手了……宋女郎,抱歉了。"

卫士首领挥手就要让身后的卫士们迎上,身后却许久没有动静。宋凝思幽深的目光掠过卫士首领,看向其身后。卫士首领忽然感受到一阵寒意,凭着本能,一个翻滚往旁边一躲。

在卫士首领方才站立的地方,一把匕首直插入地。

卫士们惊疑不定,看向月洞门后缓缓走来的黑衣人。

有人怒问:"四郎,你回来干什么?"

三步之外,阿四和抱着孩子的宋凝思对视。

阿四伸手,揭开自己脸上的面具。他毁了的半张脸,让宋凝思目光微怔。身后有卫士扑来，阿四手中的匕首一翻，那人便无声地倒地了。幼童从宋凝思身后偷偷地探出头，看了阿四一眼，又害怕地重新缩了回去。

阿四轻声道："别怕，我带你们逃出去。"

那孩子不理他，只抱着母亲的腿轻轻发抖。那瑟缩、瘦弱的小身板看得阿四心中一阵难受。阿四移开目光，看向孩子的母亲。

阿四淡漠地道："我不是四郎，是金光御。金光御回来了。"

一地血泊，牢门破败。无风无云，天地悲怆。他无力至极，爱不得她，恨不得她。风刀霜剑，尽由她说了算，而他……而他——他能如何呢？

金光御惨笑道："你知道我会回来找你，对吧？"

金光御领着宋凝思与幼童一路逃。端王府中拥出越来越多回援卫士。金光御为了逃走，让王府走了水，血流成河。金光御手中持刀，这本是用来对付秦月夜一众人的刀，而今面对的是他并肩作战了三年的兄弟们。

然而无妨，杀手何曾有兄弟？

金光御悲哀地发现，自他入了杀手的门，至死都摆脱不了"杀手"的身份。他改名换姓妄图挣扎，最终皆是徒劳。

他手中的刀剑曾让妻子受伤，而今日重新举起刀剑，正是为了让妻子离开。

金光御只能且战且退。

金光御用足力气，身染鲜血，只够将宋凝思二人带出王府的那个大门。他用沾了血的手牵过门外那匹马的缰绳，趁着身后追兵还未到，仓促地将缰绳交到宋凝思手中。

这匹马是他先前骑着出城的那匹。

金光御道："你带孩子先走，我给你们殿后。路线不用我说了吧？等到官府的人彻底被杀手楼吸引走了，你再混在普通百姓里出城好了……"话说到一半，他望着宋凝思的眼睛，停顿了一下，失笑道，"我说这个做什么？这点儿小事，你自己还是能安排好的。"

宋凝思看着他，心中忽然浮起酸涩的情绪。她断定金光御会回来，凭借的不过是他对她霸道至极的爱。这种爱曾让她逃脱不了他，如今她却用这种爱来操纵金光御。

怀中还有瑟瑟发抖的孩子，宋凝思不能与金光御说太多。她握住缰绳，被他送上马，紧紧地将孩子护在身前的披风中。

金光御忽然握住她的手。

宋凝思低头看去。

他仰头看她，目光专注，眼中映着金色的火光，那光招摇之后快速熄灭。他缓缓地道："如果被整个朝廷追杀，没有地方去，可以求助秦月夜，你知道的……"他难过地笑了一下，"秦随随和以前的杀手楼楼主不一样。他们都说她会庇护楼中的人……我不知道是真是假，但你可以试一试。"

身后追兵将至，金光御已经听到了声音，转身要走。宋凝思忽然俯身抓住他的手，道："金大哥！"

金光御身子僵了一下。

他眼前血海滔滔，火光大亮，背后的马从鼻腔中发出混浊的喷气声，女郎的声音轻微得如同从梦中传来一般——

"你会来找我们吗？"

金光御道："你希望我去找你吗？"

宋凝思沉默片刻，道："你是我孩子的父亲。"

金光御回头看她，看到她用手捂住怀里孩子的眼睛，而她趴在马背上，看着他的眼中荡着泪光水影。她趴在马背上和他说话的样子带着几分天真，仍像是当初那个随他四海漂泊的妙龄少女。

"我之前说的是气话。我是太生气了，气你连自己的孩子都不认识。我父母已经死了，柏大哥也走了，我的亲人只剩下你们父子俩了。你已经不做杀手很久了，在端王府潜伏了这么久，也没被人发现……只要我们继续藏下去，或者去求秦月夜的庇护，我们也能过好日子的。你不是想知道你儿子的名字吗？你不是想和我在一起吗？金大哥，结束后，你来找我们吧……你一定要回来找我。"她落了泪，握着他的手发抖，哽咽着道，"不管你信不信，无论是三年前还是三年后，我都没想过杀死你。"

金光御仰望着她。

眸子被泪浸湿，他移开视线，不想被她看到。他收回自己的手，在袖口搓了搓，好像还能感受到她的温度。金光御答："好。只要你愿意，我回头去找你。"

他在马屁股上重重地一拍。马受惊扬蹄，载着身上宋凝思母子二人向巷外疾奔。同一时间，端王府的卫士们奔出，有人要去追那匹马，被金光御横刀挡住。

他慢条斯理地擦去自己刀上的血，刀锋的寒光照亮那双锋芒毕露的眼睛。他道："我曾经是江湖上排名第一的杀手。诸位，我等合作数年，恐怕你们未曾见过何谓'第一杀手'。今日，请君试招——"

金光御浴血奋战，宋凝思带着孩子在城中逃窜，城外的战斗亦到了关键时期。

戚映竹一直被步清源保护着。步清源手中那把铁骨扇，让近身者皆有来无回。

戚映竹一直紧盯着时雨的身影。

之前戚映竹从未真正见过时雨杀人时是什么样子，在心中做了无数心理建设，今日也是第一次真正看到时雨在她眼皮底下一个又一个地收割性命。戚映竹心悸，却也被场中那青年利落的身手吸引——

杀人于他如常人吃饭喝水一般自然，毫无负担。他行在血泊中，敌人尽为他退开。血这种颜色，十足衬托这个青年。他如一把尖刀，直直地劈开敌人。

他日后是该下地狱的，但是戚映竹会陪他一起。

时雨抬头，眼睛盯着一段距离外被卫士们护着的唐琢。

唐琢内心焦虑，想逃，想问清楚闫腾风拿的是谁的旨意，他父王怎会捉他。明明金光御那么有本事，明明他把所有人都踩在脚下，明明父王也快被毒死了……

唐琢猛地抬头，隔着人海，看到了时雨的眼睛。

时雨纵身而起。

唐琢厉声招呼："拦住他！都给我拦住他——"

另一边，闫腾风带领的宿卫军和秦随随所领的人马也打得不可开交。最显眼的便是闫腾风和秦随随两人。两人武功高强，身影错落。闫腾风手中的长刀数次和秦随随的重刀相撞，火星飘散，发出"哐哐"的兵器交击声。

青年黑衣红底，女郎红衣黑底，两人交手之时，黑红交织，灿烂不已。

闫腾风听到唐琢的大吼声——

"闫郎君，快救我！恶时雨要杀……"

闫腾风向他一瞥，心神一凛，抽身要走。秦随随转身而上，一把刀横劈下来，稳稳地拦住闫腾风。闫腾风扫堂腿出。秦随随几个翻滚躲开，却仍在半空中折回，刀再劈向闫腾风。

闫腾风吼道："让开！"

秦随随笑道："哥哥打不过我，走什么？"

闫腾风心生恼怒，对这妖女不再手下留情。他招式更快，只为抽身去救唐琢。他招式变快，秦随随却以力打快——他一时间竟仍挣不脱秦随随的纠缠。余光看到在远处趔趄着逃跑的唐琢，闫腾风目眦欲裂："贼子敢尔？！"

秦月夜一个杀手组织，竟真的敢杀朝廷的人！哪怕唐琢要被圣上问罪，那也是之后的事！唐琢现在不应死！

可惜，唐琢被时雨盯上了。

时雨并不玩儿猫逗老鼠的游戏，也没兴趣拖时间。他盯着唐琢，新仇旧恨涌上心头——多少人也阻不住他要杀此人的心。这么多年，他已经明白，自己数次落难都是拜唐琢所赐。

唐琢要他死，要夺走戚映竹。

戚映竹曾经怕惹上朝廷的官司。但对时雨来说——唐琢不死，他寝食难安！

"拦住他！拦住他！"

戚映竹怔怔地立在场外，全身紧绷，心情复杂，看着她昔年认识的风度翩翩的青年被时雨追赶得如同丧家之犬一般风采全无。她知晓唐琢不堪，但是亲眼看到，心里仍有些难受。

戚映竹移开目光。

然而唐琢的吼声她仍能听到。

"一群饭桶！金光御，金光御——"

哪有什么金光御呢？

阻拦者皆死，唐琢跪倒在地，时雨瞬间就到了他身前。时雨毫不拖泥带水，一把揪住狼狈的唐琢，手中的匕首划下——

唐琢仰着脸，面色煞白，口中喃喃："我父王不会不管我的，我就要当王了。我有金光御保护……阿竹妹妹就要是我的了。全都是我的，全都是我的……"

他面容扭曲，目光发直，口中的念叨声在寒光之下戛然而止。

血色飞溅，伴随着闫腾风的吼声："殿下！！！"

数里外的京城中，且战且退的金光御，越来越疲惫。杀手擅长的永远是速攻，而不是持久战。他的体力消耗殆尽，身上都是伤。不少卫士死在他手里，追杀他的人越来越少。

金光御拐过一条巷子，回头解决了离他最近的一批兵马。深巷幽静，柳暗花明，他好像又一次看到了死里逃生的希望。

金光御提起气——杀手本就习惯绝处逢生！

他在巷中奔跑，忽然身子一软，吐出一口血，整个人恹恹地倒地。这不是由于他自己身上的伤，而是因为蛊虫发作。当金光御双膝跪地时，便知道唐琢死了。

那么他的死期也到了。

然而……然而——

金光御手中撑着剑，努力站起。他与体内的蛊虫相抗，视线模糊，可是想着宋凝思，想着还未曾知道名字的孩子。宋凝思说让他去找她，说她不会再逃了。

一切都好起来了，一切都有了希望！

"他在这里！"

后方巷子口，卫士们看到了青年趔趄的身影，追了上来。金光御重伤之身哪里敌得过他们，被人几刀放倒。卫士们生疑，不信金光御这般容易倒下，怕有诈，刀剑再次砍向已经倒地的青年。

金光御体内的蛊虫彻底炸开，身上横七竖八的伤口开始"汩汩"流血。

他知道自己再也站不起来，再也活不成了。他一生多次绝处逢生，却终是敌不过命运。他颤巍巍地捂紧自己的心口，从怀里掏出一只属于女郎的耳坠。刀剑劈在身上，他躺在血泊中，鲜血淋漓的手紧紧地握住这只耳坠，放到自己眼皮底下，好让视线已经模糊的眼睛还能看到——

秋千一般透亮翠绿的耳坠。

耳坠将他带回那一年。他藏在葱郁的树间，低头看到那荡着秋千的少女。阳光落在她身上，一重光如一重水，波光粼粼，光影明灭。她发出"咯咯"的笑声，就这样无忧无虑地停留在那一年。

金光御闭上了眼。

一座无人居住的破寺中，宋凝思颤抖着将儿子放入一只空水桶中。她告诫儿子躲好，自己要找藏身之处时，忽然捂住心口，大脑在一瞬间空白。

幼童从被竹篾所挡的水桶下偷看她，小声问："怎么了，阿母？"

宋凝思回头，温和地道："没什么。"

没什么的，一切都会好起来的。

她摆脱不了金光御，金光御会来找她的。只要他不做杀手了，只要没有人再追杀他们了，他们一家人隐姓埋名……一切都会好的。

另一边，随着唐琢的死亡，他的卫士们全都停下手，茫然四顾。

趁着这工夫，闫腾风首先反应过来，让兵马先擒住端王世子带出来的卫士。那些卫士也乖乖地被捕——世子殿下都不在了，他们还抗争什么？

而闫腾风与秦随随的打斗仍未停下，甚至更加激烈。

秦随随被激起凶性，开始动真格的。刀与刀交错间，她听到闫腾风极轻的声音——

"此时不走，更待何时？"

秦随随一怔，紧接着，一道大力磕在她的手腕上，将她的刀甩出去。秦随随纵身后掠，一把抓住自己的刀，回头看到闫腾风轩昂正气的眉目，一时间不能分辨方才的话是真是幻。

她不过一直在逗闫腾风，闫腾风也从未真正开口承诺与她合作，虽然他们确实在合作。

但现在……秦随随看着闫腾风，心情一时间复杂。时间未给她多想的机会——她是秦月夜的楼主，要为自己带出的所有杀手负责。

秦随随厉声道："我们撤——"

秦随随回头看向闫腾风——

朝廷是不会认可他们这种混乱的江湖势力的。

闫腾风一直说"我是官，你是贼"，从不承认他们有过合作。他是宿卫军的大统领，负责整个京城的安危，接到的命令一直是既带回端王世子，也要收拾这些江湖人士。

官匪有别，只能如此。

追逃打斗间，杀手们纷纷撤退。宿卫军仍然追着杀手楼的人，但是闫腾风有意放水，他手下的人自然也追不上。朝廷更重视端王世子的死，那些追兵尽数向着时雨而去……

时雨扑向步清源的方向，将戚映竹抱入了自己怀中。身后追兵不断，时雨不委托任何人，自己带人而逃。

杀手们各逃各的，让纪律森严的朝廷兵马头痛。闫腾风呵斥手下。

秦随随在奔跑间扭头，与步清源探寻的目光对上。

她一愣后，露出笑容，重申："我们撤！"

官匪终究有别。

朝廷对于端王世子的死震怒不已，对于秦月夜的作恶多端深恶痛绝。闫腾风因没有抓住秦月夜的人而被责闭门思过，新的统领到任，带兵捉拿秦月夜的杀手。

朝廷发了新令，任何人进京都要严查户籍，京城内杜绝一切斗殴事件。朝廷尽最大的努力，禁止江湖人士入京。

一整个夏日过去，一整个秋日又过去。

朝廷的"禁武令"依然很严，如今京城内压根儿见不到斗殴之人。

端王世子死后，年老的端王请旨封了自己几岁的小孙子做世子。他被自己的亲儿子下了毒，即便现在解了毒，恐怕也活不了几年，自然要为端王府留个后路。端王也没精力与宣平侯府算账了——宣平侯府已然败落，那只是一个养女，宣平侯闭着眼睛不认，说尽是端王世子逼迫，端王又能如何？

尘埃落定，戚诗瑛和戚星垂相偕登闫府，去看望还在闭门思过的闫腾风。

戚星垂念叨："姐啊，人家都说咱们家现在落破了，说你天天往闫府跑是巴结闫家，抱闫郎君的大腿，说得可难听了。"

戚诗瑛翻了个白眼，道："我最讨厌京城这些碎嘴子，反正我做什么他们都要说。闫大哥帮我们这么多，我们不应该去看看他吗？闫大哥连官位都丢了！管他们说什么！"

戚星垂道："那拉着我做什么？你自己去不就好了？"

戚诗瑛面颊一红，忽地扭捏，粗声粗气地道："你哪儿来那么多废话？跟我走就是！"

这一年的下半年，秦月夜为了躲避朝廷的追捕而销声匿迹。接下来的数年，这江湖上最大的杀手组织恐怕都要藏着过日子。然而无妨，朝廷的追杀总有时限，只要他们之后不招惹朝廷，这笔账总有翻过去的时候。

只是可惜秦月夜又不能赚钱了。

这一年的冬日，时雨和戚映竹几经周折逃回了敦煌，见到了药娘子和一直眼巴巴地在敦煌候着他们的叶行。敦煌这类偏远的连接西域的地方，朝廷的管控松一些，许多亡命之徒躲在这里，又岂会容不下时雨和戚映竹两人？

两人到敦煌时已经是年末。戚映竹病了几日，时雨只好陪她住在这里。病好一些后，戚映竹与时雨商量，待过了年他们就告别药娘子，前往沙漠寻找秦月夜的主楼。

时雨自然不会拒绝，道："以后几年，我们就住那里了。"

戚映竹蹙眉，道："是说以后我们都不会出来了吗？那应该多买点儿东西，做些准备……"

她转过脸，心中细数着两人要准备的日常物件。她写了很久后，发现时雨趴在一旁看她，红着脸道："我还要写很多，你和小行去玩儿吧。"

时雨道："啊？我不和他玩儿。我已经长大了。我要守着你。"

那他便守着她吧。

除夕下了雪，药娘子、叶行还有戚映竹和时雨，四个人围在一起过这个新年。皓雪纷纷，药娘子万事不管，只看医书，叶行又是个半大孩子，时雨一贯无所谓……戚映竹便只好硬着头皮上阵，指挥时雨买鞭炮和红纸。

她要剪窗花、写对联。

这是她第一次和时雨一起过年，心中无比重视。

戚映竹已经忙了许多日，除夕这日，嘱咐时雨去买花，自己坐在屋中，剪了一上午的窗花，心中颇为惆怅。

她惆怅之时，手里的剪刀被一只手夺走。

戚映竹抬头，讷讷地道："时雨……你买花回来了啊？"

时雨低头玩儿剪刀，无辜地道："你看。"

戚映竹盯着他抱进来的那盆花，左看右看，端详半晌，结结巴巴地道："时雨，你是不是被……被骗了？"

时雨抬头看她。

戚映竹道："这好像是一盆青蒜……不是我让你买的水仙花。你被骗了吧？"

时雨笑起来，得意地道："这就是青蒜啊。咦，我以为你不知道呢。"

戚映竹嗔他："我是不太认得青蒜，但认得水仙花。你为何不好好买花？"

时雨道："我买了啊！但我不认识水仙花啊……我就是照着你画的图找的花啊。我觉得这个很像啊，而且还便宜。"

戚映竹："……"

她本要说时雨，却愕然顿住。因为说话间，时雨非常闲适地玩儿着那把铜制剪刀——戚映竹剪了一上午都未曾剪好几张自己想要的窗花，时雨却在一瞬间剪了好多猴子、老虎、兔子……

时雨顺着她的目光看向自己乱剪出来的图案，一愣，心虚地问："不能乱剪吗？"

戚映竹笑了，道："是我弄错了。应该我去买花，你来剪窗花才是。我怎么忘了，时雨的手上功夫是世间最好的呢？"

时雨托腮，非常随意地问："你在调戏我吗？"他指了指，"'手上功夫'这句。"

戚映竹一愣，然后蓦地涨红脸，羞恼地道："我是认真的，没有旁的意思。你真是……真是……"

他还要炫耀他的词库。戚映竹瞪直眼，不知他哪儿来这么厚的脸皮，只能抱着青蒜出门，去找自己要的水仙花。

叶行正在院外的墙下玩儿，见到戚映竹出门，自告奋勇地跟随。

然而他们出去得晚了，市集上的水仙花早卖光了。戚映竹有些怅然，回来的路上只好和叶行协力剪了一枝梅花，充当花束。

宋凝思牵着自己的儿子，在雪地里蹒跚而行。

秦月夜被追杀的这半年，她亦被追杀。她一个柔弱女郎，带着一个幼童，不敢住客栈，不敢留宿良民家宅，挑着偏僻的路走，东躲西藏。孤儿寡母过得很是艰辛。

宋凝思挣扎许久，还是打算去碰一碰运气——

听说秦月夜便在敦煌之外的西北沙漠中。

表妹应也会去秦月夜。

她带着儿子，除夕之夜仍行在山路上，便是想为自己找个出路。她手中牵的幼童，半年时间，已经被她重新养回活泼的性子。幼童不像大人一般看到皓雪便发愁今夜宿在哪里。他很喜欢下雪天，并且很开心阿母牵着自己的手。

他仰头问："阿父什么时候来找我们啊？阿母，我阿父真的武功特别高吗？他真的会保护我们吗？我们的生活是不是明年就好了啊？我要吃肉！我好久没吃肉了……阿父会带肉给我吗？"

宋凝思压下心中的悲伤，道："会的。"

她抬头，已然看到山上的灯火，不禁加快脚步——就要见到人家了。

除夕之夜，大雪漫天。

山家除夕无他事，插了梅花便过年。

晚上，鞭炮声已尽，年夜饭已吃，药娘子搂着叶行去睡了。戚映竹走出屋舍的门，见到时雨大大咧咧地坐在屋外的台阶上，看着天地间的皓雪。她走到他身后，低头看他。

时雨并未回头。三年又一年，他长大了很多，成熟了很多，已然能够保护心爱的人，再也不用面对一次次的分别。

时雨指着夜雪道："这是我们一起过的第一个春节，以后还有无数个。"

戚映竹微笑，坐在他旁边，说："是。"

时雨转过脸看她，问："你不说点儿好听的吗？我都说了。"

戚映竹道："嗯……"

时雨目光闪烁，提要求："就是'春夜喜雨'那一种的。"

廊下的灯笼映着雪，屋中烛火明亮，尽是恰好。戚映竹垂首赧然，又禁不住笑了，仰目看纷纷扬扬的雪。十七岁时的那场春日之雨，缠缠绵绵，在她心间一径下到了今日。

戚映竹靠着时雨的手臂，头挨着他的肩膀，与他共赏这场皓雪。戚映竹轻声道："春夜喜雨啊……妾思君若此，百岁为期。"

时雨满足了，道："我也一样！"

戚映竹"扑哧"一声笑了。

时雨道："笑什么？！"

戚映竹道："你知道我说的是什么意思吗？"

时雨道："我知道！"

戚映竹道："哦……"

新年伊始，春光正好，闲话家常，偶尔笑闹，夫复何求。

番外一　成　婚

江湖人成婚，是什么样子呢？

算起来，这是戚映竹和时雨面对的第三场婚事了吧。

第一次她就要嫁给他了，被人打断；第二次被唐琢强迫，不提也罢；第三次……第三次，金钗步摇，满发琳琅，璎珞缤纷。

戚映竹又穿上了红嫁衣。

她对成婚有些心里阴影，本想试着和时雨说两人简单对拜便是，结果时雨表现得很抗拒。戚映竹只好顺着他了。

也许对成婚有阴影的只有戚映竹，"秦月夜"的其他人都兴奋万分。

对整个杀手楼组织来说，秦随随对"秦月夜"的重建，是个转折点。从"秦月夜"放话江湖它会保护自己楼中的杀手开始，这是他们杀手楼第一次有人走到了成亲这一步。

而且还是杀手中排名第一的"恶时雨"。

天未亮，戚映竹便被秦随随扯起来梳妆打扮。她迷迷糊糊中，见到华丽复古的嫁衣，怔愣了一下，瞬间醒了神。

戚映竹保持着官家小姐的修养："这好像不是我可以穿的……"

秦随随朝她眨眼睛，把绯红嫁衣披在她身上，笑眯眯地说："咱们之前不是帮皇帝老儿杀了唐琢嘛！皇帝对咱们很有好感，我就向陛下提要求，想让美丽的阿竹穿上最好看的嫁衣……"

戚映竹怔住，美目望着秦随随兴致盎然的笑脸："随随……"

她尚未将感动的话说完，门"砰"的一声被撞开，一个粉雕玉琢的小孩儿闯了进来。

戚映竹吃惊："小行！"

她目光擦过小叶行的头顶，往灯火通明的门口张望。她隐隐看到一个修长的身影映在门上——那人黑红相间的衣摆一角被她看到了。

她心中又羞又喜："时雨！"

她分明觉得门外那徘徊的青年是时雨，时雨却并不应。

而叶行一本正经地道："阿竹姐，我师父让我给你传话，今天有很多讲究，吉时前他不能跟你见面、跟你说话。我师父说，可能就是以前没有讲究，成亲才总不顺的。

"他要你也不要找他说话。"

戚映竹呆呆地看着门上照出来的那个身影。

那人似很满意，影子的头一上一下，微微点着。

戚映竹眼中便映出了笑。

而后那人又咳嗽一声，大概在提醒什么。

果然，叶行翻着白眼往下说："我师父还说，让你也不要跟秦小楼主多说话，要保持体力，不然晚上晕过去怎么办？"

戚映竹脸"唰"的一下就爆红了。

秦随随磨牙，转身扑向外头："时雨你要死啊——连我都敢命令！"

两大武功高手的决斗，自然不是戚映竹可以插手的了的。她只慌张地站起来，向外走两步："时雨、随随，你们不要打架……"

叶行将手伸到她手中。

她低头，这位小公子对她仰头露齿笑，小声说："阿竹姐你别害怕，今天你跟我师父成亲，我师父让我一直陪着你。"

戚映竹心中一暖。她左右张望："小行，你吃过了吗？"

宋凝思领着自己的儿子走到屋门口，冷淡的眼睛看到门口时雨和秦随随的打闹，怔了一下。她露出些怀念又伤感的目光，进屋向戚映竹道喜。

外头时雨二人的打闹突然结束了。

一道不急不缓的脚步声传来，屋内的戚映竹一听，便笑了。

在"秦月夜"待了几个月，她已经能听出楼里唯一和其他人走路都不一样的是步清源。

她向门口的宋凝思颔首，叫了声"表姐"，便向门外微笑："步大哥。"

步清源停顿了一下，似乎跟秦随随和时雨说了什么，那两人都不说话了。

眼看他们三人要走，戚映竹开口："步大哥，是发生了什么事吗？"

步清源嗤笑："戚女郎放心，你等着小时雨来娶你便是。一些小问题，我和随随能解决。"

戚映竹心中的石头落地，带点儿心酸——她便知道，她的婚事总也不顺……

外头的时雨忽然开了口："央央！"

戚映竹一怔。

时雨说话很平静："你不要又开始哭哭啼啼，把事情想得很糟糕。只是一点儿小问题，我们这里这么多高手，还应付不了吗？我今天肯定娶你。

"天上下刀子都要娶，你乖乖等着就好了！"

他总是很随意，万事不在乎的样子。所以他每次认真的话，都让戚映竹感动，让戚映竹更加相信他。

戚映竹小声说："我哪有哭哭啼啼。"

她现在已经很少哭了。

那个悲春伤秋的戚映竹，已经离她很远了。只有时雨总觉得她动不动就哭……

步清源过来告诉他们，沙漠中发现了一行身份不明的人徘徊，似乎在寻找"秦月夜"的入口。

但是时雨的婚事，除了他们楼中人知道，并没有宣告整个江湖。就算江湖上有人想闹事，也不应该知道具体日子啊。

而时雨听到这个消息，拒绝去查探是什么人来搅局——他不想每次成亲的时候，都要杀人，都要见血。

时雨脸上一点儿表情也没有："我今天一定不杀人。"

他站在楼阁窗口，望着天边的鹰。他深而清的眼睛里映着天上流云："我做不到为了央央退出江湖，金盆洗手再不杀人，但是起码成亲这一日，我要为央央积福。"

秦随随没好气地说："知道了！我和步大哥去看看。"

秦随随瞪一眼时雨，道："居然让楼主大人亲自出门，不许有下一次！"

步清源笑嘻嘻地给小楼主递上一把遮阳伞，又喂了小楼主一枚削好的果子，秦随随的不满才压下去。秦随随捞起自己的大刀，一招手，步清源身形如鬼魅般跟上去。

秦随随："步大哥，好热！"

步清源从袖里捞出一把铁扇："这样好不好？"

秦随随虚伪地道："哎呀，这是你的武器，不好当我的消遣品的。"

步清源笑："我的什么东西，不能被小楼主用呢？"

时雨听二人的声音越来越小，面无表情，一低头，看到叶行溜到了他身边。

叶行："师父，吉时快到了。"

沙漠中，走着几个骂骂咧咧的人。

有几个年轻力壮的侍卫提着担子，每个担子都沉甸甸的，里面不知道装了多少珍贵宝物。

戚星垂走得气喘吁吁，抬眼一看一望无尽的沙漠更加绝望："那个'秦月夜'到底在哪里啊？不会映竹姐都成完亲了，咱们还找不到地方吧？"

旁边叉着腰的女郎在他头上一敲，凶巴巴地道："闭嘴闭嘴！再吵就把你打晕，扔在这里。"

这凶悍的女郎，是戚诗瑛。

戚星垂如今却不怕他这个姐姐了。

他扭头跟旁边人告状："闫大哥，你看我姐！"

这行人中，最沉稳、有大将之风的，便是一直寡言前行的黑衣青年闫腾风。

闫腾风徐徐看向这吵嘴的姐弟二人。

戚诗瑛不高兴："怎么了，我现在连骂人都不行了？"

闫腾风叹口气。

戚诗瑛黑着脸跳脚："你叹什么气！"

闫腾风："你总是这样咋咋呼呼，才不讨长安那些女子的喜欢。"

戚诗瑛别过脸："她们虚伪造作，嫌贫爱富，我才不稀罕她们的喜欢。"

不错，这一行人，正是前来为戚映竹道喜的人。

闫腾风本没有这个意思。唐琢死后，世子之事在长安引起很大轰动，闫腾风光压下这件事，就精疲力竭。而戚家姐弟俩，在这时候从被幽禁的戚家逃跑出来，闫腾风不得不奉命来抓俩人。

谁知道姐弟俩并不是不肯为父亲和唐琢的事情担责，而是——

"阿竹姐要成亲了——她来信说了。但是她孤零零的一个人，在一群江湖人里成亲，被那些江湖人欺负了怎么办？"戚星重道。

"我们过去给她撑腰，给她贺礼。我们告诉那些江湖上的人，不许欺负我们江湖外的女郎。"戚诗瑛道。

闫腾风目光缓和了下来，温和地看着戚诗瑛。

不用多说，他知道这样的主意一定来自戚诗瑛。只有戚诗瑛能说动她糊里糊涂、养尊处优的亲弟弟。姐弟二人一起跋山涉水，为一个本来和他们没血缘关系的姑娘送贺礼。

此时此刻，戚诗瑛提起那些长安城里瞧不起她的女子，依然气冲冲："说我没教养，说我脾气怪——"

闫腾风打断："既然已经知道她们是庸俗之人，就不要在乎她们怎么说了。"

戚星垂坏笑："我姐哪儿是在乎她们？我姐是怕闫大哥也那么想她……哎呦！"

他被戚诗瑛一脚踹到沙漠里，摔了个仰面朝天。

闫腾风看向戚诗瑛。

戚诗瑛不自在地扭过了头。

闫腾风沉默许久，心中些许怅然渐渐如烟尘般流失。他看着这个自己曾经救下的女孩儿，在某一瞬，确实从她身上看到了珍贵的品格，不同于庸碌之辈的闪光点。

闫腾风缓缓开口："在我心里……"

趴在地上的戚星垂忽然叫道："姐！闫大哥！你们快看！"

闫腾风不用抬头，就已经感受到了高手的逼近。

他却不急，仍把刚才的话说完："在我心里，阿瑛自然和长安城中的寻常女子不同。"

说完，闫腾风抬起头，看到一小片凸起的沙丘上，细沙飞扬，持着大刀的少女和白衣翩翩戴着狐狸面具的青年看着他们。

少女坐在沙丘上，青年手中的铁扇在烈日下闪着寒光。

秦随随看着他们，只沉默了一个眨眼的工夫，就笑了起来，向他们招手："原来是你们，来给阿竹助威啊。"

戚诗瑛扬起下巴，全身绷紧，警惕地看着这位杀手楼威名在外的小楼主。

闫腾风："请小楼主安。"

秦随随晃着腿，慢悠悠地眨眼："我不是妖女，不是魔女了吗？"

闫腾风面不改色："吉时快到了，不带我们去见戚女郎吗？"

秦随随看他半天，不情愿地皱了皱鼻子，说："好吧，跟我来。但是，我们'秦月夜'有规矩，谁也不能知道我们杀手楼的位置。所以诸位，把眼睛蒙上，跟着我和步大哥走吧。"

一行年轻人说不上齐心，但在此时各自蒙了眼，并没有什么意见。

戚映竹的这场婚宴，比她想象中好得多。

她有些紧张，持扇的手都是汗。她碰到时雨的手时，敏感地察觉时雨手中也出了汗。

虽没有说话，但她心里一直担心这场婚宴会被人扰乱。

时雨拉着她的手，带她一步步向外走。他分明没有看她，仅唇动了动，声音只让她听到："放心，一切有我。"

"轰——"烟花飞上天穹，时雨伸手来捂住她的耳朵。

她手中却扇向下慌张地一颤，对上了他投来的目光。

他眼神干净，眼睛里只有她。

他说："放烟花，你别怕。"

戚映竹面颊红了。

因她听到了周围杀手们带着善意的笑声，感受到各种目光打量着她和时雨。

戚映竹小声说："我不怕，你……你可以把手放下。"

时雨对她调皮笑一下，在没人看到的时候对她扮个鬼脸。她正要被逗笑，听到了其他声音——

"映竹姐！"

"阿竹！"

"戚女郎。"

戚映竹侧过头，向烟火绽放下的楼阁入口看去。她看到秦随随和步清源身后跟着闫腾风、戚诗瑛、戚星垂。

他们带着贺礼而来；他们站在门口对她笑；他们赶上了她的婚宴。

戚映竹怔怔地看着他们。

司仪的声音在此时响起——

"吉时到！"

戚映竹被时雨拉着手去拜堂。但是戚映竹真的忍不住回头，向戚诗瑛他们三人看去。

骄傲的、没好气的戚诗瑛，一直很喜欢她的戚星垂，还有很照拂她的闫大哥……

她的人生，很长一段时间被人当作"累赘"，差点儿被人抛弃。在戚诗瑛回归后，她便真成了那个碍眼的"真假千金"中鸠占鹊巢的那个。

她乖巧，胆怯，温柔。

她也自怨自艾，自苦自怜。

她遇到了时雨——时雨已是她人生中最大的宽慰。

她从没想过，戚诗瑛他们也是她人生中很大的福气。

"阿竹——成亲快乐呀。"

"戚女郎——成婚快乐。"

"映竹姐——婚后也要好好的。"

"央央——我会保护你的。"

大家的爱意，救活了戚映竹的命。

戚映竹低头，眨掉眼中泪，对他们笑："谢谢。"

番外二　杀手楼日常

"如何与恶时雨的夫人相处？"

是杀手楼最近的日常话题。

凶巴巴的、唯吾独尊的杀手群中，出现了一个娇滴滴的女郎，还是恶时雨的夫人。如何与这位女郎相处？这可愁坏了杀手们。

这位女郎柔弱，不能打不能说，不能凶不能摆脸色——若是这位女郎稍微被吓得打个战，夜里"恶时雨"就会提着刀上楼。

而这样的烦恼，戚映竹也有——"如何与夫君的朋友们相处？"

时雨听了她的烦恼，很认真地回答她："他们不是我的朋友，你不用和他们相处。"

戚映竹："……"

她知道时雨很怪，自然不会把时雨的话放在心上。

而且时雨并不讨杀手楼大家的喜欢。

戚映竹却希望自己的夫君得到大家的喜欢。她心里悄悄地想：多一个人喜欢时雨，以后在江湖上遇到危险的时候，就会多一个人救时雨。

戚映竹绞尽脑汁地想办法，最后想到的主意是去给大家送糕点。

大家感谢。

戚映竹有些沮丧，自己的厨艺本就马虎，又不能操劳。显然她没有那种凭美食让大家心悦的天赋……

戚映竹又给他们送伤药。

大家感谢。

然而杀手楼的人也不是天天受伤，她天天送药也很奇怪。

各种努力尝试后，戚映竹因一次意外找到了方向——

有一日，一个杀手坐在窗口栏杆上看信，嘴里念念有词。戚映竹从他身旁走过，听他读得磕磕巴巴，没有忍住，纠正了他读错的字："是'身陷囹圄'，不是'令吾'。"

那个杀手猛地抬头，惊愕地看她一眼。

戚映竹正想对他一笑，那杀手扭头跑了。

戚映竹："……"

好生沮丧。

当夜，时雨跷着腿躺在床上玩儿戚映竹浓密的长发，听妻子轻微的絮叨。

戚映竹擦着微湿的长发，说自己一整天做的事，有些沮丧："我就那么把人吓跑了。我也没做什么呀……时雨，你不要玩儿我头发了，我要被你玩儿秃了。"

时雨笑嘻嘻地说："他们这么不给你面子，要不要我去给你把人杀了？"

戚映竹被骇一跳，猛地回头看他。但她这么娇弱，一转身，受不住力，腰肢发软，人向下跌去。

时雨抬手，稳稳地抱住了她的腰肢。

他仰头，一动不动，就看着她倒下来。他的唇擦过她的鬓角，他轻微一转头，唇就亲在她嘴角上。

戚映竹脸红："时雨！"

时雨觉得奇怪，道："我开玩笑的——我现在不怎么杀人。央央，你不信任我呀？"

戚映竹睁大眼睛看。他眼中看不出情绪，她却开始后悔。她伸手搂住他的腰，在他怀中蹭了蹭。

她看不到的地方，时雨眼中光芒狡黠。

然而他还在扮可怜："我这么了解央央，央央却不了解我。央央还把我当坏人，我太可怜了……我要补偿。"

戚映竹："……"

她忍着笑。

她抬头，在他下巴上害羞地亲一下，微嗔："你这个坏蛋。"

夫妻俩正在笑闹，"嘭嘭"敲门声传来。戚映竹一下子慌得坐起来。时雨掩去自己眼底冷然的光，慢悠悠地坐起来。

来人是几个杀手。

戚映竹呆立屋中，连时雨都吃了一惊，回头认真地看了戚映竹一眼。

时雨眼中分明写着"我老婆做了什么？有这么大魅力"。

杀手们拿着手中纸笔，紧张又兴奋："听老六说，戚女郎白天只是路过，就纠正了老六读错了的字。戚女郎特别有文化，认识好多字，会读很多书！戚女郎，你帮我们写信，帮我们读信好不好？"

戚映竹：意料之中，又意料之外。

她想到了时雨的"文盲"。

原来"秦月夜"的杀手们都一样。

戚映竹正踟蹰。她那个夫君飘到了她身旁，压抑着兴奋，在她耳边咬——

"央央快同意，快点儿头！他们特别有钱，赚他们的钱！"

戚映竹一言难尽，看了眼时雨。

此时的时雨，沉浸在即将赚钱的快乐中，并未意识到，一群男人正将他夫人围在其中嘘寒问暖。

一 完 一